【歷史大系】

【歷史大系】

縱慾時代

【大明朝的另類歷史】

以獨特視角觀察，犀利落筆，首度讓您感受到歷史進程中「偶然性」和「英雄」個人相結合時所釋放出的驚人能量！

【歷史大系】 捌

處於晚期封建社會嬗變時代的明王朝，仍然有它本身自盛而衰的宿命過程。明朝的滅亡，同樣是一個持續不斷的漸進的過程。突如其來的內部崩坍和蠻族外力結束了在舊時代的踽踽獨行，一種長期平穩發展的文明，終於淪為充滿暴力與血腥的末世。這個並不十分邪惡的舊時代，被白山黑水間的滿洲武士們最終用刀劍刻劃上了句號。

赫連勃勃大王◎著

（梅毅）

【歷史大系】

捌

縱慾時代：大明朝的另類歷史

作　　者◎赫連勃勃大王（梅毅）

總　編　輯◎馮國濤

責任編輯◎曾琬鈺　周薇琪　徐澄澄

美術編輯◎二馬達人

行銷企劃◎西貝　史帝文

出　版　者◎達觀出版事業有限公司

編　輯　部◎11670台北市文山區景文街1號4樓之二

　　　　　Email:gwotau2004@msn.com

　　　　　電話◎02-29351011，傳真◎02-29353488

法律顧問◎永信法律事務所　林永頌律師

印　　刷◎韋懋彩色印刷事業股份有限公司

總　經　銷◎永續圖書有限公司，http://www.foreverbooks.com.tw

　　　　　221台北縣汐止市大同路三段194-1號9樓

　　　　　Email:yungjiuh@ms45.hinet.net

　　　　　電話◎02-86473663，傳真◎02-86473660

劃撥帳戶◎永續圖書有限公司，18669219

初　　版◎2010年 1月

售　　價◎NT$520元

國家圖書館出版品預行編目資料

縱慾時代：大明朝的另類歷史 / 赫連勃勃大王(梅
毅)著. -- 初版. -- 臺北市：達觀,2009.12, 624面 ；
15*21公分. -- (歷史大系；8)
ISBN 978-986-6410-27-7(平裝)
1. 明史
626　　　　　　　　　　　　　　98022992

總序言

沈渭濱（復旦大學教授）博導

　　梅毅（赫連勃勃大王），是近幾年來成長起來的歷史作家。他的本職是金融事業，寫作全在業餘時間。每當一天勞累之後，他便浸沉在浩瀚的史書堆裡，勾稽爬梳，探秘索隱。久而久之，積腋成裘，悟性得道，便敲擊鍵盤，一字字地打出他對歷史的理解和對朝代更迭、人亡政息的歎謂，於是，一部部著作便在網路中出現。

　　梅毅以「赫連勃勃大王」的ID行走網路江湖，吸引了眾多的讀者和出版商，一時間洛陽紙貴，爭相出版紙質文本，不幾年就成為令人矚目的大眾歷史作家。我對他的作品，按出版時序排列了一下，從2005年到現在，短短的四年內，他埋頭創作，出書十種，總字數超過500萬，確實算得上是個高產作家了。一個年輕人，有此成績，值得贊許。他的成功，當然與改革開放、時代進步有關。梅毅趕上了好時代，他是幸運的。但是，再好的時代，若不勤奮努力，也難以脫穎而出。「天道酬勤」！時代，總是擁抱那些勤奮者，成功的大門，專為不懈追求的人敞開著。梅毅的經歷，印證了這個人所熟知卻往往被人忽視的天理。

　　梅毅寫的都是歷史。除了幾部歷史大視野的作品，如《隱蔽的歷史》、《歷史的人性》等等之外，最受世人注目的是一批類似歷史演義體的斷代史作品，起始於兩晉南北朝，中經隋唐五代、宋遼金夏、元、明（包括南明小朝廷）下迄太平天國，幾乎代代賡續，組合成一個中國歷史的系列。雖然梅毅的這套歷史文集首缺秦漢，尾闕清史，但從中仍可清晰地體察出興亡繼絕、人事代謝的歷史脈絡。

　　在近代中國，寫歷史演義最出名的，是浙人蔡東藩先生。蔡

先生於光緒初年出生,幼而篤學。少長,精於治史。辛亥以後,他僑寓上海,為會文堂書局編寫歷代通俗演義,自前漢迄於清代,共11部,於1916年起陸續出書。蔡東藩先生的歷史演義,雖難稱洛陽紙貴,但可說名噪一時。1945年蔡先生走後,時至今日,久不見有此壯舉,不免令人惆悵。現在,欣喜地發現,大陸學界出了個梅毅,他以英美文學專業出身的業餘歷史作家,用八部令人耳目一新的斷代史,前後賡續地組成一套中國歷史大系。如此,使我驚訝之外,感佩良多。所謂「江山代有才人出」,梅毅稱得上是能接續蔡東藩先生而在民間湧現出來的一個寫史奇才了。

與蔡東藩先生的歷史演義以事件史為結構主線的寫作方法不同,梅毅的斷代史,每一部都以人物的活動為線索,能夠全方位展示歷史的縱深發展。兩種不同的結體和寫法,可謂各有千秋。前者,史的物質明顯;後者,文學性、可讀性更強。正如評論者指出:梅毅給筆下的歷史人物賦予鮮活的個性而呈現出人性的複雜多變,從而使歷史事件的進程跌宕起伏和充滿激情,這樣一來,歷史也就好看起來。

梅毅的歷史著作,遊走於文學與歷史之間,既擺脫了以事件史描述為主體的歷史著作那種沈悶枯燥的格調,又不同於小說家的虛構與臆造,也與散文家抒發情感的恣肆與歎謂有別。他的書,史料紮實,旁徵博引,有學者深沉的氣度,有作家恣肆的文筆,加之其年輕人特有的敏銳,使得他詮釋史事的視角卓爾不群,富有獨識灼見。

歷史,本來就是由人的活動構成的往事。人是歷史的主體。司馬遷的《史記》,就是因為寫活了人而傳之不朽。可惜,這一傳統沒有很好的繼承下來。從班固的《漢書》開始,一部部的所謂「正史」,都少了對歷史人物的人文關注。後來的歷史著作,尤其出現了「非人化」的傾向,變得呆板沈悶。於是,充滿人性、生動活潑的歷史,也就與現實的受眾漸行漸遠。梅毅的斷代史所組合的歷史大系,能以歷史人物大起大落的開合描寫,來承載

史事的開張演化，能以作者的激情賦予歷史的生命，儘管其間可能有若干觀察上的失當和詮釋上的瑕疵，但無論如何，都是值得欣慰、值得讚賞的。

要寫活歷史，除了紮實的史學功底和睿知的識見外，生動的文筆當不可少。我詳讀了梅毅的《亡天下——南明痛史》、《極樂誘惑——太平天國的興亡》、《華麗血時代——兩晉南北朝的另類史》，並瀏覽了其他幾種斷代史，感到梅毅的文筆確實生動，具有亦莊亦諧的感人魅力。我曾在一篇評論梅毅作品的短文中說：「他一系列歷史紀實體作品，似乎有著共同的寫作風格：他力圖繼承太史公開創的歷史文學的餘緒和評判史事的精神，努力效法歷史演義家的結構佈局和善於演繹的流風，傾心於散文、小說家捕作細節、鋪敘感受的技巧，試圖融會於一爐。」這樣的理解，是不是對？我也希望梅毅作品的愛好者一起來討論。

梅毅出版歷史文集，不僅是出版界對年輕作家的人文關懷，而且也是社會正在形成史學熱的需要，這，恰恰是接續我們的時代延續文脈、推陳出新的好事。我之所以拉雜寫了這些，聊充序言，理正在此。

作者序

縱欲的困惑

—— 明朝滅亡的歷史悖論

　　當回首當年，綺樓畫閣生光彩。朝彈瑤瑟夜銀箏，歌舞人瀟灑。一自市朝更改，暗銷魂，繁華難再。金釵十二，珠履三千，淒涼千載！

　　這闋《燭影搖紅》麗詞，乃明朝南都陷落之際松江美少年夏完淳的感時傷懷之作。綺樓盛境，帝國繁華，轉瞬間皆成夢憶，不能不讓人扼腕慨歎。

　　明朝，是一個欲望自始至終都勃勃膨脹的年代。

　　其實，欲望，絕非一個貶義詞。人之所以為人，欲望乃基本的原始驅動力。中國社會，從歷史的經驗大體上講，一向對「人欲」採取優容的態度。遙想聖人孔子，曾侃侃言曰：「飲食男女，人之大欲存焉」，肯定了人生的基本欲望。即使是給後世人以刻板說教印象的理學宗師朱熹，他所謂的「存天理，滅人欲」，原本的指向是要求帝王敬理克欲，並不是板著面孔訓斥一般士民來壓抑基本的欲望。

　　明代以來，「童心說」、「性靈說」、「情教說」等哲學思潮，都是不斷呼籲人們要打破禁欲的桎梏，鼓勵眾生去追求人生的歡樂，並竭力尊崇人之為人的情感意志。

　　可惜的是，拋開明代後期非君抑尊思想的進步意義不講，明朝社會，自上而下，由始至終，愛恨騁意，倨傲以狂，狂放自適，嬉樂貪歡，最終皆歸併成為個體欲望和群體欲望的無限放縱。

　　個體性和社會性欲望的無限膨脹和放縱，最終導致了明朝的滅亡——明太祖朱元璋刑網四布的統治欲，明成祖朱棣駭人聽聞的殺戮欲，明英宗朱祁鎮、明武宗朱厚照毫不負責任的嬉樂欲，明世宗朱厚熜、明神宗朱翊鈞爺孫財迷心竅的貪攫欲，明熹宗朱由校放任自流的淫樂欲，明思宗朱由檢剛愎自用的控制欲；同時在這些迷狂帝王的欲海中，李善長以營黨欲，朱高煦以篡奪欲，王振以虛榮欲，劉瑾以把持欲，嚴嵩、張居正以求權欲，魏忠賢以變態欲，李自成、張獻忠以殘虐欲，吳三桂以私情欲，無遮無掩、放蕩恣肆地在近三百年間狂暴地躁動，橫溢泛濫，莫有止息。最終，欲望湮沒了一切，家傾國亡，同歸於盡。

　　明朝的「縱欲」之風，完全是「貴己賤人」的放縱。此種縱欲，竭性慢人，既非兼愛，又非尊身。各種人群在追求一己之利的同時，聚滴成潮，最終成為淹沒一切的天下大害。

　　在這個縱欲成風的時代，人的價值並非因追求有所昇華，個體缺失反而成為整個時代的人性普遍特徵。縱觀「社會良心」的士大夫階層，負性、好剛，使氣、矜誇、孤傲、浮躁，成為最為顯著的性格特徵。即使在他們淋漓揮灑的詩文中間，我們看到更多的是戾氣而不是霸氣，是狂狷任性而非個性張揚，是浮躁陰鷙而非明朗任俠，是縱情放蕩而非率情求真。

　　於是，在縱欲快感噴射之後，迷惘、孤寂、苦澀、失落、憂鬱、凄苦一擁而上，理性與克制成為了真空，道德感被從社會人群中抽離幾盡。

　　內憂外患之中，網羅高張之下，酒醉金迷之間，危機日甚，直至於亡。

　　萬曆年間《順天府志》中所描寫人欲橫流、窮奢極欲的社會現象，即使對於今天也極富警省性；

　　「風會之趨也，人情之返也，（開）始未嘗不樸茂。而後漸以漓，其流殆益甚焉。（社會）大都薄骨肉而重交遊，厭老成而尚輕銳，以宴遊為佳致，以飲博為本業。（人民）家無擔石（之

儲）而飲食服御擬於巨室，囊若垂罄而典妻鬻子以佞佛進香。（
更）甚則遺骸未收，即樹幡疊鼓，崇朝雲集。噫，何心哉！德化
凌遲，民風不竟。」

　　明朝一代，自1368年至1644年，共二百七十七年歷史（明
朝年代計算有多種說法。崇禎帝死後，南明有福王、魯監國、唐
王、桂王等政權一直延至1662年。如果算上奉明正朔的臺灣鄭氏
政權，即可延至於1683年。但從「大一統」觀念看明朝，其終止
年代應為1644年）。

　　近三百年間，處於晚期封建社會嬗變時代的明王朝，仍然有
它本身自盛而衰的宿命過程：自洪武元年（1368年）至「土木之
變」（1449年）的八十餘年間，為社會經濟重構期；自正統十四
年「土木之變」到正德末年的七十多年，是明朝統治經濟自我修
復和調整期；自正德、嘉靖相交之際到萬曆中前期，乃商業經濟
新變化社會相對穩定的變革期；自萬曆中後期到崇禎末年（1644
年）的半個世紀，乃社會土崩瓦解一步一滑落的潰決期。

　　總體上講，除了朱棣「靖難」篡位內戰以及最後十幾年內外
交困大戰的兩個時期外，明朝二百多年間的對外武裝衝突和境內
離叛都不算嚴重，持續時間也不長。從「大局」上觀察，明帝國
社會大多時間段內處於穩定和平穩發展之中。明朝中央政權對於
邊疆少數民族地區的經營積極有效，對內政令推行順利，商品經
濟發展迅速，文化傳統方面極具總結性並傳承空前。

　　但是，明帝國政治、文化、經濟的發展，如果放置於當時世
界意義的大舞臺上觀察，就難免顯得遜色。特別是在火器製作、
天文地理、曆法運算等自然科學領域，大明王朝因中央帝國固步
自封的意識，已經大大落後於時代。而且，十五世紀和十六世紀
的全球，是世界性的地球大發現和大航海時代。當鄭和的輝煌遠
航被當作濫費國帑而遭故意塵封之後，中國人的冒險意識和進取
精神，逐漸皆為泱泱大國心態和科舉場屋鑽營所遮蔽。放縱享樂

的低俗欲望，取代了原先勃勃拓展的高尚萌動。

　　成熟文明的崩潰，並非在於社會與個人陷於縱欲狀態下的麻木不仁。而且，所謂的王朝宿命周期性也僅僅是一種無可奈何的暗喻。明朝的滅亡，同樣是一個持續不斷的漸進的過程。但它在僵臥不動的邊緣沒有堅持太久，突如其來的內部崩坍和蠻族外力結束了在舊時代的踽踽獨行：農民戰爭的巨大消耗與女真蠻族令人瞠目結舌的突然崛起，終於把大明王朝在極短時間內推入了歷史的深淵之中。一種長期平穩發展的文明，終於淪為充滿暴力與血腥的末世。這個並不十分邪惡的舊時代，被白山黑水之間的屠龍騎士們最終用刀劍刻劃上了句號。

　　值得注意的是，明帝國滅亡前連一個讓人喘息的迴光反照時期都未曾享受過，但它也非經歷過五代十國那樣長久的「末世」期。滿清統治者汲取了蒙古統治人群的失敗經歷，在使用短暫而駭人的血海恫嚇之後，他們手持儒家傳統的幌子，開始了龐大帝國處心積慮的經營。

　　可悲的是，大明王朝的文明之火拼未被移置於一種更為廣大的空間，這種毫無新意的平移置換，使中原王朝邁上了一種看似輝煌其實是原地踏步的停滯之途。古老的中華文明，並未在改朝換代中和「異質文化」的浸染下得以鳳凰涅槃，而是陷於一種新統治者有計劃、有目的精神圈圍的窒息氛圍。大辮子們這種「柔性」的精神摧殘，表面上看似黏合了統治者與被統治者地理與文化間的裂痕，究其實也，於漢民族而言，這種摧滅對中華核心價值的腐蝕性和以及由此導致的民族衰退的可怕性，超過十個「揚州十日」。

　　萬馬齊喑中，在無盡的高壓之下，我們的民族性格同趨變得消沈、靡頓和繁瑣，昔日天真率直、極富文明創造力的人民，日益成為柔懦和忍耐的「順民」。這種消極影響，持續至今日也未全然散盡。

　　明王朝的喪鐘響起之後，中國步入一種昏噩的長久的假寐期

。令人泫然悲哀的是，明亡之後，經過又一個近三百年時間的輪迴，繼之而來的，是命中注定的更嚴重的分裂和混亂以及類西方「文明」蠻族的野蠻侵略。赫赫中央帝國的臣民，在手持刺刀和新式武器的外夷士兵眼中，竟成了荒誕可笑的腦後拖著豬尾巴小辮的「土著」。

可悲的是，當滿清龍旗在紫禁城的黃昏中被扯下之後，時光又過了快一個世紀，我們不少人心中的「辮子」，仍然頑固地懸浮在腦後。

大明王朝的赫赫人物，當然不是滾滾歷史車輪中機械僵硬的「零件」，更不是教科書中枯燥呆板的平面人物。拭去民間藝人和戲劇演義的垢膩油彩，揮退塵封久遠的歷史沈積，我們會恍然發現那些已經格式化的並漸漸消隱於歷史隧道中的面孔，卻是那麼新奇和陌生：

朱元璋看似暴戾無情的帝王人生，其實他在立國「道德」層面上卻無可指摘，得國最正；朱棣看似治國有道的雄才大略，卻真正種下日後女真崛起於東北的深禍至憂；王振公公看似誤國誤民導致英宗皇帝被俘的「土木之變」，一切的一切竟然是出於鄉儒衣錦還鄉的虛榮心；明武宗看似嬉樂荒唐的不可饒恕的遊戲生涯，其實有過賑災免賦的為善之舉；嚴嵩大學士看似「罪惡滿盈」的一生，其實都是他桑榆之年的失誤，而青年時代的嚴嵩原是一位好學上進的士子；嘉靖年間看似喧擾一時的沿海「倭患」，真正的罪魁禍首竟然是葡萄牙人和中國海盜；明神宗看似貪斂暴虐的統治年代，竟然也有「三大征」的進取（當然還包括由此導致的鉅額開銷）；魏忠賢看似隻手遮天的閹人陰險，其實暗中借助了不少本性卑劣的閣臣士大夫之力，黨爭的病態使得士人內訌一發不可收拾；努爾哈赤、皇太極統據中原的「雄才大略」，仔細推究卻發現大都源於投附漢人奴才們的慫恿；李自成、張獻忠看似「進步」的農民「革命」意緒，其實不過是出於下崗驛卒和棄伍士卒的怨毒；吳三桂、李成棟看似皆「衝冠一怒為紅顏」，

原來各有各自的難言隱衷……

　　湯傳楹在其《閒雜筆話》中這樣寫道：「天下不堪回首之境有五：哀逝過舊遊處，憫亂說太平事，垂老憶新婚時，花發向陌頭長別，覺來覓夢中奇遇……然以情之最痛者言之，不若遺老吊故國山河，商婦話當年車馬，尤為悲憫可憐。」傷痛悼惜之中，回首明朝，風流如夢，綺華成空。

　　苦澀之餘，僅以陳子龍一詩述懷：

　　獨起憑欄對曉風，滿溪香水小橋東。

　　始知昨夜紅樓夢，身在桃花萬樹中。

　　是為序。

赫連勃勃大王

hlbbdw@163.com

目錄

【三】 165

太監公公要回家

──從「土木堡之變」到「奪門之變」

【四】 219

人生一場戲

──性情皇帝明武宗

【歷史大系】捌

一

從頭收拾舊山河

——朱元璋的個人「奮鬥史」

　　朱元璋，今人言及這位大名赫赫的皇帝，往往和「駭人聽聞」的成語聯繫起來，人們總是指斥他誅殺功臣的千古兇暴和個人性格方面的陰鷙沈猜。確實，這位明朝的太祖爺以酷治國，盡攬朝中所有大權於己手，建立錦衣衛皇家特務組織，禁錮百姓思想。為了誅除功臣，他機關算盡，大肆羅織，戕害無數無辜人命。

　　在朱元璋時代，帝王皇權不僅僅是被神化，也被推至於至高無上、不容置疑的頂尖地位。同時，文臣士大夫再無「尊嚴」可講，隨時會被皇帝或者太監一聲令下，按在朝堂上當眾擊打「殺威棒」一樣的「廷杖」。看見眾臣士大夫在殿下哭滾哀嚎，朱元璋腦海中很有可能幻化出他自己青少年時代的影像：一位步履匆匆、驚惶四望、衣衫襤褸、手提打狗棒、四處乞討的和尚。

　　所以，看見自己的臣下們狗一樣地被衛士們用大棒亂打，老朱那變態的心中，肯定會湧起無限的快意。

　　但無論如何，朱元璋皇帝在開國者最基本的「道德」方面，卻無任何讓人指摘的地方：明朝得國，正大光明！

　　中國歷史，自上古三代之後，得國最正的，只有漢朝與明朝。劉邦與朱元璋，皆平頭百姓出身，一刀一槍拼打出國家，化家為國，由匹夫而成為天子。其興兵之始，本來就是荒亂末世活不下去，原意並無欺上造反之心和狡詐亂世之意。而且，他們兩個人又不似曹操、司馬懿、劉裕、蕭道成、趙匡胤之流，那些人憑

藉在朝中的掌國大權，篡奪老主人的國家。

當皇帝後，朱元璋忌諱多多，惟獨不忌諱自己「匹夫」身份的苦出身，在詔書中多次自稱發跡前是「淮右布衣」，總忘不了把他自己以劉邦自比。也甭說，史書上記載，朱元璋「先世家沛（地），徙句容，再徙泗川。父（朱）世珍，始徙濠州之鍾離」。不知是否是老朱授意還是當時記實錄的史臣「希旨」，連這位爺「老家」也與漢高祖劉邦同籍。

當然，時代在進步。史臣筆下，朱皇帝他媽不是像劉皇帝他媽是被「神龍」摁在地上才受孕，而是「（朱媽媽）夢神授藥一丸，置掌中有光，吞而後寤，口餘香氣」，改吃神仙大力丸了，似乎朱老爹沒做啥事就有了朱皇帝。

古人每當涉及記載皇帝之生，想像力總是貧乏，剛剛在「神龍」「神虎」夢奸帝母的敘述上有些「改進」，筆勢一轉，又歸流俗：「（朱元璋）及產，紅光滿室。自是夜數有光起，鄰里望見，驚以為火，輒奔救，至則無有。」這些當然純屬瞎編濫造。老朱家窮得丁當亂響，不可能連夜燒柴煮雞蛋。果真數夜屋裡發光，也早被元朝政府的探子上報加以鏟平。無稽之談，帝王附會，人們只得是信真疑假了。

朱元璋自濠梁起兵以來，定東南，平「漢」、滅「吳」，擊降方國珍，打敗陳友定，收取兩廣，而後收拾隊伍，鼎力北伐，平秦晉，取大都，繼而收蜀取滇，十五餘載苦戰經營，終成大一統元明朝。

所以，史臣這句話，絕對不是拍馬屁：

「明太祖崛起布衣，奄奠海宇，西漢以後所未有也」。

早歲已知世事艱——濠梁起兵

讀過宋史、元史的人都知道，元朝的武力之盛，自古罕匹，亞歐大陸，無數帝王、國王、部落首長，皆在蒙古鐵蹄下顫抖。然而，這些黃金家族的爺們統治中國才幾十年，由於蒙古人「馬

上得之」，繼而「馬上治之」，致使國祚日衰。昔日赫赫雄武，竟淪變為不堪一擊。

特別是元順帝繼位以來，天災人禍不斷，自廣州朱光卿和汝寧的「棒胡」造反以後，全國動亂蜂起，按下葫蘆又起瓢，最終鬧出了劉福通等人的「紅軍」，一時間忽變為燎原之態，元朝滅亡，已成必然之勢。

朱元璋，這個名字是他投附郭子興後由郭爺取的，他原名叫朱重八。朱重八的父親，也不叫朱世珍，原名朱五四。朱元璋的媽媽，叫陳二娘；朱元璋的大哥叫朱重四，二哥叫朱重六，他本人排行老三，所以叫朱重八。

看見這麼多「數字」，我們當代人可能奇怪，這老朱家難道是「數學世家」，咋起名字都是按數碼排列？老朱家當然不是數學世家，數代都是土生土長莊稼漢。

清朝人俞樾在他的《春在堂隨筆中》寫道：「元制，庶人無職者不許取名，止以行第及父母年齒合計為名，此於《元史》無徵，冉證以明高皇（朱元璋）所稱其兄之名，正是如此。」他又舉當時紹興鄉間為例：「如夫年二十四，婦年二十二，命為四十六，生子即名『四六』；夫年二十三，婦年二十二，合為四十五，生子即名『五九』，五九相乘，四十五也」。

據老俞勾沈，明朝大將常遇春的曾祖父叫常四三，爺爺叫常重五，父親叫常六六；大將湯和的曾祖叫湯五一，爺爺叫湯六一，父親叫湯七一，等等，皆為佐證。貓三狗四，日後皆成為人中龍虎。

元順帝至正四年（1344年），淮河大災，水旱蝗災禍不單行，活人一個個倒下變成死人，速度快得不及掩埋，當然就爆發傳染病。老朱家雖然在朱重八小時候夜夜「冒光」，此時卻無任何「異兆」，與常人凡家無異。幾天內，朱元璋的父親、母親、幼弟均病死，貧不能殮，只得用草席一裹隨便挖坑埋掉。又過幾天，朱元璋二哥朱重六也染病而亡。

　　無奈之下，年僅十七歲的小朱只得就近入皇覺寺為僧。他並非信佛，只圖有口飯吃。僅僅一月剛過，廟裡糧食被僧人食盡。樹倒猢猻散，小朱重八只得身著僧服，步行西至合肥，在光州、固州、汝州等處輾轉流浪，化齋乞食。

　　三年下來，天天辛勤奔走，只為飽腹活命，朱元璋熬過人生一大劫難，終得不死。

　　大饑荒之際，淮西地區動亂的種子已經遍佈。當地最活躍的「革命家」，當屬遊方僧出身的彭瑩玉，人稱「彭和尚」。此人到處散播「彌勒教」，以燒香拜佛為名，奉「彌勒佛」和「明王」為大神，稱為「明教」。彭和尚屬「明教」南宗一系。北宗一系是家在河北欒城的韓山童。韓家幾代人皆為白蓮教教主，世為土豪，一直想趁天下大亂時機成王成帝，便也稱「明王」要出世，暗中加緊準備。

　　明教，其實最早叫「摩尼教」，乃波斯人摩尼在西元三世紀創立的一種糅合佛教、祆教、基督教為一體的混合宗教，武則天時代傳至中國，一度在漢人與回鶻地區大盛，信眾人數頗多。唐武宗時期毀佛，順便也把「明教」禁了。轉入地下後，本來就是大雜燴的「明教」很能適應地方生活，道教及民間淫祀諸神和原始傳說日益添入其中，最終形成了類似會道門的邪教組織。北宋時期，明教一度大盛，特別是江南地區，明教齋堂比比皆是，其中供奉摩尼和耶穌（夷教）的畫像。由於明教人戒吃乳蔥，以菜為食，又供「魔鬼像」（當地當時的百姓見畫像中人皆黃毛綠睛，以為是鬼），不在教的人就稱明教為「吃菜事魔」。

　　但凡邪教發展到一定地步，都會和政府叫板。日後，明教與白蓮教合流，在缺少經濟聯繫的廣大農村地區如火如荼發展，多次起事，也多次被鎮壓。元順帝時，天災頻頻，人心思亂，正是邪教流出手之機，於是信徒們紛紛暗中串連，號稱彌勒佛降生，明王出世，蠢蠢欲動。1337年，陳州人胡閏兒（棒胡）起事，就是「明教」規模很大的一次暴動。1338年，彭和尚的弟子周子旺

在惠州起事，自稱「周王」，率眾五千人造反，但很快被元朝平滅。彭和尚由於擅用符水「治病」，為當地民眾掩蔽逃走，跑到淮西潛伏起來。

元末大亂，除了各種政治、經濟原因以外（可以參見拙作《帝國如風》，達觀出版），導火索是黃河水災。時任元朝宰相的脫脫知難而進，非要起國內幾十萬人工治理黃河。他在至正十一年初夏發調民工，開河二百八十里，以賈魯主持河政，勒黃河入故道。此舉此行，「利在千秋」，患在元朝。

一直尋摸起事機會的韓山童得到消息後，暗中鑿刻了個一隻眼睛的石頭巨人，派人埋於黃陵崗開河必經之地，並派遣徒眾四處散佈讖謠：「莫道石人一隻眼，挑動黃河天下反。」於是，韓山童以及得力助手劉福通、杜遵道等人四處活動，大肆宣傳「明王」出世的消息，開始打起復興宋朝的旗號。

結果，石人挖出，數萬黃河挑夫、兵士親眼所見，一傳十，十傳百，百傳千，千傳萬，本來就遭受元朝重重壓迫的漢人百姓，均聞言思亂。

於是，韓山童自稱宋徽宗八世孫，劉福通自稱宋將劉光世後人，大家齊推韓山童為「明王」，聚眾起事。不料，人多嘴雜，消息洩露。元朝地方政府派出幾百人，在「開幕式」上把韓山童逮個正著，押住這個造反頭子立馬送縣府開斬。劉福通、韓山童之妻楊氏與其子韓林兒好不容易才得脫。

依理講，擒賊先擒王，韓山童都被殺掉，大事應該不成才對。但劉福通有勇有謀，振臂一呼，旬日之間，得河工數萬人為兵。這些人均頭纏紅巾，一哄而起，殺掉元朝監工，四處攻掠。由於紅巾軍很快攻下朱皋這個大糧倉（今河南固始），開倉放米，馬上吸引饑民十餘萬來入軍。這樣一來，江南大震，義軍四起。

彭和尚聞訊，當然不會閒著，推徐壽輝為主，拉起隊伍，攻克沔陽、武昌、江陵、江西等多處府郡。

幾個月時間內，數支「紅軍」幾乎佔領了西至漢水、東至淮

水之間的所有土地，成為元朝的「國中之國」。

元末士人葉子奇在其筆記《草木子》中，給我們描述了這樣一幅元末社會的圖景：

「元朝末年，官貪吏污。始因蒙古、色目人罔然不知廉恥之為何物。其問人討錢，各有名目，所屬始參曰拜見錢，無事白要曰撒花錢，逢節曰追節錢，生辰曰生日錢，管事而索曰常例錢，送迎曰人情錢，勾追曰齎發錢，論訴曰公事錢。覓得錢多曰得手，除得州美曰好地分，補得職近曰好窠窟，（官吏們）漫不知忠君愛民之為何事也。」

當然，這種景象並非元末才有，實際上自始至終貫穿於整個元代，只不過「發展」到末期，「名目」得到更細的劃分。

政治上自不必講，元朝「四種人」的劃分，是毫無遮掩的民族壓迫。經濟方面，蒙元的破壞可謂「罄竹難書」。北方中原地區的漢族人民最為悲慘，幾個世紀以來，契丹、女真、蒙古，一次又一次浩劫，人口銳減不說，大部分良田變成荒地，昔日衣冠之邦，長久淪為豺狼異域。蒙古人成為中原大地的主人以後，不僅「繼承」了宋、金留下來的大片「官田」和「公田」，把戰爭中死亡人戶的有主土地劃為「官田」，還強行侵奪當地漢人正在耕種的良田，沒為「公田」。然後，慷慨至極的蒙古大汗和皇帝們很快把這些田地分賜給宗王、貴族以及寺廟。

這些奴隸主領主，各擁賜地，儼然是獨立王國的土皇帝，大的「分地」（蒙古貴族在「賜田」以外還有「分地管轄權」），可廣達方圓三千里，戶數可達二十萬之多。由於「分地」有免役特權，寺廟又免納租賦，最後一切沈重的負擔，均轉嫁到所謂的自由民身上。特別在初期，蒙元貴族不喜歡定居的生產生活方式，上萬頃的土地被故意拋荒，使之成為他們思慕夢想中故鄉的「草原」，以供放牧之用。而在其間，供他們殘酷役使的「驅丁」，則完全是沒有任何人身自由的奴隸。

　　在中國南方，除大量人口被擄掠賣到北方做奴隸以外，當地漢族人民要忍受與蒙元上層相勾結的漢族「功臣」或投附地主的壓迫。這些人並不因為自己一直身處南方而在剝削方面稍顯溫情，他們甚至仿效北方那種壓榨「驅丁」的方式盤剝佃戶。

　　元朝的佃戶與前後朝代最大的不同，在於他們整家整家地可以被田主任意典賣，他們所生的後代仍是男為奴僕女為婢，完全是農奴制的一種另類表現形式。即使在大羅網中星星點點分散些少量的自耕農，仍舊被蒙元沈重的徭役和賦稅壓得喘不過氣來。無奈之下，他們常常又跌入另一種萬劫不復的深淵——向官府以及與官府勾結的色目人借高利貸，即駭人聽聞的「斡脫錢」，這種高利貸的利息有個聽上去好聽的名字：羊羔兒息——一錠銀本，十年後即飛翻至一千零二十四錠——比現在入礦股的官員分的息還要多出數倍。

　　在如此殘酷的壓榨下，自耕農的破產與逃亡，成為元代社會的常態。

　　對蒙元帝國大唱讚歌的人們，總是炫耀地聲稱元代擁有當時世界上最先進的商品貨幣關係：紙幣交鈔是大元帝國惟一合法的通貨，在歐亞大陸諸多地區暢行無阻。但是，這種「暢行無阻」，是基於鐵火強權和刀鋒下的強制。除元初忽必烈時代交鈔尚有基本信用外，這種基本上沒有準備金的紙幣政策只能說明一個事實：蒙元政權貪淫暴政下肆無忌憚的掠奪。

　　老皇帝忽必烈死後，元朝的通貨膨脹一天比一天加劇。紅巾亂起後，軍費支出增劇，元廷只能天天拼命趕印紙幣，最終使得這些「通貨」形同廢紙。即使是在所謂的「和平年代」，蒙元憑這種紙幣形式不斷地掠奪人民的資產，除支付軍費、征服開支以及維持官僚機構運行外，都是套取現貨輸往海外，換來一船又一船、一車又一車價值連城的寶石、美酒、金銀器、地毯等駭人聽聞的奢侈品。

　　所以，一部分東西方蒙元史家誇誇其談的橫跨歐亞的帝國交

通線，最初的本來目的就是便於運輸這些帝王貴族的「必需」之物以及能夠更快更準確地把帝國軍隊派往每一處角落鎮壓任何可能的反抗。至於後世所謂的「加強了世界間的經濟文化交流」，並非蒙元統治者的原意，他們至死（甚至元朝滅亡），也沒什麼人會想到這樣的「積極意義」。而且，設驛站、鋪道路、開漕運的所有這些「方便」，無不是建立在漢族人民的血汗之上。

報應分早晚，元朝的崩潰，最後很大程度上也源自「鈔票」這小小的片紙鈔幣，財政崩垮後，再想維持統治，難比登天。

施行如此殘暴而無人性的統治，在冷兵器時代，元朝的滅亡就成為必然。

身為天下至尊，元順帝整日與十個「倚納」寵臣在宮中群交濫交，性活動的過程撲朔迷離，駭人心目：各人赤身裸體，腦袋上都戴頂高色黃帽，上綴黃金打制的「佛」字，手執念珠，光屁股列隊在大殿內邊行走邊念咒語。同時，殿內有美女數百人，身穿瓔珞流蘇遍體的奇裝異服，按弦品簫，玉體橫陳，高唱《金字經》，四下蹦躍，大跳「雁兒」舞。順帝等人，又飲酒又服食春藥，心醉神迷，大有一日快活敵千年的極樂之感。

不僅自己快樂，順帝表示「太子苦不曉秘密佛法，此秘戲可以延年益壽呵」，於是他又讓禿魯帖木兒教太子有樣學樣，「未幾，太子亦惑溺於邪道也」。縱觀中國上下五千年歷史，淫暴如秦始皇、齊顯祖、隋煬帝、金海陵，都是自身宣淫，對下一代儲君太子皆付名師碩儒教誨，從未聽說上述幾個爺們讓人教兒子也「學壞」的。這一點，元順帝為中國歷史上惟一一個向兒子傳授性學古怪大法的皇帝。

當元順帝浸沈於歌舞享樂的時候，元朝的「叛逆」們力量越來越大。

劉福通於1355年（至正十五年）在亳州立韓林兒為帝建「宋」後，先是打敗元朝的河南行省平章政事答失不都魯，並生俘其子孛羅帖木兒。但不久元軍發動突襲，又搶回了孛羅帖木兒（此

人日後還有「大故事」可說）。同時，元廷調察罕帖木兒等軍進攻「宋」軍。

劉福通才略不凡，他以進為退，以攻為守，在1356年秋發動三路北伐：李武、崔德率西路軍出潼關，直奔晉南；趙均用、毛貴統東路軍，由海道攻山東；關鐸和潘誠領中路軍跨越太行山進攻山西。劉福通本人則率大軍轉戰冀南、豫北地區，大敗答失八都魯。這位將有勇能戰，劉福通又使計，四處派人放出風聲，說答失八都魯與自己暗中講和。元廷偵之憤怒，下詔嚴責答失八都魯，這位驍將竟「憂憤而死」，其子孛羅帖木兒接替他的職位。

劉福通趁元軍內部混亂之際，於1358年攻克汴梁。這是一座政治含義極濃的城市，劉福通終於可以以之為都城，想以昔日北宋的首都當招牌，想真正來重開「大宋之天」。

三路北伐軍方面，西路軍在攻鳳翔時失利，一戰潰散，諸將散走；東路軍開始連連得勝，幾乎佔據整個山東，並揮師北上，直逼大都。當時，山西的兩部元軍察罕帖木兒與孛羅帖木兒正因爭地盤窩裡鬥，打得不可開交。毛貴、趙均用二人如果抓住有利時機，穩紮穩打，很可能一舉攻下大都。由於內部不和加上輕敵，紅巾軍在柳林大敗，潰退回濟南。不久，內訌發生，趙均用殺毛貴；又過一陣子，趙均用又被毛貴手下殺掉。如此一來，本來是統一部隊的山東紅巾軍分裂成數股散賊；中路軍本想進入山西後馳援毛貴進攻大都，中途被元軍阻擋，在河北南部戰鬥一陣，就忽然轉攻晉北。

1357年，這支行蹤飄忽的中路紅巾軍竟然一舉攻破元朝兩都之一的上都，把宮闕盡數焚毀。然後，他們又進攻遼陽。至正十九年，關鐸等人又率大軍攻入高麗，並攻佔高麗都城。高麗王本人使出他們祖輩以來最擅長的功夫：「跑」，一溜煙跑到耽羅躲避。這一支紅巾軍雖然神勇，可他們的首領皆長著豬腦子，就知道四處指揮兵士輾轉征殺，沒有任何堅定的政治理念和終極目標。

　　高麗王逃跑，其手下大臣很賊，重演「裝孫子」的好戲，一大幫人跪迎紅巾軍，紛紛獻出自己的女兒、姐妹，分配給紅巾軍各級將領為妻。

　　上行下效，紅巾軍士們紛紛娶高麗女人為大小老婆，恣情往來。轉戰多年的紅巾軍乍入溫柔鄉，天天偎紅倚翠吃泡菜，一下子喪失了革命鬥志和警惕性，數萬人擠在高麗王城中，成日醉了睡，睡了醉。

　　見時機差不多，一天晚上，在京的高麗大臣和平民忽然接到高麗王命令：立刻進攻，王京內只要是不講高麗話的，立刻攻殺，一個不留！

　　事起倉猝，紅巾軍上下本來都把這些天天把他們伺候周到的高麗男女當成親人，不時還親熱地「前古轆不轉後古轆轉」跟倒茶遞水的阿媽妮來幾句，忽然之間，石頭代替了泡菜缸，大刀片子代替了高麗參，驚愕之餘，「革命」戰士們腦袋紛紛搬家，主將關鐸等人及數萬兵士皆一夕被殺，惟獨綽號「破頭潘」的潘誠手下一名偏將左李命大，駐守城外，最終率一萬不到的兵馬逃回鴨綠江，向元軍投降。

　　大概交待了劉福通等「紅軍」和元順帝，回來再講朱元璋。

　　出外走動三年，乞討三年，閱盡人生冷暖。此時的朱元璋，身在皇覺寺，心在眾山間。外間動亂四起，「紅軍」到處拉杆子占城池，元軍打不過「紅軍」，整日殺掠良民百姓邀賞請功，世道間怎一個亂字了得。

　　於是，和尚更思人間事，小朱在佛前擲卜三次，終於為自己出去做「賊」找到了心理憑依。至正十二年三月十五日，朱元璋穿件破爛僧服，直抵濠州城下，要見當時佔據此城的「城大王」郭子興。

　　郭子興，原籍曹州。其父乃一走方郎中兼算命師傅，年輕時為謀生在定遠一帶轉悠，最後，他娶縣中一老財主瞎而胖的閨女為妻，家財益饒。腰中有了錢不算，瞎老婆還為老郭生下三個兒

子，其中老二就是日後的郭子興。有個混混爹，郭老二肯定也是棵土豪的苗子，長大後，任俠好施，喜延賓客。如此的惹事精，趕上亂世，定為一方英雄。

亂起之時，郭子興聚數千青年人，一舉攻克濠州（今安徽鳳陽），一時間聲名大震。與郭子興同為事頭的，還有郭德崖等四個人，五位爺各稱「元帥」，這些人誰都不服誰。郭子興本人土豪出身，另外四位百分百流氓無產者，粗魯野蠻，日行剽掠，郭子興很看不起他們。

四人不悅，合謀想搞掉郭子興。

濠州門兵見朱元璋這樣一個粗頭大臉的怪和尚要見元帥，以為是間諜，立刻把他五花大綁通稟郭子興。結果，郭子興見來人狀貌奇偉，聊了幾句，很投脾氣，大悅之下，把和尚任命為自己的貼身親兵，立刻就讓朱和尚當上十夫長。

日後，凡有攻伐，郭子興皆讓朱元璋打頭陣。小朱運氣不錯，往往旗開得勝。由於當時郭子興與四帥傾軋，正需貼身賣命的心腹，他很快就把自己的義女馬姑娘嫁給朱元璋為妻，正式為他起名為朱元璋，字國瑞。

成為郭元帥的乘龍快婿後，朱元璋在軍中地位日益提高，人皆呼之為「朱公子」。至於他的老婆馬氏，乃郭子興老友宿州人馬公之女，十餘歲時父死，入郭家為義女。

「朱公子」個人事業有成，但當時「紅軍」的大形勢卻一派大壞：十月間，元朝丞相脫脫親率兵馬，在徐州大敗義軍「芝麻李」。趙均用、彭早住兩部人馬也被擊潰，一起竄入濠州。趙彭二人喧賓奪主，入濠州後反而成為郭子興等「五帥」的首長。

「五帥」見風使舵，郭子興尊禮彭早住（彭大），孫德崖等人擁推趙均用，各自拉幫結派。城外，脫脫派賈魯（治河那位爺）率大批元軍，把濠州圍個水洩不通。

大亂當前，濠州城內諸人互相算計。孫德崖挑撥趙均用，說他眼中只有彭大。趙均用憤怒，設計誘執郭子興，捆起來準備殺

掉。朱元璋當時正在淮北帶兵,聞訊大急,忙回濠州向彭大訴怨。彭大也怒,拍胸脯說:「有我在,你岳父肯定無事!」於是兩個人擁兵而行,直衝入趙均用府邸,把渾身枷索的郭子興放出。

麻稈打狼兩頭怕,趙均用沒敢吱聲。只有孫德崖心中暗恨沒殺成郭子興。

還好,濠州被圍七個多月後,元軍主將賈魯病死,圍解。城內的趙均用和彭大來了精神,一個稱永義王,一個稱永淮王,關起門當起王爺來。

朱元璋處於「創業」期,很注意招募人才,陸續得淮西二十四將為自己效力,這些人的名字一定要記住,除湯和外,再除去明朝建國前戰死的,其餘皆在功成後被朱元璋整族誅除。他們是:徐達、湯和、吳良、吳禎、花雲、陳德、顧時、費聚、耿再成、耿炳文、唐勝宗、陸仲亨、華雲龍、鄭遇春、郭興、郭英、胡海、張龍、陳桓、謝成、李新材、張赫、周銓、周德興。

帶著這些人,朱元璋南攻定遠,軟硬兼施,連蒙帶騙,收降附近占山據寨的「紅軍」近三萬人,「軍威大振」。

不久,定遠人馮國用、馮國勝(又名馮勝)兄弟也率眾來投。與其他苦大仇深窮棒子不同,馮氏兄弟地主出身,讀過書,特別是馮國用,很有政治頭腦,向朱元璋建議道:「金陵虎踞龍盤,帝王之都。您應該先拔金陵,定鼎之後,命將四出,救生靈於水火,施仁義於遠近,切勿貪婦子玉帛之小利,如此,天下不難定也!」

朱元璋聞言大悅。

繼馮氏兄弟之後,定遠儒生李善長也來投靠。此人與朱元璋一見傾心,氣味相投,馬上就被任命為「掌書記」,軍政大事,皆咨之而後行。

紅紅火火之際,朱元璋的侄子朱文正和外甥李文忠也來歸。當時李文忠年才十二,牽著二舅的衣服不放,朱元璋感動:「外甥見舅如見母呵。」就把他和沐英等少年兵皆「賜」姓朱,養為

義子。每逢大亂之世，諸將皆喜養「義子」自固。日後，朱元璋有「義子」二十餘人，有名的除李文忠、沐英外，還有朱文剛、平保兒等人。這些「義子」並非只是充任朱元璋保鏢那麼簡單，日後老朱「生意」做大，義子們又兼「監軍」之用，監視諸將。

朱元璋莊稼漢出身，統馭人才很有一手。除「義子」外，他攻下金陵後又實施主將留家眷當「人質」的作法，逐漸成為制度，以防將領叛變。而且，馮氏兄弟、李善長等「知識份子」給予他很大啟發，為防止手下大將身邊也有「諸葛亮」出謀劃策，朱元璋嚴禁諸將手下置儒生，只允設辦事員一類的「吏」來處理公務。

濠州方面，彭大、趙均用二人裹挾郭子興等人，竄往泗州。其間，彭、趙二人爭權，士卒內鬥，彭大本人竟中箭而死，沒犧牲於「革命」陣上，竟亡於自己人之手。由此，趙均用一支獨大，兼併彭大手下部伍，狼戾益甚，開始又打郭子興算盤，時刻想整死他。

在外掠地的朱元璋聞之，遣人勸解：「趙王您當年落魄趨濠州，倘若郭公閉門不納，必死無疑。入城後，趙王您又踞位其上，以勢凌之。郭公乃無大略之人，容易對付，所可慮者，乃郭公手下駐滁州將領。」

趙均用思之，甚覺有理，加上收受朱元璋大筆金寶孝敬，便放郭子興去滁州。

郭子興人到滁州，朱元璋立刻率兩三萬人馬來歸。老郭感覺很好，也想過下當王爺的癮，想立刻稱王。

朱元璋勸阻：「滁州四面皆山，舟楫商旅不通，非求安立國之地。」

郭子興悻悻，但不得不聽。

老郭的為人，梟悍善鬥，本性剛強不容人，待人寡恩。每俟事急，老郭總召朱元璋謀議，親信如左右手一樣；事解，則馬上輕信人言，戒備這位屢立大功的朱女婿。

入滁州才一個多月，老郭聽信讒言，剝奪朱元璋一切兵權，並要召朱女婿的文膽李善長為自己做事。老李厚道人，涕泣不行，依舊待在朱元璋身邊。

在這種危險情勢下，朱元璋發揮其天性中的「大奸似忠」品質，對老丈人「事之愈恭」。更重要的是，朱元璋妻子馬氏從家中拿出大把金銀珠寶往自己乾媽那裡送。

枕邊風最硬，郭子興老婆天天在老公面前說乾女兒、乾女婿的好話，終究使得朱元璋免於被殺的命運。

至正十四年（1354年）冬，元朝丞相脫脫率大軍進攻高郵的張士誠，分兵圍六合。六合守將心慌，遣人來求郭子興出手相援。張士誠本人不是「紅軍」系出身，郭子興與六合守將大有舊怨，根本不願發兵。

朱元璋勸說：「唇亡齒寒，六合一破，滁州不能獨完，奈何因小而忘大事！」郭子興醒過味，連連稱是，詢問諸將誰願領兵救六合。

當時，元軍號稱百萬，眾人皆畏，無一人願往。

朱元璋自告奮勇，提數千人東去，堅守瓦梁壘。元軍勢大，不久攻下六合，直逼滁州，朱元璋趕忙回防。

其間，朱元璋用計，命部將耿再成佯敗，引元兵來攻。元兵追擊，朱元璋忽然掉頭反擊，埋伏的兵馬四起，滁州兵又衝出，大敗了元軍一仗。

得勝後，朱元璋忙派人把繳獲的馬匹悉數還與元軍，送酒送牛慰勞，表示說滁州城內皆是大元良民，目的是完城自保，對官軍沒有惡意。

元軍有了面子，又攻不下滁州，就上報說「招安」了滁州，徑直參與高郵圍城戰，放了郭子興、朱元璋一馬。

可笑的是，高郵城內張士誠上天無路、入地無門之時，元廷內訌，順帝一張詔書解除丞相脫脫兵權，散罷其兵。一時間，高郵圍解。

　　朱元璋方面，此時得到虹縣壯士胡大海入夥，此人長身鐵面，智力過人，立即被任命為先鋒將。

　　眼見歸附人馬日多，滁州乏糧，朱元璋就建議郭子興南攻和州。郭子興同意。於是，朱元璋派胡大海領兵，一鼓而下和州。郭子興大喜，命朱元璋為總兵官，鎮守和州。至此，十夫長變成了「總兵官」，朱元璋終於有了發家的大本錢在手。

　　為了經營「根據地」，朱元璋整肅軍紀，嚴禁掠人妻女，於是附近百姓大悅，都把他的軍隊當成人民的隊伍。

　　剛剛消停了幾十天，濠州「五帥」之一的孫德崖率部下湧至和州就食。朱元璋見老上司來，不敢不讓他進城，連忙熱情招待。身在滁州的郭子興聞訊大怒，率眾兵前往和州，想與老對頭孫德崖火拼。老孫聽說老郭氣洶洶而來，心裡也驚，忙指揮人馬往外撤。

　　朱元璋覺得過意不去，親自送部隊出城，並讓老孫率軍殿後，鎮撫己軍，免得與老郭的入城先頭部隊發生衝突。

　　不料想，郭子興怒氣沖沖來得快，正趕上孫德崖往城外走。仇人見面，分紅眼紅，兩支友軍登時交手，殺得你死我活，孫德崖被郭子興活捉。

　　朱元璋聞變，策馬欲逃，被孫德崖手下軍將一棍子打落下馬，捆個結實，擁之而行。半路，眾人遇見孫德崖弟弟，一起商量，準備殺掉朱元璋洩憤。

　　彼時，日後的朱皇帝命懸一線，只要有哪位急紅眼的孫德崖兵上前給他一刀，日後所有的中國歷史會全然改觀。

　　關鍵時刻，孫部中有一位張姓將領全力上前阻止殺人，認為現在還不知道孫德崖死活，如果殺掉朱元璋，主帥也必死無疑。

　　和州城內，郭子興正高興逮住孫德崖，準備千刀萬剮了這個「老戰友」以洩憤。忽聽女婿朱元璋被對方生擒，老郭快樂頓成鬱悶，頓感如失左右手，立即派徐達為「人質」換回朱元璋。又是那位張姓將領力爭，孫部兵將釋放了朱元璋。無奈之下，郭子

興只能放掉了孫德崖，不久湯和也從孫部得歸。

此次遭遇，險過剃頭，如無那位張姓將領，老朱早就被砍掉人頭。可歎的是，這位張姓將領並未留下名字，日後再無出現於史書之中，一是可能在混戰中死亡，二是可能隱姓埋名。否則，老朱就會和他兒子朱棣一樣，也有一個「恩張」了。（事見朱棣傳）

值得一表的是，作為堂堂一方統領，郭子興因放走孫德崖一事鬱悶至極，終日咬牙切齒，自己和自己叫勁。三個月後，老哥們酒後越想越氣，一下子腦溢血，喀崩一下，死了。

當時，「紅軍」中勢力最大的劉福通擁立韓林兒為皇帝，號「小明王」，改元「龍鳳」。自然，劉福通以「大龍頭」自居，行檄天下，也派使者到和州招撫，任郭子興之子郭天敘為都元帥（郭子興有三子，長子戰死；次子郭天敘，三子郭天爵），以張天佑和朱元璋為副元帥。這個張天佑是郭子興小舅子。

《明史》和《實錄》等書上講，太祖（朱元璋）慨然曰：「大丈夫寧能受制於人耶！」即拒絕接受劉福通的「任命」，「然念（韓）林兒勢盛，可倚藉，乃用其年號以令軍中」，這種講話，完全是日後朱元璋「闊」了翻臉不認人的瞎編排。

當時接到這種任命，幾個人樂得屁顛屁顛。與方國珍、張士誠不同，那些人有與同元朝講條件受招安的「本錢」，而朱元璋等人當時的身份是「群賊」，翻來翻去想找一條粗腿來抱。他們巴結不上大元，好歹先靠上一個韓林兒這樣的「皇帝」，混個名號，心裡上也好受些，四處攻掠更有藉口和憑恃。

郭子興的兩個兒子，從前在滁州時見乾妹夫聲名日盛，當時就想以毒酒害死朱元璋。老朱當時不說穿，按期與二人一起赴宴，中途忽然勒馬躍起，往復再三，仰頭向天空喃喃自語，煞有介事似在與「神人」談話。而後，朱元璋變臉大罵：「我怎麼對不起你們兩個人，空中神人告訴我，你倆要用毒酒殺我！」

這兩人智商低，不察是消息洩漏，真以為有神靈佑護乾妹夫

，駭汗浹背，自此再不敢對朱元璋萌生害意。後來，郭天敘與另一個副元帥張天佑均死於陳野先之叛。郭天爵被韓林兒任為中書右丞。朱元璋得勢後，找藉口把這位乾小舅子殺掉。由此，他乾老丈人郭子興就成了絕戶。不過，郭子興有一妾生女，後被朱元璋享用，封為「惠妃」，還生下蜀王、谷王、代王三個兒子。這樣講的話，老郭也有幸使血脈得延。洪武三年，朱皇帝追封老上司郭子興為「滁陽王」，終於了卻老郭當王爺的耿耿「宿願」。

勢之在起，人人從龍。虹縣人鄧愈、懷遠人常遇春兩位神勇之將即來投附。此時的朱元璋，已經很有政治權謀和馭人手腕。他知道常遇春乃武裝頭目劉聚手下，便說：「汝因部隊無糧來歸，然汝故主在，吾安得奪之。」

常遇春頓首泣訴：「劉聚剽掠盜賊，胸無大志。如能效力於您，雖死猶生！」

當時，朱元璋正要渡江發展，便激言道：「能相從渡江乎？取太平之後，歸我未晚也。」

本來，朱元璋坐屯和州，一直想渡江開闢新領地，卻找不到渡船。之所以忙著渡江，重要原因之一是軍糧問題。雖只一江之隔，對面的太平路周圍皆是產米區，魚米之鄉，如果部隊得進，吃穿不愁，那日後的發展肯定就是硬道理了。

恰在此時，廖永安、俞廷玉一夥人，率領一幫人馬船隻泊於巢湖結水寨自保，遣使向朱元璋表示投附之意。朱元帥大喜，「此天意也，機不可失」，親自率兵至巢湖與廖永安等人會合。接著，他登舟前行，在黃墩大敗元軍水師蠻子海牙軍隊，打通了通向長江的水路。

1355年夏七月，朱元璋集結大軍，直攻采石。常遇春身先士卒，在牛渚磯大顯神威，單人持戈躍上岸邊，所向披靡，攻克采石。大軍乘勝，徑衝太平（今安徽當塗）。元朝太平路平章完者不花等人棄城遁逃。

在太平，朱元璋定下取金陵方略，又得儒士陶安、汪廣洋等

人，開帥府，立規模，移文仍用龍鳳年號，旗幟戰衣皆紅色，儼然一支超正規的紅巾軍。

但是，太平一點不太平，城四周元朝軍隊密布，元將蠻子海牙等人以巨艦攔截采石，中閉姑孰口。元朝地方民兵武裝頭領陳野先進攻最積極，與其將康茂才水陸分道，充當元軍先鋒，直殺太平城下。

豈料，朱元璋早有準備，命徐達、鄧愈出奇兵突出其後，在襄陽橋設下伏兵，一舉生俘了陳野先。

朱元璋釋之不殺，陳野先表示降附，但他心中仍然想幫元朝滅紅巾。於是，他寫信給蠻子海牙等部以及屯於集慶路附近的元軍「招降」，表面上是招降之辭，實則陰地激之，想激發這些人的血氣和鬥志反攻。

不料，各路元軍心懷貳志，見到這位陳猛將都投降了，皆無鬥志，一時間真有許多人前往太平向朱元璋投降。

自悔失計之餘，陳野先陰囑其老部下，待紅巾軍攻集慶時不要賣命，並聲稱自己有機得脫的話，一定復歸元軍。朱元璋聞之，也不強留，縱之使還。

溧陽、句容、蕪湖等地，皆在朱元璋掌握之中。

陳野先被朱元璋釋放後，糾集舊部，在秦淮河附近集結，暗中與元軍集慶主將福壽聯絡。此時，郭子興兒子郭天敘與舅舅張天佑兩人均領兵，先於朱元璋之前對集慶展開進攻。攻了幾日，身在曹營心在漢的陳野先部根本不賣力，郭天敘和張天佑手下又無猛將，雙方在集慶呈膠著狀態。

陳野先以商議軍事為名，請都元帥郭天敘和副元帥張天佑來自己營中飲酒。二人不知是計，欣然前往。剛一落座，大刀橫飛，兩位主帥前後腳進地府報到。

陳野先與元將福壽立刻對紅巾軍敗軍猛打，邊殺邊追，一直追擊到溧陽。

豈料想，溧陽的元朝地方武裝只知道陳野先投降的事情，認

定他是「賊」，聽說有人打著他的旗號來，立刻準備上好的埋伏圈，正好把陳野先候個正著。見到迎前的一夥人皆元軍裝束，陳野先還沒在意，剛要張口打招呼，對方箭飛槍擲，老陳自己被弄成血蜂窩，死於馬下。

即使有了陳野先的「前鑑」，朱元璋仍舊禮待元朝官員。太平陷落後，元朝貴族哈納出（木華黎後人）被俘，天天鬱鬱不樂。朱元璋對他說：「人臣各為其主，何況你又有父母妻子，還是放你回去吧！」這些小伎倆，日後證明效果奇佳。

1356年春，大將常遇春又出奇兵，在水上大敗元朝蠻子海牙的水軍，自此，元軍扼江阻遏之勢遂衰。四月，朱元璋率領諸將，水陸並進，向集慶發動猛攻。

朱元璋部下勇猛，又無陳野先這樣的人詐降與城內裡應外合，一下子就把駐守城外的元軍陳兆先部打得大敗投降，得數萬降卒為己用。

為了表示自己寬宏大度，朱元璋故意從這數萬降兵中挑出五百精壯之士為自己的護衛，並在夜間解甲而寢，安睡達旦，以示不疑。此計管用，新降兵士疑懼頓消，鐵定心要為朱元璋賣命。

幾天休整後，紅巾軍盡力攻城，馮國用將五百兵為先鋒，在蔣山大敗元軍，直抵城下，諸軍拔柵競進。元將福壽督兵力戰，終於不敵，兵敗身死，集慶最後落入朱元璋之手。

元將康茂才率部投降，蠻子海牙逃歸張士誠。

有了集慶（今南京）這塊風水寶地，朱元璋終於為帝業奠定了最穩固的地基，不僅獲形勝之地，又平添兵民五十萬。

於是，他改集慶路為應天府，並設天興、建康翼元帥府，以廖永安為統軍元帥。上報韓林兒後，「朝廷」升任朱元璋為「樞密院同僉」（相當於國防部副部長），不久索性讓老朱做了「江南行中書省平章」，諸將不少人也獲封為「元帥」。

此時，元朝大軍正和劉福通諸部周旋，所以朱元璋暫時還很安全。

當然，應天府周圍，東有元將定定，西有徐壽輝，南有元將八思爾不花，北有元朝地方武裝「青衣軍」，而且東南還有張士誠勢力，皆虎視眈眈，想不居安思危都不行。

平定江南首攻堅——擊滅陳友諒

講陳友諒，必定先要提一下「天完」政權。這一支湖北紅巾，事主兒是「彭和尚」彭瑩玉，主要執行人是鄒普勝，至於被推為「領袖」的徐壽輝，本來布販子一名，彭和尚見他相貌不俗，便推舉他為王，老徐實則繡花枕頭一個。

繼劉福通起事後，至正十一年十月，彭和尚與麻城人鄒普勝擁徐壽輝起事，攻陷蘄水和黃州路，彭與鄒二人馬上以蘄水為都城擁老徐稱帝，國號「天完」，建元「治平」。

天完者，大元上各加一橫一寶蓋，「壓」大元為主也。文字遊戲，智短謀淺，「天完」，天要它完，能不完嗎。

也甭說，天完政權初開張時，攻伐四克，不僅打敗元朝威順王寬徹不花大軍，連陷饒州、信州以及湖廣、江西諸郡縣，未幾又破昱嶺關，攻克杭州。趙普勝一軍也能打，連克太平諸路，聲勢大震。

可惜的是，天完政權中，沒有具有長遠戰略眼光的知識份子教他們長謀遠略，得城多多，遂得遂失。鬧騰一年多，所存廣大地區一個一個丟掉，最後連「國都」蘄水也被元軍攻下，「皇帝」徐壽輝只能跑到黃梅躲著。

彭和尚見勢不妙，攜帶大筆珠寶不知所蹤，日後此人再無露面，估計蓄發當起了富家翁。

節節敗退之時，「天完」政權幸好有倪文俊能幹，率軍連接攻克沔陽、襄陽、中興（江陵）、武昌、漢陽、蘄水等地，最終把徐「皇帝」迎駕到漢陽。

不久，天完政權內訌，陳友諒殺掉倪文俊，並統其軍。

陳友諒，沔陽打漁人出身。本姓謝，其祖父入贅陳氏，因從

其姓。老陳小時候也讀過幾天書，略通文義。青年時代有算卦人說他家祖墳風水好，當出貴人，這使得陳友諒竊喜之餘，一直懷有造反異志。

徐壽輝起兵時，陳友諒正當小縣史公務員，即刻投筆從戎，加入造反隊伍。他首先在倪文俊手下當小文書，不久自將兵出外發展，很快成為天完政權的一方軍將。

倪文俊與徐壽輝相處了一陣，「君臣」不和，老倪想殺「皇帝」老徐，不成，只得跑往黃州自己老部下陳友諒處。誰料，陳友諒正愁自己手下人馬不多，見老倪自己送上門，歡天喜地迎接。沒過幾天，陳友諒就在酒宴上殺掉老上司，並其兵馬，自稱宣慰使，不久自稱平章政事。

陳友諒部與朱元璋部最早的「接觸」，是元順帝至正十七年底（1357年）的事情。常遇春、廖永安等人率軍自銅陵進攻池州，殺天完將洪元帥。

陳友諒兼併倪文俊部隊後，一路進擊，連下江西隆興、瑞州，並遣部下猛將趙普勝率軍猛攻池州。趙普勝原是巢湖水賊，曾歸附過朱元璋，後來叛去歸徐壽輝。此人外號「雙刀趙」，驍勇能戰，一直以安慶為大本營。攻克池州後，他進襲太平。朱元璋惱怒，急遣徐達等人突襲趙普勝的柵江大營，並奪回池州。

朱元璋深忌趙普勝勇武，派人攜重金入陳友諒處行離間計，使其親信陳說趙普勝有自立之心。趙普勝自己當然不知道這些情況，每次接待陳友諒來使，皆洋洋自得大誇自己的功勞，很有「捨吾其誰」的架式。陳友諒正疑他，聽使人如此說，終定殺心。

於是，他以會師為名，從江州領大軍忽至安慶。趙普勝沒有任何心理準備，派人駕船，親自帶了燒羊美酒去迎接老陳。兩舟交會，陳友諒一臉笑容現於船頭，趙普勝連忙跨身上前見禮。老趙剛一低頭，精光一閃，腦袋就掉在自己雙腳之間，剎那間，他還挺詫異：這一揖做過頭了不成？

殺了如此勇將，誠為陳友諒一大敗著。他兼併趙部後，即刻

挑選精兵奔襲池州，被朱元璋手下徐達殺得大敗而去。

徐壽輝「皇帝」聽說臣子陳友諒在外邊幹得不錯，又攻佔了龍興（南昌），覺得這地名不錯，表示自己要「遷都」龍興。陳友諒當然不想身邊多出一個「皇帝」來，表示不可。

徐皇帝也是死催，大草包帶著幾萬人就從漢陽出發，直奔江州而來。

江州乃陳友諒大本營，見徐皇帝自來尋死，老陳也不敢怠慢，伏兵郭外，把徐壽輝及其「禁衛軍」迎入城中，即刻關閉大門，把數千人殺個精光，軟禁了徐壽輝。

陳友諒自稱漢王，置王府官爵。

1360年夏，陳友諒挾持徐壽輝，率水軍直犯太平。

朱元璋手下猛將花雲守太平，人數只有數千，頑強抵抗。三天後，陳友諒乘漲水之際，巨艦直泊於太平城西南角，大船船尾高與城平，士卒蜂擁而登，太平城被攻陷。

猛將花雲被擒，不屈痛罵：「賊奴！汝輩現縛我，吾主必為我報仇，斬汝等萬段！」他奮力躍起掙開繩索，奪刀殺五六人。

陳友諒大怒，派人把花雲綁在大船桅杆上，命兵士萬箭齊射，把花雲射成個刺蝟。

攻得太平城，陳友諒更覺「徐皇帝」再無用處，派壯士用鐵錘擊碎其頭，胡亂拋屍完事。

「天完」政權，這下真的徹底完了。

然後，陳友諒在采石磯一帶的五通廟舉行登基儀式，自稱皇帝，國號「漢」，改元大義。

這位陳皇帝稱帝太心急，「群臣」立於江邊，草率行禮。突遇大雨，殊列儀節，狼狽不堪。最早擁立徐壽輝當「皇帝」的鄒普勝，如今反成為陳友諒的「太師」。陳友諒以張必先為「丞相」，以張定邊為「太尉」。然後，他率軍還江州。

到了老窩後，他馬上遣使送信給張士誠，約定共滅朱元璋。張士誠只想自固，沒有應承。

在江州修整了數日，陳友諒引大軍東下，直撲建康。

金陵城中，人心大駭，朱元璋手下人不少心意搖動，有欲降的，有欲逃的，有欲據鍾山死守的，人心惶惶。

朱元璋問計於劉基。劉基心沈氣穩，說：「天道後舉者勝。我軍以逸待勞，何患不克！明公您宜開府庫，固士心，傾至誠，伏兵伺陳擊敵。取威制勝，以成王業，在此一舉。」

朱元璋遂意決。

當是時也，朱元璋文臣武將中多有出迎自保之心，估計連朱元璋本人也多夜睡不著覺，細想過是否當個「漢臣」。正是劉基一席話，終使朱元璋心穩神固。

劉基於1360年春與宋濂、章溢、葉琛三人一起往建康投附朱元璋，此人精通天文、兵法、性理諸書，通才人物，很是有真本事。更引人注意的是，他乃元朝進士出身（元朝漢人中舉者，百年間僅兩千人左右，極其稀罕）。

這時，有人提議朱元璋先收復太平以牽制敵方，有人建議朱元璋自己親自指揮出建康禦敵，均為朱元璋所拒。這位爺沒讀過什麼兵書，屬於那種天生有感覺的軍事家，他說：

「太平城濠塹深固，如果當時陳友諒沒有巨艦，不能水上進攻，太平根本不會陷落。倘使我們現在去圍城，不可能短時間拿下。而且，賊軍水軍十倍於我軍，屯兵於堅城之下，進不能取，退不及援，肯定吃虧。如果我自己出城逆敵，敵軍以偏師牽制我，牽著我們主力四處兜圈，陳友諒會以舟師順流而下直奔建康，半日即可抵城下。到時，即使我們的步兵騎兵能夠即時回援，也是百里趨戰，精疲力竭，乃兵法大忌呵。」

朱元璋先派出胡大海直搗廣信（今江西上饒）以制其後，然後招指揮康茂才議事。老康乃是先前降而復叛的陳野先屬下將領，聞召立至。朱元璋開門見山：

「聽說你一直和陳友諒關係不錯，今其入寇，我很想讓他來快些。你假裝充當他的內應，派人捎信給他約他速來，最好讓他

兵分三道來擊，以弱其勢。」

康茂才唯唯，仍有些摸不著頭腦。「我家中有個門子，從前一直在陳友諒家中做事，讓他送信，對方必無疑心……不過，我們如今多數人都害怕漢軍到來，為何要引誘對方來找我們打？」

朱元璋一笑：「情況再發展下去，陳友諒必和張士誠聯手，二寇謀合，何以對付！今先破陳賊，則張士誠聞之膽落！」

老康恍然，依計行事。

康茂才的門子化裝進入陳友諒軍，老陳得書大喜，問：「康公今何在？」

門子答：「正提軍守護江東橋。」

問：「橋是何質地？」

答：「木橋。」

陳友諒喜形於色，「你回去告訴康公，我很快就去那裡，到達後則高呼『老康』，讓他聞呼而出。」

門子回來後，康茂才馬上報知朱元璋。老朱大喜：「賊人入套了！」忙命李善長派人把江東橋木板拆掉，改成鐵石橋，一夜之間，橋成。

同時，聽說陳友諒一軍打探過新河口方面的道路，老朱派大將趙德勝在新河兩岸築虎口新城。

於是，朱元璋動員所有人馬，命常遇春、馮勝等人率精軍三萬埋伏於石灰山側，徐達等陳兵於建康南門外，楊璟駐兵大勝港，張德勝等人率水軍出龍江關外，老朱本人親統大軍在盧龍山待敵。

他命令持旗信號兵分持紅黃旗埋伏於盧龍山左右，「寇至，則舉紅旗；黃旗舉，則伏兵皆發。」

陳友諒自恃有康茂才做內應，人馬船隻又多，果然引水軍浩浩蕩蕩殺來，直進大勝港。

港灣窄狹，又有朱元璋大將楊璟嚴陣以待，每撥只能有三船並進，急得陳友諒跳腳，也不想分兵了。他馬上從大勝港掉頭，

出長江之上，徑直揚帆趨江東橋。

結果，船隊大集出發，巨船大舟，本想一下子撞毀木橋直行，近前卻發現橋身是大石砌成，繞以鐵環，灌以鐵汁。

陳友諒大驚，忙急呼「老康」，希望「內線」康茂才出來接應。喊了半天，根本沒人應聲，陳友諒忽悟自己中計。

迂迴半日，費了牛鼻子的勁，陳友諒只能下令艦隊再次掉頭，直趨龍江。漢軍勢銳。他們繞了半天道，卻都是待在船上，體力並未消耗。靠岸後，一萬多精兵飛身下船，在灘頭立柵，準備結陣進攻。

身在盧龍山的朱元璋看得仔細，下令擊鼓舉旗。紅旗揚起，諸軍爭相趨前拔柵，與陳友諒漢軍廝殺在一起，你死我活。正相持間，又一輪鼓聲響起，山前黃旗又起，常遇春伏兵忽現，徐達率部殺至，張德勝的水師也一時雲集。

內外合擊之下，陳友諒登岸的兵士根本招架不住，爭相往岸邊的船上跑。恰值退潮，無數巨艦擱淺，漢兵被殺掉、溺斃無數，僅被俘虜的就有近萬人，又有巨艦百餘艘、戰船數百皆為朱元璋所得。

坐在指揮大舟上的陳友諒見勢不妙，忙乘小船逃走。朱元璋沒有鳴金，下令諸將急追。追至采石，陳友諒糾結潰亡之眾，復與朱元璋軍大戰，復被廖永忠、華雲龍等人打得大敗。

朱元璋軍隊乘勝之下，嚇得陳友諒太平守軍也無鬥志，慌忙遁去。朱元璋收復了太平城。

汲取上次太平城西南臨姑溪水道的經驗教訓，常遇春派人改築城牆，往後移二十餘步重築，以免敵方巨艦可以直泊城頭。

胡大海方面進展也不錯，攻取信州。

有了這次大勝，朱元璋聲名赫赫，被小明王封為吳國公。老朱並未見好就收，很快佔據了長江上流要地安慶。安慶本來是陳友諒手下勇將趙普勝堅守，由於此人被老陳誘殺，將領皆有怨心，趙普勝手下將張志雄向朱元璋投降，盡告安慶城守詳情，帶著

朱元璋軍隊一舉攻克安慶。但不久，陳友諒手下大將張定邊率軍突襲，又把安慶奪回。

1361年，朱元璋覺得火候差不多，決定親征陳友諒。

他親乘巨艦，自率水師進攻安慶。安慶城堅，數攻不下。劉基進言，要朱元璋捨安慶不取，直接進攻陳友諒的老窩江州。朱元璋從之，立刻率兵西上。

經小孤山時，陳友諒大將傅友德、丁普郎主動率部投降。朱元璋早聞傅友德的勇名，大喜過望，立刻把他擢為大將，派他去江西招諭諸郡歸附。

由於朱元璋行動迅速，陳友諒根本不知道對方徑來江州施行攻擊。

忽然之間，陳友諒發現朱元璋大型水師艦隊在江州城外江面上密麻麻一大片，真如神兵天降。老陳倉猝間不能成軍，只得攜妻子率親隨逃奔武昌。苦心經營幾年的老根據地，一朝為朱元璋所據。

大軍乘勝，攻克蘄州、黃州、興國、黃梅、廣濟等地。不僅如此，形勢逼人之下，為陳友諒守南昌的胡廷瑞見風使舵，派人向朱元璋約降。不廢吹灰之力，南昌又入版圖。雖然後來小有反覆，南昌仍為朱元璋牢牢掌握。

此時此刻，陳友諒與朱元璋掉了位置。朱元璋一方咄咄逼人，陳友諒頻頻招架，疆域日蹙。

憤恨之下，陳友諒大整水軍，命人製作上千艘巨艦，皆高數丈，丹漆塗飾，上下三屋，每層可以馳馬，又置馬柵於其間。樓船巨大，駭人心目，可稱是古代版航空母艦。更驚人的是，陳友諒巨船皆以鐵皮包裹，極其堅實。他糾結六十萬兵（不一定有這麼多，但怎麼也有四十萬），盡載其家屬官員，空國而來，直衝南昌，準備先拿下這一重城。

可見，陳友諒畢竟一魯莽漢，淨愛幹孤注一擲的事情。

鄱陽湖大戰，即將開始。

陳友諒輕躁，大軍甫出，卻徑自去南昌，想攻陷此城。

當時的南昌守將，乃朱元璋親侄朱文正和心腹大將鄧愈。朱文正派出各將校分守南昌各門後，自提兩千精兵，往來指揮、策應。

陳友諒相中了看似容易進攻的撫州門，親自指揮兵士進攻，並立於船上督戰。守撫州門的正是猛將鄧愈。漢兵準備很充分，各人手舉箕狀竹盾牌，矢石不能傷，加上威脅巨大的撞牆機，一下子撞毀城牆二十餘丈，漢兵吶喊湧上。

關鍵時刻，鄧愈守軍一排人從牆後忽然站起，個個手持火銃，槍聲響處，衝在前排的漢兵全被打倒。如果是箭弩，威力即使比火銃大，也嚇不住漢兵。眼見敵人手持噴火冒煙的怪傢伙，聲音震耳欲聾，漢兵很少有人見過這東西，登時膽落，屁滾尿流而去。其實，火器早在南宋對完顏之水軍作戰時就第一次使用。宋元更迭之際，忽必烈把這些東西發揚光大。火銃之物，發明製作於元朝中後期，戰爭中使用得並不多。江南多巧匠，朱元璋屬下大將鄧愈腦子活，先人一步，把這些「玩物」用在戰爭之中，效果驚人。倘無此物，南昌城當時就會陷落。

一頓狂轟後，陳友諒督戰隊斬殺漢兵數人，剩下的活人咬咬牙，又重新衝向城邊。守城兵士在城門處和城牆倒塌處一直爭豎木柵，漢兵爭先恐後攻擊，朱文正督諸將死戰，且戰且築，連夜把被撞毀的城牆又重新修整完畢。

酷戰之中，南昌城內李繼先、牛海龍等數名將領皆戰死。

見撫州門難以遽破，陳友諒督軍轉攻新城門。守城猛將薛顯更出人意料，率領銳卒突然先發制人，守城部隊大開城門，首先向漢軍發動進攻。陳友諒猝不及防，手下平章劉震昭被斬殺，死傷數千人，乃退。

情急之下，陳友諒增修攻具，想破柵後從南昌水關攻入城內。他下達死命令，退後者皆斬，於是漢兵冒死撞衝。

朱文正派兵士手持長槊，隔柵刺殺漢兵。漢兵此次有準備，

幾個人抱住長槳尖頭，死命往回拉，奪槳後，漢兵又發動新一輪猛攻，使得近戰中南昌守兵被殺不少。

幸虧朱文正的臨時兵工廠就設在柵後，他命令士兵把長槳槳尖放入鍛鐵的火岸中燒紅，再伸出柵外刺敵。漢兵奪槳，一時間皮焦肉爛，哀嚎遍地，終不得進。

陳友諒用盡攻擊之術，但城中備禦萬方，漢軍被殺傷嚴重。

見南昌攻不下，陳友諒分兵陷吉安、臨江，把俘虜的幾個守將殉於南昌城下，朱文正等人絲毫不為所動。陳友諒惱急，又揮兵猛攻官步、士步二門，朱元璋手下勇將趙德勝中伏弩身亡。

南昌被圍攻，內外隔絕，音信不通，朱文正在派遣千戶張子明赴建康告急的同時，又派出一名外號「捨命王」的士兵出城詐降，訴稱稍緩幾日，城內主帥要降。

陳友諒無謀，信以為真，馬上緩其攻勢。到了約定「投降」日，南昌城上旗幟一新，殺聲動天。

陳友諒恨極，命人把詐降的「捨命王」捆在城前碎剮，本來這位爺出來就沒想活著回去，不然就不叫「捨命王」了。

當時的朱元璋，正親自率兵去解救安豐被張士誠攻擊的小明王和劉福通。張士誠並非有意和陳友諒相互回應牽誘朱元璋，純粹的臨時性軍事行動而已。激戰中，劉福通戰死，朱元璋趕到，打敗了張士誠大將呂珍，「救」了小明王。至此，「皇帝」韓林兒變成老朱手中之物。

張子明報告陳友諒猛攻南昌，朱元璋真嚇了一大跳，問：「陳友諒兵勢如何？」

張子明答：「陳友諒兵勢很盛，但攻城中戰死不少。現今江水轉涸，很快就不利於巨舟泊行。其師出已久，兵糧馬上也會成問題。如果有援兵至，裡外夾攻，必可破敵！」

朱元璋沈吟片刻，對張子明說：「你回去告訴文正，讓他再堅守一個月，我將親自率兵前往破敵！」

張子明得命而還。行至湖口，被陳友諒巡邏兵抓住。

陳友諒親自審問，說：「如能為我誘降，不僅不殺你，高官厚爵任你選。」

張子明假裝答應。

轉天，漢軍押張子明至南昌城下，守城將士皆憑城往下觀望。張子明站定，仰頭高呼道：「主上令諸公堅守，大軍馬上就來！」

朱文正等人聞言，守志益堅。狂怒之下，陳友諒又在陣前剮殺張子明。

朱元璋調兵遣將，他立命正圍攻盧州的徐達、常遇春還兵，共集水陸兵二十萬，與自己一起共征南昌。

進至湖口後，朱元璋先遣一萬軍屯於涇江口，又派一軍屯於南湖嘴，準備一戰全殲這個宿敵。

至此，陳友諒整整包圍南昌八十五天，雖殺掉朱元璋十四員大將，仍未能克堅城。

聽聞朱元璋親自來戰，他馬上解圍，掉頭殺出鄱陽湖，前來迎戰。

朱元璋胸有成算，他率水軍自松門入鄱陽湖，揚帆而來，與陳友諒軍在康郎山附近相遇。

當時，乍從水軍的陣容看上去，漢軍佔有明顯優勢，其巨艦高大威猛，鐵皮閃爍黑光，虎虎逼人。

朱元璋仔細觀察後，對諸將說：「彼巨舟首尾相聯，不利進退，可破也！」於是，老朱命己方舟師列為二十隊，其間以小船遍載火器弓弩，告誡諸將說：「接近敵船後，先發火器，再發弓弩，舟船相接後，則以短兵擊之！」

由此，鄱陽湖大戰拉開序幕。

徐達、常遇春、廖永忠等人先發，驅船直逼敵人巨艦薄戰。徐達表現最出色，他身先士卒，擊敗漢軍前鋒，殺敵一千五百人，並俘獲漢軍巨艦一艘，使得軍聲大震。

首戰告捷，對於朱元璋一方軍士的心理來講起了真正的鼓舞

作用。大將俞通海乘風發射火炮，又一舉焚毀漢軍巨艦二十艘，漢兵被殺被溺一萬多，不少人身上著火在水中撲騰。

當然，漢軍並不示弱，以巨舟逼近，箭弩齊發，朱元璋手下兩位帥即當即戰死。而且，漢兵船高，先施火攻，居高臨下扔火把，連徐達的指揮船也被燒著。徐達臨危不懼，邊撲火邊指揮，奮戰得免。

陳友諒手下驍將張定邊有勇有謀，他看見朱元璋的指揮艦居中，立刻率幾隻巨艦直撲而來。

朱元璋心慌，掉頭避逃時慌不擇路，在近岸處擱淺。漢軍一圍而上，數艘巨艦及幾千兵士包攏過來。

朱元璋手下猛將程國勝和陳兆先冒死抵抗，四躍奮擊。情急之下，牙將韓成跪告朱元璋說：「古人言殺身成仁，臣不敢愛其死」，言畢，他穿上朱元璋本人的冠服，面對密麻麻進攻的漢軍大叫一聲，投水而死。

漢軍見「朱元璋」投水自殺，喜躍高呼。消息傳出，圍攻之勢稍緩，不少兵將開始把注意力放在打撈「朱元璋」的屍體方面，準備撈上後剁成數塊向陳友諒請功。

混戰之間，朱元璋指揮艦上大將陳兆先和宋貴皆戰死。

危急時刻，常遇春指揮船隊逼近敵將張定邊巨艦，一箭射中正站在前甲板指揮的張定邊，使得他本人的指揮艦不得不後撤。

俞通海聞朱元璋被圍，也紅了眼，他從水戰中抽出數艘船，一直衝向朱元璋的指揮艦，連擠帶撞，終於把大船從沙中撞動，重新返入深水之中，老朱躲過一大劫。

俞通海小船，復為敵人巨艦所壓，士兵們以頭抵艦，兜鍪盡裂，才逃過一劫。

俞通海救了朱元璋後，與廖永忠一起乘輕舸小船追擊敗走的張定邊，邊追邊放箭，致使張定邊身上中箭百餘，完全成了一個刺蝟，倒在甲板之上。

見天色已晚，朱元璋定定心神，鳴金收兵，召集諸將議事，

總結首戰一日的經驗。為防止張士誠乘虛入寇，朱元璋命令徐達率一支部隊回防建康。

轉日，朱元璋親自布陣，與陳友諒重新交手。

陳友諒急紅眼，下令把所有巨舟接連鎖串在一起為水中巨陣，旌旗樓櫓，望之如山。壯觀是壯觀，老陳忘了「火燒赤壁」的故事。三國故事在元末成型，四處開講，比現在《百家講壇》還熱鬧，陳友諒以前應該在哪個場子中聽哪位說書的白話過。

戰事緊急，老陳很可能早忘了那些評話。他忘了，朱元璋沒忘。

也甭說，面對如此水中浮蕩的巨艦城，朱元璋船隊短小簡陋，仰攻多卻，似乎面對銅牆鐵壁。

朱元璋怒惱，立刻下令斬殺退卻的隊長十多名，但仍然止不住退勢。

正當朱元璋聲嘶力竭下令殺人的當口兒，大將郭興進言：「不是我方將士不用命，敵人舟船太高大，我認為一定要火攻才行。」

這句話提醒了聽過《三國》的朱元璋，他馬上命常遇春等人分別調集七艘漁船，載滿蘆葦稈柴，以火藥填充其間，等待時機投入戰場。

待東北風起，時機成熟，朱元璋命士兵捆紮稻草人在七艘漁船上直立，衣以甲冑戰盔，持矛在手，偽裝成兵士的樣子。然後，他分募敢死士卒伏於船中划船。這樣，陳友諒軍士以為來船是普通戰船，沒有太多防備。

時值黃昏，七艘漁船竟然趁亂駛入漢軍巨艦近前。敢死士卒乘風縱火，風急火烈，須臾之間已經衝撞到漢軍艦隊內，猛烈燃燒。火勢迅急，數百艘船一齊著火。燔焰漲天，湖水盡赤，漢軍死者大半，多數是被燒死。

這一把大火，燒死陳友諒兩個弟弟陳友仁、陳友貴及大將陳普略。特別是陳友仁，號稱「五王」，此人眇一目，多智數，驍

勇善戰。他的死亡，對陳友諒軍產生了極大的心理打擊。當然，朱元璋軍損失也不少，丁普郎等數員大將也戰死。

第三天，雙方又各集眾大戰。

漢軍雖然損失慘重，戰鬥力仍舊不弱於朱元璋軍，雙方在湖上進行殊死搏鬥。

文士劉基在朱元璋船上東走西望，一直不閑著，他忽然大叫「難星過，馬上換船！」拉起老朱就跳上另外一艘船，甫坐未定，老朱原來所乘大船立刻被炮石擊毀。

劉基也是裝神弄鬼，大白天哪能見到「難星」，無非是觀察到有敵船的大炮在向帥艦瞄準而已。雖如此，精神暗示作用很大，朱元璋及其手下均覺得有「諸葛亮」大仙在船上，勇氣百倍。

陳友諒乘高，見朱元璋指揮艦被擊碎，高興得大叫。俄頃，見帥旗高懸，朱元璋又出現在船頭指揮，漢軍將領皆相顧失色。

廖永忠、俞通海等人率六隻戰船深入，漢軍聯大艦拒戰，波浪翻滾下，小船一下子看不到蹤影。有頃，六舟旋繞漢軍而出，勢如遊龍。朱元璋諸將見之，勇氣百倍，呼聲動天地。

打仗打的就是精氣神，精神原子彈一爆發，想不勝也難。就這樣，朱元璋軍隊以小打大，無數小船圍著漢軍巨艦，紛紛飛登敵船，待甲板上漢軍被殺盡，底層搖櫓兵士猶茫然不知，仍舊一個勁兒喊號子賣力搖櫓。

朱元璋士兵圖省事，擲火燒船後，紛紛跳回自己小船上，搖櫓漢兵盡被燒死。

戰至中午，陳友諒漢軍氣洩，大敗，所丟棄的旗鼓器杖，浮蔽湖面。

胡通海等人回來報功，朱元璋喜不自勝，讚賞道：「今日之捷，諸君之功也！」

俞通海進言：「湖水有淺有深，戰船難以迴旋。不如急入大江，據敵上流。」

朱元璋頷首。水軍先行抵至罌子口，橫截湖面，把陳友諒軍

隊堵在水道中不敢動彈。

這一次，老陳喪膽，再不敢輕易出戰。不久，朱元璋指揮水軍連夜輕行至左蠡，扼控咽喉水道。

相持三日後，陳友諒最強的左右金吾部將領來降，更使漢軍勢弱膽喪。

見陳友諒龜縮不出，朱元璋寫信激之：「陳公您乘尾大不掉之巨舟，殞兵敝甲，與我相持。以陳公平日之強暴，正當親決一死戰，奈何徐徐隨後，似聽我指揮尾隨，此非大丈夫所為也！」

陳友諒見信大怒，下令盡殺交戰中生俘的朱元璋士兵幾千人。朱元璋一反其道，下令把所有漢軍俘虜放掉，傷員發藥療傷，仁義得不行，又下令公祭敵死難者。

如此，人心向背，不言而明。

相持一月有餘，朱元璋除寫信激怒陳友諒逗他玩以外，天天與博士夏煜等人草檄賦詩，意氣彌壯。同時，他分兵連克蘄州、興國。

陳友諒殘軍糧盡，遣精銳突襲南昌抄糧，被朱文正派人盡焚其舟，偷雞不成蝕把米。

不顧朱元璋軍水陸結營的嚴陣以待，陳友諒最終不得不冒死突圍，繞江下流，準備由禁江遁回。

朱元璋早有準備，指揮諸軍盡銳出擊，滿縱火筏衝擊敵艦。漢軍舟船散走，朱元璋軍隊追奔數十里。

其間，陳友諒把腦袋伸出舷窗簾看形勢，一枝弩箭飛來，不偏不倚貫其眼睛而入，老陳一命嗚呼。

朱元璋軍士聞訊，大呼喜躍，鬥志更奮，激戰中又活捉了老陳的「太子」陳善見。不久，漢軍的「平章」陳榮等人，率水軍五萬餘人投降。

張定邊趁天黑，乘小船裝載陳友諒屍體及其另一個兒子陳理奔還武昌。回武昌後，張定邊擁立小孩子陳理為帝，改元德壽。

朱元璋回金陵休整，不久，他自率大軍親征武昌。

在城下安排圍城事宜後，老朱分兵徇漢陽、德安州郡，湖北諸郡皆不戰而降。

見形勢大好，朱元璋留諸將圍城，自己率護衛軍返回金陵。

當然，鄱陽湖大戰勝利後，朱元璋也知道自己勝得僥倖，對劉基說：「我不該親自去安豐（救韓林兒）。假使那時陳友諒乘我不在建康，順流而下直搗巢穴，我進無所成，退無所歸，大事去矣！今陳友諒不攻建康，而圍南昌，出此下計，不亡何待！」

所以，漁販子出身的陳友諒，畢竟不如種田娃出身的朱元璋。性格即命運，陳友諒的冒險輕躁，也決定了他失敗的結局。

進圍武昌四個月，城堅不下。1364年春，朱元璋從建康出發，再次親自臨敵指揮。

其間，漢軍「丞相」張必先自嶽州率軍來趕援，乘其立足未穩，朱元璋派常遇春突然中道攻襲，活擒了這位外號「潑張」的驍將。

常遇春押著張必先來到城下，向上喊話：「汝所恃者，惟『潑張』一人，今已為我所擒，尚何恃而不降！」

張必先也氣沮，仰頭向上，對張定邊喊話：「吾已至此，事不濟矣，兄宜速降為善。」

城上的張定邊，垂頭喪氣。本來他就在水戰中中箭百餘，難得張定邊一身箭瘡，依舊想咬牙堅持。

見火候差不多，朱元璋派俘虜的陳友諒舊臣羅復仁入城勸降，表示說：「陳理若來降，當不失富貴。」

羅復仁入城，與陳理抱頭大哭，張定邊也在一旁大哭。

於是，轉天大清早，陳理銜璧肉袒，率張定邊等人出城，詣軍門投降。

這小孩子俯伏戰慄，不敢仰視。朱元璋見其弱幼，心覺可憐，親自扶起，握其手稱：「我不會治罪於你。」

歸建康後，朱元璋授陳理為歸德侯，又授陳友諒的爸爸陳普才伯爵，封陳友諒兩個弟弟伯爵。明朝建立後，陳理逐漸長大，

朱元璋不放心，把陳理遠徙高麗，命高麗王嚴加看視，並把陳友諒二弟遷往滁陽軟禁，但都未加以殺害。

陳友諒僭號稱帝四年，未料想後代子孫天天倒去高麗天天吃泡菜度日，福兮禍兮，自不多講。

在來南昌生擒陳理之前，朱元璋已在建康稱吳王。本來李善長等人勸朱元璋稱帝，老朱一直記得六年前儒士朱升的規勸：「高築牆，廣積糧，緩稱王。」所以，他不著急稱帝，以自己手中小明王的名義，自己先「任命」自己當了王爺。

當時，張士誠也自稱吳王。所以，張吳就被稱為東吳，朱元璋的「吳國」是「西吳」。

值得一提的，浴血奮戰南昌八十五天的朱元璋侄子朱文正，很快為按察使李欽冰劾奏其「驕侈觖望」，並說他有「異志」。疑懼之下，朱元璋竟然親自率水師至南昌城下查看虛實。

朱文正惶駭出迎，立刻被逮捕，押回建康。老朱殺心大動，欲拿親侄開刀立法，幸虧朱元璋妻馬氏解勸：「此兒只是性剛而已，不可能有別的事。」由此，朱元璋才沒有「顯誅」侄子。

史書稱朱文正「免官安置桐城，未幾卒」，應該不是好死。朱元璋之猜忌，此時已顯端倪。

劾奏朱文正的李欽冰也沒活多久，很快「以他事伏誅」，估計是老朱殺侄後後悔，故而又殺李欽冰。

朱文正死時，其子守謙才四歲，老朱撫摸小孩兒的腦袋說：「寶貝別怕，你爸爸欠家教讓我不高興，我不會因他之故而廢你。」老朱視之為諸子，更名為煒。朱守謙（朱煒）被封為靖江王，世鎮桂林。

臥榻之側不容鼾——擊滅張士誠

張士誠，小字九四，乃泰州人。他自年輕時代起，就做當地鹽場的幫閒記賬一類雜差，很能損公肥私，憑關係讓三個弟弟幹上操舟運鹽的營生，順便走私販鹽。這性質與現在派出所所長讓

親戚開歌舞廳按腳房一樣，不算什麼大惡，卻無職業「道德」可言。當然，鹽鐵在封建社會一直是國家嚴管專賣產品。由此，利潤頗豐。

手中有了錢，張士誠自然輕財好施，很似《水滸傳》中的「及時雨」宋江，頗得當地老百姓歡心。從人品上講，張士誠為人是元末群雄中數一數二的「好人」，不奸險，能容人，禮待讀書人，但亂世大偽，既然他沒有殺妻滅子的「氣魄」，根本就熬不到「最後勝利」的那一天。

由於張氏兄弟向壽州附近諸富人家賣鹽期間多受凌侮，不少大戶還欠錢不給，加上鹽場一個保安（弓手）丘義沒事就辱罵張士誠，惹得張氏兄弟殺心頓起。恰值當時天下已亂，於是他們便於元順帝至正十三年（1353）年夏天，忽然起事。

加上張士誠和他三個弟弟，以及一個名叫李伯升的好漢，當時一夥人一共才十八位，起事時，他們並無遠大理想，只是殺人洩憤而已。就這十來號人，先衝進鹽場保安室把弓手丘義亂刀剁死，然後遍滅周圍諸富家，放火燒掉不少大宅院。

由於當時鹽場工廠生活極其艱辛，苦大仇深，見有人帶頭挑事，紛紛報名加入，共推張士誠為主，百多人聚集一起，一下子就「攻克」了泰州。接著，他攻破興化，佔領重鎮高郵。

勝利如此容易，張士誠便自稱「誠王」，國號「大周」，開始過稱王稱帝的癮。

轉年，張士誠樹大招風，大元朝的丞相脫脫親自率百萬大軍來攻，把高郵團團圍住，當時的張士誠，叫天不靈，呼地不應，悔得腸子都青，連扇自己嘴巴怪自己招搖惹事。最慘的是，他想投降都不行，脫脫鐵定了心攻下高郵後要盡屠當地兵民，以在江南樹威示警。

人算不如天算，脫脫遭朝中奸臣算計，元順帝一紙詔書把他就地解職押往吐蕃，半路毒酒賜死。至於那「百萬大軍」，一時星散，群龍無首，張士誠終能逃出生天，率一股人馬逃出高郵當

流寇去也。

在天下大亂的「革命」形勢下，張士誠很快東山再起，並迅速佔領了江南最富庶的常熟、平江兩個重鎮。平江即蘇州，糧倉，衣倉，錢倉，真正的大富之地。而後，張士誠勢力發展極為迅速，湖州、杭州、諸全（諸暨）、紹興、宜興、常州、高郵、淮安、徐州、宿州、泗州以及朱皇帝的老家濠州，全部被其所佔領。劉福通如此勇武之人，也被張士誠手下大將呂珍包圍於安豐（壽縣），出戰時被殺。如果朱元璋不來救，連小明王韓林兒也會被張士誠軍隊活捉。

有一點要弄清，張士誠打韓福通，不是所謂的「起義軍」內訌，這兩個人根本不是一個派系。

江南群雄，分為兩大派系，即劉福通和徐壽輝的紅軍系，以及張士誠、方國珍的非紅軍系。紅軍系又分東西兩派，東派名義上以「小明王」韓林兒為其主，實由劉福通掌握，郭子興、朱元璋這一支其實就是東派紅軍系，在淮水流域四處闖蕩。西派紅軍包括徐壽輝、陳友諒以及日後割據四川的明玉珍，他們的活動地點主要是漢水流域。「紅軍」之間，平時也互相爭得你死我活，所以，張士誠打劉福通（又是從開封被趕跑出來的敗寇），可稱是天經地義之事。

而且，張士誠和元朝的關係也很好玩，起事當年他就受朝廷「招安」，還弄了個官做。但當元廷要他出兵去打濠州等地紅巾軍時，老張怕吃虧，推託不去，而是徑直占了高郵當起自封的王爺來。脫脫丞相大軍百萬來攻，張士誠差點就被抓住碎刀凌遲。時來運轉後，他改平江為隆平郡，開弘文館，招賢納士，提前幹起「賢德」帝王的營生。

後來，張士誠受苗軍楊完者部的打擊和朱元璋的擠兌，他就接受元朝江浙行省右丞相達識帖木兒的「勸告」，再次投降元朝，當起大元的「太尉」來。

扯虎皮做大旗，老張在幾年間據地兩千餘里，北逾江淮，西

至濠泗，東達至海，南連江浙，儼然江南一國。

　　再往後，張士誠要當真王爺，元朝不答應，老張就自立為「吳王」，和元朝基本鬧翻，連糧食也不往大都運送了。

　　朱元璋、張士誠二人的衝突，源於至元十六年（1356年）。本來降附朱元璋的「黃包軍」（不是拉黃包車的，而是這些人以黃帕包頭）頭目陳保二忽然倒戈，逮捕朱元璋派來的將領，向張士誠投降。

　　當時老朱正忙於西線作戰，起先還不敢與張士誠鬧翻，派人送信一封，以「隗囂稱雄」的字眼奉承張士誠，希望兩家「毋生邊釁」。張士誠左右不少文人，他自己也讀書，深恨朱元璋信中以「隗囂」比擬自己，如此，朱元璋就是「漢光武」劉秀了。

　　就因這幾句話，張士誠把老朱的來使扣壓，不肯講和。

　　於是，朱元璋派大將徐達進攻常州，張士誠派弟弟張九六來援。徐達設伏，活捉了張九六這員悍將。張士誠氣沮。

　　不久，華雲龍等將在舊館大敗張士誠另外一個弟弟張士信。

　　連敗之下，張士誠與朱元璋書信，表示願意送黃金五百兩，白銀三百斤以及糧食二十萬石，雙方講和。老朱得理不饒人，復信歷數其罪，要對方放人讓他。結果，和議不了了之。

　　圍了數日，朱元璋軍隊終於奪回常州。徐達善戰，又順利攻克常熟。

　　正是在這種情況下，老張二次受元朝「招安」。

　　冤家易結不易解。1358年春，朱元璋派大將廖永安、俞通海、桑世榮等人大張旗鼓去「討伐」張士誠，並派出鄧愈、李文忠、胡大海等人從徽州顯嶺關攻取了張士誠的建德路。

　　張士誠大惱，復遣兵反攻常州、常熟，均失敗而歸。

　　東邊損失西邊補，這年秋天，張士誠以計殺掉元朝的苗軍元帥楊完者。

　　楊完者一部苗軍乃元政府為了平息江南叛亂從湖廣召來的少數民族部隊。這部苗軍燒殺搶掠，備極慘毒。在所有江南一帶打

仗的軍隊中，「天完」政權紀律最好，其下依次是劉福通紅巾軍、張士誠軍、朱元璋軍、元朝政府軍、陳友諒軍，最差的就是楊完者的「苗軍」。所以，元朝江南行省的達識帖木兒才與張士誠暗中約定聯手，做掉了這個驕橫濫殺的「苗帥」。

張士誠殺楊完者，不僅是為民除害，為元除害，也是為朱元璋除害。殺掉楊完者，張士誠很快佔據杭州和嘉興兩處要地，益無所憚，再不把元朝的官員達識帖木兒放在眼裡。

張士誠正在興頭上，派兵攻常州，被湯和擊敗，順便又丟了宜興。朱元璋手下水帥大將廖永安乘勝入太湖，深入追擊，反而被張士誠大將呂珍候個正著，生俘了廖永安。

朱元璋想以俘獲的三千張士誠兵將換廖永安一個人，張士誠不答應，他提出要以廖永安換自己弟弟張九六（張士德），朱元璋又不答應。害怕張九六乘間逃出為其兄平添羽翼，老朱先下手宰了張九六。

1359年（元至正十九年），胡大海、李文忠攻下張士誠的重鎮諸暨州。

張士誠遣將攻江陰，被守將吳良打得大敗而去。

朱元璋得江陰後，張士誠的舟師不敢溯大江而上。

數敗之下，張士誠不甘心，1359年秋天，仍舊派人攻常州，又敗；1360年派兵侵諸全，殺守將；派大將呂珍入長興，也敗。

1361年，朱元璋遣胡大海進攻紹興，不克而還。同年冬天，張士誠大將李伯升率精兵十餘萬進攻長興，水陸並進，先勝後敗，最終遭朱元璋守將耿炳文和常遇春內外夾擊，狼狽而去。

對張士誠來說，否極也有小泰來。

1362年（元至正二十二年），守金華的朱元璋大將胡大海被屬將蔣英、劉震殺掉。蔣劉二人本是苗帥楊完者部下，張士誠殺楊完者，二人向朱元璋投降。胡大海喜二人驍勇，置於麾下，待之不疑。二人日久思變，約定幾個苗將，準備起事。他們邀胡大海到金華八詠樓觀射弩。老胡很高興，如約而來，想視察將士操

弩演兵。還未下馬，蔣英袖中突出鐵錘，把胡大海腦袋擊碎，然後，他們還殺掉胡大海兒子胡關住及金華數位文武官員。起事後，幾個人心中也害怕，忙派人向張士誠投降，大掠金華而去。

趁亂，張士誠派其弟張大信和大將呂珍率十萬兵馬包圍諸全。結果，守將謝再興與朱元璋外甥朱文忠設計使呂珍分兵，又以炮銃等火器相攻，以少勝多，打得張士信倉皇逃走。

1363年，氣急敗壞的張士誠派大將呂珍集十萬大兵進圍安豐，殺掉了紅巾軍「革命領袖」劉福通。老劉辛苦數年，為老朱除殘去穢。張士誠殺劉福通，其實也是為朱皇帝做事前的「驅除」工作。

由於名義上的「共主」韓林兒從安豐跑到滁州被呂珍追打，老朱不得不救，親率徐達、常遇春移大軍而來，終於擊走呂珍。當是時也，險過剃頭，如果西面的陳友諒傾國順流直下建康，老朱玩完矣。

朱元璋正擦冷汗，忽然傳來一個大壞消息：諸全守將謝再興（朱元璋親侄朱文正的岳父）叛降於張士誠。

謝再興之叛，緣自老朱待人太苛：老謝為了賺錢，暗中不時派軍士私攜銀兩往張士誠所佔據的杭州買東西，帶回來低買高賣。朱元璋怒，嚴責謝再興，並下令召他回金陵，以他將替代其職務。此外，謝再興二女兒在建康，老朱不打招呼，擅自將她許配給大將徐達，有如分配軍需品，也惹得老謝惱怒。（日後謝再興女婿朱文正不明不白而死，也可能是朱元璋恨和尚憎及袈裟而致）。

謝再興深知老朱殺人不眨眼，惶懼之下，殺掉知州欒鳳，率諸全守軍赴紹興向張士誠投降，不久便率更改服色的「吳」軍攻擊東陽。幸虧李文忠聞亂後從嚴州急馳趕到，諸全方面才沒出大漏子。

這時，老朱正在前線指揮軍隊與陳友諒幹仗，無暇東顧。

1364年（元至正二十四年）秋，張士誠逼元朝江浙行省長官

達識帖木兒自殺（前一年九月他已經自稱「吳王」），基本上獨立，不過年號仍用元朝的「至正」。

江浙富庶地，竟成溫柔鄉。蘇杭的張士誠部伍很快就從上至下腐化得一塌糊塗。方圓兩千餘里，甲士數十萬，又據天下富庶勝地，老張不得不感覺良好。特別是其弟張九六（士德）在時，已經延致了不少著名文士，諸如高啟、楊基、陳基、張羽、楊維楨等人，終夕飲樂於幕府之中，唱和往來。

張士誠和張士信也一樣，喜歡招延賓客，又向這些文人墨客們大贈輿馬、居室、文房精品，遠近潦倒的文人雅士，一時爭相趨之。

張士誠為人，「外遲重寡言，似有器量，而實無遠圖」，其實是個見好就收的厚道人。據有吳中地區後，眼見自己轄區戶口殷盛，老張日漸驕縱，怠於政事。其弟張士信和其女婿潘元紹特別喜歡聚斂，大肆搜羅金玉珍寶及古法書名畫，日夜歌舞自娛。

窮人乍富，也不是多麼反常。可怕的是，張士誠手下軍將也腐化至極，史載，這些軍爺們，「每有攻戰，輒稱疾，邀官爵田宅然後起。（將帥）甫至軍，所載婢妾樂器踵相接不絕，或大會遊談之士，樗蒲蹴鞠，皆不以軍務為意。及至喪師失地還，（張）士誠概置不問，已而復用為將。上下嬉娛，以至於亡。」

相比之下，老朱兢兢業業，朝夕不寐，逮誰殺誰，從嚴治軍，連他自己都說：「我無一事不經心，尚被人欺。張九四（士誠）終歲不出門理事，豈有不敗者乎！」

從前陳友諒要張士誠一起

夾擊朱元璋，老張不出手。現在，老陳已敗亡，張士誠反倒來了精神。

1365年（元順帝至正二十五年）春，他派大將李伯升與朱元璋叛將謝再興一起，率馬步舟師二十餘萬，跨逾浦江，包圍諸全之新城，造廬室，建倉庫，預置州縣官屬，大作持久必拔之計。結果，朱元璋外甥李文忠與大將朱亮祖等人以少勝多，把東吳軍

殺得丟盔卸甲，李伯升等人僅以身免。

朱元璋指揮若定，麾兵攻克泰州，數月後又擊下張士誠的發家之地高郵。

1366年（元順帝至正二十六年），徐達與常遇春會師攻淮安，克興化，淮地皆平。五月份，攻取了對老朱來講最有象徵意義的「龍興之地」濠州老家。

老朱親自至濠州，拜陵墓，宴父老。宴父老是真，省陵墓嘛，純屬瞎掰。他一家皆葬亂墳崗，席爛土淺，「龍鳳」之屍早已被野狗吞食，哪裡還找得到。

大好形式下，朱元璋集團內部仍不少人高估張士誠勢力，文臣之首的李善長就表示：「（張士誠）其勢雖屢屈，而兵力未衰，土沃民富，多多積蓄，恐難猝拔。」

武將徐達深諳主子意圖，進言曰：「張氏驕橫，暴殄奢侈，此天亡之時也，其所任驕將如李伯升、呂珍之徒，皆齷齪不足數，惟擁兵將為富貴之娛耳。居中用事者，迂闊書生，不知大計。臣奉主上威德，率精銳之師，聲罪致討，三吳可計日而定！」

老朱大喜，立命徐達出師。

1366年9月，朱元璋以徐達為大將軍，常遇春為副將軍，率二十萬精兵，集中主力消滅張士誠。

老朱多計，命二將不要先攻蘇州，反而直擊湖州，「使其疲於奔命，羽翼既疲，然後移兵姑蘇，取之必矣！」有如此偉大戰略家，不勝也難。

二將依計，徐達等率諸將發龍江，別遣李文忠趨杭州，華雲龍赴嘉興，以牽制張士誠兵力。諸將苦戰。

在湖州周圍，東吳兵大敗，大將呂珍及外號「五太子」的張士誠養子等驍勇大將皆兵敗投降，其屬下六萬精兵皆降。湖州城中的張士誠「司空」李伯升本想自殺「殉國」，為左右抱持不死，不得已也投降。

到了年底，在朱亮祖大軍逼迫下，杭州守將謝五（叛將謝再

被押送建康中書省後，朱元璋派李善長「勸降」，張士誠大罵，兩個人幾乎動手。

當夜，趁人不備，張士誠終於上吊自殺。

昔日擁強兵大勝之時，張士誠內懷懦弱，坐失良機；當其被俘為虜時，辭無撓屈，絕粒自經，也不失為一大丈夫。

對於吳地人民來說，張士誠為人寬厚多仁，賦稅輕斂，因此吳人對他頗多懷戀。至於明人書中對他的多種指斥，均屬狂狗吠人之辭，多不屬實。張氏屬下貪縱，但並不殘暴，也沒濫殺人，加之吳地殷富，即使東吳官員愛錢，也不是刮地三尺那種貪殘。

反觀朱元璋，恨吳人為張士誠所用，他取大地主沈萬三家的租薄為依據，格外加賦，高達每畝實糧七斗五升，並且以數年時間把吳地的中小地主基本消滅乾淨。明朝人貝清江記載說：「三吳巨姓……數年之中，既貧或覆，或死或徙，無一存者。」

蘇州當地人一直很懷念昔日張士誠輕徭薄賦的仁德，每年陰曆七月三十日為張士誠燒香，託名為地藏菩薩燒香，實際上是燒「九四香」（張士誠原名張九四）。

仔細分析，張士誠已經落入老朱之手，他還派人勸降，這種心理很難捉摸。

很可能的是，老朱為了找感覺，想想陳友諒、劉福通等革命前輩皆死，終於抓住一個活的，如果看見對方匍伏自己腳下稱臣，肯定是件很爽的事情。不料老張也是大倔頭，寧自殺不哀求。

聽說對手自殺，老朱怒極，派人把張士誠屍身以大棍擊爛，分屍餵狗。老朱的變態，從此可見一斑。

中原北望氣如絲——驅朝蒙元出大都

幹掉陳友諒、張士誠，朱元璋在江南一帶已無勁敵，於是他就在1367年底，派徐達與常遇春等人率大軍開始北伐。北伐之始，朱元璋發表《奉天北伐討元檄文》，乃大文豪宋濂手筆，氣勢磅礴，震古爍今，不得不全文錄之：

　　自古帝王臨御天下，皆中國居內以制夷狄，夷狄居外以奉中國，未聞以夷狄居中國而制天下也。自宋祚傾移，元以北夷入主中國，四海以內，罔不臣服，此豈人力，實乃天授（承認元朝政權的正統性，為自己替代元朝找理論和「天意」方面的依據）。彼時君明臣良，足以綱維天下，然達人志士，尚有冠履倒置之歎。自是以後，元之臣子，不遵祖訓，廢壞綱常，有如大德廢長立幼，泰定以臣弒君，天曆以弟鴆兄，至於弟收兄妻，子征父妾，上下相習，恬不為怪，其於父子君臣夫婦長幼之倫，瀆亂甚矣（這些指斥，按照儒家倫理，確實都有根有據）。夫人君者斯民之宗主，朝廷者天下之根本，禮儀者御世之大防，其所為如彼，豈可為訓於天下後世哉！

　　及其後嗣沈荒，失君臣之道，又加以宰相專權，憲台抱怨，有司毒虐，於是人心離叛，天下兵起，使我中國之民，死者肝腦塗地，生者骨肉不相保，雖因人事所致，實乃天厭其德而棄之之時也。古云：「胡虜無百年之運」，驗之今日，信乎不謬（到了清朝，「胡虜」終於打破這一怪圈，長達二百多年的「運」）。

　　當此之時，天運循環，中原氣盛，億兆之中，當降生聖人，驅除胡虜，恢復中華，立綱陳紀，救濟斯民（近代孫中山的檄文，就借鑑了這幾句）。今一紀於茲，未聞有治世安民者，徒使爾等戰戰兢兢，處於朝秦暮楚之地，誠可矜閔。

　　方今河、洛、關、陝，雖有數雄：忘中國祖宗之姓，反就胡虜禽獸之名，以為美稱，假元號以濟私，恃有眾以要君，憑陵跋扈，遙制朝權，此河洛之徒也；或眾少力微，阻兵據險，賄誘名爵，志在養力，以俟釁隙，此關陝之人也。二者其始皆以捕妖人為名，乃得兵權。及妖人已滅，兵權已得，志驕氣盈，無復尊主庇民之意，互相吞噬，反為生民之巨害，皆非華夏之主也（告訴大家，只有我老朱才是正統，別的軍閥都是刮民殘眾的賊寇）。

　　予本淮右布衣，因天下大亂，為眾所推，率師渡江，居金陵形式之地，得長江天塹之險，今十有三年。西抵巴蜀，東連滄海

，南控閩越，湖、湘、漢、沔，兩淮、徐、邳，皆入版圖，奄及南方，盡為我有。民稍安，食稍足，兵稍精，控弦執矢，目視我中原之民，久無所主，深用疚心。予恭承天命，罔敢自安，方欲遣兵北逐胡虜，拯生民於塗炭，復漢官之威儀。慮民人未知，反為我仇，絜家北走，陷溺猶深，故先逾告：兵至，民人勿避。予號令嚴肅，無秋毫之犯，歸我者永安於中華，背我者自竄於塞外。蓋我中國之民，天必命我中國之人以安之，夷狄何得而治哉！予恐中土久污膻腥，生民擾擾，故率群雄奮力廓清，志在逐胡虜，除暴亂，使民皆得其所，雪中國之恥，爾民等其體之（高揚民族主義大旗，以聖明天子自居，在道義方面佔領了制高點）。

如蒙古、色目，雖非華夏族類，然同生天地之間，有能知禮義，願為臣民者，與中夏之人撫養無異。故茲告諭，想宜知悉。

北伐，從精神層面上講，朱元璋非常有優勢，何者，他以漢人為正統，以民族主義為號召，在標榜「天命」的同時，自稱是前去驅除「胡虜」，從道義上就明顯佔據了「上風」。

而且，老朱在檄文最後也留個「尾巴」，表示只要「胡虜」諸族規規矩矩不反抗，一樣可以寬大處理，成為大明順民。

其實，早在元順帝至正十九年（1359年）秋，聽說察罕帖木兒平汴梁、定山西，盡有秦隴之地，老朱當時嚇得心驚肉跳，忙派人從方國珍處搭船入海繞道去北方，偵察形勢。不久，他在兩年後正式派汪河去察罕帖木兒處，明朝史書都講是去「通好」，實際上是老朱派人攜厚寶向元朝稱臣。

天不祚元，最有能力中興元朝的察罕帖木兒被紅巾軍降將王士誠刺死，其勢遂衰，雖然其義子王保保（擴廓帖木兒）驍善能戰，卻無其義父的政治遠略。所以，當王保保在至正二十三年（1363年）春派人攜書來「通好」時，老朱態度大變，拘其使節不遣。

元朝方面，亂成一鍋粥。自孛羅帖木兒與擴廓帖木兒兩軍開

始「內戰」，一直到李思齊、貌高、王保保等人在晉地廝殺，整整八年過去，元朝的正規軍與雜牌軍一直在北方相互絞纏，殺得你死我活。正是由於這樣，江南的朱元璋才能從容放開手腳，先後消滅了陳友諒、張士誠、方國珍、陳友定等人。除江南地區外，湖南和兩廣也盡入朱元璋手中。

在北方元軍諸部人腦子打成豬腦子自相殘殺正酣時，至正二十七年底，朱元璋正式開始了北伐。這位要飯花子出身的爺們兒很有遠略，他並不主張直搗大都，而是這樣向諸將佈置：

「元建都百年，城守必固。若懸師深入，不能即破，頓於堅城之下，饋餉不繼，援兵四集，進不得戰，退無所據，非我利也。吾欲先取山東，撤其遮罩；旋師河南，斷其羽翼；拔潼關而守之，據其戶樞。天下形勢，入我掌握，然後進兵元都，則彼勢孤援絕，不戰可克。既克其都，走行雲中、九原，以及關隴，可席捲而下矣。」

於是，明軍（兩個多月後的至正二十八年，即「洪武元年」，1368年正月朱元璋才建立「大明」，此時應稱為「南軍」）二十五萬人，由徐達和常遇春率領，浩浩蕩蕩殺向北方。

果然，一切皆按朱皇帝先前佈置施行，明軍所至皆克，迅速逼向大都。

眼見國家危亡在即，元順帝下詔重新強調皇太子「總天下兵馬的威權」，詔諭諸將，作了最後一番垂死掙扎而又詳盡的「戰略部署」：

「復命擴廓帖木兒（王保保）仍前河南王、太傅、中書左丞相，統領見部軍馬，由中道直抵彰德、衛輝；太保、中書右丞相也速統率大軍，經由東道，水陸並進；少保、陝西行省左丞相禿魯統率關陝諸軍，東出潼關，攻取河洛；太尉、平章政事李思齊統率軍馬，南出七盤、金、商，克復汴洛。四道進兵，掎角剿捕，毋分彼此。秦國公、平章、知院俺普，平章瑣住等軍，東西布列，乘機掃殄。太尉、遼陽左丞相也先不花，郡王、知院厚孫等

軍，捍御海口，籓屏畿輔。皇太子愛猷識理達臘悉總天下兵馬，裁決庶務，具如前詔。」

王保保接詔，並未遵詔而行，而是向雲中（今山西大同）方向進發。其帳下將有不少很狐疑，問：「丞相您率師勤王，應該出井陘口向真定（今河北正定），與在河間的也速一軍合併，如此可以截阻南軍（明軍）。如果出雲中，再轉大都，迂途千里，這怎麼能行？」

王保保敷衍：「我悄悄提軍從紫荊關入襲，出其不意，有什麼不好？」

倒是他身邊謀士孫恒一語挑明：「朝廷開撫軍院，步步要殺丞相。現在事急，又詔令我們勤王。我們駐軍雲中，正是想坐觀成敗！」

進言者聽此話，只得默然。

可見，大都元廷急上房，王保保仍持坐觀態度，元軍其餘諸部可以推想。

很快，明軍打到通州。元朝知樞密院事卜顏帖木兒像條漢子，出兵力戰，可惜兵敗被殺。

眼看大都不守，元順帝在清寧殿招集三宮後妃、皇太子等人，商議出京北逃。左丞相失烈門等人諫勸，一名名叫趙伯顏不花的太監更是跪著叩頭哀嚎：「天下者，世祖之天下，陛下當在死守，奈何棄之！臣等願率軍民及諸衛士出城拒戰，願陛下固守京城！」

順帝已經嚇破膽，當然不聽。1368年陰曆七月二十八日夜間，元順帝最後看了一眼元宮的正殿「大明殿」，嘴裡嘀咕了一句什麼，即率皇后、皇太子等人開健德門，出居庸關，逃往上都方向。八月三日，明軍攻入大都城，元朝滅亡。

元朝的宮殿正殿，名字就叫「大明殿」，元順帝臨行前看著那三個字，肯定和我們後人想得一樣：莫非這是「大明」取代「大元」的象徵？其實，如同「大元」取自《易經》「大哉乾元」

之語一樣，元朝的「大明殿」也是出自《易經》乾卦的象辭：「大明始終」；元順帝逃走時所經的「健德門」，出自乾卦象辭：「天行健」；厚載門出自坤卦「坤厚載物」；咸寧殿出自乾卦「萬國咸寧」；等等，大多是根據《易經》為宮殿和宮門起的名字，至於日後與「大明」暗合，也是小機率的巧合吧！

元順帝在一年多後因痢疾病死，終年五十一，蒙古人自己上其廟號為「惠宗」，他之所以被稱為元順帝，是朱元璋日後以為這位帝知順天命，退避而去，特加其號曰「順帝」。

元順帝遁走，徐達上《平胡表》給朱皇帝：

惟彼元氏，起自窮荒，乘宋祚之告終，率群胡而崛起。以犬羊以干天紀，以夷狄以亂華風，崇編髮而章服是遺，紊族姓而彝倫攸理。逮乎後嗣，尤為不君，耽逸樂而招荒亡，昧於兢業；作技巧而肆淫虐，溺於驕奢。天變警而靡常，河流蕩而橫決，兵布寰宇，毒布中原。鎮戍潰而土崩，禁旅頹而瓦解，君臣相顧而窮迫，父子乃謀乎遁逃。朝集內殿之嬪妃，夜走北門之車馬。臣（指徐達自己）與（常）遇春等，已於八月二日，勒兵入其都城。

百年漢族鬱結之氣，竟能在這一篇表章中一洩而出。

元朝，自順帝跑出大都後，標誌著蒙古人在中國統治的終結。日後再提及這個流亡政權，就只能稱其為「北元」了（明朝稱「韃靼」或者瓦剌）。元朝雖亡國，但並沒有滅種。

元順帝從大都出逃後，一路惶惶然如喪家之犬，用了近二十天工夫逃到上都。但此時的上都宮闕府衙先前曾遭紅巾軍一部劫掠焚燒，根本不像個都城，到處殘垣斷壁，四處瓦礫。見此情景，順帝一行人心涼了大半，本想再遠竄和林，不久就聽說明軍並未有大部隊來追，諸人方敢喘口大氣。

元朝雖亡，當時的殘餘勢力仍舊很讓元順帝覺得有重回大都的希望：遼陽有兵十萬，雲南仍舊在蒙古宗王手中掌握，王保保有大軍三十萬在山西，李思齊、張思道有數萬兵在陝西，加上各

地雜七雜八的零散武裝以及集民自保的所謂「義軍」，全部軍隊人數加起來有幾十萬之多。

可惜的是，由於從前當眾砍殺了宗室陽翟王，順帝對西北諸藩的「親戚」們不抱幻想，他目前最大的心願就是奪回元朝政治統治的象徵地大都。其實，早知如此，他當初就不應逃跑得那樣倉促。

朱元璋是位懂謀略的帝王，他深知山西的王保保不除，元朝仍舊有死灰復燃之日。於是，他下令徐達、常遇春兩人即刻統軍去平山西，同時又增派湯和等人提軍赴援。明軍一路基本順利，接連攻下澤、潞兩州（晉城和長治），準備合圍雲中（太原）。

王保保在元順帝的死催下正往大都方向趕，聽說明軍正要傾其老巢，他立刻回軍。走到半路，明軍已經拿下太原。雙方對壘，王保保挑選數萬精兵，準備拼死一決。

未料想，明軍策反了王保保部將「豁鼻馬」（估計是綽號），連夜劫營。元軍剎時驚潰，王保保驚慌中跳上一匹馬就跑，狼狽得腳上只穿一隻靴子。由此，數萬勁騎，王保保帶走的只有十八騎，餘眾不是被殺，就是投降明軍。

王保保先逃至大同，驚魂未定，又馳往甘肅。由此，山西皆為明軍攻克。

明軍一鼓作氣，稍事休整後又開拔，準備克復陝西。

元順帝思念大都心切，命右丞相也速率數萬騎兵經通州攻大都。當時通州由明將曹良臣駐守，兵員不滿千人，他只得使「疑兵計」，在白天夜裡輪流不斷讓人搖旗吶喊擊鼓不絕。以為明軍人多，也速竟然驚駭退走，失去了進攻大都的最好機會。

朱元璋得知順帝用意後，急遣大將常遇春率所部從鳳翔急行軍馳援大都（明朝已將大都改稱「北平」），在優勢兵力下，明軍數戰皆勝，連接攻克會州（今遼寧平泉）、大寧州（今遼寧朝陽）。

偷雞不成蝕把米，大都影都不見，現在元順帝連上都也待不

住了，只得逃往應昌（今內蒙克什克騰旗）。

常遇春明軍勢銳，一舉攻克上都，斬首數萬，降敵一萬有餘，得輜重、牲畜、糧草無數。

陝西方面，徐達一軍直下奉元（今西安），元將張思道未戰即逃，李思齊雖有十萬大軍，也不敢做像樣的抵抗，西奔臨洮。

徐達與諸將異議，堅持己見，他認定要先拿關中元將中最硬的李思齊開刀，直下隴州（今陝西隴縣）、秦州（今甘肅天水）、鞏昌（今甘肅隴西）、蘭州。由於事先做過不少「思想工作」，李思齊向明軍投降，附近元軍殘部皆望風降服。

張思道從奉元逃跑後，向寧夏方向逃跑，留其弟張良臣和姚暉等人守慶陽。到了寧夏，窮蹙勢孤的張思道走投無路，只得向王保保「報到」。王保保這個氣，張口大罵：「從前你這個王八蛋與我爭關中的勇氣哪裡去了？」馬上把他押入囚牢關了起來。

慶陽方面，張思道之弟張良臣詐降，結果使明軍受降部隊損失慘重。徐達聞訊大怒，指揮四路大軍圍攻慶陽。元廷派出數道兵增援，皆被圍城明軍打敗潰逃而去。堅守數日，慶陽城中糧盡，守將之一的姚暉向明軍投降，張良臣等人跳井未死，被明軍撈出後皆剮切於軍營之前。

王保保得知慶陽失陷後，便集兵猛攻蘭州。猛攻數日，難克堅城。憤懣之下，王保保率元軍在蘭州附近大掠洩憤。出乎他意料的，明朝大將徐達來得快，在定西車道峴與王保保狹路相逢。

元、明兩軍中間隔一條深溝，各自樹柵建鹿角，作持久相鬥狀。明軍糧多兵壯，有持久戰的本錢；王保保元軍情怯糧少，先自慌了心神。

徐達使心理戰，命令明軍晝夜不停發動假攻擊，使元軍不得片刻休息。

鬧騰了兩天，明軍忽然閉營假裝休整，筋疲力盡的元軍謝天謝地，終於有機會吃塊軍糧想歇一覺。

殊不料，大半夜間，明軍全軍發動攻擊，又累又乏的元軍根

本不敵，近十萬將卒被生擒，王保保僅與妻兒數人北走黃河，抱持流木渡河，奔逃和林。

這次，不僅他本人狼狽到家，基本上也把北元最大一份家底也賠光。

應昌方面，城池完整，但仍舊面臨老問題：糧草不足，難以拒守。王保保等人一直上書順帝讓他離開這一危險地帶幸和林，但這半老頭子仍舊想回大都，希望元軍會創造「奇蹟」。

奇蹟未看到，痢疾卻先到。早已被「大喜樂」淘虛了身子骨的元順帝又貪嘴，多吃了些不乾淨的牛羊肉，忽染痢疾。缺醫少藥加上抵抗力過弱，五十一歲的順帝活活拉死。大元最後一代帝王，死得如此不堪。

皇太子愛猷識理達臘這回終於可以做皇帝了，他改元「宣光」，即杜甫《北征詩》中之意：「周漢獲再興，宣光果明哲」，頗有中興大元之意。這位太子爺雖然一直是個「事頭」，又好佛法又喜歡腐化，其實他的漢文化功底頗為深厚，除能寫一筆瀟灑遒勁宋徽宗體書法外，還會做漢詩。其詩大多散軼不存，只在《草木子》一書中存有一首《新月詩》：「昨夜嚴陵失釣鉤，何人移上碧雲頭。雖然未得團圓相，也有清光遍九州。」清新可喜，就是沒有帝王氣象在詩中。（此詩有人誤記為朱元璋的孫子建文帝所作）

皇太子帝位還未坐熱乎，朱元璋的外甥李文忠已經統大軍殺來。本來他是大將常遇春的副手，常大將軍在攻克上都後得暴疾身亡，所以小李就成為這支大軍的總指揮。

聽說元順帝已死，皇太子還在應昌，求功心切的李文忠馬上向這座城市發動進攻。結果自不必說，明軍殺擒元軍數萬，並活捉了北元皇帝愛猷識理達臘的皇后、嬪妃、宮女以及他的兒子買的里八剌。

北元的這位「新帝」腿腳利索，又逃過一次大難，最終逃往和林。

明洪武五年，朱元璋怕北元死灰復燃，派徐達、李文忠等人大軍四出，統十五萬精騎準備徹底消滅王保保和愛猷識理達臘。

明軍初戰得利，但進至嶺北，遭遇王保保埋伏，大敗一場，死了幾萬人（明朝自己說是一萬多）。轉年，王保保復攻雁門，太祖下令諸將嚴備，但他的注意力集中在中原地區，此次明兵甚少出塞主動進攻元朝殘兵。

早在此次出軍前，明太祖曾七次派使人往王保保軍營「遣使通好」，王保保皆不應。最後，朱元璋派出王保保父親的好友、元朝降將李思齊出塞，想以言語打動王保保歸降。

王保保對這位先前與自己關中大戰的「老叔」很客氣，又請吃飯又請喝酒，就是不提歸降之事。待了數日，王保保派人禮送「老叔」出境。行至塞下，送行騎士臨別，忽然對李思齊說：「主帥有命，請您留一物當做紀念。」

李思齊很奇怪：「我自遠而來，未帶重禮。」

騎士說：「希望您留下一臂以為離別之禮！」

望著面色嚴肅的精甲鐵騎數百人皆對自己虎視眈眈，李思齊自知不免，只得自己抽刀切下一條胳膊交與騎士。傷口雖然齊整，又有從人救護，難免流血過多，老李回來後不久即死掉，在新朝也沒享幾天好福。

正因如此，朱元璋對王保保更是油然生敬。一日，他大會諸將宴飲，問：「天下奇男子，誰也？」大家皆回答：「常遇春所將不過萬人，橫行天下無敵手，足可稱是真奇男子！」朱元璋搖頭一笑：「常遇春雖人傑，我能得而臣之。天下奇男子，非王保保莫屬！」

大起大落後，王保保在和林與從前的「皇太子」關係相處和睦，洪武六年又統軍殺回長城邊，但被老對手徐達候個正著，在懷柔把他所率元軍打得大敗而去。

洪武八年，正值壯年的王保保染疾而死，其妻毛氏自縊殉夫。洪武十一年，愛猷識理達臘也病死，殘元大臣諡其為「昭宗」

，並擁其弟弟（有說是其子）脫古思帖木兒為帝。十年後，這位爺在捕魚兒海（有說是貝加爾湖，有說是距熱河不遠的達爾泊）晃悠，被明朝大將藍玉偵知消息，率十萬大軍前去攻擊。明軍殺元軍數千，生擒近八萬人，就是跑了脫古思帖木兒本人。此時的北元皇帝再無昔日的威赫聲名和尊嚴。逃往和林路上，他被叛臣也速迭兒縊死。

百年之前，蒙古軍隊如同火山中噴流出的熾熱岩漿，沒有任何東西能阻擋他們的滾滾向前。他們騎著蒙古矮馬，身上除了那張弓有些不成比例的長大外，武器簡單而實用。正是憑藉這些頭腦仍處於蒙昧時代的原始的衝動，蒙古武士以極少的人數，完成了人類歷史上史無前例的征服，無數種文明皆似漂亮的琉璃一樣粉碎在狼牙棒下。

歐洲的重鎧騎士們有命逃回城市的，便向主教和國王渲染黃色面孔海洋般集湧而來的恐懼，這就是「黃禍」一詞的產生。實際上，這些騎著高頭大馬身穿精鋼鐵甲的大個子們無非是以敵人的眾多來掩飾自己戰敗的無能而已，西進的蒙古軍隊雖然殺人無數、毀城無數、擊敗有建制的軍隊無數，但他們最大的戰役從未使用過十二萬人以上的兵力。當然，「黃禍」渲染者的謊言基本無人拆穿，因為己方的目擊者基本上都已在驚愕中死於蒙古人的弓箭或者刀下。

光榮蒙古武士的後代，僅僅過了一百年，退化如此嚴重，與從前相比，他們的戰馬更高大，身體更肥碩，打仗的行頭要複雜數倍，但仍然被漢人軍隊摧枯拉朽般地一擊再擊，一退再退，終於回縮回青草漫天的草原。其實，蒙古戰士的體魄並未因百年歲月而變得虛弱，惟一改變的，只是他們昔日那種奮不顧身、勇往直前的勃勃勇氣！

《明史》、《新明史》對「韃靼」的記載混亂不堪，均列於《外國傳》中。但「韃靼」（即北元）系系相傳。一直有二十八代之多，反觀「大明」，不過才十六君而已。明成祖心中最拿蒙

古人當成大患，親征數次，仍舊不能把「黃金家族」的直系繼承人連根拔掉。北元最曇花一現的榮光，當屬脫脫不花大汗（權臣也先）時期，堂堂大明英宗皇帝，竟然成為蒙古軍隊的俘虜。明武宗正德年間，元朝正系後裔達延汗一舉擊敗漠南蒙古西部的地方部落勢力，基本上找回了昔日漠南漠北蒙古大汗的感覺。1570年，達延汗的曾孫俺答汗（又稱阿勒坦汗）手下有十餘萬蒙古鐵騎，為蒙古諸部之雄。張居正等人很有政治遠見，封其為順義王，從經濟上給予蒙古人不少好處，但最終換來的是和平以及「順義王」對明朝的朝貢關係。

1632年，滿洲人猛攻察哈爾，把蒙古最後一位光榮的大汗林丹汗打得大敗，竄至大草灘急火攻心發痘而死。1636年，女真人建立的後金汗國征服了漠南蒙古。時光流逝四百年，女真人的滅國之恨終於得報，現在反過來是蒙古王公要匍伏於女真人的馬下舔靴塵了。

1644年，滿清在北京坐穩龍廷後，把蒙古諸部劃分成四十九個旗，成吉思汗的子孫完全喪失了獨立的領地。至此，他們祖先那宏闊帝國的美妙圖景，永遠永遠地變成了昔日黃金般的回憶和靜夜無人時焦渴的夢想。

如果讀者想研究北元數百年的歷史，就只得去翻看羅卜藏丹津的《黃金史》、無名氏的《黃金史綱》、無名氏的《大黃金史》、善巴的《阿薩拉格其書》以及《蒙古源流》，這些書皆成於十七世紀那一百年之中，西藏人寫「黃金家族」史是為凸顯喇嘛教在元朝受尊崇的「神話」，蒙古人寫民族史是抒發憤懣，追述列祖列宗以及各位大汗的無上光榮，這些，總能暫時撫慰他們在清朝高壓下那些受傷的心靈。

可悲的是，明朝雖然號稱是把漢族人從蒙元的壓迫下解放出來，但宋朝以來正常的定居王朝合理發展的勢頭已經被嚴重遏制和扭曲，中國人的主動性、創造性、進取性，都極大限度地被停滯的重負所拖累。所有這些，表現在民族性方面，便是漢民族長

時期對自己產生了某種心理障礙，縮手縮腳，畏首畏尾。

　　明朝除了初期宣洩了殘殺的劣性外，基本上完全沒有了漢朝那種積極進取、努力拓疆的雄心，而是變得十分內向和拘謹，把自己的心理安全建立在一道長城之上。

　　所以，崇禎帝自縊煤山的悲劇，其實早在明朝建立的那一刻已經有了某種徵兆。帝國初立，已經有疲憊之態。

再接再勵定國家——方國珍降、陳友定滅、兩廣歸
附、蜀地納款、雲南大定

　　甫滅張士誠，朱元璋迫不及待下令對方國珍動手。

　　方國珍是元末群雄中輩分最高的「革命」老前輩。諸多人中，屬他起事最早，元順帝至正八年（1348年），他就聚眾千人劫掠元朝運糧船，梗塞海道。

　　此人長相也奇特，史載，他「長身黑面，體白如瓠」，仔細思之，也不奇，臉黑，是因為他「世以販鹽浮海為業」，太陽曬的；身體皮膚白，衣服攔住陽光，所以就白。

　　無論如何，方國珍四兄弟橫行海上，忽東忽西，讓元朝傷透了腦筋。後來，對元朝他也是忽降忽叛，據有溫州、台州等地，並受元朝詔命進攻張士誠，且七戰七捷。不久，張士誠受招安，也當上了元朝的「太尉」，二人才停止相攻。

　　方國珍初作亂時，元朝很當回事，官府出空白宣赦數十道，募人擊賊，海濱壯士多應募，打得方國珍有些架不住。但元地方政府官吏腐敗，該賞官時反而向擊賊者索重賄，對方只要不出錢，根本也得不到官，往往有一家數人戰死而最終不得官者。反觀方國珍黨徒，元朝一再招安撫諭，子弟宗族皆至大官，由此當地人羨慕他們，轉而加入其中為盜，方國珍手下日益眾多。

　　雖然起事早，方國珍並無大志。朱元璋攻取婺州後，他忙奉書送黃金五十斤、白銀五十斤以文綺白匹來獻，並派次子方關為人質向老朱「效忠」。

　　朱元璋也會做，歸還其質子，厚賜遣返，並派人委任方國珍為「福建行省平章事」。

　　方國珍陰持兩端，一面受朱元璋印誥，一面仍派海船替張士誠運糧輸往元朝大都。

　　朱元璋軍隊攻克張士誠杭州後，方國珍大恐，一面遣使佯稱貢獻偵察形勢，一面暗中勾結王保保和陳友定等人，陰圖互為犄角。

　　朱元璋聞訊大怒，移書數其罪，並責軍糧二十萬石讓他來獻。方國珍倒不是特別慌，海賊出身的他，日夜倒騰珍寶，大治舟楫，時刻準備逃往海上。

　　張士誠被滅後，朱元璋大軍來勢洶洶，台州、溫州皆被攻克。方國珍自知不敵，率所部乘船遁入海中。但是，朱元璋手下也有「水賊」出身的將領廖永忠等人，率水軍配合湯和等人的陸軍傾力圍剿，方國珍部下多降。

　　本來老朱十分惱怒這個三心二意的東西，但方國珍手下詹鼎寫的「謝罪表」寫得好，朱元璋覽後頓起可憐之意：

　　「臣聞天無所不覆，地無所不載。王者體天法地，於人無所不容。臣荷主上覆載之德久矣，不敢自絕於天地，故一陳愚衷。臣本庸才，遭時多故，起身海島，非有父兄相藉之力，又非有帝制自為之心。方主上霆擊電掣，至於婺州，臣愚即遣子入侍，固已知主上有今日矣，將以依日月之末光，望雨露之餘潤（拍老朱馬屁，說自己早知道老朱是真天子）。而主上推誠布公，俾守鄉郡，如故吳越事。臣遵奉條約，不敢妄生節目。子姓不戒，潛構釁端，猥勞問罪之師，私心戰兢，用是俾守者出迎（從前的冒犯，我部知情，都是屬下們幹的，我一直孝敬）。然而未免浮海，何也？孝子之於親，小杖則受，大杖則走，臣之情事適與此類（這幾句話最讓老朱開心，看見比自己歲數還大的革命老前輩拿自己當親爹來比擬，能不高興嗎）。即欲面縛待罪闕廷，復恐嬰斧鉞之誅，使天下後世不知臣得罪之深，將謂主上不能容臣，豈不

累天地大德哉。（如果您殺我，可就是您的不厚道了）」

　　方國珍在信中把老朱比成親爹，把自己比成犯事避杖逃走的「兒子」，不能不讓老朱欣喜。於是，他表示說，方國珍雖然負恩實多，只要投降，我仍饒你一命。

　　方國珍至建康後，老朱當面責讓：「你來得太晚了！」

　　老方裝可憐，頓首謝罪。

　　老朱心中舒服，授他為「廣西行省左丞」，食祿而不之官，賜大宅院於建康，掛個榮銜養起來。

　　明朝成立後，老方還多次以「功臣」身份參加盛大宴會。一次預宴，他忽發腦溢血，「嗷」的一聲就倒地了。

　　朱元璋對老方特厚道，忙授其二子官職，派人通知瀕死的方國珍。老方欣慰頷首，死了。

　　如此導致元朝滅亡的大禍首，又落在朱元璋手裡，竟然善終，真是一個天大的奇蹟。

　　方國珍此人，也有一「花絮」可表。他割據一方時，其女兒年方妙齡，由於病痘，前往延慶寺祈福。廟中一個名叫竺月華的年輕和尚風流輕佻，看見美人來廟內，便順口吟誦《望江南》詞，挑逗方國珍女兒：「江南柳，嫩綠未成陰。枝小未堪攀折取，黃鸝飛上力難禁，留下待春深」，詞中很有些猥褻的意思。

　　方姑娘人小心細，冰雪聰明，回家後就向父親告狀，說和尚調戲自己。

　　方國珍大怒，命人立刻把「賊禿」捆來，準備裝入「豬籠」內扔到水中淹死。

　　見押來的和尚容貌俊俏，嚇得渾身亂顫，方國珍又笑又氣，仿效其口吻，也作詞一首：「江南竹，巧匠結成籠。好與吾師藏法體，碧波深處伴蛟龍。方知色是空。」老方本來大字不識的一個粗人，此時倒很有幽默。

　　臨死之際，竺月華這個年輕和尚還算鎮定，表示說：「死即

死耳，容我再作詞一首。」方國珍答應。

竺和尚吟道：「江南月，如鑑亦如勾。如鑑不臨紅粉面，如勾不上畫簾頭。空自惹腸愁。」

見年輕俏和尚以自己名字入詞，「自我批評」自我貶損一番，方國珍轉怒為喜，笑言：「這次就放掉這你個小和尚！」

由此事可以見出，方國珍的確不是一般的憨人粗漢。

在發兵攻打方國珍時，1367年冬，朱元璋派中書平章胡廷美為征南將軍，會同江西行省左丞何文輝，前去福建平滅陳友定。不久，又令湯和、廖永忠由海道進攻福州。

元朝這位大將陳友定，與陳友諒沒有親戚關係。

陳友定，字安國，福建福清人，小商販出身，在明溪驛任驛卒。由於善談兵事，為元朝汀州地方官蔡某賞識，授為黃土寨巡檢，以討山賊起家。元末大亂，英雄莫問出處，陳友定幾年內就當了清流縣令。至正十九年（1359年），陳友諒部將攻汀州，被陳友定擊退，元朝政府讓他為福建行省參政。

與陳友諒打了三年，福建大部皆歸陳友定所有，元朝的福建行省平章政事燕只不花徒擁虛名而已，陳友定才是真正行省的一把手。到了至正二十四年，大都方面諸道隔絕，只有陳友定每年向大都朝廷運輸貢物，由於繞取海道，十次運物只有三四次能送到，很有一番忠心赤誠。

至正二十五年，陳友諒受元廷之命，進攻過朱元璋的地盤處州（浙江蘇省水），但沒得到便宜，匆忙撤軍。

陳友定雖擁八閩之地，但各地守將心意不一，多有向朱元璋歸降者，諸城相繼被攻下，福州也被湯和所攻陷。

陳友定無奈，只得擁兵死守延平（南平）。不久，漳州、泉州、建寧（建甌）皆落入明軍之手。

湯和、廖永忠先禮後兵，攻延平前派出使節去招降陳友定。陳友定殺掉來使，他與諸將歃血為盟，發誓忠於元朝。但陳友定畢竟不是大軍事家，總以為明軍千里遠道而來，誡使諸軍毋出戰

，想待明軍氣洩兵疲時再出城攻殺。

長期固守愁城，將吏多怨。諸將被圍急了，缺衣少吃，想衝出拼死一搏，也為陳友定所阻。在這種情勢下，城內將士多有出城投降者，陳友定因疑心，又枉殺一能戰大將，致使眾心解體。

受圍十日後，延平城內有炮聲響。明軍誤以為是城中降將內應，鼓噪登城，歪打正著，很快就攻克延平堅城。

陳友定知大事已去，對左右從官講，「公等善自為計，我為元朝死耳！」他獨坐省堂，按劍仰藥自殺。

明軍來得快，灌水壓腹，為陳友定排毒，把活人押送建康。

朱元璋起先對陳友定很敬重，詰問道：「元朝已亡，你為誰守城？」

陳友定雖遍身繩索，仍勃勃不屈，直斥道：「無須多言，除殺掉我以外，你又能幹什麼！」

老朱大怒，立命人殺陳友定及其兒子於鬧市。

陳友定雖敗亡，但對元朝忠心不貳，始終如一，父子駢首，慷慨赴死，不失為亂世大丈夫！

相較方國珍和福建的陳友定，朱元璋平定兩廣就順利得多。洪武元年（1368年）三月，朱元璋命廖永忠、朱亮祖二人從海道取廣東，又命湖廣行省的楊璟帶兵進取廣西。結果，廖永忠水師甫到潮陽，就已經接到元朝廣東行省左丞何真的降表。

何真東莞人，本為淡水鹽場小管事。元末亂起，他結民自保城池，一步一步被元朝加官。此人很知「天命」，知道胳膊扭不過大腿，遞降表後，親自去惠州迎接廖永忠，就被馬上安排入京見駕。

朱元璋大喜，賜宴，特贈白金千兩，立授何真為江西行省參知政事，並譽為「識時達變」的天下豪傑。

何真降明，亂世自保而已，此人受元朝恩惠不多，投降又保全不少生民性命，無可厚非。

廣西方面，明兵不是很順利，圍攻永州時死了不少軍士。梧

州方面還好，元朝當地的「達魯花赤」，拜住（蒙古人好多叫這名字）率官吏父老迎降，藤州、容州相繼而下。

明軍最難打的當屬靖江（桂林），元朝廣西行省平章政事也兒吉尼死守死鬥，最終因城內將領叛降明軍，靖江得陷。也兒吉尼逃跑未成，被擒送建康處死，成為為數不多的為元朝殉國的蒙古人。

至此，兩廣歸於大明版圖。

洪武三年（1370年），朱元璋派大將湯和與傅友德分頭從湖北和陝西進兵，準備全取四川。

四川當時還存有一個地方政權，國號「大夏」，乃昔日徐壽輝手下大將明玉珍所建。

明玉珍在至正十七年受命外出搶糧，溯江而上，一下子就攻取了重慶、成都以及今天的貴州一部分，當上了「天完」政權的「隴蜀行省右丞」。至正二十年，聽說陳友諒殺掉徐壽輝，明玉珍非常氣憤，斷絕與老陳的來往，並於至正二十二年春在重慶稱帝，建元天統。此人雖無遠略，但本性節儉，頗好讀書，折節下士，在四川「國」內開進士科，定賦稅，以十分取一，可稱是難得的寬明廉厚之主。其間，他與朱元璋也信使往來，頗為友好。老朱當時敵人多，卑辭下意，自比孫權，以明玉珍比劉備，雙方很是親熱。

明玉珍人好，命不好，為「皇」五年即病死，時年僅三十六歲，當時是元至正二十六年春天的事情。

明玉珍死後，其子明升嗣位，年方十歲，諸大臣皆粗暴無禮，互相爭權奪勢，不肯相下。由此，大夏開始走下坡路。

朱元璋建明後，明升派使臣來賀。轉年，朱皇帝怪明升「不懂事」，沒有主動「歸命」，就派人去詔諭。明升不從（此人還小，主要是左右大臣及其母后彭後不從）。

如此，朱元璋下命諸將進攻。

蜀地雖險，也抵不住大明的虎狼之師。明將傅友德走當年鄧

艾襲蜀的老路，一路攻克江油、綿州（綿州）、江州（廣漢）。湯和走水路，直落夔州，逼近重慶。

明升大懼，有大臣勸逃往成都，明玉珍老婆彭氏泣言道：「成都即使可以到，不過是遷延旦夕之命罷了。大軍所過，勢如破竹，不如早早投降以全活士民性命。」

於是，明升「面縛、銜璧、輿櫬」，向明軍投降。

朱元璋在建康見明升，憐其幼弱，沒有依照孟昶降宋故事讓他行「伏地上表得罪」之禮，授其為歸義侯，賜第京師。

轉年，為長久安定之計，明太祖把明升與陳友諒之子陳理一起送往高麗施行高級別的軟禁。小伙子吃慣了四川泡菜，這回要換口味吃高麗泡菜了。

有人見此可能問，高麗王數代一直不都是大元朝的駙馬爺嗎，怎麼現在又聽明朝使喚呢？

當過元朝的駙馬確實不假。但明朝初建，高麗國王當時是王顓，他馬上貢方物，進賀表，並上書請封。「事大」主義，是高麗能避免中原王朝打擊滅亡的鐵定規則。高麗王交回元朝所賜金印，敬用明朝新賜印章，貢獻數至，孝敬恭謹。朱元璋見高麗貢使頻來，挺不忍心，加之這些棒子們乘船來貢，每年都淹死不少人，就下詔：「高麗貢獻繁數，困敝其民，宜遵古諸侯之禮，三年一聘。」

洪武六年，高麗內政有變，國王王顓被權臣李仁人所弒。王顓無子，以寵臣辛旽之子王禑為義子，李仁人就扶這個傀儡王禑為國王。自那時開始，明朝與高麗的關係陷入僵局，但高麗政府一直死乞白賴巴結大明，又貢馬又貢金，明朝卻而不受。到了洪武二十一年，高麗王王禑上表稱鐵嶺之地實屬高麗舊地，乞求朱皇帝賞還與他。老朱斷然回絕，堅稱高麗一直以鴨綠江為界，警告對方不要再生詐挑事。這一點，老朱深明民族大義。

高麗王向明朝上表的當月，國中有事，他因怒殺大將李成桂之子。李成桂率兵反攻都城，軟禁了王禑，推立其子王昌為王。

不久，廢王昌，立另外一個宗室王瑤。由於王瑤確屬王氏高麗王族血系之親，朱元璋遣使表示承認他的地位。

洪武二十四年十二月，王瑤派兒子王奭來建康朝賀，結果，王奭未歸，李成桂踢掉王瑤，自立為王。至此，高麗王氏自中國五代以來傳國數百年，終於壽終正寢。

李成桂當了國王心中極不踏實，很怕大明派兵來攻，就上表「哀陳」自己迫不得已被眾人推為國王，希望皇帝「原諒」。朱元璋認為高麗僻處東隅，懶得生事，命禮部移諭道：「果能順天道，合人心，不啟邊釁，使命往來，實爾國之福，朕又何誅！」

這樣，明朝算是承認了李氏高麗，李成桂這才大咽一口氣踏實下來。

洪武二十五年，李成桂遣使來求更改國號，朱皇帝下詔，依據古義，仍稱「朝鮮」。所以，從那時開始，明朝和朝鮮關係一直非常親密，並曾在它即將被倭人攻亡時伸手相援。

至此，朱元璋只剩下雲南一地未破。

雲南之地，乃忽必烈之子忽哥的後代襲封，一直稱「梁王」，當時的梁王是巴匝剌瓦爾密。洪武六年，朱元璋派王偉為詔使到雲南，前去召降。王偉很擅說辭，在大殿上歷陳天意人事，侃侃而言，使得梁王手下相顧駭服，頗有降意，禮敬之餘好吃好喝厚待王偉。

不久，北元太子在沙漠自立，派使臣脫脫（蒙古人好多叫這個名字）從西藏入雲南征糧，策劃聯兵以拒明師。脫脫打聽到梁王有降意，便逼迫他殺掉明使以表對元朝的忠心。梁王猶豫，下不了手，就派人把王偉藏於民間。

脫脫聞知後，譏誚梁王：「國家顛覆不能救，卻欲附他人！」言畢，躍馬馳去。梁王不得已，只得把王偉交出與脫脫相見。

王偉雖為文士，鐵骨錚錚，朗言道：「天命終結元朝，大明當代之！煙燼餘火，敢欲與日月爭光乎！汝早晨殺我，大明兵晚夕必至！」

　　脫脫大怒，立殺王偉。可惜王偉奇才之士，竟死於「革命」勝利之後。

　　王偉說得對，也不對。對，在於明朝必得雲南，不對，在於沒有「朝發夕至」那樣快，直到洪武十四年（1381年），一切準備停當，朱元璋才對雲南用兵。

　　明軍兵分兩路，分由傅有德和郭英指揮，連下城池。傅有德手下有猛將藍玉和朱元璋義子沐英，兵強將勇，僅三個月就由遵義打到曲靖。

　　當時梁王也不示弱，派出大將達里麻率十萬精兵與明軍大戰。

　　沐英督師涉水，氣勢如虹，直衝元軍大陣。雙方交手，元軍根本不是個兒，橫屍十餘里，主帥達里麻被活捉。

　　梁王聞敗訊，知道事不可為，忙挈妻子逃入普寧州一個軍事據點，把自己王爺龍衣燒掉後，先驅妻子入滇池，他隨後跳入，自殺身亡。

　　明軍入昆明，秋毫無犯。

　　洪武十五年（1382年）春，藍玉、沐英等人進攻大理，生擒土司段世。同時，分兵取麗江，破石門關，攻克金齒，於是附近土司相率投降，雲南悉平。

　　想當初，在元世祖忽必烈最盛時，在這些地方屢遭敗績，大明軍卻能步步為營，屢戰屢勝。

　　很快，雲南附近的緬國和八百媳婦國（元成宗曾在此大敗）均上表請求內附。

　　朱元璋設置「大理指揮使司」，派人統兵守之。委任將軍沐英率軍數萬，留鎮滇中。

　　沐英多次平定雲南「百夷」的造反，最終卒於鎮所，時年四十八，追封黔寧王。以後，沐氏世代鎮雲南，自明仁宗開始，鑄征南將軍印給沐氏家族，沐氏與明朝同始終。

　　沐氏在滇日久，威權日盛，聽上去是個王爺，但沐氏諸人活

著時，沒有人當過「雲南王」，據此說的都是演義小說。沐氏基本都是明朝「公」爵，只有沐英和其子沐晟死後被追封為王。

狡兔已死狗當烹——胡藍之獄

朱元璋以一平頭百姓出身，無倚無靠，奮起而得天下，古往今來大概只有漢高祖劉邦與他有得一比。其手下儒臣文士，言談話語中，也多以漢高祖來「鼓勵」老朱。

李善長初入幕府，即對朱元璋講：「漢高祖布衣之士，豁達大度，知人善任，五年遂成帝業。朱公你生長濠州，距沛地不遠，如取法漢高祖，天下不足定也！」

有了這種「說法」，老朱要成為「漢高祖」就成為一種心理暗示，步步習劉邦，處處效漢高。

首先是他在金陵建都一事，窮極壯麗，正是效當初蕭何建未央宮之前例。未幾，又遷江南十四萬富戶於中都，也是仿漢高祖時徙齊楚大戶以實關中的事情。還有，就是封建子弟，本來「七國之亂」、「八王之亂」為封建王朝敲起了警鐘，真「封建」之事漸行漸遠，結果老朱在這一點仍舊效仿漢高祖，大封子弟為王，最終種下兒子燕王篡弒之禍。

至於劉邦兔死狗烹誅韓信，殺彭越，老朱也有樣學樣，胡藍之獄弄死四萬多人，可謂青出藍而勝於藍也。

朱皇帝誅殺功臣，並非一般人印象中剛剛建立明朝就大開殺戒。

明朝甫立，天下未定。他屠刀首舉之時，當為洪武十三年開始對宰相胡惟庸的下手，而當時之事，胡惟庸確有謀逆之心，論理該殺，同誅者也不過陳寧等幾個大臣。所謂「胡黨」大獄，則是十年之後的事情，族誅三萬多人。過了三年，朱元璋又興「藍黨之獄」，藉誅藍玉之名，族誅一萬五千多人。由此，功臣宿將，芟夷幾盡。

胡惟庸陰險，當殺，藍玉跋扈，也該死，至於株連的數萬人

，百分之九十九都是老朱借題發揮牽扯上的。他們都比竇娥還冤。而且，誅死的四萬多人，不是後人牽鑿附會瞎添數，當時的官方文件《昭示奸黨錄》（胡案）、《逆臣錄》（藍案）記載得清清楚楚，所以數字方面沒有一點誇大。

好在歷史是「後人」寫的，藍玉等人並未入《明史》逆臣傳，倒是胡惟庸名列《奸臣傳》第一的位置。

明朝一代，有「丞相」之名的，只有四個人：李善長、徐達、汪廣洋、胡惟庸，但徐達只是掛榮銜，真正理過事的只有三個文臣。

胡惟庸乃定遠人，在至正十五年朱元璋攻和州時即來帳下投附。這樣一個村學究，很快就成為老朱幕府筆桿子。早年，胡惟庸遭遇也一般，最多做到寧國知縣、吉安通判此類的下級官員。由於善斂財，知道買官的門徑，他向當時深受朱元璋信任的李善長獻上黃金二百兩，才能在吳元年進入朝廷當上了太常卿（禮部主事）。

得入京城當官，凡事就好辦多了，機會也日益增多。為了巴結李善長，胡惟庸把侄女嫁給李善長的侄子，兩家成了親家，更增添了家族勢力。

李善長作為朱元璋左右手，定榷鹽、榷茶諸法，開鐵冶，定錢法，奏定官制，監修《元史》，規劃明初開國的祭祀、爵賞、封建等一系列政治、經濟制度，居功甚偉，被朱皇帝譽之為「朕之蕭何」，稱為「真宰相」。

由於李善長當權日久，遍引親信於朝，老朱也日漸冷落於他。李善長知道急流勇退，稱病退休。朱元璋念起舊情，還把女兒嫁給他兒子，並在洪武十三年起復他一次，與外甥李文忠一起「總理中書省等軍國大事」。

李善長的丞相位置空出來後，朱元璋曾向劉基詢問繼任人的合適人選。當然，朱皇帝是自己提出人選，要劉基出主意拿捏。老朱首先認為楊憲合適，劉基與楊憲兩人關係相當好，但他秉公

直言：「楊憲有宰相之才，無宰相之器。當任宰相之人，當持心如水，以義理為權衡，而能置身度外，楊憲沒有這種器量。」老朱又提名汪廣洋，劉基搖頭：「他比楊憲差遠了。」老朱提名胡惟庸，劉基更是竭力反對，認定此人小牛不能拉大車。

也甭說，胡惟庸雖然是「小牛」，在傾害人方面乃大老虎一個。他聽說楊憲要入相的風聲後，馬上找到李善長，表示說這個山西人當了丞相，我們淮西人再不能當大官了。

淮人集團在明初勢力最大，鄉里鄉親，文臣武將，遍列朝廷，裡外上下一合手，果真最後把楊憲擠排得丟了性命，為朱皇帝所殺。

殺了楊憲，加上李善長推舉，胡惟庸天天一臉諂媚，很遭朱元璋喜歡，寵遇日盛。洪武六年，他被升為右相，未幾又進左丞相。

獨相數年，老胡大權在手，生殺黜陟，往往不奏皇帝而行。內外諸司上奏封事，他必先取閱。凡是有不利自己的奏章，都匿不不呈。四方躁進之徒及功臣武夫失職者，爭走其門，對胡惟庸百般巴結，饋遺金帛、名馬，不可勝數。

對此，大將軍徐達曾向朱皇帝反映情況。胡惟庸陰險，用重利引誘徐達的門人想讓他上告徐達謀反，結果門子反把胡惟庸托出，只不過朱皇帝當時沒深究而已。

另外，深恨劉基說過自己不能為相，胡惟庸以替劉基治病為名，派醫生攜慢性毒藥治死了劉基。劉基一死，胡惟庸更加肆無忌憚。

由於胡惟庸定遠老家宅院的舊井中忽生石筍，「吉瑞」突現，又有人告訴他祖墳中好幾個墳頭夜有火光熾天，墳頭冒煙，老胡以為是天降吉兆，暗喜中更加自負，忖度自己又要「進步」了。官至丞相，再「進步」，就只能當皇帝了。

恰巧，當時有明朝功臣吉安侯陸仲亨擅用公家驛傳，平涼侯費聚嗜酒好色，均為朱元璋節責重譴。胡惟庸看中二人戇勇無謀

，便嚇唬二人早晚會被正法。二人大懼，哀求老胡出主意。胡惟庸便讓二人在外收集軍馬，以備「急用」。同時，他在朝中與陳寧勾結，閱示天下軍馬圖籍，很想把明朝取而代之。

為了成事，老胡還托李善長的弟弟、時任太僕寺丞的李存義說動老李也入夥。估計當時並未明說，李善長年老，也裝糊塗，依違其間，其實是「婉拒」。

胡惟庸確是很「庸」，造反這麼大事，竟然讓這麼多人知道，而真正起作用的禁衛軍軍官，他一個也沒爭取到，反而大老遠派人攜書向元順帝兒子遠在沙漠的舊元太子稱臣，還派他的心腹明州衛指揮林賢從海道借倭兵準備裡應外合。

甫說，林賢從日本還真「借」來了四百倭奴兵，按原計劃，這些人準備在充當貢使隨從時趁覲見之時行刺朱皇帝。具體方法是：貢使在大殿上奉巨燭，裡面事先裝填了火藥和刀劍。試點時，巨大的蠟燭放出的不是芳香而是煙霧和刀劍，貢使趁機操兵，在殿上殺掉皇帝。結果，當這批日本矬子坐船抵達南京時，胡惟庸已經被殺，四百矬子剛上岸就被鐵棍打翻，一齊押往雲南深山老林去「勞改」。

胡惟庸太自得，本來沒著急動手，他一是想趁朱元璋外出巡視時動手，二是想等林賢與倭使朝見時行刺。但是，幾件小事，讓他狗急跳牆，不得不匆忙佈置。

其一，占城國入貢，胡惟庸未及時報告，朱元璋怪罪下來，他又轉嫁責任，惹起老朱憤怒，窮追致使者；其二，朱皇帝推究劉基死因，賜死汪廣洋；其三，胡惟庸兒子乘馬車遇「車禍」而死，老胡怪罪車夫，一刀把人砍了，朱元璋聞之憤怒，讓他「償命」。數事相加，胡惟庸越想越怕，對左右說：「主上任意殺掉有功大臣，我可能也不免。同樣是死，不如先發，以免寂寂受戮！」

未等胡惟庸動手，本來與他一夥的御史中丞塗節關鍵時刻害怕，主動上變，在洪武十二年底向朱元璋告發了老胡。他的一個

同事，同為中丞的商暠由於被胡惟庸貶為中書省小吏，懷恨在心，也向皇帝彙報老胡的「陰事」，並涉及到御史大夫陳寧和最早上告的中丞塗節。

朱元璋大怒，立刻逮捕胡惟庸等人審訊。

被牽引聯告的御史大夫陳寧，很早因文字才氣為朱元璋任用，但此人本性嚴刻，在蘇州任地方官時為催賦燒鐵烙人，人稱「陳烙鐵」。他入京為御史後，益加嚴苛，連朱元璋都數次責斥他。陳寧兒子勸其收斂，他竟然操起大棒把兒子活活打死。朱元璋聞訊，深惡其殺子之舉，說：「陳寧對兒子如此，心中怎能有君父！」聞皇帝此言，陳寧心懼，故而串通胡惟庸謀反。

據《明通記》記載：洪武十三年正月，胡惟庸詭言其府中水井出醴泉，邀朱皇帝臨幸。駕出西華門，有一太監雲奇馳馬衝駕，因氣勃口不能言，比比劃劃。朱元璋怒其不敬，令左右亂棒擊打，把雲奇胳膊都打斷，幾乎當場打死，但英勇的雲公公仍然指劃胡惟庸宅院做刀砍狀。「上悟，乃登城望其第（胡家），（見）藏兵複壁間，刀槊林立。（帝）即發羽林（軍）掩捕。」

此記，實乃小說家語。老朱半老頭子，又沒望遠鏡，不可能在宮城上看得見胡惟庸家中的情形。

實際情況是，塗節上告，加上商暠上告，他派人逮捕胡惟庸，自然一審即清。

案子定結，胡惟庸、陳寧，包括首先上告的塗節，皆拉入集市碎剮，族誅諸人，並殺老胡黨羽、僚屬以及一切與胡惟庸有關係的人（包括向他送過書畫簽過名的幾個文人畫家），共一萬五千餘人。

本來，名單中還有大文豪宋濂。由於他孫子與胡惟庸相識，不僅孫子被殺掉，連累得已經退休的老宋被解送入京要挨刀。幸虧有馬皇后解勸，言宋濂曾為諸王老師，又不知謀反事，被「從輕」發落流放茂州，但中途病累而死。

當時，群臣認為李善長知情不告，也應加罪，朱皇帝還裝寬

容仁義，說：「朕初起兵時，李善長即謁軍門，稱『有天有日矣』，是時朕二十七，善長年四十一，所言多合我意，贊畫獻謀，勞苦實多。陸仲亨年十七，父母俱亡，恐為亂兵所掠，持一斗麥藏於草間。朕見之，呼曰『來』，立即從朕。既長，以功封侯，比皆吾初起時股肱心腹，吾不忍罪之。」

但是，過了十年，老朱為誅除群臣，舊事重提，不僅賜死李善長，又族滅李善長全家以及陸仲亨等人，濫殺兩萬多，株連蔓引，數年未平。

李善長最冤，這位「蕭何」不僅自己以古稀之年要上吊，三族被誅，只有當駙馬的兒子李祺僥倖逃過一命。為此，虞部郎中王國用上書為老李辯冤：

「（李）善長與陛下同心，出萬死以取天下，勳臣第一，生封公，死封王，男尚公主，親戚拜官，人臣之分極矣。藉令欲自圖不軌，尚未可知，而今謂其欲佐胡惟庸者，則大謬不然。人情愛其子，必甚於兄弟之子，安享萬全之富貴者，必不僥倖萬一之富貴。善長與惟庸，猶子之親耳，於陛下則親子女也。使善長佐惟庸成，不過勳臣第一而已矣，太師封公封王而已矣，尚主納妃而已矣，寧復有加於今日？且善長豈不知天下之不可幸取。當元之季，欲為此者何限，莫不身為齏粉，覆宗絕祀，能保首領者幾何人哉？善長胡乃身見之，而以衰倦之年身蹈之也。凡為此者，必有深仇激變，大不得已，父子之間或至相挾以求脫禍。今善長之子（李）祺備陛下骨肉親，無纖芥嫌，何苦而忽為此。若謂天象告變，大臣當災，殺之以應天象，則尤不可。臣恐天下聞之，謂功如善長且如此，四方因之解體也。今善長已死，言之無益，所願陛下作戒將來耳。」

由於這封原本大才子解縉代筆的奏疏寫得過於合情合理，殺人如麻的朱皇帝竟然沒生氣，不了了之。但字裡行間也虛透這樣一個消息。朱皇帝迷信，不過殺李善長避天災罷了。大功臣如此

待遇，老朱也忒狠了些。

胡惟庸一案，除李善長、陳寧、塗節等人族誅以外，還有如下等功臣也牽涉入案被族誅：古安侯陸仲亨、平涼侯費聚、延安侯唐勝宗、南雄侯葉升、濟寧侯顧敬、臨江侯陳鏞、營陽侯楊通、淮安侯華中、申國公鄧鎮以及諸將丁玉、李伯升等人。

這些人名，讀明朝開國史的人一定覺得很眼熟。不錯，千百戰役中，為朱元璋出生入死的，皆是這些人及其子弟家屬。

再談談藍玉一案。

藍玉與胡惟庸一樣，也是定遠人，乃明朝開國大功臣常遇春小舅子。此人長身赤面，儀表堂堂，是個勇略雙全的大將材料。他最早錄於常遇春帳下，臨敵勇敢，所向皆捷。後來，他跟從傅友德代蜀地，從徐達北征，與沐英一起定雲南，功勳卓著。朱元璋娶其女為自己的兒子蜀王為王妃。

洪武二十一年，藍玉與大將馮勝北征殘元軍，在金山擊降蒙古哈納出二十萬眾，並頂替馮勝為大將軍。（馮勝在明開國功臣中名列第三，北伐大勝後，朱元璋藉口他藏匿良馬、向哈納出老婆索求大珠異寶，誣之以罪，逮捕軟禁於鳳陽。誅藍玉後兩年，又下詔賜死於南京。）

投降的哈納出隨傅友德征雲南，中途病死。其子察罕倒楣，這位蒙古青年最後竟坐藍玉案被誅。

藍玉屯兵薊州，在洪武二十一年統大軍十五萬，深入漠北，在捕魚兒海大敗北元可汗脫古思帖木兒（元順帝之孫），俘獲蒙古王公、妃、公主、將校以及兵卒八萬多人，脫古思帖木兒僅與數十人逃脫。不久，藍玉領兵破蒙古哈刺率軍，獲人畜六萬餘。還師後，得封涼國公。洪武二十二年，藍玉督修四川城池；二十三年，藍玉率軍平滅施南、都勻等地土人造反；二十四年，藍玉總七萬兵馬，定西番，平滅月魯帖木兒之叛。

功成還師，藍玉被加銜為「太子太傅」。聞此，他怏怏不樂，說：「我的功勞，難到不能當太師嗎！」

朱皇帝聞此，殺心大動。

藍玉身為大將軍，的確比較跋扈，平時多養義子，乘勢暴橫。朝中御史按察，他也敢驅逐這些「紀檢」人員。而且，俘獲北元可汗妃子後，他也敢入帳強姦，使得元主妃子羞愧自殺。

即使沒有這些「過錯」，以藍玉的功勞和能力，他也逃不出一個「死」字。

洪武二十六年春，錦衣衛指揮蔣獻上告藍玉「謀反」，藍玉被逮捕。

只要進了大牢，沒罪也要有罪，據獄辭上記載：「藍玉與景川侯曹震、鶴慶侯張翼、舳艫侯朱壽、東莞伯何榮及吏部尚書詹徽、戶部侍郎傅友文等密謀為逆，將伺帝外出耕田舉事。」這種「口供」，百分百是屈打成招。

據《明通鑑》記載，藍玉征討納哈出回京後，對太子朱標曾報說：「我觀燕王（朱棣）在北平，陰有不臣之心，殿下應該有所防備。」藍玉之所以親近太子，是因皇太子妃是常遇春女兒，藍玉本人是常遇春小舅子。有這層關係，他自然傾向太子一系。

皇太子朱標天性孝友，自然不信。

但燕王朱棣不久即得知藍玉的一番說話。所以，太子朱標病死後，朱棣入朝，便意味深長地勸父皇「注意」藍玉等人「尾大不掉」。

史載，「上（朱元璋）由是益疑忌功臣，不數月而禍作」。

朱元璋、朱棣一對巨陰父子，兩人合計，任誰也活不了。

藍玉一案，族誅一公、十三侯、二伯，牽連被殺一萬五千多人，元功宿將，相繼誅戮。

謀逆之罪一般都是碎剮凌遲處死，念及藍玉與自己是兒女親家，老朱心一軟，寬大處理：碎剮改成剝皮。

這樣，劊子手把藍大將軍全鬚全尾整張人皮剝下來，算是留了全屍，並把人皮送往他女兒蜀王妃處「留念」。

明末農民軍攻破蜀王府，在王府祭堂發現了這件「文物」。

　　要說朱皇帝真是天下大殘忍人，洪武八年，殺德慶侯廖永忠（沉小明王那位爺）；洪武十三年，鞭死永嘉侯朱亮祖父子；十七年，殺臨川侯胡美；二十五年，殺江夏周德興；二十七年，賜死定遠侯王弼、永平侯謝成以及潁國公傅友德；二十八年，賜死宋國公馮勝——所有這些人，均為明朝開國浴血奮戰半生。

　　文臣方面，老朱也不手軟，李仕魯諫言不要佞佛，被武士攔死階下；葉伯巨諫言諸王分封太侈，被拷死獄中；王樸廷辯，老朱怒其「無禮」頂嘴，亂棍打死；張來碩諫止取已婚配的少女做宮女，被當廷割肉而死；茹太素進忠言，被拿下去砍頭，等等。加上日後的「空印案」及「郭恒案」，朱皇帝誅死文臣無數。

　　四十年間，根據老朱自己審定的《大誥》、《大誥續編》、《大誥三編》等統計，所記梟首、凌遲、族誅、剝皮、抽筋等共計一萬多案，殺人上十萬，以至於殺到後期，連地方辦事的官員都嚴重空缺，出現了罪官帶枷坐堂辦案理事的「奇蹟」——倘使這些「犯官」不辦事，政事就無人料理了。

　　老朱不僅愛殺人，他還喜歡花樣，不僅恢復了黥刺、劓刑，又新發明了去勢、挑膝、抽筋、刷洗（不是洗澡，而是用竹批搓肉把人搓死）等新名目，極肆淫毒，以至於眾官上朝前，皆像赴死一樣和妻兒訣別，囑託後事，惟恐上班就回不來了。晚上活命回家，闔家歡喜，慶倖又活一天！

　　文臣武將中，第一功臣徐達在洪武十八年生背疽，最忌吃蒸鵝。老朱聞訊，特賜「蒸鵝」一隻，徐達不敢不吃，跪在床上謝恩，摀著屁股一口一口吃完，不幾日病發身死。

　　據筆者揣測，蒸鵝不一定能吃發了把人吃死，只不過皇帝已明確表明了態度，不死，就「辜負」了朱皇帝，弄急了沒準族誅。為保全宗族，老徐只能捨己救人，服毒藥「按時」過去了。

　　真正倖免於難的，只有主動交兵權的老朱兒時玩伴湯和以及老朱外甥李文忠。有傳李文忠被老朱毒死，可能不是事實。所以，老朱臣下最「幸運」的，當屬早先病死的常遇春和鄧愈，二人

死得是時候，不僅死後封王，後代也得保全，早死而得「福全」，悲哉！

為此，清朝歷史學家就發過感慨：

漢高（祖）誅戮功臣，固屬殘忍，然其所必去者，亦止韓（信）、彭（越）。至欒布則因謀反而誅之，盧綰、韓王信亦以謀反有端而又征討。其餘蕭（何）、曹（參）、絳（周勃）、灌（嬰）等，方倚為心膂，欲以托孤寄命，未嘗概加猜忌也。獨至明祖，藉功臣以取天下。及天下既定，即盡舉取天下之人而盡殺之，其殘忍實千古所未有，蓋雄猜好殺，本其天性。

所以，以明太祖相較宋太祖，老趙「杯酒釋兵權」，簡直就是人間活菩薩！

朱皇帝不僅誅殺文臣武將，還大興文字獄，把元末明初的文人禍害得十死八九。由於他是個粗通文墨的小老粗，比不通文墨的大老粗更壞，咬文嚼字近乎變態：

浙江林學亮進表有「作則垂定」、北平趙伯寧有「垂子孫而作則」、福州林伯璟有「儀則天下」，桂林蔣質有「建中作則」，澧州孟清有「聖德作則」，都是替府署進賀表撰寫的馬屁辭，老朱多疑，認定「則」為「賊」，覺得這幾個人是譏笑自己。殺，殺全家；常州蔣鎮有「睿性生知」，老朱認為「生」字譏諷自己為僧，殺；懷慶府呂睿有「遙瞻帝扉」，老朱以「扉」為「非」，想遠看老子的「不是」，殺；亳州林雲有「式君父以班爵祿」，老朱認為「式」有「弑」音，殺；尉氏縣許元有「藻飾太平」，老朱認為譏諷本朝「早失太平」，殺；德安府吳憲，有「天下有道」，老朱理會為「天下有盜」，殺；又有異域僧人學會漢語作詩顯擺，詩中有句為「愚僧萬里來殊域，自慚無德頌陶唐」，賣弄典故，老朱拆字，「殊」字，「歹朱也」，稱我為「壞老朱」，又言我「無德」，殺！

老朱如此熾旺的殺心和疑心，只緣於其手下臣子一句提醒：

「文人善譏訕，張九四請文人起名，儒生為其名曰『張士誠』。」老朱當時還不明白，說：「此名挺好呵」。

文臣解釋，「《孟子》曰：士，誠小人也，儒士暗中譏諷，張士誠至死不知。」

老朱聞言，疑心大起，故以此無厘頭殺人百數，均是州郡高級知識份子。

由此，文臣葉伯巨上書，稱：「朝廷取天下之士，網羅捃摭，務無餘逸，有司敦追上道，如捕重囚。比到京師，而除官多以貌選，所學或非所用，所用或非其所學。洎乎居官，一有蹉跌，苟免誅戮，則必在屯田工役之科，率是為差，不少顧惜。」這個章奏，極其實在地表現了當時的明朝朝廷，即不當官要被殺，當了官更挨殺，人人自危。

葉伯巨上表後，也被逮入獄，折磨而死。

惟一言事未見殺的，乃中書庶吉士解縉。

老朱很喜歡這個才子，對他說：「朕與爾，義則君臣，恩就父子，當知無不言。」有這聖諭，人精一樣的解縉才上萬言書，遍及時政，大略有以下內容：

臣聞令數改則民疑，刑太繁則民玩。國初至今，將二十載，無幾時不變之法，無一日無過之人。嘗聞陛下震怒，鋤根剪蔓，誅其奸逆矣。未聞褒一大善，賞延於世，復及其鄉，終始如一者也。

……

天下皆謂陛下任喜怒為生殺，而不知皆臣下之乏忠良也（這是最費功夫的拍馬屁）。

陛下天資至高，合於道微。神怪妄誕，臣知陛下洞矚之矣。然猶不免所謂神道設教者，臣謂不必然也。一統之輿圖已定矣，一時之人心已服矣，一切之奸雄已慴矣。天無變災，民無患害。聖躬康寧，聖子聖孫繼繼繩繩。所謂得真符者矣。何必興師以取寶為名，諭眾以神仙為徵應也哉。

夫罪夫罪人不孥，罰佛及嗣。連坐起於秦法，孥戮本於偽書。今之為善者妻子未必蒙榮，有過者裡胥必陷其罪。況律以人倫為重，而有給配婦女之條，聽之於不義，則又何取夫節義哉。此風化之所由也。……

解縉雖對朱元璋當時政事多所指摘，但出發點是一個「忠」字，並把一切的一切皆歸罪於「臣下乏忠良」，而非「陛下任喜怒為生殺」，因此，表疏一上，老朱連連稱道，賞觀不已，大叫「才子，才子」。解縉小罵大幫忙，搔到癢處，說得痛快。

後來，解縉入兵部找人幹事，言語傲慢，為人所告，老朱便對來京朝見的解縉父親說：「大器晚成，你帶你兒子回家，十年後再來，朕將大用。」

結果，八年後老朱就崩了，官迷解縉豬癲瘋一樣入京哭吊，被言官彈劾其違制，不守母喪，置九十老父於家不顧，貶為河州衛吏。建文帝待其不錯，免責免罰，召為翰林待詔。結果，朱棣篡國，解縉一馬當先迎候這位燕王，大受信用，擢為侍讀，以文淵閣閣臣的身份參預機務。而後，解縉得罪了明成祖朱棣的兒子漢王，被誣稱私謁皇太子。朱棣大怒，把解縉逮捕，下詔獄拷打，一關就是五年。最終，解才子被錦衣衛埋於雪中窒息而死。

可見，老朱皇帝心中惟一的「忠臣」，還是這種急功近利、人品不好的解縉。

朱皇帝還首設「錦衣衛」，佈置「檢校」於各級部門，大行特務政治，這些手段最終為其子朱棣發揚光大，立「東廠」，荼毒忠良，慘不忍言。

而且，老朱首先破除「刑不上大夫」的古制，大興廷杖之風，有事沒事就在上朝時把大臣活活打死，摧殘士氣，前所未有。

說了朱皇帝這麼多「壞事」，也該說點他的「好事」。

「明（朝）承法紀蕩然之後，損益百代，以定有國之規，足與漢唐相配。」

　　朱元璋開國規模，盛運弘略，可謂一代大有為君王，有心之人，可細觀明史中《食貨志》、《刑法志》、《職言志》等內容，進行了諸多的制度「創新」。特別是衣冠語言方面，明太祖也力挽狂瀾，破百年胡風胡俗，一返中華之風：

　　洪武元年二月壬子，詔復衣冠如唐制。……命復衣冠如唐制，士民皆束髮於頂，官則烏紗帽，圓領袍，束帶，黑靴。士庶則服四帶巾，雜色，盤領衣，不得用黃玄。樂工冠青卍字頂巾，繫紅綠帛帶。士庶妻首飾許用銀，鍍金耳環用金珠，釧鐲用銀，服淺色團衫，用紵絲綾羅紬絹。其樂妓則戴明角冠，皂褙子，不許與庶民妻同。不得服兩截胡衣。其辮髮椎髻、胡服胡語胡姓一切禁止。斟酌損益，皆斷自聖心。於是百有餘年胡俗，悉復中國之舊矣。（《明太祖實錄》卷三）

　　此外，明初貢舉制度大有可稱道處，國學中培養了大批的政治人才，隆於唐宋。在沿襲元朝政治體制基礎上，朱皇帝懲元朝權臣之亂，削弱相權，並以胡惟庸之亂為藉口最終取消了宰相制度，把中書省六部之權全收於皇帝自己手中。（此舉有利必有害，最終害大於利，造成君主絕對獨裁）他還在洪武九年撤銷「行中書省」，把地方大權一分為三，以承宣佈政使司、提刑按察使司和都指揮使司三名官員分管行政、司法、軍事，取消了從前行省參知政事大權獨攬的局面，更利於中央集權。而且，軍事方面的「衛所」制度，也是一種創新，深得唐朝府兵制度的優異傳統和精髓。

　　老朱出身貧民，最恨官吏貪污，他在這方面下手很狠，力度很大，剝皮抽筋，以懲貪官。嚴刑峻法之下，明初地方和中央政府吏治澄清，官員治理各方面講確實比較清明。

　　此外，老朱刻鐵牌於內宮，嚴禁宦官干政，違者必斬（此牌在宣德年間由太監王振派人盜毀）。

　　可笑的是，明太祖防閹最嚴，而明代閹禍最烈，這是老朱始

料不及的。

老朱皇帝殺人，動輒以數十萬人計，不想在此贅言。筆者擷取他親自編纂的《大誥》中一則細事，來彰顯這位變態君主那種貓玩耗子的殘虐。

皇帝誅殺大臣，屠戮功臣家屬，歷史上不乏事例。但是，一位九五之尊的帝王親自審訊、刑求一個集市上面普通賣藥的郎中，幾乎是世界歷史上聞所未聞。

事情大概原由是這樣：錦衣衛監者有個廚子叫王宗，因犯小錯，怕事發後被殺頭，就讓家人到賣藥郎中王允堅處買一副毒藥準備自殺。王允堅賣藥的，就賣與王宗家屬。從法理上講，王允堅並非是故意想毒死別人性命，他所做之藥無非是砒霜巴豆一類的大路貨，有可能是可使老病難醫之人「安樂死」的良藥。

不幸的是，王郎中生活在朱元璋的年代，出售毒藥，本身就是必死的罪過。如果按罪殺頭，殺了也就殺了。老朱陰暗心理發作，非要親自鞠審這位倒楣的賣藥郎中。

王允堅被押入內廷宮殿，已經嚇得半死。老朱高坐於御座之上，喝令王允堅吞服自己製作的賣給廚子家屬的毒藥。

王允堅本人持藥在手，顏色大變，誠惶誠恐，猶豫半天，才把要吞下。

見王郎中吃下毒藥後，朱元璋問：「此藥用何料製成？」

王允堅：「砒霜巴豆為主，以飯粘之成丸，裹以朱砂。」

朱元璋：「服後多久人會死？」

王允堅：「半天光景。」言畢，這位郎中淚下如雨。

老朱見狀，猙獰一笑，問：「爾何以如此過淒涼之感？是怕死？還是眷戀妻子兒女？」

王允堅：「我有一個兒子在軍隊做事，還有一子出門在外，臨死不見二人，所以心內生悲（原來他還是『軍屬』）。」

朱元璋接著問：「此毒可以解嗎？」

王允堅：「可以。」

問：「何物可解？」

答：「涼水，生豆汁，熟豆湯，可以解毒。」

老朱也懂些醫理，說：「此解不快，何法可以快解藥毒？」

王允堅說：「糞清摻涼水。」

老朱大眼珠子滴溜亂轉，馬上派人取來涼水半碗，又用蛋殼裝來糞清，放置於一旁。但他並非馬上給王允堅解毒，而是煞有興趣地等這位賣藥郎中腹中毒性發作，欣賞他備受折磨的慘狀。

果然，藥性發作，王允堅在地上輾轉呻吟，渾身上下抓撓，不停用手撫肚腹，眼神張皇。

朱元璋很悠閒地從御座踱下，站在王允堅身邊問：「毒發時什麼感受？」

王允堅邊喘息邊回答：「五臟不寧，心熱血升。」

老朱又問：「這種毒藥入體，傷摧哪種經絡？」

王允堅汗如雨下，腹如刀絞，一邊打滾一邊回答：「五臟先壞，斃命後，全身發黑。」

朱元璋撫須微笑，又問：「幾時可解，過多久不可解？」

王允堅幾乎說不出話，被錦衣衛兵士猛踹一腳，掙扎回答：「過了三個時辰，就不能用解藥救治了……」

欣賞畢王允堅中毒打滾全過程，朱元璋十分滿意。終於，他命人把解藥灌入這位郎中的腹中。

衛士把王允堅拖下殿，放在廷院。老朱神閒氣定，遠觀這位倒楣蛋上吐下瀉、捶胸揉腹，上下數竅在那裡排山倒海一樣「排毒」。

最終，王允堅活過來，啥事都沒有。毒性已解，又成好人一個。朱元璋冷笑一聲，下令：「押入死牢，明早鬧市，梟首示眾！」

折騰半天，這位賣藥郎中仍然逃不出一個「死」字。

日理萬機之餘，朱皇帝能抽出數個時辰觀看「醫學試驗」，不說明別的，只能說明這個人極其殘忍、陰暗。為此，他還津津

樂道，編入法律筆記一樣的《大誥》。

　　《大誥》裡洋洋大觀，全文皆以「朕」第一人稱記錄，娓娓
而談，語言十分口語化。老朱的目的就是讓他統治下的「人民群
眾」皆能讀懂。時過數百年，我們掀開發黃變脆的書頁，仍覺冷
氣森森，駭人心目。

貳

最成功最無情的篡弒者

——朱棣「半由人事半由天」的帝王之路

西元1421年，明成祖永樂十九年。

北京紫禁城內的御花園中，良辰美景奈何天，滿目姹紫嫣紅。六十二歲的帝王朱棣，臉色陰沈，他扭著大肥屁股斜坐在龍椅之上，觀看大戲一樣，冷漠而又饒有興趣的注視數百名宮女在庭苑內遭受慘酷的剮刑。

一個又一個二十歲左右花樣年紀的妙齡宮女，雪白的肌膚被手法純熟的軍士們用無情的鋼刀細割慢切，鮮血無聲地流淌在土地上。畢竟大多是未成年少女，她們對疼痛的忍耐力極其有限，哀嚎聲響徹四周。由於不少受刑宮女是朝鮮人，姑娘們臨死前的慘嚎和哀呼均以那種聽上去很奇怪的母語吭叫而出。

御花園內，侍立的兵士和宦者戰戰兢兢，有許多人嚇得雙腿打顫，不忍孰視。

此事因由，實則由一椿小事引起——永樂十八年，明成祖朱棣的寵妃王氏病死，老皇帝哀痛不已。忽然失去了一雙能安慰自己老年肉身的白皙玉手，朱棣的性情變得十分暴躁。當然，兩個兒子為皇儲之位明爭暗鬥，韃靼部阿魯台數次侵邊等事，也是讓朱棣氣惱上火的另外因由。

煩躁之中，皇宮內有人告發宮人賈氏（朝鮮人）、魚氏與宦者「通姦」（宮女和宦者結為夫妻一樣的伴侶，實際上沒有實質上的性行為，僅僅是相互慰悅、相互照顧而已，宮內稱為「菜戶

」或「對食」）。朱棣聞之大怒，立命禁衛軍把賈氏、魚氏二人抓起來審問。

二位宮人心慌，先行上吊自殺，算是躲過挨剮大劫。

朱棣聞訊更怒，派人把賈氏的幾個侍婢抓起，嚴刑拷問。慘遭折磨不過，幾個女孩就自誣說宮內侍婢等人想「謀逆」，於是，接連有更多的人被抓，更多的人屈打成招。百連千扯，自承「謀逆」的宮婢侍女，竟然達近三千人之多。

所有這些人，最後皆一個下場：剮！

剮就剮了，大可秘密行刑。但是性格陰險、變態的朱棣喜歡公開的殺戮，他親自監刑，分批剮殺宮女，共殺了幾天才殺完。

這位皇帝以年過花甲之身，不顧胖碩的身坯，每日均孜孜操刀，親手殘殺這些沒有任何過錯、屈打成招的妙齡少女。

當這老混蛋操刀細細剮殺一位河北籍宮女時，姑娘不顧刻骨疼痛，饟血而噴，痛罵道：「你年老陽衰，我們宮人與宦者相悅，又有何罪！」

朱棣聞言更怒，在亂捅宮女致其死命後，又命兵士前去屠滅了這位女孩的三族。然後，他下令畫工描繪賈氏、魚氏兩個宮人與宦者裸體相接「磨豆腐」的圖畫，遍示內宮，以為懲誡。

看著老皇帝身穿金黃龍袍親自操刀割人，在身邊伏侍他已久的老太監和老軍將皆不感驚訝。這些人在二十多年間，看過老主子無數次慘酷殺人，特別是朱棣篡奪其親侄建文帝皇位後，殘殺建文大臣，曾對方孝孺有「十族」之誅。所以，朱棣當廷殺人剮人已是見慣不怪的「常態」。

明王朝陣陣的血腥氣，在它的起始年代，就彌漫四出，持久不絕……

獨裁老皇帝咽氣前的擔憂——孱弱太孫不穩固的皇位

鳳陽（濠州）要飯花子出身的朱元璋，亂世撞大運，在諸位

文臣武將支持下，於元末諸路義軍中異軍突起，東殺西砍，血戰中原，終於一統華夏，建立大明。

洪武三年，大功告成之際，論功行賞，封十人為公爵，二十八人為侯爵，丹書鐵券，誓言歷歷。眾人總以為「河帶山礪，愛及苗裔」，然而，不過二十年間，朱元璋屢行大獄，誅戮功臣，牽連株引，從前為他血戰沙場的武臣謀士不僅自身首領難保，三宗九族也在陰險毒辣的老頭子詔示下被殺個精光，其間總共有四萬多人人頭落地，中間不僅有與朱元璋是兒女親家的胡惟庸、李善長，也有為明朝立功無數的大將軍藍玉，更有甚者，朱元璋連其親姪親甥等等有血緣關係的親戚也不放過，疑之必死，臆之必死。

究其因由，老頭子不過是想其子孫後代安穩坐江山，一世、二世乃至三世、萬世，斬除任何威脅朱家帝系的微小可能因素。

另一方面，朱皇帝廣封朱氏宗室，幾個兒子皆擁勁卒，居大鎮，下詔嚴令群臣時時刻刻、無微不至地尊顯朱氏皇族。當時，他有二十四個兒子和一個姪孫，都建藩為王，有地有兵有錢。在對帝國各級官吏摳門緊縮要求「廉潔奉公」的同時，朱元璋對姓朱的皇族肆其所欲。明朝的藩王，都有五萬石米的俸祿，還有鈔二萬五千貫，絹布鹽茶馬草各有支給，以至於最低的「奉國中尉」也有祿米二百石。到了明末，這些只會在王府裡配種生人的朱氏鳳子龍孫，竟繁殖有幾十萬之眾。試想，光養活這些「飯桶」，就幾乎可以把一個強大的王朝淘空。

明朝打著反腐倡廉的旗號，官俸為歷代最薄。百官之俸，最初皆取江南官田。後定明官祿，正一品月俸米八十七石，從一品至正三遞減十三石，到最低官級，正七品至從九品最後遞減至僅五石而已。其後以絹以鈔以銀折算，也大抵依據此制。

從官祿來看，這些整日為大明帝國機器運轉殫精竭慮的官員待遇，同皇族相比，簡直天上地下！

估計天道煌煌有征，朱元璋六十五歲那年，其仁弱的太子朱

標因病而死，壞事做絕的老皇帝無限悲傷，親御東角門，對群臣垂泣，第一次顯現出其悲愴、蒼涼的獨裁者的驚恐。

無奈之餘，依據父子家天下的古禮，在群臣推擁下，懿文太子朱標的兒子朱允炆被立為皇太孫，備位東宮。

六年後，殘忍冷酷至極的老壞蛋終於翹了辮子，估計閉眼蹬腿倒氣之時，朱元璋心中還有那種天生小人式的心理慰藉——我老朱家皇脈嫡系相承，一世、二世乃至萬世都是我老朱家正統相傳的鐵打天下。

又有誰能料到，數年之間，叔姪相爭，同姓相殘，大明朝文臣武將沒有出來覬覦皇位的（稍有頭腦和武勇的都被整家誅殺），反倒是朱老頭子自己的寶貝兒子朱棣橫裡殺出，坐上了原與他基本無緣的龍椅。

不成熟的「正確」選擇——建文帝削奪諸藩

建文帝朱允炆，朱元璋太子朱標的嫡子，自小聰慧好學。朱標患重病時，朱允炆才十四歲，晝夜立侍其父懿文太子（朱標）床前，絕對是個仁孝的好苗子。想想現在中國家庭中與其年紀相仿的「太子爺」們，正是天天沈迷於花錢打遊戲機、買一千多塊錢一雙運動鞋以及看電視睡懶覺的年紀，如果老爹老媽得病，肯定百分百沒有朱允炆那份孝心。

朱允炆端屎端尿，餵湯餵藥伺候親爹兩年多，身子骨孱弱的老太子朱標終於命赴黃泉，朱允炆至孝之人，居喪毀瘠過哀，不食數日，真正體現了封建時代人子的純孝之情。

心如鐵石的老皇帝朱元璋哀不自勝，撫著孫兒的背，勸說道：「你真是孝順呵！別這樣悲哀不吃東西，會拖壞了身子骨，我還活著啊，讓我怎麼辦！」

朱允炆這才稍稍進食，收淚強忍哀痛，以使皇爺安心。

洪武二十五年（西元1392年）十月，朱允炆被立為皇太孫。

洪武二十九年，老皇帝朱元璋召集諸子於東宮參見朱允炆，

行宮廷儀制，也就是讓朱允炆的叔叔們拜見未來帝國的皇帝。厚道謙和的朱允炆內心很是不安，於東宮按朝廷禮儀受拜後，趕忙入內殿，以「家人禮」拜見諸叔。

以前，當皇太子朱標輔佐朱元璋處理公務時，由於其本性仁厚，在刑獄方面多所減省，救回不少人命。當時，太子還惹得刻薄寡恩、天性好殺的朱元璋老大不高興。

朱允炆為皇太孫時，輔佐老皇帝處理朝務，也效仿其父，凡事以寬大為懷。由於當時武臣謀士幾乎被朱元璋殺了個精光，加上「隔代親」的感情，朱元璋沒有再對孫子發怒，一直「龍心甚悅」。

作為皇太孫的朱允炆，根據《禮經》，參考歷朝刑法，對洪武律令中特別不合理的七十三條重法予以刪改，深得民心，天下稱頌。洪武二十八年，明廷詔去黥、刺、荊、閹割諸刑，想必也是皇太孫勸老皇帝去嚴刑之效。

明太祖洪武三十一年（西元1398年），陰狠毒辣，壞事做絕的老皇帝朱元璋「駕崩」，朱允炆即皇帝位，是為建文帝，詔改明年為建文帝元年。

朱允炆為皇太孫時，朱元璋兒子輩的諸王以叔父之尊，多有不遜，視其為黃口小兒，驕橫之情溢於言表。身肩明帝國未來重任的朱允炆當時心中就很憂慮。有一天，他問侍讀的太常卿黃子澄：「我幾個叔叔各擁重兵，何以制之？」

黃子澄儒士出身，深諳歷史故事，馬上一五一十詳細地把漢景帝實行削藩政策、平定七國之亂的史實講給當時的皇太孫聽。

畢竟也是一仁弱書生，朱允炆聽後心喜，覺得事情並不難辦，自言自語道：「有這種謀略，我以後就不會擔憂了！」

當初，朱元璋建立明朝後，在南京建都，地距邊塞六七千里遠。故元的蒙古殘兵敗將常常於塞下出沒，捕殺吏民，搶奪財物，騷擾邊境。因此，對於各邊境重要地區，明初皆以至親皇子坐鎮。

　　朱元璋對屬下將領非常猜忌，對他自己的骨肉諸子卻一千萬個放心，下命諸子可以專制國中，各擁精兵數萬，並有徵調各路軍兵的威權。

　　畢竟是窮和尚要飯花子出身，朱元璋為人做事雷厲風行，殺人從未手軟，但對中國歷史的流脈，他根本不如那些讀過書的帝王們那樣理解得深透，想不到他自己死後親兒子會帶兵幹掉親孫子，直接威脅著他絞盡腦汁在千百萬人頭堆上建立的大明帝國。

　　雖然朱元璋喜怒無常，總以殺人為樂事，但其臣子中也不乏深思遠慮、耿耿忠心之輩。早在洪武九年，訓導葉居升就「應詔陳言」，極論朱元璋「分封太侈」的隱患：

　　「《傳》曰：『都城過百雉，國之害也』。國家懲宋、元孤立，宗室不竟之弊，秦、晉、燕、齊、梁、楚、吳、閩諸國，各盡其地而封之，都城宮室之制，廣狹大小，亞於天子之都，賜之以甲兵衛士之盛，臣恐數世之後，尾大不掉。然後削之地而奪之權則起其怨，如漢之七國，晉之諸王。否則恃險爭衡，否則擁眾入朝，甚則緣間而起，防之無及也。」

　　在點明了諸侯藩王尾大不掉的隱憂後，葉居升進一步力排眾議，深入分析了「疏不間親」論點的害處：

　　「今議者曰『諸王皆天子親子也，皆皇太子親國也』。何不撫漢、晉之事以觀之乎？孝景皇帝，漢高帝之孫也。七國之王，皆景帝之同宗又兄弟子孫也。當時一削其地，則構兵西向。晉之諸王，皆武帝之親子孫也。易世之後，迭相擁兵，以危皇室，遂成四裔雲擾之患。由此言之，分封逾制，禍患立生。援古證今，昭昭然矣。」

　　在舉出了西漢「七國之亂」和西晉「八王之亂」的鮮明例證後，葉居升還在奏表中言之鑿鑿地為老皇帝出主意：

　　「昔賈誼勸漢文帝早分諸國之地，空之以待諸王子孫，謂力少則易使以義，國小則無邪心。願及諸王未國之先，節其都邑之

制，減其衛兵，限其疆裡，亦以待封諸王之子孫。此制一定，然後諸王有聖賢之德行者，入為輔相，其餘世為藩輔，可以與國同休，世世無窮矣！」

如此立意明白、條理清晰、直陳利害的忠臣言奏，朱元璋閱畢，竟勃然大怒，認為葉居升居心叵測，離間皇室。

錦衣衛兵不是吃素的，這些皇家惡狗以最快的速度把葉居升從家中逮住大獄，五刑畢具，把他活活拷打致死。

此後，就此事再無敢言者。別的皇帝只有「逆鱗」數片，朱元璋這條老王八蛋龍，全身上下連肛門眼都是「逆鱗」，況且議論皇上家事，動輒就有滅族之罪。因此，在其後的「洪武」二十多年間再也沒人提起藩王諸鎮之事。

建文帝即位後，宣佈太祖「遺詔」，其中關鍵內容在最後：「諸王臨國中，毋得至京（城）。王國所在，文武吏士聽朝廷節制，惟護衛官軍聽王。」

此詔用意，一是怕諸王以哭臨大行皇帝為名忽然帶大兵進京奪位，二是明令各藩王屬下官吏直接聽命朝廷。

詔下，諸王不悅。這些人互相之間秘密通風報信，都私下講是新上任的兵部尚書齊泰從中阻撓他們這些「孝子」進京哭靈。

不久，戶部侍郎卓敬上密疏，奏請裁抑宗藩。疏入，不報。

建文帝留中不發，實際上是正在認真考慮削藩的步驟。

雖然卓敬上的是「密疏」，但諸王耳目眾多，消息早已傳開，於是燕、周、齊、湘、代、岷諸王頻相煽動，流言四起，多聞於朝。

事已至此，建文帝就把從前的老師黃子澄和兵部尚書齊泰秘密召至內殿，商議削藩大事。齊泰認為燕王擁有重兵，且「素有大志」，應該先拿燕王開刀，削奪他的藩地。黃子澄持相反意見，認為燕王久有異志，一直秣馬厲兵，很難一下子搞掂，他主張應該宜先取周王，剪去燕王手足，然後再圖燕王不遲。

　　建文帝年輕，兩位左右手又都是文士書生，倉猝間就議定大事。於是，建文帝即位後的當年七月，下命曹國公李景隆突然調集大兵奔赴河南，把周王王府圍個水洩不通，逮捕了周王及其世子嬪妃一干人等，俘送南京。接著，下制削去周王王爵，廢為庶人，遷至雲南蠻荒之地看管。

　　同年冬天十二月，建文帝把代王徙至蜀地，把這位為人告發「貪虐殘暴」罪名的王叔交予蜀王看管。

　　由於事出突然，周王、代王措手不及，果真沒費什麼力氣就被一窩端掉。但是，這被逮的兩個王爺「罪狀不明」，確實也令不少人心中疑惑。

　　當時朝中各位朝臣附和新帝之意，紛紛上書削藩，倒是一位退休的都督府斷事（高參）高巍上書勸諫，有理有節，建議把諸王的藩地交叉分封給已婚的王子們，犬牙交錯，互相牽制，互相維護，互相監視，不僅推恩及廣，又不會因強行削藩而傷感情。如此，諸侯勢弱，自然天子勢強。

　　建文帝嘉之，然不能採用施行。估計是當時齊泰、黃子澄正受寵任之際，建文帝對這兩個人言聽計從，想一舉削奪諸位藩王的實權。

　　建文元年五月，朝廷又因岷王朱有「不法事」，廢其為庶人。不久，湘王朱柏因私印鈔票和擅自殺人，受到朝廷「切責」。朝廷還派使臣至其封地，勒令其入京接受鞫審。

　　這位湘王朱柏挺倔擰，對左右說：「我聽說前代大臣下獄前，多自己引決自殺。孤家是高皇帝子，南面為王，豈能受辱於獄吏而求活呢」！

　　他聚集諸子、嬪妃，緊閉宮門，闔宮自焚死。

　　一不做，二不休。建文帝及朝臣下詔齊王朱榑進京，廢為庶人，關進大獄。接著下詔把代王朱桂也在大同軟禁，廢為庶人。

　　數月之間，針對諸藩王的大獄一起緊接一起，天下震動，恰恰也給了實力最強的燕王朱棣以起兵口實。

「諸藩者，削亦反，不削亦反」。開頭不拿最強的燕王開刀，這才是建文帝及其諸臣最大的失策！

清初史家谷應泰對於建文削藩之事倒有「事後諸葛」之見。他認為，明太祖在世時，就應該下令諸藩遣子入侍於京師，並在在禁宮內院建「百孫院」，擇以淳儒良師對這些小龍崽子們予以教化，既留了「人質」，又傳習了藩臣之禮；同時，再派勇臣猛將鎮守四方關鍵之地，堅壁高壘，嚴防諸藩異動。一俟諸王子弟成年，馬上下恩詔裂土分封，使各個小國林立，都沒有能力萌發造反不臣之心。

依筆者愚見，谷應泰也是妄自忖度。朱元璋何其殘暴之君，他一輩子心思用在防臣、防民、鉗制人口、誅戮有功，怎麼又會有人當他在世時敢指出諸如建「百孫院」的建議呢。即使有人敢於疏奏，老傢伙定會追根潮源，追問臣下「所安何心」，稍有不慎，三宗九族，頓成齏粉！

潛龍蟄伏——朱棣起兵前的準備活動

朱棣，正統史書（包括清朝修的《明史》）都講他是明太祖朱元璋第四子，與懿文太子朱標、秦王朱樉、晉王朱棡與周王朱橚皆為孝慈高皇后馬氏所生。

但正史中也有虛透消息之處，在明史卷一百四十一齊泰的傳略中，有這樣的記載：「周、齊、湘、代、岷諸王，在先帝時，尚多不法，削之有名。令欲問罪，宜先周。周王，燕之母弟，削周是剪燕手足也！」為此，再查周王朱橚，其生母是朱元璋的碩妃孫氏，據明清時的筆記史料記載，孫氏是高麗人。當然，敗走沙漠的蒙古人（漢化的蒙古史家）也有記載說朱棣是元順帝沒來得及逃走的妃子弘吉剌氏所生。弘吉剌被朱元璋納為後宮時已懷孕兩三個月，這樣一來，朱棣倒是元順帝的後人了。當然，這種說法傳奇性比較大，正如民間渲染元順帝本來就是宋朝被俘末帝的血脈一樣，是失敗者的一種心理安慰罷了。

　　不過，史載朱棣「貌奇偉，美髭髯」，這種樣貌和他窩瓜臉、賤人相的老爹朱元璋反差巨大，筆者倒深信他身上有北方高麗人的血脈因子。說一千道一萬，什麼時候開挖明長陵考古，驗一驗DNA，朱棣的真正身世一定可大白於天下。

　　無論朱棣親媽是誰都不重要，最重要的他是朱元璋親兒子。洪武三年，朱棣得封燕王。洪武十三年，朱棣於北平（今北京）開藩王府。

　　大概久習戰陣，長年在朔方征戰，朱棣年輕時就智勇有大略，能推誠任人。洪武二十三年，朱棣和皇兄秦王朱樉和晉王朱楓一同勒兵進討蒙古殘部乃兒不花。朱樉和朱楓怯懦，皆逗留不進。朱棣倍道兼行，指揮所部士兵直趨迤都山，大敗乃兒不花，繳獲人口牛馬無數。聽聞兒子朱棣大勝的消息，朱元璋大喜，此後屢派朱棣帥諸將出征，並令他節制沿邊士馬。可見，朱棣是個久習邊事且弓馬嫻熟的善武王爺，並有近二十年獨霸一方的經驗。

　　早在洪武二十五年（西元1392年），皇太子朱標薨，朱棣已動窺位之心。日後朱棣篡位成功成為永樂皇帝，承其命篡寫的「國史」裡，無聊的奴才文人們添油加醋，追述當時，描寫說：「皇太孫（朱允炆）生而額顱稍偏，太祖每令賦詩，多不喜。一日，令人屬對，大不稱旨。復以命燕王（朱棣），語乃佳。太祖常有意易儲。」

　　這些小說家式的謊言，無非是講建文帝長得不周正，無人君之貌。如果按樣貌類推，歷史上瘸麻瞎的皇帝真有不少，也被史臣個個附會成異兆龍徵，不同凡響。建文帝倒楣失敗，連因小時側睡而造成「額顱稍偏」，也成為不能為帝的把柄，完全不能服人。

　　此外，如果講詩詞歌賦，朱棣久於軍旅，吟詩作對之才再怎麼不凡也絕對比不上自幼就有一幫碩儒輔導的建文帝，大字不識幾個的朱元璋也絕不會因對上一個好對子而生易儲之心。永樂帝屬下諛臣無聊，確實讓人難忍。

此外，明朝鄭曉所做《遜國記》中，有這樣的記載：「太祖命帝（建文）賦新月，應聲云：『誰將玉指甲，抓破碧天痕。影落江湖上，蛟龍不敢吞。』太祖淒然久之，曰：『必免於難』。」應該更是附會的小說家言。老要飯花子出身的朱皇帝不可能悟出此深奧的詩境，且詩意纖弱頹靡，不像碩儒教出來的皇太孫所作，倒像落拓書生所為。

為了烘托燕王朱棣有九五異兆，後來的小人儒還編撰如下故事：

諸王封國時，太祖多擇名僧為傅，僧道衍（姚廣孝）知燕王當嗣大位，自言曰：「大王使臣得侍，奉一白帽與大王戴」……燕王遂乞道衍，得之。

「白」加「王」上為皇，與其說這和尚有識皇之眼，不如說朱棣早有不臣之心。

建文帝即位，周王朱橚首先被逮，使得本來就心懷異圖的朱棣抓緊時間招兵買馬，挑選壯士為衛軍，又四處召集異人術士。（朱棣也知道篡逆是十惡不赦大罪，勾引術士相人在身邊無非是給自己以心理安慰，並對左右從人施以心理暗示。）

同年年底，建文君臣已知悉燕王舉動不尋常，並採取了一些措施提防朱棣。

首先，建文帝以防備北邊蒙古為名，派武將戍守開平，並下令調征燕王所屬衛兵出塞。其次，派工部侍郎張昺為北平左右政使，任謝貴為都指揮使，隨時就地偵伺這位王爺的動靜。同時，朱棣的大舅子徐輝祖（功臣徐達之子）常常把從妹妹那裡打聽來的燕王資訊密稟於建文帝，由此大見信用，被加封為太子太傅，與李景隆一起統管軍隊，隨時準備發動圖燕之舉。

建文元年（西元1399年）春天，燕王派長史葛誠入京奏事，其實也是到朝廷探聽口風，打探虛實。建文帝推誠相待，向葛誠詢問燕王的情況。葛長史老實人，又值皇帝垂問，便把燕藩平素

的不軌之事一一稟報。建文帝既喜且憂，遣葛誠回北平，密使其為內應。

朱棣多疑，殆似其父朱元璋。葛誠回來後，他覺察這個人神色有異，頓時起疑。

三月份，燕王依禮入覲新君侄子建文帝，「行皇道入，登陛不拜」。大庭廣眾之下，朱棣憤然抗然，顯然不僅老奸巨滑，確實還氣勢凌人。當時就有監察御史奏劾其「不敬」之罪。

建文帝仁厚，表示說「至親勿問」。

戶部侍郎卓敬再次密奏：「燕王智慮絕人，酷類先帝（朱元璋）。夫北平者，金、元所由興也，宜徙封南昌以絕禍本。」建文帝覽奏後變色，藏於袖中，不置可否。

轉天，他親自召見卓敬問：「燕王骨肉至親，何得及此？」

卓敬出言不凡，說：「隋文帝、楊廣兩人難道不是親父子嗎？」

建文帝默然良久，仍舊下不了決心，只是擺之手說了聲「愛卿不要再講了」，示意卓敬退下。

四月，燕王朱棣歸國。真所謂「天予不取，必受其咎」！在南京如果想處置燕王朱棣，兩獄卒之力耳，可以隨便給他安個什麼罪名，先抓起來再說。可惜建文帝太過柔仁，讓後人納悶的是，也不知一直出主意削藩的齊泰和黃子澄等人幹什麼去了，關鍵時刻不力勸建文帝下手，放虎歸山，養虎反噬，悔之無及。

當然，建文帝採取了一些「補救」措施——派都督耿瓛掌北平都司事，都御史景清為北平布政司參議，又詔派宋忠率三萬兵屯守開平，以備邊為名，敕令燕府精兵護衛皆隸屬宋忠。同時，他還密詔張昺、謝貴嚴備燕王的一舉一動。

朱棣歸國後，馬上托疾不出。不久，對外又稱病危，以此迷惑朝廷。

五月，太祖朱元璋小祥忌日，依照禮制諸侯王皆應親臨陵墓致祭。朱棣自稱病篤，派其世子朱高熾及另外兩個兒子朱高煦、

朱高燧入京。當時有參謀勸他不要把幾個兒子都派入京師參加祭禮。燕王朱棣一語道破心機：「此舉，只為令朝廷對我不再懷疑。」

燕世子朱高熾等三兄弟入京，兵部尚書齊泰就勸建文帝把三個人都一併軟禁起來。又是黃子澄表示異議：「不可。疑而備之，不是好事。不如遣還。」

秀才議事，思前想後，終無成者。倒是燕王兒子三兄弟的親舅魏國公徐輝祖入殿密奏，表示說：「我這三個外甥中，惟獨朱高煦勇悍無賴，非但不忠，又會叛父，他日必為大患。」

建文帝猶豫，向徐輝祖弟弟徐增壽和駙馬王寧問計。這兩人平時和燕王及其三子關係密切，飲酒縱馬歡歌，自然都是說好話，建文帝就在儀式後把三人好好打發歸國。

朱高煦臨走，還偷偷潛入舅舅徐輝祖的馬廄，盜走最好的一匹馬，其無賴之性暴露無遺。

本來，朱棣派三個兒子入京後不久，便忽然生悔，生怕三個小子被他們當皇帝的堂兄弟一網打盡。現在，看見三個人根毛未動、全鬚全尾無恙返回，朱棣喜出望外，大叫「吾父子復得相聚，天贊我也！」

建文帝放朱棣回北平，一錯；又縱放燕王世子朱高熾等人歸國，使朱棣起兵更了無顧忌，二錯；特別是放走了強悍敢戰的朱高煦，三錯。日後，朱棣之兵鋒最銳者，關鍵時刻加最後一把力者，當屬這位朱高煦。彼時，建文帝大歎「吾悔不用（徐）輝祖之言！」為時已晚。

既然已放虎歸山，建文君臣也應該觀變待時，不要激起朱棣急反之心。

可是，建文元年七月，這位年輕的皇帝遣人逮捕燕王官校于諒、周鐸至京殺頭，並下詔譴責朱棣。

為了爭取時間，朱棣裝瘋，於北平市中狂呼亂走，奪人酒食胡吃海塞，胡言亂語，躺在地上打滾叫罵，一整天一整天地假裝

不省人事。

建文帝眼線張昺、謝貴入王府「探病」。盛夏暑天，他們看見朱棣披著大棉被在一個大火爐子前「烤火」，連連搖頭大呼「凍死我了！」

張、謝兩人密奏，建文帝等人還真有些信以為真。幸虧燕王長史葛誠為內應，密報朱棣即將舉兵。兵部尚書齊泰確也當機立斷，馬上發符遣使，命有司迅速前往北平，逮捕燕王府邸內相關人等，密令張昺、謝貴等人相機行事。

同時，明廷密敕北平都指揮使（軍區司令）張信，因其一直為燕王親任，命他親自逮捕朱棣。

假使張信受命，朱棣再大的本事，也不過一王府獨龍，皇詔一下，眾人放杖，逮送京師，故事也就至此告一段落。

歷史偏偏就在關鍵時刻出現戲劇性。

狂龍橫飛——朱棣的「靖難」起兵

張信手拿密敕，憂慮，不敢聲張，只是愁眉苦臉地唉聲歎氣。他母親疑而問之，張信以實相對。其母大驚，說：「不可。吾故聞燕王當有天下。王者不死，非汝所能擒也。」

至此，朱棣一直在自己身邊聚集和尚、道士、相士的「包袱」才在這關鍵處抖落。這老娘們肯定平時喜齋樂佛，常常走廟入觀，聽見不少流言，相信這位燕王是九五真龍。

親媽的話不能不聽，張信主意已定，決計向燕王攤牌。

張信策馬至燕王府邸，為門人所攔，推脫說大王病重，不能見人，其實是朱棣害怕被人當面擒拿，外面來人一律免見。這張信也有辦法，改乘一婦人小轎，喬裝打扮，徑入府門，再自報真實身份求見。

朱棣不得已，哼哼唧唧，歪在床上勉強「帶病」接見。

張信入室，納頭便拜。朱棣假裝半身不遂，吱吱呀呀就會比劃，假裝不能言語。

張信說：「殿下您別這樣裝了。有何要事請與在下商議。」

朱棣大著舌頭，哆哆嗦嗦說：「我病得厲害，不是假裝。」

張信又說：「殿下如果不對為臣講實話，我身上有敕令，您應該馬上束手就擒，入京鞫訊；如您心中有意，請別瞞我！」

見張信如此推心置腹，朱棣不敢再裝，連忙從床上滾落向張信，下拜，說：「您救了我一家人的命啊！」

隨即，兩人密語多時，又把和尚道衍召入一起計議起事。（朱棣稱帝後，對於在戰場上無尺寸之功的張信「論功比諸戰將，進都督僉事。封隆平侯，祿千石，與世伯券」。無論是朝會還是平時見面，朱棣都呼張信為「恩張」，不僅如此，大凡察藩王動靜等特務密事，皆命張信去辦，對他一直榮寵不衰。）

與此同時，張昺、謝貴等人手執建文帝所下逮捕燕王府官以及削奪燕王爵號的詔書，率領北平七衛屬吏及屯田軍士把燕王府城包圍起來。

有張信表示支持，朱棣心中稍安，他忙喚衛隊長（護衛指揮）張玉、朱能率壯士八百人入衙府，以待急變。

張昺、謝貴等人率兵包圍王府後，高聲喚王府屬官出門就逮。為了虛張聲勢，他們不停往王府內射上幾箭。

由於燕王府內兵少，朱棣也很驚懼，問左右：「他們的兵士在外面滿街都是，怎麼辦呢？」

衛隊長朱能出主意：「如果能先擒殺張昺、謝貴，別的兵士就容易對付。」

朱棣沈吟半晌，想出一計。「既然詔令是逮捕我府內官屬，可以誆騙張、謝二人入王府，告訴他們詔令中要逮捕的眾人已經在押，需要他們兩人進府驗看。」

於是，朱棣大開王府大門，在東殿端坐，對外聲稱自己重疾得愈。事先，他在殿門及端禮門內埋伏壯士，約定以令行事。然後，他派人召喚張昺、謝貴兩人入王府。

起先，張昺、謝貴怕中計，不來。為了誆騙兩人，燕王又派

　　人拿著寫有詔逮官屬的詳細名單送給二人觀看，表明是請兩個軍官入內查驗「犯人」正身。

　　張、謝兩人思慮再三，加上建文帝詔令只說是逮捕燕王官屬，和這位皇叔還沒完全撕破臉，躊躇片刻，便按劍前行。

　　臨入王府大門，張、謝兩人身邊的眾衛士被門衛呵止。由於朱元璋時代皇族高於天的餘威，王府確實不能隨意進入，本著慣性思維，張、謝兩人也沒有堅持帶護衛入府。

　　進入燕王府大堂，看見朱棣曳杖而坐，儼然大病初癒的樣子。兩旁府屬齊集，音樂聲起，賜宴行酒。酒過三巡，有侍女端獻精美漆案，上有瓜片排列齊整。

　　「正好有人進獻新瓜，今與卿等嘗之。」說著話，朱棣站起身，親身拿起兩片瓜，朝張、謝兩人走來。

　　兩人起身躬謝，正要伸手接瓜，不料，朱棣忽然變臉，大罵道：「就是平常編戶齊民老百姓，兄弟宗族尚能相保全。我身為天子親屬，朝夕憂恐自身性命。朝廷待我如此，天下又有何事不可為！」

　　言畢，朱棣擲瓜於地，嗔目怒視張昺、謝貴。

　　燕王府內頓時伏兵大起，眾衛士擁上前把張、謝兩人綁縛起來，葛誠等建文帝「內應」也被當即拿下。

　　朱棣扔掉手中拐杖，大叫道：「我根本沒病，是迫於奸臣陷害不得不為此計。」他把手一揮，叱出張、謝等人，皆斬於王府堂前。

　　張昺、謝貴兩人的衛士從屬多人在王府門外等了許久，都認為兩人和王爺飲宴，稍稍散去。不久，聽說張、謝兩人被燕王殺掉，包圍王城的明軍群龍無首，頓時潰散。

　　只有北平都指揮彭二比較沈著，單人匹馬於市中大呼「燕王造反」，集兵士千餘人，猛攻端禮門。正指揮間，燕王手下兩個健卒乘亂進前，把彭二砍落於馬下，亂刀殺死，眾兵逃散。

　　朱棣急忙下令，命張玉等人率兵乘夜突擊，攻奪北平九門。

由於事起倉猝，八個門樓被一舉攻下，只有西直門兵士頑強，一直死守。

燕王派指揮唐雲單騎諭降：「你們別自找多事，朝廷現在已經答應燕王自制北方。現在投兵，一概不問，稍有延遲，定斬不饒！」守門官兵一時惶急，不知真假，也都一哄而散。

僅僅兩三日內，燕王朱棣已經搞掂整個北平城，朝廷派來的都指揮使余瑱和馬宣身邊士兵寥寥無幾，一個退守居庸關，一個逃往薊州。

明將宋忠率兵三萬自開平奔至居庸關，深懼燕兵勇猛，這草包竟然退保懷來。

至此，燕王朱棣援引明太祖《祖訓》：「朝無正臣，內有奸逆，必舉兵誅討，以清君側之惡」，並以誅齊泰、黃子澄為名，稱其軍為「靖難之師」，正式舉兵反叛。

建文君臣聞變，下詔削奪燕王屬籍。雙方開打。

朱棣起兵後，進軍非常順利。

大軍甫至通州，據守的明將房勝就舉城降附。燕將張玉很快攻陷薊州，殺明將馬宣；又破遵化，下密雲。不久，又攻陷居庸關，明守將余瑱因援兵不至，棄城奔往在懷來紮營的宋忠。

龍虎決鬥——「靖難之役」的六次大戰

朱棣畢竟不是籠裡養出的嬌鳥。他自少年時代起就隨朱元璋征戰，成年後又獨當一面，是久嫻軍旅的帥才。擊走余瑱後，審時度勢，朱棣認定明將宋忠擁數萬兵於懷來，必會在建文帝詔旨催促下進據居庸關。因此，朱棣下令軍隊進前主動出擊。

諸將不解，言道：「彼眾我寡，難與爭鋒。不如乘關據守，待其來犯。」

朱棣力排眾議：「宋忠部伍新集，軍心不齊。應以智勝，不能力取。而且宋忠為人剛愎自用，輕躁寡謀，乘其猶豫首鼠之時，擊之必破！」

言畢，朱棣率八千騎軍精銳，捲甲倍道而行，直趨懷來。而且，他據鞍指揮，面有喜色。這些表現，均說明朱棣顯然是成竹在胸。

本來，宋忠先在軍中玩心理戰，放言說明軍在北平的家屬皆為燕兵所殺，積屍滿路，想藉此激怒屬下將士死戰。朱棣早已得知情報，他先派明軍在北平的一幫子弟高舉大旗為先鋒，隔老遠就呼兄喚弟，告知全家安康，闔門無恙。

朱忠手下北平籍的兵將皆心中大喜，相互傳語：「宋都督騙我們。」很快，絕大部分北平籍明軍倒戈跑掉。

宋忠無奈，只得率餘眾倉猝列陣。陣形未穩，朱棣的燕軍已吶喊鼓噪衝過來，大呼向前。明軍都指揮孫泰非常勇猛，策馬迎著燕兵猛衝，殺傷不少燕兵燕將。朱棣忙找幾個神射手上前，迎頭就射，把孫泰射得遍體流血。孫將軍一腔忠勇，不顧血流遍甲，奮呼陷陣而死。

孫泰一死，本來心裡就發虛的明軍見勢不妙，紛紛潰逃，返奔入懷來城。燕軍尾隨追入，攻陷懷來，把宋忠、余瑱以及都指揮彭聚三人活捉，送至燕王馬前。

此三將打仗雖不得力，卻都是忠義之士，皆不屈被殺。見主將如此，被俘的一百多明軍中級將校皆不肯投降，慷慨就死。

明初將士，多忠義之人，絕對不像明末的武將已被太平歲月腐化了意志，逮誰降誰。他們雖然被朱明同姓的燕王所擒，也能保持效忠中央朝廷的大節，確令後人敬重。

燕兵攻克懷來後，勢如破竹，開平、龍門、上谷、雲中皆不攻自破。不久，又攻陷永平。至此，朱棣的北平大後方根據地已成穩固之基，再無太大的後顧之憂，可以銳意南下。

北方軍情如此緊急，建文君臣並沒有十分在意，認為燕王朱棣只是僥倖得勝。當時，建文帝正銳意文治，天天與方孝孺等大學者、諸文臣們討論《周官》法度。

黃子澄雖是書生出身，卻也能看出燕兵來者不善，勸諫道：

「燕兵素強，不早禦之，恐河北盡失。」

　　至此，建文帝才派長興侯耿炳文、駙馬都尉李堅等人率師北伐，抵擋燕兵的進攻。黃子澄不放心，接著下令安陸侯吳傑、江陰侯吳高以及十多位都指揮使數道並進，號稱百萬，直趨北平方向進軍，並飛檄山東、河南、山西三省助給軍餉及後勤支持。

　　眾將出發前，建文帝御大殿送行。如果是講些「旗開得勝，馬到成功」的官話廢話都不打緊，偏偏建文帝飽讀詩書，又是柔仁之主，他勸誡眾將：「從前南朝梁國蕭繹為了登上帝座，命令他的屬下時有『六門之內，自極兵威』（意思是慫勇他的手下趁亂殺掉他的三哥、侯景所立的簡文帝蕭綱）之語，這樣的事情不祥至極。現在，你們這些將士將要和燕王對壘交戰，千萬注意不要殺傷燕王，不要使朕有殺叔父的壞名聲留於後世。」——這種「諄諄」囑託是建文帝一生以來最臭的一招棋。

　　燕王朱棣造反，威脅大明家國社稷，雙方主力未接，皇帝竟講明不能讓這位「反賊」叔父有損傷，諸將投鼠忌器，兵士又不敢抱「擒賊先擒王，殺賊先殺頭」之心，由此，就可以預見日後明軍面對燕兵時的困窘之境。

大戰之一——真定之役

　　建文元年（西元1399年）九月，明朝長興侯耿炳文等人率三十萬大軍進駐真定，徐兵率兵十萬駐河間，潘忠率數萬軍駐莫州，楊松率九千精兵為先鋒進紮雄縣，準備與潘忠會軍攻打燕軍。由此，明、燕兩軍的第一次大戰——真定大戰揭開序幕。

　　燕將張玉驍勇有謀，他先行化裝對耿炳文明軍進行了一番實地偵察，回營後向燕王朱棣報告：「耿炳文所率明軍毫無紀律，自恃人多，雜亂布營。潘忠、楊松扼我軍南路，應該先吃掉這兩個人的部隊。」

　　朱棣聞言大悅，親自率兵至涿州。

　　他在婁桑稍作修整後，引軍急渡白溝河。上岸後，他對諸將

說：「今夜是中秋佳節，明軍不知我軍已至，必會飲酒作樂，乘他們不備，我們必破敵軍！」

半夜，燕軍靜悄悄趕至雄縣城下，緣城而上。

城內明軍絲毫沒有準備，酒酣剛剛入睡，忽聞刀槍吶喊之聲，個個驚起。畢竟這些明軍是先鋒兵，只是思想麻痹，戰鬥力意志力並不弱，紛紛死戰，但最終因槍械刀器不及操持，不敵武裝到牙齒的燕兵。結果，楊松與其九千明兵全部戰死，其上好駿馬八千多匹也全為燕軍所獲。

朱棣並未在雄縣城內大擺慶功宴。他預料到在莫州駐軍的明將潘忠知道雄縣有事必會提兵趕來增援，急命將領率千餘人渡月樣橋，在水中埋伏。諸將問因由，朱棣講：「潘忠想不到雄縣城這麼容易被我攻陷，我們半路埋伏截擊，必能活捉此將。」

潘忠聞先鋒兵受到進攻，果然率軍望雄縣殺來。剛過月樣橋，忽然望見對面遠處燕軍迎面衝來。正驚愕間，路旁火炮大作，從橋下水中亂竄出渾身是水的燕軍，舉刀朝明軍亂剁。

潘忠想後撤，月樣橋已被燕軍所據，進退失據，明軍掉落橋下溺死無數，潘忠本人也被燕兵生擒。

連番勝利，朱棣自己也覺喜出望外，急詢眾將下一步該怎麼辦。燕將張玉出主意：「應該直趨真定！我軍新勝氣銳，乘敵立足為穩，可一舉擊破！」

眾人稱善。

行至半路，耿炳文手下部將張保來降，告知說明軍三十萬部隊中已有十三萬先至滹沱河，分據南北兩岸。

朱棣安撫張保，讓他回轉明營，以自己兵敗被俘、乘間逃出為藉口，作為燕兵進攻時的內應。

燕軍諸將都覺不妥，認為應該乘敵不備，忽然襲取，不應該放回張保。

朱棣老謀深算，講出自己的計策：

「明軍分據河南、北兩岸，說明他們已知道我軍正往前進，

有所準備。現在讓張保回答告訴我們已經臨近，明軍必定把南岸的兵馬全部調往北岸，並力與我軍相戰，這樣我們可一舉消滅南北兩岸十三萬明軍。如果明軍分屯南、北兩岸，我軍戰勝北岸明軍後，疲累喘息之際，南岸明軍忽然進攻，我們必敗無疑。而且，我們臨陣向明軍耀威，告知其雄縣、莫縣軍隊已經被殲，他們兵將定然氣沮，可一舉滅其威氣。」

佈置妥當後，燕王朱棣只率三騎至真定東門，突入明軍運糧後勤部隊，捉了兩個「舌頭」，一問，明軍果然已經南營北移。

朱棣率數十輕騎，邊吶喊邊衝鋒，繞出城西南，連攬明軍兩營。

耿炳文聞訊，趕忙率兵出迎，燕將張玉、馬雲、朱能等人率燕兵衝前奮擊，朱棣率數百奇兵循城從背後夾擊，一行人虎狼般橫貫明軍南陣。

明軍立足未穩，一時大潰，耿炳文見己軍已敗，連忙往後撤退。

退至滹沱河東，耿炳文整殘兵數萬，重新列陣與燕兵對決。

燕將朱能舉槊大呼，率先衝入明軍陣中，燕兵也高呼狂叫，跟隨主將入陣擊殺。

明軍見敵人勇猛，各自掉頭逃命，自相蹂躪，死者無算。

耿炳文策馬逃跑，直往真定城內竄奔。剩餘跑得快的明軍驚亂之間，爭門而入，又擠死踩死許多，最終只有少數明軍入城，放下沈重的城門，憑城固守。

明將吳傑等來援，還未及至，聽說耿炳文大敗，明軍皆抱頭鼠竄。

野戰可以憑藉勇氣一衝而勝，攻城卻是另外一回事。燕軍猛攻三日，真定城內明軍死守。朱棣見燕兵已疲，反正已經旗開得勝，軍心已穩，就率軍回北平休整。

敗訊傳回京師，建文帝大怒，說：「耿炳文老將，竟一戰而摧鋒，以後怎麼辦！」

黃子澄安慰建文帝：「勝敗乃兵家常事。現在再調五十萬軍隊，齊圍北平，以眾擊寡，必能克敵。」

黃子澄建議以李景隆替換耿炳文。建文帝親自在江邊為李景隆（李景隆父親李文忠是朱元璋親外甥，所以他是建文帝表哥）送行，賜其通天犀帶，並詔令這位大將有專征殺伐之權。

大戰之二——北平之役

曹國公李景隆春風得意，專征專殺專制大權在手，他這輩子，幸虧燕王造反，才修來如此的福分和風光。他乘豪華的皇家驛車趕至德州，收集耿炳文的殘兵敗將，調集各路軍馬湊集五十萬眾，在河間紮下大營。

一直鎮守遼東的明將江陰侯吳高也與耿瓛等人率軍包圍了燕軍駐紮的永平城。

燕王朱棣乍聽明軍又有五十萬兵馬來攻，起先很是憂慮。再聽說是李景隆為主帥，朱棣眉頭頓展，哈哈大笑起來：「李九江（景隆小名叫九江），膏粱豎子耳！此人寡謀而驕，色厲而餒，未常習兵見陣，皇帝授予他五十萬大軍，實是坑害自己啊。」

燕軍諸將不知虛實，從前也沒和李景隆這位「高幹子弟」打過交道，紛紛勸朱棣不要輕敵。

朱棣笑言道：「兵法有五敗，（李）景隆皆蹈之。為將政令不修，上下異心，一也；北平早寒，南兵衣單，不足披冒霜雪，加之兵無餘糧，馬無宿草，二也；不量險易，冒入趨利，三也；領而不治，智信不足，氣盈而餒，仁勇俱無，威令不行，四也；部伍喧嘩，金鼓無節，好諛喜佞，專任小人，五也。李景隆五敗皆備，何能為也！」

同時，朱棣做出一個極其大膽的決定：「李景隆知道我本人在北平居守，肯定不敢來攻。我現在要去馳援永平。李景隆知道我不在城裡，必集大軍攻城，到時我回師反擊，堅城在前，大軍在後，必能破敵！」

　　燕軍將領雖都認為燕王言之有理，但仍認為北平城軍隊太少，眾寡不敵。

　　朱棣開導他們：「城中部隊，出戰則不足，守城則有餘。我率兵在外，隨機應變。我出兵並不是為了救永平之圍，主要是賺李景隆來圍城。江陰侯吳高為人膽怯，我本人一到，他必從永平撤走，到時我就不會在外面耽誤，立馬殺個回馬槍。」

　　臨行前，朱棣嚴囑居守的世子朱高熾堅守北平，切勿出戰。

　　朱棣一直是奇兵取勝。當他親率燕兵至永平時，江陰侯吳高等人的明軍還正在城外壘營。

　　燕王猝至，吳高大敗，數千明軍被殺，退保山海關。

　　朱棣有勇有謀，認為吳高戰鬥之中雖然常怯陣，但為人行事縝密，善於城守。於是，他就使「反間計」，給吳高寫信盛讚其作戰有方、為人厚道。

　　建文帝聞訊，馬上下詔削奪吳高的侯爵，徙廣西安置，只令明將楊文守遼東。

　　1399年11月，朱棣置北平於不顧，乘勝率燕兵直趨大寧。

　　駐守大寧的是朱元璋另一個兒子寧王朱權，他是朱棣的十七弟。大寧在喜峰口外，東連遼左，西接宣府，為明朝巨鎮，有甲士八萬，革車六千。建文帝繼位後，深恐寧王朱權與朱棣合謀，下詔削朱權的護衛三軍。

　　朱權正鬱悶間，忽聞燕王從劉家口間道直趨大寧，未來得及反應，燕兵已經攻克大寧西門。

　　朱棣單騎入宮，極稱自己受建文君臣迫害之狀，兄弟二人抱頭大哭。

　　朱棣奇襲大寧，此招是險中求勝，一舉兩得。因為當時大寧朱權屬下的明軍多是蒙元降附將士，戰鬥力極強，全都聚集在松亭關防禦。這些將士的家屬，都在大寧城內。

　　朱棣入城後，厚撫大寧將士家屬，松亭關的明朝蒙裔將士，聽聞子弟婦孺安全，紛紛暗中約結投附。

寧王朱權對外事一無所聞，天天和皇兄朱棣飲酒稱冤，因為他本人並未造反與朝廷相抗。

見諸事已了，燕王朱棣辭行，寧王朱權肯定要與皇兄送別。剛至郊外，正執酒送別間，伏兵四起，燕兵劫持這位淚眼未乾的寧王，入關而西，直奔北平。隨燕軍後行的，還有未曾與燕軍一戰就降附的驍勇蒙古兵——朵顏諸衛數萬人及戰車數千輛。

福兮禍兮。這位寧王朱權被裹挾造反，糊裡糊塗地被四哥連同世子嬪妃一干人眾劫持入燕。朱權善謀，又會寫文章，被劫持後就也死心踏地，常常親自為燕王撰寫檄文。朱棣當時答應他，成功後「當中分天下」。當然，這也就是說說玩而已。朱棣稱帝後，朱權知道自己再要求回大寧肯定會受疑忌，就請求朱棣封自己在蘇州或杭州為王。朱棣認為兩地皆太近南京，不許，最後封其地於僻遠的南昌。朱權深知皇兄嗜殺好疑，自構豪華別墅一間，整日讀書鼓琴，朱棣在位期間也一直沒有「惦記」他。朱棣死後，明仁宗朱高熾繼位，朱權倚老賣老，上書說南昌本來不是他的封國，要回大寧。明仁宗回信，搶白他一頓：「南昌之地，叔父受之皇考已二十餘年，非封國而何！」碰了釘子之後，朱權索性不再想別的，天天與一幫文士飲酒賦詩，還撰《通鑑博論》二卷，善終於室。

回頭再說明軍統帥李景隆。

李景隆聽說朱棣本人自率軍隊出攻大寧，非常高興，連忙率明軍進渡蘆溝橋，直逼北平。

見橋上並無燕兵把守，李景隆沾沾自喜，言道：「連此橋也不派兵把守，可見燕兵將帥沒有見識！」

其實，朱棣臨出發前就講過：「就要使李景隆困於北平堅城之下。」因此他下令撤掉蘆溝橋的燕軍守衛。

李景隆率明軍把北平城圍得鐵桶一般，在九門築壘，揮軍猛攻北平。

明初雖有攻城火炮，但攻城仍是非常困難的事情。加之燕王

起兵以來一直早有準備，深溝高壘，城牆加厚，五十萬明軍一時間也無可奈何，只能眼看著進攻的將士在城下「前仆後繼」。

攻擊北平麗正門的一支明軍戰鬥力很強，已經有一股部隊衝開城門，逼得城內一幫婦女都在城上擲瓦投石，幫助燕兵禦敵。

如果李景隆指揮有方，再派上數千後備隊，麗正門必破無疑。堅城再牢，只要一門被攻破，很快就會全城陷落。但李景隆號令不嚴，已經登城的明軍忽然撤退。可見，明軍的戰鬥力不弱，約束力很差。攻打麗正門明軍看見後面沒有後援，就自作主張回到營壘休整。

受此驚嚇，北平燕軍防守益堅。同時，燕世子朱高熾嚴密部署，用人得當。燕兵燕將還常常乘夜縋下城闖入明營中亂殺一氣，明軍擾亂紛紛。

不得已，明軍退營十里。

膠著期間，明朝都督瞿能奮勇當先，在他兩個兒子的幫助下，率精騎一千多，乘亂殺入北平張掖門，銳不可當。攻入城門後，燕兵擁上廝殺，瞿能父子一面抵擋，一面派人飛速報告李景隆派兵增援。

李景隆妒忌瞿能勇武，怕他奪取攻燕頭功，不僅沒派人支持，反而派信使阻止瞿能，讓他們退出城門，說是等大隊明軍齊至時一起再攻入。

「機不可失，失不再來」。燕兵連夜在城牆上潑水，天寒冰結，轉天早上，整個北平城變成堅硬光滑無比的大冰牆，任明軍再有天大本事也登附不上。

北平守軍爭取了寶貴時間，燕王朱棣回軍路上也十分順利。朱棣在會州還做了短暫休整，檢閱將士，把軍隊分為五軍，各以張玉、朱能等勇將為帥，並把在大寧的歸附蒙古騎兵編入各軍。

1399年12月，朱棣所率燕兵乘北河水凍結，突然對明先鋒都督陳暉發起進攻，大敗明軍，敗逃明軍掉頭逃跑，人多腳重，冰河大開，淹死無算。

　　燕兵乘勝，奇兵左右出擊，連破明軍七營，直逼李景隆中軍大營。

　　燕將張玉等人部勒軍馬，列陣逼前，把明軍逼得節節後退。

　　明軍剛剛退至城下，北平城內城門大開，燕兵高呼從裡面殺出，雙方夾擊。

　　李景隆明軍再也支持不住，他本人棄大營連夜逃跑。

　　轉天早晨，固守九門營壘的明軍奮力抵拒，仍被燕兵攻破四壘。惶急之間，大家又聽說主帥李景隆不知去向，頓時星散，丟棄兵糧，晨夜南奔。

　　李景隆兔子一樣，一直逃到德州。

　　建文帝隱約也聽聞戰事不利，就問黃子澄進展如何。

　　由於李景隆是自己極力推薦，黃子澄匿敗不報，回覆說：「聽說我軍交戰數勝，但天氣奇寒，士卒不能忍受，現暫回德州，待明年春天再大舉進攻。」

　　轉頭，黃子澄派人急報李景隆不要以敗訊上聞。

　　建文帝不知情，派下特詔加李景隆太子太師，兼賜璽書、金幣、御酒、貂裘。

大戰之三——白溝河之役

　　李景隆在德州召集整合各道明軍。

　　燕王朱棣也沒閑著。他大集諸將，曉喻道：

　　「李景隆在德州休整，肯定想等明年春天再大舉進攻。現在要做的是誘出南軍使其無暇休整。因此，我想親自率軍進攻大同。大同告急，李景隆肯定會派軍去救援。南兵體力脆弱，大冬天在苦寒冰冷的北方往來行軍，疲於奔命，因凍餓就會逃散不少。拖到明年春天，我們再依據形勢擊破朝廷主力。」

　　經過幾次惡戰，已經見識了燕王算無遺策，燕將沒有一人表示異議，都表示完全同意。

　　於是燕兵在朱棣帶領下直出紫荊關，攻克廣昌。

建文二年（西元1400年），燕王朱棣包圍蔚州，不久明軍守將投降。燕軍兵不血刃，直進大同，聲勢甚猛。

李景隆聞警，忙親自率軍救大同。

明軍這邊從紫荊關進來，那邊廂朱棣已經由居庸關回去，返回北平，兜個大圈，勝利回城。

其間，最苦的要數李景隆所帶的南兵，一路饑凍而死有數萬人之多，軍隊中被凍掉手指的士兵有十分之二三，戰鬥力大減。明軍一路上隨路丟棄鎧仗，兵械損失，不可勝計。由此，春季攻燕的計劃未能實施。

建文二年五月，李景隆會兵德州。明武定侯郭英、安陸侯吳傑等人也提兵至真定。李景隆率兵過河間，前鋒將已先期到達白溝河。郭英等過保定，約定在白溝河與李景隆會軍，合勢而進。

很快，幾路明軍會合，共有兵六十萬，號百萬，在白溝河駐營，列下大陣，準備與燕兵一決雌雄。

面對這次氣勢洶洶、有備而來的南軍，燕王朱棣仍舊波瀾不驚。

「李景隆匹夫之輩，惟恃人多勢眾。然人多勢眾也不可恃！人多易亂，擊其前則後不知，擊其左則右不應，將帥不專，政令不一，甲兵糧餉，適足為吾資耳。」朱棣笑言。於是，他先派大將張玉前往白溝，自己隨後而行。

此次對陣，明軍中確實不乏英才。前鋒將平安從前曾做過燕王朱棣的旗下大將，多次隨燕王出塞進攻蒙元騎兵，深曉朱棣的用兵之道。

兩軍對陣，平安立刻率萬餘精騎直衝燕軍殺來。平安本人身高體壯，驍勇善戰，手持利矛，躍馬入陣，一個人衝在明軍最前面。瞿能父子也隨後奮躍，所向披靡，殺傷不少燕兵。一波衝擊過後，燕軍損傷不少，小卻。

危急關頭，燕將谷允和一個名叫狗兒的太監非常勇猛，率兩股燕軍與南兵對衝。朱棣本人親自率兵夾擊，雙方混戰一團。

　　戰至天黑，雙方才各自鳴金收兵。此次交鋒，燕軍損失不少，平安前鋒明軍僅損失百餘匹戰馬。

　　由於明軍在地裡埋了不少土地雷，燕兵人馬被炸死炸傷不少。雙方夜深休息時，燕王朱棣僅率三騎殿後，中途迷路，最後趴在地上尋摸好久，找到河岸，才分辨出東西南北，磕磕撞撞回到營中。

　　回營後，朱棣令張玉將中軍，朱能將左軍，陳亨將右軍，共集全部馬步軍十餘萬，在黎明時分又向明軍列陣而來。

　　明將瞿能得勝心切，率其子弟兵縱馬直蕩燕將房寬軍陣。明前鋒將平安也在旁邊掩護，蕩破房寬陣列，擒斬數百燕兵。

　　張玉等燕將見房寬敗北，皆面有懼色。

　　朱棣不為所動，鼓勵說：「勝負常事耳！彼兵雖眾，不過日中，保為諸君破之。」言畢，朱棣親率精銳騎兵數千突入明軍大陣，張玉與朱棣兒子朱高煦揮軍齊進。

　　明軍和燕兵舉槍揮刀，馬步混戰一起。雙方大戰百餘合，死傷慘重。朱棣所騎馬多中流矢，換馬就換了三次。他身邊所帶箭矢，也射光了三筒。

　　最後，這位燕王只能提劍奮擊，最後拼得劍刃殘缺，所騎馬又被河堤絆倒，差點被明將瞿能一槍刺死。惶急之下，朱棣奔逃到堤岸高處，揮鞭向堤下招喚，佯裝下面有自己的埋伏人馬。

　　李景隆遠遠望見，怕遭埋伏，忙發號明軍退後。

　　朱棣換乘新馬，又率兵轉身衝入陣內擊殺。

　　明將平安武藝高強，在陣中往來馳突，專揀燕將砍殺。不久，平安即斬燕將陳亨於陣，又砍斷燕將徐忠的幾個手指。

　　朱高煦見事急，忙率精騎數千衝入陣中，與明軍團團相殺，交纏在一起。

　　此時，朱棣本人已經疲勞至極，只是憑著意志力堅持不下。

　　戰至正午，明將瞿能率守兵重新衝陣，口中大呼「滅燕」，斬殺燕兵數百。

關鍵時刻，忽然一陣大風吹來，明軍中最顯眼的帥旗忽然被吹折，古人迷信，南軍相視色動，許多人心中不由得驚惶失措。朱棣見狀，率騎兵從側翼突入明軍陣中，馳擊砍殺，與朱高煦合兵，混亂中竟把已經戰至力竭的瞿能父子皆斬殺於陣。明將平安與朱能交陣，也被打敗，兜馬回走。

於是，明軍列陣大崩，奔走逃跑之聲如雷。

燕軍乘風縱火，燒毀明軍營壘。

見大勢已去，李景隆等人各自逃命，明軍被殺及掉入河中淹死的有十多萬人。

燕軍一直追到舊戰場月樣橋，明軍被殺被淹死數萬人，橫屍百餘里。

各路明軍悉潰，只有魏國公徐輝祖一軍獨全。

李景隆跑到德州還未喘過氣，燕兵已經追至，於是他又跑往濟南。德州終於落入燕軍手中。

幸虧堅守濟南的是建文帝忠臣鐵鉉，燕軍兵鋒才戛然而止。

鐵鉉本來是山東參政，負責催督軍餉為李景隆軍隊做後勤保障工作。聽聞明軍大潰敗消息，鐵鉉收集潰亡明兵，死守濟南，任憑十餘萬剛剛得勝的燕兵輪番衝鋒，巋然不動。

建文帝聞訊，馬上升鐵鉉為山東布政司使，並招還敗軍之帥李景隆。接著，下詔以盛庸為大將軍，陳暉為副。

李景隆兩次大戰，喪明軍百萬，由於他是與朱明皇族有至親關係的貴臣，建文帝竟「赦而不誅」。

保薦人黃子澄又悔又急，痛哭上諫：「李景隆出師觀望，心懷二意，如果不殺他，何以謝宗社，勵將士！」副都御史練子寧也在朝會上抓住李景隆，歷數其罪，懇請建文帝誅殺這位三心二意、戰意不堅的老花花公子。

但畢竟是自己表哥，建文帝皆未應允。

大戰之四──東昌之役

燕王朱棣十幾萬大軍，包圍濟南城三月有餘，連攻不下。諸策失效之後，燕軍便堵堰城外各條溪澗及河流水源，準備積水灌城。

濟南城內守軍、人民大懼。

鐵鉉鎮定自若，說：「別害怕，我有計破賊，不出三日，賊兵必遁！」

鐵鉉安排「詐降計」。他派壯士安裝大鐵板在城門圓拱上端，又讓守城士卒大哭哀嚎「濟南城快被淹了，我們就要死了！」

不久，他盡撤樓櫓防線，派城中百姓長者代替守城軍做使者，到燕王大營跪伏請降：「朝中有奸臣進讒，才使得大王您冒危險出生入死奮戰。您是高皇帝親兒子，我輩皆是高皇帝臣民，一直想向大王您投降。但我們濟南人不習兵革，見大軍壓境，深怕被軍士殺害。敬請大王退師十里，單騎入城，我們恭迎大駕！」

燕王朱棣不知是計，聞言大喜。出征數日，燕兵疲極，如果濟南城降，即可割斷南北，佔有整個中原地區。

因此，朱棣忙令軍士移營後退，自己高騎駿馬，大張黃羅傘蓋，只帶數騎護衛，過護城河橋，徑入城內準備受降。

城門大開。守城明軍都齊聚於城牆上往下觀瞧。

燕王朱棣剛進城門，眾士卒高呼「千歲到！」預先置於門拱上的大鐵板轟然而落。幸虧朱棣命大，鐵板稍落早了零點幾秒，正砸中燕王所騎馬頭。燕王滾落於地，大驚失色，身邊衛士忙給他換一匹新馬，一行人掉轉馬頭就往外跑。

濟南守卒連忙牽挽護城河浮橋，可惜年久橋重，費了牛勁只拉挽起一米多高，朱棣和一行衛士縱馬騰逸而去。

狂怒之下，朱棣揮兵攻城。

鐵鉉伏於城頭，大罵朱棣反賊。燕王大怒，搬來數門火炮對城內一頓狂轟。危急關頭，鐵鉉親書高皇帝朱元璋神牌，懸於四城之上。

　　見有朱元璋神牌，燕兵不敢再用炮擊，濟南城得以保存。

　　相持之間，鐵鉉又常常出其不意，派驍勇軍卒白天黑夜從城內突出騷擾襲擊燕兵，搞得這群疲憊之師無可奈何，多被殺傷。

　　朱棣憤甚，計無所出。和尚道衍勸言，認為燕兵師老兵疲，應回北平再圖後舉。朱棣聽勸，班師回北平。

　　鐵鉉及明將盛庸等乘勝追擊，收復德州等地，兵威大振。

　　建文帝下詔，擢鐵鉉為兵部尚書（齊泰當時已卸任），協助盛庸準備北伐燕軍。

　　1400年10月，建文帝下詔，命大將軍盛庸統平燕諸軍北伐。副將軍吳傑進兵定州，都督徐凱等人屯於滄州。

　　11月，燕王朱棣聽說盛庸向北平方向進發，便想先發制人進攻滄州，又怕明軍有備，就對外揚言要出征遼東的明軍。

　　燕軍將士聽說又要大冷天去遼東作戰，皆鬱鬱不樂。行至通州，張玉、朱能等將入帳，勸說燕王：「現在大敵當前，我們卻提軍遠征遼東苦寒之地，士卒離心，恐怕師出不利。」

　　朱棣屏去旁人，對二將說：「現在明將盛庸駐軍德州，吳傑、平安守定州，徐凱和陶銘在滄州築固城池，相互倚持為犄角之勢。我們現在出軍，實際上是要去奇襲滄州。德州、定州城堅牆厚，肯定不能攻下。滄州城潰塌日久，現在天寒地凍，明軍築固城牆的速度肯定很慢，乘其懈怠，我們襲之必取！」

　　兩將聞言，恍然大悟。

　　燕兵至天津，過直沽，朱棣忽然下令軍隊轉而南行。燕兵大多不明就裡，紛紛詢問：「我們不是向東征遼嗎，怎麼又向南進軍呢？」

　　燕王朱棣裝神弄鬼，一臉神秘，答道：「夜間我見有白光兩道，自東北指西南，占卜一卦，卦象表示『南行大吉』。」於是，他指揮燕兵急行軍，一晝夜疾行三百華里，黎明時分，已至滄州城下。

　　明將徐凱一直聽諜報說朱棣帶兵去打遼東，因此正不緊不慢

地督促明兵抬石頭、和泥灰修築城池。

燕兵突至城下，明軍才發覺敵至，大多兵士股惘慄哆嗦，嚇得連甲冑都來不及穿。

燕兵不顧疲勞，肉搏登城，不久陷城。

徐凱等將慌忙逃跑，半路又遭早已埋伏好的燕兵截擊，數將皆被活捉，明軍被燕軍斬首一萬多，投降的數萬明兵，皆為燕將譚淵下令活埋。

1400年年底，朱棣命令駐紮於直沽的燕兵乘大船順流而北，滿載繳獲的輜重財物。他本人親自率軍循河而南，屯軍館陶，出掠大名，燒毀明軍軍餉無數。

不久，燕王率軍至汶上，掠濟寧。明將盛庸、鐵鉉避其鋒芒，跟蹤其後，在東昌紮營。明軍先鋒將孫霖剛到滑口，即被燕軍襲敗，孫霖敗走。

燕軍大集東昌，準備向明軍發動攻擊。

盛庸、鐵鉉二人聞燕軍將至，忙宰牛犒功將士，誓師勵眾，做足了「思想工作」，準備背城決戰。

由於燕兵屢勝，已有輕敵之心。望見明軍出城列陣，燕兵一哄而上。明軍早已埋伏的火器、毒弩一時齊發，燕軍死傷甚眾。此時，明將平安率所部明軍殺到，與盛庸合軍，雙方大戰起來。

燕王朱棣故伎重施，他以精騎衝左掖，突入明軍中堅。明軍厚集，圍朱棣數重，把這位燕王層層包圍起來。幸虧燕將朱能等人率勁兵輪番攻擊明軍陣地東北角，使盛庸等人撤西南角兵士前擊抵截，包圍燕王的明軍稍稍減緩。

朱能率精騎突入陣中，奮死力戰，保護朱棣衝出重圍。

燕將張玉不知燕王已安全撤走，拼死突入明軍陣中想救主，最終力竭，被明軍連人帶馬剁成數截。

明軍乘勝進擊，斬殺燕兵一萬餘人。燕兵大敗，明軍尾隨追擊，擊殺燕軍數萬。

此次大戰，如無建文帝先前不許加害燕王的詔書，朱棣再有

十條命也已報銷掉。

　　朱棣自己也得便宜賣乖，每戰皆挺身而出，與明軍短兵相接。加上他本人精於騎射，每次燕兵大敗，他常常一人一騎殿後，搭箭發矢，斃傷追兵成百上千，使所部能安然得脫。

　　這種不公平競爭，明兵明將只得自認倒楣，望人興歎。

　　逃跑途中，朱棣兒子朱高煦及時馳援，擊退盛庸追兵。不久，燕將朱祿等人也趕到，眾人合軍，部伍稍整。聽聞大將張玉敗沒，燕王痛哭，歎道：「勝負常事，不足慮。艱難之際，失此良輔，殊可悲恨！」日後朱棣稱帝，以張玉為靖難第一功臣，追封榮國公、河間王。

　　建文三年春正月（1401年2月），東昌大捷消息傳來，建文帝大喜，入太廟祭祖，告東昌大捷，並賞賜銀物，褒獎將士。

大戰之五──夾河之役

　　燕王朱棣返回北平，親自撰寫祭文，追悼張玉等陣亡將士，並在眾人面前脫下自己的袍服焚之，以衣亡者，哭奠道：「雖其一絲，以識餘心！」

　　這種收買人心的表演很有效果，燕軍將士父兄子弟見之，皆感泣不已。

　　「追悼會」開完，朱棣再集將士，總結東昌戰役大敗的原因，對將士說：「從前數戰，我們燕軍每戰必勝，東昌一役，接戰即退，遂盡棄前功。爾等奮不顧身，故能出萬死，所謂不怕死者必生！此後，萬勿輕敵，萬勿退卻，違者殺無赦！」

　　燕軍又出師，次於保定。

　　當時，明軍盛庸合諸軍二十萬駐德州，吳傑、平安提軍出真定。

　　燕軍將領建議先集重兵攻陷定州。朱棣表示不可。「野戰易，攻城難。今盛庸聚德州，吳傑、平安駐真定，相為犄角，攻城未下，兩部明軍合勢來援。堅城在前，強敵於後，勝負難判。今

真定距德州二百餘里，我軍界其中，敵必出迎戰，取其一軍，餘敵必破勝。」

眾將不解，又問：「我軍夾於兩敵之間，如果他們腹背夾攻，怎麼辦呢？」

朱棣說：「百里之外，勢不相及。兩軍相薄，勝敗在呼吸間，雖百步不能相救，況二百里哉！」

四月，燕軍次滹沱河。朱棣多派騎哨遊兵繞走於真定、定州之間，迷惑明軍。不久，偵騎報告朱棣：盛庸率軍駐營於夾河，平安駐師於單家橋。

朱棣率兵從陳家渡渡河逆迎而上，與明軍相距四十里。

以前相戰，多是燕王朱棣出奇兵，忽然襲擊。此次大戰，倒真正是公平競爭。雙方在夾河岸邊布陣，各自準備充分。

朱棣仍舊一副大大咧咧，滿不在乎的樣子，他策馬出陣，身後只帶三騎隨從，不急不忙，馳至盛庸明軍陣前幾十米的地方進行仔細觀察。映入朱棣眼簾的，是盛庸明軍整齊有序的堅陣，以及陣旁的噴火車、巨銃和強弩。如果是其他燕將觇陣，別說是四個人，就是四百人，明軍一聲令下，勁弩狂發，來者肯定立馬變成刺蝟。

燕王自己前來，明將仍舊遵從建文帝「不得傷害朕叔父」的詔旨，眼睜睜看著朱棣視察自己部伍一樣從陣前遊移而過。直到朱棣掠陣而過，盛庸才派人追擊，皆被這位善射的王爺射卻。

燕王回陣，揮手示意萬餘步騎直前而進，進逼盛庸明軍軍陣的左翼。明軍舉起巨大而艱固的盾牌（類似今天的防暴盾牌），抗擊燕軍矢刃。不料，燕兵對盾陣早有準備，他們事先做好六七尺長的大矛，在末端橫貫鐵釘，釘末又有倒勾刺，使第二排燕兵立定後擲標槍一樣對著明軍盾陣猛擲，然後擁上前拉後扯，這樣一來，明軍肯定會起身使勁掙脫，一下子，盾陣就露出不少破綻和縫隙，其餘手持短兵的燕兵正好乘間而入，殺傷不少明兵。

明軍抵擋不住，紛紛棄盾後撤，燕兵踩陣而入。

　　燕將譚淵見明軍左翼大亂，馬上率其部下乘勢猛攻。不料，斜刺裡又衝來明將莊得，率眾死戰，填補住明軍左陣缺口。並立斬燕將譚淵及其手下數百人。

　　燕將朱能、張輔（張玉之子）揮軍而前。朱棣本人依恃南兵不敢向他射箭投矛，率一隊勁騎竟從明軍陣後自背突出，直貫陣前，與朱能軍相合，如同一把利刃一樣，把明軍捅個透心涼。起先準備的火器、勁弩都來不及發射，明軍一下子亂了陣腳，全部亂成一鍋粥。

　　混戰之間，剛剛殺掉燕將譚淵的莊得又被燕兵斬首，而且，明軍中最驍勇善戰的榜樣人物「張皂旗」也於陣中戰死。此人是個高大健美的士卒，每次衝陣都手執皂旗先登，燕軍十分畏懼此人，呼之為「皂旗張」。雖在亂戰中身中刀劍砍刺無數，「張皂旗」臨死仍「執皂旗不仆」。

　　雙方酣戰整整一天，傍晚時分，各自斂兵回營。

　　為了拖住盛庸明軍以圖全殲，朱棣帶十餘騎緊迫明營，並「野宿」一晚。天明時分，眾人一睜眼，忽見左右皆是盛庸的明兵。左右衛士懇請燕王快速逸去，朱棣仍舊從容，說了聲「毋恐」，十分鎮定地整理衣袍甲冑，然後翻身上馬。

　　史載「日出，（朱棣）乃引馬鳴角，穿敵營，從容去。（明軍）諸將相顧，莫敢發一矢。」

　　此情此景，完完全全是當代武俠言情片最煽情最不令人信服的電影畫面，一可想其在初升旭日下慷慨飛昂的颯爽英姿，一可歎建文帝「莫傷朕皇叔父」的愚腐。

　　燕王朱棣還營後，囑咐諸將說：「昨天譚淵逆擊太早，故不能成功。敵軍雖敗挫一陣，仍有戰鬥銳氣，只有絕其生路，才能一舉殲敵。今天雙軍交戰，你們一定要保持陣形不亂。我率精騎在陣間往來馳突，一旦見到敵人有可乘之隙，你們就全力衝入奮擊。兩陣相當，將勇者勝，今日之戰，全賴諸位將軍勇武！」

　　雙方復戰。盛庸明軍陣於西南，朱棣燕軍陣於東北。朱棣不

僅臨陣督戰，他仍率一隊奇兵前後左右往來馳擊。從辰時一直戰到未時，兩軍互有勝負，忽退忽進，一時間還真分不出勝負。由於一直是餓著肚子拼死廝殺，雙方將士皆疲憊至極，各自坐在地上喘氣休息。

忽然間，東北風大起，塵埃漲天，沙礫擊面，咫尺不見人，雙方戰士被刮得睜不開眼。明軍多是南人，很少見過這種沙塵暴天氣，加上勁風迎面而吹，登時慌亂無措。燕兵乘風勢，大呼起擊，朱棣派出左右翼的後備隊一齊向前，鉦鼓之聲震天撼地。盛庸明軍不敵，紛紛扔下武器飛竄而逃。

東昌大捷後，盛庸所率的明軍自上而下皆有麻痹輕敵之心，眾將士皆著錦繡衣袍，渾身上下滿揣繳獲的金銀扣器，常常互相吹噓「破北平後，我們開筵痛飲」。

這次兵敗，明軍為了逃命邊跑邊扔東西，從前的「戰利品」又成為敵軍的「繳獲品」。

燕王朱棣戰罷還營，塵土滿面，諸將都認不出是他，挺聞語聲，才知道是燕王本人。可見，是役打得多麼艱苦卓絕。

大戰之六——滹沱河之役

由於連次大敗，建文帝日益憂恐。下詔流放齊泰、黃子澄，令有司抄家，以謝燕王。實際上，只是表面做做樣子，建文帝派兩個人去京師之外募兵。

建文三年（1401年）五月，明將吳傑從真定引兵出發，本想與盛庸合軍。剛走出八十里遠，盛庸敗訊傳來，吳傑急忙率軍退守真定。

燕王朱棣確實善於識將。他說：「吳傑若嬰城固守，為上策；或軍出即歸，避我不戰，為中策；若來求戰，則下策也。我料其將出下策，破之必矣。」

為了誘引吳傑軍出擊，燕王下令軍士出營四處搜糧，但界定裡數限制，不能離營太遠。同時，他派軍士化妝成老百姓，懷抱

嬰兒逃入真定城，報說「燕兵四散出去尋糧，營中無備」。

吳傑果然上勾。他認為燕兵新勝，志氣驕盈，便想以輕師掩其不備，率軍從真定城出發，師次滹沱河，距燕軍七十里。

燕王聽說明軍出城，大喜。時值傍晚時分，朱棣催促軍士渡河。

諸將皆勸說明早再渡，燕王不許：「機不可失。稍緩之，彼退守真定，城堅糧足，攻之難矣。」

燕軍騎兵從上流並渡，河水受遏，下流水淺，燕軍大批步兵也趁機一擁而過，涉過河去。

由於天色大晚，惟恐明軍遁去，燕王率數十騎「逼敵營宿」，讓明軍將士看見自己的模樣，牽制對方。

一大早，明將吳傑等人大排方陣於西南，嚴陣以待。

老於軍旅的朱棣見吳傑四方陣，笑謂諸將說：「方陣四面受敵，豈能取勝！我以稍兵攻其一隅，一隅敗，則其餘自潰矣！」

於是，朱棣先派兵士於三面吶喊佯攻，自己親師精銳猛攻吳傑方陣東北角。燕將個個奮勇爭先，督戰甚力。燕王朱棣使出出敵背後的招術，率一隊人循滹沱河岸疾馳，繞出明軍陣後突入，大呼奮擊。明軍矢下如雨，燕王侍衛所舉大旗之上，積箭如蝟毛。雖如此，燕軍將士多被殺傷，燕王朱棣本人卻沒中一箭。

明將平安在陣中立一高數丈的瞭望台，登高以望燕軍情勢。望見平安將旗字型大小，燕王朱棣深知此人是明軍軍膽，便親自率兵衝向瞭望台。

平安眼看朱棣執槍縱馬而來，心裡也不能不慌，慌忙跳下，騎馬遁避。恰值大風忽起，發屋拔樹，燕軍乘之，吳傑的明軍大潰。

果真奇怪，初夏時分竟又刮起狂風，命運之神再次在關鍵時刻青睞朱棣。朱棣麾兵四向逼蹙，明軍被斬首六萬餘級。吳傑等人率殘軍退保真定。

至此，滹沱河一役，又以燕王大勝告終。

終極目的——通往帝都的最後勝利

燕兵此次大勝後，河北郡縣多降，順德、廣平、大名等地皆附於燕。

朱棣上書建文帝，要朝廷招還吳傑、平安、盛庸諸將，交戰雙方各自罷兵。

建文帝把燕王書信示於臣下，方孝孺出主意說：「我們諸軍仍在集結，燕軍久羈大名一地，夏日暑雨，不戰自疲。現在，應急令遼東諸將入山海關，攻永平，真定諸將渡蘆溝橋衝擊北平。燕軍必急回軍以衛巢穴，我軍躡其後追擊，必可一舉成功。但是，為了緩其兵鋒，慢其驕心，應下詔赦其罪過，使其部署因日久懈怠而軍心離散。」

於是，建文帝派大理少卿薛嵓攜詔書入燕營，赦燕王父子及諸燕軍將士罪，仍復王爵，勿預兵政，歸國息兵。

薛嵓見朱棣。朱棣問建文帝有何言教。薛嵓說：「皇上說，只要殿下早晨釋甲，來謁孝陵，大軍晚上即旋師。」

朱棣聞言嗔目大怒：「哼！這話三尺童子也騙不了啊。」

燕王將士在帳中鼓噪，紛紛揚言要殺掉皇使。

朱棣紅臉使完，又充白臉。「奸臣不過數人，薛嵓天子使臣，不得妄動！」

然後，他帶著薛嵓在營中觀射，耀武揚威，顯示實力。

臨行前，他對薛嵓大言道：「汝歸，為老臣謝天子……但奸臣尚在，大軍未還，臣將士存心狐疑，未肯遽散。望皇上誅權奸，散天下兵，臣父子單騎歸闕下，唯陛下命之。」

朱棣何等人也，軟硬不吃。建文君臣不得不再想辦法。

燕軍駐紮大名期間，明將吳傑、平安等發兵截斷北平糧草運輸線。朱棣以報還報，派六千輕騎馳奔徐州、沛縣一帶，裝扮成南軍，背後插柳枝為暗號，躲過明軍防守，直入濟寧各倉，盡焚明軍糧儲。

接著，朱棣暗中派兵潛入沙河、沛縣，燒毀明軍數萬艘糧船

，無數軍資機械俱為灰燼，河水盡熱。

由此，德州糧餉斷絕，京師大震。

明將平安在真定不甘寂寞，準備主動進攻北平。他率軍在距北平五十里的平村紮營，常出兵騷擾燕兵。燕世子朱高熾派使向燕王告急。

朱棣派大將劉江黑夜馳還，攜火炮數十門，至城外即燃響巨炮，城中燕兵衝出，雙方夾擊，大敗明將平安，斬首千餘。平安走還真定。

其間，方孝孺還向建文帝出主意反間燕王父子——派使臣密至北平，賜燕世子朱高熾皇上御筆親詔，「如歸朝廷，許汝為王」。北平城內的太監黃儼與朱高熾不和，一見朝廷信使來，馬上派人快馬馳報燕王，說「世子將反」。

朱棣猶疑，向另一個兒子朱高煦問計。朱高煦回答：「世子本來就和太孫（建文帝）關係很好。」幾人正商量怎樣除掉「叛父」的世子，朱高熾已派人來，把被捆綁得嚴嚴實實的建文帝使臣和未啟封的詔書送至朱棣營中。

燕王朱棣又驚又喜，看完書信後大歎：「差點殺了吾子！」

1401年8月，明將盛庸檄令大同守將房昭引兵入紫荊關，侵擾保定諸縣，並於易縣西水寨駐兵。

西水寨地處萬山叢中，易守難攻，可窺伺北平，相機而動。朱棣聽聞此訊，深知保定是股肱郡，保定一失，北平必危，於是，燕軍班師。

燕軍渡過滹沱河至完縣，增兵鎮守保定。行軍路上，朱棣還派三萬精騎邀擊明將吳傑給房昭發去的大批糧餉，圍困西水寨。

吳傑派人來援，快趕到金水寨時遭燕兵埋伏，被殺得大敗，金水寨守軍觀此大駭，與真定兵俱一潰而逃。此戰，燕軍斬首萬餘級，明軍摔下山崖又死近萬人，除房昭外，多名高級將校被生俘。

得勝之後，燕軍還師北平。

　　1401年12月，建文帝派遣忠心耿耿的駙馬都尉梅殷鎮守淮安，募兵四十萬，駐軍淮上以扼燕軍。

　　至此，燕王朱棣起兵三年，雖然多次大勝明軍，但所得土地僅永平、大寧、保定，旋得旋棄，戰死者甚眾。明軍雖屢遭挫敗，但軍隊分佈頗盛，時時有告捷消息。

　　明軍是擁正朔的正規軍，名正言順，從整體形勢講，打到這份上，朱棣並沒有任何優勢。如果戰事一拖再拖，燕兵疲敝，人心離散，沒準就會殺出幾個軍將剁砍朱棣父子人頭以取富貴。

　　最最緊要關頭，建文帝宮內的太監幫了朱棣天大的忙。由於建文帝御內臣甚嚴，不少宦官心懷怨望。這個年青皇帝稟承老皇帝朱元璋旨意，嚴防太監干政，只當他們是供灑掃的奴僕而已。同時，他常常嚴懲冒皇帝名義出外勒索的宦官頭目，使得這些不男不女的傢伙心中充滿怨毒，紛紛派人到朱棣處示好，把「金陵空虛」的消息告訴燕王，建議燕軍「乘間疾進」。

　　一席話點醒夢中人！朱棣決計直趨金陵，準備與建文帝臨江決戰，拼個魚死網破。

　　建文四年（1402年）初，朱棣提兵出北平。燕軍士氣高昂，先在槁城破明兵斬首四千，緊接著破衡水、下東阿、陷沛縣，並在鄒縣以十二騎大破明軍運糧的後勤士兵三千多人，直圍徐州。徐州明兵破膽，龜縮城內不敢戰。燕軍繞過徐州，徑趨宿州。

　　燕軍行至淝河，明將平安率軍四萬躡隨其後。

　　觀察地形後，朱棣判斷道：「濱河地帶多樹木，敵兵必疑我軍設伏，淝河地平少樹，彼不疑，可伏兵。」他親師精兵兩萬，持三日糧，至淝河設伏。

　　臨行，他囑誡諸將，一俟燕兵與敵軍開戰，立即在一路上命未投入戰鬥的士兵齊舉火炬，以驚嚇明軍。

　　平安明軍將至，朱棣派數百燕軍快馬迎前。燕兵見了明軍，故作驚慌狀，丟下大批看似像金帛的袋子，掉轉馬頭逃走，以誘引明軍入伏擊圈。

　　明軍士兵紛紛下馬，爭搶大袋子裡的「貨物」。打開一看，全是爛草。這樣一來，明軍騎陣稍亂。喧嘩之間，已入燕軍埋伏圈。

　　一聲鑼響，燕兵躍起，平安所率明軍知道中計，掉頭就走。平安自率三千騎兵奔亡於北岸，燕王朱棣僅以數十騎人馬，橫擋住平安去路。平安手下有員蒙古族勇將名叫火耳灰，先前也在燕王手下為將。入侍京師數年，被建文帝派到平安手下充當主力。火耳灰識得燕王面目，手執長槊就奔朱棣奔來。朱棣手下燕將童信一箭射中火耳灰的坐騎，燕兵生擒火耳灰。火耳灰的部曲哈三帖木兒也很勇猛，見主將被擒，立刻策馬殺到，又被燕軍射落馬下生俘。

　　明軍見狀驚恐，大敗而去。

　　當晚，朱棣釋放火耳灰等人，並以這些憨厚忠勇的蒙古人為貼身侍衛。諸將勸他小心，朱棣不聽。北人質魯樸實，朱棣看準了這點，故而用人不疑。

　　朱棣揮師臨淮，大破明軍後勤部隊。明兵部尚書鐵鉉率部來迎，燕軍交戰失利，危急之間，朱棣幸得火耳灰等蒙古侍衛翼護，有驚無險。（火耳灰報恩也真快）

　　1402年5月，明將平安在小河南岸紮營，燕軍於河北岸駐營。各自準備後，雙方於清早交戰。

　　混戰之間，平安左刺右殺，在北阪和燕王朱棣馬頭相對。此時，平安也顧不得「莫傷朕叔父」的詔令，舉槊急擊，數次差點刺中朱棣。

　　遇見對方動真格的，朱棣身手再好，心中也十分著慌。幸虧燕軍蕃騎指揮王騏趕到，躍馬直衝平安，平安坐騎又蹶了一下，朱棣才逃得一命。

　　雙方大戰一整天，各有死傷。於是明軍駐橋南，燕軍駐橋北，相持數日。不久，明軍糧盡，燕兵乘間襲擊。恰適明將徐輝祖軍至，雙方又大戰於齊眉山，自午至酉，勝負相當。

亂戰之中，燕將王真、陳文、李斌等人都臨陣被殺，諸將心生恐懼，紛紛勸朱棣：「我軍深入日久，暑雨連綿，淮土蒸濕，疾疫多發，不如回軍至小河之東，休息士馬，再作打算。」

朱棣堅持前進，他說：「兵事有進無退！現在我軍勝勢已見，如果反而掉頭北返，軍心馬上解體！」

眾人之中，只有燕將朱能堅決站在燕王一邊，苦勸諸將再做堅持，莫生退心。

建文朝臣探知消息，知道燕軍正在苦撐，敗象已露，就勸建文帝說：「燕軍很快就要敗北，京師不可無良將。」

建文帝不知兵，馬上下詔召回徐輝祖軍入衛京師，這樣一來，小河戰場只剩下何福所率一支孤軍與燕軍相持。

雙方對壘期間，燕王朱棣令軍士進行休整，廣賜財物，收買軍心。明軍由於畏戰，往往掘塹作壘為營，軍士白日黑夜都不得喘息，虛疲人力，往往真到作戰時全無體力。

由於日久乏糧，明將何福下令移營至靈壁就糧。當時，明將平安率騎兵六萬人，護送大量運糧兵車前往何福營中。朱棣偵知消息後，派精兵萬餘人阻擋平安援兵，並派朱高煦伏兵林間，等候雙方混戰後明軍疲憊時忽然殺出助戰。

燕王朱棣安排停當後，率師逆戰，兩翼騎兵扇形排開，直殺明運糧援兵。平安引軍突至，截殺燕兵一千多人。朱棣見狀，忙命步軍縱擊，橫貫明軍大陣截斷其軍。明將何福見仗已開打，就也率軍出壁而戰，與平安合擊燕軍，攻殺燕兵千餘，燕軍小卻。

朱高煦見雙方打得火候差不多，趁明軍喘息之際，忽然率生力燕軍加入戰鬥，朱棣忽率後退的燕兵急轉身，一齊掩殺明軍。

何福等人大敗，殺傷萬餘人，喪馬三千餘匹，燕軍盡獲明軍糧餉。

何福所率的明軍逃入營壘後，餓得雙眼發藍。眾將集合議事，決定轉天突圍，聞炮聲即開門衝出。

沒等天亮，朱棣已指揮大軍進攻明營，諸將先登，兵士蟻附

。燕軍發三震炮，何福部下明軍誤認為是自己軍營突圍的炮號，爭相推營門衝去。門塞不得出，明軍自相紛擾，人馬墜入壕塹，深溝皆滿。

燕兵乘勢大擊，明軍一敗塗地。

此戰，除何福一人僥倖逃脫外，由於營中馳馬不便，大將平安、陳暉都多名明將皆被燕軍生擒。至此，明軍主力幾乎喪失大半。

看見被捆縛押入大帳的平安，燕王朱棣笑問道：「淝河之戰，公馬不躓，何以遇我？」

平安朗聲大言：「刺殿下如拉朽耳！」

面對如此忠貞不屈之士，朱棣本人不得不心生讚歎：「高皇帝（朱元璋）好養壯士！」命人送平安於北平關押，未加殺害。

平安，安徽滁州人，小字保兒。其父平定從太祖朱元璋起兵，與大將常遇春進攻元大都時戰死。平安當初做過朱元璋養子，驍勇善戰，力大無比。他以列將征燕，多次擊敗燕軍。燕軍有一勇將王真，朱棣常誇示人說：「諸將奮勇如王真，何事不成！」淝河之戰，平安單騎挑王真於馬上，勇冠諸軍。因此，燕軍見平安被擒，軍中歡呼動地，紛紛大叫：「吾輩自此就安全了！」朱棣為收買人心，當時把平安械送北平。他稱帝之後，還假惺惺以平安為北平都指揮使，不久就改授後府都督僉事〔人武部長〕的虛職。永樂七年，朱棣巡視北京，快入城時，見章奏中還有平安的名字，便對左右說：「平保兒尚在耶？」平安聞訊，知道朱棣仍懷嫌猜，馬上自殺身亡。朱棣外寬內忌，由此也可見一斑。

從此，明兵情勢急轉直下。本來十萬明兵從遼東趕往濟南想與鐵鉉合軍，走到直沽就被燕軍截殺，主師楊文被擒，沒有一個人能到濟南（遼東明軍之所以遲遲趕到，主要是朱棣約好韃靼兵不斷騷擾邊境，牽制了遼東的明軍，可見朱棣還是個有「賣國」嫌疑的反賊）。

1402年6月，燕兵至泗州，守軍不戰而降。

朱棣列大兵於淮河北岸，明將盛庸擁數萬兵於南岸。未幾，燕兵又施奇襲計，這群慣於騎馬的北方兵竟能先派數百人乘小舟先入南軍艦隊中放炮，屢戰屢敗的南軍驚駭至極，棄艦而逃。

燕軍乘勝，當天就攻克盱眙，直趨揚州。

揚州守將王禮等人暗中通款燕王，把主管江淮的監察御史王彬捆住，大開城門投降。

接著，燕兵又降高郵、克儀真。此時，長江之上，遍插燕王大旗的巨舟往來穿梭，旗鼓蔽天。

金陵城內，大臣們見勢頭已變，各自心懷鬼胎，都以守城為名求出，致使都城更加空虛。

情急之下，建文帝派燕王堂姐慶城郡主入燕營請和，答應割地，與燕王中分南北，劃江而治。

事已至此，朱棣當然不幹，婉言拒絕。

建文帝惶急，忙問方孝孺：「今奈何？」

孝孺書生，只能回言：「長江可當百萬兵，江北船已遣人燒盡，北師豈能飛渡？」

七月，燕軍大集合，於浦子口向明軍發起攻擊。明將盛庸與諸將逆戰，竟也擊退燕軍，又贏得一次暫時的勝利。

至此，朱棣想與姪子議和北還。估計天氣溽熱，朱棣自己也有些頂不住，畢竟已得到一半國家，想先回北平休整一下再圖後舉。

假如此次朱棣回北平，後來的事情還真難以預料。大勝大敗，誰也說不清楚，況且建文嫡孫嗣位，正朔所宗，軍心民心，道德的力量無比巨大，會在一夜之間可能突然令燕軍兵敗如山倒。

節骨眼上，朱棣能戰慣戰的兒子朱高煦率生力軍趕來，見此，不由不使朱棣大喜過望。他一躍而起，全身貫甲，撫著朱高煦後背說：「勉之！世子多疾。」

言外之意上要把繼承權傳給朱高煦。有這一句話，朱高煦活人被打強心針一樣，鐵了心死戰。

　　建文帝本來派都督僉事陳瑄率軍增援盛庸，不料陳瑄徑直坐船過江投降了朱棣。

　　於是，朱棣裝神弄鬼，祭大江之神，誓師渡江。燕軍舳艫相銜，旌旗蔽空，金鼓大震。當日天氣萬里無雲，水平如鏡，雖然盛庸水軍沿江列艦二百餘里，但明軍看見燕軍如此盛勢，皆大為驚愕。仗未開打，明軍心理上已經輸掉。

　　燕軍乘船迫岸，首先直衝盛庸主營。盛庸師潰，燕軍追奔數十里。最後，殺得盛庸單騎遁，其餘將士皆解甲投降。

　　明軍舟師如此之眾，竟不戰而降，至此可見燕軍的兵威已經非同一般。（盛庸逃跑後，朱棣不久即攻下金陵稱帝。盛庸以餘眾降，守命駐守淮安。不久，建文帝的兵部尚書鐵鉉被擒獲，朱棣馬上命盛庸退休。很快，朱棣就派人誣告盛庸「怨望有異圖」，逼迫盛庸自殺。朱棣起兵後屢戰屢捷，但多次敗在盛庸和平安兩將之手，因此一直記恨在心。）

　　搶渡長江後，燕軍攻下鎮江咽喉要地，直奔金陵殺來。

　　當時，本來鳳陽還有留守軍隊數萬，但守將認為中都不能輕棄，死心眼固守中都。駙馬梅殷在淮安也有數萬兵，也因消息隔絕，不知所為。

　　建文帝到了這個地步，驚惶憂鬱，天天徘徊殿庭間。無奈，他招方孝孺問計。

　　方孝孺只是一大儒，兵事根本非其所長。他只能在朝班上抓住李景隆，說：「壞陛下事者，此賊也。」請建文帝下令殺掉他。群臣班中共衝出十八人，都咬牙切齒，憤怒之下，爭相上去拳打腳踢，差點把李景隆當眾打死。

　　把李景隆暴打一頓，火氣稍消，方孝孺出主意說：「城中尚有勁兵二十萬，城高池深，糧食充足。應把城外居民盡驅入城，並把城外木材全部搶運入城，使得燕兵無攻城之具，日久就會自行撤離。」

　　建文帝從之。這一來，盛暑季節，老百姓毒日頭下搬運巨木

，饑渴勞苦，死者無數。大家為躲避拆毀自家房屋後運送房梁入城的苦差，許多人自己縱火燒屋，大火連日不息。

「屋漏偏逢連夜雨，船漏又遭頂頭風。」好好的金陵城，東北角和西南角又無故崩塌，朝廷下忙派兵民搶修，怨天愁地，上下官民都晝夜不得休息。

惶急無計之下，建文帝一撥又一撥地派李景隆和諸位王爺出城，乞求燕王朱棣退兵，答應割地中分天下。

朱棣當然不會退兵，一口咬定要逮捕「奸臣」，諸王個個碰了軟釘子而回。

建文帝會群臣，當眾慟哭。有人勸建文帝逃往蜀地，有人勸逃往浙江，有人勸逃往湖湘，意見紛紛，莫知所之。最早立議削藩的齊泰、黃子澄都早先出外「募兵」。至此，建文帝一籌莫展，天天長吁短歎，恨恨道：「事出汝輩，而今皆棄我去乎！」

燕王朱棣害怕四方勤王兵至，便派軍隊諸將日夜研究攻城計略，想儘快結束戰鬥。

哨探偵知金川門是李景隆把守，朱棣便率先派軍攻打。燕軍一到，李景隆與谷王朱穗馬上大開城門投降。以兵部尚書茹瑺為首的數十個望風使舵的建文帝臣子都紛紛投奔，叩請朱棣稱帝。

李景隆是朱元璋重臣李文忠之子。李文忠是朱元璋親外甥，連李景隆的名字都是朱元璋所起。此人相貌堂堂，但其實是個繡花枕頭美男子。他先前丟盔卸甲亡掉八十萬軍隊，建文帝也沒有誅殺他。危難關頭，他不僅不以死報，反而首先開城門投降朱棣，此人品性也真是至差至衰。朱棣即位後，李景隆得授「奉天輔運推誠宣力武臣」，增歲祿千石。朝廷每有大事，他還站在班首主持政議。為此，諸功臣皆不平。永樂二年，朱棣的兄弟周王告發李景隆在建文朝時強向自己索賄一事，不久，又有人告發他「蓄養亡命，謀為不軌」。畢竟姑表親，朱棣不忍加罪，只是削奪他的勳號，以公爵身份歸家停職。又過些時日，有大臣彈劾「李景隆在家坐受閽人伏謁如君臣禮，大不道；（李）增枝（景隆子

）多立莊田，蓄童僕成千，意叵測。」朱棣這才下旨把李景隆父子連同家眷全部軟禁，沒收全部家財。老哥們耍賴皮鬧絕食，十幾天不死，也就又繼續苟延殘喘下去。寂寞荒涼之下，直到永樂末年才病死。

建文帝惶急，史載，他是「遜國而去」。

建文帝遜國，乃中國歷史一大謎團。官方所修正史也講「宮中火起，帝不知所終」。但朱棣「遣中使出帝後屍於火中，越八日葬之」，自己單方面宣佈建文帝已被燒死。但他稱帝後，仍然不放心建文帝，怕這位侄子日後東山再起，派人四處尋找。大太監鄭和自永樂三年起（西元1405年）數次下西洋，表面上是宣示大明國威，一路揮霍金銀無數，實際上最重要的目的只有一個，就是為了探訪建文帝下落。當然，七下西洋，誠為我中華征服海洋的壯舉，據說美洲也是三寶太監首先發現，比哥倫布還要早。估計朱棣和臣下誰也沒想到，為了尋訪一個小皇帝下落的航海「壯舉」，會帶出日後那麼多大動靜來。

建文帝嫡孫襲統，居正朔之位，竟敗於起兵反叛的藩王之手，實是中國歷史上一個非常出人意料的結局。總結起來，建文帝失敗原因不外如下：

第一，建文柔仁。燕兵將皆勇戰驍勇之輩，建文帝竟於大戰前下明詔「莫傷害朕之叔父」，不明之至，致使朱棣多次絕處逢生，假使明軍在戰場上能「擒賊先殺王」，燕軍早就冰銷敗亡。

第二，黃子澄、齊泰、方孝孺皆書生，倉猝行削藩之計，不知兵事，沒有什麼大的戰略眼光，以致於誤己誤國，最後招致滅族慘禍。

第三，單用一將統帥軍隊。耿炳文一人統三十萬軍；李景隆兩次敗北，一戰統五十萬，一戰統三十萬；盛庸一人統二十萬。明軍「合天下之兵，握一人之手」。反觀朱棣，單旅孤城，利於戰不利於守，利於合不利於分。如果當初下令山東、河北諸將各擁眾數萬，憑城堅守，年深日久，以叛臣賊子起兵的朱棣勝一仗

敗兩仗，又一直逡巡在河北、山西狹窄地帶，熬過一陣熬不過兩陣，軍隊人心最終會轟然瓦解。

第四，建文帝彷徨不決，總在關鍵時刻犯致命錯誤。如果當時朝廷不招徐輝祖回金陵，而是讓他留在原地與徐福合擊燕軍，很可能挽轉整個戰場形勢，給已經是強弩之末的燕軍以致命的最後打擊。

另外，縱觀整個龍虎鬥過程，建文帝一方除盛庸、平安外有些智勇外，似乎沒有什麼特別突出的大帥之才。這也要「歸功」於朱元璋，因為所有有智有勇有力的名將早已連子孫都被誅除乾淨，留下的全是三四流將領，自然不是燕王朱棣的對手。

壬申殉難——朱棣殘殺建文臣子的倒行逆施

朱棣入京後，立即揭榜（懸賞捉拿）黃子澄、齊泰、方孝孺、鐵鉉等建文帝臣子數十人，並清宮三日，誅殺宮人、女官以及內官無數，只留下一幫曾向他通過風報過信的太監。

他又遷建文帝母親於懿文陵幽禁，殺掉建文帝三個兄弟。建文帝七歲太子朱文奎於亂中「不知所終」，肯定是被朱棣殺掉。另外的小兒子朱文圭當時才兩歲，還在懷抱之中，朱棣先把這個小孩幽閉於廣安宮，後來不知所終，想必也是被朱棣派人弄死以絕後患。（也有記載說朱文圭一直幽禁在鳳陽，至明英宗時才放出，已五十七歲，尚不能分辨馬牛，完全被禁錮成一個癡呆。）

朱棣派人撲滅皇宮大火後，首先做的就是召文學博士方孝孺來起草自己的繼位詔書（朱棣的謀士姚廣孝曾在北平時對他講，方孝孺是天下「讀書種子」，絕不可殺）。

方孝孺乃建文帝耿耿忠臣，身穿縗絰白衣大哭於闕下。朱棣召其入殿，方孝孺也不施禮，依舊嚎哭不已。

朱棣勸說方孝孺：「我是效法周公輔佐成王啊。」

方孝孺止住哭聲，厲聲反問：「成王安在？」

「他自焚而死！」朱棣答道。

方孝孺又問：「何不立成王之子？」

朱棣回答：「國賴長君。」（意指他自己）

方孝孺咄咄逼人，「何不立成王之弟？」（意思是建文帝幾個弟弟都已成年）。

朱棣不得已，親自下殿走到方孝孺面前，苦笑著說：「這些都是朕的家事啊，先生你不要為這些事費神。」

左右遞過紙筆，朱棣說：「詔告天下，非先生不可。」

方孝孺奪過詔紙，在上亂批數字，擲筆於地，邊哭邊罵道：「死即死耳，詔不可草！」

朱棣怒急，大聲叫道：「怎能讓你痛快一死，即死，難道你不怕我誅你九族嗎？」

方孝孺大喝：「便誅十族又奈我何！」

此時，朱棣已皇位在座，頓呈殘暴本性。他命衛士用大刀把方孝孺嘴唇割開，一直劃裂到耳邊。然後，命人逮捕其九族親眷外加學生，湊成十族，共八百七十三人，依次碎剮殺戮於方孝孺面前。

方孝孺忍淚不顧，最後被凌遲於聚寶門外，時年四十六。

方孝孺臨刑前做絕命詩，曰：「天降亂離兮孰知其尤，奸臣得計兮謀國用猶。忠臣發憤兮血淚交流，以此殉君兮抑又何求。嗚呼哀哉，庶不我尤！」

時至今日，幾個號稱篤信基督的「智識分子」肆口狂罵方孝孺的選擇是漠視他人生命，這種歪論，真是歪曲時代和生命的價值觀念，唐突古代仁人烈士。

建文帝兵部尚書鐵鉉被逮至京。朱棣坐於御座，鐵鉉背立殿廷，至死不轉身面對朱棣。

朱棣派人割掉鐵鉉耳鼻，在熱鍋中燒熟，然後硬塞入這位忠臣口中，問：「此肉甘甜否？」

鐵鉉厲聲回答：「忠臣孝子之肉，有何不甘！」

於是朱棣下令寸磔鐵鉉，這位忠臣至死罵不絕口。

　　怨恨之下，朱棣又把鐵鉉八十多歲的老父老母投放海南做苦役，虐殺其十來歲的兩個兒子，並硬逼鐵鉉妻子楊氏和兩個女兒入教坊司充當妓女，任由兵士蹂躪。

　　對建文帝刑部尚書暴昭，由於陛見抗罵，朱棣先去其齒，次斷手足，以刀慢割脖項而死。

　　對禮部尚書陳迪，由於責問不屈，朱棣命衛士綁送他及其六個兒子一起至刑場凌遲。朱棣先派人割下陳迪兒子陳鳳山的鼻子和舌頭，塞進這位忠臣嘴裡逼他下咽。陳迪雖為文士，至死不屈，怒罵而死。

　　對建文帝右副御史練子寧，也因殿上怒罵，朱棣命人先割掉其舌，此後寸磔而死，其宗族被殺者一百五十一人。

　　對建文帝兵部尚書齊泰，也是因其不屈，送刑場凌遲。

　　對太常卿黃子澄，也誅其三族，凌遲處死。

　　對建文帝監察御史高翔，因其喪服入見，朱棣命衛士殺之於殿上，沒產誅族，又掘發高氏宗族墓地，焚骨拋屍，交雜狗骨馬骨四散丟棄。

　　對建文帝監察御史王度，宗人府經歷宋征、監察御史丁志、監察御史巨敬，朱棣皆施以族誅之刑。

　　建文帝大理寺丞劉端棄官逃去，被抓入殿。朱棣問：「練子寧、方孝孺是什麼樣的人？」

　　劉端笑答：「忠臣也！」

　　朱棣問：「汝逃，忠乎？」

　　劉端回答：「存身以圖報耳！」

　　朱棣狼性大發，命人用刀割去劉端耳鼻，獰笑著問滿頭血污的劉端：「作如此面目，還成人否？」

　　劉端罵道：「我猶有忠臣孝子面目，九泉之下也有面目去見皇祖！」

　　朱棣狂怒，親手用棍棒把劉端捶擊而死。

　　除了多位建文帝忠臣自己或全家自殺外，朱棣虐殺建文帝忠

臣及其家屬共一萬多人。歷朝歷代異姓相伐相殺，從未有這樣慘屠對方官吏臣下的舉動。因此，清初史家谷應泰這樣歎道：

「嗟乎！暴秦之法，罪止三族；強漢之律，不過五宗……世謂天道好還，而人命至重，遂可滅絕至此乎！」

話說回來，對建文忠臣殺則殺耳，殺之可成其千秋萬世之名。王朝皇族更迭，誅殺前臣也不算太過分的罪行。「古者但有刑誅，從無玷染。」而朱棣秉承朱元璋老混蛋血脈中淫暴兇殘的因數，把多位忠臣孝子的大好清白妻女送入教坊司（公家妓院）做性奴，每天受二十多精壯漢子輪奸，生下男丁當家奴，生下女孩長大後接著做妓女，死後便下旨「著抬出城門餵狗吃了」……「此忠臣義士尤所為直髮衝冠，椎胸而雪涕者也！」（谷應泰語）

直到二十二年後，朱棣兒子明仁宗朱高熾繼位，才下詔稱：「建文諸臣家屬在教坊司、錦衣衛、浣衣局及習匠、功臣家為奴者，悉宥為民。」

建文帝忠臣惟一善終者，只有魏國公徐輝祖一人。朱棣召見，徐輝祖不出一語。由於他是功臣徐達之子，家有免死的丹書鐵券，其弟徐增壽又因想投降朱棣被建文帝殺掉，朱棣才免其一死，革其祿米，把他一直軟禁在家。

殘暴如此，坐穩龍椅後的朱棣很想又換張臉皮以「仁德」形象留諸後世。特別可笑的是，永樂二十二年的甲辰科舉考試，本來第一名狀元是孫日恭。考試官員最後把錄取名單呈給朱棣過目，這位流氓皇帝一反常態，細細研讀，竟咬文嚼字起來：「孫日恭第一名，不行！日恭兩字合起來就是『暴』。（古文是豎版，所以兩個字看上去就是「暴」字）朕一向以仁心為本，平生最惡殘暴苛刑，隱暴於名的人斷斷不能為我大明狀元。」

老混蛋批來批去，從三甲之中點了一個名叫邢寬的人為狀元。邢寬，乃「刑寬」的諧音，以此來顯示永樂皇帝治下輕刑薄賦、仁德四海的「太平景象」。

　　這位動輒誅臣下「十族」、殺人過萬眼都不眨、處心積慮把忠臣妻女送入窯子每日定量供人輪奸的凶戾變態之人，臨老又忽然變得似乎連隻螞蟻都不願踩死，連一「暴」字都堵心礙眼「仁德」之人，不得又讓人佩服職業統治者的演戲才能，已臻乎爐火純青之境。

蓋棺論未定——明成祖朱棣一生功業得失

　　後世講起朱棣，大多褒大於貶。對外方面，特別是他五征漠北，先後擊敗瓦剌和韃靼諸部（元朝滅亡後分裂為韃靼、瓦剌和兀良哈三部。兀良哈早已歸順明朝，大寧的朵顏三衛即是兀良哈部）。同時，他又在西北設「關西七衛」，增設貴州布政司，在安南設交趾布政司。對內方面，他發展經濟，休養生息，使國家歲糧收入大幅增加；同時剝奪藩王實權，進一步加強中央集權。文化方面，他授命臣下編纂《永樂大典》（當然主要目的是為了他自己歌功頌德和篡改史實），對文化典籍進行系統整理。因此，《明史》中對他讚揚有加。

　　然而，深入細緻研究明代歷史，卻可得出這樣一個驚人結論——雖然明朝之亡追根溯源是亡之於萬曆，但一切深禍至憂其皆肇自這位「啟天弘道高明肇運聖武神功純仁至孝」的文皇朱棣。

　　對內，明朝正是從朱棣起開始大用宦官。因為正是建文帝的宦官向朱棣報告金陵空虛的實情，朱棣才一反一直在河北、山西諸地兜圈子的常態，直搗京師，得登帝位。

　　篡弒成功之後，朱棣大用太監，其間有鄭和下西洋（這倒不是什麼大壞事），李興充當前往暹羅的國使，馬靖鎮甘肅，馬騏鎮交趾。特別是永樂十八年，明祖又開設專由太監負責的東廠（朱棣又恢復朱元璋本已廢除的錦衣衛，廠衛之禍，流毒深遠）——由此，宦官有了出使、專征、監軍、坐鎮、刺探等諸多大權。

　　明太祖本來有祖制：「內臣不許讀書識字」。朱棣卻一反其制，聽憑太監們「學文化」，到了明宣宗更是在內廷設內書堂，

派大學士教小內侍們書寫。這些太監們時間充裕又無青春期煩擾，明古今、通文墨，如狗添翼，更能在關鍵時刻運用籌算智詐，欺君作奸。所以，明朝太監之禍日烈，如王振、劉瑾、魏忠賢等，積重難返，直至明亡。

對外，朱棣主要防備蒙古，盡壞朱元璋邊疆政策的成制。本來谷王在宣府，寧王在大寧，韓王在開原，遼王在廣寧，沈王在瀋陽。朱棣自己篡位後，深恐兄弟蹈習自己前路，盡遷五王於內地，致使東北無邊備強兵，邊疆嚴重內縮，山西等地也逐漸失去屏依。

雖然朱棣在朱元璋所設遼東都司的基礎上又設奴兒干都司，卻用女真族太監亦失哈掌管大權。太監貪財重貨，每每騷擾女真各部，種下矛盾多多，激使女真各部相互聯合重組。至明朝中後期，奴兒干都司僅是一空名機構，滿洲日益強大，而建州附近又無重鎮，致使連連敗績，直至於亡。明朝最終未敗於蒙古，而亡於明初不知名的滿洲，細究原由，正是基禍於這位明成祖朱棣。

當然，「塗金」工作一直有條不紊地進行。朱棣生前就一直很注意「宣傳」工作。建文四年六月他攻入南京，同年十月他就下詔第二次重修《太祖實錄》（建文帝修過一次）。他任命兩個降臣李景隆和茹瑺為正、副監修官，以大才子解縉為總裁。同時，朱棣對修史官員獎罰分明。對聽話有意祖護朱棣篡改史實的，如胡廣、黃淮等人，升官；對直書無隱不避朱棣忌諱的，如葉惠仲，族誅。僅僅花了九個月時間，這些「深體朕意」的奴才們就獻上了篡改完畢的《太祖實錄》。

後來，解縉因儲君事得罪了朱棣，心態多疑的朱棣又三修《太祖實錄》，派心腹姚廣孝主管監修事宜。此次修史更加「仔細」，費時五年，刪除一切對自己不利的史料，增加不少朱棣自以為是的「史實」。永樂十六年，書成獻上，朱棣「披閱良久，嘉獎再四」，並對跪伏於殿下的幾個奴才文人高興地說：「庶幾少副朕心。」

　　此次修史，主要是為朱棣篡位的合理性製造理論依據，不僅明白地寫明朱棣是馬皇后親生子（其實他是碩妃所生），還編造了馬皇后夢見朱棣解救自己的故事；此外，史臣們又編造了老皇帝朱元璋在臨死前一直咽不下氣，反覆問「燕王來未？」──簡直就是天方夜譚。一直相信父子家天下的朱元璋，如果臨死前念叨燕王，肯定是告誡皇太孫和大臣們要提防這位四皇子，絕對不會在臨崩前想把皇位傳給他，更不會說什麼「國有長君，吾欲立燕王」。況且，建文帝即位時已經成年，根本不是什麼不懂事的娃娃「幼君」。

　　所以，文字這東西的力量絕不可小看，加諸史書上更是可以顛倒黑白，混淆視聽。大家有時評價一個皇帝都是往往聽信史臣的史書，以為風骨文人們會直筆鋪陳，所謂「國亡而史不亡」。

　　其實，真正的情況往往大相徑庭。比如，明朝的正德皇帝，後人一講起此人就覺得他荒淫昏庸、荒唐至極──究其原因，恰恰是因為他死後無子，皇位由他在湖北當藩王的堂弟朱厚熜繼承。旁支入嗣的自卑和以及與臣下的「大禮議」之爭（即大臣們堅持朱厚熜應該依禮以正德父親明孝宗為皇父，而不能以其生父興獻王為皇父），使得這位世宗皇帝在修《武宗實錄》時，心懷隱恨，大曝正德皇帝這位堂兄的短處，滿書都是前任皇帝的醜行和淫暴，一點也沒有「為尊者諱」的意思。使得明武宗這位並非特別壞的皇帝成為明朝「壞皇帝」的最高榜樣。

　　由此，可知歷史的塗脂抹粉和歌功頌德是多麼的重要！

有樣學樣──朱棣死後的「高煦之叛」

　　永樂二十二年（西元1424年）春天，韃靼阿魯台進犯大同、開平。朱棣於四月間舉行盛大閱兵儀式，率眾大將第五次親征。同年八月，朱棣病死於榆木川，終年六十五歲。遺詔傳位皇太子。太子即位，即明仁宗。

　　明仁宗朱高熾自幼就以聰慧仁德著稱。「靖難」起兵時，朱

高熾常常居北平留守，並曾以一萬之兵拒李景隆五十萬明軍於北平城外，保全了朱棣的大本營。

朱高熾兩個弟弟也都不是吃乾飯的，朱高煦以軍功有寵於明成祖，朱高燧以慧黠見喜於明成祖。當初建文帝聽方教孺之言，賜朱高熾秘詔，使「反間計」欲離間燕王父子，多虧朱高熾仁孝如一，忙派人把建文帝詔書和詔使一齊馳送朱棣，才免卻父子相殘的悲劇。

朱棣篡位後，朱高熾為皇太子，朱高煦、朱高燧日與其黨伺隙讒構。永樂十六年，宦官黃儼誣稱皇太子擅赦罪人，邀德名於天下，有不臣之心，東宮官員坐死者甚眾。

朱棣命侍郎胡瀅暗中察訪實情。胡侍郎稟公密奏，陳列皇太子「誠敬孝謹七事」，才免卻本性多疑的朱棣猜忌。後來，宦官黃儼等想弒朱棣謀立其三子朱高燧，事發伏誅，還是皇太子朱高熾力保朱高燧不知情，救了這位一直傾陷自己的三弟一命。

朱高熾即位後，任用賢良，友愛二弟，輕刑薄役，核查冤獄。其在位一年，用人行政，善不勝書，確實是明朝歷史上罕見的仁德皇帝。可惜天不假年，明仁宗當了一年皇帝就病死，時年四十八。

明仁宗長子皇太子朱瞻基繼位，是為明宣宗。

見年輕的侄子登基，一直覬覦皇位的漢王朱高煦覺得機會來臨，反謀日甚，很想再把他爸爸朱棣篡奪其侄建文帝的「靖難」大戲再演一次。

《廣韻》曰：煦，溫也，所謂「煦而為陽春，散而為霖雨」。偏偏人與名不符，朱高煦這個人，自少年時代就言行輕佻，是個本性兇悍的壞人。

靖難之役，勇武善騎射的朱高煦不僅在白溝、東昌等戰役中立有大功，關鍵戰事也有奇功。江上之戰，朱棣本來都要撤兵返走，多虧朱高煦親率生力軍趕到，喜得朱棣當時連騙帶蒙又附有二三的誠意對他說：「吾病矣，汝努力，世子多疾。」婉言有立

其為儲貳之意。狂喜之下，朱高煦拼命死戰，大敗明兵，奠定了燕兵攻克南京的最後勝利基礎。

雖說「君無戲言」，但朱棣的話也屬高級而嚴肅的「逗你玩」。「吾病矣」——一活又活了二十二年；「世子多疾」——一活又活了二十三年，多疾不等於立馬就死，只要活著，嫡長子就該是皇太子。

朱棣稱帝後，封朱高煦為漢王，封地在雲南；朱高燧為趙王，封地在彰德。

當時，朱高煦快快不肯之國，說：「我何罪，斥我萬里。」朱棣不悅。

皇太子朱高熾仁德，力勸之下，使這位二弟其能暫留京師。

封王后，朱高煦力求一支名為「天策衛」的御林軍為護衛軍，又乘朱棣高興時增益兩支衛軍為護衛，由此，他常常自誇於人：「唐太宗曾為天策上將，我得之豈偶然呢。」

有一次，朱棣命皇太子朱高熾、漢王朱高煦以及皇太孫朱瞻基三人一起謁拜朱元璋孝陵。朱高熾一直體弱多病，是個素有足疾的大胖子。謁陵要步行，朱高熾要兩個太監左右攙扶才能一瘸一拐慢慢挪步，就這樣，還時不時一個大趔趄，樣子著實狼狽。身強力健的朱高煦在背後訕笑道：「前人蹉跌，後人知警」。

皇太孫朱瞻基倒自少年時就有英銳之風，在朱高煦身後接著說：「更有後人知警也。」

朱高煦當時大驚失色，感覺這位侄子不是什麼好欺負的「善茬」。

漢王朱高煦身長七尺多，矯捷善騎射，史載，他「兩肋（有）如龍鱗者數片」，這種其實是牛皮癬的皮膚病更讓他覺得自己是「真龍」下世，常以雄武自驕。

洪武十三年，朝廷改封其封國為青州，朱高煦又不想去。他私募衛士三千人，也不隸籍於兵部，常常縱使這些人劫掠。兵馬指揮徐野驢擒審其部下，朱高煦大怒，衝入衙府以手中鐵瓜當頭

把徐指揮活活砸死。

在外出征的朱棣回南京聞訊，大怒，把他囚禁在西華門內，準備廢其為庶人。皇太子朱高熾好心「力勸」，最終只削其兩支護衛，改封山東樂安州。

朱高煦此次不得不行，到樂安後，怨望益甚，異謀益急。皇太子多次親筆寫信告誡這位老弟要遵令守法，朱高煦仍舊我行我素。

明仁宗朱高熾繼位後，朱高煦的兒子朱瞻圻日夜與其父互派信使通報京城的情況，潛伺變故，有時一晝夜就有六七趟來往諜報。

明仁宗內心知之，待其愈厚，成倍增加這位弟弟的歲祿，動輒賜賚萬計。後來，朱高煦因怒在封國的王宮內殺掉朱瞻圻生母。怨恨之下，朱瞻圻就上書揭其父過惡。朱高煦也怒，狗咬狗反訴這位兒子常為自己「偵覘朝廷秘事」。

明仁宗畢竟是個老好人，歎息說：「爾父子何忍也！」下詔罰朱瞻圻去鳳陽守皇陵。

明仁宗崩逝時，皇太子朱瞻基正在南京，奔喪回程時，朱高煦還想於半路伏兵謀殺這位嗣帝，因事發匆忙而未果。

明宣宗繼位後沒兩個月，漢王朱高煦還假惺惺地「陳奏利國安民四事」。

朱瞻基性格很像他父親，也是個厚道人，他對侍臣講：「永樂年間，皇祖常諭皇考及朕，謂此叔有異心，宜備之。然皇考待之極厚。如今日所言，果出於誠，則是舊心已革，不可不順從也。」

於是明宣宗大張旗鼓詔命有司施行，並親筆寫信表示感謝。

轉年（1426年，宣德元年）正月，朱高煦以獻元宵燈為名，派人窺伺朝廷武備。其實，他的反謀未嘗有一日忘懷。接著，他向明宣宗索要駱駝，侄子皇帝與之四十；索要馬匹，侄子皇帝與之一百二十；索要袍服，侄子皇帝又與之。

　　見這位侄子皇帝很好說話，朱高煦以為小皇帝怕自己，愈加恣肆。他暗約駐守濟南的山東都指揮靳榮到時獻城為應，又授指揮王斌、朱皐等人為太師、都督等官職，命其世子朱瞻垣居守。另外，他讓四個兒子各監一軍，他自己率中軍，準備舉兵進攻北京。

　　起兵前，朱高煦自作聰明，派遣其屬下枚青入京，約英國公張輔為內應。張輔是朱棣「靖難」第一功臣張玉的兒子，聞言，連夜就把枚青綁起送入宮內。即使事已至此，明宣宗仍派中官侯太帶自己親筆信至樂安「曉諭」這位皇叔。

　　侯太到樂安後，朱高煦陳兵相見，南面高坐，也不拜領皇敕，令皇使侯太跪於階下，大言道：「我何負朝廷哉！靖難之戰，非我死力，燕之為燕，未可知也。太宗（朱棣）信讒，削我護衛，徙我樂安；仁宗（朱高熾）徙以金帛餌我。今又輒雲祖宗故事，我豈能鬱鬱無動作！……速報上，縛奸臣來，徐議吾所欲。」

　　語氣語態，與當初朱棣反建文帝時幾乎同出一轍。

　　太監侯太是個膽小鬼，怕漢王殺掉自己，伏地唯唯。

　　回京後，明宣宗問他漢王說些什麼，他回答說：「漢王無所言。」

　　隨行護衛的錦衣衛乃有特務任務，向皇帝俱陳所見。明宣宗大怒，對侯太說：「待大事議定，我必罪汝！」

　　為了給自己造反製造論據和做鋪墊，漢王朱高煦派人上疏朝廷眾官，指斥明宣宗違背洪武、永樂舊制，與文臣誥敕封贈以及南巡諸事，公然宣揚朝廷罪過。同時，他斥責夏原吉等幾個大臣擅權為奸，要求皇上交出幾個人給自己殺掉。接著，他私下寫信給諸位公侯重臣，驕言巧詆，污蔑明宣宗違祖制等事。

　　至此，明宣宗歎道：「高煦果反！」

　　明宣宗集朝臣集議。本來，明廷要派陽武侯薛祿率兵討伐，大學士楊榮以建文帝時李景隆為戒，勸帝親征。

　　英國公張輔自告奮勇，想自請兩萬兵前往平定朱高煦。

明宣宗表示：「愛卿您確實能擊敗叛賊。但朕新即帝位，保不準有小人懷有二心，親征之事就這樣決定了吧！」

明宣宗雖年紀輕輕，卻屬少年老成英明果決之主。

1426年（宣德元年）秋八月，經過周密佈置，祭過天地宗廟社稷山川百神之後，他親率大營五軍將士出征。

行至楊村，明宣宗在馬上詢問左右群臣：「眾卿認為高煦計將安出？」

有人說「樂安城小，賊軍必先取濟南為大本營」；又有人說朱高煦先前一直逗留南京，此次造反一定會引兵南去。

明宣宗聽畢搖頭，說出自己的看法：「不然。濟南雖近，未易攻取；聞朕大軍將至，亦無暇攻取。高煦護衛軍多家在樂安，不會棄家往南京方向征戰。高煦外似詭詐，內實怯懦，臨事狐疑，輾轉無斷。今其敢反，輕朕年少新立，眾心未附。又以為朕不能親征。今聞朕親行，已經膽裂，其敢出戰乎！至即擒矣。」

如此名正言順，加上皇帝親征，明宣宗仍在路上遣使向朱高煦傳達詔旨，諭以逆順禍福。年輕的皇帝英暢神武，詞旨明壯。如此，明朝六軍氣盛，鬥志昂揚。龍旗鉦鼓，千里不絕。設想，當初建文帝有此遠識和勝略，能夠御駕親征，估計走到一半，北平城內就會有人擒燕王朱棣來獻。

大軍一路鼓行，徑直來到樂安城北，把樂安城圍個水洩不通。驚惶之餘，城內守軍乘城發炮，想弄出些大動靜來嚇唬城外明軍，同時給自己壯壯膽。但明軍忽然發放神槍銃箭，聲震如雷。（明朝火器相當先進，排放轟響，估計和「卡秋莎」火箭炮的威勢差不多。）

聽到這麼大動靜，城中的朱高煦兵士皆股慄膽寒。

皇帝屬下諸將請即攻城，不許。明宣宗依然敕諭朱高煦，要他主動投降。

朱高煦不報。宣宗皇帝復遣敕諭之曰：「前發敕諭，說得詳盡。朕不再言，爾仔細思之，毋殆後悔！」

下了最後通牒後，明宣宗派人以箭縛「招降歸正」敕書於城內，對城中人民告以福禍逆順。

由此，城中人不少人想縛執朱高煦來獻。

牛逼這麼久，大侄子皇帝真正提兵前來，朱高煦反倒狼狽失據。

在內殿徘徊思慮大半天，朱高煦只得秘密派人哀求明宣宗寬借一天，表示給自己一點，「今也得與妻子告別，明早出城歸罪」。

明宣宗答應。

當夜，朱高煦把多年私造的兵器和與眾人往來密謀造反的文書信箋，全部付之一炬，銷毀罪狀。

轉天，朱高煦要出城投降，其將王斌很有血性，勸他說：「寧一戰而死！出而就擒，受辱太甚！」

朱高煦以城小為辭，從地道偷偷溜出城，穿著一身白衣跪伏於侄子面前，頓首自陳：「臣罪萬死萬死，生殺惟陛下命！」

明宣宗仁德，沒有依刑法對他「明正典型」，而是把他一家人送至京師，在西安門內新築宮室，雖屬軟禁，但好吃好喝，飲食衣服之奉，仍舊無改。

班師之後，宣宗皇帝僅僅誅殺逆黨王斌等六百餘人，脅從者皆不問。

明宣宗本來想一鼓作氣揮軍趨彰德，把另一個叔叔趙王朱高燧也一併擒來。大臣楊士奇苦勸，認為趙王謀反無實，又屬至親，攻之沒有正當理由。

明宣宗很聽諫勸，回京後派人送親筆信曉諭。忐忑不安的朱高燧見信，大喜曰：「我得活矣」，忙上表謝恩，上獻自己所有護衛軍隊。

明宣宗收其所還護衛，保留其儀衛司（儀仗隊）。這樣，趙王朱高燧得以善終。

朱高煦雖為囚徒，大宮殿大酒大肉仍舊享受，諸子妃妾也一

大家子住在一起，按理說裝裝孫子哀乞苟活也能善終。

有一天，明宣宗處理朝政後心情不錯，親自去逍遙城（宮殿名）去看望這位被拘禁的叔王。

朱高煦不知哪根筋又搭錯，倨傲不拜，橫坐於地，冷眼觀瞧明宣宗。

宣宗圍著這位皇叔轉了幾圈，本想好言安慰幾句，說說親情敘敘舊，不料想，朱高煦忽然伸出一腿使個大絆子，把明宣宗絆倒在地。

宣宗大怒，立刻命力士從殿外抬口大銅缸進來（就是故宮裡常見那種），把朱高煦扣悶在裡面。

銅缸重三百斤。這位漢王身板特好，孔武有力，用脖子還能把缸頂起，晃晃悠悠晃晃悠悠又朝宣宗逼近。

盛怒之下，明宣宗派人抬來數百斤木炭，堆積於缸上，然後點火燃之。不久，炭燒銅熔，把朱高煦燒成一堆灰燼。

宣宗皇帝餘怒未消，下令把朱高煦諸子全部處死。

縱觀朱高煦所為，比其親爹朱棣相差遠矣，可以說是判若雲泥。他既無深謀遠慮，又無能將謀臣，更無堅城廣地。老王爺為老不尊，倉猝起兵，困守孤城，一俟宣宗侄子皇帝親征，根本未作有效反抗，即刻束身就縛。

敗則敗矣，認命拉倒，還能保全殘年。豈料，這王爺又伸出臭腳，絆龍一跤。從此下三濫行徑，可知朱高煦畢竟只是一介起起武夫，實無大計。

歷史往往會驚人地相似，有時是喜劇，有時是悲劇，有時是笑劇。不幸的是，朱高煦拔個末籌。虎父犬子，十分不肖。

三

太監公公要回家

——從「土木堡之變」到「奪門之變」

　　明太祖朱元璋，無論理論還是實踐上，提防宦官最嚴，兩手抓，兩手都硬。他死後，其子朱棣篡奪侄子建文帝帝位的過程中，深得南京皇宮內宦官的通風報信，開始信用宦官。到了明英宗即位，大太監王振「出手不凡」，不僅開始了明朝宦官的掌權時代，還使得堂堂大明皇帝被蒙古人活捉，上演驚天大戲「土木堡之變」，明朝差一點在正統十二年（1443年）就變成「南明」。

　　其實，王振挾明英宗御駕親征，出居庸關，過懷來，至宣府，入大同，五六十萬大軍未同蒙古人交手，混亂中已因乏糧餓死不少，僵屍滿路。如果及時撤兵，這次重大軍事行動的結局只是「不果」而已。

　　偏偏大太監王振本人乃讀書人出身，腦子裡總有「衣錦還鄉」的念頭，非要拉著明英宗到他蔚州老家大宅子留住幾宿，以博天子幸宅的千秋萬歲名。如果真去了蔚州，可能歷史上也不會發生「土木堡」之變。

　　大軍前行四十里，王振女人一樣心思縝密，忽然又顧惜起「家鄉人民」來，怕五六十萬大軍路過老家時人踩馬踏糟蹋莊稼，便又擅自發旨改行往東，終被蒙古人候個正著。蠻族們這時候倒知道巧攻勇取，大敗明軍，並生俘了明英宗。明軍被殺、餓死、自相踐踏以及墮谷而死的，多達五十餘萬。

　　明朝護衛將軍樊忠在御營被團團包圍的情況下，深怒王振禍

國殃民，大叫「我為天下除此賊！」掄起大錘把大太監的腦袋砸得稀爛。這次，王振真的回了「老家」。

「仁宣之治」的修整期

明成祖朱棣死後，其子朱高熾繼位，是為明仁宗。明仁宗雖有個享有萬世殘暴之名的爺爺和爸爸，他自己卻是少有的「仁德」之人。對內，他釋放被先帝囚禁的直言之臣之後，還把建文帝諸臣流放在外做勞改的倖存者全部赦免放還。對外，他下詔與蒙古人講和，以免再勞師費財。

好人不長命，明仁宗本人乃一個體弱多病的大胖子，還有喜歡床上運動的小毛病，為帝未滿一年就病死，時年僅四十八歲。但是，他在位時重用閣臣，以文臣班子治理天下，算是為明朝政治開了一個好頭。

明仁宗崩後，其子朱瞻基登基，是為明宣宗。小伙子即位不久，其叔父漢王朱高煦謀反，想把他爸爸朱棣當年的「靖難」再重演一遍。可惜，世易時移，朱高煦沒有他老爸兇殘多智的腦子，未出樂安城，已被大侄子明宣宗親自率軍堵在老窩。在明軍神機銃箭和皇帝親征的雙重威懾下，漢王朱高煦只得向侄子投降。

凡事都有好壞兩個方面。漢王造反是件壞事，但年輕皇帝甫即位就敲山震虎，不僅剷除遺患，又大大樹了一把威。同時，他又以此為理由，嚴禁藩王干政，並嚴禁他們自行來京朝覲，嚴禁藩王與朝內勳貴聯姻，嚴禁諸王之間往來溝通，嚴禁他們隨意出城。

明宣宗仍保留他父皇時的文淵閣。此閣建於皇宮之內，所以是「內閣」，以示有別於外廷。閣臣之中，最有名的是「三楊」：楊士奇、楊榮、楊溥。

明成祖時代，文淵閣還幾乎是個政治擺設，乃皇帝顧問班子，最大的任務是教習太子讀書。到了明仁宗、明宣宗時代，閣臣不僅充任皇帝侍講，又主持草擬制誥，幫助皇帝處置軍政要事，

並有劾彈、決獄、軍務等一系列話事權。

老朱皇帝在世時，廢除丞相制度，自己親掌六部，依靠四處分封的骨肉諸王當作憑倚。朱棣以諸王起事篡奪皇位，自然是以削奪諸王實權為當務之急，怕他們有樣學樣。因此，彼時的藩王們在軍事上已無太多本錢。

到明宣宗時代，自然要依靠文臣理國。為了加強地方的治理，明宣宗下詔把「巡撫」作為一個固定官職，使其可以有權處理地方訴訟和審理案狀。朱元璋當年挖盡心思廢地方行省削弱地方權力。而明宣宗時代開始，從實際情況出發，使地方大員重新擁有了處置一方的權力。

對外關係方面，明宣宗時期，蒙古最強的兩大部落是瓦剌和韃靼，這兩家連年遣使入貢打秋風，與明朝貿易往來，賺了不少，小日子過得紅紅火火，所以與明朝就無從再發生重大戰事。但兀良哈三衛蒙古人逐漸為韃靼阿魯台裹挾，這些人仗恃有人撐腰，常常越境至灤河一帶遊牧。

明宣宗也氣憤，1428年御駕親征，以「巡邊」為名，在寬河一帶擺上當時非常先進的火器，朝兀良哈人一陣猛轟。強權即真理。兀良哈部哪裡見過這麼威力巨大的火器，被殺甚眾，餘輩抱頭鼠竄。

大炮就是管用，兀良哈首領完者帖木兒本人親自入朝謝罪。大明天朝，自然要顯示仁德，封官賜物，把這幫滿身羊膻的土包子好吃好喝後打發回老家，他們很長時間不敢興風作浪。

北元方面，自大將藍玉擊潰元順帝之孫（又有說是其子）脫古思帖木兒之後，這位倒楣的汗王不久被叛臣殺掉，北元內部分崩離析，自然再成不了大氣候。

明成祖中後期，北元太師阿魯台掌權，竟敢殺掉明朝使臣，惹得明成祖大怒，率五十萬人親征，打得阿魯台狼狽逃竄，他所擁立的北元「大汗」本雅失裡戰亂中狼狽相失，投靠了蒙古的部落一支瓦剌部的首領馬哈木。阿魯台怒惱，只得撿出一個成吉思

汗弟弟的後代阿岱為可汗。頭領們的關係如同冬天擠在一起相互取暖的刺蝟，瓦剌首領馬哈木與本雅失裡日久生隙，深覺這麼一個落難「大汗」礙手礙腳，便派人把他殺掉，立其弟答裡巴為完全聽自己話的「大汗」。阿魯台聽說本雅失里被殺，假裝忠勇，向明朝借兵，聲稱要為故君「復仇」。

明成祖本人人精一個，表示非常「讚賞」，封阿魯台「和寧王」空銜一個，鼓勵他去打瓦剌。至於借兵嘛，就算了。瓦剌的馬哈木原本就是明朝的「順寧王」，聽明成祖與阿魯台聯繫，非常驚恐，忙派人表示要獻上從本雅失里屍體上找到的「傳國玉璽」（即所謂秦朝那塊，實際上是元成宗登基時所用的那塊，為當時的皇太后派人偽造）。

明成祖不受。馬哈木覺得大丟面子，惱羞成怒，不僅扣留明朝使臣，還在飲馬河一帶覬覦邊境。這一來，惹得明成祖大怒，二次親征，終靠大炮又教訓了瓦剌人一頓，但此戰明軍也死傷不少。經此一役，瓦剌深知明朝這大老虎的屁股不好摸，忙向北京貢馬貢羊貢牛肉乾。雙方都有臺階下，講和。

由此，明朝與瓦剌的「睦鄰友好」關係，一直保持了三十多年，到明英宗「親征」才打破這種勢態。

瓦剌部頭領馬哈木與明朝講和，但與「韃靼」的阿魯台卻下死命攻擊，雙方打得不亦樂乎。阿魯台於永樂十三年出奇兵，一舉幹掉馬哈木擁立的傀儡答里巴「大汗」。馬哈木便又推立額森虎為牽線木偶般的「大汗」。由於阿魯台總是攻擊自己，馬哈木怒極之下，轉年率軍深入至斡難河以北，準備以牙還牙，不料正好中了阿魯台埋伏，兵敗身亡，其子脫歡也被生俘。

額森虎撿了大便宜，「監護人」馬哈木死了，他倒成了真正的「大汗」。

慶倖的是，馬哈木之子脫歡未被阿魯台殺掉，兩年後被放歸，回去後作了額森虎的「太師」。

額森虎在明仁宗洪熙元年病死，脫歡就擁立本雅失裡一位侄

孫脫脫不花為「大汗」（此人曾在明成祖時在甘肅向明朝投降，此時叛明西逃，投奔瓦剌）。由於後來明成祖幾次親征桀驁不馴的阿魯台，脫歡乘其弊弱之機，在明宣宗宣德九年終於殺掉了韃靼部的阿魯台，為父報了仇。

至於阿魯台原來在韃靼部擁立的阿岱汗，只能率為數不多的人馬逃到亦集乃路（寧夏居延）躲起來。

瓦剌部本是蒙古偏支一部，但自馬哈木起，經兒子脫歡經營，又到孫子也先，雖皆以「人臣」面目出現，實際上是北元的真「可汗」，蒙古皇室博爾濟錦氏不過是他們手中傀儡而已。所以，到了明英宗時代的「北元」，其實是瓦剌部的「北元」。

明宣宗在位十年間，對蒙古諸部一直以「撫」為主，其實是處於防禦狀態，總希望能挑撥蒙古諸部打仗，自己當仲裁人以獲平安。

不巧的是，平衡手腕沒有完全施展時，瓦剌擊潰韃靼，一支獨大，為日後的明朝種下大患。

在南方，明宣宗最大的一個失著，是復封安南，即重新承認了它的半獨立狀態。明成祖時代，兵威四至，安南已經成為「交趾布政使司」與「交趾按察使司」轄下之地，與內地建置一樣。安南人本性好亂，連年起兵反明。由於地處南方崇山峻嶺，當年「大元」都束手無策，搞得明政府也頭痛不已。

明宣宗繼位後，面對清化府的黎利叛亂，耗兵費時，就想委曲求全，復封安南為藩國，讓他們「歲奉常貢」。當時，大臣夏元吉等人力諫，認為明成祖至今二十多年苦心經營，如此則一朝棄去，安南又從郡縣變為「國家」，前功盡棄。

可惜的是，楊榮、楊士奇這兩個文臣無遠謀，附和明宣宗，並在老撾找到安南王室後裔陳嵩，派人護送他返國當「安南國王」，以圖立傀儡來控制安南不反。

黎利這種邊陲野貨膽子很大，陳嵩一到，就被他弄死，然後「上表」，稱陳嵩病死，要明朝立自己為王。明朝不幹，要黎利

再訪陳氏後裔。黎利上表，稱找不到（找到也殺乾淨了），退後一步，他請求明朝允許他「暫攝國政」。

1430年，明宣宗只得封他為代理國王（權署安南國事）。如此，便承認了安南立國，這位黎利便建立了黎氏安南，年號為「順天」。由此開始，一直隸屬中華一千多年的南方小邦，永久走上脫離之路。

總的來講，明仁宗、明宣宗父子二人繼明太祖、明成祖之後為帝，尤顯「仁德」慈善，特別是仁宗，「用人行政，善不勝書」，讓時人懷念不已。宣宗時代，「吏稱其職，綱紀修明，倉廩充羨，閭閻樂業」。所以，對於仁宣父子十年多的治績，史稱「仁宣之治」。

其實，正是朱元璋、朱棣父子過於暴虐，才顯襯得明仁宗、明宣宗父子這麼「仁德賢明」。相較宋代真正的仁君宋仁宗、宋真宗、宋孝宗等人，這兩位明朝皇帝其實還差得好遠。

宣德十年（1435年）春，明宣宗因縱欲過度，崩於乾清宮，年僅三十八歲。年方九歲的皇太子朱祁鎮即皇帝位，以明年為正統元年，此即明英宗。

英宗皇帝即位後，尊祖母張氏為太皇太后，嫡母孫氏為皇太后，下詔罷諸司冗費不必要作工，放出都坊司樂工三千八百餘人。新皇帝出爐，施政之始，一般都有慣行的「振作」。

半年後，太監王振掌管「司禮監」。

王振當權的時代

明代宦官之禍很烈，但沒有烈到像漢末以及中晚唐那樣能把皇帝的廢立死生皆操縱於手的程度。而且，明朝宦官如同寄生蟲，他們的「寄主」皇帝一死，或者突然變臉發威，宦官本人權勢頓時消散，汪直如此，劉瑾如此，馮保如此，魏忠賢也如此。

這種情況，均同朱元璋當年廢丞相制度有關，由於軍權、政權分由六部分擔，皇帝一人提綱挈領。這些舉措，聽著好聽，皇

權獨握，其實真正遇到事情，天子本人也因結構的複雜無從完全對一切大事加以掌控。皇帝如此，「準皇帝」的九千歲大太監也是如此。弄權一時好辦，狐假虎威，有皇帝招牌，但當這塊招牌不管用或不擋風時，太監只有挨剮的份兒了。

明太祖朱元璋絲毫不掩飾他本人對宦官的印象：「此曹（宦官）善者千百中不一二，惡者常千百，若用為耳目，便為耳目蔽；用為心腹，即心腹病。馭之之道，在使之畏法，不可使有功。（宦官）畏法則檢束，有功則驕恣。」

老朱規定，內臣官階不能高過四品，月給食米一石，衣食用品皆為「官給」，並在宮內設立鐵牌，上鑄字：「內臣不得干預政事，犯者斬！」

也正是在老朱皇帝當政期間，內監二十四衙門已經搭建完畢，即十二監、四司、八局。其中，最有威權的乃司禮監，其長官官稱為「提督太監」。現代人一般把宮內的宦者統稱為「太監」，年輕的叫「小太監」，其實，宦官等級森然，最高的一級才能叫「太監」，往下是「少監」、「監丞」，中級的有「奉御」、「聽事」等，最低級就是雜役類，有「手巾」、「火者」之稱。至於各個監局當中，除掌印太監、提督太監外，也有「經理」、「管理」、「監工」等職銜。那位看官不要笑，「經理」確實是宦官的一種稱呼，單位哪位主管得罪你，多親熱地喊他幾聲「經理」就好了。

司禮監原本的職責，是管理皇城內大小宦官以及關防關禁、長隨當差等事務，逐漸地，由於明朝皇帝的惰於政事，司禮監太監反倒成了有實無名的「真宰相」了，監內一般有八九個宦官分別幫皇帝「御筆」批朱。

對於自己想搞貓膩的宦官來說，他可以把內閣奉呈入內的閣票打返，令閣臣重擬內容。劉瑾氣焰最囂張時就把這些公文帶回自己家中，及閹客商量官員任命和處理意見，更改好以後也不交回內閣，直接以御旨名義發出，可謂做到登堂入室，隨心所欲。

有人觀此可能產生疑惑，朱元璋不是嚴禁宦官學文化嗎，怎麼又有這些文人「宦者」呢。這種教宦官學文化的事情，首先始自明宣宗，他設置「內書堂」，專門派文官教宦者學習，內容為《百家姓》、《千字文》、《孝經》、《大學》、《中庸》、《論語》、《孟子》等，可惜的是，公公們忠孝節義入腦的少，奸詐使壞的心計反而因知識平添了「力量」。

入司禮監的宦者，一般必為「內書堂」畢業，入「文書房」辦過事（「文書房」乃司禮監的「秘書處」），這樣的公公，才能成為司禮監太監。但也有例外，比如魏忠賢幾乎就是大字不識的老粗。

司禮太監有「議政」權，並非是關鍵，他們還掌管東廠、西廠等事，設想，一個衙門又管政事，又管監察，天下大事，皆入一司。東廠始設於明成祖朱棣時，一直至明朝滅亡達二百二十多年。這一「特務」機關，直接向皇帝負責。東廠的辦事太監有時由司禮監主管太監兼任，有時由司禮監二把手兼任，全名是「欽差總督東廠官校辦事太監」，屬下人尊稱其為「廠公」或「督主」。

東廠手下的「刑偵」人員和打手，均來自錦衣衛。有人可能以為錦衣衛也是宦官機構。錯！錦衣衛始於朱元璋朝代的「拱衛司」。洪武十五年，正式成立「錦衣衛」，乃「上十二衛」中的一衛。「服飛魚服，佩繡春刀」，是皇帝私人衛隊，兼秘密特務工作。錦衣衛逮人，可以不經任何國家司法程序，他們不僅有逮捕權，還有審問權，不幸被逮的，即入「詔獄」或「錦衣獄」，十人入獄八九死，令人聞之生畏。

錦衣衛下有十七個所，專門負責外出偵探的人員稱為「緹騎」。人數最盛時，錦衣衛特務有十萬人左右，加上各地流氓充當的「眼線」，達二十萬人。

錦衣衛與「廠」並稱，左稱「廠衛」，但「廠」對錦衣衛有伺察之權。因為，太監多日夜在皇帝身邊，一般來講自然廠權要

大過衛權。當然，廠衛權勢此消彼長之際，相互勾結的時候為多，劉瑾、魏忠賢等大奸太監，均以自己的心腹親信任錦衣衛使，完全把這些有雞雞的軍棍當成大狼狗來使。劉瑾當政時，開設「內行廠」，把獨裁發展到極致。他本人對廠衛「走狗」仍不放心，以「內行廠」的宦官來監督東廠和錦衣衛，但這一機構存在時間短，只有四五年而已。至於「西廠」，乃明憲宗朱見深於成化十三年設置，乃太監汪直用事期間的事情，約五年多。其後，明武宗在劉瑾攛掇下又重設過一次，也有四年多時間，以後就未再設置過。

還有一事可供大家歡哨的是，明人筆記《酌中志》記載，東廠大廳左室供岳飛畫像一軸，廳後又有磚砌影壁，雕有犵猊以及狄青殺虎的塑像。廳西祠堂內還有一座牌坊，上面有朱棣御書「百世流芳」四字。大英雄岳飛與狄青，竟被這些閹人宦豎供奉，真匪夷所思。不過，百世流芒是絕然不可能的，這些沒老二的特務們只能「遺臭萬年」。

說明了司禮監、東廠、西廠、錦衣衛後，正式轉入本文的主人公——王振大公公。

《明史》上講，「王振，蔚州人（河北蔚縣），自少選入內書堂」；又有筆記中說他年輕時一直讀書，久考不中，才毅然發憤「自閹」，落榜男兒不落淚，仰頭走入太監會。這種說法，是明朝嚴從簡在《殊域周咨錄》中提到的，根據他講，明成祖永樂末年，詔許中國學官考滿無功績者，如果有子嗣，就可以在自願的情況下淨身，入宮訓導女官。當時有十餘位這樣的「學官」淨身入宮，但日後混出頭的只有王振一人。

不管怎麼講，王振確是個頗通文翰的宦官。明英宗為太子時，王振是東宮中下級宦官「局郎」一類的陪侍。小皇帝年方九歲，自然與平素教他讀書寫字、遊戲玩耍的宦官最親，並一直稱王振為「先生」。

甫看王振沒學過「兒童心理學」，他很能拿捏兒童愛玩愛看

大排場表演的天性。英宗小皇帝剛剛繼位，王公公就帶著小孩去朝陽門外的武將台觀看盛大的閱兵式，讓諸衛和京中禁軍的兵將們操弄刀槍，演習馬術，射箭飛刀，把小皇帝樂得小手拍紅。

高興之下，小孩子馬上讓王振管理司禮監，成為太監中的第一人。王振手中有權後，立刻矯旨，提拔自己的心腹紀廣（原為隆慶右衛僉事）為都督僉事，對外聲稱說他在比武中獲第一。這樣一來，就讓自己人掌握了禁衛軍權。紀廣的超級擢升，標誌著以王振為啟始的明朝宦官專政的歷史起點。

明仁宗的皇后張氏，時為太皇太后，得知孫子皇帝當學之年不近經筵聽先生講課，反而整天被王振引誘出宮觀武弄槍，她很是生氣。一日，她召集英國公張輔、大學士楊士奇、楊榮、楊溥以及尚書胡濙以及英宗小皇帝一起入朝。

太皇太后奶奶坐著，皇帝孫子只能站著，眾臣也立於西側屏息侍立。

張太后指著五個大臣，對孫子說：「這五個人，是汝父汝祖留給你當輔佐的，言聽必行。國家政事，如果他們五位不贊成，絕不可行！」

小皇帝忙表示聽命。

停頓一下，張太后派人宣王振入觀。

王公公很怕這位皇奶奶，入殿後俯伏跪聽，大氣也不敢喘一口。

良久，張太后一拍桌案，厲聲叱責王振：「汝一宦者，侍皇帝起居，多有不法之事，今當賜汝一死！」

女官聞言，立刻上前，橫白刃於王振後頸之上。

王公公身子一軟，褲襠一熱，尿了。

英宗小皇帝一看奶奶要殺自己的老玩伴，又急又怕，連忙下跪為王振求情。五大臣見皇帝下跪，也忙跟著下跪向太皇太后求情。

張太后見此情狀，覺得威嚇目的已經達到，緩緩言道：「皇

帝年少，豈知此輩常禍人家國。這次我看在皇帝及大臣面上，饒王振一命，此後不可令他再干擾國政！」

這位張太后，乃一賢德明慧婦人。明仁宗作太子時，由於貪吃貪睡變成巨胖，加上他弟弟漢王朱高煦等人挑撥，明成祖非常厭惡這個不會上馬擊劍的胖太子，數次想廢掉他。但兒媳太子妃張氏「操婦道甚謹，雅得成祖及仁孝皇后（歡）喜」，朱棣當年看在兒媳賢德的份上，才沒有廢掉胖兒子的太子之位（當然還有大臣的保舉）。

明仁宗繼統後，張氏為皇后，對中外政事，莫不周知。其子明宣宗在位，軍國大議，多聽她裁決。但是，張氏並不干政，對自己母家非常嚴厲，嚴禁外戚預政。

明宣宗崩後，英宗皇帝年幼，眾臣請「垂簾聽政」，張太后表示：「不要壞祖宗成法！」堅絕不允。

但是，張太后仍舊是有婦人之仁，見孫子皇帝下跪為王振求情，心一軟就後退一步，沒有殺掉這個日後引出無數禍端的害人精。張太后於正統七年病死。

王振雖遭此大驚嚇，並未收斂，反正有小皇帝撐腰，先讓小主子高興再說。他「老實」將近一年有餘，膽子漸長，在正統元年（1436年）冬又在將台召開「比武大會」，命令諸將騎射比武，射箭比試。

明朝京軍萬人受試，只有駙馬都尉井源彎弓躍馬，三發三中。十歲的英宗皇帝看得高興，把自己手中酒杯賜與井源當「獎品」。

一旁聚觀者，均私下紛言道：「去年王太監閱武，紀廣驟升大官；今日皇帝親自主持，怎麼只賜一杯酒喝？」

井源忙乎半天，只賺得御賜一盞銀盃。藉著這一幕，明顯向朝內外傳達這樣一個資訊：要想升官發財，非王振大公公不可，皇上賞識也沒實惠！

如此，又過了三年多，王振開始琢磨起幾位顧命大臣來。

　　一日，王振趕上朝時，忽然問楊士奇和楊榮：「朝廷之事，全賴三位老先生。然而您三位年高倦勤，日後怎麼辦呢？」

　　乍受此問，楊士奇老頭子一驚，矍然曰：「老臣我當盡忠報國，死而後已！」

　　不料楊榮卻講：「吾輩年老，當推薦新進之人以侍君王。」

　　王振聞言大喜。轉天，他就把侍講學士馬愉、曹鼐等人推薦入閣，參與朝政。

　　楊士奇很不高興，埋怨楊榮與自己口風不一。楊榮勸說道：「王振討厭我們，縱使我們苦苦堅持，他又能相容嗎？一旦他以皇上名義出手敕任命某人入閣，我們也不得不聽命。現在入閣的幾個人，反正皆是我們的手下，也無大礙。」

　　楊士奇聽此言，覺得有理。二位官場老政客，其實還是玩不過王公公。

　　王振這種慢火煎魚、由淺入深的功夫，是一步步卸掉「三楊」老臣的權力，讓新入閣的人感念自己對他們的提拔。

　　品嘗到當隱身「組織部長」的甜頭，王振很快就矯旨提拔工部郎中王佑為工部右侍郎。這位王佑沒什麼本事，專會溜鬚拍馬說甜話，很會伺察顏色。王侍郎長得不錯，小白臉一個，身上雄性激素少，面皮光滑無鬍鬚。王振也覺搞笑，一日忽然問王佑：「王侍郎，你怎麼不長鬍子啊？」王佑一臉笑開花，諂媚道：「老爺所無，兒安敢有。」看見這麼一個皮光水滑的「兒子」，王振開心，仰頭大笑。

　　正統七年，太皇太后張氏病死後，王振終於長舒最後一口氣，京城內再無讓他心中生怯的人物了，從此益發無所忌憚。

　　老太后崩後，王振立刻派人盜走洪武年間豎立在宮內「宦者不得干政」的鐵牌，秘密銷毀，從意識形態方面開始大力消除一切不利自己專政的東西。同時，王公公又大興土木，在皇宮範圍內大起殿宇和寺觀，在討好皇帝的同時，也想為自己祈福。

　　皇宮內新殿落成，依禮要皇帝親自參加，大會公卿大臣擺宴

慶祝。根據制度，宦官權再大，根本沒有資格參加這種集會。

英宗皇帝少年人，一刻不見「王先生」就心裡發慌，馬上讓人看看王公公在幹什麼。結果內使一進門，正瞅見王振發怒，大言道：「周公輔成王，我難道在宴會上一坐的資格也沒有嗎？」

小皇帝一聽，馬上讓人開東華殿中門，迎候王振。

眾臣屏息觀望，王公公邁著鴨步慢踱而來。這一來，王公公面子大了去了。

權勢熏炎之際，不少諂諛小人紛紛倚附王振得以升官。繼王佑後，徐晞也被王振矯旨擢升為兵部尚書。「於是府、部、院、諸大臣及百執事，在外方面（大員），俱攜金進見（王振）。每當朝覲日，進見者以百金為恒，千金者始得醉飽出」。

連都御史王文等主管監察的大官，見了王振都跪拜迎候。

當時，「三楊」中的楊榮病死，楊士奇退休，（其子在家鄉殺人，有口實在王振手中，他不得不退休。）朝中只有楊溥，「年老勢孤」，僅是個政治擺設罷了。

眾人唯唯，也有正直不屈的大臣。薛瑄因為是王振老鄉，被從山東地方上薦入朝廷，任大理寺左少卿。王振屢次派人致意，薛瑄一直不去拜謝，說：「我受皇恩得官入京，不能入私室謝恩。」王振知悉後，也無可奈何。

一日，眾臣在東閣議事，王振後至，公卿見大公公即跪拜，惟薛瑄一人傲然獨立，倒使王振不得不先向對方作揖。由此，王公公殺心頓起。

不久，他派人誣陷薛瑄，逮之入錦衣獄，準備處決。一日，王振見跟隨自己多年的老僕人暗自流淚，便問緣故。老僕人說：「薛少卿要處死罪，所以我哭。」王振奇怪：「你怎麼知道薛瑄其人其事？」老僕答道：「都是咱們蔚州老鄉講的。」然後他盛讚一通薛瑄的為人。

得知「鄉譽」如此，王振意少解，怕做事太絕日後不好回老家，息除殺心，把薛瑄除名遣返。

薛瑄走運，侍講劉球就沒這樣的運氣。這位帝師上書言事，得罪王振，被逮入獄。未經審訊，王振便派錦衣衛劊子手在牢中砍斷其頭；南京國子監祭酒陳敬宗入京，王振知其名大，派人示意他來見。陳敬宗表示：「為人師表而拜謁中官（太監），我不為也。」王振怒，使陳敬宗數年不得升遷；御史李儼見王振不下跪，立馬被逮抄家，流放鐵嶺衛當苦力；錦衣衛兵卒王永在大街張貼揭發王振罪狀的匿名大字報，很快被押上鬧市凌遲。

時任兵部侍郎兼山西、河南巡撫的于謙也倒楣。他每次入京，均未登王振門行賄。中國的官場，一直如此。你送禮，長官可能記不住。如果你不送禮，長官一定記得住。恰巧，朝中御史有一個人與于謙姓名相類，常上疏與王振之議不合，大公公便把這兩個人的名字誤為一人，一日性起，矯詔降于謙官職，把他貶為大理寺左少卿。後來，由於河南、陝西兩省的藩主與民眾爭相請留，于謙的巡撫之職才未被削奪。

為了懲罰不與自己一條線的大臣，王振「創造」出一種「荷校」的刑罰，即強迫大臣在長安門戴重枷以使這些大臣們「斯文掃地」。大枷板很重，從二十斤往上加，最重達百斤，往往立枷數日，犯事的大臣當時不死，回去也要緩上幾年才能恢復。

王振用事期間，在北方對韃靼用兵前，在雲南也連年用兵，史稱「麓川之役」。

朱元璋定雲南後，在元朝麓川路與平緬路的行政區域，重新設置麓川平緬軍民宣慰使司，並以當地傣族頭領思倫發為宣慰使，其實是一種變相「自制」。

明英宗繼位時，思倫發的後人思任發跋扈，夜郎自大，自稱為王，並大肆侵掠周圍的緬地、騰衝等地，武裝反明。

王振得知此事後，很想立功，於1439年（正統四年）下令沐晟、方政等人提兵攻擊。方政為將無量無識，提兵深入，被叛軍伏擊身死。沐晟作為主帥，雖為大英雄沐英之子，但並不知兵，聞敗，慚懼發病，病死於楚雄。

　　明廷又任沐晟之弟沐昂為征南將軍，接其兄任。這位爺也無將略，到了金齒一帶就畏懼不前，部下遇敗又不救，被明廷招回京城貶官兩級。

　　屢戰屢勝的思任發更加囂張，在孟羅等地大掠殺戮，鬧得雲南人心惶惶。王振專政，欲示威於荒遠之地，當然不肯罷休。正統六年（1441年），他派定西伯蔣貴為「征蠻將軍」，總兵征討思任發。同時，派太監曹吉祥「監督軍務」，兵部尚書王驥「提督軍務」。

　　甭說，這撥明軍能幹，接連大敗思任發，又破其象陣，殺掉土蠻兵十多萬人，「麓川大震」，思任發逃往緬甸。明軍暫時班師。

　　轉年底，蔣貴等人再發大軍出征，直搗緬甸，索要思任發。緬人刁滑，表示說還人可以，但明朝要割麓川一些地方給自己。

　　明軍先禮後兵，見緬甸敢和天朝「講價」，興軍進攻，並把思任發兒子思機發打得大敗。

　　緬人知道明軍不好惹，連忙把思任髮妻兒家屬及屬從三十二人捆上，獻與明朝派去當使臣的千戶王政。

　　途中，思任發絕食，王政派人強灌米粥，把這位叛夷養「精神」了，在道中撿塊平坦地，明正典刑，砍下思任發腦袋，函送京城。

　　明軍還師後，當地部落又擁思任發另外一個兒子思祿發為主，攻佔孟養，喧擾一時。明軍師老兵疲，只得與思祿發講和，相約以金沙江為界。思祿發見好就收，表示不再過江侵襲。明軍班師回朝，以大捷上奏。

　　其實，勞民傷財許多日，只取得了名義上的勝利，實際上放棄了麓川。明宣宗棄交趾，明英宗廢麓川，這對父子，開始糟蹋太祖、成祖的基業，真是「崽賣爺田不心疼」。

「土木堡之變」

明朝在北邊與蒙古人幹仗，老實說，還真不是王振挑的頭。

蒙古瓦剌部本來有三大力量，其一馬哈木，其二太平，其三把禿孛羅。永樂年間，明朝封馬哈木為順寧王，太平為賢義王，把禿孛羅為安樂王。

前文中提到，馬哈木進攻韃靼部阿魯台被殺，其子脫歡被俘。日後，脫歡被放回，反戈一擊，終於殺掉阿魯台，為父報仇。他被明朝允許襲父爵，也稱「順寧王」。

英宗正統初年，脫歡殺掉「賢義王」和「安樂王」，兼瓦剌各部，成一方強主。他本想自稱可汗，但諸部多有不允，無奈之餘，只得又撿出元朝皇族的一個後代脫脫不花為「大汗」，脫歡自己當「丞相」。

正統四年，脫歡病死，其子也先襲位，稱「太師淮王」，實際上他才是北元真正的主人，脫脫不花掛名傀儡而已。每次向明朝入貢，也先和脫脫不花都各派使節，明朝也平等對待來使，沒把「順寧王」使臣置於脫脫不花使臣之下。脫歡、也先父子好玩，對內一個「公司」，對外兩塊「招牌」，不嫌麻煩。

也先地盤越來越大，不僅收服了「三萬水女真」，向東挨近明朝轄下的朵顏、福餘、泰寧三衛。

英宗正統十年（1445年），也先集結沙州、罕東和赤斤蒙古諸部進攻哈密衛。明廷不僅不救，還敕令修好，慫恿了也先的野心。哈密重地，落入也先掌握之中。此後，他不斷覬覦明朝西北邊地。

當時，巡撫宣府大同的明臣羅亨信上奏，提醒明廷在直隸以北戰略要地增設土城防禦工事，任兵部尚書的鄺埜畏懼王振威權，不敢對此事拍板定奪。參將石亨性急，想在大同四州七縣範圍內三丁籍一人為兵。羅亨信表示反對，認為邊民疲於防守耕戰，土地糧食不足，如按石亨之議行之，肯定民眾會一時逃亡大半。

也先與明朝撕破臉皮的導火索，乃朝貢事件。

　　瓦剌蒙古最早入明朝貢的使臣只有三五十人，在北京等地總是受到明朝政府級別很高的接待，住高級賓館，按人頭賜銀頗豐。一來二去，瓦剌覺得這種「打秋風」方式回報多且快，就不停增派「貢使」的人數。

　　到了也先時代，每次均有一兩千人之多。明朝負責接待的禮部對此早有發覺，屢次告誡瓦剌貢使不能越來越多，但也先我行我素，不斷增派。正統十四年（1449）年春，也先遣「貢使」二千人入京，這還不算，他又詐稱人數是三千人，以冒取明朝的回賜。同時，他們帶來向明朝「進貢」的馬匹，也多疲劣不堪，以次充好。登鼻子上臉，也先確實無賴。

　　王振得知此事後，腦門子上火，大罵蒙古人不識抬舉，膽子越來越大，敢敲詐大明天朝。他告知禮部：「只按實來人數賜銀，一個子兒也不多出。至於馬價，以質論價，絕不能花買人參的錢買回蘿蔔。」

　　有大太監王振發話，禮部自然膽壯，依教行事，使得蒙古人大失所望。也先覺得十分沒面子。

　　此外，在數次通貢過程中，明朝的各級「通事」（外交接待人員）收受了也先大筆賄賂，向蒙古人盡告國內虛實。也先曾要求明朝嫁公主於自己，明廷不知道，高級通事卻已經拍胸脯答應下來。所以，這次「貢馬」，也先讓使者向明廷表示是「聘禮」，朝廷才知道下邊有人「許婚」。

　　王振遣禮部以皇帝名義答詔，明白告訴對方，朝廷沒有許婚之意。也先聞此，非常愧憤，就謀寇大同。

　　八月，也先聯集塞外蒙古及諸番部落，分三路入寇。也先本人統中路軍，率軍直攻大同；「可汗」脫脫不花自兀良哈率軍，侵入遼東；阿剌知院率軍，進逼宣府（今北京宣化）。

　　數十年過去，明太祖、明成祖那一茬兵將老的老，死的死，明軍戰鬥力遠遠不如從前。當也先瓦剌軍進至貓兒莊（今內蒙察哈爾右翼前旗）時，明將吳浩迎戰，交手即敗，他本人也戰死。

四天之後，大同總督軍務宋瑛率數萬明軍迎堵也先於陽和口（今山西陽高），本來兵勢不弱，但監軍的太監郭敬無勇無謀，胡亂指揮，使得明軍大敗，一軍盡沒。西寧侯朱瑛等人戰死，只有太監郭敬躲在草從中才撿得一命。

這樣一來，瓦剌軍勢如破竹，連陷塞外諸軍事堡壘。而瓦剌的阿剌知院所率軍隊又從獨石口南下，佔據了馬營堡（今河北赤城）。心驚之下，馬營堡守將棄堡逃遁。阿剌知院乘勝，攻下永寧城（今北京延慶）。

三路瓦剌軍中，只有「可汗」脫脫不花一路表現最差勁，他率東路軍進圍鎮靜堡（今遼寧黑山），被鎮守的明將趙忠迎頭痛擊，一點便宜未撈到，狼狽回返，途中只得攻屠明朝一些驛站、屯莊以洩憤。

諸路敗報頻傳，北京的王振不憂反喜，覺得自己應該抓住這個機會，再立大功以示威，使自己在朝中威望更上一層樓。他先派出井源（駙馬都尉，演武比賽中那位獲獎者）等四個將領率四萬多人先去大同，然後，王公公走入大內，勸明英宗「親征」。

明英宗此時已經二十三歲，他自小就喜歡觀看軍隊演操習武。「王先生」這麼一攛掇，英宗皇帝十分高興，覺得應該效仿「祖宗」那樣跨馬出征。

這小伙子黃毛未褪，也想橫槍躍馬，就如同現在毛頭小孩打電子遊戲玩攻略成專家，就以為自己可以帶兵打仗一樣。明太祖、明成祖一生戎馬，屢經戰陣，而明英宗僅僅是金籠貴鳥，哪裡見過真戰場。

消息傳出，以吏部尚書王直為首的大臣紛紛力諫，苦勸英宗皇帝千萬不要「御駕親征」。確實，也先幾萬人的敵寇，犯不著大明皇帝親自出馬。

王振不聽，他私下合計，也先諸路加一塊撐死超不過十萬人，挾皇帝出兵，擁兵數十萬，大不了用人海戰術硬拼，比消耗，比人命，也能把瓦剌人打敗。於是，他下令兵部兩天內一定要調

集五十萬人馬。

事出倉猝，舉朝震駭。

1449年陰曆七月十七日，王振、明英宗率五十萬胡亂集合的人馬從京城出發，留英宗異母弟郕王朱祁鈺（由太監金英「輔佐」）在北京留守。至於閣臣曹鼐、張益，英國公張輔，兵部尚書鄺埜等六部尚書，全部隨駕從軍。也就是說，三分之二的政府要員，全部隨皇帝而行。

當日，軍行至龍虎台駐營，凌晨時分，軍中炸營，當時不少人都以為是不祥之兆。

值此軍國大事，王振自以為諸葛亮，忽悠兩條小細腿跨匹大戰馬，很想「指揮若定」。但出軍需要極其嚴密的佈置和後勤保障工作的及時到位。五十萬大軍，隨行役夫就應該有數十萬之多，王振對這些「雜事」不屑一顧，加之催征太急，補給不足，光五十萬人的吃喝拉撒，就已經使明軍內部亂成一團。

秋雨時至。幾十萬大明軍，冒著凄風苦雨，出居庸關，沈重前行，過懷來，至宣府。連日風雨，人情洶洶。隨駕群臣察覺士氣低落，接連在軍中上表，懇請英宗皇帝回鑾。

王振大怒，罰兵部尚書鄺埜等人於草中長跪。見大公公天威震怒，成國公朱勇等人稟事時，都膝行而進。王振淫威，可見一斑。

閣臣曹鼐跪言：「臣子固不是惜，主上繫天下安危，豈可輕進！」

王振回答：「如有不測，也是天命！」

王振恨這些人阻止他立不世之功，就下令群臣分編入各軍，命令他們打仗的時候衝鋒，想讓這些大臣當炮灰戰死。

大同還未抵達，由於軍中乏糧，明軍凍死、餓死不少，僵屍滿路。同為太監的彭德清也以天象不利為由，勸王振還軍，不從。陰曆八月初一，數十萬明軍終於得抵大同。瓦剌部也先見狀，佯裝避去，實際是想誘敵深入。

　　當時，大同附近戰場還未收拾，遍地是明軍缺胳膊斷腿無腦袋的屍首以及馬屍、棄甲、輜重。王振大太監哪見過這些東西，陣陣屍臭入鼻，殘屍蔽野，他內心駭懼。英宗皇帝也覺不妙，真戰場活脫脫一幅地獄圖，一點不好玩，哪能同京城內號角嘹亮、旌旗蔽天的演武場相比。

　　於是，他同「王先生」商量，想先在大同城停駐一段時間再說。但是，王振聽說也先「退軍」的消息，登時來了精神，力勸皇帝立刻北向出擊。恰恰此時，先行派出的井源等部明軍，其實已經大敗虧輸。

　　王振已成偏執狂，任誰勸也不行，一意孤行，非堅持進軍。確實，事已至此，騎虎難下，無功而返，不僅狼狽，且臉面無光。關鍵時刻，王振的心腹，老同事郭敬入見。這位郭敬在陽和口見識過瓦剌軍的厲害，千辛萬苦撿得小命，真正知道了輕重。他哭勸王振，為持重保身之計，千萬不要冒進。他還告訴王振，也先絕非是害怕才後撤，而是詐術，就在不遠處埋伏等待明軍。

　　聽此言，王振心涼。郭敬又勸：「趁現在也先退兵，正好以此為藉口，我們馬上退軍，不算敗績。如果前行無功，那時候就不好收場。」

　　別人的話可以不聽，郭敬公公自己人，句句打動王公公的心。他顯示出「果決」的一面，立即下令退軍。

　　明軍八月初一到大同，八月初二即「班師」。真是「兵貴神速」。五十萬人馬，原路後撤。

　　本來，明軍應該經大同由居庸關回北京。中途，王振想衣錦還鄉，拉著英宗還蔚州老家要顯擺一下，便下令改道由紫荊關（河北淶源）入京。結果，大軍驚惶退走，到處踩踏莊稼，王振又變成「人道主義者」，怕老家的鄉鄰田地也被踩踏，在距蔚州四十里時，他老娘們兒一樣又改主意，命令大軍向宣府方向行進，仍從居庸關返回。

　　如此反覆逡巡，不僅使也先軍隊追躡上來，又使明軍側背全

然暴露給了瓦剌軍。

就這樣，拖了八天之久，明軍才退至宣府。同時，也先騎兵也不慢，一路追趕，恰巧跟上。

王振心慌。他接連派出成國公朱勇等四員大將率兩路兵返頭阻擊也先，皆被打敗，將死兵亡，損失慘重。

八月十三日，明軍退至懷來以西的土木堡。說來狼狽，五十萬明軍，被幾萬瓦剌軍追撞。其實，如果明英宗等主要人馬進入懷來縣城，憑城暫避，還不至於敗得太慘。但王公公要等他一千多輛大車的黃白財物，遲遲不走。

猶豫之間，兵部尚書鄺埜又苦求英宗撿精銳部隊拼殺突圍，皇帝被說動，大太監王振偏執脾氣又上來，堅決反對。

鄺埜見不到英宗皇帝，想闖行殿親自進行說服工作。王振大怒：「腐儒豈知兵事，再妄言，必殺汝！」

鄺埜此時倒不怕王公公了，回言道：「我為社稷百年著想，幹嘛以死懼我！」

王振命衛士把這位尚書趕轟出去。

明朝窩裡爭執期間，也先的瓦剌兵馬源源趕到，把明軍包圍在土木堡。

土木堡並非是一個軍事據點，其地原名「統幕」，訛稱為「土墓」、「土幕」、「土木」，不僅未有城牆護池，荒地無水草，明軍掘地兩丈多深也挖不出水來。士兵缺糧還可以忍受，沒水才是最要命的事情。

土木堡南面十五裡處有一條河，卻已經被也先派人首先佔據。明軍水源被斷，軍心大亂。

八月十五這天，中秋月圓，數十萬明軍被圍，又饑又渴，精神幾乎崩潰。

也先很有軍事才能，他分出一支軍馬，從土木堡的麻峪口向明軍發動進攻。堅守谷口的明軍都指揮郭懋還算條漢子，死戰一夜，瓦剌軍未能攻破。但瓦剌後續兵馬源源不斷，給守口明軍造

成巨大壓力。其實，當時人在宣府的明朝將領楊洪如果領兵向也先發起進攻，可以給瓦剌軍來個反包圍，內外夾擊，說不定把也先軍馬盡數消滅掉，畢竟明軍在人數上占絕對優勢。再不濟，宣府明軍進攻，明英宗也可以趁勢突圍逃走。楊洪過於「持重」，龜縮於宣府堅城之內，閉門不出。

也先這個人，不僅會用兵，還十分陰險，懂得「心理戰」。為了麻痺明軍，他派人進入土木堡，表示要與明朝講和。明英宗、王振聽到這個消息，久旱逢甘雨一樣，喜不自勝。忙不迭立刻讓閣臣曹鼐擬寫敕書，並派兩個「通事」與瓦剌使臣一起前去也先處商談和議。

明軍士兵被圍兩三天，渴得要死，聽聞雙方終於講和，一下子從精神上鬆懈下來，紛紛四出找水找草料，脫離了各個關鍵防禦地點。

王振覺得大勢不好，急忙傳令移營，軍人逾塹而行，跳溝躲坎，很快就亂了行伍。試想一下，五十萬大明軍，外有強敵，內部自己亂成一窩蜂，不倒楣才怪。

明軍南行才三四里地，瓦剌軍隊蜂擁而上，四面圍攻。蒙古人打獵一樣，用箭射死不少明軍。然後，馬軍步兵一起上，刀砍斧剁，明軍幾無還手之力。兵士們爭先奔逃，勢不能止。他們已經饑渴了兩三天，渾身無力，再讓這些人冒死打仗，根本是不可能之事。

混戰之間，也先關鍵時刻派出後備隊，皆精甲鐵騎，衝入明軍踩陣。這些騎兵高舉長刀，逢人就砍，並大呼「解甲者不殺」。明兵在心理上早已崩潰，紛紛解甲。

瓦剌軍高喊不殺人，只是說說而已，沒有甲胄防護的明軍個個都成了白切雞，任由手持大刀的瓦剌軍人屠戮，於是，明軍裸袒上身，不是被殺，就是互相踩踏而死，屍體蔽野塞川。

人到一萬，徹地連天；人上十萬，無邊無沿。五十萬人，戰場上估計就死了四十萬。文武大臣，英國公張輔，尚書鄺埜、王

佐，閣臣曹鼐以及張益等數百人，皆在亂中被殺。特別是張輔，自年輕時代隨父親張玉為明成祖東闖西殺，戰功卓越著，歷事四朝，盡心盡力。英宗出征，張輔已是七十五歲老翁，默默不敢言，只能從行。但王振不讓他插手軍政。至此，老頭子竟不能善終於家。

至於眾所周知的扈衛軍官樊忠以大錘擊殺王振之事，可能不是事實，乃時人為洩憤編說此事以求「大快人心」。《明史》中講：「（王）振乃為亂兵所殺」，應該是混戰中被瓦剌軍砍死或者被自己人逃跑時踩踏而死。

明朝隨臣中，只有蕭惟禎等少數幾個人命大，連同數千軍卒拼死逃得入關。

王振老同事郭敬命真大，這次又僥倖逃回北京，但很快就因王振的被清算而遭殺頭之報。如此，他還不如死在陣上，怎麼也稱得上是「為國盡忠」。這郭敬公公也該死，他奉王振之命鎮守大同時，為討好也先，把數十大甕箭頭送與瓦剌，並大肆收受不良戰馬作為「回報」。陽和口大戰，也因他撓兵沮將，使得明軍大敗虧輸。

明英宗恐懼至極，在數百禁衛騎兵的扈衛下想突圍，幾次均未成功，身邊人被殺的越來越多，無奈何，發昏當作死，他下馬放劍，坐在地上發呆，周圍僅有十餘個剩下的禁衛軍和太監喜寧陪同。

瓦剌軍打掃戰場，一個下級軍官見明英宗身上那副黃金甲值錢，叱令其脫掉。明英宗嚇呆了，又不知對方那一口蒙古語是什麼意思，沒有立即解甲，惹得對方提劍過來要砍英宗的腦袋。

危急時刻，這個蒙古人的哥哥見明英宗裝束不凡，忙制止兄弟動手，率數名兵士押著明英宗去見也先的弟弟賽刊王。

這時，明英宗緩過神，問：「您是也先？伯顏帖木兒？賽刊王？還是大同王？」

賽刊王見來人出語不同凡響，立刻飛奔馳見也先，報告說：

「我部下俘獲一人，舉止言表甚異，莫非就是大明天子嗎？」

也先立刻派曾出使過明朝的兩位使臣去辨認。不久，二人豬癲瘋一樣跑回稟告：「正是大明天子！」

以幾萬人打敗五十萬明軍，已經出乎也先本人預料。現在，竟然能活捉大明天子，也先的心情幾乎就不能「喜出望外」四個字來表現，他自己都不敢相信這是真事。

此次三路出軍，也先不過是想趁秋高草壯馬肥之餘殺掠一番，一為尋些小便宜，二為出出氣，哪料想一舉就幹掉五十萬明軍，連大明天子也擒於手中。於是，他仰天高呼：「我常常向天祈禱，求大元重新天下一統，真是上天保佑！」

這時，也先的野心，忽然被放大了無數倍，他想再造「大元」了。但是，對於怎麼處理手中的這個大明天子，也先感到非常棘手。他做夢也沒想到過自己這麼一個邊陲酋長能逮個活皇帝。

他向左右部落頭領們問計。有一個頭領名叫乃公，大聲嚷嚷道：「上天以仇人賜我們，殺掉算了！」

瓦剌部落的一個頭領伯顏帖木兒大怒，上去就給了乃公一個大嘴巴，對也先說：「大人您身邊怎麼有這種東西！兩軍交戰，人馬必中刀箭，或踐傷身死，今大明皇帝獨全然無傷，對我等又態度平和，更無失態失儀之處。我等久受大明皇帝厚恩賞賜，雖天有怒，推而棄其於地，但未嘗置之死地。我等何能違天而行！如果大人您（也先）遣使告知中國，使其迎返天子，您豈不能博得萬世好男子之名！」

蒙古眾頭領聞言，皆一旁贊和。

也先沈吟，終於點頭。他倒不是想博什麼「萬世好男子之名」，而是覺得明英宗奇貨可居。於是，他就委派伯顏帖木兒負責軟禁明英宗，命被俘的明軍校尉袁彬「陪侍」，照顧這位落難大明天子的起居。同時，也先派人去懷來城，告訴守將明朝皇帝被俘的消息，並索求金帛。

懷來守將不敢開門，以繩子把也先的信使吊上城，馬上轉送

北京。

八月十七日，百官在宮內集合，雖然都聽聞大敗的消息，一時不敢確實，也不知明英宗下落。也先使者來，大家才知道皇帝被人活捉，驚懼異常。

明英宗的皇后錢氏急眼，盡括宮中寶物，派人送至也先營中，想贖回老公。對方不報。

見贖不開懷來城，也先又擁明英宗去宣撫城下，以皇帝名義傳諭守軍開城。

當時，宣大巡撫羅亨信在城內，派人向下喊話：「我們所守者，乃皇帝陛下城池，日暮不辨真偽，不敢開城。」

見此計又不成，八月二十三日，也先率部眾就擁明英宗返頭回大同索求金幣，表示說只要金銀送得多，大明天子即可歸還。

負責大同城守的都督郭登堅閉城門，令人傳達訊息：「臣奉命守城，不敢擅自開閉城門。」

明英宗惶急，說：「朕與郭登有姻親關係，他怎能拒朕及閘外呢？」（郭登乃明朝開國功臣武定侯郭英的孫子，與明皇室有姻親）

侍從明英宗的校尉袁彬見守將不開門，深恐也先拿不到金銀會因怒殺人，就用頭觸門，大哭號叫。

明朝的廣寧伯劉安、都督僉事郭登等數人見狀，出謁皇帝，伏地慟哭，奉上黃金二萬兩以及宋瑛、郭敬等人的家財「孝敬」英宗。英宗把金銀「轉賜」也先以及救自己一命的伯顏帖木兒。

諸臣出迎，大同城卻緊關大門，做足防禦措施。

也先見無機可乘，就挾持明英宗北行，回老巢休整。

于謙的北京守衛戰

英宗皇帝被俘消息傳出，孫太后不得不親自出面，召百官定計。她表示：「皇帝（英宗）率六軍親征時，已下令郕王在京監臨百官。政務不能久曠，現在宣佈，郕王正式代理皇帝之任，朝

臣皆向郕王受命。」

隔了幾日，孫太后下詔立明英宗年僅二歲的皇長子朱見深為皇子，命郕王輔佐，基本上想維持住自己嫡子英宗皇帝一系的帝位。

郕王朱祁鈺是宣宗妃子吳氏所生，本來從未想到有一天會和皇位如此貼近。英宗親征，他留守北京，實際上沒有任何實權，因為大半政府要員均隨皇帝外出，他自己在北京只是充當一個象徵意義的擺設，一切事務均由各部留守官員處理。

誰曾料，英宗皇帝被蒙古人活捉了，一切壓力目光，均集中在郕王身上。

郕王理政事，他不是皇帝，當然不能御正殿，只能在午門會百官。

第一次主持會議，郕王就看見百官接二連三出班，異口同聲，共同聲討王振傾危宗社，要郕王下令族滅王振。由於皇帝因王振被俘，群臣聲淚俱下，現場氣氛十分哀沈悲壯，哭聲連片。

郕王也是二十歲左右的青年人，沒見過這種陣勢，不知怎麼辦才好，便起身離座，想入內殿找嫡母孫太后商議辦法。結果，未等宦官關上大門，眾臣一齊湧入，非要當天討個說法。郕王沒辦法，下令抄王振的家，並派指揮使馬順負責此事。

眾人喧嘩，高喊「馬順乃王振一黨，應派都御史陳鎰去主持籍沒事宜」。傳旨太監金英有點煩，叱令眾臣退朝。百官此時再也忍耐不住，爭相上前想扭住金英。金太監見勢不妙，脫身逃入大內。

指揮使馬順狗仗人勢，以為自己剛剛得了令旨，有話語權，便厲聲喝斥群臣。

眾人正愁找不著主凶洩憤，給事中王立右忽然撲上前，以拳猛擊馬順的腦袋：「你這賊人往日一直依仗王振，今天怎麼還這麼膽大！」

百多號人紛湧上去，你一拳我一腳，沒多久楞把馬順這麼一

個大漢毆斃於當地。

這不算完，群臣又索求王振平素最信任的毛姓、王姓兩位太監，金英公公怕牽扯到自己，立刻命人把內殿內開條縫，把王、毛二人踹出去頂缸。

眾人上前，拳打腳踏，立斃二人，並陳屍於東安門，禁衛軍士也紛紛上前踩踏屍體解恨。

接著，王振的侄子錦衣衛王山也被人押來，五花大綁跪在中廷，眾人爭相上前擊打唾罵。

由於當著郕王面未得令指毆殺三個人，百官心中憂懼不安。郕王本人也局促不安，不知事情發展下去要亂成怎樣，他屢坐屢起，很想返回內宮。

兵部侍郎于謙忙上前攬住郕王的袍服，進諫道：「殿下不要離開，王振乃罪魁禍首，不抄家不足以平民憤。眾臣行為過當，皆一心為國，沒有他意。」

郕王聽勸，馬上派人宣旨，表示馬順罪應處死，百官各歸位司其職，不會追究責任。眾人跪聽旨意後，拜謝行禮有秩序退出，終未釀成大亂。

當日之事，全賴于謙挺身而出，臨危不亂，關鍵時刻留住郕王，處置得當。所以，事定後，吏部尚書王直王老頭拉著于謙的手歎息道：「朝廷正賴您才得定安！今日之事，雖有一百個我王直，也不知能幹什麼！」

由於表現出色，孫太后下詔任于謙為兵部尚書（原來的尚書鄺埜已死於土木堡戰事）。

明廷清算王振，對老王家及王振徒黨均行抄家，史載「（王）振第宅數處，壯麗擬宸居，器服珍玩，尚方不及。玉盤徑尺者十面，珊瑚高者七八尺，金銀十餘庫，馬萬餘匹，皆沒（於）官。」

王振之侄王山被押入鬧市凌遲，族屬男女老幼皆斬。王振光宗耀祖未成，三族皆成鬼魂。

延至八月二十九日，由於文武大臣紛紛上章勸郕王即位，邊事緊急，國賴長君，孫太后不得多降詔，以郕王繼位帝位，遙尊英宗為「太上皇」，改明年為「景泰元年」。

這位郕王朱祁鈺，便是明景帝。

孫太后心裡雖然不舒服，仔細一想畢竟嫡孫還是皇太子，只能放眼長遠了。其實，史書《英宗本紀》中講英宗乃孫氏所生，其實並非是她親生，「（孫氏）亦無子，陰取宮人子為己子，即英宗也」。皇宮內殿氣象森嚴，卻總能發生些千古不能破解的離奇案子，明英宗至死也不知道自己生母是誰。知道這一天大秘密的，只有孫氏本人，她至死也未講出真相。與她相比，宋朝的劉太后真賢惠善良好多。

有英宗皇帝捏在手裡，也先膽大氣壯，在給明朝的書信中言辭悖慢，索金索物。

明景帝召大臣議事，兵部尚書于謙泣言：

「瓦剌賊人無道，必將長驅深入侵掠，宜早為之備。先前京中各營精銳，基本皆隨太上皇出征，京中軍資器械，十不存一。當急之計，應召集民夫義勇，更替治河漕運官軍，讓他們一起前往神機營報到，操練聽用。工部方面，也要馬上日夜趕工，督造防守器械。京師九門，應遣都督孫鏜、衛穎等人親率士兵出城守護，列營操練，以振軍威。文臣方面，應派給事中官員等人分頭出巡，以免疏漏。同時，還應把城外居民皆遷入城內，以防遭瓦剌劫掠。」

于謙還救出因坐不救乘輿（英宗皇帝）之罪的宣府守將楊洪和萬全守將石亨出詔獄，命楊洪回守宣府，石亨統管京營兵馬。日後，石亨對于謙恩將仇報，那是後話。

明景帝對于謙言聽計從，分派兵部要官守衛居庸關、紫荊關等重要關口。派出數位文臣巡撫各地，撫安軍民，招募兵馬。由此，北京城內外，又有近三十萬可用的人馬。

也先修整部伍後，在同年十一月以送明英宗回京為名，與可

汗脫脫不花合兵，入寇紫荊關，北京戒嚴。

此次入侵，也先仍舊是三道分出，他自己率主力由中路進發。首先，一行人到達大同，也先首先派被俘的明朝太監喜寧和指揮岳謙往城下叫門，說是瓦剌部隊送明朝皇帝回家。

守將郭登上城大聲回話：「賴祖宗神靈保佑，國家現在有皇帝了！」

也就是說，他明白無誤告知城下的也先：我大明已有新君，不要再用英宗要挾我們。

也先知道明軍防備甚嚴，得不到便宜，便不攻而去，向紫荊關殺來。

明朝被俘的宦者喜寧本人就是韃靼人，被俘後馬上投降也先，盡告明朝內國虛實。也先挾英宗皇帝入寇，也是這小子出的壞主意。

由於眾寡不敵，紫荊關被也先部隊攻破，明軍指揮韓清等人戰死。消息傳來，朝野洶洶，人無固志。

大敵當前，明廷又放出先前在交趾大敗被判死罪的成山侯王通為都督，幫助守城。結果，有人問王通有何好辦法守城，這位敗將只能想出在北京城外再築一牆的餿主意，跟沒說一樣。

侍講徐珵很有時名，太監金英召他問計。徐珵說：「我觀星象歷數，天命已去，皇帝當幸南京。」金英乃明宣宗時司禮太監，聞言大怒，厲聲叱責，讓人把徐珵轟出大殿。也正是這位徐爺，很有預見的「特異功能」，早在也先七、八月間入寇之初，他已經先讓老婆孩子攜帶一切值錢的東西，除他以外，全家南遷。

轉天，于謙得知朝臣中有人提議南遷，立刻上疏抗言：「京師天下根本，宗廟、社稷、陵寢、百官、萬姓、帑藏、倉儲咸集此地，若一動，則大勢盡去！宋朝南渡之事，可為前鑑。徐珵妄言，其罪當斬！」

關鍵時刻，太監金英也在眾前附和于謙，高聲道：「死則君臣同死，有誰再敢言遷都之事，奉皇帝之命，立刻誅殺！」

　　這樣，明廷形成了「決議」，北京內君臣一心，堅決固守。

　　于謙很有遠見，為了免使京城外各處糧食為也先所襲用，他立刻下令當地官員燒毀糧倉，免得資敵。

　　也先大軍來逼，群臣有言守，有言戰，意見不一。防禦主將石亨建議緊閉九門，堅壁高壘以避瓦剌兵鋒。

　　于謙大不以為然：「強賊勢盛，如今我們再示之以弱，賊勢愈張！」

　　於是，于謙命諸將四處，皆背門而陣，緊緊關閉各個城門，使兵士有必死之心。他本人身穿甲冑，在德勝門外建指揮中心，以示自己也有必死之心。

　　于謙下死命令：臨陣將領不顧士兵率先後退者，殺主將；軍士不聽指揮先退者，後隊斬前隊。

　　他四處入營流淚激勸，以忠義鼓勵三軍。於是人人感奮，勇氣百倍。大敵當前，明廷內部終於總體上一致對外，抱成一團。

　　尚寶司丞夏瑄又陳說四策：第一，瓦剌軍多騎兵，擅長野戰，不擅攻城，開始時應堅壁高壘，以沮其氣；第二，如果敵軍深入，應該敢死隊夜襲敵營，並在縱深地帶埋伏兵馬，以逸待勞，縱出殺掉追擊的敵人；第三，瓦剌舉國而來，退無所禦，應命令防邊士兵內外夾攻，敵人會因擔心退路被截而驚潰；第四，明軍本身依城為營，應保證退有有歸，把軍隊分為三隊，如果前隊戰退，嚴命中隊斬前隊退兵以徹效尤，不斬退兵者，與退兵者同罪，後隊突前斬之，此舉在於使士兵生畏怯之心，反正都是死，不如死敵。……如此種種，明景帝皆下詔照准，下令施行。

　　內奸，是最兇惡的敵人。明朝的太監喜寧為也先出謀劃策，攛掇也先開始假裝不要進攻，以議和為名，索求北京城內諸大臣出來「迎駕」。如果主事大臣出城，一舉擒獲，城中群龍無首，自然就更容易攻打。

　　見也先有使臣來，明廷也不能不有所表示，便把通政參議王復馬上升為禮部侍郎，把中書舍人趙榮升為鴻臚寺卿，在城外的

土城廟拜見英宗皇帝。

也先、伯顏帖木兒還算知禮數，英宗坐著，他們兩個人站著，擐甲持弓，站在英宗身邊。雖然不失禮數，架式一看就知道是「挾持」。

王復等人入拜英宗皇帝，呈上兩種文本的書敕。英宗讀漢文版，也先等人讀蒙古文版。

太監喜寧湊在也先耳邊說了幾句，也先明白過味來，厲聲道：「爾等皆小官，應立遣王直、胡濙、于謙、石亨等人來見！」

明英宗此時還算有些心機，小聲對王復說：「他們沒有善意，你們趕緊走。」

王復、趙榮辭拜。

眼看賺不出明廷大臣出城，瓦剌軍四出剽掠，殺人放火，並焚毀了昌平的皇陵寢殿。在逼近宣武門的同時，瓦剌軍南逾蘆溝橋，在北京周圍四處掠殺。

明廷當然有動作。一方面下令遼東總兵曹義和宣府總兵楊洪各選精騎從外面夾擊瓦剌，一方面又派人行離間計，偽造北京內大太監興安太監喜寧的書信，內容是講喜寧告知明廷他已經完成誘也先深入的任務，明軍可乘其孤軍深入一舉殲滅之。

果然，此信被瓦剌巡邏隊截獲，也先對喜寧頗產生懷疑。恰巧的是，明朝宣府、遼東援兵皆及時趕到，明軍軍威大振，也反證了先前對喜寧太監的反間計。

也先列陣於西直門外，把明英宗囚禁在德勝門外一間空房子裡以當要挾之用。

當時，明軍共二十二萬人，繞城列陣，旗甲鮮明，嚴威赫赫，瓦剌軍膽怯，不敢輕犯。

畢竟先前在土木堡得過奇勝，也先派出小股部隊騎兵來搔擾。于謙在空屋中設伏，派出騎兵誘敵。雙方交手，明軍佯裝不支，扭掉馬頭往回跑。也先來了精神，麾萬餘鐵騎追擊。埋伏於空屋中的明軍突出，箭弩開發，瓦剌軍死傷數千人，大敗而走。這

一仗，時任瓦剌平章的也先弟弟孛羅毛耶孩也被打死。

安定門方面，石亨與其侄石彪率敢死隊，手持巨斧，主動出擊，直殺入迎面瓦剌軍中堅部分，逢人就砍，所向披靡，瓦剌軍不得不後撤。石亨得勝不饒人，率軍追戰城西，一直把敵軍追殺得向南逃竄。

與此同時，石彪率精兵千餘人，佯裝不敵，向彰義門方向後退。瓦剌軍見這支明軍人數較少，集中兵力合力來攻，半截正好遇上剛剛擊潰瓦剌中堅的石亨，斜刺裡撲上前，石彪又率佯敗明軍忽然止步，也掉頭闖上廝殺，瓦剌軍不敵，敗走。

由於西直門是也先主力，都督孫鏜有些支撐不住，其他諸門守禦的明軍各自忙於廝殺，無人派兵來援。幸虧都督范廣率神機營在西直門，他們手中持有火炮火銃，火器厲害，殺得瓦剌軍一倒就是一片，勉強抵抗住了敵軍的進攻。

雖如此，瓦剌軍狂攻，漸漸孫鏜支撐不住，忙叩西直門城門讓守軍開城門，想率軍隊退入城中。負責監軍的給事中程信文人無武略，忙打開城門讓明軍入城。結果，明軍見身後城門大開，頓失鬥心，紛紛往回跑。瓦剌軍見狀，突來精神，喊殺進逼，向城門處集結而來。

城內的程信幸虧腦子還算活，見此情狀，知道不能再開城門，如果瓦剌軍趁勢闖入，一切全完蛋。於是，程信急忙下令兵士把西直門大門重新關上，下死命令讓孫鏜回兵力戰。

明軍退路已絕，復陷死地，反而激發出潛在的能量，轉身撲向瓦剌軍，殊死拼殺。程信又與王通、楊善等人率軍士大喊鼓噪，架起火器朝瓦剌兵群中猛轟。未幾，石亨也引援兵趕到，瓦剌軍終於不敵，狼狽退去。

經此一天的激烈戰鬥，也先鬱悶至極，知道北京城不是想像中那樣容易攻克的。他趁夜移營，準備不聲不響地撤圍。

于謙從派出間諜的嘴裡得知明英宗已被也先轉移走，不在德勝門外。他馬上令石亨等人高燃火把，以巨炮猛轟城門外悄悄捲

帳拔木的瓦剌軍，一時間，血肉模糊，鬼哭狼嚎，萬餘瓦剌軍人變成肉塊。

也先大駭，北遁出居庸關；伯顏帖木兒挾明英宗出紫荊關；脫脫不花本來是來馳援，得聞也先敗訊，連關也未敢入，率眾掉頭跑了回去。

在于謙指揮下，諸將追殺瓦剌軍隊，石亨、石彪在清風店破敵；孫鏜、楊洪等人追擊瓦剌於固安，大敗對手，並奪回被掠民眾一萬多人。

雖如此，瓦剌軍先前在北京城四周郡縣散掠，往往百餘騎兵士驅萬餘百姓當前，看上去以為是大部瓦剌軍隊。明軍不知底細，被迫分兵，由此被殺的也有數百人。

無論如何，明軍取得了北京保衛戰的最終勝利。

北京城解嚴。論功，楊洪被封

為昌平侯，石亨武清侯，加于謙少保，總督軍務。

于謙固辭，表示：「京城四郊多壘，受圍數日，士大夫之恥也，我怎敢邀功！」

明廷不允。

總結這次北京保衛戰的勝利，無外乎兩個字：民心。

民為邦之本，明朝立國，雖對功臣多加屠戮，對士大夫多加陵蔑，但對老百姓來講可謂深仁厚澤，使得在皇帝被敵生俘的情況下，民心軍心均無離叛之意。敵國外患，反而激發起明朝軍民旺盛的鬥志，齊心協力，趕走氣勢洶洶的蒙古人。

北京保衛戰中，彰義門明軍副總兵武興戰死，瓦剌軍大舉殺入，至土城，當地人民雖手無寸鐵，但皆跑上屋頂，大聲喊殺，亂投磚石瓦片擊敵，終於等到明軍來援，敵寇未逞。民心如此，安得不勝！

當然，于謙的重要作用也功不可沒。正是在他指揮下，「傲如石亨，怯如孫鏜，懦如王通，無不斬將搴旗，緣城血戰，追奔逐北，所向披靡。」史稱，于謙「當軍馬倥傯，變在俄頃，（于

）謙目視指屈，口具章奏，悉和機宜。僚吏受戒，相顧駭服。號令明審，雖勳臣宿將小不中律，即請旨切責。片紙行萬裡外，靡不惕息。其才略開敏，精神周至，一時無與比。至性過人，憂國忘身」。

明朝後來至萬曆末年，明廷榨取民脂民膏，不遺餘力，民不聊生，內憂外亂，才終至國亡。

明英宗方面，被瓦刺軍裹挾出紫荊關，恰逢連日雨雪，他乘馬踏雪而行，跋涉艱難。幸虧有袁彬忠心耿耿護衛，還有蒙古人通事哈銘盡心維護，才保明英宗未凍餓而死或被摔死。

中間駐營，也先戰敗後第一次來見明英宗。他命人宰殺馬匹，拔刀割肉，燔熟一塊上好馬肉，親自送給明英宗，說：「不必憂慮，終當送你歸國。」

食畢，也先辭去。

一行北行，至小黃河蘇武廟，伯顏帖木兒正妻阿達阿剌哈剌囑咐侍女設帳迎駕，宰羊遞杯，伺候英宗進膳。不幾日，恰值明英宗生日，也先親來上壽送給這位倒楣的明帝衣服，大擺宴席。

最讓人感動的，是袁彬、哈銘二人，事無巨細，二人竭忠竭力，侍奉落難的明英宗。由於天寒地凍，夜間營帳內酷寒，袁彬和哈銘天天要明英宗把雙腳放入他們懷中，輪流為皇帝暖足。

一日，早晨醒來，明英宗對哈銘說：「知道嗎，昨夜你睡得死，一隻手正壓我胸口，我幾乎透不過氣，直到你睡醒我才拿開你的手。」並向哈銘講述漢興武與嚴子陵共臥的故事。

哈銘蒙古人，本性質樸，聞皇帝此言，感動得一塌糊塗，頓首謝恩。由於他本人就是蒙古人，也能時時與伯顏帖木兒妻子等人說上話，讓這些人勸伯顏帖木兒和也先放還明英宗。

袁彬、哈銘忠義君子，太監喜寧乃奸惡至極的小人。他見袁、哈二人竭力護持明英宗，懷恨在心，數次勸也先殺掉英宗身邊這兩個人，天天為也先出主意怎樣與明朝討價還價。一日，也先

被喜寧的讒言激怒，派人拖出袁彬、哈銘二人要斬首，明英宗這時也急了，真的奮不顧身，撲到二人身上要與他們同死，這才救下二人性命。

喜寧還向也先出壞主意，讓瓦剌軍西攻寧夏，直搗江南，在南京立明宗為傀儡，與北京明景帝兄弟對峙，以兄制弟，奪取明朝江山。此招甚毒，但也先不是志向遠大之人，覺得此計可行性太差，施行起來困難，最終沒有採納。

所以，明英宗對喜寧這個小人，恨之入骨。

於是，他與袁彬定計，派喜寧入京當使節，並派遣同樣被俘的明軍士兵高磐隨行。事先，明英宗暗中叮囑高磐如何行事，並親寫書信，縫在高磐的褲子裡。

喜寧挺洋洋自得，以瓦剌和明英宗雙料使臣自居，入宣府與明軍談判。

明將出城，與喜寧在城下宴飲，高磐突然大聲呼喊，抱住喜寧不放，聲稱太上皇有旨。招待來使的明將不敢怠慢，揮兵撲上，把瓦剌使團全部活捉，縛送喜寧入北京。

讀了明英宗的親筆信，聽了高磐一番指控，明景帝君臣大怒，把太監喜寧送入鬧市，三千多刀，碎剮凌遲而死，終於為明英宗除去一塊心頭大患。

聽聞喜寧被殺，也先也很惱怒，與其弟賽刊王等人分道進攻。打了數次，均遭敗績。

這時候，瓦剌內部開始分化。阿剌知院首先暗中與明朝講和。瓦剌與他的屬下一直有矛盾，外親內忌。他們合兵攻打明朝，利多則歸也先，弊害則眾人均受，使得那些瓦剌酋長很不爽。傷人損物不說，昔日每年都能從明朝得到大批金銀綢帛的賞賜，如今一絲全無。

後來，也先也知道了阿剌知院和脫脫不花相繼暗中與明朝議和之事，他不甘人後，也馬上派人同明朝講和。

但是，這一次，明景帝回覆漠然。原因很簡單，雙方講和，

肯定要送回明英宗這個「太上皇」，明景帝不知拿這個皇帝哥哥怎麼辦。

于謙方面，他針對群臣各持議和的局面，力拂眾議，表示「社稷為重，君為輕」，派人持書申誡邊將，不要擅自與瓦剌講和，不要擅自接受瓦剌人送來的來信，甚至明英宗本人的親筆信也不能收。如此，也為他本人日後的悲劇埋下了伏筆。

明英宗的「奪門」復闢

景泰元年（1450年）秋，也先正式遣使議和。禮部尚書胡瀅等人奏請迎太上皇，景帝不答。但是，面對群臣上疏的壓力，明景帝不能不有所表示。

他在文華殿大會群臣，說：「朝廷因通和壞事，欲與瓦剌賊寇斷絕來往，而卿等近日又屢屢上言議和，更欲何為？」

吏部尚書王直出班對奏：「太上皇蒙塵，理應迎回。希望陛下務必遣使交涉此事，勿使他日生悔。」

景帝聞言不悅：「我本人根本沒有貪戀過帝位，卿等日前把我強推到這個位子上，現在又三心二意！」

聽景帝此言，眾臣心中惶恐，還真沒人能接下這個話茬。

又是于謙出班，從容言道：「天位已定，孰敢他議！派遣使者入瓦剌，可以舒邊患，又能偵察敵情。」

這句話讓景帝開釋，覺得自己帝位無憂，忙說：「從汝！從汝！」

於是，明廷派出李實為主使，攜明景帝給脫脫不花（名義上的「可汗」）親筆信，往見瓦剌君臣。

到了位於失八禿兒的也先大營，致禮通書已畢，瓦剌人帶李實一行人去伯顏帖木兒營中拜見明英宗。

當時，明英宗住在氈帳中，吃羊肉，喝腥膻的奶酪，行動之時只有破牛車一乘。見皇帝落魄到這個份上，連穿戴打扮都像北京城外趕駱駝的蒙古人，李實等人哭泣不止，明英宗也哭。

良久，明英宗歎息一聲：「陷我於此，乃王振也。」

問及太后、皇帝（景帝）等人後，明英宗又問李實等人是否帶來中土的衣服飲食。李實一行人來得匆忙，根本未及準備這些東西，只能把隨身攜帶的衣食給明英宗服用，並表示道歉。

明英宗擺擺手，苦笑道：「這不算什麼，卿等為我辦大事。也先想把我送回，卿等歸報朝廷。如果我能得歸，願為黔首百姓，得守祖宗陵廟就知足了。」

明英宗肯定讀過史書，知道宋高宗趙構拼死命拒絕「回收」其父兄的「事跡」，深知自己的歸國是一個「老大難」問題。弄不好現在的皇帝弟弟與也先做交易，把自己就地「卡嚓」了。

可憐之人，必有可恨之處。

由於明英宗是落難皇帝，李實膽子也大，問了幾個平素萬萬不敢發問的問題。

李實：「皇上居此，還思念從前所享用的錦衣玉食嗎？」

明英宗：「當然。」

李實：「為何陛下您恩寵王振至此，而致身俘國失？」

明英宗：「朕確實不能明察奸臣。但王振當權時，群臣無一肯言者，今日卻皆歸罪於我。」這句話，十足說明明英宗仍無悔悟之心。

日暮時分，李實等人拜別明英宗，歸於也先大營，受到對方設宴款待。

蒙古人好客，也先、伯顏帖木兒都穿戴貂裘胡帽，他們的老婆珠緋覆面，各自端著大盤羊肉互相遞吃，席間換人輪流彈琵琶，吹笛兒，按拍歌勸酒。

酒酣之餘，也先開口：「南朝（明朝）乃我世仇（指明朝驅元朝入沙漠），今上天發威，使皇帝為我所得，我一直不敢怠慢，倘使南朝獲俘我，不知如何對待？……皇帝在此，吾輩無所用之，欲奉之南還，南朝又不派人來迎，為什麼？」

李實等人回辯，但均辭不達意，言說不通，被也先一句話頂

了回去：「南朝遣汝等此行來通問，非為奉迎。若想皇帝回國，當遣重臣來迎。」

李實還未回京，趁脫脫不花遣使議和的機會，明景帝忽然又派出右都御史楊善出使瓦剌。

中途，楊善遇見回途的李實，具知他出使的詳情，使得楊善成竹在胸，表示可以見機行事，奉明英宗返北京。

其實，明景帝派楊善出使完完全全是敷衍，總想遷延歲月，雙方使來使往，把此事一直拖下去。而且，使節出行前，明景帝沒有授意禮部給他們準備任何禮品，只讓這些人帶著嘴去。瓦剌人對收受銀帛習以為常，如果見楊善一行人空手而至，沒準大怒就更把明英宗留住不放——這可能是明景帝心內的小算盤。

楊善一出境，也先就派出漢人田民為「館伴使」迎接，密伺虛實。田民招待楊善，屏去旁人，說：「我也是中國人，被迫留於瓦剌效力。我很好奇，前日土木堡之役，大明軍為何如此不堪一擊？」

楊善心中有根，侃侃而言：「那時候，六師勁旅全被徵調南征（討安南等地），太監王振想邀太上皇幸其老家，扈從不及，軍內指揮不一，所以一戰即潰。雖如此，瓦剌僥倖得勝，不見得是什麼好事。如今，南征勁卒悉歸，有二十萬眾，朝廷又特別在中國招募有搏擊技能的新兵，得三十萬人，全都進行神槍、火炮、藥弩等軍事技巧的專門訓練。同時，我們大明在邊境地帶要害處加強防禦，遍植鐵椎，馬蹄踏上立刻會被貫穿。為了防瓦剌再來，朝廷還招募數千飛檐走壁的刺客，這些人穿營度幕，敏捷似人猿，專為與敵相持時乘夜潛入敵營取上將人頭……當然，依現在形勢看，所有這些都將無所施用了。」

田民奇怪，問：「為何無所施用？」

楊善：「和議馬上就達成，大明和瓦剌一定歡如兄弟，當然就用不著這些士兵和防禦再動干戈了。」

楊善這張嘴真能說，既嚇唬了對方，又留一個大臺階給對方

下。

　　田民回也先大營，具實以告。也先不斷點頭，和議之意益堅，便決定在大營接見楊善一行使臣。也先見楊善，咄咄逼人，立刻責問：「為何南朝減我馬價？」

　　楊善：「昔日瓦剌使臣，不過三五十人，近來多至三千餘人，歸時皆金帛器服絡繹於道，滿載而歸，大明待瓦剌不薄。」

　　也先：「為什麼拘留我數名使者？賜我布帛中，又常有裂幅不足數的情況呢？」

　　楊善：「布帛中有裂幅不足數的情況，乃奸詐通事所為，事情暴露後，已被大明明正典刑誅殺。不過，瓦剌所貢馬匹矮劣，貂皮鄙舊，估計應該不是太師您的本意吧？至於瓦剌使臣有失蹤者，或中途為人劫持，或被強盜所害，大明拘留這些人又有何用！」

　　你一言，我一語，楊善反反覆覆，歷述明帝累朝恩遇之厚，並說天道好生，如今瓦剌縱兵殺掠，定會惹得上天大怒，等等，把也先說得心服口服。

　　最後，也先出於好奇，問了兩個問題。

　　也先：「太上皇回國，還臨御天下嗎？」

　　楊善：「天位已定，不得再易。」

　　也先：「古代堯舜禪讓之事如何？」

　　楊善：「堯讓位於舜，今日兄讓位於弟，皆為善事。」

　　也先悅服。

　　氣氛融洽之時，瓦剌平章昂克冷不丁斷喝問楊善：「你們來迎上皇，帶什麼重禮來？」

　　楊善答：「如果我帶重寶來迎上皇，後人會認定你們是貪圖寶貨才放人。此次我空手而來，歸朝後書之史冊，後世人皆會稱讚瓦剌深明大義，不是貪圖財禮的小人。」

　　也先聞言不停點頭，贊道：「好，好，讓史家好好記述此事。」

轉天，也先在大營設宴，引楊善見明英宗。也先本人與妻妾依次起立向被俘的明帝敬酒為壽。

喝了好半天，也先忽見楊善一直站立，忙讓他入座。明英宗見狀，也讓楊善入座。

楊善施禮進言：「雖在草野，不敢失君臣之禮！」

也先聞言顧羨，歎賞道：「中國真乃禮儀之邦！」

酒宴結束，也先親自送明英宗出營。

四五天之內，明英宗、楊善等人被也先、伯顏帖木兒等人輪流宴請，大吃送行酒。

臨別時，也先與瓦剌各酋長都騎馬送英宗皇帝，陪了大半日。最後，他臨別下馬，解弓箭戰裙呈給英宗當禮物，各位酋長拜哭而去。那位伯顏帖木兒更是依依不捨，一直送到野狐嶺口才滿含熱淚依依惜別。

明英宗也感動，大家相處日久，還真生出感情來。

明英宗被俘，乃大不光彩之事，即使落魄到這份兒上，明朝史臣仍舊渲染明英宗為「真命天子」，敵不敢害：「（英宗）初入敵營，也先有異志（想殺人），雷震死也先所乘馬，而帝（明英宗）寢帷復有異彩，（也先）乃止。及上皇（英宗）至老營，每夜有赤光繞其（帳）上若龍蟠，也先大驚異，尋欲以妹進（給英宗當妃子），上皇卻之，（也先）愈敬服。自是五七日必進宴，稽首行君臣禮。」

這種記述，三歲娃娃也騙不了。當然，也先獻妹想和明英宗攀親可能有其事，但身為敵俘，大冷天住簡陋帳篷，肥妹一身羊肉膻味，明英宗肯定沒有色欲，順水推舟當個柳下惠，這倒是人之常理。

「太上皇」被放回的消息傳入京師，中外上下皆高興，惟獨明景帝一人鬱鬱不樂。

楊善先於明英宗回京，立下如此「奇功」，並未獲升遷，平

級調動，仍舊鴻臚寺任禮官。群臣從此安排中，已經感覺到明景帝的不快。

明景帝與朝中群臣你來我往，胳膊終於拗不動大腿，迎駕之事「一律從簡」。明英宗也知趣，行至唐家嶺時，就遣使入京，表示他已經避位，免群臣迎接。

於是，明英宗先從安定門入城。明清兩代，此門非常冷清，門外都是一望無際的大糞場和亂墳崗。具有諷刺意味的是，安定門本來還是大將出兵得勝的回師收兵之門。

明英宗灰溜溜入宮，在東安門，景帝迎拜，英宗答拜，假模假式遜讓良久。哥倆雖各自心懷鬼胎，表面功夫還是要做給群臣看。

於是，明英宗被遷入南宮「居住」，實則是軟禁。群臣入見，一概被阻止，只允許孫太后前去探望。

說實話，明景帝這樣對待大哥明英宗，雖不近人情，但現在的人也不應太苛求於他。天家骨肉相殘之事，歷史上數不勝數，景帝沒把英宗一杯毒酒或一根長帛弄死，其實還是蠻厚道。

但景帝這個厚道人，在景泰三年（1452年）卻做了一件不厚道的事情。他把立為皇太子的侄子朱見深廢掉，改封沂王，立自己的兒子朱見濟為皇儲，在朝臣中引起很大爭議。

天命無常，只當了一年多的皇太子，小孩子朱見濟病死，明景帝又無別的兒子，皇儲之位重新虛空在那裡。

群臣紛紛入奏，要求明景帝復立侄子朱見深為皇太子，不少人章疏之中理直氣壯，大講朱見濟的早夭，乃「天命有在」，即本應明英宗兒子朱見深為皇太子。明景帝巨怒，廷杖數位朝臣，御史鍾同由於在朱見濟死後首上疏章，竟然被當廷杖斃。

但明景帝不是昏君，也不是暴君，諸事煩死，內火疾攻，很快他就身染重病。景泰八年年初（1457年），明景帝連到南郊行郊祀之禮也不能親去，就派石亨代他本人去行祭禮。

群臣見皇帝病成這個樣子，不少人又出來勸景帝立太子。景

帝聞言，連憂帶氣，離鬼門關又近了數步。

　　當時，主掌京營諸軍軍權的石亨見明景帝已至彌留狀態，心內忽起異念，企圖趁此機會擁明英宗復闢，以得潑天富貴。於是，他找到掌管營兵的都督張軏、內監吉祥以及太常寺卿許彬商議此事，許彬向石亨推薦徐有貞。

　　這徐有貞不是別人，正是瓦剌入侵北京時首倡南逃遷都的徐珵，為掩羞，他才改名徐有貞，當時官為左副都御史。聽石亨之言，這位投機文人立刻答應，並成為這一夥人出謀劃策的「文膽」。

　　景泰七年（英宗天順元年，1457年）春正月十六日，傍晚，眾人畢集於徐有貞家。這老哥們撅著屁股爬上屋頂，假裝去觀星象，很快就急麼扯眼下房，說：「事在今夕可成，機不可失！」

　　當時，正好有瓦剌擾邊的警報傳來，徐有貞對石亨說：「正好借邊報名目，對外宣佈受皇帝詔命，提兵入大內以備非常，無人敢擋。」

　　於是，四鼓時分，石亨開長安門，身後率兵千人。宿衛士兵見是京營首長，皆驚愕不知所為，沒有一個人出來喝問阻擋。徐有貞有心機，入門後，他把大門緊鎖，把鑰匙也扔入水中，說：「萬一內外夾攻，大事去矣。」於是眾人皆聽徐有貞處分。

　　夜色昏黑之間，石亨這樣的武將也心懼，低聲問徐有貞：「事情能成嗎？」

　　徐有貞大言：「正是天賜良機，千萬勿生退心！」

　　眾人趕到英宗被軟禁的南宮，宮門緊閉，叩門無應。

　　徐有貞有膽識，馬上派兵士取一巨木抬上，數十人持之，一齊猛撞宮門，同時，又派身體敏捷的兵士爬牆而上，入南宮收繳裡面衛兵的兵械。

　　門壞牆塌，諸人終於進入南宮。明英宗嚇一大跳，以為弟弟派人來殺自己，顫抖問：「爾等來此欲何為？」

　　眾人俯伏跪言：「請陛下登位。」

　　明英宗這才定下一顆心。眾人擁抬著這位本被閒置的「太上皇」，直入奉天殿。

　　入大內時，門卒喝問，明英宗回答：「我乃太上皇也！」

　　諸兵驚懼，見來人還真是「太上皇」，沒有人敢出來阻攔。

　　於是，明英宗升座，大鳴鐘鼓，開啟諸門。

　　諸大臣早朝，本想拜見明景帝。入大內後，聽見南宮方向人聲喧沸，奉天殿上也人來人往。正驚疑問，徐有貞出現，大喝「太上皇復闢矣！」

　　百官震駭之餘，不得不下意識地挪步入賀。

　　明景帝昏迷中，也被鐘鼓聲驚醒，忙喚左右喊于謙來。左右宦官告知，「上皇復闢了。」

　　良久，明景帝口中只說出「好，好」兩字，又昏迷過去。

　　明英宗復闢成功，史稱「奪門之變」。徐有貞功最大，被授翰林學士，成為閣臣。石亨、張軏、曹吉祥，自然皆加官晉爵，封伯封侯封公，連太監曹吉祥的乾兒子曹欽也被授予都督同知這樣的高級軍官。

　　師出不能無名。明英宗與徐有貞等人商量後，立刻把兵部尚書于謙和大學士王文逮捕，誣稱二人在明景帝病重期間想擁立帝系藩王入京為帝。

　　明英宗恨于謙，是因為于謙說過「社稷為重，君為輕」這樣的話，差點使自己不得返國。但是，他起先也不想殺于謙，並說「于謙實有功（指他主持堅守北京）」。但徐有貞馬上接碴：「不殺于謙，此事為無名！」也就是說，只有定性于謙有擁立「外藩」之心，奪門復闢才有合理藉口。明英宗終於答應。

　　英宗復闢後的第六天，大英雄于謙與王文被誣稱謀立襄王之子為帝，殺於西市，並抄其家，家屬全被流放苦寒邊地勞改。

　　至於明景帝，無人再管他，被活活餓了多日，含恨而死（一說是被明英宗派宦官勒死），反正不是善終，年僅三十歲。

　　明英宗心量褊狹，殺于謙餓死弟弟景帝不說，還要把弟媳景

帝皇后汪氏生殉，最終為大臣勸止。值得深思的是，日後明英宗臨崩，遺詔廢除嬪妃生殉制度，成為他一生中寥寥可數的「善舉」之一（明朝自朱元璋起，帝王一直有殉葬制度。老朱皇帝死有四十六個妃子陪死；明成祖朱棣死後有十六妃和數百宮女生殉；連明仁宗也有五妃生殉；明宣宗有十妃殉葬）。另一個「善舉」是他下令放出被幽禁深宮五十多年的建文帝次子朱文圭，但那時這個「建庶人」已是一個傻子，出來後對現政權無任何威脅了。

明景帝死後被以王禮草草埋葬，直到明英宗兒子朱見深即位，才下詔為叔父「平反」，恢復帝號。

明英宗對弟弟明景帝不厚道，對弟媳汪氏懷恨在心。在大臣勸阻下，英宗想讓汪氏生殉明景帝不成，就廢其皇后之號，讓她搬出皇宮到外面居住。由於時為皇太子的朱見深（日後的明憲宗）知道這位嬸母當時力勸叔父明景帝不要廢自己王儲的位號，對她很是敬重，在父親明英宗面前一直說好話，使得汪氏出宮時能夠帶走許多寶物。而且，汪氏與憲宗生母周氏妯娌之間關係一直很融洽。見此，明英宗也就不想再怎麼樣這位弟媳。一天，明英宗忽然想起宮內有一條祖傳的「玉玲瓏玉帶」，問及宦官。宦官回稱，玉帶由汪氏出宮時帶出去。明英宗派宦官追索。汪氏性剛，見來人要玉帶，她從匣中拿出這個寶物，走出屋門，揚手扔入井中，憤怒回聲：「沒有！」索物太監悻悻而去。汪氏對侍候她的宮人憤憤不平言道：「我當了七年天子婦（景帝在位七年多），還消受不了這數片玉石嗎！」明英宗聞之氣惱，遣錦衣衛到汪氏住處進行軟抄家，把所有珍寶搜個底掉。這位汪氏壽數長，正德初年才病死。

于謙與王文被判極刑時，王文不停申辯自己無罪，于謙坦然，笑著說：「此必石亨等人主意，爭辯又有何用！」怡然受刑。

于謙的死刑處決方式極其慘酷，先被剁去手腳，再被處死，幾乎介於腰斬和凌遲之間。後世之所以很少有人知道于謙死狀，是因為明英宗的兒子明孝宗替老子修實錄時，為掩遮父過，讓人

刪除了處死于謙的有關記述。當時，有兵將感於于謙的忠義，收取其遺骸殮之。一年後，其屍身才得以歸葬杭州。

「惟有于（謙）岳（飛）雙少保，人間始覺重西湖。」

孫太后起初不知于謙死訊，數日後方聞，老娘們兒嗟悼累日，歎息良久。

確實，當時無于謙，這位婦人可能在北京城被攻陷後，像從前北宋的妃主皇后一樣，被瓦剌人帶至北邊，天天供數十上百蒙古精壯漢子輪姦淫樂了。

于謙死後，石亨推薦黨羽陳汝言代為兵部尚書，未一年即因收賄被抓，贓累巨萬。明英宗聞之，愀然不悅，對大臣們講：「于謙被遇於景泰朝，死時家無餘資。陳汝言一樣官職，所貪何其多也！」

石亨等人慚愧，皆俯首不能對。不久，瓦剌復侵邊，明英宗憂形於色。

侍衛一旁的恭順侯吳謹進言：「倘使于謙活著，當不令寇猖獗如此！」

明英宗默然。

直到成化年間，于謙才被平反，賜諡「肅愍」。萬曆年間，明廷又改諡為「忠肅」。

于謙為人，太過正直，所以才觸怒了徐有貞、石亨這兩個小人，非要置其死地不可。對徐有貞來講，當初他首議南逃遷都，于謙帶頭叱責，已經讓他對于謙恨之入骨。後來，于謙為人善良，徐有貞求于謙在景帝面前說好話給自己遷官，于謙果真一口答應。但是，明景帝對徐有貞這個人「記憶」猶深，知道這個小人從前曾出餿主意遷都，堅持不答應升遷他。為此，徐有貞認定于謙不僅沒有出力，肯定還在景帝前說自己壞話，典型的「以小人之心度君子之腹」；至於石亨，北京保衛戰之前，他從大同戰場逃歸，本來被奪職，正是于謙保薦，他才得重新啟用，且一戰成

功，暴得大名。當時，石亨為了「報答」于謙，就面稟景帝，說于謙之子于冕非常有才略，應該陛下親自接見，破格提拔。于謙正派人，不允其子入京陛見皇帝，並責斥石亨不以公行事。這樣一來，石亨大恨，與于謙結下樑子。

人世間事，寧得罪君子，不得罪小人，徐有貞、石亨均是小人，怨毒滿腹，所以他們才非要陷于謙於死地而後快。

可歎的是，明英宗復闢後，對導致一系列災禍的大太監王振卻念念不忘，下詔公祭王公公，招魂厚葬，並把王振從前主持修建的宏壯偉麗的智化寺專門用來祭祀王振，親題巨匾，以「精忠」二字對王公公「蓋棺論定」。

「曹石之變」及諸人結局

明英宗復闢後，非常倚重徐有貞、石亨和曹吉祥三個人。特別是徐有貞，很快又被升為兵部尚書，封武功伯兼華蓋殿大學士，並賜號「奉天翊衛推誠宣力守正文臣」，食祿一千一百石，世襲錦衣指揮使。

大權在手，徐有貞肆無忌憚，中外傾目，但有皇帝信任，誰也奈何不了他。

得志之後，徐有貞有意與石亨這麼一個武將與曹吉祥這麼一個太監拉開距離。他還常在明英宗面前訴說二人在外的貪橫之事。英宗心動。

石亨、曹吉祥知道風聲，大加怨恨，日夜聚議，密謀構陷徐有貞。

明英宗常與徐友貞二人君臣密議政事，屏除旁人。但身為司禮太監的曹吉祥有眼線，偷聽了不少這君臣二人的「悄悄話」。一日，曹吉祥問明英宗某事因由，英宗大驚，急問你從何得知，曹公公答言，乃徐尚書講給我聽。自此，英宗皇帝開始疏遠徐有貞。

不久，石亨、曹吉祥二人向明英宗泣訴，說徐有貞以內閣的

力量想傾陷他們兩個「忠臣」。

英宗皇帝很討厭徐有貞「洩密」，把他外放為廣東參政。

石亨等人恨極徐有貞，派人投匿名信，誣稱老徐「指斥乘輿」，流放途中說皇帝壞話。

明英宗惱怒，下詔把徐有貞發配到雲南一帶為民。

一直到石亨等人事敗，老徐才獲召還，但未獲重新使用，釋歸老家無錫。這位「短小精悍」的老頭兒天天手持鐵鞭起舞，想效廉頗復用，終不能重新被召入朝。灰心之餘，老徐放浪山水之間，又活了十幾年才病死，算是善終。

除去了共同的「敵人」徐有貞，石亨和曹吉祥又開始狗咬狗，相互爭權傾軋。

石亨美男子，生有異狀，方面偉軀，美髯及膝，如果臉色再紅些，活脫脫一個關羽再生。其侄石彪也美鬚髯，與石亨一樣形狀魁梧，當時算卦人說這叔侄倆皆有封侯之相。石亨襲其父職，為寬河衛中下級軍校，特善騎射，能用大刀，每戰輒摧破奮前，實為一刀一槍掙得的功名。

自從擁立英宗皇帝復闢後，石亨得首功，進爵「忠國公」，其家族男性成員冒功入錦衣衛為官者多達五十多人，四千多與他有舊的部曲和熟人皆冒領「奪門」之功而得官，勢振中外。英宗皇帝對他眷顧特異，言無不從。一時之間，冒進小人咸投其門，勢焰熏天。

石亨討厭文人外放為巡撫監督武將，盡撤巡撫回京，由此大權悉歸石亨。同時，凡是有言官上章彈奏他，均被他倒打一耙，數起大獄，把不少御史弄得家破人亡。

石亨武人一個，不知盈滿，成日干預政事，有時向皇帝為手下人要官遭拒，悻悻然見於顏色。特別讓明英宗動疑的是，石亨常常不待宣召而入宮，出來進去前呼後擁，耀武揚威。

時間一久，明英宗當然不能容忍，便問閣臣李賢如何應付。李賢答：「聖上應該獨斷！」

明英宗頓悟。他馬上下詔給各門，武臣非宣詔不得入見。從此，石亨很少再有面見明英宗的機會。

如果此時石亨知趣，激流勇退，知道收斂，交出兵權，興許還能善終於家。但他與侄子石彪各自蓄養軍官猛士數萬，中外將帥半出其門，國人為之側目。石亨更不知自斂，在京城內大建華麗的府第，連明英宗在大內登翔鳳樓都看得見這座耀人眼目的大宅，以為是哪位王爺的王府。

明英宗忍耐未發。天順三年，石彪本人想當大同總兵，攛掇人上書「保奏」他。英宗大怒，派錦衣衛把石彪等人逮入詔獄拷問，並在他家裡搜出一些繡蟒龍衣及御床一樣模式的「違制」之物。於是，明廷對石彪抄家，勒令石亨「退休」。

其間，明英宗還不太忍心對石亨下手，就問閣臣李賢，「石亨有奪門之功，我怎麼處理他呢？」

李賢回稟：「天位本來就是陛下您的，稱『迎駕』則可，如何稱『奪門』，『奪』則不順，何『奪』之有？彼時，萬一石亨等人謀洩，不知陛下有多麼危險！如果當時石亨等人不為貪功行倉猝之事，郕王（景帝）死後，大臣們仍會奉您平安重定。」

一席話，說得明英宗連連點頭，石亨的命運，也就注定要挨刀了。

於是，受英宗諭旨，錦衣衛指揮逯杲上奏石亨陰謀不軌，下詔獄拷問。石亨身板再結實，也禁不得錦衣衛內獄卒的大板子和各種刑訊，很快就被活活打死在監獄中，其侄石彪也很快被人以謀反罪處決。

當然，這叔侄二人，雖與徐有貞、曹吉祥傾害于謙，說他們謀反確實冤枉，所以清人編《明史》，並未把他們放入《逆臣傳》中，實為公允。尤其是石彪，史臣評價說：「（石彪）本以戰功起家，不藉父兄恩蔭，然一門二公侯，勢盛而驕，各行不義，為帝所疑，遂及於禍。」

石亨一死，「奪門」三功臣只剩曹吉祥一個人了，這位公公不喜反憂，很有岌岌可危之感。

這位曹公公乃灤州人，一直是王振的親信，在英宗初年數次出外當監軍，畜養了不少壯士在家。明景帝時，他又負責監京營軍，故而與石亨友善，並配合石亨迎英宗復闢。

為了感謝這位公公，明英宗把他升為「司禮太監」，即太監第一人，總督三大營，權大勢大，宮內無人可比。其義子曹欽還被進封為伯爵，侄子曹鉉等人皆受封都督官銜，其門下廝養冒官者多至千百人，一時間權勢與石亨相並列，時稱曹、石二大家。

由於明廷已經定了調子，下令自今起章奏不可用「奪門」二字，從大原則上就否定了「奪門之功」。

石亨被逮治，曹吉祥越來越如坐針氈。於是，他漸蓄異謀，想弒掉明英宗。

幹這種驚天「大事」，沒有軍人幫助萬萬不行。曹吉祥開始天天在自己大宅院張宴，請在京軍營及錦衣衛等各級中高級軍官飲酒作樂，大散金錢穀帛任由這些人取用。這些因曹公公保薦而飛黃騰達的軍官們也怕老曹勢敗自己也受牽累，皆願盡力效死。

曹公公的乾兒子曹欽問門客馮益：「自古有宦官子弟當皇帝的嗎？」

馮益答：「您老曹家魏武帝曹操就是啊！」

馮益沒說謊話，曹操他爸就是認太監為乾爹才改姓曹，這位魏武帝原姓「夏侯」。

曹欽聞言大喜，更堅決了謀反的決心。

天順五年秋，曹吉祥因對家人施私刑致死，被言官彈劾。明英宗正愁抓不住曹公公把柄，命令錦衣衛指揮逯杲去按察，降敕遍諭群臣。

曹欽聞訊大驚：「先前降敕，石亨將軍被捕，今天又來這一套，是想滅我們曹家啊！」

於是，諸人謀議，準備在七月庚子日動手。曹欽提外兵入大

內，曹吉祥本人以禁兵接應。

定謀後，曹欽召諸位參加起事將校在晚間飲宴。半道，入夥的一個軍官馬亮害怕事敗被誅三族，悄悄溜出，向值宿朝房的懷寧侯孫鏜與恭順侯吳瑾告發此事。

吳瑾趕緊讓孫鏜從長安右門的門縫內塞進急報帖子，報告曹家謀反一事。

明英宗大驚，立刻派人在大內逮捕了大太監曹吉祥，並下敕皇城及京城九門皆嚴閉不開。

曹欽發覺馬亮逃走，知道消息洩露，連夜帶人馳往錦衣衛指揮逯杲家，殺掉逯杲，並把閣臣李賢砍傷於東朝房，拎著逯杲鮮血淋漓的首級對李賢說：「就是這個逯杲要惹我啊！」

逯杲這個人，確實不是好人，他本來是石亨和曹吉祥推薦才當上錦衣衛為大官。但是，逯杲奉命按察曹家不法之事，曹欽繞道殺這個人，其實在當時完全是浪費時間。

由於事情敗露，曹欽索性公開造反，率數千精兵強將猛攻東、西長安門。皇宮大門特結實，根本衝不進去。裡面守門士兵又搬出準備修御河河堤用的厚磚砌在門後，更使宮門難以攻破。

曹欽等賊人乘亂縱火燒門，並在宮門外往來馳騁呼叫。

懷寧侯孫鏜宿於朝房，本來是為了轉天一大早他要帶數千軍馬西征邊境，特意來趁明天早朝向皇帝辭行。見事情危急，他忙派兩個兒子招已經集結待命的西征軍，進攻在東長安門燒門欲闖皇宮的曹欽。

曹欽從西長安門殺至東長安門，中途正遇向外跑的恭順侯吳瑾，一刀就削掉對方的腦袋，奔馳至東長安門。

由於賊兵縱火燒門，東長安門塌毀。門內守衛禁衛軍忙搬取一大堆柴薪放在門口，風借火勢，大火使得賊兵反而仍舊闖不進來。

天快亮時，孫鏜手下的西征軍殺至，曹欽手下賊兵漸漸不支，又多心虛，漸漸奔散。

　　孫鏜勒兵追擊，殺掉曹吉祥侄子曹鉉等人。

　　曹欽勇猛，率十餘人殺出一條血路想從安定門逸出，但大門緊閉，門卒眾多，他只得掉轉馬頭逃奔家中。

　　孫鏜等人率軍追殺，曹欽指揮數百家丁僕從關門拒戰，終於不敵。諸軍大呼殺入。

　　曹欽見大勢已去，投井自殺，終未當成「曹操」。

　　明廷下令，族滅曹家及其姻家，盡屠參與政變的黨羽，並把大太監曹吉祥當眾碎剮。只有出首告變的馬亮好命，得授都督一職。

　　至此，「奪門之變」三大「功臣」，一貶二死。

　　又過三年，明英宗在1464年正月病死，時年三十八。其子朱見深繼位，是為明憲宗，次年改年號為「成化元年」。

　　後世歷史學家不少人不辨史實，以土木堡之役為口實，大講此役乃「明朝由盛到衰之始」，其實全然是無稽之談。

　　明英宗繼承仁宗、宣宗之基業，海內富庶，朝野清晏，他前後在位二十四年，除土木堡被俘之事以王振擅權外，大局面並未壞掉，所以才有後來明憲宗、明孝宗的成化、弘治之治。而這父子相承的四十年間，政局基本穩定，是明朝民力財力累積的承平治世。所以，稱「土木堡之役」為明朝由盛到衰轉捩點，實為一葉障目之辭。

　　最後，提一下「土木堡之變」的另一位主角瓦剌首領也先。

　　也先放歸明英宗後，當年仍舊來貢，忽喇喇還是三千多人，明廷盛陳大宴接待，同時也在席間幕後耀兵亮甲，給對方以心理威懾。當時處於幽禁狀態的「太上皇」明英宗，也派人以自己名義賜也先大筆賞物。明景帝聞之不悅，便決定與瓦剌斷絕關係，不再遣使回報。

　　尚書王直等人相繼進言，諫說如果斷絕關係，也先會重新挑起邊釁。明景帝回言：「正是使來使往，才有摩擦生過節。昔日瓦剌入寇前後，不都是禮尚往來嗎，還不是照樣開戰。」於是，

明景帝親筆寫敕書給也先：「先前使節往來，難免因小人言語短長而使雙方生隙。朕今不再遣使，太師（指也先）也不必再請，以免日後生事！」

這樣一來，瓦剌人再不能從明朝政府方面得到好處。此後，也先數次犯邊，但沒有什麼特別大規模的行動，小劫小搶，騷擾而已。

瓦剌對外無大戰事，開始內訌。那位名義上的「可汗」脫脫不花之妻，是也先的姐姐，所以，也先就想讓脫脫不花立自己親外甥為太子，脫脫不花不答應。也先生氣，本來以前他就恨脫脫不花與阿剌知院先於自己和明朝講和，又怕這位汗爺日後勢大於己不利，就先下手為強，突然出擊，在1451年殺掉了脫脫不花，把他的部眾分給瓦剌諸酋長。脫脫不花的弟弟阿噶巴爾濟本來事先依附也先，想也先殺掉哥哥後立自己為汗，結果，哥哥剛被殺，也先就找上門。阿噶巴爾濟狂喜，以為是擁自己為可汗，但剛出帳門就被也先當頭一刀砍死，其子哈爾固楚克想逃，也被抓住砍頭。

「可汗」兄弟子侄皆被弄死，也先便在1452年自立為可汗，以其次子為「太師」，自稱大元田盛大可汗，改元「添元」。「田盛」，即「天聖」之意。明廷當然不會稱他為「天聖」可汗，回報書中只稱他為「瓦剌可汗」。

也先當了可汗後感覺特別好，常常強迫蒙古諸部徙遷，日益驕橫，荒於酒色。

自元順帝逃出大都以來，蒙古雖然一直處於內亂之中，但蒙古大汗向來是由「黃金家族」後裔繼承，正基於此，瓦剌部的也先勢如中天之時，仍舊推脫脫不花為「幌子」可汗，這樣才能以理服眾，挾可汗而令諸部。如今，他自立為可汗，以非「黃金家族」成員身份登汗位，又依漢法建「年號」，自然引起蒙古諸部的公憤。

於是，與也先一直鼎足而立的蒙古頭領阿剌知院率先發難，

在1454年進攻也先。不可一世的也先，外戰內行，內戰卻是大外行，加之內部離心離德，一戰即潰，本人也在混戰中被亂刀砍死，死得非常不堪。

阿剌知院沒高興多久，他自己又被韃靼部的索來殺掉。

從此以後，瓦剌部群龍無首，東蒙古諸部（即韃靼）死灰復燃，登上草原大舞臺開始唱主角。「自也先死，瓦剌衰，部屬分散，其承襲代次不可考」。

索來殺阿剌知院後，立王子馬可古兒吉思為可汗。另一位韃靼首領毛里孩也不示弱，立脫脫不花的幼子脫古思為可汗（即摩倫汗）。這兩部在向明朝進貢的同時，也相互在寧夏與兀良哈一帶相互攻殺。明廷樂得其成，封索來為「太師淮王」（與也先一樣），稱他擁立的馬可古兒吉思為「迤北可汗」。

明憲宗成化年間，索來數次來明朝入貢，趁送駿馬貂皮之機，大打秋風，獲賜甚多。與也先一樣，索來與馬可古兒吉思相處一久生出矛盾，便殺掉後者，自立為汗（又有說是多郭朗台吉殺馬可古兒吉思）。如此，自然失道寡助，毛里孩乘機攻擊索來，殺掉了這位汗位未坐穩的老鄉親。

毛里孩殺索來後，一時稱尊，便又與他所擁立的摩倫汗發生摩擦，雙方大打出手，摩倫汗被殺，其部將斡羅出逃走。

而後，韃靼諸部相繼攻略仇殺，你死我活，恰因如此，明憲宗邊境才稍得休息，除因爭奪哈密頻發戰事外，沒有特別大規模耗財損兵的對外戰爭。明朝大將王越和余文俊二人都是非常有才幹之人，韃靼雖然有時夠進入河套地區騷擾，但很快就被逐出。

肆

人生一場戲

——性情皇帝明武宗

　　西元1518年，明朝皇廷內的的操場上，有一個為半透明絲織品圍攏起來的帳幕，奇怪的是，帳幕的上面沒有穹頂。獵獵罡風，把絲幕吹得抖擺做響。一群錦繡羅衫的宮人和披掛金銀甲冑的御林軍，正屏住呼吸，觀看帳幕內部的「馬戲」表演：只見一位二十多歲的青年男子，面容俊秀白皙，體格健壯。他頭結網巾，赤裸上身，下身只著紅羅蔽膝和一雙烏色軟皮靴。旁邊的空地上面，散放著織繡著金龍圖案的盤領窄袖袍和翼善冠。

　　此人身手敏捷，跳來蕩去，正在和一隻吊睛大老虎周旋。那隻百獸之王咆哮甩尾，衝來撲去，眼中凶光橫露，嗷然有吞噬之意。但大蟲剪翻舞爪，皆被青年人閃躲而過。

　　擦身之時，這位細腰身乍背膀的體型優美的小爺，整個身體飛旋，側飛一腳，正踢老虎咽喉，把大傢伙踹得跌出丈外，哀嚎不已。

　　旁觀者齊呼「萬歲」。

　　這位爺，不是什麼皇宮內演雜耍的藝人，更不是類似古羅馬的角鬥士一樣的逗獸人，乃是堂堂大明天子——明武宗正德皇帝朱厚照。

保泰持盈，國泰民安——過渡性帝王明憲宗、明孝宗

明英宗死後，其子朱見深即位，即明憲宗。朱見深原名朱見浚，其父被俘時，他還很年幼，被大臣們和太后推上皇太子之位。明景帝坐穩帝位，想立己子為皇儲，就把這位侄子廢為沂王。

明英宗復闢，朱見深再次被立為皇太子，可以說他自小多災多難。

從心理學角度講，兒童時期精神受創傷的男孩，心理依賴感很強，所以朱見深一直寵信比自己大十七歲的萬貴妃。

明憲宗繼位時，年方十八歲，萬氏已經三十五。這個婦人心計很深，她能一直把比自己幾乎年紀小一半的夫君皇帝緊緊拿捏於手中。得寸進尺之餘，她進讒言，迫使明憲宗廢掉皇后吳氏。有此婦人干政，可想而知，明憲宗時代的政治好不到哪裡去。這位萬貴妃不僅大用太監汪直，又奢侈無度，崇佛建廟，在宮中稱魁，暗中害死不少明憲宗別的嬪妃生下的孩子。

宮內如狼穴。萬貴妃是個陰險的母狼頭。只有宮女紀氏稍稍幸運（此人乃廣西賀州土司之女），她所生之子朱祐樘被宦官張敏藏起，終於能在宮內活到六歲。後來，這小孩子浮出水面，為明憲宗所知。萬貴妃惱怒，很快派人毒死紀氏，但紙裡包不住火，小孩子不能再放手弄死，她索性撒手不再管束憲宗皇帝，任他和妃子們生孩子。活一個是活，活二十個也是活，反正老娘肚子生不出，任這些宮女妃子們生子。這樣，日後立皇儲爭儲君的混亂節骨眼，再看老娘本事。

紀氏之子被立為皇太子後，憲宗生母孫太后親自養育這個孫子。老奶奶把孩子天天關在自己宮裡，怕遭萬貴妃毒手。

一次，萬貴妃召太子到自己宮裡「玩」，奶奶囑咐孫子說：「到那裡去，什麼東西也不要吃！」孩子很聰明，蹦蹦跳跳入萬貴妃宮，老娘們立即端出一大堆吃食兒。孩子搖頭，說自己不餓。其實，萬貴妃是想巴結這位「準皇帝」，此時她已經不敢暗下

毒。見孩子說不餓，她便又派人做碗魚羹，讓小孩子喝。這位皇
太子眨巴著大眼睛，索性直說：「不吃，我怕有毒！」萬貴妃聞
言，又氣又急，撫掌大哭：「這十歲不到的小孩子，竟然如此懷
疑我，日後他當上皇帝，肯定要我命啊！」

　　由此，萬貴妃憤郁成疾。成化二十三年，惡婦病重而死。明
憲宗震悼不已，輟朝七日，諡之為「恭肅端慎榮靖皇貴妃」。一
直有戀母情結的明憲宗遭受不了打擊，半年後也病死。其子朱祐
樘繼位，是為明孝宗，改元弘治。

　　一朝天子一朝臣。明孝宗繼位，有朝臣上書要追究明孝宗生
母被萬貴妃毒死之事，並要興起大案，逮治萬貴妃宗族家屬。明
孝宗厚道人，怕此事牽涉到後人對父皇的評價，下詔不問。

　　明憲宗時期，已經恢復了叔父明景帝帝號，並平反于謙冤獄
，早期頗有善政。但是，由於他寵信萬貴妃，太監汪直又開「西
廠」特務機關，婦人奄禍，為害不少。可幸的是，憲宗一朝多有
正直大臣，如李賢、彭時、商輅、韓雍、項臣、王越、余子俊、
馬文升等人，或文或武，俊才賢彥，終使成化年間的政局大體維
持不壞。

　　明憲宗庸君一個，其子明孝宗正直是個賢德明君。這位皇帝
恭儉有制，勤政愛民，保泰持盈有道，在賢相徐溥、李東陽、謝
遷等人輔佐下，罷黜佞幸，治理河患，編修會典，阻遏韃靼，文
功武績，良可稱道。

　　可惜的是，明孝宗壽命不永，三十六歲病死。其長子朱厚照
即位，時年十五歲，這位小爺即大名鼎鼎的明武宗，改元正德。

　　明孝宗大好人一個，不幸的是，上有庸父明憲宗，下有狂兒
明武宗，他本人反而在明史中不那麼引人注目了，幾乎是個被人
遺忘的角色。

　　明武宗在位的十六年，才真正是明朝由盛到衰的一個關鍵轉
捩點。

氣灼天下，千刀萬剮——劉瑾公公的時代

明孝宗臨崩前，彌留之際，勉力支持，派人把大學士劉健、李東陽、謝遷三人召至乾清宮病榻前，囑託道：「朕遇病不起，也是天命。朕繼位以來，一直遵守祖宗法度，不敢怠慢荒惰。日後之事，多煩愛卿諸人費心！」

他又拉著劉健的手，托孤道：「太子年幼，好逸樂，愛卿等當教之讀書，輔導他成為有德明君。」

繼位的明武宗朱厚照，他的「出身」方面講，正得不能再正。其生母乃明孝宗正宮皇后張氏。而且，孝宗與張氏夫婦二人，乃歷史上非常罕見的恩愛夫妻，史載，「帝（孝宗）與張后情好甚篤，終身鮮近嬪御」。

明孝宗由於不好色，兒子很少，除朱厚照以外，還有一個兒子朱厚煒，三歲時就病死。所以，明孝宗只有兒子朱厚照一個「根紅苗正」的接班人。知己莫若父，對這個兒子的心性，明孝宗臨崩前一語道明，可見他對少年兒子心中一直懷有憂慮。稍感欣慰的是，正臣在朝，天下不亂，明孝宗覺得兒子繼位後，有大臣們匡正，應該能學好。

但在皇權極其專制的明朝，在根本制度上就只有皇帝大如天的弊病。如果趕上明君或者庸君，一般都不會鬧出太多亂子；但如果趕上明武宗這種青春期繼位的騷動帝王，異想天開，想啥幹啥，國家可就倒了大黴。

明武宗正德元年（1506年）初，太監劉瑾被委任為掌管「五千營」的重任。劉瑾，陝西興平人，原姓談，他與王振一樣，屬於成人後自閹入宮。這種人深知世事，壞起來就比一般自幼閹割的宦官壞得多。他在明景帝時代入宮後，認一劉姓太監為義父，故而改姓劉。明武宗當太子時，劉瑾在東宮伏侍，把少爺哄得團團轉，鬥雞玩狗，須臾不得離開這位善解人意的劉公公。

所以，明武宗當皇帝後，很快就對劉瑾加以提拔。

明武宗從太子東宮帶入皇宮中的近侍宦官，除劉瑾外，還有

張永、谷大用、馬永成、高鳳、羅祥、魏彬、丘聚等七人，合稱「八虎」。這八位太監都是人精，專門會逗十來歲的小皇帝開心，尤以劉瑾最為狡點，此人頗通古今，心中常慕王振的為人，他的人生理想，就是學習前輩王公公好榜樣。多麼荒謬，導致明英宗土木堡之敗的王公公，竟然是後來的劉公公稱羨效仿的目標。

劉瑾為了邀寵，天天進獻鷹犬、歌舞、角抵等戲法、玩藝給小皇帝，又常常引誘明武宗「微服」出宮遊玩，可以說是把皇帝教壞的罪魁禍首。

明武宗朱厚照，當時只是個十五六歲的少年，近朱者赤，近墨者黑，自然喜歡身邊這些日夕與自己歡歌玩耍的公公，討厭那幾個終日向自己灌輸仁義道德的大學士。

明孝宗遺詔中，有要求罷免宦官出監各城門外任的內容，劉瑾均阻之不行。他還勸明武宗下詔，要那些在外監軍的宦官每人上交「萬金」的「承包費」，導引皇帝大興斂財之念。同時，劉瑾又在京城周邊廣置「皇莊」，達三百多所，奪人土地，侵民害物。

外廷方面，大臣們開始對明武宗從東宮帶至大內的幾個宦官們並未多在意，只以為是幾個人逗皇帝開心在宮內樂樂而已。但是，這些人攛掇皇帝廣置「皇莊」，四處撈錢，擾民侵利，大臣就不能坐觀，大學士劉健、謝遷、李東陽一時進諫，皇帝不答。

閣臣們累諫不聽，尚書張升、御史王渙以及南京給事御史李光翰等人紛紛上章論諫，亦不聽。直到負責星象觀察的楊源拿「星變」來說事，表示這幾個太監作害已經上干天譴，明武宗才有所心動。

大學士劉健、謝遷等人與戶尚書韓文等人接二連三上章，劾奏劉瑾等人，陳述這些人的罪惡：「（他們）置造偽巧，淫蕩上心。或擊球走馬，或放鷹逐兔，或伏俳雜劇錯列於前，或導乘萬乘之尊（皇帝）與人交易，狎昵猥褻，無復禮體。日遊不足，夜以繼之。勞耗精神，虧損聖德……前古閹宦誤國，漢（朝）十常

侍，唐（朝）甘露之變，是其明理」。

大臣們希望皇帝把漢朝、唐朝的宦官亂政引以為戒，懇請明武宗下詔，把幾位太監下獄，嚴加鞠問。

見大臣們如此來勢洶洶，大有不殺自己的玩伴不罷手的氣勢，明武宗畢竟是個剛登帝位的少年人，為此驚泣不食，幾個太監也大懼不已，一起抱頭痛哭，覺得好日子到頭了。

時任太監「總司令」的司禮太監王岳也是明武宗東宮舊臣，可這位王公公是個好太監，本性剛直，對劉瑾等人誘引武宗皇帝偷雞摸狗胡玩海樂的事情非常反感，他堅決支持大臣們法辦劉瑾等人的疏議。

明武宗無奈，派太監李榮向上朝的太監們傳話，表示說：

「這些宦官奴才們伏侍自己日久，不忍馬上處置他們。希望諸臣寬延，朕慢慢自會處理這些人。」

大臣們喧嚷不已，非要皇帝立刻下旨裁處。此時的劉瑾、張永等人，驚駭異常，自求發配南京安置，表示只要能饒自己的狗命即可。

大學士劉健等人固執異常，表示「流放」不可以接受，強逼明武宗武下旨殺死這幾個太監。司禮監太監王岳附和閣臣意見，希望武宗皇帝下詔立逮諸人入獄，嚴加懲治。

武宗皇帝不得已，只能應允，只待轉日發旨，逮捕劉瑾等人下獄治罪，給大臣們一個交待。

其實，朝中大臣此時大可給明武宗「情面」，先流放了這些太監，只要這些人離開皇帝左右，到時候想殺想剮，容易得很。但閣臣劉健等人，得理不饒人，非逼明武宗表態，立馬要收拾劉瑾等得寵的公公，已經讓明武宗很不舒服。惶急之中，劉瑾等人憂泣不知所為。

其實，大臣當中，當時的兵部尚書許進就是個明白人，他說：「這些宦官被流放在外就足夠了，如果逼急了他們，沒準會有

甘露之變那樣的事情發生！」眾人不聽。

　　恰巧，吏部尚書焦芳是個壞人，他一直與劉瑾交好，便把朝臣動向馬上通知劉瑾，並暗中為劉公公等人出主意。於是，當天深夜，明武宗正在宴飲聽戲之際，劉瑾、張永、谷大用等八個人忽然出現，向小主子跪頭叩頭不已，大聲哭泣喊冤。

　　見此「慘」狀，明武宗也起憫然之情。

　　劉瑾哭訴：「陷害我們的，主凶是王岳！」

　　武宗皇帝不解：「為什麼說是他？」

　　劉瑾：「王岳提領東廠，與外臣相勾結，裡應外合，想陷害我們幾個忠心耿耿的奴才！朝臣們所說奴輩等買鷹進犬供陛下玩樂，難道只有我們幾個，王岳沒份兒嗎？」

　　聽聞王岳與朝臣裡外交通，明武宗怒從心頭起：「應該馬上先逮捕這個吃裡扒外的王岳！」

　　劉瑾察言觀色，深知機不可失，失不再來，馬上進言：「狗馬鷹兔這類玩藝兒，何損萬歲您盛德！如今左班大臣敢於大言無忌的原因，是司禮監沒有我們自己人啊。如果陛下您讓自己人掌握司禮監，誰還敢嚷嚷！」

　　明武宗大悟，他立即傳旨命劉瑾入掌司禮監，並「提督團營」。這樣一來，東廠、西廠這樣的特務機關不僅掌握於劉瑾手中，他還有了京城禁衛軍的指揮權。（劉瑾為「總指揮」，丘聚提督東廠，谷大用提督西廠，張永等人掌管禁衛軍營務，分據要地。）

　　劉瑾連夜安排佈置。太監可比朝臣們果斷得多，他立刻逮捕王岳等不與自己一心的原上司，流放南京。

　　大事忙了一宿，外廷大臣什麼都不知道，皆被蒙在鼓裡。

　　轉天早朝，眾官正要上奏逮治劉瑾等人，未等開口，有中官宣旨，宣佈了皇帝對劉瑾等人的新任命以及對王岳等人的處治。

　　朝臣一時愕然。誰能料想，一夜之間，情況大變。

　　劉健等閣臣知道事情不可挽回，只得上章求去。明武宗自然

樂得清閒，交與劉瑾處理。劉瑾自然「批准」，勒令劉健、謝遷致仕，獨留李東陽一人看守內閣。

李東陽能留下，是因為日前閣議時，劉健拍案痛哭，謝遷大罵宦官不止，惟獨李東陽一人反應不是很激烈，沈默無言。劉瑾耳目多，偵知此情後，才決定留下李東陽一人當障眼牌。

消息傳出，山西道御史劉玉等人上書懇諫，要求武宗皇帝不要棄逐顧命大臣，武宗覽奏大怒，把幾人逮捕入獄，削職為民。

看到皇帝如此表態，劉瑾等人更加肆無忌憚，日以深文峻法誅求諸臣，使得大臣們自救不暇，沒人再敢進言。

眼看劉瑾主事後大臣們的奏章少了很多，明武宗感覺耳目清靜許多。歡喜之餘，他覺得劉公公辦事有能力，深可信賴，大加倚用。

劉瑾當然不會放過老上級王岳公公，派人於半路追殺之。

劉瑾非常有心機，素善矯飾，對老同事谷大用等人辦事也非常「挑剔」，以顯示他的「公心」。這樣做，既威懾了同輩，又在明武宗面前買了好，直稱讚他執法公允。

為了拉幫手，劉瑾擢升首先向自己告密的吏部尚書焦芳為大學士，入閣辦公，二人表裡為奸。

外廷有了焦芳這麼一個同謀，劉瑾羽翼頓豐，辦事更加順手。依據明代制度，吏部首長不能兼任內閣之事，因為內閣負責看詳擬票，吏部負責官員銓選，如果二者由一人兼而有之，就相當於總理兼組織部長，把宰相的職責都拿到手裡。明朝立國以來，一直禁行這種任命。劉瑾打破成法，由自己人焦芳一人兼兩任，主要是為了他們辦事方便。

由於先前戶部尚書韓文也是率導眾臣劾奏太監的帶頭人，劉瑾自然不放過他，日伺其過，找碴把韓文貶官，逐回老家為民。改任吏部尚書的許進與劉瑾意見相左，也被劉瑾逐出。只要有大臣上章疏提意見不符劉瑾心意的，輕則免官，重則入獄被殺。

時任兵部主事的王守仁上書諫明武宗懲罰言臣太過，劉瑾覽

之大怒，矯詔逮王守仁入獄，狠杖五十大板，幾乎把王主事活活打死，然後罰他為貴州龍場驛丞。流放途中，劉瑾派人在途中伺伏，想置王守仁於死地。行到杭州，王守仁怕自己被害死，連夜把衣服拋入水中，又寫遺詩「百年臣子悲何極，夜夜江濤泣子胥」，想造成投水自殺的假象騙過殺手的追殺。這一招做得很到位，連其家人都以為他真死了，服喪告殯。王守仁隱姓埋名，竄入武夷山中，終於逃脫劉瑾的毒手。但不久，他又怕自己連累其父王華，只得重返「人間」，赴貴州龍場充當驛丞。王華時任南京吏部尚書，劉瑾強逼他退休。

王守仁終得不死，否則，中國思想史就少了一顆巨星。他後來成為一代哲學宗師，以「陽明」學派著稱後世。

劉公公有東廠、西廠在手，大搞特務活動，派遣閹黨分鎮各地，遷擢軍隊官校達一千五百六十餘人，傳旨給數百名錦衣衛升官，散佈間諜密探，遠近偵伺。

劉公公愛搞創新，他開創「枷法」，有事沒事就以皇帝名義把大臣們囚枷於長安門，站錯隊的大臣被枷死者甚眾。對於關鍵部門，他要插自己人，超拜官秩，以劉宇為兵部尚書，以曹元為陝西巡撫……寧王朱宸濠有不軌之心，派人送大批金寶給劉瑾，希望朝廷還回他的舊有護衛軍，劉瑾立許。

總之，劉公公辦事八個字：順己者昌，逆己者亡。

兵部尚書劉宇原先只是宣大總督這樣一個地方官，入京後為左都御史，馬上向劉瑾送萬兩白銀為「見面禮」。彼時劉瑾剛剛當權，期望值不高，不過數百白銀的盼頭，忽見這麼多白花花銀兩，驚喜莫名，大叫：「劉先生待我太好了！」因此，劉公公投桃報李，手中有「組織」權後，立馬就任劉宇為「兵部尚書」。

所以，劉宇確實撿個彩頭，押寶得當，識人的時機非常關鍵，在劉公公欲顯未顯之時，果斷送大禮。當初這一萬兩白銀對劉瑾的影響，日後幾十萬白銀也換不來。司空見慣後，劉瑾對銀子這種見面禮的印象就不再深刻。

這位劉宇是個人精，幾年後，劉瑾敗前兩月，見劉公公一直排斥正人，樹敵無數，預感到公公要倒臺，便激流勇退，告老還鄉。當然，劉宇依然名列閹黨，可他畢竟身家性命得以保全。且老劉當政幾年來，收受白銀成十上百萬兩，相比當初送劉瑾那區區一萬兩銀子，絕對是個大好的買賣。值了！

劉瑾之所以能把天下大事一把抓，招術並不新奇，但此招於太監們來講屢試不爽：趁明武宗聚精會神看雜耍、歌舞表演或戎服騎射玩打仗遊戲時，劉瑾總會捧著一大堆章奏要皇帝「省決」。一來二去，明武宗興頭被掃，叱罵道：「我要你們這些人是幹什麼用的！拿這種屁事煩朕！」劉瑾等的就是這句話，立刻自己全權負責處理這些軍國大事。

剛開始時，劉瑾還象徵性地把章奏批覆意見進內閣「擬旨」。內閣的辦事官員不傻，紛紛逆探劉瑾公公的真實意圖，然後按照他的要求擬旨。其事大不能決者，內閣官員先讓堂候官到劉瑾處請明，然後方敢下筆。到了後來，劉瑾索性這道程序也省略，全部把章奏文件帶回自己私宅，由師爺張文冕一手操辦。

這張師爺松江胥吏出身，因犯法被通緝，逃入劉瑾府中，大受信用。由此，這麼個「副股級」胥吏變成了真正有權操掌天下萬機的「真宰相」。

由於權勢熏天，大小官員奉命出外及還京的，朝見皇帝後，肯定會赴劉瑾私宅辭拜。公侯勳戚，謁見劉瑾均行跪拜禮。

劉瑾辦事，當仁不讓，他自建「白本」，然後把大意寫好後送內閣擬者。李東陽等人自顧不暇，皆唯唯諾諾，極口稱美。詔旨中有言及劉瑾的，皆稱「劉太監」而不敢寫其「名諱」。在都察院的奏章中，有一次官員誤寫「劉瑾」名於其上，惹得劉公公拍案大怒，最後都御史屠滽率全體僚屬向他下跪求饒。

為了進一步加強太監權力，劉瑾矯詔宣佈，各地鎮守太監，可以參預當地的刑名政事，還革除「巡撫」的稱謂，讓地方大權也被公公們牢牢掌握。

　　宦官不男不女，半陰不陽，非常記仇，果真是嫌隙之怨，易構難消。於是，正德二年（1507年）四月，劉瑾命百官跪於金水橋南，宣佈「奸黨」人員及他們罪名，為首的「奸黨」，就是最早想要「八虎」太監性命的大學士劉健、謝遷以及戶部尚書韓文，共五十三人之多。名在「奸黨錄」中的人，在官者全被開除。

　　至於李東陽方面，劉瑾不忘舊恨，把這位閣臣構陷下獄準備弄死。但由於老李善於亂世浮沈，依違其間，加上劉瑾一直敬佩的大名士翰林康海到劉瑾家中說情，最終老李才撿得一命。此後，老李更加小心翼翼，委蛇避禍。他之所以一直未被劉瑾拔除，也是當時劉瑾閹黨不想盡逐舊日閣員，怕行事太過會引起朝野更大的反彈。加之李東陽為人做事不是特別衝動冒失，平日又能為公公們寫碑文進讚語什麼的，所以他才被劉太監最終「包容」。

　　日後，劉瑾身敗，李東陽被不少人譽為能識大體，誇獎他能在虎狼公公們當道時保全「善類」，這其實也是言之過當，老李不過是「戀棧」而已，沒有什麼對惡勢力做鬥爭的勇氣和實際舉動。但李東陽為人廉謹寬厚，小心謹慎，又為明朝一代文學宗師，從本質上講絕對不是什麼壞人。上有昏君，下有閹黨，他沈浮其間，殊為不易。

　　除焦芳以外，劉瑾在正德二年冬又任命張彩為文選司郎中。這位張彩雖也是佞幸小人，但他有真本事，乃進士出身，曾為吏部主事，因與焦芳關係好，自然為劉瑾所用。

　　張彩是個美男子，面貌白皙，身材修偉。見劉瑾時，張彩高冠鮮衣，鬚眉蔚然，詞辯泉湧，很是招人喜歡。劉瑾看見如此人才投奔門下，又敬又愛，執手移時，相見恨晚。他讚歎道：「張先生，真神人也，我怎麼能得到您這種人才呀！」

　　這位張彩一路高升，不久入閣，並加太子少保。張彩很會來事。每次劉瑾公公休假期間，滿朝文武公卿皆在其宅前等候，有時等了大半天也不見劉公公露面。但惟獨張彩總是故意徐徐而來，緩步搖身，直入劉瑾小閣，與公公歡飲好久，才怡然而出。由

此，大家更加畏懼敬憚張彩，拜見張彩的規格和拜見劉瑾一樣恭謹。

張彩人精美男子，人品卻真是極差。在官任上，他變亂舊格，賄賂肆行。此人生性好色，無所不為。撫州知府劉介是他安定老鄉，張彩知道他有一個美妾，便升任劉介入京當了太常少卿這樣的京官。然後，張彩入劉介府賀升遷之喜：「老劉你怎樣報答我？」劉介惶恐：「我一身之外，皆是您張公之物！」張彩不客氣，徑入劉介後房，手牽其妾，洋洋自得載之而去。不久，他聽說平陽知府張恕有美妾，便向對方求索。張恕不與。張彩惱怒，準備派御史誣稱張恕有罪，準備加以逮治。張恕聞訊害怕，只得獻出美妾，方才免禍。

張彩雖好色愛財，但為主子劉瑾盡心盡力，出過不少主意收買人心。見外官紛紛向劉瑾行巨賄，他私下對公公說：「這些人在地方上搜刮小民，然後獻給您的不過十分之一，但天下之怨都歸於您，應重罰他們其中的一些人以昭示天下！」

劉瑾大聲稱善，一時間搞運動一樣「反貪」，「反行賄」，使得行賄的地方官員因賄得罪入獄的有不少人。時人為此有段時間大受蒙弊，以為張彩能引導劉瑾為善。

正德三年（1508年）七月，明武宗上朝時，發現有人趁眾臣朝拜時朝堂投匿名信。武宗皇帝眼尖，命人拾取，仔細一讀，全是上告劉瑾不法說情的內容。青春期的武宗皇帝逆反心理很嚴重，他當著百官的面惡狠狠拿著匿名信說：「你們所說的好人，朕就是不用！你們所說的壞人，我一定要用！」

劉瑾更怒。他把當天上朝的三百多大臣皆驅至奉天門外，讓他們集體東向罰跪。眾臣跪了一天，因乾渴當場就死了四個人。見酷暑天眾臣罰跪，太監李榮也看不過去，趁劉瑾不在時派內侍們向人群中扔冰凍西瓜以救渴，劉瑾見而恨之。太監黃偉也很義憤，話裡有話地高聲叫道：「匿名信中所書，皆是利國利民之事，大丈夫一人做事一人當，奈何枉累他人！」事後，劉瑾把李、

黃二太監逐出宮並予以免職。

最後，劉瑾準備把所有當天在場的大臣們皆打入詔獄拷問，大有不審出投匿名信的人絕不罷休之勢。後經李東陽苦勸，又有他的親信告稱匿名信乃宦官內部有人投放，劉瑾才「饒過」眾官一回。

除老同事管理的東廠、西廠、神機營之外，劉瑾加設「內行廠」，他自己親自督理。這「內行廠」權力最大，是特務「王中王」，往往中人以微法，被「惦記」上的人本人及家族基本上是活不了幾天。

「內行廠」不僅僅能監察一般的人，連廠衛的特務和特務頭子也在偵察之列。也就是說，劉瑾對「老同事」們也不放心，對這些同類不斷加強監視，惟恐他們不與自己同心同氣。

正德四年，劉瑾得力心腹焦芳退休。劉瑾便升任心腹劉宇由吏部尚書為太子太傅、文淵閣大學士，入閣辦事；遷吏部左侍郎張彩為吏部尚書，所以，當時的吏部、戶部、兵部尚書，都是劉瑾黨羽。

焦芳此人，居內閣數年，幫助劉瑾濁亂海內，變置成法，荼毒縉紳，是一個大惡之人。他每次拜謁劉瑾，必稱劉公公為「千歲」，自稱「門下」。在閣中裁閱奏章，焦芳皆對劉公公言聽計從，是真正的太監奴才。眾臣向劉瑾行賄，首先都先向焦芳送大禮。他的兒子焦黃中，傲狠無術，參加廷試，以為必得第一。李東陽等人持平，把他列為二甲頭名，焦氏父子恨恨不平，逕自找到劉瑾，焦黃中平空立得「翰林檢討」的美官。但劉瑾也有「公正」時，見焦芳天天口中罵李東陽不停，便對他說：「你兒子有天在我家作《石榴》詩，非常拙劣，幹嘛總恨人家李東陽不取他第一！」從此，焦芳不敢再言。

日後，老焦與張彩有隙，惹起劉瑾憤怒，數次當眾斥責焦芳父子，他這才不得不退休避禍。也幸虧焦芳出局早，劉瑾敗後未被牽涉加以重罪，竟得善終。

劉瑾除在京城抓權外，又廣在地方生事。他多次矯詔遣人查盤天下軍民府庫，凡地方有存留的財物，皆強令解送京城。郡縣積儲，為之一空；同時，他對各外地入京朝覲官員下死命令，每布政司入朝，一定要獻納白銀二萬兩；他還吃飽撐得慌，把京城客傭之人全部逐出（當時沒有「暫住證」）；還下令全國寡婦必須出嫁，家裡有人死亡不及時埋葬的立刻焚燒……等等。不一而足，天下怨恨。

盈滿必虧。劉瑾身敗，有內因，也有外因。內因是宦官集團之間的內訌，外因是寧王朱宸濠之叛。

正德五年（1510年）五月，安化王朱寘鐇造反。王爺造反，當然要有名義，他打出的旗號就是「清君側」，檄文中列舉十七條劉瑾的「大罪」。這位安化王當然「清君側」是假，他要當皇上才是本意，但檄文中寫明的劉瑾罪狀件件是真。

劉瑾大懼，立刻安排手下絕對不許明武宗看見這份檄文，同時，他調兵去鎮壓這位王爺的造反。

思來想去，劉瑾對於這種軍國大事自己拿不定主意，最終在閣臣等人的建議下，起用都御史楊一清為提督，太監張永為總督，提數萬勁旅前去征討。

劉瑾百密一疏，楊一清和張永均與他自己有大過節，雖然事後劉瑾忙派自己心腹陳震為兵部侍郎兼僉都御史的身份趕往前線，想「總制其事」，但安化王真的造反十八天即完蛋，功勞自然算不到劉瑾和陳震身上，倒被張永和楊一清得了頭彩。

在此，交待一下劉瑾與張永、楊一清之間的過節。

張永，保定人，本來是與劉瑾鐵哥們，均是「八虎」中的幹將。明武宗繼位後，張永總掌神機營。他與劉瑾通力合作，把司禮太監王岳、太學士劉健等人擠出朝廷。

利益永恒，友誼不恒。劉瑾當權後，作惡多端，卻總愛拿捏自己昔日最鐵的老哥們以示「公平」，時不時駁回張永等人的「建議」，並找茬抓張永手下宦官刑訊拷問。張永氣惱，溢於言表

。劉瑾就向明武宗進言，準備把張永打發到南京降級使用。

如果是別人，哪怕他是大學士，也只得聽天由命，自認倒楣，但張永可不。他本人即是內廷大太監，可以想見皇帝就見。聽說此事後，張永直接跑到明武宗面前，哭訴劉瑾陷害自己。明武宗召來劉瑾對質。未及開言，張永撲前當面就給劉瑾一開花老拳，把氣焰熏天的劉公公打坐在地。對明武宗來講，劉公公、張公公都是自己東宮當太子時的老玩伴，手心手背都是肉，處理誰都於心不忍。於是皇帝當和事佬，讓另外一個寵信太監谷大用做東家，宴請二人講和。

太監心性，表面舉杯互相致意，心中積怨日深。

至於楊一清，在正德三年他任總制三邊都御史時，曾被劉瑾逮捕下詔獄。其實，他並未直接得罪過劉瑾，只是因為劉公公惱怒他不向自己送禮、不向自己表忠心站隊，就誣稱楊一清「冒破邊費」（楊一清曾建議在延綏至橫城一帶三百里築「長城」，明廷同意，撥銀十萬兩修築），逮下錦衣獄。幸虧大學士李東陽等人緊勸，言楊一清有「高才重望」，治罪會「影響不好」，劉瑾才放他一馬，但仍然勒令楊一清致仕，打發回家。此次老楊重被起用，主要因為他曉悉邊事戰事。

張永、楊一清臨行，明武宗一身戎服，騎馬送二人至東華門，親賜關防、金瓜、鋼斧，給足了面子，可以說寵遇甚盛。

一旁的劉瑾又眼紅又惱怒，卻也無可奈何。

劉瑾本想趁張永外出期間陷害於他，但明武宗正依賴他平叛，再怎樣也說不進話去。

至於安化王朱寘鐇乃慶靖王曾孫，弘治五年嗣王位。他身在西北，天高皇帝遠，身邊又多佞妄之人，一直懷有不臣之心。但究其身邊謀事之人，水平確實不高，只有寧夏的兩個生員，一個叫孫景文，一個叫孟彬，其實是兩個自不量力的窮酸，喝酒吃肉後就勸安化王應該雄踞西北造反，然後一統江山。更可笑的，這兩人還未使安化王下定決心造反，有一個巫婆，名叫王九兒，是玩

鸚鵡騙人的，她教鸚鵡說話，每見朱寘，鸚鵡就大叫「老天子」。朱寘見這五彩斑斕的大鳥都知道自己是「天子」，益懷不軌之心。

當時朱寘造反，在寧夏當地還真有「客觀」環境。劉瑾派人在寧夏重新丈量田畝，徵馬益租，敲榨日酷，當地諸戍將衛卒皆怨恨滿心。於是，安化王在王府中大擺酒宴，宴請諸邊將，以言激怒眾武夫，決定盡殺諸文臣，劫眾起事。武將們頭腦簡單，又恨劉瑾手下人欺侮太甚，紛紛表示：「即使大事不就，死且無恨！」於是，都指揮何錦、周昂、丁慶等人皆參與謀反。

一日，朱寘擺下鴻門宴，殺掉了巡撫安惟學、總兵姜漢、少卿周東等人，放獄囚，焚官府，劫庫藏，奪河舟，把慶府諸王、將軍等宗室都抓了起來，勒索金幣數以萬計。接著，他又招平鹵城千戶徐欽引兵入城，偽造印章旗牌，四發檄文，以討劉瑾為名，開始造反。

安化王造反時，派人去招時為寧夏遊擊將軍的仇鉞來與自己會軍。仇鉞很老煉，當時他正外出在玉泉營防邊，根本不清楚情況發展。領兵還鎮後，仇鉞單騎歸於私第不出。安化王以為這個人好欺負，沒有再派人殺仇鉞，只是把他手下軍馬全部劫走為己用。當時，京城人紛紛傳言仇鉞已經附賊造反，而時為興武營守備的保勳與仇鉞是姻親，時人訛傳保勳也是安化王的外應。

明廷畢竟還有不少明白人，不僅沒有聽信傳言，還傳令任仇鉞為副總兵，以保勳為參將，讓二率兵討賊。保勳忠義之人，上疏朝廷，表示自己「恨不飛渡黃河、食賊肉以謝朝廷！」

仇鉞處於被軟禁狀態，他假裝得重病不起，暗中招納遊兵壯士於府，準備與保勳等人裡應外合。同時，仇鉞假裝積極，派人為安化王出主意：「應急守渡口，防止敵人決江灌城，並阻遏東岸之兵，千萬不要讓他們過河。」叛將何錦等人信以為真，率數千叛軍主力出城把守渡口，只留周昂等帶領少數兵士守於城內。

安化王死催。他出城拜神，又讓叛將周昂來請仇鉞前來給自

己當陪同。仇鉞裝出一病不起的樣子，連喚數次都不出。安化王便派周昂本人親自來催。這下被仇鉞候個正著。周昂剛到床前施禮問候，仇家的兩個僕人就突現其身後，用大鐵骨朵把周昂灌頂砸死，並立馬割掉首級。

於是，仇鉞披甲仗劍，跨馬出門。他身後有一百多壯士、家丁跟從，一行人直奔安化府殺去。由於叛軍大多在外，王府根本沒多少人守衛。仇鉞來得太急，手下又多神勇百戰之士，一下子就衝進去，生擒了安化王父子，並殺掉為他出謀劃策的孫景文等人。

幹完這些，仇鉞假傳安化王命令，讓守渡口的叛將何錦返城。何錦等人行至半路，便遭迎頭痛擊，狂逃至賀蘭山中，不久皆被擒斬。

所以，這倒楣的安化王造反，自起兵到失敗，總共十八天。

安化王父子被擒，是正德五月陰曆四月二十三日，路遙水遠，明廷並不知道這一消息。所以，張永、楊一清出師北京，是五月份的事情。也就是說，二人受詔提大軍出發的時候，安化王造反已經失敗了十幾天，只是明廷沒得到消息。

事定後，張永和楊一清仍舊馳往寧夏，撫定地方。當時寧夏盛傳京營士兵將屠寧夏，人心不寧。二人入寧夏後，曉諭地方，鎮撫民眾，派人認真分別首謀、共謀、隨從等罪犯，遣押安化王入京受審，保全了百多餘被脅從的邊將。

由於恩威並行，寧夏大定。

安化王父子自不待言，入京伏誅；仇鉞功高，得封咸寧伯。

恰恰是張永、楊一清在寧夏靈州共事期間，二人相得甚歡，定下了除掉劉瑾的謀略。

楊一清知道張永與劉瑾有嫌怨。一日，二人飲酒，楊一清歎言道：「張公您神武明達，定寧夏易如反掌，但國家大患在京城！」

張永知道楊一清話中有話，反問：「楊公您指是誰？」

楊一清移至張永身邊，在他掌上用指劃定一個「瑾」字。

張永不停點頭，但又很為難的表示：「此賊朝夕侍於帝側，朋黨遍朝野，根深葉茂，耳目眾多。」

楊一清慷慨激昂地說：「張公您也是皇上信臣，今討賊不付他人而付公，聖意可知，對您極其信重。如今，功成奏捷，張公您如乘機以論軍事為名，陳言帝前，揭發劉瑾罪惡，皇上必聽您之言而誅劉瑾。劉瑾一誅，張公您可悉矯前弊，收天下人心，千古功業，在此一舉！」

一席話，張永深為之動。但張公公仍舊有所顧慮：「萬一事不成，奈何？」

楊一清激勵道：「只要張公您肯在皇上面前進言，大事必成。萬一皇上不信，您一定要頓首泣諫，做出剖心明志的姿態，力以死請，皇上必為您所打動。如獲應允，立刻逮捕劉瑾，切毋遲疑！」

張永聞言，拍案勃然而起：「楊公此言是也，老奴何惜餘年，定揭發巨奸，以報主上！」

由此，二人議定，也決定了劉瑾的命運。

陰曆八月，張永回京敘功，楊一清仍留守，總制三邊軍務。

楊一清也真夠受，成日提心吊膽，盼望張永事成，害怕失敗。劉瑾不知死。他獲悉安化王造反被平定，竟侈然自以為功，矯旨給自己增加俸祿，又超拔哥哥劉景祥為都督。這位劉大哥福薄，剛接任命就病死，無福消受都督一職。

也可能出於某種不祥的預感，聽術士說自己侄孫劉二漢有天子命，劉瑾一時間竟起謀逆之念，在宅中廣置甲杖，準備伺機起事。查其原意，本想藉其兄劉景祥發喪時，百官送葬，他準備興兵把眾人一網打盡，然後率徒黨弒明武宗，推侄孫劉二漢稱帝。

其實，這位劉公公也是腦子一熱發瘋，侄孫當了皇帝，再怎樣也不會讓他這個太監爺爺當「太上皇」。

張永有心機，他先報稱要在八月十五日入京獻俘賀捷。劉瑾

一邊在京中加緊謀逆準備，一面讓人告訴張永不必這麼著急就入京。

張永聞此，公公們心意相通，更覺老劉要幹大事，他就比預定日期更早一步，急急趕入北京獻俘。

明武宗非常高興，親自在東華門參加獻俘禮，大擺宴席，犒勞張永等人。

君臣多日不見，倍感親切，明武宗、張永兩個邊喝邊嘮，漸至深夜。

劉瑾一旁陪得厭煩，起身告退，殿中只留下張永與皇帝二人在席。事實證明，歷史上，無論是大人物還是小人物，不該睡覺的時候一定要忍住不睡覺，不該上廁所的一定要忍住不去廁所，否則，重則家族性命，輕則右派帽子，肯定沒好果子吃。

見劉瑾退席還家，張永立刻從懷中取出安化王的檄文，指控劉瑾激變邊塞，結怨天下，陰謀不軌。

對此，明武宗起初還敷衍，說：「算了，說這個幹嘛，喝酒吧！」

張永連忙跪地叩訴：「離此一步，老奴再無機會見陛下！」

武宗聞此瞿然，問：「劉瑾想幹什麼？」

張永答：「他想取天下。」

武宗當時喝得很高，搖頭一笑：「天下任他取罷了。」

張永大聲疾呼：「劉瑾取天下，置陛下於何地！」

聽此言，明武宗稍稍酒醒，方允其奏。張永完全依據楊一清教誨，馬上派禁兵連夜逮捕劉瑾。

劉瑾正在熟睡，宮廷禁衛軍撞門而入，劉瑾驚起。軍將也不多說，命令把劉瑾立刻受逮入獄。

劉瑾倒不是特別驚惶，問：「皇上在哪裡？」

軍將回答：「在豹房。」（其實是和張永在一起）

劉瑾對家人說：「這事真是太可疑！」

但有詔逮人，他不得不從。

轉日，眾臣上朝，不見了大太監劉瑾，交頭結耳，似乎知道了他已經「出事」，但沒什麼人敢聲張。

京城內情勢也很緊張，巡邏士兵大批大批騎馬上街，交馳於道，嚴防劉瑾黨羽生變。

起初，明武宗並沒想殺劉瑾，畢竟多年老伴當，沒功勞也有苦勞，沒苦勞也有疲勞。

聽說要把自己發配鳳陽，劉瑾寫信向明武宗哀乞，說自己被捕時沒穿什麼衣服，想讓家人回家捎兩件衣服給自己，以此試探皇上意思。

明武宗見帖，頓起憐意，命人交還劉瑾故衣百件。劉瑾得意，對看望的家人說：「我仍不失為一富太監矣。」

張永知道這件事，心內大懼，知道不馬上重辦劉瑾，哪天皇上「回心轉意」，劉公公又會捲土重來要自己的命。

於是，張永下令有司以最快速度對劉瑾家宅進行抄搜。結果，「得金二十四萬錠，又五萬七千八百兩。元寶（白銀）五百萬錠，又一百五十八萬三千六百兩。寶石二斗，金甲二，金勾三千，玉帶四千二百六十二束，金湯盒五百，蟒衣四百七十襲……」

清單送上，這些駭人聽聞的財物，並未讓明武宗感到憤怒。讓他勃然大怒的，是看到下列抄家搜得的東西：盔甲三千，衣甲千餘，弓弩五百。

最終要劉瑾性命的，是搜得平日劉瑾在宮中陪侍皇帝時的一把扇子。這把扇子讓明武宗驚怒異常：扇骨內藏鋒利匕首二枚！

「這王八蛋果真要造反啊！」武宗皇帝拍案頓喝。於是，他下令錦衣衛、法司把劉瑾押至午門，命朝臣廷訊。

劉瑾仍大大咧咧不在乎。在午門跪定，聽聞給事中李憲也彈劾自己，他笑了，大聲說：「李憲出自我門下，也來彈劾我！」

刑部尚書劉璟素怕劉公公得緊，此時也噤口不敢開言。

見百官呆呆沈默，泥塑木偶一般，劉瑾更來了精神，大言道：「滿朝公卿，皆出我門，誰敢審我？」眾人聞言屏息。

此時，駙馬都尉蔡震上前，揚手給了劉瑾一個嘴巴，怒喝道：「我乃國戚，不出汝門，待我審汝！」

此時，內廷又有武宗旨意傳出，「打四十」。於是五棍一換打，八名大漢輪打，一頓殺威棒，終於打消了劉瑾的囂張氣焰。

蔡震問：「為何家中藏甲？」

劉瑾：「用來保衛皇上。」

蔡震大喝：「藏甲於自己家中，如何保衛皇上！」

劉瑾語塞。這時，又有官員上前宣讀抄家所得禁物，劉瑾知道事已敗露，只得承招。

由於又挨打又挨夾棍，最後畫押時，劉公公連筆也拿不住，揉手半天，才顫巍巍畫成一個十字，算是畫招認罪。

自供狀呈上，武宗皇帝表示不用復審，下詔對劉瑾處以凌遲之刑。

至於劉瑾受刑挨剮的詳情，正史皆略，但當時監斬官張文麟為刑部河南主事。此人文人出身，退休後寫書，詳詳細細記錄了劉公公被剮三千三百五十七刀的經過：

（劉瑾）凌遲刀數例該三千三百五十七刀（不知是怎樣「科學」計算出的如此刀數），每十刀，一歇一吆喝（類似賣肉表演），頭一日，例該先剮三百五十七刀（先剮零頭，後來好計數）。（所剮之肉）如大指甲片（大小），在胸膛左右起，初動刀則有血流寸許，再動刀則無血矣（刀少，血易凝結）。（旁）人言，犯人受驚，血俱入小腹小腿肚，剮畢開膛，則血皆從此出（不知是否合醫理）。至晚，押瑾至順天府宛平縣寄監，釋縛數刻，瑾尚能食粥兩碗（保留元氣，留待慢慢剮），反賊乃如此。次日，則押至東角頭（第一日在西角頭）。先日，瑾受刑，頗言內事（洩露國家機密，罵元首），以麻核桃塞口，數十刀氣絕……奉聖旨，劉瑾凌遲數日剮屍免梟首……，剮屍，當胸一大斧，胸去數丈。

張文麟目見耳聞，當可足信。但就是凌遲數與天數含混，他筆記中只記錄凌遲當日和次日，依理應凌遲三天。第一天剮了三百五十七刀，而他描寫次日時，「數十刀氣絕」，不知是如何湊算成律定的「三千三百五十七刀」，可能是漏記，也可能行刑記數另有講究。

但有一點非常可信：劉公公以近六十之年受剮，死得非常非常痛苦。但想想他從前害死那麼多人，四位朝中御史犯小過也被他凌遲，就覺得這也真是上天有眼，罪有應得。

行刑之時，昔日受害家屬「爭買其肉啖之，有以一錢易一臠者」。生吃仇人肉，也算替親人報仇了。劉公公日日山珍海味，身上之肉味道應該不算品質太差。

劉瑾不僅是一人被殺，其親屬，包括有「天子之相」的劉二漢，一共二十五人，皆被斬首示眾。好在他哥哥劉景祥死的是時候，否則也被從家中拖入鬧市砍頭。

至於劉瑾黨羽，前大學士焦芳、劉宇以及現任戶部尚書劉璣等人，皆被削籍為民。只有張彩最倒楣，他在劉瑾敗後被逮入獄，嚴刑拷打。

張彩大呼冤枉，獄中上疏，指斥閣臣李東陽等人也阿附劉瑾。此時，張永大公公非常有定力，對眾臣講：「劉瑾用事時，我們這些人都不敢言聲，甭說兩班官員了！」言外之意，是保護李東陽。

錦衣獄內吏卒希旨，對張彩夾棍、腦箍、灌鼻、釘指、「鼠彈箏」、「攔馬棍」、「燕兒飛」，一齊用上，老美男子沒幾天就被折磨死，仍被「剉屍市中」。

誅殺劉瑾後，根據廷臣所奏，把劉瑾變易的「成憲」盡數更回，共吏部二十四事，戶部三十餘事，兵部十八事，工部十三事，禁令各地鎮守太監干預地方刑名政事，並罷內行廠與西廠。日後，特務機構之一的西廠未再重設。

這時候，明武宗已經是二十歲小伙子，不再是事事依賴太監

玩伴的少年人。此後十年，他沈浸在「豹房」的天地一家春淫樂與四處巡遊的玩樂中，誘導他失德的不再是內廷公公，而是外鎮軍官江彬一類人。

「閣臣自（劉）瑾黨敗後，所用亦非甚不肖，時士大夫風氣未壞，特資擢用，所得亦多正人，而帝（武宗）之不可與為善，則童昏其本質也。」（孟森語）

劉瑾亂政，確實引起社會動亂。他被殺兩個月後，河北地區就有劉六、劉七起事；四川保寧劉烈率眾造反進攻陝西，不久廖麻子等人也自稱「掃地王」，眾達十餘萬，肆掠陝西、湖廣等地；江西方面，也陸續有王鈺五、汪澄仁、何積欽等人造反。可幸的是，明朝劉暉、王守仁、彭澤等人善戰善撫，幾年內陸續平亂，沒對明朝政府造成傷筋動骨之患。

現在，該交待一下誅殺劉瑾的主策劃楊一清和張永。

在張永援引下，楊一清在劉瑾敗後入朝，拜戶部尚書，不久改吏部尚書，加太子少保。明朝六部中，吏部權最重，連巡撫等官皆由吏部任用，吏部長官自可以隨意任用自己人。為報謝老楊，張永不遺餘力。

楊一清為人精敏時政，愛惜士大夫。他不喜金錢，餽謝之資，緣手即散，因此廣得人心。明武宗後期，錢寧、江彬亂政，楊一清辭官回鄉。明世宗繼位，特別敬重楊一清，詔其以少傅之銜總制陝西三邊軍務。宰相行邊，實由楊一清而始。明世宗還下詔褒美，把老楊比之為郭子儀。再後，楊一清遭張瑰排擠，落職閑住，鬱鬱而死。

楊一清天閹之人，無鬍鬚，容貌寢陋，但為人博學善權變，特別曉暢邊事，可以說是明武宗一朝最有才幹的臣子，不少人把他比為唐玄宗時的賢相姚崇。

張永呢，當時號稱是「輯寧中外，兩建奇勳」（把平安化王之亂和擒誅劉瑾頭功都弄在他身上），其兄弟二人皆被封為伯爵

。張永本來想自己受封為侯爵，因閣臣不同意作罷。正德九年，他督兵宣大，擊敗入侵的蒙古人。

明世宗即位後，御史彈劾張永與谷大用等人「蠱惑先帝（武宗），黨惡為奸」。張永被詔令退職。嘉靖八年，還是楊一清上疏直言，奏言張永有誅劉瑾大功，他得以重被起用，提督京城團營。由於年紀已大，張永不久即病死於任上，實為善終。

這個公公早期為太監「八虎」之一，作惡想必不少，但有主謀誅除劉瑾大功，其餘就不算什麼了。

人生如戲，荒嬉一生——明武宗的後十年

明武宗剷殺劉瑾後，政局並未有起色。當時他已經二十歲，血氣充盈，精力充沛，又天性好動，所以，武臣江彬，就宿命般進入了他的視野。

江彬是宣府人，軍將出身，最早以蔚州衛指揮僉事這樣的下級職務得以顯身。正德六年（1511年）河北等地劉六、劉七等人起事，蔓延迅猛，北京城內明軍懦弱不能制敵，明武宗就派太監谷大用與閣臣李東陽等人商議，想調邊兵入京畿滅賊。

李東陽切諫，首先，他認為宣府等地乃防守漠北蒙古部落的重要防衛大鎮，抽調勁軍離崗，會對國防產生巨大威脅；其二，邊軍入調，京軍出防，本末倒置。京軍在內怯懦，出外又恃勢淫占，讓他們守邊，肯定缺乏戰鬥力，大肆擾民帶來禍害。而且，胡亂調換京軍、邊軍，容易使軍士思亂，很有可能造成變起中途的後果⋯⋯

說了半天，啥用沒有，明武宗我行我素，轉天降內旨調守邊軍隊入京。

當時，江彬官任大同遊擊，隨大同總兵張俊入調。「過薊州，殺一家二十餘人，誣為賊，得賞。」《明史》此說或存可疑，但悍將狡狠，已初露端倪。

江彬不是太監那樣陰柔便佞之人，他作戰勇猛，生死置之度

外。在與農民軍淮上交戰時，身中三箭，其中一箭從面頰射入，鏃出於耳，江彬手拔而出拍馬繼續作戰，確實是一員神勇猛將。

正德七年（1513年），各地農民軍造反漸息，入調各部邊兵還鎮大同、宣府（這也說明明武宗當年決定是正確的），經過北京時，明武宗犒賞諸軍，宴飲眾將。由於江彬事先送大筆金銀予明武宗寵臣錢寧，他有機會受到皇帝在「豹房」的近距離接見。

江彬美男子一個，還是那種魁碩陽剛型，身高臂長，相貌堂堂。特別是臉上那一道顯疤，更讓明武宗知悉了他「拔鏃」擊敵的勇猛，歎賞道：「江彬真是勇健之士！」由此，立蒙皇帝賞遇，他與宣府守將許泰等人皆被留在京師皇帝邊身，不再回去當邊防軍。

江彬確實是個人才，不僅馬上騰轉如飛，騎射一流，又會談兵，常常在明武宗面前講述戰事，眉飛色舞，把武宗皇帝說得身如親臨，又想往又歎服。

數日之際，明武宗就擢升江彬為「都指揮僉事」，這位「中校」一下子就成為了「上將」，成為皇帝的貼身親信，出入豹房，與皇帝同臥起。

江彬大大咧咧之人，與武宗下棋，竟敢與皇帝爭子，不許悔棋，語出不遜。禁衛軍將周騏沒見過這麼膽大的人，在一旁叱責江彬。

江彬懷恨，暗地諭指錦衣衛中與自己親近的官員，誣周騏以罪，下獄拷掠而死。經此事之後，明武宗左右之人皆知道了皇帝「大紅人」的分量，皆畏服江彬。

江彬得寵，最早薦他面君的錢寧心中漸漸不悅。

錢寧本雲南窮苦家子弟。太監錢能在雲南任監軍時，少年錢寧被賣給錢太監當家奴，故而姓「錢」（其本姓史傳不載）。入了太監寓，自然乾叔乾伯都是大公公。錢能死後，推恩其家人，錢寧得封「百官」。他特會巴結劉瑾，所以多年被推薦到武宗身邊當差。由於有「開左右弓」射箭的絕技，錢寧大受寵倖，武宗

皇帝幹啥荒唐事都帶錢寧當隨身。明武宗遇宴飲喝醉，往往枕錢寧肚腹大睡。百官候朝時，往往站了半天不知皇帝所在，大家只得伺察錢寧的行蹤和出動跡象，以此推知皇帝所在。所以，他一個小小侍衛，竟然成了皇帝起居的風向標。為此，諸大臣也爭先造謁送禮給錢寧。群臣有誰小拂其意的這位小人馬上中傷害之。

正德八年底，明武宗下詔錢寧掌管錦衣衛，賜姓國姓（朱姓）。當時，太監張銳掌東廠，錢寧掌錦衣衛，合稱「廠衛」，權傾一時。錢寧自製的名片上自稱「皇庶子」，儼然以皇帝兒子自居。

當初武宗在大內建「豹房」大淫樂之地，正是錢寧的主意。由於他出身下層階級，世事皆曉，陸續引薦戲子臧賢唱曲、回回人於永進春藥、西藏密宗淫僧獻「雙修」秘戲，恣進聲伎為樂，又時時誘引武宗皇帝微行出外瞎胡鬧。可以說，最早讓明武宗知道皇宮以外的世界「很精彩」，就是錢寧。特別是他主管錦衣衛後，更是恃勢橫行，貪污受賄，掠人妻妾、誣人致死的壞事幹過無數件。

江彬得寵之日，也正是錢寧登峰造極之時。

本來，江彬根本不能與錢寧相抗衡。但是，有一天發生了一件小事，錢寧與江彬在武宗皇帝心目中的位置，突然調了位置：

明武宗體格棒，常常在內宮縱虎豹等猛獸入籠，他親自擒捉為戲。這種「極限」高級運動，自古至今，除了古羅馬被逼上場的角鬥士，還真沒有幾個人敢玩。

大概那天送來的老虎體型巨大又生猛了些，幾個回合搏鬥下來，明武宗體力不支，身上多處被猛虎抓傷。小伙子氣喘吁吁，急喚錢寧入籠幫忙。

人，只要有官有錢有大宅子，膽子就會變小。錢寧一時間躊躕不前，沒能在最關鍵時刻一表「忠心」。

眼看大老虎嗷的一聲躍起，大爪子撲向明武宗，一旁侍衛的江彬當仁不讓，飛身躍入籠檻中，一個飛腳踢在猛虎腦袋上。明

武宗趁勢撲上，雙手狠扼猛虎咽喉，制服了猛獸。當時，皇帝氣喘吁吁，臉上還掛笑，對錢寧說：「這事我一人足能對付，還用得著你嗎！」

內心深處，這位帝王對生死危急關頭錢寧不救，已經大起嫌憎之心，自然覺得江彬是耿耿忠臣，又給足自己面子。所以，日後錢寧在面前講江彬壞話，根本入不得他的雙耳。

江彬察覺到錢寧不能容自己，京中又都是這位錦衣衛頭子的黨徒，勢單力孤。於是，江彬想借邊兵自固，就對明武宗盛讚邊軍驃悍英勇，應該與內地軍隊互相換防操練。

明武宗愛玩，更喜武事，馬上下詔調遼東、宣府、大同、延綏四鎮軍兵入京，號稱「外四家」。從此，武宗皇帝多了一件大樂之事，即上萬人在大內操演，旌旗招展，銃炮齊鳴，兵士們花團錦簇，摔跤搏鬥，射箭擊打演習，喊殺陣陣。

明武宗本人常常身著黃金軟甲，跨高頭大馬，與江彬並騎巡視，鎧甲相錯，旁人看不清誰是臣，誰是君。

玩得高興，明武宗命江彬領神威營，許泰領敢勇營，賜二人國姓，並在北京不遠處把原先的太平倉改為鎮國府，平空新設了一個軍事單位，專供這些供他玩樂的邊兵居住。

不久，明武宗下詔讓江彬兼統四鎮大軍。皇帝玩耍，規模很大。明武宗常常自率會射箭的數千小太監為一營，號為中軍，晨夕馳逐，甲光照宮苑，呼躁達九門。他幾乎天天閱操，諸邊軍全副黃罩甲披掛，江彬等人皆冠遮陽帽，帽植天鵝翎，威風凜凜。萬人萬馬，錦繡燦爛，因此明武宗把閱兵稱為「過錦」。

由於軍將充斥京師，大內地方不夠用，明武宗下令強拆積慶坊、鳴玉坊的民房，推平後在原地建立「義子府」和專供他們一行人嬉玩的「皇店酒肆」，時時遊樂其中。他還常常與江彬等人一起微服出京，在京郊等地遊逛。群臣進諫，皆不聽。

明武宗雖然稍稍疏遠錢寧，但江彬知道老錢的勢力盤根錯節。為了使皇帝在相當長時間內遠離錢寧，江彬便想出勸皇帝出外

巡幸的辦法。於是，他不時在武宗耳邊講，宣府的樂工技藝高，當地美貌婦人多，又可以四處巡邊，瞬息之間奔馳千里，幹嘛皇上非要整日鬱鬱居於大內之中為廷臣所煩擾呢。

明武宗不住點頭，遊興大發。

正德十二年秋（1517年）的某一天，明武宗在江彬引導下，神秘兮兮地僅帶幾百人，急裝微服小打扮，飛馳至昌平，準備出居庸關而去。

不料，巡關御史張欽坐鎮城樓，任憑江彬等人威脅恐嚇，堅稱來人無關文，就是不讓守卒開關門。明武宗一行只得悻悻而歸。數日之後，明武宗先下旨讓太監谷大用代替張欽之職，一大幫人連夜出京，「順利」過關，飛抵至宣府。

江彬早已派人在宣府興建了奢華駭人的「鎮國府」，並把豹房內的珍玩奇物與美姬樂工運到這裡「伺候」。不僅如此，君臣興起，多次大半夜到官民之家「臨幸」，只要發現有漂亮女人的，不管未嫁已嫁，皆一把摟住，摒去其家人，馬上開幹。

此種進入民家頻頻淫污婦女的帝王，中國歷史上這位正德皇帝系第一人，也是最後一人。但從舊時代的「理論」上講，「四海之內，莫非王土；率土之濱，莫非王臣」，推而思之，自然是「天下婦女，莫非王妾」。臣民妻女讓天子「幸」了，還不好說什麼，跪送謝恩高呼「好再來」而已。

武宗皇帝大樂之，樂而忘歸，稱宣府為「家裡」。試想，明武宗居北京二十多年，從未這樣爽快過。且民間婦女百態奇花，也非宮中木訥嬪妃能比。

十月間，江彬陪同武宗自宣府馳奔大同，在陽和附近遊獵。恰巧有蒙古諸部數萬騎寇邊，大掠應州。邊將王勳等人知皇帝在附近，拼死力戰，蒙古人敗退而去。

至於明武宗本人，率一哨人馬，江彬陪駕，正好在途中遭遇一股蒙古兵，雙方拼殺。大戰近一個時辰，蒙古騎兵擋不住明軍扈衛精騎，留下十六具屍首遁走。明武宗馬上功夫了得，竟然以

九五之尊，交戰中手斬蒙古兵一人。從前的打仗作戲，今天果然得以實用。

觀諸史籍，多言此戰失多獲少，聲稱明朝官軍死數百人，筆者覺得是史官（嘉靖朝寫實錄的人）撒謊，實際是想抑壓明武宗戰績。有明一代，皇帝親征不少，明英宗大草包不說，明太祖、明成祖多次出征，但皆是親自指揮而已，能以皇帝身份置生死於不顧縱馬揮戈殺蒙古人的，僅明武宗小夥兒一人而已！

此次實戰，可把明武宗樂壞了，比王石花幾百萬登上珠穆朗瑪峰還要有成就感。自此，他改換身份，自稱為鎮國公、威武大將軍「朱壽」，實實在在融入真實遊戲的角色中，還派人把「朱壽」大將軍的勝捷喜報送達京城。

此後，凡中國軍國大事，武宗皇帝一概交予江彬。江彬不是權臣，又不是喜歡弄權的太監，所有奏章報入後，這位爺一概不處置，往往二三歲也不得處理。

朝廷大臣前後切諫不已，皆不聽。典膳官李恭上疏，嚴劾江彬誘帝出行之罪，被江彬派人逮捕，拷死獄中。

過了兩個多月，明武宗回京過春節，主持了一些禮儀祭祀之事，但他一顆玩心常在宣府塞外。

正月間，藉郊祀機會，他又與江彬出關遊玩，在密雲、黃花一帶遊逛。江彬知道皇帝精力旺盛又喜歡民女，沿途強征良家婦女數十車跟隨，其間有數位出「車禍」摔死，擾民良多。

得聞奶奶輩的太皇太后王氏病死，明武宗才不得不回京主持喪儀。回到大內，他首先下詔，命大將軍朱壽（就是他自己）統率六軍，以江彬為副將軍，封為平虜伯，並蔭其三子為錦衣衛指揮，還升賞許泰等內外官九千五百五十餘人，賞賜億萬計。

只要皇帝高興，萬事不惜血本。

到了夏四月，明武宗借送太皇太后靈柩之機，又一次出關巡幸。

聽聞寧夏有邊警，明武宗高興，急忙回京，召大臣議「北征

之事」，準備派「大將軍朱壽」與江彬一起率軍「禦敵」。眾臣明知皇帝給自己下詔，自己任命自己為將出征極其荒唐，又不好說破，只能群跪諫止。

明武宗不悅，集大臣於左順門，召大學士梁儲當面令他草制。梁儲倔強，高聲道：「其餘事皆可順從，此制我絕不起草！」

武宗皇帝聞言大怒，仗劍而起，「如不草擬制書，當吃此劍！」

梁儲伏地，叩頭泣諫：「臣逆君命，實有罪，願受死！倘若為臣草制，則是以臣的名義命令皇帝，臣死不敢奉命。」

僵持久之，明武宗雖荒淫，但非殘暴之君，罵罵咧咧擲劍於地而去。自己讓人撰寫詔命，不再走行政部門的過場。

制令雖未下達，但阻止不了皇帝自己出關。明武宗由江彬陪同，自大同渡黃河，在榆林遊玩數日，紮營於綏德，納總兵官戴欽之女為妃。

回程中，一行人經西安過偏頭關，抵達太原，在城內大征美女及樂工。也正是在這裡，明武宗看上了樂工楊騰的老婆劉氏，一見傾心，愛極了這位有夫之婦，攜之而歸。江彬近諸近侍皆「母事之」，稱為劉娘娘。估計後世戲劇《遊龍戲鳳》，正是據此情事所改編，只不過女主角由劉氏變為「李鳳姐」，地點由太原變為大同。

明武宗確實荒唐。延綏總兵馬昂因罪被免官，但他有一位如花似玉的妹妹，能歌善舞，騎射之餘，又解諸蕃「外語」，已經嫁給軍官畢春為妻，且有兩個月身孕。為保官職，馬昂在江彬「協助」下從妹夫畢春家抱走了妹妹，獻給明武宗使用。甭說，武宗皇帝小夥兒性趣多多，喜歡這位含珠之蚌，馬小妹也喜皇上年輕風流英俊功夫好，二人如漆似膠，不顧蚌珠在腹，日日巫山。

高興之餘，明武宗馬上升馬昂為右都督，賜其二弟蟒衣，下令蓋大宅子讓馬昂兄弟居住。一日，閑極無聊，武宗皇帝親自去馬昂家，看見敬酒的馬昂一妾甚美，命馬昂獻出。馬昂猶豫，武

宗怒起離去。這可嚇壞了馬昂，忙藉著太監張忠把美妾裡外打扮一新送入宮內。轉天，有旨傳出，馬昂二弟皆升都指揮一類的大官。欣喜過望，馬昂「又進美女四人謝恩」。

朝臣有知此事，駭恐異常，生怕小軍官的骨血成為日後「儲君」，狂上奏章。

武宗也煩，不久又玩膩了肚子日大的馬小妹，便遣之出宮，終未釀成狗兒變龍子的大事。

正德十四年（1519年）正月，明武宗自太原還歸宣府。武宗東西遊幸，達數千里之遙，乘駿馬，持弓矢，涉險阻，冒風雪。隨從衛士中途多病，而他絲毫無倦容。小夥兒體格真棒，他又漁色又長途奔波，竟絲毫不覺勞累。

回京後，歇了一個月，明武宗又下詔「命令」：「鎮國公朱壽（他本人）南巡」。

由於江西的寧王朱宸濠久蓄逆志，天下皆知，群臣死諫，一百多人伏闕痛哭攔阻，惹得武宗皇帝怒起，當廷杖責大臣。錦衣衛兵士手下不留情，竟然杖死十多名大臣。

金吾衛指揮張英為義氣所激，光膀子挾兩大袋土攔路哭諫，不從，即拔刀自刎，血流一地。侍衛見張英未死，叱問他挾土袋想幹什麼，張英道：「恐血污帝廷，以土掩血。」言畢氣絕。

如此折騰，明武宗沒了興致，江彬等人，亦知朝廷朝臣不服，稍稍畏憚。

七月，江西的寧王朱宸濠造反。

消息傳至北京，江彬欣喜，意圖勸明武宗親征，並下令說，敢有進諫者，處極刑。

於是，九月間，明武宗率江彬、張銳、錢寧從北京出發。行至半路，太監張銳與江彬皆稟告武宗皇帝說，錢寧一直與寧王暗中勾結，武宗點頭，以留錢寧監察皇店為名，阻止他隨駕。

不久，錢寧事露，明武宗遣人立刻逮捕他，並查抄其家，「得玉帶二千五百束，黃金十餘萬兩，白金三千箱，胡椒數千兩。

」但錢寧此人在明武宗時代未被處決，一直被關押。後來明世宗繼位，錢寧被凌遲於市，其養子十一人皆被斬殺，幼子下蠶室。以太監之奴起家，兒子復為閹人，錢寧這個雲南苦孩子折騰半世，終於獲此結局。

明武宗一行人「親征」，行至半路，江西的王守仁已經活捉了造反的寧王朱宸濠，但明武宗不讓他獻俘，繼續自己的南行旅程。

年底，大部隊抵至揚州，強征民居為都督府，遍刷婦女、寡婦，獵色不已。可幸的是，陪同武宗出遊的「劉娘娘」很賢惠，常哭諫武宗不要過分擾民，他才稍稍收斂。

正德十五年（1520年），明武宗到達南京，終於坐在南京的龍庭上找了一把昔日明太祖的感覺。

江彬所率數萬北方邊兵，跋扈特甚，欺行霸市，強買強賣，把南京城整得個烏七八糟，人心惶惶。不久，明武宗還想幸蘇州，下浙江，遍遊湖、湘，南京眾臣苦諫，隨行北方諸將又不樂南行，所以才未成行。

七月間，明武宗在牛首山一南遊玩。期間，軍中夜驚炸營，使得眾臣驚駭了好一陣。當時寧王朱宸濠一直被逮繫於江上的船中，民間紛紛訛傳寧王將為人劫持生變，武宗皇帝也覺不踏實，在陰曆閏入月時從南京啟程，回返北京。

至此，再掉頭詳細交待一下寧王朱宸濠叛亂以及王守仁率兵平叛的詳細過程。

志大才疏，窺伺龍位——不自量力的寧王朱宸濠

早在明武宗正德二年（1507年），大太監劉瑾就在收受寧王朱宸濠重寶之後，矯詔恢復這位王爺在江西一帶的屯田護衛，使之擁有了自己的一支武裝。

寧王一系是皇室近親，第一代寧王朱權是朱元璋第十七子。太祖諸子中，「燕王善謀（朱棣），寧王善戰（朱權）」，兩個

人都不是省油的燈，但寧王本來的封地在喜峰口以外的大寧，朱棣起兵篡奪時，設計挾制了這位十七弟。稱帝後，朱棣便把這位善戰的弟弟改封於江西，讓他遠離邊陲，無法再發展。同時，朱棣對藩王進行了嚴格的限制，特別嚴禁他們擁有武裝力量，以免他們有樣學樣，仿效自己昔日之舉重新上演「靖難」篡奪大戲。天順年間，當時的寧王多有不法之事，連護衛親軍也被削奪，改為南昌左衛。

由於劉瑾收賄後「通融」，寧王朱宸濠得以把南昌左衛軍又變回為自己王府的護衛軍，終於得到一支像樣的武裝。高興沒多久，三年後，劉瑾倒臺使他所有昔日作為皆被逆轉，兵部又把寧王護衛改為南昌左衛。

如此倒騰，寧王朱宸濠異心更熾。轉年，他就把其生母葬於西山的青嵐，這是一塊所謂的「龍興」風水寶地，明廷曾嚴令禁止在此建墳。

古人迷信，寧王自不例外。有算卦先生李日芳常講南昌城東南有天子氣，於是寧王在當地建「陽春書院」，實際是把這地方當「離宮」，以應「天子氣」。又有術士李自然為騙錢，三番五次說天降神諭，寧王有「天子」命。這些「鼓勵」和「上天」轉達的暗示，都使寧王朱宸濠摩拳擦掌，非要整出個名堂來不可。

大臣陸完任江西按察司時，巡撫地方，寧王日夜延其至王宮，好吃好喝大元寶，奉承說：「陸先生他日必為京中公卿大臣！」陸完心中暗喜。宣德九年，陸完果然被召回北京任兵部尚書，投桃報李，替寧王找關係打通關節，藉著錢寧的努力，終於又重新擁有了「護衛屯田」的權力，為日後起事奠定豐厚的人員組織基礎。

不過，寧王非是那種城府極深的巨滑之人，離「天子」之位還一萬八千里，他就開始自稱「國主」，以護衛為「侍衛」，把王爺令旨改稱「聖旨」，給時人留下諸多把柄。同時，他派手下人在江西招募大盜楊清等百餘人入王府為自己效力，號稱「把勢

」。鄱陽湖上打家劫舍為生的賊頭楊子喬聽聞此事，也立刻積極投靠寧王，在水面陸地肆行劫掠，幫助寧王訓練手下。

打仗幹活的人有了，舉人劉養正這種「文膽」也被招入王府。劉舉人通曉古今，見寧王當日，就大講特講昔日宋太祖「陳橋兵變」之事。寧王朱宸濠大喜，自認為劉舉人很懂事，以宋太祖喻己，將在世間「撥亂反正」。

正德十年（1515年），感覺超好的寧王一日因江西都指揮戴宣因事惹怒他，他竟然擅自命手下人用大棍把戴宣當場擊死。這事可鬧大了，明朝的王爺再牛逼，也不能擅自殺掉朝廷委派的地方官員，時任江西按察司副使的胡世寧馬上奏了他一本，朱宸濠頗懼，就推稱是手下人所為。畢竟朝中有錢寧等人幫襯，寧王本人不僅沒事，他還反誣胡世寧「離間皇親」，使得當時已升任福建按察使的胡世寧被逮入錦衣獄，拷掠幾死。

由於明武宗荒淫，一直沒有兒子，寧王聞之心動，便準備無數銀金財寶送與北京的錢寧等人，希望自己的長子能入京到太廟進香，實際上是想勸使武宗皇帝立自己兒子為皇儲。廷議上，大臣多有反對，明武宗自己也沒拿這事當事，不了了之。

朱宸濠諸多異常，一般人不敢明說，但巡撫江西的都察院右副都御史孫燧與巡撫南贛等地的都察院右僉都御史王守仁早就心中有數。特別是孫燧，由於他本人就駐派南昌，深知大變將作，就均征賦，飭戒備，實倉儲，散鹽利，漸次削除不利於朝廷的賦稅，偵逮奸黨送獄，以削剪寧王的羽翼。雖如此，有胡世寧前車之鑑，孫燧只能暗中行事，不敢明奏朝廷寧王要造反。

到了正德十二年（1517年），寧王府中的官員就有幾個人上奏朱宸濠不法之事。又是藉著京中的錢寧，寧王把這些人發配的發配，下獄的下獄，並因此懷疑屬官周儀告密，指使賊人屠滅周儀家，殺六十多人。

朱宸濠加緊了造反前的物質準備工作，招募巨盜數百人，四處劫掠軍民財貨物資，收買皮帳，製作皮甲，私制刀槍，趕制佛

郎機（火銃）等火器，日夜造作不息。

　　為了能有廣泛支撐，他派人秘密聯絡漳州、汀州以及南贛一帶的少數民族，約好起事時群起回應。

　　這年年底，太監畢貞被朝廷派來監撫，此人乃錢寧一夥，到江西後與寧王臭味相投，附之為逆。寧王以進貢方物為名，派出多人馳往京城，沿途設置健步快馬，限十二日把京中之事報知自己，偵伺京城動靜。

　　江西巡撫孫燧日夜憂心寧王突然造反，便以防盜為名在進賢、南康、瑞州等地修建新城，並在九江兵家重地增設防備，各設通判官，以備倉猝。為避免寧王起兵時搶劫南昌武庫，孫燧又以討賊為名，把衛城兵庫內的武器皆調派到外地，他笑對手下人講：「寧王造反，即使我滅不了他，他也會因為我現在的安排而最終為朝廷所滅。」

　　由於孫燧率兵捕盜甚急，寧王手下的巨盜不少人被殺或落網，急得這位王爺忙找到「老關係」陸完，讓他串通錢寧等人想辦法，把孫燧調走。

　　孫燧見情況緊急，數次上奏朝廷，大概有七次之多，均急報寧王逆行加速，但送書人皆於中途被害。由於寧王本人是明廷皇親近宗，孫燧不敢先下手為強。

　　寧王一夥人本來還有耐心，準備等明武宗哪天出遊時摔死或在豹房玩樂時被虎豹咬死後再趁機舉事。但是，北京方面，太監張忠、江彬等人與錢寧爭權，又都知道寧王與錢寧私下不法勾結的事情，就想趁揭露寧王逆謀之事把錢寧搞下去。

　　東廠太監張銳、大學士楊廷和先前曾收受寧王大筆金寶，但得知這位王爺實有反心，怕日後事發牽連自己，也落井下石，一起進奏，說朱宸濠「包藏禍心，招納亡命，反形已具」。

　　明武宗見這麼多人如此說，立刻派太監賴義及駙馬崔元等人攜帶敕書往南昌，警告朱宸濠，並削其護衛。

　　由此，寧王朱宸濠只得提前造反。

　　正德十四年陰曆六月十三日，朱宸濠生日。他正在王府大擺酒宴，款待來賀生日的鎮撫三司官員。席間，寧王預設的京中密探飛報，朝廷已經派人來責罪，並要削除護衛。寧王大驚，忙招劉養正等人密議。劉養正首先建議：「明早鎮撫三司官員必定依禮節來入謝，可趁此機會盡擒眾官，殺掉不與我們同心的人，然後發兵起事！」

　　到了這個地步，也沒有再好的辦法，否則只能坐以待擒。於是，寧王等人連夜佈置，召集平素豢養的賊盜吳十三等人，讓他們在廳堂左右設下伏兵。

　　轉天一大早，眾官來拜謝昨日的生日宴請。剛剛起身，突然從外闖進數百帶刀兵士，把官員們團團包圍。

　　眾人愕然間，寧王起身高聲宣佈：「正德（指武宗）乃孝宗皇帝從民間撿來的孩子，太后有密旨，令我入朝監國，汝等知之乎？」

　　巡撫孫燧未料到事起如此倉猝，但事至此時，他知道這位王爺是真要造反了，他獨前喝斥：「太后密旨安在？」

　　寧王一楞，他沒想到孫燧會這樣質問他。呆了片刻，他揚脖高喝：「不必多言，我今欲往南京，你保駕否？」

　　孫燧嗔目大罵：「天無二日，臣無二君，有太祖法制在，你是什麼東西！」

　　寧王朱宸濠大怒，立叱衛士把孫巡撫捆綁。

　　按察司副使許逵大呼：「孫都御史，乃國家大臣，汝等反賊，真敢擅殺大臣嗎！」同時，他扭頭頓足對孫燧說：「我早就勸君先下手，你不聽，今受制於人，後悔無及！」

　　寧王派兵士擁上，把許逵也綁了，問他是否跟從自己起事。許逵大罵：「狗賊，我惟有赤心報國，怎肯從爾等為逆！」並大喝：「今日賊殺我，明日朝廷必殺爾等逆賊！」

　　於是，孫燧、許逵二人，皆被寧王遣人押往南昌惠民門外斬首。二人臨刑不屈，破口大罵。城中人民聞之，無不流淚歎息。

一不作，二不休。寧王命人把眾官中與自己素不相偕的十多人關入大獄。

在劉養正策劃下，寧王挾持南昌當地退休的前侍郎李士寶，劫持鎮撫三司一些官員，傳檄遠近，革除正德年號，指斥朝廷。

從當時理論上講，寧王造反的口實還真不少，可以稱是「清君側」，可以稱是「逐昏君」，但他本人就是大惡之人，所以號召力就不強。

啥事未成，寧王就委任李士寶為左丞相，劉養正為右丞相，派幾個賊頭順流奪船，四處收兵。開始時候，叛軍還挺順利，南康、九江俱被攻陷，當地守官守將逃走。

最早聲討寧王罪惡的，是當時正提督南贛軍務的王守仁。而他這次所以能倖免於南昌之難未與孫燧、許逵等人一起被殺，還是因為當時的兵部尚書王瓊有遠見。王瓊知道寧王早晚要反，恰值福州有三衛軍人小規模叛亂，他就把王守仁暫時派往福州處置此事。王瓊對手下講：「福州軍人亂，本是小事，不足煩王守仁如此大才之人去平定。但他可以藉此掌握一軍，又有敕書在手，以待他變（指寧王隨時可能的造反）。」

結果，王守仁果然因外出，未被寧王在南昌宴會時逮住。

寧王六月二十四日正式造反，六月二十五日王守仁在豐城知道消息，立即往江西回趕。臨江知府歡喜無限，忙把他迎入城中商議對敵之策。

王守仁雖為文臣，極曉兵法大略，他說：「宸濠若出上策，會直搗京師，出其不意，則社稷可危；若出中策，直趨南京，則大江南北一時會盡為其所據；如只據守江西省城，則出下策，可一舉擒滅之！」

於是，他立即派人令在通往北京、南京的要害處設置疑兵，又偽造朝廷早就派兵嚴備的假公文，故意讓寧王的手下人拾到，造成各處皆有準備的假象。

寧王朱宸濠中計，沒敢立即出兵擊襲。由此，就給了王守仁

非常多的調動和喘息時間。

王守仁與吉安知府伍文定會兵後，商議道：「兵家之道，急衝其鋒，攻其有備，皆非上計。我們現在假裝在各個城府自守不出，寧王不久就會集大兵自南昌出發，到那時，我們再尾隨躡追。依我之計，寧王兵出，我等應該立刻發兵收復省城南昌。他聞老巢被收，肯定回救，我們恰好集結兵力在他回軍途中邀擊，此乃全勝之道。」

時在北京的兵部尚書王瓊接到王守仁飛奏寧王造反的消息，對眾宣言道：「有王守仁在，大家不用擔憂，不久當有捷報。」

明廷得知寧王朱宸濠反訊後，根據江彬等人的建議，很快就逮捕了錢寧、陸完等人，下獄抄家。

偵知江西王守仁等人據城不出，寧王朱宸濠膽子愈大，僅留數千人守南昌，他自己與劉養正、李士實等人率領六萬人，號稱十萬人，滿載妃媵、珍寶，出江西，帶著他的世子，分軍為一百四十餘隊，分五哨出鄱陽湖，舳艫蔽江而下，聲言要直取南京。

造反大軍，先攻安慶。安慶城裡，守城的守將勇武，寧王朱宸濠數日不能攻克。

王守仁得知寧王出南昌的消息，知道一切皆在預料之中，便與伍文定在臨江樟樹鎮會兵。知府戴德孺引兵自臨江，徐璉引兵自袁州，邢珣引兵自贛州，通判胡堯元、童琦引兵自瑞州，各自率兵赴會。六月十八日，大家齊集豐城，商議如何出兵事宜。

聽說王守仁欲攻南昌，不少人有疑議：「寧王一直謀劃造反，南昌留備必嚴，恐怕難以一日攻拔。今寧王攻安慶，日久不克，兵疲意沮，不如以大兵逼之於江中，與安慶守軍夾攻之，必敗敵人。寧王一敗，南昌不攻自破……」

王守仁搖頭，說出自己的意見：「不然。我軍如捨南昌不攻，與寧王必定相持於江上。安慶守軍僅能自保，不可能抽兵增援我們。此時，寧王南昌守軍可以乘間斷絕我們的糧道，而南康、九江賊軍又可合勢出擊，我們腹背受敵，肯定要吃大虧。寧王集

所有精銳之兵齊攻安慶，南昌防禦必薄。加上我軍新集氣銳，南昌定可一攻而克。寧王聞我軍攻南昌，必會自安慶解圍，還兵救其老巢。待其回軍，我方已克南昌，寧王聞之必然奪氣，首尾牽制，必為我擒！」

果然，七月二十一日，大軍齊集南昌城下，王守仁下達死命令：「一鼓附城，二鼓登城，三鼓不登者誅，四鼓不登者斬其隊將！」於是，號令一下，士兵蟻附秉城。

南昌城上雖設守禦，皆聞風倒戈，城門多有不閉者，士兵遂入。

南昌如此堅城，由於寧王暴虐，人民不附，守將怯懦，幾乎沒怎麼招集，就被王守仁大軍攻陷。

入城後，王守仁安撫士民，籍封府庫，城中遂安。

當時的朱宸濠正因安慶久攻不下而著急上火，親自督兵填濠塹，豎雲梯，期在必克。

聽聞王守仁率兵攻南昌，寧王大恐。李士寶等人多謀，勸寧王舍安慶不攻，徑攻南京。如果登帝位，自然佔據了名義上的優勢，可使江西等地自服。

寧王短視小人，惦記老窩的金銀財寶，沒有聽從李士寶建議，馬上要回援南昌。他從安慶撤圍，立刻派二萬精兵先發，他自率四萬軍隨後繼之。

聽聞寧王朱宸濠大軍還攻江西，明軍內部有人建議：「寧王兵盛，心急憤怒，乘眾而來。我方援軍未集，勢不能支，不如堅壁自守，以待四方之援。」

王守仁自有其獨特見解：「寧王兵力雖強，但以威劫眾，所至焚掠，不得民心。雖兵馬勢眾，但寧王部伍從未遇旗鼓相當之軍與之相戰。其部將本來想待其稱帝以取富貴，今其進取不能，巢穴又失，沮喪退歸，眾心已離。我軍以銳卒乘勝擊之，彼將不戰自潰！」

果不其然，七月二十三日，王守仁率諸將在樵舍迎擊寧王朱

宸濠叛軍，敗其前鋒。轉天，黃家渡一戰，又大敗叛軍，追奔十餘里，擒斬二千餘級，賊軍溺水死者萬計。寧王大沮，退保八字腦（地名）。

至此，寧王的先遣軍，已經完全被消滅。

寧王本人乘舟夜泊，泊地名為「黃石磯」。他問從人當地何名，南人「黃」、「王」二音不分，對曰「黃石磯」，寧王聽成「王失機」，大怒，立身揮劍，把答話人腦袋砍掉。

叛軍見兵敗，軍心已經潰散，逃兵日多。

事已至此，硬著頭皮也要死撐到底。寧王朱宸濠大賞將士，獎當先者千金，受傷者五百金，並招南康、九江賊兵前來江合，並力合戰。

重賞之下必有勇夫。叛軍拼死前衝，殺掉官軍數百人，戰陣不穩。

吉安知府伍文定雖是文臣，提劍監軍，急斬先退者數人以殉。他身先士卒，站立炮銃之間，大火焚其鬚髯，伍文定堅守不動。見伍知府如此，眾軍勇氣倍增，殊死抵拒，兵勢復振。

明軍銃炮齊發，寧王朱宸濠所乘指揮大舟也挨炮著火，賊眾大潰。不得已，寧王率殘兵退保樵舍，聯舟為方陣，準備做垂死掙扎。

正當賊王賊將為如何處理敗將爭執不下之時，官軍已經發動火攻，大軍四集，爭相進擊，賊軍終於四散而逃，大勢去矣。

時至此刻，寧王朱宸濠萬念俱灰，與嬪妃泣別。成百絕色佳人，知道造反被抓沒什麼好結果，皆赴水自殺。至於寧王本人、其世子，以及李士寶、劉養正等數百賊頭，皆被生俘。此戰，叛軍溺水淹死的就有三萬多，所丟棄的衣甲器仗財物，在水面上與浮屍積聚，橫亙若洲。

水上戰場，真是「壯觀」得很。

官軍把朱宸濠一行人押上囚車返南昌，軍民聚觀，歡呼之聲震動天地。

入城後，王守仁閱視俘虜，寧王老著臉還哀呼：「王先生，我欲盡削護衛，還能當個庶民老百姓嗎？」

王守仁心中冷笑，臉上不動聲色，回答道：「自有國法處置你。」

這邊寧王已被活捉，京城內的明武宗高興得心急火燎，借「親征」之名南巡，以盡遊玩之樂。

大軍剛行至良鄉，王守仁捷報已至，並表示要獻俘闕下。

明武宗連發數檄止之，如果寧王被送來北京，他就不能「南巡」遊樂了。

陰曆九月間，明武宗至南京，王守仁又欲到南京獻俘，仍不被允。江彬、張忠等人深知皇上愛玩的心性，想讓王守仁把寧王一行人放歸鄱陽湖，以使明武宗能親自率軍與其「交戰」，而後再奏凱論功。

王守仁不得已，連夜過玉山，押解寧王一行叛將取道浙江以進。

這時候，大太監張永在杭州正等著王守仁，準備讓他縱俘鄱陽湖，以使皇帝能親自「打獵」。

王守仁見張永，苦求道：「江西之民，久受寧王荼毒，今經大亂，又繼以旱災，加之供京軍糧餉，困苦已極。如再有苦壓，一定會嘯聚山谷為亂。如果此時放寧王入湖，兵連禍結，何時有個結局啊！」

張永即是昔日誅除劉瑾的首謀太監。聽王守仁一席話，深以為然，緩言道：「我此行杭州，因為群小（指江彬等軍人）在君側，不得已候你於此，非為掩功而來。但皇上之意可順不可逆，群小若乘其怒激之，大事不好。」

王守仁聽此言，稍稍心定，便把寧王一行賊人轉交張永，連夜返回江西。

王守仁學乖，再上奏疏，稱「奉威武大將軍（朱壽）方略討平叛亂」，即把大功歸於武宗皇帝及其左右。

　　張永回南京後，見武宗皇帝，極言王守仁忠臣，良可信賴。本來，江彬等人事先已經在武宗皇帝前進讒言，講王守仁本來依附寧王朱宸濠，後來見其不能成功，才反手一擊擊擒寧王。經張永大公公一番釋疑解惑，武宗皇帝終於相信王守仁是「好人」。於是，他下詔命王守仁巡撫江西，並擢升吉安知府伍文定為江西按察司使。

　　年底，寧王一行俘囚檻車至南京。武宗皇帝想自以為功，就與江彬等諸近侍戎服騎馬，大列隊伍，出城數十里，列俘於前，作凱旋狀。

　　寧王朱宸濠被囚一年後，正德十五年（1520年）年底才被賜死，並被焚屍揚灰。寧王之亂，終於塵埃落定。

　　王守仁方面，平寧王之亂，立下如此殊勳，但終武宗之世一直未敘功。明世宗入統，很想招王守仁入朝，並下詔封其為「新建伯」。但是，王守仁與兵部尚書王瓊關係好，閣臣楊廷和與王瓊不睦，不少大臣嫉妒王守仁功勞，皆以「國哀未畢，不宜舉宴行賞」為名，阻止他入京。雖然稍後任命他「南京兵部尚書」這樣一個虛銜，但並未發給他鐵券和歲祿。憂恨之下，王守仁拒不上任，病辭歸家。未幾，其父病死，因丁父憂，他只能閒居於鄉，鬱鬱數年。

耽樂嬉遊，體疲身乏——明武宗戲劇人生的終結

　　正德十五年（1520年）閏八月，玩夠了貓捉耗子遊戲的明武宗終於率軍往北京回返。

　　回程路上，武宗皇帝當然不會閒著，自瓜州過長江，登金山，遊鎮江。在清江浦，武宗見水上風景優美，魚翔潛底，頓起漁夫之興，便自駕小船捕魚玩耍。

　　提網見魚多，明武宗大樂，盡力挽提，使船體失去平衡，他本人跌落水中。明武宗在北京長大，不懂游水，掉入水中後手忙腳亂，一陣亂撲騰，親侍們雖然把他救回，但水嗆入肺，加之驚

悸惶怖，身強力壯的小伙子自此身體就不行了。

導致他大病的原因，最有可能的是，武宗皇帝嗆水後引致肺部高壓，使血液中的水滲透入組織間隙，造成肺部換氣障礙，進而引致肺部積水。另一個可能，是受驚加秋日著涼引發肺炎，才擊垮了身體特棒的皇帝。今天，肺炎乃一般病症，大劑量消炎藥加上保養能痊癒。但在明朝，肺炎、肺積水可是要人命的絕症。

途中耽擱幾個月，正德十六年（1521年）春正月，明武宗一行才回到北京，文武百官在正陽橋南接駕。

武宗皇帝身體困疲，仍強自支撐，入城時大耀軍容，把俘虜的賊將賊臣以及從逆者家屬數千人皆五花大綁，皆令他們在輦道跪於兩邊，活人頭上插標寫上姓名，死人梟首懸頭於竿。特別不吉利的是，路兩旁皆標以白幟，數里不絕，一派發大喪的排場，當時就有不少人覺得不祥。

明武宗仍舊戎服乘馬，立正陽門下，閱視良久，才入宮中歇息。老小伙子又發燒又咳又胸悶，還有心氣和精氣神玩閱俘的把戲，真正是荒唐到底。

正月十四日，明武宗仍舊強撐，在南郊主持大祀禮。行初獻禮時，武宗皇帝下拜，忽然口吐鮮血，癱倒在地，大禮不得不終止。

拖了近兩個月，正德十六年陰曆三月十二日，武宗皇帝處於彌留狀態對司禮太監講：「朕疾不可為也。告知皇太后。天下事重，望太后與閣臣審處之。前事皆由朕誤，非汝輩所能預也。」

人之將死，其言也善。言畢，這位英俊愛玩的大明天子崩於豹房，時年三十一。

其實，明武宗朱厚照在後世人眼中十足壞人一個，但相比明太祖，明成祖，明世宗，明神宗，明熹宗，他並沒有壞到哪裡去。只是繼位為帝的不是他兒子，而是以藩王入大統的堂弟明世宗。出於私憤，明世宗在實錄編撰中下令史臣皆錄其惡，絲毫不為尊者諱，使得武宗皇帝荒唐之行天下人皆知，且「萬古流芳」。

　　明武宗為帝，北征南巡以外，不是沒有幹過好事。史不絕書的，是正德一朝多次賑災免賦，而且，劉瑾之誅，寧王、安化王亂平，北邊御蒙古，皆是正德年大事，而且他在位時代的臣子有不少能幹賢才，皆從側面反映出這位帝王治下的總體治略的可稱道之處。

　　再舉數個小事以彰顯正德時代的「好事」：其一，寧王造反，武宗親征，行至山東臨清，傳令當地官員進「膳」。由於人多倉猝，武宗本人面前竟然忘記放筷子。他笑道：「怎麼這樣怠慢我！」話雖如此，並未發怒，嚇得尿褲的地方官未得任何怪罪。其二，太監黎鑑向都御史王澍索賄被拒，便跪於武宗面前哭訴王澍虐待蔑視自己，武宗笑言：「肯定是你要人家東西沒要成，王巡撫怎敢惹你這樣朕身邊的紅人。」其三，武宗皇帝一行至揚州，江彬等人欲奪富人宅院為「威武將軍府」，知府蔣瑤堅執不可。江彬伺機報復，正好明武宗手釣大魚一條，戲稱價值五百兩銀子，江彬就強賣給在一旁侍立的蔣瑤，讓他用庫錢購買。蔣瑤屁顛顛從家中跑回來，把老婆的耳墜頭簪獻上，說：「官庫無錢，臣所有惟此。」見此，武宗皇帝也是「笑而遣之」；其四，武宗祖母太皇太后王氏崩，百官送葬時，正值大風雨，泥地中眾人欲下跪時，明武宗遣人諭止……諸多小事，從側面說明明武宗本人並非殘虐淫暴大惡之君，他這輩子壞就壞在一個「玩」字上。

　　所以，史臣也公正：「毅皇（武宗）手除逆（劉）瑾，躬御邊寇，奮然欲以武功自雄」，該肯定的也應肯定。

　　明武宗病危時，江彬不知深淺，仍矯旨改團營為「威武團練」，任命自己為軍馬提督，兼掌京內大軍，以至於大臣們都憂懼江彬旦夕之間想造反。

　　大學士楊廷和文人老薑，親自與江彬寒暄，常常沒事人一樣笑談，使得江彬不覺有異。

　　明武宗崩後，楊廷和秘不發喪，與司禮太監魏彬定計，派內官密稟太后，索得除掉江彬的手敕。於是，他們以坤寧宮殿成，

要行安裝上梁的儀式，派找江彬與工部尚書李鐩一起入宮主持典禮。

江彬不知是計，穿禮服入宮，其侍衛被阻於宮外。祭禮畢，江彬欲出，太監張永又出面，留他吃飯。

遠遠看見有宦者持詔帶幾個錦衣衛士兵走來，江彬感覺不對，朝西安門方向狂奔，但宮門緊閉。無奈，他又順牆疾行，趨北安門。結果，把門的兵將說：「皇上有旨，留提督在宮內！」

江彬可笑又可氣：「今日旨從何出？」意思是皇帝病成那樣，我又沒派人發旨，哪裡有什麼「聖旨」。說話間，他推搡攔阻他的門將，想乘間逃出宮去。

這時，得到密令的門將再也不怕江彬，命手下士兵一擁而上，把江提督綁成粽子，連打帶罵，把他鬍鬚拔個精光。昔日威武絕倫的大將，如今狼狽不堪。

明世宗繼位後，下詔凌遲江彬，並殺其成年的五個兒子，其幼子江然與其妻女俱罰送功臣家為奴婢。對江彬抄家時，查得黃金七十櫃，白銀兩千兩百櫃，其他珍寶不可數計。

平實而論，江彬也就是一個恃寵跋扈武夫而已，自始至終沒有剪除異己之心，也沒有質劫公卿之志，一心一意只想哄明武宗開心，常年導其遊獵，騷擾地方。所以，他在武宗身邊十年，為惡之事，比起劉瑾的亂政五年，遠遠不及。

明武宗彌留之際，江彬沒有任何擁立宗室的打算，可稱是皇帝耿耿忠臣，絕無為己為身遠謀的私慮。為此，雖然江彬當時是以「謀逆」的罪名慘遭凌遲，後世史臣並未把他列入什麼「逆臣傳」或「奸臣傳」中，只劃入「佞幸」一類而已，實為公允。

伍

嚴嵩的歷史機遇與一生浮沈

——萬事浮生空役役

> 無端世路繞羊腸，偶以疏慵得自藏。
> 種竹旋添馴鶴徑，買山聊起讀書堂。
> 開窗古木蕭蕭籟，隱几寒花寂寂香。
> 莫笑野人生計少，濯纓隨處有滄海。

如此一首好詩，疏朗，散淡，恬適，自然，用典熨帖不露痕跡，於精簡處現典雅，在隨意間顯大氣。此詩名為《東堂新成》，作者乃明朝大名鼎鼎的大學士嚴嵩。

寫好詩的，當然更不一定是好人！

國人因意識形態的教育簡單化，總愛唐突古人，往往對任何歷史人物均以忠奸或者好壞來框定。說起嚴嵩，人們肯定會腦海中浮起京劇中大白臉、聳端肩、斜闊步一個大奸臣面目。

其實，真正的歷史人物嚴嵩，絕非是能以好壞忠奸來區分那麼簡單的。每一個鮮活的個體，絕對脫不開那個時代的環境，如果把歷史中的「這個人」從歷史複雜的關係上加以抽離，人，其實也就成為呆板的、符號化的空洞名字。

真正的嚴大學士本人，風神像秀，長身玉立，眉目疏朗，音聲宏闊。放在如今，也是讓人一見傾心的「人樣子」。

嚴嵩大學士的一生，跌宕起伏，值得大書特書。嘉靖皇帝一朝，宦官弄權情況幾近絕跡。所以，嚴氏父子當政握柄，自然為時人側目，失去話語權後，代代流惡，成為巨奸大惡。特別是經

過戲曲、話本和說書人的渲染，嚴大學士完全淪為「遺臭萬年」的悲慘角色。

「大禮議」——名號紛爭引致的黨爭

明武宗好色荒唐這麼多年，竟然顆粒無收。臨崩時，他自己沒有兒子，只能遺詔讓在安陸的堂弟興王朱厚熜繼承皇帝位子。

朱厚熜時年十五歲，乃明憲宗二兒子興獻王（謚號）朱祐杬的獨子。由於興獻王是孝宗親弟，明武宗死後，朱厚熜以堂弟身份「兄終弟及」，也合乎帝王承繼的傳統。

正德十六年（1521年）五月，朱厚熜由安陸入京。其生父興獻王早死，只有寡母蔣氏與其辭行。蔣氏乃一藩王妃，沒見過什麼大世面。她當時很謹慎，囑咐兒子說：「吾兒此行，荷負重任，不要隨便說話。」朱厚熜跪答：「一定遵奉您的教誨。」

朱厚熜不比當年繼位為帝的堂兄明武宗，他在藩地時受過極其正統的儒家教育，少年老成，本性陰沈，又不喜動，屬於那種生來就是搞政治的材料。行至良鄉，接到禮部公文，見上面有讓他入宮先為「皇太子」的安排，朱厚熜很不高興，回覆說：「遺詔讓我當嗣皇帝，怎麼又出來這種事？」顯然，明廷大臣們是想他以「皇太子」身份繼統為帝。

給死去的堂兄明武宗當「兒子」，朱厚熜當然不幹。所以，到了北京城以後，這位心思縝密的少年堅持不入城。閣臣楊廷和依舊希望這位「嗣皇帝」按禮部規定辦，朱厚熜堅執不可。

由於明武宗遺詔中的「接班人」人選天下皆知，再怎樣也不可能另外推一個「嗣皇帝」出來，楊廷和等人拗不過少年朱厚熜，只得授意群臣勸進。

朱厚熜這才答應入城。他由大明門入宮，拜謁大行皇帝（明武宗）梓宮後，又見宮內的皇太后（武宗生母），然後出御奉天殿登上皇帝寶座，改明年為嘉靖元年，這位就是明世宗了。

即位後，同幾乎所有新帝登基後都要象徵性做的一樣，明廷

以皇帝名義下詔，盡革明武宗時期弊政，在平反昔日蒙受不白之冤官員的同時，處決、懲治了前朝許多跋扈的文武官員。

身登九五龍寶座，嘉靖皇帝一面派人往安陸迎取其母的同時，一面下令朝廷禮部官員集議如何崇祀他自己的生父興獻王。

在當時的繼位詔書中，有「奉皇兄遺詔入奉宗祧」一語。這位少年皇帝，乃大孝之人，總覺著這句話顯然是給堂兄當兒子繼承人的意思。為此，他費盡心思要尊崇自己的本生父母。

這種宮廷禮儀，現代人可能不太明白，可能不少人會以為：你小王八蛋皇帝都當了，怎麼還惦記著如何讓死去的親爹再風光一場，沒意義嘛！不少當代「大儒」也不時譏諷為「大禮議」拚死廷爭進諫的官員，說那些人死腦瓜子，人家小皇帝愛幹啥幹啥，愛封死爹為皇帝關你們屁事，豁出身家性命爭這些「細枝末節」，傻呵。

不！當時的這些事情，在古代皆屬「基本原則」，是天道大經，為臣子不爭這些原則問題，就是不忠。所以，大臣們才如此紛爭囂囂，數年不絕。

大學士楊廷和官場老人，熟諳史籍，對禮部尚書毛澄說：「此事以漢代定陶王、宋代濮王二事為依據，敢有異議者皆為諛奸小人，依法當誅！」也就是說，根據前代外藩王入繼大統的事例，新皇帝應以明武宗為皇兄，以明武宗之父明孝宗（嘉靖的伯父）為皇考。這樣一來，就只能讓新帝以其生父生母為皇叔父、皇叔母。

為了彌補興獻王「無後」的「遺憾」，廷臣們建議讓益王的兒子朱崇仁過繼給死去的興獻王為「兒子」，代替現在給明孝宗當「兒子」的嘉靖新皇帝，這樣一來，那個朱崇仁就只能稱他自己的親爹益王為「叔父」。

看到這種「編排」，少年嘉靖皇帝老大不高興，「父母豈有能更換的，再議！」

楊廷和等大臣六十多人上疏力諫，希望新帝以大局出發，兼

顧「天理」「人情」，不聽。

　　新帝登基之際，新科進士張璁是個投機分子，他先透過老鄉、時任禮部侍郎的王瓚當眾散佈消息，表示新皇帝入繼大統，並非是以別人「兒子」的身份嗣承帝位，與舊日漢哀帝和宋真宗時代之事不同。

　　楊廷和很討厭王瓚這種賣巧行為，指派言官劾其過失，把他貶往南京，當那裡的擺設「禮部侍郎」。

　　張璁見勢不妙，沈默了一陣。之後，他聽說新帝不停讓禮部集議對其生父的尊崇之禮，便投石問路，呈上《大禮疏》一篇文章，把「繼統」和「繼嗣」問題拋出，論點論據頗有可采之處：

　　朝議謂皇上入嗣大宗，宜稱孝宗皇帝為皇考，改稱興獻王為皇叔父，王妃為皇叔母者，不過拘執（於）漢定陶王、宋濮王故事耳。夫漢哀（帝）宋英（宗），皆預立為皇嗣，而養之於宮中，是明為人後者也。故師丹、司馬光之論，施於彼一時猶可。今武宗皇帝，已嗣孝宗十有六年，比於崩殂，而廷臣遵祖訓，奉遺詔，迎取皇上入繼大統，遺詔直曰「興獻王長子，倫序當立」，初未嘗明著（陛下）為孝宗後，比之預立為嗣，養之宮中者，較然不同。夫興獻王（指嘉靖皇帝的親生父親）往矣，稱之以皇叔父，鬼神固不能無疑也。今聖母（指嘉靖皇帝生母）之迎也，稱皇叔母，則當以君臣禮見（是指如果以叔母名義相見，嘉靖的生母要向嘉靖皇帝下拜），恐子無臣母之義。《禮》：「長子不得為人後」（嘉靖皇帝是興獻王的獨長子），況興獻王惟生皇上一人，利天下而為人後，恐子無自絕父母之義。故皇上為繼統武宗而得尊崇其親則可，謂嗣孝宗以自絕其親則不可。或以大統不可絕為說者，則將繼孝宗乎？繼武宗乎？夫統與嗣不同，非必父死子立也。漢文帝承惠帝之後，則弟繼；宣帝承昭帝之後，則以兄孫繼，若必強奪此父子之親，建彼父子之號，然後謂之繼統，則古當有稱高伯祖皇伯考者，皆不得謂之統矣。臣竊謂今日之禮，宜別為興獻王立廟京師。使得隆尊親之孝，且使母以子貴，尊與

父同，則興獻王不失其為父，聖母不失其為母矣。

看見張璁這篇東西，鬱悶久之的少年皇帝大喜。他一直想大幹一場，但畢竟年少讀書不夠多，沒有「理論」依據。

至此，如獲至寶之餘，少年嘉靖皇帝命司禮監宦官把疏議送內閣，傳諭說：「此議實遵祖訓，據古禮，你們這些人怎麼沒有這種想法！」

楊廷和見疏大怒：「書生焉知國體！」這閣臣馬上持張璁之疏復入宮內，想給皇帝擺事實講道理。

嘉靖帝趁機，把張璁論疏重頭到尾細讀一遍，歡言道：「此論一出，吾父子之情肯定得以保全了！」於是他不理會楊廷和的反對，降手敕給閣臣：「卿等所言，俱有見識，但至親莫過於父母，今尊父為興獻皇帝，母為興獻皇后，祖母為康壽皇太后。」

楊廷和身為首輔，很是堅持原則，封還皇帝的手敕，上言道：「皇上聖孝，出於天性。臣等雖愚，夫豈不知《禮》謂所後者為父母，而以其所生者為伯叔父母。蓋不惟降其服，而又異其名也。臣等不敢阿諛順旨。」

接著，幾位御史、給事中等言官也交諫張璁議疏的偏狹，希望嘉靖皇帝「戒諭」張璁這等躁進之人。

由於剛登大寶，少年皇帝不敢太與大臣們較勁，只得讓禮部繼續商議此事。

延至十月，嘉靖帝的生母興獻王妃蔣氏行至通州，由於名號位號未定，自己兒子又當上了皇帝，老娘們再無當初小心謹慎之情。她聽說廷臣們想讓兒子尊明孝宗為「皇考」，大怒道：「怎麼這些人竟敢把我兒子當成別人的兒子！」潑婦本色頓現，就賭氣待在通州不往前走了。

嘉靖皇帝聞此，涕泣不止，忙入內宮對明武宗生母慈聖皇太后張後表示「願避位奉母歸養」，以撂皇帝挑子來軟威脅，眾臣為此惶懼不安。

　　見施壓起到了作用，少年皇帝獨斷：「本生父興獻王宜稱興獻帝，生母宜稱興獻后」，並詔示大臣開大明中門奉迎他的生母蔣氏。

　　當然，嘉靖帝也做稍許退讓，沒敢再堅持讓生母謁太廟。本來明廷有祖制：婦人無謁太廟之禮。

　　朝臣之中，如兵部主事霍韜等人，見張璁這麼一個新科進士因巧言得達帝聽，也思奉諛升官，開始上疏附和張璁疏奏。

　　嘉靖皇帝觀此，追尊本生父母的決心日益堅固。

　　首輔楊廷和很討厭張璁這樣的幸進小人，便外放他為南京刑部主事。張璁怏怏而去。

　　嘉靖帝得寸進尺，追生父為「興獻帝」後，又下御箚，批示禮部在興獻帝、興獻後的稱呼中再加上「皇」字。

　　楊廷和等人力爭，嘉靖帝抬出明孝宗皇帝張氏，說是這位太后指示自己這樣做。楊廷和見爭之不得，自請罷歸，不報。

　　給事中朱鳴陽等百餘官員上章進諫，表示不宜對皇帝的本生父母加「皇」字，不聽。

　　恰巧，嘉靖元年（1522年）春正月，清寧宮發生火災，楊廷和等人上言，認為這是「天意示警」，小皇帝心動，古人自上而下都迷信，一時間他不敢再有進一步舉動，便下詔稱明孝宗為「皇考」，明孝宗皇帝張氏為「聖母」，並稱興獻帝、興獻後為「本生父母」，不再加「皇」字。

　　一波剛平，一波又起。剛剛朝廷消停了幾日，巡撫湖廣的都御史席書上疏勸嘉靖皇帝在改元之際把興獻帝定為「皇考興獻帝」，在大內別立一廟加以崇祀，祭以天子之禮。至於嘉靖帝生母蔣氏，也不應再以「興獻」二字加之，應稱「皇母某後」；吏部員外郎方獻夫也上表，力勸嘉靖帝「當繼統而不繼嗣」，改稱明孝宗為「皇伯」，稱生父興獻帝為「皇考」。

　　二人疏上，楊廷和等人阻之不報，恨二人媚上多事。

　　到了嘉靖二年（1523年），這位青春期的皇帝更有主見，不

顧群臣反對，在安陸的興獻帝廟祭祀時行用太廟一樣的「八佾」大禮。年底，人在南京的刑部主事桂萼與張璁二人經過謀劃，又上疏再言「大禮」，同時，他們附送先前未達嘉靖皇帝御覽的席書和方獻夫二人疏奏作為「聲援」：

> 臣聞古者帝王事父孝，故事天明；事母孝，故事地察。未聞廢父子之倫，而能事天地主百神者也。今禮官以皇上與為人後，而強附末世故事，滅武宗之統，奪興獻之宗，夫孝宗有武宗為子矣，可復為立後乎？武宗以神器授皇上矣，可不繼其統乎？今舉朝之臣，未聞有所規納者，何也？蓋自張璁建議，論者指為干進，故達禮之士，不敢遽言其非。竊念皇上在興國太后（指嘉靖皇帝生母）之側，慨興獻帝佛祀三年矣，而臣子乃肆然自以為是，可乎！臣願皇上速發明詔，循名考實，稱孝宗曰皇伯考，興獻帝曰皇考，而別立廟於大內，興國太后曰聖母，武宗曰皇兄，則天下之為父子君臣者定。至於朝議之謬，有不足辯者，彼所執不過宋濮王議耳。臣按宋臣范純仁告（宋）英宗曰：「陛下昨受仁宗詔，親許為仁宗子，至於封爵，悉用皇子故事，與入繼之主事體不同。」則宋臣之論，亦自有別。今皇上奉祖訓，入繼大統，果曾親承孝宗詔而為之乎？則皇上非為人後，而為入繼之主明矣。然則（稱皇）考（於）興獻帝，母興國太后（以生母為本生母），可以質鬼神俟百世者也。臣久欲上請，乃者復得見席書、方獻夫二臣之疏，以為皇上必為之惕然更改，有無待於臣之言者。至今未奉宸斷，豈皇上偶未詳覽耶？抑二臣將上而中止耶？臣故不敢愛死，再申其說，並錄二臣疏以聞。

一番「忠勇忘身」醜表功，句句打動嘉靖帝心扉。他覽之大喜，大言：「此事關係天理綱常，文武大臣集議之！」

為了展示追崇本生父母的決心，且坐帝位已穩，嘉靖帝罷免了處處和自己過不去的大學士楊廷和。在此種情勢下，仍有禮部尚書汪俊等朝中大小臣工二百五十多人獨署或聯署八十多篇奏章

，請求嘉靖帝依部議行事。反觀張璁、桂萼一方，只有寥寥四個人聲氣相同。

嘉靖帝很惱怒，忍了數日。不久，楚王朱榮誠等人及錦衣衛千戶聶能遷等人想討賞討官，上書附和張璁。嘉靖帝感覺到了這股「支持」力量，下詔調桂萼、張璁二人由南京來北京。

時值嘉靖帝生母蔣氏生日，嘉靖帝大擺宮宴，命婦們紛紛上箋祝賀。只過了幾天，又遇明武宗生母張氏生日，嘉靖帝偏心，下旨免命婦入宮朝賀。此舉引起在朝官員不平，紛紛上疏進諫，均被嘉靖帝下旨逮入詔獄拷訊。

張太后為人其實很賢德厚道，在嘉靖帝入宮初期，她完全有能力與閣臣一起下詔廢掉這個侄子。此外，她為人又不會來事，對待以外藩王妃入宮的嘉靖帝生母不是特別客氣，引起當今皇帝小爺的懷恨。日後，張太后弟弟張延齡被人告發不法之事，坐法當死，張太后敝褥席槁作姿態向侄子皇帝請求饒弟弟一命，遭到嚴辭拒絕。不僅如此，嘉靖帝還把太后的另一個弟弟張鶴齡也逮入詔獄刑訊致死。張太后驚恐過多，不久暴崩。嘉靖帝復下旨殺她活著的弟弟張延齡。

由此，可以見出嘉靖帝此人本性極差。向使當初張太后反對他入統，皇帝這位子絕非他能坐上。

四月間，嘉靖帝下令，稱生父興獻帝為「本生皇考恭穆獻皇帝」，其生母為「本生母章聖皇太后」。為此，禮部尚書汪俊求去，嘉靖帝不讓他平白「致仕」，切責後罷其官職。

由南京而來的張璁、桂萼二人行至半途，見到詔書後，又起新點子，認為詔書內有「本生」的字眼是禮部官員陰謀，佯為親尊，實則疏遠，應該直接稱嘉靖帝生父為「皇考」，前面不宜帶「本生」二字的帽子。

嘉靖帝認為他們說得很對，按章修改，去掉「本生」二字。

廷中眾臣聞言，深惡桂、張兩人小人多事，紛紛揚言說二人入北京後要殺掉他們。

　　這兩個書生聞言，入北京後就裝病，不敢出門，怕被群臣當眾毆打。

　　吏部尚書喬宇、楊慎（大學士楊廷和之子）等人紛紛上言，勸嘉靖帝罷免張璁、桂萼二人以平息「邪說」，結果，皇帝反其道而行之，任張、桂二人為翰林學士，切責喬宇、楊慎等人。

　　張璁、桂萼二人得到新官職後，益加肆無忌憚，忙不迭上疏言「大禮」，有十三條之多，均為嘉靖帝採納，並命禮部官員施行。

　　激於義憤，楊慎在下朝後對群臣講：「國家養士一百五十年，仗節死義，正在今日！」大家紛紛回應，幾百人一齊跪在左順門，還有不少人邊大哭邊高叫「高皇帝」、「孝宗皇帝」，聲達內殿。

　　從早上直到中午，嘉靖帝幾次傳諭退出，眾人卻一直跪伏不起。

　　這一來，嘉靖帝暴怒，命司禮監宦官把哭宮的所有大臣名字全部記上，然後命錦衣衛按名逮人，第一天就把一百四十三人下獄，其餘八十六人待罪。拷訊之後，下令杖罰五品以下官員，編修王相等十七個人被活活打死，並把修撰楊慎、吏部侍郎何孟春、學士豐熙等人謫貶遠荒之地。

　　十月，嘉靖帝下詔改稱明孝宗為「皇伯考」，布詔天下，還準備把他生父興獻帝的靈寢遷入北京，有官員勸說「帝魄不可輕動」，這才沒有搬動死人入京。

　　可歎的是，楊慎當時三十出頭正當年，此人濁世翩翩佳公子，是正德六年狀元郎，中舉時年僅二十四歲。由於帶領群臣哭宮，他被杖打後，又由嘉靖帝下旨貶往雲南永昌衛。偏偏倒楣的是，楊公子趕上這位嘉靖皇帝壽數長，在位四十多年，瘴山霧水淒涼地，三十六年棄置身。楊爺這一流就是幾十年光景，嘉靖三十八年死於貶所。這位十一歲即能詩的大才子，一生創作詩歌二千多首，並著有詩歌評論名著《升庵詩話》。古稀之年，本來回家

探親想在四川老家多待些時日，楊爺竟被「勞改局」官員派人強押回雲南，悽愴之餘，他作《六月十四日病中感懷詩》：「七十餘生已白頭，明明律例許歸休。歸休已作巴江叟，重到翻為滇海囚。」鬱悶不已，病死異鄉。

嘉靖四年（1525年），嘉靖帝在皇宮內為其生父「興獻帝」立「世廟」，迎其神位於觀德殿。此時，群臣因高壓反對意見日稀，紛紛表賀，並獻《世廟樂章》。又過了三年，《明倫大典》撰成。

始作俑者張璁被封為謹身殿大學士，由太子少保兼太子太傅、吏部尚書。平時奮鬥幾十年才能當上首輔，由於他首議「大禮」，六七年功夫就躐至權力的頂端。

「大禮議」之爭，如果書生氣地講，實則是當時居主導地位的程朱理學正統派與王陽明「新學」之間的較量。

以楊廷和、楊慎父子所代表的舊臣集團以程朱道學為宗，強調「義理」，而王陽明學派主張「天理」，應向「人心」和「人情」傾斜，把「理」拉向「氣」。但從當時實際來講，舊臣一派雖然理論僵化並有不近人情之處，但多正人君子，非為謀己謀身；張璁一派雖近「情」，但多是見利忘義貪圖官爵的小人（王陽明當時還活著，張璁一派的席書、方獻夫等人均是他的學生輩，但王先生深知官場險惡，並未對「大禮議」明確表態）。

就事論事，張璁在「大禮議」問題上起了一個壞頭。但這個人日後表現多有善舉，剛明果敢，廉潔自律，罷休天下各地鎮守的宦官，重新清理貴族豪強隱匿的土地，拒腐反貪，幹過不少好事。所以說，歷史上的個人，極難以「好」「壞」加以絕對性區分。

而且，張璁當時舉人出身，總讓人誤覺得他是青年才俊，其實老哥們時年已經快五十歲了，是個七考不中的倒楣蛋。日暮途窮，潦倒的中年知識份子投機取巧，也在情理之中。而那位與他臭味相投一同鑽營的桂萼，也是官場蹭蹬多年不受人待見的中年

人，怨恨之火中燒，很想搏一把以出人頭地。有一點要說明的是，張璁為人善鑽營，日後又覺自己名字中的「璁」與皇帝名字「厚熜」犯諱，主動要求改名。嘉靖皇帝大喜，欽賜其名為「孚敬」，字茂恭，所以，讀明朝史有時看到張孚敬，其實那個人就是張璁。

交待了「大禮議」，就該講嚴嵩了。

「青詞」聖手——嚴嵩的政治際遇

嚴嵩，字惟中，號介溪（又號勉庵），1480年（成化十六年）生人。此人家境平平，正是江西鄉間好學的風氣，才使得這個平民出身的苦孩子「學而優則仕」，一步一步走向權力中心。

縱觀嚴嵩的發跡，其實他屬於「為霞尚滿天」類型，六十歲後才飛黃騰達。

弘治十八年（1505年），嚴嵩中進士舉，得入翰林院，時年二十六。小嚴當時考試還名列前茅，二甲第二名，也就是說是乙丑科那一批進士中的第五名，成績優異，一丁點兒不摻水。

正當他作為朝廷青年官員後備梯隊準備大幹一場時，正德三年（1508年），其祖父去世。轉年，其母親又因病去世。古人以孝道為先，嚴嵩從當時的禮制和道義上必須回家守喪三年。所以，小嚴許多晉升機會就憑白錯過了。

福兮禍兮，明武宗正德年間的政治，筆者在前一章已經講過，前五年有劉瑾大公公干政，後十年江彬亂政，朝廷人正人直士幾被排除殆盡。嚴嵩正好沒趕上趟渾水，實際上避免了正德一朝的政治鬥爭，也免遭政治迫害。

所以，嚴嵩借守喪之機，在老家鈐山讀書，一隱就是八九年，整日埋頭寫詩著述，頗著清譽。彼時的嚴嵩，可以說是極富政治智慧。特別是劉瑾在朝期間，如果他遷延不去，只有兩種結果，其一是抗衡被殺，其二是同流合污，哪一種結果都是一個「慘」字。而且，劉瑾陝西人，其心腹吏部尚書兼大學士焦芳河南人

，極其排擠江西人（焦芳曾因才疏學淺遭受江西籍大臣彭華的譏諷，恨和尚憎及袈裟，所以極恨江西人），所以，身為江西人的嚴嵩，自然在朝左右逢源也不會有好果子吃。

嚴嵩在老家詩酒自娛，並非真隱，一直敏銳地保持政治嗅覺，與朝野名流李夢陽、王守仁等人往來密切，詩文唱和。古代為官為吏都要有真本事，科舉取士，決定了一個人想在官場混，必須是經過十年（或數十年）寒窗苦讀，頭懸樑，針扎腿，個個都是滿腹經綸，才能進入這個圈子。沒有真才實料，只憑捶腿揉腰送東西，還真不能弄來烏紗帽戴，更不能與名流遞上話。

嚴嵩何許人也，泱泱大儒，知古詳今，自然是名譽日隆，又博清譽贊詡，廣為人知。因此，直到正德十一年，劉瑾、焦芳一幫人倒臺幾年後，他才重入朝廷。

此時的嚴嵩，已經深有城府，不急不躁，靜待機會。當然，也有客觀原因，他一直在南京以及翰林院這樣清閒之地居「閒職」，想急於出頭也沒太多機會。

正德十六年明武宗駕崩，明世宗嘉靖時代來臨。很快，就是「大禮議」而引致的紛爭，楊廷和父子等舊臣紛紛被貶斥，朝臣面臨全新洗牌的局面。經過數年爭鬥，嘉靖帝與張璁一派大獲全勝。由此，還要表一下張璁、夏言等人，然後才能把嚴嵩接上。

張璁、桂萼二人得手後，嘉靖帝追崇其生父的事情得以階段性成功，但也不敢馬上擢拔二人入閣。他們歲數雖不小，資歷太輕，聲望又低，皇帝本人怕再遭閣臣封駁和言官疏論。

當時的首輔費宏是官場老油子，表面上他不似楊廷和那樣鋒芒畢現，內心卻極鄙張、桂二人，常暗中使絆。張、桂二人挾恨，便勸嘉靖帝召前朝重臣楊一清入閣替代費宏任首輔。

楊一清就是當年和太監張永設計幹掉劉瑾大公公的主謀，為人名聲好，又曾經入過閣，嘉靖皇帝在當王子時就對這位楊爺仰慕已久，自然御筆照准，由此老楊重入內閣。

但依明朝政府內不成文的律例，首輔一般都要是中舉時三甲

的中選人士，費宏是狀元出身，又是現任首輔，楊一清把他即時頂下去，從情從理說不過去。正好，費宏兒子在老家犯法被關，張璁等人抓住這個「軟肋」，聯合幾個言官劾奏費宏。費宏只得自己上章求辭，嘉靖皇帝反正不待見他，很快御批准辭，費宏只好灰溜溜走人。

楊一清任首輔，雖然感激張璁、桂萼推舉，但他和嘉靖帝都知道，依照「廷推」的辦法使張、桂二人一同入閣是不可能的事，這兩位名聲確實很差。但此首輔是「自己人」，事就好辦多了。嘉靖帝先後以「中旨」自任二人入閣，命張璁以禮部尚書兼文淵閣大學士身份入內閣機務，命桂萼以吏部尚書兼武英殿大學士入閣。這樣一來，二位「大禮議」功臣終於成為核心「閣臣」。

凡是入了官場的人們，皆似冬天擠在一起取暖的刺蝟，不久就會相互刺痛對方。楊一清與張、桂二人相處日久，因處理錦衣衛指揮聶能遷一事意見不同結下樑子，最終發展到在皇帝面前互相攻擊。

相比之下，楊一清在嘉靖帝眼中「道德」形象的分量更重一些，一怒之中，他下詔把張、桂二人削職。但畢竟是自己「心頭肉」，沒過多久，嘉靖帝把二人先後召還入朝。

鬱鬱之下，楊老頭憤然退休，老薑終於不敵新蔥。

經過一次忽然打擊，張璁「乖」了許多，對嘉靖皇帝更加謹慎小心，並取代楊一清當上了「首輔」。屁股決定腦袋。首輔的位子坐好，先前屬於「激進派」的張璁，一改昔時面目，凡事以因循為準則，不想也不必要再搞什麼嘩眾取寵之事。

後來，嘉靖皇帝日益沈迷道教，又要搞「天地分祀」，張璁不願多事，非常「持重」地勸皇帝沒必要弄「分祀」。

殊不料，長江後浪推前浪，在朝內任給事中（七品言官）的夏言上疏皇帝，大力贊同進行「天地分祀」。

張璁聞之大怒，如今角色互換，他變成了昔日楊廷和一般的保守派，便示意心腹霍韜等人擬文肆意辱罵、駁斥夏言。一夥人

宣洩暢意，很是痛快。可他們忘了一件重要的事情，嘉靖皇帝與夏言二人意見相同，罵夏言，實際上就是不給皇帝面子。

果然，嘉靖帝覽文震怒，在把霍韜投入大獄的同時，對夏言升官晉爵，以示殊寵，並破格把他擢為侍讀學士。此官雖不是太高，但得以時常面見皇上，屬於高級秘書那種人。

夏言為人儀表堂堂，口齒伶俐，進講之時琅琅而言，一派道骨仙風，很讓嘉靖帝歡喜。

從朝野兩方面講，張璁先前興「大禮議」搞事，得罪人無數，獨霸朝局，與桂萼聯手整治異己，又結下無數樑子，在許多人眼中的形象就是氣勢熏炎的「黑老大」。

夏言揚眉劍出鞘，無知者無畏，敢於與當朝首輔叫板，大家都傾心於他獨行俠般智鬥張璁的勇氣，根本沒人去想這位夏爺要皇帝進行「天地分祀」其實也是拍馬屁。

「群眾」的力量是巨大的。待張璁知曉了什麼叫做「小不忍則亂大謀」，朝議清議已勢如潮水，老哥們感覺到自己失去皇上眷顧，只得悻悻然辭去，退休回家。這是嘉靖十四年的事情。

張璁雖去職，並未惹嘉靖帝深恨，畢竟他是這位皇帝初入皇宮時最得力的依託者。嘉靖十四年，張璁患重病，皇帝不時遣宦官到其家中送醫送藥，並賜皇帝自己平時服用的「仙丹」。又過三四年，張璁終於病死於老家。嘉靖帝聞之震悼，認為這位臣子當初能「危（己）身奉上」，定其諡號為「文忠」，追賜太師。

張璁一去，按順序閣臣翟鑾升居首輔。夏言於轉年入閣，以禮部尚書、武英殿大學士身份參預機務。雖然排名在他前面的有崔鑾和李時，可夏言如日中天，翟鑾又是一個橡皮圖章加橡皮泥一樣的官場「老好人」，因此，實際主持政務的非夏言莫屬。

經過「大禮議」、楊一清主政、張璁執政，再至夏言入閣，一系列的政治鬥爭，牽涉無數人員的利害關係，時而制衡，時而聯動，派系和山頭林立。當一個朝代趨至鼎盛後，政治中心內部肯定會因權力分配滋生門戶黨爭，量變、質變，最終侵蝕王朝的

機體。

夏言當了實際的首輔，他又是江西人（貴溪），同為老鄉的嚴嵩自然感到了機會。在中國，同鄉情誼是所有官場關係中最易結攀的條目之一，「學會五台話，就把洋刀挎」，閻錫山的老鄉「政治」，其實是兩千多年中國政治的具體而微者。

此時的嚴嵩，經過官場多年歷練，讀書人的散淡早已凝結成趨炎附勢的勢利和「臣妾意態間」的柔和。低眉順目加上老鄉之間交談中的親切鄉音，使夏言這樣一個從中下級官員直躍入閣的性格執拗之人一見傾心，刻意對嚴嵩加以提拔。

不過要注意的是，不是老夏提拔小嚴，而是小夏提拔老嚴。嚴嵩從進士入科方面講是夏言的「前輩」，比夏言早四科，入仕當然早得多。而且，從「成績」方面講，嚴嵩是那一屆進士第五名，夏言的排名在他那一科一百多以後，如在「學歷」方面比，夏言要差嚴嵩好多。

但機遇不同，命運不同，嚴嵩入仕正值正德年間，一下子耽誤近十年。夏言出頭就打「紙老虎」張璁，一下子深得帝眷，後浪新人，反居其上。

嘉靖七年，嚴嵩以禮部右侍郎的身份奉命祭告皇帝生父「興獻帝」在安陸的顯陵，回奏時大稱在當地看到的數項「吉瑞」之兆。好吉兆的嘉靖帝大喜，升其為南京禮部尚書。嚴嵩本人雖然不在政治中心，但他在新帝心目中的印象一直特別好。

由於欣賞嚴嵩對自己誠惶誠恐，恭順有加，夏言便把這位老鄉搞到北京薦拔為禮部尚書。聽上去是部長級別的官員，其實當時也可有可無的角色，替夏言這個「國務總理」打雜而已。

但「打雜」弄不好也出事。嘉靖十七年，嚴嵩差點惹火上身，激起皇帝的惱怒。這年夏天，嘉靖帝心血來潮，又想讓自己生父興獻帝像正式皇帝一樣稱「宗」，把神位遷入太廟供奉。當然，過場還要做，他就把此事下禮部集議。此時的嚴嵩精神上還殘留些書生正氣，知道張璁先前「大禮議」之舉在朝野留下「媚君

要寵」的罵名，但如果明白反對，肯定官帽不保。好歹在官場混了二十多年，嚴嵩想打馬虎眼，上疏言事時模棱兩可，與禮部官員議事時也推三阻四，想以「拖」字訣把事情擱置下來。

嘉靖帝眼裡不揉沙子，大惱之餘，勤奮創作，親寫《明堂或問》一文，遍示群臣，氣急敗壞地書面質詢大臣們「為何朕爹不能入太廟？」

嚴嵩嚇壞了。惶恐揪心的節骨眼，畢竟轉舵快，他立即表明自己支持皇帝生父入太廟的立場，並詳細考訂古制，撰寫入廟禮儀的每一個步驟和細節，從優從崇，使得「入廟禮」盛大而隆重，終於博取了嘉靖帝的歡心。

禮成後，嚴嵩獲賜金幣，深得皇帝眷寵。

一不做，二不休，嚴嵩又上疏，建議「尊文皇帝稱祖（朱棣）、獻皇帝（嘉靖生父）稱宗」，皇帝採納，朝廷下詔，尊太宗文皇帝朱棣為「成祖」，嘉靖生父獻皇帝為「睿宗」，這個王爺生前只是王爺，沾了兒子與嚴嵩的光，死後得以進入太廟與明朝諸帝一起大吃冷豬肉。

此次以後，嚴嵩鐵定心要以皇帝為指南針，知道所謂的「正直」是不能升官的累贅，「清議」如同涼風吹過後就無用處，惟有皇帝的眷念和呵護才是腳跟立穩朝堂的最佳保險。

嘉靖帝生父神主入太廟大禮後不久，嚴嵩上奏說天上出現「慶雲」，認定是皇帝孝德感動上天。他奮筆疾書，呈上兩篇馬屁文章《慶雲賦》和《大禮告成頌》。嘉靖覽之甚悅，命人把兩篇文章珍藏於史館之中，並加嚴嵩太子少保。不久，嚴嵩從幸做陪臣參加各種禮儀，獲得的賞賜數目已經與幾個閣臣一模一樣。

所以，迎合嘉靖帝追崇其生父，也成為嚴嵩政治生涯中一個最重要的轉捩點。

凡人，皆有酸葡萄心理。夏言見嚴嵩如此受寵，心中很不是滋味，開始對這位老鄉疏忌起來。嚴嵩深知現在還不能與夏言鬧翻，事之愈謹，每每置酒，邀夏言宴飲。夏言常不理不睬，有時

答應去，嚴嵩賓客請柬都發齊了，眾僚滿堂，老夏又忽然推拖有事爽約；好不容易夏大爺親臨一次，「薄暮姑至，三勺一湯，賓主不交一言而去。」讓嚴嵩丟盡了面子。

嚴嵩恨得牙根癢癢，仍舊一臉誠敬，大事小事皆拿給夏言參決。一次，有緊急公文需待夏言批覆，恰值這位夏爺有小病在家休養，嚴嵩屁顛顛親自把文件送上門去。夏言心情不好，推辭不見。老嚴顫巍巍派隨從在夏言內宅的院子裡鋪上席子，高捧公文，跪而讀之。

隔窗望見年近花甲的半老頭子直腰跪在那為自己朗讀文件，弄得夏言心中好不落忍，也覺自己過分了些。同時，他心中踏實下來，覺得自己薦擢的老鄉確實一直把自己當恩人，從此不再特別存心刁難、整治他。

嚴嵩方面，上有帝寵，下有群僚請他辦事，連宗藩王爺請恤乞封也要送大筆金寶予他，自然腰桿日硬。同時，他還有個極會走通關節、聯絡關係的兒子嚴世蕃。小嚴一時間在府上收錢辦事，撈得不亦樂乎。御史、言官們當然不會閑著，紛紛交章彈劾嚴氏父子納賄等事。嚴嵩很會來事，每次為人辦某事他都會事先在嘉靖帝前有意無意的透露，所以，皇帝認定諸事嚴嵩皆關白過，言臣捕風捉影而已，反而更信任老嚴辦事得體，沒有事情瞞著自己。

實際上，當時的嚴嵩收錢胃口並不多，幾千兩銀子而已。最「危險」的一次，是共和王死後，其庶子與嫡孫二人爭襲王位。共和王庶子乃小老婆所生，暗中送嚴嵩三千兩銀子，老嚴就答應他襲爵。結果，共和王王妃認定嫡系的孫子當承襲，派人入北京大理寺擊鼓喊冤。事情敗露後，嚴嵩忙入見嘉靖帝，「坦白」了自己收受銀兩的事情。由於嚴嵩先前幹事一直賣力，嘉靖帝很可憐這位能臣一臉惶恐的樣子，對他說：「你安心做事好了，不要介意這件事」，明白表示原之不問。

當然，嘉靖皇帝對嚴嵩的眷寵，絕非僅是好印象或者嚴嵩能

依順己意辦事麻利，最最關鍵之處在於：嚴嵩擅長撰寫嘉靖帝醮祀時必用的「青詞」，他是好道的皇帝須臾不可或缺的大能人！

現在的人，如果把「青詞」是什麼講給他聽，肯定不屑一顧甚至可笑：所謂青詞，就是嘉靖帝在拜禮道教神仙時表達自己敬崇「心聲」的表章，一般用朱筆恭寫於青藤紙上，所以叫「青詞」。皇帝本人恭讀後，禮拜，然後把「青詞」焚燒，以使這些諛諂道教天帝們的表忠心辭語上達天聽。

雖然「青詞」純屬誕妄無聊的東西，但撰寫這玩藝要極高的藝術素養和那種類似漢賦駢體長文的功夫，不是一般只讀經學文章的文人所能寫出的。再者，嘉靖帝本人文化修養極高，又五迷三道地迷信道教，對「青詞」要求非常高，絕對是既要有華麗的詞藻做形式，也要有深刻的實在語言表達他自己的「心聲」。每次醮祀，「青詞」均是他一個字一個字拜禮時念出，可稱是「字字珠璣」。

所以，對大臣們來說，撰寫幾萬字的軍國大事建議書，反而不如絞盡腦汁寫千把字「青詞」給皇帝留下深刻印象。

後世人一說嚴嵩多壞多諂媚，往往拿「青詞」說事，諷刺他是「青詞」宰相。殊不知，就連好稱「清正」的夏言本人，起先也是因贊同「天地分祀」、以撰寫青詞才深得皇帝青睞，當初夏言沒這一手，也沒有日後入閣的可能。

說起嘉靖帝沈溺道教，還有好大一段可講。入宮的第二年，嘉靖元年夏天開始，年方十六歲的小皇帝已經開始對寺觀佛道等事感興趣，但他當時的宗教觀處於起步階段，未能定型。轉年，有暖殿太監崔文，他本人信道教，便引誘嘉靖帝參觀各種道教儀式，聲稱通道可以長生不老。從此，嘉靖帝開始了他長達四十多年的尊崇道教的路程。他先以乾清宮為「大本營」，不時在宮中建醮，日夜跪拜祈禱，並下令道士訓練十數個小太監盡習道教諸儀式，賞賜無算。當時，首輔楊廷和就上疏規諫，不報。「大禮議」稍稍告一段落後，自嘉靖五年（1526年）起，嘉靖招江西龍

虎山道士邵元節入宮，封為「真人」，日夜大興醮禮。當時的大學士楊一清，曾進言說皇帝不宜在宮內祀天，嘉靖帝稍稍收斂。楊一清致仕後，張璁依承上命，在欽安殿為皇帝建醮，祈禱早生皇子。夏言得進，也正是因為他受任為「醮壇監禮使」，大寫「青詞」，給嘉靖帝留下深刻印象。

嘉靖十五年，宮內大興隆寺發生火災，御史以「天變」為由諫勸。為此，嘉靖帝竟然把火災原因「嫁禍」於佛教僧人，令大興隆寺僧人還俗，並把明成祖朱棣軍師和尚姚廣孝的神位從太廟配享中撤出。同時，他又加邵元節道號為「致一真人」，官為二品，歲給高俸，賜田三千畝，並派錦衣衛四十人供其差遣。這位邵元節其實是個氣象學家，會觀天氣，常常假裝祈禱得「雨」得「雪」，故為嘉靖帝所重。可巧的是，這一年年底皇帝真有兒子生出，一切又都歸功於眾人的「醮祀」，邵元節首當其功，官至一品，加授「禮部尚書」銜。

崇道的同時，嘉靖帝大肆打擊佛教，在皇宮禁城盡撤佛殿，並把宮內數代收藏的金銀銅像盡數拆除熔毀，共重一萬三千多斤。同時，又下令把「佛首佛牙」之類的「靈物」「舍利」一類的東西盡數從宮內撤毀。本來夏言建議把這些東西在京郊野外找地方一埋了事，嘉靖帝倒有「遠見」，表示說：「朕觀此類邪穢之物，有智者必避之不及，但小民愚昧，肯定會內心以此為奇異，偷挖出後找地方供奉以招誘百姓獻財，不如在京內大道上燒毀，使百姓盡知！」

可悲的是，毀佛方面嘉靖帝「唯物主義」得非常到位，結果走向另一個極端，對道教沈迷得不行，以一害易另一害，根本不是什麼好事。

可能有人奇怪，怎麼大凡皇帝崇道，必毀佛；皇帝崇佛，必毀道。道理很簡單，尊道的皇帝身邊一群道士「真人」，自然對自己的「傳統」競爭對手大肆抨擊；尊佛的皇帝，宮內必羅致不少「高僧」「大德」，肯定要「揭發」道教的荒妄。

所以，佛道兩家，多年來一直沒有「和平共處」過。

嘉靖十八年，「真人」邵元節「升天」了，正在裕州巡幸的嘉靖帝聞之「大慟」，敕以官葬，喪儀如伯爵。這位能「呼風喚雨」的特異功能大家，怎麼也逃不了一個「死」字。老邵死後，嘉靖帝又招方士陶仲文（又名陶典真）入宮，一心迷崇道教。

嚴嵩在一心一意討好嘉靖帝的同時，時刻準備傾陷夏言。

夏言有所察覺，就囑託自己當言官的黨羽上章彈劾嚴嵩。但是，當時的嚴嵩深為嘉靖帝所信任，御史、言官們越彈劾他，皇帝反而愈信任他，認定老嚴正是因為他不遺餘力站在自己身邊，這才惹來言官的攻擊。

在喜歡嚴嵩的同時，夏言越來越讓嘉靖帝不待見。

這位帝君常在宮內西苑齋居，入值官員進見，皆像道士一樣乘馬而入，惟獨夏言擺譜，每次皆讓人抬肩輿把他抬入苑內。嘉靖帝不悅，隱忍未發。同時，嘉靖帝愛戴道士們所戴的香葉巾，就讓尚衣局仿製五頂沈水香質地的小冠，賜給夏言和嚴嵩幾位尊顯近臣。夏言不識抬舉，上密疏表示：「此冠非人臣法服，我不敢當。」這下可把嘉靖帝惹得怒火中燒。反觀嚴嵩，老哥們每每於召對之日，頭頂香葉冠，並在上面罩輕紗以示自己對皇帝賜冠的誠敬，使得皇帝龍心大悅。

嚴老頭也是老美男子一個，長身挺拔，眉目疏朗，香葉冠那麼一帶，輕紗那麼一飄，舉止瀟灑，仙風道骨，嘉靖帝看著就舒服。

另一方面，夏言身居首輔之位，政事繁多，自然對皇帝交予的「青詞」任務就難免有怠慢，不僅詞采失色，有時竟然圖省事把幾年前寫過的內容雜糅一下又獻上去哄弄皇帝。偏偏這嘉靖帝記性特別好，每篇青詞他都親自朗誦過，見夏言如此敷衍自己，更是氣不打一處來。

同時，嚴嵩又與皇帝身邊老道陶仲文關係搞得又密又近，陶老道常在皇帝面前說嚴嵩的長處以及夏言的短處。為了給皇帝留

下深刻印象，二人同時入對時，嚴嵩常故意惹夏言不高興，老夏每每勃然，當著嘉靖帝訓孫子一樣叱責老嚴。見此狀，嘉靖帝心中更是不平。

嘉靖二十一年（1542年）夏六月的一天，君臣二人交流融洽之機，嘉靖帝向嚴嵩詢問他對夏言的看法。老嚴早就等著這一天，撲咚一聲跪地，淚如雨下老臉哆嗦，盡訴夏言種種跋扈欺凌之事（夏言先前與外戚郭勳不和，互相傾軋，也引起嘉靖惱怒）。

大怒之下，嘉靖帝立刻手寫敕令，歷數夏言「罪狀」，指斥他把持言路，輕慢君上，詔令夏言「落職閑住」，連個「巡視員」差事也不給。一朝首輔，直落為民，夏言可謂喪盡臉面。

夏言一去，嚴嵩得以禮部尚書、武英殿大學士的身份入閣，時為嘉靖二十一年（1542年）陰曆秋八月。花甲老頭，終於實現了他人生的「理想」———一人之下，萬人之上。

現在的人，讀書浮躁，總愛望文生義，以為「大學士」就是當朝「一品」大員了。非也！明代自始至終，大學士秩止「正五官」，其官仍以本人所兼的「尚書」一職為重，他們掛牌署銜也是本銜在下，兼銜的尚書官名在上：「某部尚書兼某殿閣大學士」。明初廢相後，設內閣大學士，其實當時只是給皇帝當高級筆墨顧問和秘書。由於這些人得在大內授餐，侍天子於殿閣之內，故稱「內閣」。而「內閣」一詞真正定型的，出於明成祖之後明仁宗始，「內閣」權力逐漸加重。最初明朝大學士共「四殿」、「兩閣」。四殿者，中極殿大學士（原為華蓋殿），建極殿大學士（原為謹身殿），文華殿大學士，武英殿大學士，嚴嵩即以此名。兩閣者，文淵閣大學士，東閣大學士。

嚴嵩入閣後，引起很大爭議，給事中沈良才和御史童漢臣等人文章劾奏這位新相爺奸險貪污，不堪大任。嚴嵩以退為進，自己上章求去。嘉靖帝當然不允，手詔百餘言慰留，並親書「忠勤敏達」四個大字賜於嚴嵩。

為示殊寵，嘉靖帝又為嚴嵩家中藏書樓賜匾曰「瓊翰流輝」

，道教祈祀閣匾曰「延恩堂」，並加嚴嵩「太子太傅」，旗幟鮮明地支持這位青詞老臣。為了安慰嚴嵩，嘉靖帝不久又把上章彈劾的童漢臣等人外貶。

花甲翁入閣後，精神亢奮，天天朝夕在內宮西苑簡陋的報房值班伺候皇帝，從前不請假。風中黃葉樹，燈下白頭人，老嚴不停奮筆疾書代替皇帝「創作」妄天的青詞，達宵不寐。當時的名義首輔是翟鑾，但嘉靖帝總是把嚴嵩當首輔對待，翟鑾唯唯而已。很快，嚴嵩又進吏部尚書、謹身殿大學士、少傅兼太子太師，「組織」大權落於嚴老頭手中，也算是「天道酬勤」吧！

翟鑾雖是個木偶，嚴嵩仍不能容他，囑心腹言官以其二子有罪彈劾他，老崔竟被削籍而去。這一點，嚴嵩確實不厚道，剛拗如張璁，激越如夏言，都容得老翟當擺設，輪到嚴嵩，竟對這個「老實人」也不相容，顯然過分。

嚴嵩入相的這年冬天，嘉靖二十一年（1542年）陰曆十月二十一日夜，皇宮中發生了一件駭人聽聞的謀弒事件，以宮女楊金英為首的十多名小姑娘，竟然在深夜準備把皇帝勒死，幸虧幾個人慌亂之間把繩子結成死結，踏進陰曹半條腿的嘉靖帝才最終得活。

對於此事的經過，《明史》中的《後妃傳》中簡單記敘了幾句，《明實錄》中也是草草敘述，大概是為尊者諱，不想多說。記載此事最詳細的，當屬當時任刑部主事的張合。張合文人，退休後著書《宙記》，記載了此事的詳細經過：

嘉靖二十一年十月二十一日，奉懿旨（方皇后的命令）：「好生打著問！」得（逮捕）楊金英，系常在、答應（低級宮婢）供說：「本月十九日，有王、曹侍長（指王嬪、曹妃即端妃，這是方皇后冤枉她，此人因貌美被嘉靖帝寵倖，對謀弒之事根本不知情）在東稍間點燈時分，商（量）說：『咱們下了手罷，強如死在（皇帝）手裡！』楊翠英、蘇川藥、楊玉香、邢翠蓮在旁聽說，楊玉香就往東稍間去，將細料儀仗花繩解下，總搓一條。至

二十二日卯時分，將繩遞與蘇川藥，蘇川藥又遞與楊金花拴套兒，一齊下手。姚淑翠掐著（嘉靖帝）脖子。楊翠英說：『掐著脖子，不要放鬆！』邢翠蓮將黃綾抹布遞與姚淑翠，蒙在（嘉靖帝）面上。邢翠蓮按著（嘉靖帝）胸前，王槐香按著（嘉靖帝）身上，蘇川藥拿著（嘉靖帝）左手，關梅秀拿著（嘉靖帝）右手，劉妙蓮、陳菊花按著（嘉靖帝）兩腿，姚淑翠、關梅秀扯繩套兒。張金蓮見事不好，去請娘娘（方皇后）來。姚淑翠打了娘娘一拳。王秀蘭打聽（當作發）陳菊花吹燈。總牌（宮女官名）陳芙蓉說：『張金英叫芙蓉來點著燈。徐秋花、鄧金香、張春景、黃玉蓮把燈打滅了。』芙蓉就跑出叫管事牌子來，將各犯拿了。」

　　嘉靖帝被數個宮女這麼一勒，當時處於休克狀態，方皇后喚來數位御醫，沒一個人敢用藥，都怕擔責任被誅九族。最後，太醫院使許紳顫巍巍調了一副「峻藥」，給已成死人的皇帝灌下。就這樣，數個小時後，嘉靖帝吐淤血數升，緩過命來，靜養多日，才能視朝。

　　其間，方皇后自作主張，認定曹妃和王嬪二人率宮女作逆，把數人凌遲闀割處死。嘉靖帝病好後，聽聞自己美貌的曹妃被片片割肉而死，心中對方皇后產生極大怨恨。五年後，皇宮內發生火災，宦官們請示皇帝要去救方皇后，嘉靖帝不吱聲，任由方皇后被燒成一截人肉炭。這位方皇后，是嘉靖帝第三個皇后。他第一個皇后是張氏，因妒忌失禮遭夫君足踹，流產血崩而死。他第二個皇后也姓張，以色得幸，嘉靖十三年，色衰而廢，兩年後鬱鬱而死。這樣，方後得以立為皇后。想當初第一個張後被廢，正是因為方皇后和第二個張皇后（二人當時為妃）伺候嘉靖帝喝茶，淫帝起淫心，撫摸二妃玉手玩弄，惹得坐在一旁的張後投杯而起，結果嘉靖帝暴怒下猛踹一腳。方妃成為方皇后，小老婆變大老婆，比從前大老婆更狠，竟能趁亂令人把美貌情敵綁縛法場刀刀碎剮，真是天下最毒妒婦心！

對於幾個宮女想謀弒嘉靖帝一事，後世學者或歷史研究者往往忽略其因由，一般人讀到此處，也總覺是事起倉猝的「忽發」變故。其實，細細勾沈當時人的筆記，才發現真實原因：

嘉靖帝希求長生，身邊聚集了不少道士為他煉丹藥，這些丹藥中有不少屬於春藥。中國古代春藥配方很奇怪，其中一味名叫「天葵」，即少女處女初潮經血，此物可提煉出一種名為「紅鉛」的粉劑。嘉靖帝後宮「飼養」了不少這種產「藥」的少女，為了大量採集她們的經血，御醫、道士們又強迫她們吃藥，使她們經血過頻過量，以供皇帝「煉丹」。最有可能的是，宮中已經為此禍害死許多少女性命，楊金英等人覺得反正是死，不如先弄死這魔頭皇帝再說，情急之下，才想出用繩勒帝的下策。只可惜，死結不能收勒至緊，又有人臨陣逃脫告密，數位奇女子終於未得成功。

試想一下，十幾個十五歲左右的小姑娘，齊心合力在大龍床上想勒死一個三十六七歲正當壯年的皇帝，此情此景只能用「壯烈」二字來表示，但是如果上鏡頭上文學劇本的話，就稍顯曖昧。所以，即使在極左年代，也很少有人渲染此事。

嚴嵩當政三年多，同為閣臣的有禮部尚書張璧、吏部尚書許贊，張璧病死，許贊又被嚴嵩排擠，削籍而去。

嘉靖帝是昏君，絕非庸君，他逐漸覺察到嚴嵩在朝內遍植黨羽，行事蠻橫，便又於嘉靖二十四年（1545年）底重新啟用夏言。夏言自回老家後，當地小官待他也傲凌不禮。老夏悒悒不樂，每逢元旦、皇帝生辰之日，他肯定上表稱賀，自稱「草土臣」，嘉靖帝「慚憐之」，便又召回了這位昔日寵臣。

夏言捲土重來，不僅盡復原官，又加太子少師，位在嚴嵩之上，重新成為首輔。

經過一次大起大落，夏言根本不吸收教訓，以為大權重掌，對嚴嵩的態度變本加厲。

朝上，凡是軍國大事草章擬旨，根本不和身為次輔的嚴嵩商

議。同時，他大興報復，逐個搜撿嚴嵩安插在政府內的心腹，盡數逐去，且聲言要追查深究。

懾於夏言聲威，嚴嵩不敢出面相救，內心銜恨至極。特別讓嚴嵩感到可怕的是，嚴嵩之子嚴世蕃當時任管理財賦的「尚寶司少卿」，招財納賄，克扣貪污，被夏言偵知得一清二楚，湊足證據後準備自己直接上奏給皇帝。

嚴嵩聞之大懼，領著兒子親自到夏言府上乞求首輔放自己父子一馬。

夏言稱病，不見。多虧嚴嵩以大筆金銀買通夏言門人，父子二人直入夏言榻下，長跪泣謝，一把鼻涕一把淚哀求首輔手下留情。夏言婦人之仁，見老鄉這麼低三下四的孫子樣，心一軟，又想把此把柄捏住日後更好調度嚴嵩，便把案件置之不報。嚴嵩父子心內愈恨。

另一方面，錦衣衛都督陸炳因觸猛法禁，夏言準備嚴辦，嚇得這位特務頭子也不得不親自入宅跪求夏言法外開恩。大學士無長慮，揮揮手斥出，表示這次就算了。

鷹犬小人當然得罪不得，陸炳由此深惡夏言，並漸漸和嚴嵩父子搭上線，時刻準備著搬倒夏言。

夏首輔為人自視甚高，嘉靖帝常遣小宦官們來遞送文件，他對這些人愛搭不理，視如奴僕。反觀嚴嵩，每次有小公公到來，無論官階高低，他一定親迎出門，執手延坐，並信手把幾大錠黃金塞入公公們袖中，讓諸人感覺如沐春風。

這樣一來，皇帝身邊的太監們平日家長里短，沒一個人講夏言好壞，但皆齊口讚頌嚴嵩「仁德」。

嘉靖帝小人心態，時時遣小宦者們偷偷去看閣臣們在幹什麼。嚴嵩自然事先知悉，每每大半夜還正坐於值房，揮筆凝神，白頭髮絲亂動，為皇帝撰寫「青詞」。至於夏言，小宦者們便回報說，夏大人總是早早回家，與賓客飲酒歡宴。長久已往，嘉靖帝日益對夏言不滿。

　　嚴嵩本人的「處世為人」，並不屬於囂張狂妄類型。特別是對於內廷宦官，老嚴竭盡「禮貌」。一宦者曾對朝臣講：「我輩在大內日久，見時事凡有幾變：昔日張璁先生進朝，我們要向他打恭；後來夏言先生入宮，我們只平眼看他。今日嚴嵩先生來，都要先向我們拱手拜禮才入宮。」

　　這一記述，一直被各種史書轉載，以證明明朝太監的日益跋扈。其實，轉載者大多不明就裡，因為他們弄不清楚如下事實：嘉靖朝是除朱元璋時代以外，宦官最「老實」的時代！那位宦者所說，不過是從一個側面表現出嚴嵩為人的陰柔罷了。

　　過了兩年多，嚴嵩看準時機，以「河套之議」的機會，終於扳倒夏言，並把這位比自己年歲小的「老」上司送入鬼門關。

　　當時，都御史曾銑總督山西，此人很有軍事才能，數次領兵打敗侵入河套地區搶掠的蒙古部落，便上疏提出恢復整個河套地區的計劃，永逐「套寇」。

　　疏上，夏言覺得自己二次入閣，怎麼也要在任上弄出點真格的大動靜，以彰顯自己能耐，便立即推舉曾銑，向嘉靖帝進言恢復河套。帝王自然都有擴疆拓土的虛榮心，嘉靖帝心動，就多次讓夏言擬旨褒贊曾銑，準備給他增兵增餉，立下不世之勳。

　　但是，開邊動武，後果難測，一直沈迷於道教的嘉靖帝行事後心中又後悔。

　　嚴嵩揣摩到嘉靖帝心意，極力陳言不可興開邊釁，並搬出明英宗時代的陳年老事，連蒙帶嚇唬，弄得嘉靖帝十分後悔，便生氣夏言當初出這種餿主意。

　　夏言不知道嘉靖帝心理上已經發生了九十度大轉彎，不停上言，催促皇帝下旨出兵，並要求賜與曾銑誓書御劍，給他以專戮節帥的職權，以保障軍事行動的順利進行。覽奏，嘉靖帝心甚惡之。

　　可巧，北京忽刮大風，澄城山地震山崩，迷信的嘉靖帝覺得這是上天示警，更絕了興兵的念頭。其實，當年夏天，陝西已經

發生過山崩和地震，這種大災大難在舊時代皆被看作是「上天示警」，地方官立即上報，皆被嚴嵩扣住不發，他要等到最佳時機上報。所以，趁著北京大風的當口（大風這種災異，古人認為是邊地開戰的預兆），看準了嘉靖帝正欲靜下來做祈禱長生的齋醮儀式，嚴嵩馬上連同陝西地震山崩當「天警」一同奏上。

見到天警報告，嚇得迷信的嘉靖帝心慌意亂，忙問嚴嵩有何辦法可以「轉禍為福」。

嚴嵩老人精一個，下跪自劾道：「復河套之議，實是以好大喜功之心，行窮兵黷武之舉，上干天怒，為臣不敢反對夏言，一直沒有依實上奏，請皇上您先處理我的失職。」

嘉靖帝不僅沒處理嚴嵩，還挺感動，覺得嚴嵩是錚錚直臣，同時他更恨夏言和曾銑沒事找事。

很快，言官們紛紛上言，極陳不可開邊釁。由於先前已經連下數詔褒揚曾銑，嘉靖帝一時找不到臺階下，便手詔示問廷臣：「今逐套賊，師（出）果有名否？兵食果有餘否？成功可必否？一（曾）銑何足言，如生民塗炭何！」

手詔一出，群臣立刻嗅出味來，從前依違夏言的官員們也「力言」不能挑起戰事。

夏言這時才感到害怕，上疏謝罪，並指稱：「嚴嵩在閣中一直與我意見一致，現在他卻把一切過錯推於臣身。」

嘉靖帝見疏，更怒夏言推諉責任，並斥他「強君脅眾」，命令錦衣衛把陝西的曾銑逮入京師。

這時候，先前夏言得罪過的錦衣衛都督陸炳終於找到時機，與嚴嵩在刑部的心腹一起捏造罪名，以邊臣向輔臣行賄和「結交近侍」的罪名，殺掉了曾銑。隆慶初年，曾銑得以平反，贈「兵部尚書」，諡「襄湣」。

此時，嘉靖帝對夏言還未動殺心，只是盡奪其官階，下令他以尚書身份退休回家。

行至通州的夏言聽說曾銑在京師問斬的消息，驚嚇得從馬車

上掉下來，大叫道：「唉，我這番死定了！」情急智生，他忙上書給嘉靖帝辯冤，聲稱一切皆是嚴嵩傾陷他。

此時，寫這些東西，對嘉靖皇帝不啻火上澆油，他馬上嚴命眾臣集議夏言之罪。

刑部尚書喻茂堅不忍置夏言於死，便奏稱夏言應該論死，但身為輔臣，可以援引明律「八議」中「議貴」的條目免於一死。嘉靖帝大怒，斥責喻尚書黨附夏言。

更倒楣的是，恰巧有蒙古人部落入侵居庸關，嚴嵩抓住這個碴子，堅稱夏言興挑邊釁，導致國家不寧。

這樣一來，夏言自然逃不出被殺的命運。他被錦衣衛從老家抓回京師，棄斬西市，時年六十七。堂堂大明首輔，竟在鬧市被切。此後，朝中大權，悉歸嚴嵩一人。

夏言被殺，其實當時還有不少人拍手稱快，因為此人的個性過於張揚。身為官場老人兒，此種霸道張揚的為人處事之道，肯定會得罪許多人。

嚴嵩與夏言之爭，絕非是日後嚴嵩敗後說成的「正邪之爭」，僅僅是「正常」的官場惡鬥，談不上「正義」站在哪一方。

所以說，官場是個大染缸，在極權制度的圈子裡面，即便本性是正人君子，如僥倖不敗，也只能大多浮沈取容。否則，輕的是貶官，重的則是腦袋搬家。

獨相二十年──嚴嵩秉政時期的貪橫誤國

嚴嵩於嘉靖二十年八月八日為相，嘉靖四十一年五月去位，二十多年來，最大的過惡如下：其一，信用心腹趙文華，使東南倭患愈演愈烈；其二，清除異己，繼殺曾銑、夏言之後，又在嘉靖三十四年殺楊繼盛，使明朝首先開殺諫臣之惡例，隨後又殺沈鍊和王忬，命令雖然皆出皇帝「聖裁」，主謀皆是嚴氏父子；其三，貪污納賄，在朝內結黨營私。

嘉靖二十九年（1550年），蒙古俺答汗侵襲明境，嚴嵩向兵

尚書丁汝夔授計說：「地近京師，如果兵敗難以掩蓋，一定命令諸將不要輕易與敵交戰，他們飽掠後自會離去。」

可見，嚴嵩作為相爺，在軍國大事上確實沒什麼遠計和魄力。丁尚書傻不拉嘰，惟嚴相國所指，傳令諸將勿戰。本來明朝大多數軍將飲食終日，皆怯於戰鬥，有了兵部長官的命令，都大鬆一口氣，互相戒囑傳言：「丁尚書講不要與敵交戰。」

這下可苦壞了百姓。他們飽受蒙古人燒殺搶劫，官軍皆龜縮於堅城之中，不做任何禦敵的行動，連姿態也不做。民間大憤。

俺答汗的蒙古軍隊撤走後，老百姓紛紛上萬民書，矛頭直指丁汝夔畏怯無能，明廷下令逮捕他。

嚴嵩怕老丁說出自己事先為他出主意，假意安慰道：「你別怕，我自會保你無事。」丁汝夔大傻一個，有嚴相爺給自己打保票，刑部鞫審時他很「配合」，沒有多作辯駁。他就等相爺向皇帝說好話直接把他赦免了。

結果，不久，一幫獄卒就從獄中把他提出，老丁還以為是走個過場後就把他釋放。一行人直接把他押至西市，劊子手持大刀正等著他來。直到自己被踹跪於地，丁汝夔才恍悟被相爺所賣，大叫「王八蛋嚴嵩誤我！」話音剛落，頭也隨之落地。

嘉靖三十年，錦衣衛經歷沈鍊因嚴嵩禦寇無方，抗疏歷數這位當朝閣臣「十大罪」：

昨歲俺答犯順，陛下奮揚神武，欲乘時北伐，此文武群臣所願戮力者也。然制勝必先廟算，廟算必先為天下除奸邪，然後外寇可平。今大學士（嚴）嵩，貪婪之性疾入膏肓，愚鄙之心頑於鐵石。當主憂臣辱之時，不聞延訪賢豪，諮詢方略，惟與子（嚴）世蕃規圖自便。忠謀則多方沮之，諛諂則曲意引之。要賄鬻官，沽恩結客。朝廷賞一人，（嚴嵩）曰：『由我賞之』；罰一人，（嚴嵩）曰：『由我罰之』。人皆伺嚴氏之愛惡，而不知朝廷之恩威，尚忍言哉！姑舉其罪之大者言之。納將帥之賄，以啟邊陲之釁，一也。受諸王饋遺，每事陰為之地，二也。攬吏部之權

，雖州縣小吏亦皆貨取，致官方大壞，三也。索撫按之歲例，致有司遞相承奉，而閭閻之財日削，四也。陰制諫官，俾不敢直言，五也。妒賢嫉能，一忤其意，必致之死，六也。縱子受財，斂怨天下，七也。運財還家，月無虛日，致道途驛騷，八也。久居政府，擅寵害政，九也。不能協謀天討，上貽君父憂，十也。

疏上，嚴嵩沒怎麼反應，嘉靖帝先倒惱了，認定沈鍊詆誣重臣，立即派人逮之於廷，當眾杖責，然後罰他去保安為民。

沈鍊進士出身，為人嫉惡如仇，與錦衣衛都督陸炳關係不錯。陸炳是嚴嵩同黨，常常帶沈鍊參加嚴氏父子召集的宴飲。沈鍊心中憎惡嚴氏父子，更恨嚴世蕃縱酒虐客強灌別人，每每箕踞坐罵，小嚴惟獨憚懼他，從不敢對他強灌於酒。

按理講，憑藉上司陸炳的關係，沈鍊巴結嚴氏父子升官很容易，但此人正直出於天性，不吐不快，最終卻落個被謫為民的下場。

沈鍊在保安「勞改」期間，當地父老知其清名，紛紛派子弟向這位先生求學。他以忠義倫常教導學生，又時時縛三個草人，分別寫上嚴嵩、李林甫、秦檜姓名，手持弓箭射之洩恨。

幾年後，當地守官是嚴嵩心腹楊順，為了巴結嚴氏父子，他向嚴世蕃報稱說：「沈鍊在保安當地陰結死士，擊劍騎射，準備伺機刺殺大人父子。」嚴世蕃大怒，立遣黨羽巡按御史李鳳毛去抓沈鍊，把他的名字竄入該殺的白蓮教匪首名單，乘間上報。兵部下文，沈鍊被處死。這還不算，嚴氏黨徒為了更使嚴世蕃高興，又殺沈鍊二子，藉此獲得升遷。

嘉靖三十二年，兵部員外郎楊繼盛痛恨嚴嵩誤國，突然草疏了彈劾嚴嵩有「十大罪」、「五奸」，言辭激烈。

百密一疏，見楊繼盛奏文中援引兩個王爺為人證，嚴嵩大喜，以為可以因此為罪，就在嘉靖帝前構稱楊繼盛無故把宗室牽引入糾紛之中。

　　嘉靖帝果然大怒，立刻下令當廷杖打楊繼盛一百，並命刑部定罪。刑部不敢得罪嚴嵩，斷成死罪，繫之於獄，但拘押三年。嘉靖帝一時也不想殺掉這個學問深厚並享有天下清名的直臣。

　　有人勸嚴嵩不要殺楊繼盛，免得招眾怨，嚴爺心動。無奈，其子嚴世蕃及黨羽非要置楊繼盛於死地，天天勸說嚴嵩下手。於是，在第四年秋決時，嚴嵩揣知皇帝深恨的所謂「抗倭不力」的都御史張經和巡撫李天寵肯定要被處決，便陰附楊繼盛之名於二人案卷之後遞呈上去。

　　嘉靖帝不細省，御筆勾決。楊繼盛終於被殺，時年四十。他臨刑賦詩：「浩氣還太虛，丹心照千古。生平未報恩，留作忠魂補。」

　　天下知與不知，皆涕泣傳頌之。

　　殺楊繼盛，嚴嵩可謂是把天下人都得罪。其實，早先時候，楊繼盛在皇帝前敢抗言疏指喪權辱國的咸寧侯仇鸞，而嚴嵩一直恨仇鸞不附於己，就非常欣賞楊繼盛這位耿直才子，親自提名，把他連升數級，直接提拔為主管兵部武選司的主管。孰料，楊繼盛只思君恩，嫉惡如仇，討厭嚴嵩更甚於討厭仇鸞，不僅不到嚴府「謝恩」，而且馬上就上疏曝其罪惡，可以說是耿直至極的一個正人君子。

　　但以實論之，楊繼盛彈文中第一條，其實站不住腳。朱元璋廢相權，是政治上的一種倒退。明仁宗時代開始逐漸加重大學士權位，漸成祖制，所以拿嚴嵩握宰相權違背「祖制」說事，應屬是這位楊爺時代和意識的局限。

　　嚴嵩父子仗恃皇帝的信賴和手中的權勢打擊正人，排斥異己。如果大家熟諳中國的官場政治，這些其實算不上什麼大奸巨惡。那些在官場子裡面混的，誰的手也不乾淨。但是，嚴嵩濫用只會諂媚滑順的小人主持方面大政，於國於民是真正做了大壞事。比如任用趙文華，使東南倭亂愈演愈熾，誠乃嚴嵩的大惡之一。

　　趙文華此人，乃嘉靖八年進士，本性狡險，得官後考拔不及

格被外貶。舉進士前，幸虧他在國學讀書時結識了當時擔任祭酒的嚴嵩，二人很是投緣。由於嚴嵩知道自己樹敵太多，父子多有過失，便想安插自己心腹在關鍵部門，以便日後出事好有照應。於是，他就與趙文華相結為義父義子，把他擢為刑部主事。進步了還行更進步。

不久，趙文華知道嘉靖帝好道愛神仙，就自己私下進媚皇帝，上獻「百華仙酒」，表示說：「臣下師父嚴嵩正因飲此酒而長壽體健！」嘉靖帝試飲，醇香濃厚，味道好極了。估計美酒裡面有植物興奮劑，忽然間讓嘉靖帝神清氣爽。他非常高興，立下手敕，向嚴嵩詢問此酒製作工藝。

嚴嵩接敕大驚，咬牙道：「趙文華安敢這樣做！」確實，這狗兒子瞞著自己向皇帝獻好酒，讓皇帝感覺自己有好東西捨不得奉獻。如此，趙文華自己做好人，倒讓老嚴巴結皇帝落於人後，這真讓人窩心。惱怒歸惱怒，嚴嵩也不敢發作，婉轉上奏道：「臣生平不食藥餌之物，臣活這麼久，自己也不知所以然，絕非飲藥酒而及。」

回閣房後，嚴嵩盛怒，立刻召來趙文華大罵責斥。小趙跪泣久之，老嚴怒不可解。不久後，嚴嵩休假歸朝，群僚進見，嚴嵩仍懷恨趙文華，讓從吏把他推出門外。

這一來，趙文華真怕了，攜大筆金寶跪獻自己乾媽（嚴嵩老婆）。一日，嚴嵩夫婦家宴，嚴世蕃以及眾義子侍立兩側，一家人其樂融融。趙文華事先跪伏於窗外，觀察動靜。良久，嚴嵩老妻佯裝不知這對義父子二人不和事，問老嚴：「今日全家歡會，怎麼獨不見我兒文華？」嚴嵩輕蔑一笑：「阿奴負我，怎能在此！」嚴嵩妻忙溫語相勸，訴說趙文華諸多「孝敬恭順」事情。嚴嵩聽著，面色轉和。

趙文華見時機已到，立刻急趨入房，長跪涕泣不已，連聲叫爹，於是父子二人和好如初。

東南倭患昌熾後，嚴嵩稟報嘉靖帝，派趙文華在祭海神的同

時，前往那裡主剿倭寇。趙文華無略小人，胡亂指揮，冤殺總督張經等人，向朝廷妄報成功，得進工部尚書，加太子少保。幸虧有胡宗憲、俞大猷等人能幹，平徐海，俘陳東，使東南倭患大有收斂。當然，這些成績，趙文華皆據為己功。為此，明廷加其太子少保，蔭其一子為錦衣千戶。

趙文華在東南倭患中的種種劣行，筆者將在後面平倭的文章中詳述。

趙文華自恃立功而得寵遇，日漸驕橫，連嚴世蕃也不放在眼裡，拿宮中大小太監也不當回事。特別讓嚴世蕃生恨的是，趙文華曾向他進獻一頂金絲編織的幕簾，小嚴稀罕當作寶貝。後來他才得知，趙文華有美妾二十七人，人人有這樣的金幕簾，這讓小嚴深以為恨。

宦官方面，由於趙文華手緊，不再出金銀，大小太監根本從他那裡再也打不到秋風。於是，這些人回宮後，就總是向嘉靖帝彙報趙文華接受皇帝賜物時倨傲不禮。特別讓皇帝生氣的是，趙文華進獻西域春藥，嘉靖帝飲服後效果特好，一夜連御數女。藥丸食盡，他又向趙文華索要這種西域「偉哥」，但老趙皆自己享用，回稱沒有。寧可無了有，不可有了無。嘉靖皇帝大恨。

一日，他上宮城遠眺，見西長安街新起一高樓，聳入雲天，就問左右：「誰家宅第，如此豪華？」左右稱：「趙尚書新宅。」其中有一人被趙文華得罪過，陰不拉嘰來一句：「工部貯存修宮殿的巨木，大半都被趙文華蓋新宅了。」

嘉靖帝聞之臉色大變。稍後，嘉靖帝就找茬讓他「回原籍」修養。又過些日子，嘉靖帝怒發其罪，黜趙文華為民，並貶其子為小兵戍邊。趙文華當時真得了病，遭此大譴，病勢轉沈，腹潰而死。

嚴嵩晚年，思維遲滯，再不像初時那樣對一直在西苑「玄修」的皇帝所發詔旨做出敏捷反應。

嘉靖帝大道家，大文學家，手敕往往辭旨玄奧。這時候，只

有嚴世蕃能刻意揣摩，並達無不中。一方面是由於嚴世蕃智商高，二方面因為他「情商」也高，總拿大把銀子賄賂皇帝左右宦官侍女。所以，嘉靖皇帝喜怒哀樂，宮內的耳目們纖悉馳報，他們每次均能從小嚴處得到大筆「情報費」，故而嚴世蕃成竹在胸，想皇帝所想，急皇帝所急。

嚴嵩最後當政時期，諸司上報事情要他裁決，他均說「與東樓議之」。「東樓」，嚴世蕃別號也。早年，由於有妻子歐陽氏規勸，嚴嵩對兒子管教甚嚴。歐陽氏病死後，小嚴再也無人管束。而且，由於缺兒子不行，嚴嵩上表皇帝，請皇上允許兒子留京伏侍自己，讓孫子代之扶老妻之喪歸老家。

嚴世蕃服喪期間，大行淫樂之餘，在家中代老父處理諸司事務。由於他身有喪服，不能入值朝房，這讓老嚴嵩就作了難。

有時嘉靖皇帝派宦官急扯白咧，狂催老嚴擬旨草文什麼的。可憐嚴嵩老眼昏花，老腦袋已經轉不動，奏對多不中旨，使得嘉靖帝大為惱火。

此外，道士藍道行以扶乩為名，用沙盤代替「神」言，極陳嚴氏父子弄權跋扈之狀。嘉靖帝問：「如果此事為實，上天何不殛殺二人？」藍道行答：「留待皇帝正法！」嘉靖帝默然心動。

老嚴還有另外得罪嘉靖帝的地方。嘉靖帝自居的西苑萬壽宮因火災不能住，暫居狹窄的玉熙宮，因此鬱鬱不樂。他召問嚴嵩，老嚴勸皇上還大內居住。這可觸動了嘉靖帝的忌諱。正是由於嘉靖二十一年皇帝本人在大內宮中差點被宮女們勒死，這位一向信邪迷信的皇帝再未回去居住。嚴嵩此議，正觸黴頭。不久，嚴嵩又請皇帝還居南內，那地方又是從前明英宗被軟禁的地方，此議讓嘉靖帝更怒。

這時候，關鍵的時候，好好先生徐階出場了。

徐階，江蘇華亭人，嘉靖初年進士出身，乃當科探花郎。史書上稱他「短小白皙，善容止。性明敏，有權略，而陰重不洩。」入翰林後，他本來遠大前程一片光明，卻得罪了當時的皇上大

紅人張璁，徐階被貶出京外。過了好幾年，昔日春風得意又秋風失意的小徐才得以重返翰林，並受夏言授引，一步一個坑，最終當上了禮部尚書。

從「站隊」方面看官場，嚴嵩整掉夏言，肯定要「惦記」徐階。可這徐尚書經過從前的蹉跎，深知當朝一把手惹不得。他從不當面頂撞嚴嵩，把老嚴奉承伺候好得不行，所以嚴嵩除掉他的意思就不那麼迫切。更慶倖的是，夏言雖倒，徐階因一手漂亮「青詞」，哄得嘉靖帝對他大加青睞，須臾不可或離。如此，嚴氏父子想搬除他，倒是非常非常之難。

當然，此前有一事，差點老嚴要了小徐的性命：一日，嘉靖單獨召嚴嵩問話，徵詢他對徐階的看法。嚴嵩想了想，說：「徐階缺的，不是才能，只是心眼太多些！」這句話要命，老嚴是講先前徐階力爭嘉靖帝早立太子之事。嘉靖臉色陰沈，幸虧後來未對此事深究。正是由那時起，徐階對嚴嵩益加恭敬，並憚精竭慮撰寫青詞給嘉靖帝，以圖保身。

嘉靖帝想造新宮，問嚴嵩，沒結果。他就召時為次輔的徐階。徐階一口應承，表示先前建殿，餘留建築材料很多，如果下令營建，幾個月即可造成新的宮殿。嘉靖帝大悅，立即下詔任除階兒子尚寶丞徐璠兼工部主事一職，主持建新宮。結果，僅僅三個月多一點，宏偉雄壯的新宮建成，嘉靖帝當天就迫不及待搬入「新家」，名之曰：「萬壽宮」。

經過此事，皇帝對徐階另眼看待，深以為忠，進其為太子少保，兼支尚書俸祿，並超擢其子徐璠為「太常少卿」。

嚴嵩知悉帝寵已移，又開始裝孫子，率兒子嚴世蕃一群子孫家人到徐階家中，表示說：「老夫活得也差不多了，我死後，徐大人善待這些人！」

徐階裝得更像，立即還拜，表示自己受嚴相爺提拔，對他絕無二心。

嚴嵩一行人剛走，徐階兒子徐璠進屋，對父親說：「大人您

這些年一直受嚴氏父子欺壓，該出手時候一定要出手！」豈料，徐階拍案大罵：「沒有嚴相爺，我們徐氏父子哪裡有今天，你這個忘恩負義的東西，死了狗都不吃你！」原來，嚴氏父子耳目眾多，徐階家人中就有幾個嚴世蕃重金豢養的「間諜」。

徐階的「表現」，立刻傳到嚴氏父子耳中，從此老嚴對徐階完全放鬆了應有的「警惕」。

嘉靖四十一年（1562年），身為御史的鄒應龍忽上奏章，彈劾嚴世蕃貪污受賄等不法之事。但奏章當時未敢牽連嚴嵩，只講他「植黨蔽賢，溺愛惡子」。

歷史上有些事，發端有時離奇近乎荒誕，鄒御史之所以敢於忽然間挺身而出，並非直接受徐階指使，而是緣於他所做的一夢：他夢見自己騎馬出獵，看見東邊有一高樓，土基宏壯，頂覆楷杆。鄒應龍拉弓而射，大樓轟然坍倒。醒後，鄒御史鼓勵自己，這是我搬倒「東樓」（嚴世蕃）的吉兆啊，於是他奮筆疾書，立寫彈文。

嘉靖帝對嚴嵩父子日久生厭，又有道士們一旁攛掇，便下詔逮嚴世蕃入大理獄，命嚴嵩致仕，但歲祿照發，留有情面。

發現皇帝對老父嚴嵩沒有一棒子打死，嚴世蕃深知事情不像想像中那樣不可挽救。他藉著早先交結的內保太監，奏稱道士藍道行與鄒應龍裡外勾結，陷害大臣。嘉靖帝各打五十大板，命人逮捕藍道士送入牢房審訊。嚴嵩囑託刑部的心腹，嚴刑拷打藍道行，最終目的讓他誣攀徐階為幕後指使。誰料，藍道士挺「英勇」，堅絕不承認受徐階囑指。由於嚴氏父子勢力根深固結，最終藍道行獲罪被處死。

朝中獨相十餘年，嚴嵩黨羽力量確實大。但是，如果不處理嚴世蕃，又無法向皇帝交待，法司最後就「裁定」嚴世蕃受賄八百兩白銀，上案於御前。

廷議後，判決流放嚴世蕃於雷州，其兩個兒子及心腹羅龍文等人分戍邊地。

　　嘉靖帝念嚴嵩舊情，特宥嚴世蕃一個兒子為民，回老家伺候嚴嵩起居。

　　嚴嵩離朝後，沒人再與自己談玄論道，加之藍道行又被處決，年已半花的嘉靖帝追念老嚴過去二十多年的贊襄之功，悒悒不樂。於是，他把已經升任首輔的徐階叫來，表示自己要退居二線，當太上皇，準備在西內一心拜道。徐階極陳不可，諫勸皇帝不要撂挑子。

　　「好，既然如此，你們一定要與朕同輔玄修，努力崇道，日後再有誰敢上疏劾奏追論嚴嵩、嚴世蕃父子，朕一定下令把他們與鄒應龍一同送斬！」嘉靖帝聲色俱厲。

　　遠在江西南昌的嚴嵩聞此，知道帝意仍有念舊之情，就趁嘉靖帝生日，在鐵柱宮使道士建醮為皇帝祈禱，親自撰寫《祈鶴文》獻上。皇帝優詔答之。見有回信，嚴嵩登老二上肚臍，上疏乞求皇帝准許自己被流放的子孫回南昌能給自己養老。對此，嘉靖帝沒有答應。

　　事已至此，嚴世蕃也不消停，惹事不斷。他被明廷下令流放雷州，但是，剛剛行至半道，他便擅自回返，在南昌大興土木，修建豪華別墅。更危險的是，他常常酒後宣言：「哪天我得以重起，一定要拿下徐老頭的人頭，鄒應龍也跑不掉！」

　　徐階得聞，忽起斬草除根之心。

　　嚴嵩聽見兒子如此放話，歎息對左右講：「此兒誤我太多。聖恩隆厚，我得善歸。此兒雖被遣戍，遇赦也可得歸。今忽忽大言，惹怒聖上與徐階，我嚴氏家族，橫屍都門那天，想必不遠矣！」

　　合該有事。袁州推官郭諫臣因公事路過嚴嵩府宅，看見一千多工匠正大修府邸。嚴府僕人作監工，望見郭推官根本不起身見禮。郭諫臣大怒，上狀於御史林潤。這位巡察御史先前劾奏過嚴嵩黨徒，很怕日後嚴嵩父子重起遭到報復，見此狀大喜，立刻添油加醋，上奏嚴世蕃在江西陰聚徒眾，誹謗朝議，圖謀不軌。同

時，他還奏稱小嚴聚數千人（一下把數目擴大幾倍）以修宅為名，陰謀造反。

疏上，嘉靖帝大怒，命林潤詔逮嚴世蕃等人入主京審訊。

林潤得令即行，一面下令捕人，一面又上奏疏，半真半假，把嚴世蕃一案渲染得活靈活現：

世蕃罪惡，積非一日，任彭孔為主謀，羅龍文為羽翼，惡子嚴鵠、嚴鴻為爪牙，占會城廠倉，吞宗藩府第，奪平民房舍，又改厘祝之宮以為家祠，鑿穿城之池以象西海，直欄橫檻，峻宇雕牆，巍然朝堂之規模也。袞城之中，列為五府，南府居鵠，西府居鴻，東府居紹慶，中府居紹庠，而嵩與世蕃，則居相府，招四方之亡命，為護衛之壯丁，森然分封之儀度也（喻指嚴氏父子僭越制度自以為王爺）。總天下之貨寶，盡入其家，世蕃已逾天府，諸子各冠東南，雖豪仆嚴年，謀客彭孔，家資亦稱億萬，民窮盜起，職此之由，而曰：「朝廷無如我富」。粉黛之女，列屋駢居，衣皆龍鳳之文，飾盡珠玉之寶，張象床，圍金幄，朝歌夜弦，宣淫無度，而曰：「朝廷無如我樂」。甚者畜養廝徒，招納叛卒，旦則伐鼓而聚，暮則鳴金而解，明稱官舍，出沒江廣，劫掠士民，其家人嚴壽二、嚴銀一等，陰養刺客，昏夜殺人，奪人子女，劫人金錢，半歲之間，事發者二十有七。而且包藏禍心，陰結典英，在朝則為寧賢，居鄉則為（朱）宸濠（喻指嚴氏父子想效仿朱宸濠造反），以一人之身，而總群奸之惡，雖赤其族，猶有餘辜。嚴嵩不顧子未赴伍，朦朧請移近衛，既奉明旨，居然藏匿，以國法為不足遵，以公議為不足恤，世蕃稔惡，有司受詞數千，盡送父嵩。嵩閱其詞而處分之，尚可諉於不知乎？既知之，又縱之，又曲庇之，此臣謂嵩不能無罪也。現已將世蕃、龍文等，拿解京師，伏乞皇上盡情懲治，以為將來之罔上行私，藐法謀逆者戒！

嚴世蕃落到這地步，仍舊囂張，放言：「任他燎原火，自有

倒海水。」

　　幾個被一起關押的黨朋見嚴爺這麼鎮定，連忙問計。嚴世蕃說：「通賄之事，不可掩遮，但聖上對此並不會深惡痛絕。『聚眾通倭』罪名最大，可以派人立刻通知朝中從前相好的言官，在刑部把這一條削去，增填我父子從前傾陷沈鍊、楊繼盛下獄的『罪惡』，如此，必定激怒聖上，我輩可保無憂！」

　　結果，這招真靈，刑部尚書黃光升及大理寺卿張守直等人受傳言欺弄，又有言官做手腳，他們撰寫罪狀辭中果真把嚴氏父子陷害楊、沈二位忠臣的事情寫入，且大肆渲染。

　　待他們持狀入見首輔徐階，這位徐大人早已成竹在胸，隨便看了訴狀一眼，置於案上，問：「諸位，你們是想救嚴公子呢，還是想殺嚴公子？」

　　眾人愕然，齊聲曰：「當然是要殺他！」

　　徐階一笑。「依照你們所上訴狀，必定會讓他活得更自在。楊繼盛、沈鍊受誣被殺，天下痛心。但是，這兩人被逮，皆當今聖上親下詔旨。你們在案中牽涉此事，正觸聖上忌諱。如果奏疏上達，聖上覽之，必定認為法司是借嚴氏父子這案子影射皇上聖裁不公。皇上震怒之下，肯定要翻案。到時候，嚴公子不僅無罪，還會款款輕騎出都門，且日後說不定又重新能得以大用！」

　　幾個人一聽，如雷轟頂，均驚立當堂。良久，他們才講：「看來要重新擬狀了。」

　　徐階怡然，他從袖中掏出自己早已寫好的狀疏，「立即按此抄一遍即可。如果你們回去反覆集議，消息洩露，朝中嚴黨必有所備，那樣，別生枝節，大事就不好辦了。」

　　眾人唯唯。

　　發稿示之，見徐階所草罪狀，重點在於描述嚴世蕃與倭寇頭子王直陰通，準備勾結日本島寇，南北煽動，引誘北邊蒙古人侵邊，意在傾覆大明王朝。

　　果然，疏上，嘉靖帝拍案狂怒。他最恨倭寇和蒙古人。見小

嚴和這些人勾結，那還了得，馬上下令錦衣衛嚴訊。

嚴世蕃等人，很快得知徐階所擬的「罪狀」，相聚抱頭大哭：「這回死定了！」

獄成，嚴世蕃等人被斬於市，嚴氏家族被抄家。共抄得白銀二百零五萬五千餘兩，珍奇異寶不計其數，多為皇宮內府所無。不久，嚴氏黨徒在朝中的諸人，也皆為徐階等人清洗出去。嚴家大樹，連根被拔。

至於嚴嵩老爺子，白髮蒼蒼八十老翁，一身破衣爛衫，滿臉污髒，日日持一破碗，在田野間的墳間轉來蕩去，撿那些上墳的供品充腹活命。捱了一年多，老頭子淒涼死去。

昔日威風凜凜的大宰相，落得如此下場，想來也令人鼻酸。中國的政治生態，永遠如此，風光時可以一句頂一萬句。但是，只要誰政治上倒臺，身敗名裂，哪怕你是堂堂相爺，也逃不出空腹慘死的結局。

從實而言，嚴世蕃死有餘辜，但徐階玩的這種政治手腕，也過於陰狠，非要編造莫須有的通倭謀逆大罪來搞嚴家，其目的就是一定要牽連上嚴嵩。謀逆大罪，株連抄家發洩絕對難免，徐相爺非要置政治對手老嚴和小嚴永世不得翻身。對於這一點，明朝當時及日後多有人不平，認為徐階的手段，使嚴世蕃的罪名不能服天下人心，刑非所犯，於理不稱。

天道好還。日後徐階下臺，又被「後浪」高拱怨恨算計，以其二子鄉間怙勢犯法為由，把徐老頭二個兒子罰往邊地「勞改」，老徐自己差點與老嚴前輩殊途同歸，在風燭殘年孤獨而終。幸虧不久張居正把高拱又拱下去，老徐才得保令終。

作為徐階弟子的張居正還算厚道，他當政後，派江西地方官員收拾嚴嵩枯骨，修墳安葬。嚴爺再怎樣也是堂堂大明一代宰相，總不能和要飯花子一樣的死法、葬法。

嘉靖一朝，正因為無大奸太監，方顯嚴嵩柄政的「罪惡」。其實，許多軍國大事方面，嘉靖帝乾綱獨斷，最大的壞事都就是

皇帝拍板，嚴嵩依惟而已。

中空的王朝——嘉靖年代的最後歲月

嚴嵩身死前後，荒淫的嘉靖帝也「崩」了。

這位君王的末年，沈溺道教尤甚。宮中宦官為了「安慰」他，常常趁他呆坐時從旁邊扔落一個大桃，報稱「天賜神桃」。為此，嘉靖帝會大喜連日，又興「報恩」醮禮數日，耗費金銀無數。即使是兔子生下兩隻崽，或者殿庭陰涼處生出幾枝大個狗尿苔（靈芝），在宮中也令被當作「祥瑞」來慶賀一大番。

嘉靖四十五年初，戶部主事海瑞的上疏，道出了這位皇帝崇道費財的真實情況：

陛下即位初年，敬一箴心，冠履辨分，天下欣欣……銳精未久，妄念牽之，謬謂長生可得，一意修玄，二十餘年，不視朝政，法紀弛矣；數行推廣事例，名器濫矣。二王不相見（指嘉靖帝聽從道士勸言，不與自己兩個兒子見面），人以為薄於父子；以猜疑誹謗戮辱臣下，人以為薄於君臣；樂西苑而不返大內，人以為薄於夫婦。吏貪官橫，民不聊生，水旱無時，盜賊滋熾，陛下試思今日天下為何如乎？古者人君有過，賴臣工匡弼，今乃修齋建醮，相率進香，仙桃天藥，同詞表賀，建宮築室，則將作竭力經營，購香市寶，則度支差求四出。陛下誤舉之，而諸臣誤順之，無一人肯為陛下言者，諛之甚也。自古聖賢垂訓，未聞有所謂長生之說，陛下師事陶仲文（老道士），仲文則既死矣，彼不長生，而陛下何獨求之？誠一旦幡然悔悟，日御正朝，與諸臣講求天下利病，洗數十年之積誤，使諸臣亦得自洗數十年阿君之恥，天下何憂不治？萬事何憂不理？此在陛下一振作間而已。

嘉靖帝覽疏狂怒，非要馬上殺海瑞。幸虧一名叫黃錦的太監諫勸：「此人素有剛直癡名，上疏前已經與妻子相訣，購買棺材待死。如皇上你現在殺了他，適成其名。」

　　因此，海瑞只被收監論死。

　　可巧，這年底，嘉靖帝就崩了。其子明穆宗繼位第二天，海瑞即得釋，且被視為忠耿直臣。

　　嘉靖帝死因，也是死在「道」上。道士王金獻「仙丹」，藥方詭秘不可識。藥性燥烈，估計都是礦物質劇毒物和大麻等麻醉藥的混合品，吃下去一會兒很舒服，連服就會腎衰竭。「大力丸」吃了一個月，這位荒淫帝王就「升天」了。

　　嘉靖一朝，內有權臣，外有海患邊患，他本人又媚道崇道，奢侈無度，傾竭天下人民膏血以供一人迷信之用，國內經濟情況日益惡化，真正把大明帝國帶到了岌岌可危的邊緣。特別是財政方面，嘉靖帝屢建宮殿、道宇，營建齋醮，花費無數。

　　除此以外，軍費開支巨大，沿海和近蒙古部落的境都有戰事，督撫大臣趁機貪污，軍費達至天文數字。舉嘉靖三十一年為例，當年戶部所奏歲入只有二百萬銀，而軍費開支一項卻高達一千多萬，嚴重超支。

　　由於國內矛盾激化，各處起事不斷，農民、礦工、鹽徒、各種民間宗教團體紛紛揭竿而起，按倒葫蘆又起瓢，搞得明政府焦頭爛額。大明帝國，已經成為「大暗」帝國。

被遺忘的盜賊

——盜據澳門的「佛朗機」

　　我居住在深圳，有一哥們和我老友鬼鬼，關係很鐵。他老婆在香港工作，每次過關前總愛買一些「葡國蛋撻」回來。一次，哥們塞了我一盒讓我帶回家吃。過後問我，我當然說好吃。此後，每隔十天半個月，哥們就會通知我到他家裡去取「禮物」。於是，每次我的車中數個小時內就一直散發著葡國蛋撻那嘔吐物一樣甜膩膩發酸的味道。

　　這種東西，我其實很怕吃。我的幾個女同事倒嗜之如命，每次的「禮物」，其實都進了她們肚子。

　　特別有一次，哥們去澳門小賭怡情，回來馬上打電話：我們給你從澳門帶來了真正的葡萄牙蛋撻！

　　手捧那盒「葡國蛋撻」，我心懷感激，但也忍不住問哥們：「餵，你知道佛朗機嗎？」哥們還「海龜」呢！他搖搖頭，思索了一下，說：「我只知道佛朗哥，上世紀中後期西班牙的獨裁者。」

　　我苦笑一下，只能低下頭，當著哥們夫婦面，盛讚這葡國蛋撻好吃，絕了。

　　「那你就趁著新鮮現吃一塊啊！」哥們老婆殷切地說。

被明清史臣弄混的國家——「佛朗機」的由來

佛朗機，在明代和清代前期的著作中又寫作「佛郎機」，不

少書中都指稱是一種銃炮。明代在中國傳教的耶穌會士艾儒略（Aleni，瞧這名字起的，顯證洋鬼子崇受天朝「儒略」）在其《職方外紀》一書中很詳備解釋了銃炮為什麼叫作「佛郎機」——「以西把尼亞（西班牙）東北為拂郎察（法國，源於「法蘭克」一詞），因其國在歐邏巴內，回回（人）概稱西土人佛郎機，而銃（炮）亦沿襲此名。」

但是，《明史》中《外國傳》上記載的「佛郎機」，是這樣寫的：「佛郎機，近滿剌加。正德中，據滿剌加地，逐其王。」也就是說，明人和日後根據明人記述撰寫明史的清初史臣，把佛郎機誤認為是滿剌加的鄰國。

其實，佛郎機，乃葡萄牙，由此一來，明人把歐洲的國家，一下子搬到東南亞來了。為何出現如此巨大的謬誤呢？

明朝人稱葡萄牙人為「佛郎機」，肯定的是，此譯音來源於到中國朝貢作買賣的東南亞回教徒。阿拉伯、土耳其等地泛指歐洲為「佛郎機」，即對「法蘭克」（Frank）一詞的轉讀。轉來拐去，發生音變，到了中國就變成「佛郎機」了。

其實呢，法蘭克人也只是西元六世紀左右征服法蘭西的一個日爾曼部落名稱，並非代表整個歐洲。

再進一步分析，《明史》中提到的「滿剌加」，位於今日的馬來半島，控扼馬六甲（滿剌加）海峽，乃大明王朝一個藩屬國，明清學者之所以認為「佛郎機」地近滿剌加，完全出於誤會。

西元1509年，葡萄牙殖民者塞克拉率六艘戰艦登陸葡萄牙。兩年後，十八艘葡萄牙軍艦大舉入侵，熱兵器對冷兵器，滿剌加人大敗，蘇丹本人也跑到了今天新加坡東南的一個小島上躲避，而滿剌加國遂為葡萄牙人佔據。

葡萄牙之所以垂涎滿剌加，一是為這裡乃太平洋重要門戶，香料貿易重要集散地；二是因為當地多礦，物產豐富。

葡萄牙乃歐洲古國之一，1143年正式成為獨立王國，而後兩個多世紀靠艦船起家，成為海上強國，在全球到處擴展殖民地。

但它於1580年為西班牙侵併六十年，中間獨立一段時間，1703年又淪為英國的附庸。直到1891年，葡萄牙才有了「第一共和國」。連列寧都說過：葡萄牙是歐洲資本主義國家中的「窮人」。至今在西歐，看門人職業大多由葡籍人提當。葡人個個一臉憨像，圓乎乎、紅潤潤的泥土芳芬臉，加上澳門回歸順利，我們中國人對他們印象不錯。殊不知有明一代，佛郎機（葡萄牙人）乃最最窮兇極惡的一群，沿海倭寇盜患，他們才是真正的始作俑者。

葡萄牙人佔據滿剌加以後，在正德十三年（1518年），乘船到廣州懷遠驛，冒充滿剌加朝貢使節，企圖騙過中國官員，得到貿易憑證（勘合）。

但是，這些西洋人鷹鼻凹目，金髮綠眼，根本不像廣州官員印象中的「滿剌加人」。為了掩遮狐臭和「鬼」樣子，他們在打扮上把自己偽裝成穆斯林，白布纏頭，個個一襲長袍。

廣州官員對於「外國人」見得多，很快發現這些所謂的貢使連基本禮儀都不會。破綻露出，這些人不敢不說實話，就承認自己是「佛郎機人」。

廣州官員索要「國書」，這些人也拿不出。朝廷聞奏後，畢竟中國一貫充大頭顯擺大國風範，下令地方政府好吃好喝好招待，收受「貢物」點數後，折價付銀，打發這幾艘船回國。同時，允許他們派幾個入京彙報情況。

在明朝人自己的《大明會典》中，沒有「佛郎機」這樣一個藩貢國，朝廷也想弄清這些相貌古怪的傢伙到底從哪兒冒出來。當然，他們被安排學習禮儀，未能立即成行。

中國對葡萄牙人不熟，他們對大明倒熟，先前已經有好幾批亦商亦盜的海上商販在明朝沿海靠岸，獲利頗豐，並買回美輪美奐的中國瓷器回國，上獻王室，深受嘉賞。

但是，在廣東沿岸的佛郎機船隊並未回國，美妙東方新世界令這些西方野蠻人眼饞了，吃的好，玩的好，用的好，這一幫傢伙就沿海停停走走，自恃手上有銃炮，不時上岸唬人搶劫商旅。

對此，明人著作中說他們「烹食嬰兒」。吃小孩之事可能有些誇張，但掠賣人口完全是事實。他們與兩廣奸民海盜勾結，掠走不少當地人民為奴隸，然後海上販賣。

由於滯留於廣州的使節買通了當地任監守的太監，幾個人很快得到批准可以入京。

當時，正德皇帝正借親征朱宸濠為名在南京遊玩，葡萄牙使臣佩雷斯便往南京面君。荒唐皇帝對這個回回打扮紅頭髮藍眼珠的「番人」很有些好印象，因為他的樣子很像皇宮中的波斯貓，就饒有興趣與他交談了一會兒。

大明皇帝當然不會用國際語、英語或者什麼葡語與他對話，都由「火者」亞三當翻譯，大家相談甚歡。翻看禮物後，正德帝又試射了幾下手銃，很覺好玩。

打發佩雷斯離開後，正德皇帝把「火者」亞三留下，一方面向他詢問域外的風土人情，一方面不時讓他教自己幾句西洋「鳥語」為樂，可以說，正德皇帝是最早學習「外語」的中國皇帝，不知當時他的水平夠幾級。

可能現在的人對「火者」二字不明其意，「火者」，不是燒火的人，是當時廣東、福建一地富豪家人驅使的閹奴。在中國，只有皇家才有資格使用閹人宦官，但閩粵名家富商，家趁人值，也怕俊僕秀奴搞大自己妻妾的肚子，就常常私閹窮人子弟為奴，稱為「火者」。正是因為亞三本人也被閹過，所以他才方便入皇宮天天伺候正德皇帝。

亞三之所以得留，還在於佩雷斯當時給了正德帝寵臣江彬不少奇異洋物。有江大將軍引薦，亞三入宮，自然也是佩雷斯大的「眼線」。

這位亞三有樣學樣，跟隨正德帝回北京，狗仗人勢，見了提督主事梁焯也不下跪見禮。梁提督生氣，立即叱令左右綁上這個奇裝異服沒鬍子的東西，鞭之數十，打他個鮮血淋漓。江彬聽說後，趕忙過來「救人」，大罵梁焯：「亞三乃與天子嬉戲近臣，

又怎能向你這樣的小官下跪！」

結果，正德帝轉年病死，江彬被誅，亞三也被捕下獄。經過審問，他承招為佛郎機的人作探子，窺伺虛實。於是，驗明正身，押赴刑場，就在鬧市被「卡嚓」，屍體焚毀。

那位佩雷斯也沒走出國，被明廷下令逮捕，流放西北地區，下落不明。他的後代，估計現在正在哪裡放羊吧！

請狗容易送狗難——賴著不走的葡萄牙商盜

正德死後，其堂弟嘉靖帝繼位。這時，明廷接到滿剌加使者的申訴，請示大明幫他們復國。禮部經過調查後，報稱佛郎機人假借滿剌加名義挾貨通市，久滯不去，有窺伺之意，主張沿海官員把這些人盡數驅逐出境。明廷認可。

詔令下後，廣州官員馬上通知佛郎機人離開。但葡人卡爾佛帶著幾隻大船仍死皮賴臉不走。於是，地方官員就把他弟弟瓦斯科以及幾個葡商抓入監獄。

卡爾佛怒惱，招來近海的幾隻船入灣，據險頑抗，並向明軍開炮，想最終佔據南頭一地。

明朝官員非常氣憤，敢在大明地方撒野，真是活膩煩了。而且，當時葡萄牙人的火器遠遠不如明末清初時期西洋炮火那樣厲害。在葡商船上服務的中國人楊三等人又知曉民族大義，半夜下船，教授明軍製造銅銃的方法以及彈藥配方。

經過充分準備後，海道副使汪鋐指揮水軍向葡船發動進攻。明軍先用火攻，用了幾隻破船遍載柴草，澆以膏油，順風縱火，一下就燒掉了葡萄牙人的兩條大船。同時，明軍派善潛水者入江，鑿沈了對方一般大船。然後，明水軍駛近攻擊。

葡萄牙人使出決勝法寶，搬出銃機向明軍猛轟。不料想，明軍大船貼進，炮火轟轟，以同樣的銃炮回轟對方。葡萄牙人嚇壞了，放棄抵抗，掉轉船頭就跑，明軍窮追猛打。

最終，僅有三艘葡萄牙大船逃回滿剌加，其餘皆被焚毀擊沈

。這一仗很漂亮，佛郎機盜寇偷雞不成蝕把米，悻悻而去。

轉年，嘉靖元年（1522年）秋，又有一批葡萄牙殖民者滅掉了蘇門答臘沿岸一個小國「巴西」之後，奉葡王之命，他們駕五艘巨艦，兵員一千多人，揚帆直逼廣東珠江口。此來，一是報復，二是準備在中國沿海建立一個永久軍事基地。

在新會的明朝備倭指揮柯榮等人立即組織水軍，在西草灣一帶攔截敵艦，猛攻侵略者。

此戰，明軍斬首三十五級，生擒四十二名葡人，俘獲兩隻大船，其餘三艘船逃掉。

嘉靖帝下旨，把所獲夷兵就地斬首示眾。四十二顆紅毛腦袋，懸於廣州城門樓上。不僅如此，明朝官軍繳獲數筒葡萄牙原裝船用炮銃，名之為「佛郎機」，上獻朝廷，這就是「佛郎機」當作火器名的起始。

其實，明朝在弘治年間（六七十年前）已經從走私的西洋船上獲得過這種武器，只不過當時沒給這種武器起名。

據明人胡宗憲《籌海圖編》記載，佛郎機炮「以鐵為之，長五六尺，巨腹長頸，腹有長孔，以小銃五個輪流貯藥安於腹中，放之。銃外又以木包鐵箍以防決裂。海船舷下每邊置放四五個，於船艙內暗放之。他船相近，經此一彈，則船板打碎，水進船漏。以此橫行海上，他國無敵……海船中之利器也。守城亦可。持以征戰，則無用也。」他還講到有通事（翻譯）獻手銃（早期手槍），射程百步，也是一樣的武器原理。

後來，明朝兵部鑄造一千多佛郎機大炮，名為「大將軍」，下附木架，可高可低，發放於三邊守軍。但明朝將士不怎麼會使用這種大傢伙，一直未用於實戰。

胡宗憲還說：「中國原有此制，不出於佛郎機。」這句話不錯，火器由宋朝已經在戰爭中所用，元朝更是進一步發展了製造工藝，只是當時沒有過多重視，亂哄哄中就亡國，銃炮基本沒有發揮作用。元末明初朱元璋軍隊在不少戰役中使用類似火器，效

用明顯，有幾次成為戰爭中決定因素。

　　但肯定一點的是，至正德、嘉靖年間，西洋製造方法肯定優於明朝，他們的「佛郎機」比「大將軍」什麼的火炮威力更大，很可能當時的西方製造工藝比明朝要先進。

　　此事之後，葡萄牙人被明朝打怕了，好久不敢想武力入侵的法子，就上書要求與明朝通商。由於朝臣們普遍認定「佛郎機」人乃「賊虜之桀」，皆建議朝廷拒絕與之交往。但不少人希望明朝恢復與東南亞諸通貢國的貿易，因為海禁對廣東番舶收入大有影響，大多數商船都駛往福建沿海去做買賣了。後來，巡撫朱紈嚴禁通番，整治海防，葡萄牙人賺不到錢，就開始殺人明搶，做起無本「買賣」來。

氣急敗壞成巨盜──殺人劫貨的葡國海盜

　　明朝嘉靖年間的所謂「倭患」，乃嘉靖二十六年（1547年）最早大爆發。

　　巡撫浙江兼任福建等處海道的朱紈下令剿捕海盜，嚴禁通番，並催使近海居民通盜者互相告發。吃「走私飯」已成習慣的地方豪民洶洶而起，吃裡扒外，紛紛與葡萄牙人勾結，上岸殺人放火。地方官不知實情，上報說是「倭寇」入侵。

　　究其實也，最早的盜賊們根本不是真倭，反而是由海而至的葡萄牙人。這些人在閩浙大掠，與日本浪人及中國海盜王直、徐惟學等人大肆勾結，在嘉靖十九年就已經把寧波附近的雙嶼港當作「大本營」，四處出擊，殺人越貨。由於時人總以「倭寇」稱呼這些賊徒，反而後來很少人知道葡萄牙人是最早的罪魁。

　　特別可恨的是，葡萄牙人在放火燒殺搶劫財貨之外，他們與「倭寇」最大的不同，就是喜歡大量俘掠平民，轉送海上販賣為奴。

　　嘉靖二十七年（1548年），盤踞雙嶼島的葡萄牙、日本浪人、中國海盜的據點被明軍攻克，這夥賊人暫時退出浙江，逃往福

建的金門（當時稱浯州嶼）集結，轉至福建為禍。不久，即發生了在詔安附近的走馬溪之戰。

走馬溪位於詔安縣東南，裡面有一個避風港，名曰東澳，大批走私海盜船常在此聚集，故此又稱「賊澳」。

明軍在嘉靖二十八年（1549年）正月二十六日，從走馬溪發兵船，進剿這批海盜。葡萄牙等盜賊先是持「鳥銃」上山阻擊，但被明朝伏兵打下山去，只能逃回船上。明將盧鏜親自擂鼓督陣，指揮水軍進攻，包圍了七隻敵船。經過激烈戰鬥，「生擒佛郎國王三名，倭王一名」以及其餘「黑番鬼」等人共四十六名。

在明朝人的眼中，這些人「俱名黑白異形，身材長大」。可見，除葡萄牙白人外，其中還有充當他們奴隸打仗的黑人俘虜。明朝人當時很少見黑人，看見這樣的人種，自然視為異形「黑番鬼」。但所謂的「佛郎機國王」和「倭王」，不過是海盜高級頭目。同時，被殺海盜中還有數十名中國人。

由於朱紈巡撫的舉措觸犯了閩浙豪氏富商的利益，這些人在朝中又有不少親貴作靠山，便有御史彈劾朱紈殺掠來明朝進行正當貿易的「滿剌加人」。

明明是佛郎機（葡萄牙）盜賊，朝中御史顛倒黑白，誣稱朱紈濫殺與明朝有藩貢關係的貢使和商人。

明廷下詔逮朱紈入京，朱巡撫悲憤自殺。自朱紈死後，海禁復弛，葡萄牙海盜遂縱橫海上，更加猖獗。而先前在走馬溪戰役中指揮得力的盧鏜等將領，也被朝廷逮捕下獄。

海禁解除後，明朝沿海貿易飛速發展，特別是浙東一帶，海盜、商人角色互換十分快，賺大錢就當「商人」；如果賠了，他們就幹沒本買賣做「海盜」，一時間亂七八糟。

明廷發覺這樣下去會出大事，只能把盧鏜等人從監獄放出來，調兵遣將，在兩浙閩廣江淮一帶四處徵兵集餉，準備打擊海上侵擾勢力。

結果，人心思亂，沿海賊民紛紛入海，「倭寇」大起。所謂

「倭寇」，其實真倭只有十分之二三，中國人占絕大多數，其間也有不少葡萄牙人。對此，筆者會在下篇專門講平倭的章節中詳細敘述。

可以肯定的是，葡萄牙人絕對是最早煽誘「倭寇」的主凶，他們流竄到哪裡，哪裡就會冒出「倭寇」。在浙江、福建受挫後，葡萄牙人只能竄至廣東謀求「發展」。這些賊人，沿海亂泊亂竄，殺人放火強姦的同時，擄掠平民，可謂是壞事作絕，所以當地人稱他們為「番鬼」（現在廣東人仍稱洋人為「鬼佬」）。

掩人耳目費心機——竊據澳門的「佛郎機」

澳門，在明朝時稱為「壕境」，有時也作「濠境」，其實原名是「蠔境」。大家都知道「生蠔」是壯陽美味，「蠔鏡」本指蠔殼一處滑潤部分，因其平滑如鏡，稱為「蠔鏡」。而壕鏡澳，正是因為當地地形似「蠔鏡」而得名，明人有時也稱之為「香山澳」。

此地之所以又被稱作「澳門」，是因為，「澳者，泊口也」，此澳有南臺北台，「台者，山也」，兩山相對，峙立如門，所以稱為「澳門」。但是，澳門英譯為「Macao」，葡譯為「Macan」，白話為「馬交」（音為「馬考」），這又是如何而來呢。原來，葡萄牙人初入澳門，見有大廟，當地人稱「媽閣」，即媽祖廟。「媽閣」一詞由「娘媽角」廟轉音而成，葡人本來是問地名，當地人以為是問廟名，便以白話答說是「媽閣」，葡人就認定此地叫「Macan」。

嘉靖三十二年（1553年），有一夥葡萄牙人在澳門靠泊，佯稱是外國貢使，由於海水打濕上貢物品，希望當地官員允許他們上岸晾曬。當時在澳門有話事權的是明朝海道副使汪柏，他收受異寶賄銀後，就答應了這些人的請求。

由此，葡萄牙人在此上岸，先是搭帆布帳篷，逐漸得寸進尺，運磚搬瓦，聚屋成落，慢慢擴大規模。臨時帳篷，逐漸成為永

久居所。

其實，當時汪柏正是奉命剿海賊駐軍於附近，他明明知道這夥人就是朝廷最最痛恨的「佛郎機」，但受人錢財要辦事，便告誡他們千萬別稱自己是「佛郎機」。

只要有利可圖，自己稱作「大狗雞」也可以，葡萄牙人當然一口應承，當時他們真的還挺低調。

不久，這些賊洋人又把中國人同夥何亞八一夥人出賣，向明軍通風報信，使得汪柏一舉鎮壓了何亞八海盜組織。為此，汪柏更覺自己離間分化得計，下令完全允許葡萄牙人留住當地。

另外一方面，這些葡國人能進獻嘉靖帝拜道所用的龍涎香，平時還按照規矩繳納稅銀，皆使明朝地方當局認定他們「有用」。特別該道的，葡人個個都是行賄高手，洋煙洋酒洋美人加上海外奇珍異寶不停往當地官員衙門裡送，明朝地方官員們不能不睜一隻眼閉一隻眼。

得便宜賣乖，從十六世紀的葡萄牙人平托開始，一直到十八世紀的馮秉正（pere de mailla）等人，均牛逼說澳門是中國政府為了獎勵葡萄牙人幫助驅除海盜而送給葡萄牙人的。後來，居心叵測的日本學者藤田豐八（應該叫藤田王八才好），假裝研究勾沈一番，宣佈說確實葡萄牙人幫助中國政府鎮壓了「張四老」海盜。但是，遍查中國史籍，根本沒有「張四老」這個人。瑞典的龍思泰（Ljungstedt）更可笑，他「考證」說「張四老」就是鄭芝龍，完全驢唇不對馬嘴，年代和人名完全搞混。

但是，所謂的葡萄牙人幫助打海盜，也非捕風捉影。嘉靖四十三年（1564年）拓林澳一帶的明軍水兵兵變，威脅到廣州城的安全。在澳門的葡萄牙人醜表功，主動請纓，向明政府地方官員要求派他們當「先鋒」，攻打叛卒。當時在兩廣當總兵的是名將俞大猷，他以招撫為名，出其不意，很快就把水兵叛亂鎮壓下去。也甭說，葡萄牙人落井下石。明軍對虎門附近三門海上停泊的九艘叛兵船發動攻擊，葡人商船一旁發炮「聲援」，搖旗吶喊，

起到了「嚇唬」作用，事後他們大肆張揚，向俞大猷「報功」。

俞大猷事前，為了糾集各方力量平叛，答應過「功成重賞其夷目」，但絕非是官方宣佈，而是私下允諾對澳門的葡萄牙商船主要頭目一年內免予抽稅。葡人自恃有功，不僅頭目不交稅，阿貓阿狗都不交稅，最後激惱了當地的海道副使莫吉亨，把澳門出入海路堵截，不讓船隻出入。見捅出大漏子，葡人又不敢和明軍真幹，只能服軟，自願輸稅，倍於從前。

俞大猷方面，其實早就把澳門葡萄牙人視為眼中釘。同時，他對地方官姑息葡萄牙人蓋屋成村佔據一方的做法十分反感，已經準備集兵驅除，但不久他受明廷中有人陷害失官，此舉未果。

葡萄牙人想趁熱打鐵，以協剿有功為名，派使臣想去北京。這次他們自稱是「蒲麗都家」國（葡萄牙音譯），說是已經「兼併」了滿剌加，現在代替滿剌加入貢。

明朝人從未聽說過「蒲麗都家」這個國家，葡萄牙人又無印之勘合，所以他們連廣州布政司官員這一關都沒過。明朝官員識穿了他們就是「喜則人，怒則獸」的佛郎機人，堅拒他們入貢。

舔了半天，葡萄牙人連當孫子入貢天朝的資格也沒得到，悻悻而返。

萬曆二十九年（1601年），海上後起之秀荷蘭有二百多人分乘兩艘兵艦突然出現在澳門海面，狗咬狗一樣與葡萄牙人幹了一仗，卻失敗逃走。荷蘭海軍司令（Nan Waerwijk）大怒，率一隻大型艦隊來攻，結果遭遇颱風，被刮到了澎湖。剛喘口氣，忽然發現明軍數十艘從福建方向駛來的巨艦，荷蘭人嚇得慌忙逃跑。

經此一役，澳門葡萄牙人找到了藉口，以防禦荷蘭人為名，開始在當地興築炮臺和垣牆等工事。當地中國人憤怒，民眾自發而起，先把耶穌會士修建的堡壘付之一炬，並相傳「佛郎機人」要造反謀逆。葡萄牙人嚇壞了，立刻派人攜重寶到廣州向當地官員道歉，聲稱葡商良民大大的，絕無造反之事，這事才得緩息。

由於從萬曆二十六年到萬曆三十八年一直做兩廣總督的大貪

官戴耀一直對葡萄牙人姑息縱容，使澳門的葡人趁機發展，竊據已成事實。後來，張鳴同繼任後，仍舊姑息。他主要是嚇唬葡萄牙人不要引進倭寇入廣東，違者嚴辦。他還威脅說，葡人如果再擄掠人口販賣，將被趕出澳門。畢竟葡人經商已獲巨利，就大有收斂。

但到了萬曆四十二年（1614年）之後，葡萄牙人鑽明朝《海道禁約》條文的漏洞，以修繕「舊建築」為名，大興炮臺，葡萄牙頭目卡拉斯科還在中央高地的三巴炮臺建立「總署」，儼然治外一國。

萬曆四十六年（1618年）始，東北滿洲努爾哈赤崛起，遼東陷落，明廷的注意力轉向。大臣徐光啟本人是天主教徒，主張鑄造大炮，並派人來澳門向葡萄牙「教門兄弟」購買大炮。

天啟初年，明朝人又想「以夷攻虜」，在澳門招募二十四名葡萄牙人雇傭軍，準備派他們攜大炮往東北幫助打滿洲人。可笑的是，這些「老爺兵」每人還配備兩名中國僕人伺候。

他們行至半路，剛剛走到南昌，因朝廷內部多有官員反對用這些「夷人」打仗，這些傢伙又被原道遣回，但他們平空騙取了三萬四千兩白銀的「工資」。明朝廣州地方政府也好玩，責令澳門的葡萄牙商人分攤這些開支。

彼時的葡人還懾於大明之威，只得吃下啞巴虧。畢竟聽從明廷使喚，又派人遣物，中國官員至此就不大防備這些葡人，使得他們加緊了在澳門的「經營」。

從1580年起，葡萄牙本國中國已經衰落不堪，淪為西班牙附庸，被人牽著加入與荷蘭、英國等國的惡鬥，民疲財耗，許多海外殖民地被他國所奪。所以，母國疲弱，澳門的葡人也無底氣。他們佔據澳門，也就低調許多，對於當地只是竊據而已，沒敢再挑出大事端來。

時光流逝，一去就是幾百年。葡國蛋撻，不知是否在那個時候為國人的口味所接受。

◀ 柒 ▶

明朝沿海「倭亂」始末

——倭刀狂徒們的覆滅

　　2006年初，各媒體均從不同角度報導了這樣一個算不上熱點的非娛樂消息：安徽歙縣，有日本人出資，為明朝倭寇頭子王直修建墓園。墳墓建好後，浙江麗水學院和南京師大兩名青年教師憤然砸碑。據當地政府稱，他們本來要以「歷史」搭台，「經濟」唱戲，想把王直墓園搞成個旅遊點，故而與「日本友人」協商，邀請身在日本的明朝大漢奸王直後裔來歙縣立碑修墓。

　　消息傳出，輿論為之小「譁然」了一把。支持砸墓的人自然從民族大義出發，他們忿忿不平地認為：如果王直這樣的賣國賊都都允許修墓的話，汪精衛等人更有理由重建墳塋（按他的「級別」，都可以建「陵」了）；反對砸碑者自然是不少自詡為「愛仇人」的假世界主義者，認定砸碑義舉是「憤青」的「作秀」。

　　無論如何，日本人為中國明朝的一個民族敗類修碑，並得到當地官員的大力「支持」，這在我們不少人歷史觀本來就混淆爭執的時候，尤其刺激國人的神經。

　　但是，包括南京的一個律師和所謂民間歷史協會的會長，皆從「法律」和「歷史」角度指責二位中國義士砸碑的行為。律師口辯犀利，認為砸碑二人的舉動「行動不理智，程序不合法」，屬於「故意損壞公私財物」；歷史協會「會長」認為，「倭寇」為中國帶來了「早期資本主義萌芽」，應該肯定。由此推之，八國聯軍侵華和日本侵華，大概也會被這種「歷史學家」肯定為「

打破中國封建社會和獨裁政治的積極力量」吧！

其實，對今人來講，王直這個名字很陌生，「倭寇」一詞又太寬泛。而且，稱王直是「倭寇」頭子，更會有不少人茫然。在一般人頭腦中，日本人應該叫「犬養裕仁」、「尻後直養」、「山本五十六」之類的，怎麼會出來一個「王直」？這名字如此中國化！再者，如果王直是中國人，依據今天的慣性思維，他最多也就是個偽軍頭目或維持會長，怎麼會成為倭寇頭子呢？

說來，還真是話長。

倭寇——源遠流長的禍患

明朝倭寇，一般人都以為是中後期的事情，其實，由來已久。早在太祖洪武二年（1369年），倭寇就已經數次攻掠蘇州、崇明等地，殺人劫物，倡狂一時。

明代倭寇之禍大致可分為三個時期：第一個階段是洪武至正德年間；第二個階段是嘉靖年間，也是最猖獗期；第三個階段是萬曆年間。

至於對明朝倭寇之患性質的定義，上世紀八十年代之前，學者們言之鑿鑿，定性為「日本武裝侵略集團對中國沿海的破壞性掠奪戰爭」。隨著改革開放後意識形態層面的寬鬆，八十年代後至今，不少中國學者忽然增長了「國際視野」，以日本學者的研究者作為準繩，語不驚人死不休，大講明朝倭寇的性質是「明朝東南沿海各階層人民反封建、反海禁的正義鬥爭」，是「明朝中國社會資本主義萌芽的標誌」。

其實，上述二類觀點均矯枉過正，前者把「倭寇」完全說成是「日本人」的侵略，後者聳人聽聞地美化海盜侵掠。

明朝倭患，是以葡萄牙殖民者（佛朗機）為誘因的，以中國沿海商業海盜為首的，以日本浪人集團為輔的盜賊集團，對明朝中國人民燒殺劫掠的非正義戰爭。

早在元朝時期（元武宗至大元年，1308年），已經有日本商

盜禁掠慶元（今寧波）的記載。但那時的「倭寇」應該基本上都是「真倭」，中國人很少。元朝末年，恰恰是日本的「南北朝」時期，特別是日本南朝的「征西府」及各地分裂割據的地方大名勢力，誰都不服誰，你殺我伐，使得戰亂中大批日本武士、浪人、海盜商人、流民等等，潮湧至中國沿海。同時，他們又與被朱元璋擊敗的張士誠、方國珍等部相勾結，在大明朝沿海地區不時燒殺劫掠。

雖然海寇猖獗，但當時朱元璋認為心腹之患是北方的殘元勢力，對沿海的外寇入侵只是防禦而已。他下詔加強海防力量，禁止軍民人等「私通海外」，還未完全實施海禁，允許貢舶貿易。

朱元璋初建明朝時，他對日本的情況不甚了了。洪武二年，倭寇犯山東，朱元璋仍舊「天朝」思維，遣使至日本，詔諭其奉表來朝，語氣充滿恫嚇。日本南朝的懷良親王乃後醍醐天皇的兒子，見明朝來詔語氣強硬，不吃這套，竟敢殺掉幾個明使並拘押了正使楊載等人。轉年，明使又來，懷良態度有了一百八十度的大轉彎，厚待來使，上貢馬匹及衣物，並向明朝放還倭寇在明州和台州等地搶掠的平民男女七十多人。朱元璋大喜，自以為明朝天威所至，終於使小倭臣服。其實，懷良當時的「服軟」，恰恰是因為日本北朝咄咄逼人，日本南朝疆土日蹙，不想也不敢又樹一大敵，再招惹明朝的進攻。

過了好久，朱元璋才知道所謂的「日本國王」懷良不過是個親王，日本還有一大半地方歸於「北朝」統治，於是他派使臣前往日本想與日本北朝聯繫。在懷良阻撓下，明使一直不能北行。過了近兩年，明使才與實際主持北朝政事的幕府將軍足利義滿（源道義）聯繫上，進入日本王京商議兩國「友好」之事。足利義滿為人還很有長遠思慮，他派使臣攜貢物而來，但老朱皇帝認定日本來使沒有正式稱臣稱藩的官方表疏，拒絕接受貢品。他厚賞日本使者，詔遣歸國。

日本方面，南北朝大致是這樣形成的：1318年，即日本文保

二年，後醍醐天皇即位，他屬於大覺寺皇帝系統。借將軍幕府內部發生內訌之機，他想推動「倒幕」來使自己的虛位變實。結果，幕府將軍一派先下手，把後醍醐天皇流放到隱歧（今島根縣）轉而擁立持明院一系的皇室後代光嚴天皇即位。後醍醐天皇的兒子懷良親王與大阪武士楠木正成等一些人立刻起兵相抗，發起倒幕戰爭。開始時，懷良親王一派非常順利，甚至把他天皇爸爸也從隱岐救出。幕府一派大將足利尊本來是奉命鎮壓，但他中途倒戈，支持後醍醐天皇，回軍滅掉了鐮倉幕府的北條氏。如此一來，光嚴天皇退位，後醍醐天皇復闢，實行天皇親政。

君臣相處日久，天皇想下手把他的「恩人」足利尊也幹掉，可這位足利尊不是吃素的，他先下手，再次逮捕了後醍醐天皇，扶立持明院系統的光明天皇繼位。後醍醐天皇跑到吉野，與光明天皇並立，所以，日本出了「南北朝」局面。後醍醐天皇一派轉為「南朝」，光明天皇一系稱為「北朝」。這種對峙，一直延續五十多年。

當然，大明朝並不知道日本還有什麼「天皇」，蕞爾小邦，不過是摹仿大唐高宗皇帝的「天皇」稱謂，自娛自樂而已。

明初倭寇，真倭居大多數，多數來自日本列島的薩摩、長門、博多、鹿八島等地，入侵道路和以往入貢道路一樣，由高麗趨山東，在四、五月間趁東南風沿海揚帆而至。所以，山東、遼東半島的倭患在明初最嚴重，其次是浙江。當時受倭患困擾最大的，還有明朝的藩屬國高麗（朝鮮）。但李氏王朝建立後，朝鮮中國政治局勢好轉，倭寇連連受挫，就把入侵重點轉向中國沿海。

胡惟庸案發生後，朱元璋因為此案涉及日本人參而面龍顏大怒，對日本深惡痛絕，遣使痛責。不料，南朝的懷良親王覺得山高皇帝遠，派人送來表文，語意傲誕無禮。

老朱皇帝閱畢，氣得哇哇大叫。但最終還是以元朝征倭失敗為前鑑，沒有發兵征討這個海外狂妄小國。

朱元璋本身就是個偏狹之人，由於對倭人滿心痛恨。洪武二

十七年之後，幕府將軍足利義滿已經統一了日本，並乙太政大臣的身份當上了日本實際的主人。他派人主動來向明朝示好，皆被老朱拒絕。當然，朱元璋不敢輕視海防，陸陸續續下來，幾十年間，洪武一朝共在遼東、山東、南直隸、浙江、福建、廣東等地設立了五十八衛及八十九所，置兵數十萬，有兵艦千餘艘，嚴防倭寇。

明太祖朱元璋死後，其孫朱允炆即位，也就是建文帝。日本的足利義滿忙趁機遣使表示友好，在正式表文中有「日本國王臣源（道義）」的自稱，也就是以藩國身份向大明稱臣。建文帝厚報使者，熱情接待。

但是，日本使節再來明朝時，大明皇帝已經變成了朱棣。明成祖朱棣雖然篡了侄子的江山，對日本的態度卻沒有變化。他非常熱情，特別是足利義滿的「稱臣納貢」，讓這位野心家十分舒坦。

為此，明、倭兩國友好關係建立，約定日本十年一入貢，人數每次不超過二百人，並給予日本人「永樂勘合」。

現代人聽見中國古代四周的小國紛紛入貢，覺得倍兒自豪，泱泱大國自尊心一下子得到滿足。其實，這些蠻夷小國的所謂「入貢」，變相打秋風撈便宜而已，真正的稱謂應該是「貢舶貿易」或者「勘合貿易」。

以倭國為例，其使臣所攜「貢品」，中國肯定要依其價值「回賜」金銀，往往是一根蘿蔔換回人參錢。只要你小國承認我大明為天朝，我們就厚賞金錢買臉面；使臣們除「貢品」外，又搭載不少官方貨物在當地販賣，為體現「天朝」寬仁，明朝基本是予以「免關稅」對待，即不對貨物「抽分」，以此來達到「懷柔遠人」的目的；最後來使們個個夾帶私貨，上至正使，下至船夫役傭，都揣私貨來販，天朝當然對此不聞不問，任其貨殖取利。

所以，各個蠻夷小國特別喜歡和中原王朝打交道，叫聲爺爺能換那麼多好處，傻瓜才不幹。所以，雖然規定「十年一貢」，

每次二百人為限,但日本貢船船一年就來幾次「入貢」。

為了向大明示忠心,足利義滿也在中國搜捕倭寇,並派兵到對馬諸島,全殲了數百劫掠中國沿海的賊人,獲賊頭二十人。而後,趁永樂三年入貢時,把這些「倭寇」全部交予大明朝處置。明成祖朱棣自然高興,對足利義滿予以重賜,但他拒絕收倭虜,讓日本使節自己處置。

日本使節很「懂事」,回行至寧波時,他指揮手下,把二十個倭寇頭子全部入放立於海邊的大鐵鍋內,統統小火蒸熟,然後拋入海中餵魚。自然,此舉又獲明廷賞賜大筆金銀。

永樂六年,足利義滿病死。他的兒子新任幕府將軍。這位足利義持是反明派,斷絕了兩國的正常關係,倭寇來犯加頻。但後來隨著足利義教的繼任,日本恢復了與明朝的友好關係。所以,自永樂至正德的近一個世紀內,中日官方關係大局上是友好的。即便如此,明朝沿海倭患時有發生,日本各地大名諸侯或武士、浪人集團常常冒充貢使貢船,在中國沿海一帶騷擾搶掠。

永樂十七年(1419年),明朝遼東總兵劉江在望海堝一戰大敗倭寇,斬首千餘,活抓數百,一時間倭寇的活動大有收斂。

明英宗正統四年(1439年),四十多艘持有明朝勘合的倭船趁明軍不備,突然發動襲擊,在浙東殺掠官兵平民數萬人,登陸後焚屋掘墳,無惡不作。最令人髮指的是,這一夥真倭把嬰兒挑掛於竿頭,用滾水澆燙,以聽小兒慘嚎為笑樂。每當他們抓到孕婦,鬼子們就三五成群,互相打賭孕婦腹中是男是女,然後用刀剖開視看以為戲要。當是時也,浙江許多地區「流血成川,積屍如陵」。種種惡行,在二十世紀的中日戰爭中,這些倭寇的後代們變本加厲,又在中國重新上演。

對此,明朝政府極其重視,派重兵分守要地,增置堡壘,添置大船,在沿海嚴備,使得倭患稍息。

明朝與日本政府官方之間,仍舊保持貿易往來,但也都是薄來厚往的不平等貿易,日本人從中賺取了高額利潤。以日本刀一

項為例，這種刀器，品質好的在日本國內可能最多值1500文，而到了明朝，至少也要一萬文賣出。由於刀劍這種東西不占地方好攜帶，日本的「貢使」們紛紛愛帶這種貨物進入中國。事實上，刀劍等武器本來是嚴禁作為商品入口的。明政府還是委曲求全，就怕小不忍則亂大謀。

有時候，明朝官員偶爾因日本使臣攜帶刀劍太多表示拒絕購買，日本人就會威脅說：「如果大明嫌棄我們的貨物，我們國王肯定大大不高興，到時候海寇聞風而至，不知誰能擔此罪責？」由此，明廷在與日本的貿易中，經濟負擔日益沈重。加上對這些羅圈腿矮子每次成百上千人的「接待費」，明廷確實有苦難言。

日本人是那種欺軟怕硬的典型，這些持有勘合的商隊在中國各驛站被好吃好喝伺候著，仍舊不知足，時常凌侮驛官驛夫，甚至多次趁酒醉毆死中國人。過分到這種地步，明政府總是息事寧人，諭令日本使臣把「人犯」帶回自己國家審訊，以示「朝廷寬宥懷柔之意」。

中國人一向有此傳統，即對外國人無比「寬大」、「寬容」、「博愛」。二十世紀中期日本戰敗後，那些雙手沾滿國人鮮血的戰犯仍然受到我們的優待，而我們的看守中不乏父被日本殺母被日本人奸的人，他們卻對日本人表現出超出人性範疇的「寬仁」。所有這一切，就是為了一個目的：讓日本戰犯流淚懺悔。結果，這些矮子們被放回國後，馬上著書立說，基本最後都變成最兇狠的右翼勢力。

從明初期的倭寇入侵可以見出，明朝「禁海」不是倭患的原因，而是倭患的結果。明廷當時並非斷絕了市舶貿易，只是禁止沿海居民私自出海貿易，並非是「閉關鎖國」。

「倭寇」大興——嘉靖時代的巨患

自嘉靖中期開始，明朝沿海倭患忽然大增，無論是規模、數量以及入侵次數，宛若狂潮來襲。這到底是什麼原因呢？

從「外部」來講，即日本方面，明朝進入嘉靖時代，日本是步入其歷史上的「戰國」時期，君弱臣強，各地大小諸侯狗咬狗亂殺一團。在如此分崩離析的國度中，上自將軍，下到浪人，個個都成為海上冒險家，爭相湧入中國沿海搶劫殺掠。當然，其間還有葡萄牙（佛朗機）等西方殖民者的推波助瀾。他們手法多多，形式多多，但目的只有一個，垂涎大明王朝巨大的物質財富。

從「內因」方面看，浙閩一帶沿海的官宦豪強勢力靠走私累積起巨大的財富，又憑金錢買通朝官為自己在京城「代言」，政治、經濟能量巨大。這些人一直庇護海盜組織。同時，以大漢奸王直為首的海盜頭子與日本人及佛朗機人勾打連環，裡應外合，攻打起中國來熟門熟路。這些，再加上沿海悍猾奸民為暴利紛紛從倭，以至於「倭寇」來勢洶洶。

當然，內因方面最關鍵的，還應推嘉靖朝廷政治的腐敗與官員的貪瀆，他們一級一級地爛下去，文官要錢，武官惜死，每次他們都借「平倭」為名大撈好處，克扣軍餉，中飽私囊，巧取豪奪，橫徵暴斂，最終使得倭患愈演愈烈。

言及嘉靖時代的平倭過程，一定要提到如下數位：王仔、朱紈、張經、趙文華、胡宗憲、俞大猷、戚繼光。可歎的是，今人談起明朝倭寇的平滅，只知道「民族英雄」戚繼光，其實當時比他抗倭早、名聲大的武將還有不少。以俞大猷為例，當時就人稱「俞龍戚虎」，無論資歷功勞，俞大猷都在戚繼光之上。

含冤而死的朱紈

談嘉靖年間倭患，最早一定要提嘉靖二年（1523年）的「爭貢事件」。

日本內部，將軍幕府當時已經成為幌子，勢力最大的是兩個「戰國」大名：大內氏、細川氏。雙方皆垂涎於對明貿易所獲的巨利，他們最終達成妥協：大內氏每次貢二船，細川氏每次貢一船。雙方所攜勘合也不同，大內氏持正德勘合，細川氏持弘治勘

合。

　　嘉靖二年初夏，大內氏一方的貢使宗設謙道率三艘大船抵達寧波。很快，細川氏貢使鸞岡瑞佐也乘一大船泊岸。細川氏船少勢弱，其中卻有個華人宋素卿充當副使。這位宋爺深知中國官場的「規矩」，剛到寧波，他馬上攜大筆珍寶買通了主持市舶司的太監賴恩。賴公公有銀子就是爹，馬上特殊照顧細川氏一行使節，不僅先給他們一大船貢物驗貨放行，在設宴接待還讓宋素卿等人坐於上座。

　　大內氏的貢使宗設謙道怒從心起，幾杯紹興老酒下肚，哇呀呀拔出倭刀，躍上去先把與自己爭座的細川氏貢使鸞岡瑞佐捅個透心涼，然後他指揮從人開始殺人，沿路放火，追殺宋素卿等人。明朝地方政府沒有任何準備，任憑宗設謙道一夥人拔刀追逐，如入無人之境。

　　殺得性起，這夥野蠻倭使從寧波一直殺到紹興。宋素卿多虧腿腳快，才有幸撿得一命。

　　這種外國使臣商團在別人國家殺人放火之事，實屬罕見。所以，明朝地方武備官員根本猝不及防。宗設謙道一行人殺燒過後，搶奪了幾艘明朝軍船逃往海上。其間，明朝指揮劉錦率水軍去追，也被倭人以勁弩射死。

　　事聞，明廷震怒，逮治貪污受賄的太監賴恩和惹是生非的細川氏副使宋素卿，但對殺人放火後逃走的宗設謙道無可奈何。

　　大內氏聽宗設等人回來訴說詳情，心中也懼，怕明廷翻臉斷絕往來貿易。那樣的話，好處就損失大了。於是，大內氏派出使臣先赴朝鮮，希望朝鮮充當中間人調停。明廷不理。

　　嘉靖九年，日本將軍幕府又托向明朝入貢的琉球世子代轉陳情，希望明廷恢復市舶入貢。明朝回覆，讓日本方面擒送先前惹禍的宗設謙道。幕府當然交不出，交涉多年，一直延至嘉靖二十六年，明朝一直沒有恢復與日本正常的入貢往來。

　　為了便於約束日本，明朝要求日本交出他們擁有的二百多道

弘治、正德勘合，表示要換發新勘合。由於權不一出，日本方面無能為力。嘉靖三十年，大內氏頭子大內義隆被手下人刺殺，勘合俱失，延續了百年的日明市舶貿易正式終結。也恰恰在這一時期，東南沿海賊人們方興未艾，金子老、李光頭等中國人勾結佛朗機（葡萄牙），王直、許棟勾結倭人，他們四處劫掠，在海上和沿岸設立「根據地」，準備大幹一場。

從嘉靖十八年起，倭寇們幹得熱火朝天，每次均以華人賊寇為嚮導，或冒夜竊發，或白日行兇，鬼影一樣突然冒出於富邑大城，殺人越貨，無惡不作。

嘉靖二十一年，倭寇自瑞安（今屬浙江）入台州（今浙江臨海），攻杭州；二十四年，數十艘倭寇戰艦泊於晉江（今福建泉州），四處搶掠；二十六年，倭寇各集部伍，在漳州、泉州一帶海域專搶收過往商船、民船；二十六年，倭寇大搶寧波、台州，肆掠而去。

日久遷延，明朝的海防非常糟糕，昔日戰艦十不存一，兵額嚴重不足。漳州、泉州那麼大一片海防，從前舊額是二千五百人，到嘉靖二十六年僅剩一千兵不到，且多為老弱殘兵。

在這種情況下，明廷起用右副都御史朱紈為浙江巡撫。朱紈，正德十六年進士出身，久歷地方，很有遠略。他到任後，嚴查渡船、抓緊保甲，搜捕奸民。同時，由於他佈置有方，明朝將領盧鏜率福清兵奮勇殺敵，很快就討平了盤踞於覆鼎已一帶的倭寇，並在九山洋水戰中打敗王直。

接著，明軍在雙嶼築置堡壘，擒斬真假倭寇不少，連大盜李光頭也落網被殺。

但是，福建、浙江等地沿海豪民皆在朝中有代理人。他們看見朱紈嚴行海禁，搜殺內賊，極其駭怕，紛紛托人上告，誣稱朱紈捕獲的許多海盜是「良民」。朝中與沿海豪民有關係的御史立刻出面，劾奏朱紈「舉措乖方，專殺啟釁」，說他阻止了正常的對外貿易。

　　朱紈聞之激憤，上書爭曰：「去外國盜易，去中國盜難。去中國瀕海之盜猶易，去中國衣冠之盜（指地方豪強）尤難。」

　　明廷不辨是非，罷朱紈官職，派人到軍中審問。朱紈慷慨流涕，表示：「我貧且病，又負氣，肯定不能忍受審訊之辱。縱使皇上不想殺我，閩浙奸豪勢力也要置我於死地。如此，我自決之，毋須他人！」於是，在兵部審訊官到來之前，朱紈仰藥而死。

　　朝廷不罷休，逮捕先前打仗賣力的盧鏜等人，均送入死牢嚴加看管。

　　自朱紈死後，朝廷又罷地方巡視大臣，於是「中外搖手不敢言海禁事」。由此，海寇、豪民們彈冠相慶，迎來了他們走私販掠的大好時光。

遠見卓識的王忬

　　嘉靖三十一年（1552年）夏，倭寇進犯台州，破黃岩，在象山、定海一帶大掠。這時的「倭寇」，主角其實皆是中國人，其中以王直最為「著名」。

　　王直，安徽人，出身海上走私世家，他手下有不少倭人「雇傭兵」，甚受日本浪人愛信。而且，王直幾大幫倭寇的中級指揮官也多為浙江、福建一帶的沿海走私者和海盜。反觀他們手下的倭人，「勇而憨，不甚別死生。每戰輒赤體，提三尺刀揮而前，無能捍者。」這些髮型醜怪、奇形異狀的壯矮漢子，確實對明朝軍民有一種心理威懾。

　　所有這些「倭寇」集團中，大的數千人，小的有數百人，王直最強，徐海居次，其餘還有毛海峰、彭老生等十餘個海上匪幫。他們往來近海，為害日烈。這些人不僅具有超強的戰鬥力，還善設伏兵，常常以少擊眾，弄得明朝地方政府焦頭爛額。明廷震怒下，只得派出都御史王忬提督軍務。當時王忬正在山東巡視，聞命即赴浙江。

　　由於浙江本地軍人「脆柔不任戰」，王忬便以參將俞大猷、

湯克寬為心腹，徵調少數民族的狼兵、土兵到沿海，增修堡壘，
嚴陣以待。

由於知人善任，指揮得當，轉年，即嘉靖三十二年春，明軍
就在普陀大破倭寇。王忬不僅使用俞大猷、湯克寬這樣的智謀勇
略心腹，他還上奏朝廷釋放出因受朱紈案牽累下獄的盧鏜。同時
，他發銀犒兵，激以忠義，所以將士用命，皆願效死。

這樣，官軍合力，夜襲倭寇巢穴，首戰就斬首一百多，生俘
一百多，倭寇落入水中溺斃的也有兩三千人。本來此役可以一舉
擒獲王直，不料海上忽刮大風，官軍水營大亂，王直趁機遁走。

此次普陀大捷，雖然獲勝，卻也打草驚蛇，使得倭寇由原先
的大群集團活動改為分散襲擾。此後，溫州、台州、寧波、紹興
等地均不時受到嘯然忽至的倭寇殺掠，大為當地之患。

由於湯克寬率兵捕剿，倭寇便移舟北向，侵入松江、蘇州等
地。這些地區一直以富庶著稱，倭寇們飽掠八方，滿載而歸。其
中以華人蕭顯為頭目的一部四百多人的倭寇組織為害尤烈。他們
攻破南江、川沙兩地後，盡屠當地居民，並在松江城下紮營，氣
勢十分囂張。不久，此部倭寇包圍嘉定、太倉，四處殺人放火，
殘虐無極。最終，還是明將盧鏜能戰，率部掩擊，陣中斬殺蕭顯
，其殘餘倭眾遁入浙江，被俞大猷部明軍完全殲滅。

同年八月，太平府知州陳璋率兵在獨山破倭寇，斬首千餘人
，餘眾乘船而遁。年底，倭寇嘯集兩三千人，齊攻太倉州。攻城
不克，他們便分掠四境，當地居民慘遭荼毒。

明朝官軍圍追堵截，效果不明顯，而沿海走私成習慣的奸民
有不少人乘勢化裝成倭寇模樣，四處搶劫殺人，這些海盜團夥中
，真倭不過十之二三。轉年，即嘉靖三十三年（1554年）初，倭
寇從太倉州潰圍而出，搶奪民船入海。他們不是逃往外洋，而是
大掠通州、如皋、海門等州縣，又把明朝在當地的鹽場焚掠一空
。其中，有數艘賊船上數百倭寇因海上大風被吹至青州、徐州一
帶，這些人上岸後，逢人就殺，見屋就燒。山東大震。

倭勢看上去似乎很盛，實際上在王忬的打擊下只剩下虛火。王忬嚴格監察沿海通倭的華人土豪，建築堡壘，廣發間諜，使得倭寇頭子們很難摸清岸上明兵佈置的虛實，往往乘船漫無目的漂於海上，糧食吃光後，他們只能遁返日本諸島或竄至荒島。

可惜的是，杭州等地官民不堪勞苦，對王忬常常讓他們持兵登城守衛的輪流值班很惱火，抱怨他擾民，上奏朝廷，說他數舉烽火嚇唬人。

明廷不深究，從表面上看到倭寇四處竄擾，認為王忬在沿海抗倭行事不力，就調他以右都御史的身份巡撫大同，改派徐州兵備副使李天寵為右金都御史，暫代他的位置。

王忬一去，浙江一帶倭患復熾。

慶倖的是，王忬離開之前，留下了兩位重要的抗倭大將，即浙直總兵俞大猷和參將盧鏜。

戰勝卻遭殺頭的張經

張經是福建侯官人，正德十二年進士。戶科都給事中出身，作言官時多有論劾。後來，他以兵部右侍郎身份總督兩廣軍務，大敗藤峽賊；繼而撫定安南，進為右都御史。不久，因丁憂回籍。復起後，被明廷任為三邊總督。還未赴任，即有朝廷言官劾其在兩廣任上克扣餉銀，明廷為調查此事，追回對他的任命。調查一陣，查無實據，但對張經仕途已產生不利影響。他被改任南京戶部尚書，不久改為南京兵部尚書。

鑑於沿海倭寇猖獗，張經有深厚的作戰指揮經驗，明廷便在把王忬調走後，派張經為總督大臣。當時，給他的權力很大，「總督江南、江北、浙江、山東、福建、湖廣諸軍」。

張經到任後，首先徵調兩廣一帶少數民族狼兵和土兵入浙江等地，想憑藉這些人的戰鬥力一舉剿滅倭寇。

明朝徵兵未至，倭寇卻先一步大舉入侵。五月間，大批倭寇自海鹽出發，直趨嘉興。幸好當地有猛將盧鏜守候，賊寇稍卻。

第二天，倭寇與明軍在孟宗堰大戰，中途佯裝不勝敗走；明軍追擊，正中埋伏，官軍被殺四百多，溺死幾千人。倭寇乘勝，入據石墩山為大本營，然後分兵四掠。不久，寇眾聚集，合攻嘉興府城，明將陳宗夔率兵抵禦，把倭寇擊退，燒掉敵方不少船隻。

倭寇遁入乍浦，幾股人馬合集，在海寧諸縣遊走殺掠。數日之內，賊寇們東掠入海抵至崇明，夜襲得手，攻破城池，殺崇明知縣。接著，倭寇乘以銳勢，進逼蘇州，在四郊大掠大殺。

七月間，另一批倭寇從吳江出發，直抵嘉興。王江涇一戰，明朝官軍大敗，都指揮使夏光陣中被殺。而包圍蘇州的倭寇抄掠至嘉善，轉掠松江，然後揚帆出海，準備把「勝利品」運回海中的島嶼分肥。他們行至吳淞，被總兵俞大猷截擊，明軍小勝。

九月間，參加李逢時、許國在嘉定附近的新涇橋與倭寇相遇，明軍初戰時取勝，但二將爭功，衝鋒時遭受埋伏，反而被倭寇擊敗。此戰，明軍被殺、淹死數千人。

明廷聞報，不思籌畫禦敵擊敵的方略，反而跑出一個嚴嵩黨羽趙文華。這位身任工部侍郎的奸臣上言：「倭寇猖獗，請派臣去禱祀東海以鎮之！」如此荒唐之舉，竟然馬上得到崇信道教的嘉靖帝批准，下詔讓趙文華到東南沿海一帶請道士做法事。

如果僅派趙文華跳大神、燒神紙也不會出大亂子，嘉靖帝還讓他「督察沿海軍務」，這樣一來他成了口含天憲的欽差大臣。

這位老小子到浙江後，凌辱官吏，胡亂指揮，公私受擾，益無寧日。

嘉靖三十三年四月，田州瓦氏土兵率先抵達。土兵兵鋒正銳，皆欲速戰。張經持重不可。不久，東蘭土兵等少數民族兵相繼到達。張經皆把這些人分來隸俞大猷、湯克寬等人屬下掌管，分別屯軍於金山衛、閔港、乍浦三地，分軍抗倭，互成犄角，並想等永順軍、保靖軍二軍會合後一同戮力進伐倭寇，爭取以打大仗的方式儘快、更多地對倭寇實施滅頂式打擊。

由於張經謀略遠大，加之他以前的戰功卓著，當時「中外欣

然，謂倭寇不足平」，都認為他的成功指日可待。

嘉靖三十四年（1555年）春，柉林一帶的倭寇大集攻掠杭州一帶，蹂躪諸村鎮，使得杭州城外數十里流血成川。先張經來浙江的巡撫李天寵手中兵少，無可奈何，只得堅壁清野，燒掉城外民居建築，以免使倭寇踏房攻城。

奸臣趙文華新至，很想立功。他與浙江巡撫胡宗憲友善，二人商議後，趙文華就死催身在嘉興的張經立刻出兵進擊倭寇。

張經持重之人，力言不可，非要等永順軍、保靖軍到來後一起合擊倭寇。

趙文華再三催促，張經皆不聽，他自以為資歷比趙文華老，但他忘了趙文華在朝中有嚴嵩撐腰。

趙文華惱怒，馬上寫密疏送予嘉靖帝，誣稱張經如下罪名：「糜餉殃民，畏賊失機，欲待倭寇掠足遁逃之機剿餘寇報功」，竭力請求朝廷立刻逮治張經。

朝中，由於趙文華是自己乾兒子，嚴嵩立刻進言於皇帝，指稱張經在蘇州等地勞師費餉，擾民亂政。嘉靖帝大怒，下詔逮捕張經以及當時守衛杭州的李天寵。

當趙文華密奏張經「不作為」時，永順軍、保靖軍皆已抵達嘉興。見時機已到，恰好有大批倭寇來犯，張經指揮盧鏜、俞大猷等人，先於石塘灣大敗倭寇，又在王江涇復大敗倭寇，斬首數千，賊寇淹死數千。剩餘倭寇見勢不妙，慌忙逃回老巢柉林，縱火盡焚所掠財物，然後駕船二百餘艘往海上逃竄。

此捷，「自而有倭患以來，此為戰功第一」。

捷報上聞。但逮捕張經、李天寵的詔書已發下。

兵科有大臣上奏，希望皇帝能讓張經將功贖罪，留任於當地繼續抗倭。嘉靖帝先前聽嚴嵩之言，此時怒氣未消，罵道：「張經欺誕不忠，聽說趙文華上章劾奏，他才勉強一戰，此人不可輕饒！」

過了幾天，皇帝又覺不對味，喚嚴嵩入朝究問實情。嚴嵩自

然全力為趙文華回護，表示說：「大臣徐階等人都是江浙一帶人，他們也說張經養寇不戰。至於近日大功，乃趙文華、胡宗憲二人合謀之力，張經只不過是冒功罷了。」

有了老嚴這句話，實際上是判了張經死刑。

張經被逮入朝後，備言進兵始末，並稱自己任總督半年，前後俘斬五千倭寇，乞求皇帝原宥其罪。

嘉靖帝偏執，認定張經欺君，並於當年秋決之時處斬了張經以及巡撫李天寵，天下人聞冤之。

張經死後，都御史周珫接任。他上任僅三十四天，就為趙文華所劾，楊宜代其任。由於趙文華督察軍務，楊宜知道自己兩個前任一死一貶，非常小心，天天曲意奉承趙文華。雖如此，趙文華還朝後，仍覺楊宜不是自己人，推薦胡宗憲代楊宜為剿倭的總指揮。楊宜由於伺候小心，只遭「奪職閒住」的處分，沒有遭遇大禍。

自嘉靖三十二年至三十九年倭寇入侵，明朝蘇松地區的巡撫共有十個人，沒有一個有好下場：

> 安福彭黯，遷南京工部尚書。畏賊，不俟代去，下獄除名。黃岡方任、上虞陳洙皆未抵任。任丁憂，（陳）洙以才不足任別用。而代以鄞人屠大山，使提督軍務。蘇、松巡撫之兼督軍務，自（屠）大山始。閱半歲，以疾免。尋坐失事下詔獄，為民。繼之者（周）珫。繼珫者曹邦輔。以文華譖，下詔獄，謫戍。次眉州張景賢，以考察奪職。次盩厔趙忻，坐金山軍變，下獄貶官。次江陵陳錠，數月罷去。次翁大立。當大立時，倭患已息，而坐惡少年鼓噪為亂，竟罷職。無一不得罪去者。

張經所指揮的王江涇大捷，其實給予了倭寇沈重打擊。正是由於嚴嵩、趙文華一夥人的背後拆臺，加上張經死後入江、浙一帶的狼兵、土兵不聽調遣，倭患逐漸轉劇。

嘉靖三十四年九月間，百餘倭寇自上虞登岸，在當地造成巨

大驚擾。同時，又有一夥倭寇百十號人突現杭州，西掠於潛、合化，直至嚴州。在明軍圍捕下，這夥人突入歙縣，沿路剽掠，逕直太平。很快，他們忽然東向，直犯江寧，殺明指揮朱襄等數百人。

特別駭人聽聞的是，這一撥倭寇到江寧時人數不過八九十人，竟然衝破千餘名明軍防守的秣陵關，流劫溧水、溧陽等地，趨宜興、無錫，一晝夜狂奔一百八十里，殺抵滸墅關。明軍攔截，死傷數百人，只殺掉倭寇十九人。接著，這夥狂賊又往太湖方面奔，準備在水上奪船逃跑。幸虧明軍數千人大集，在楊家橋一帶包圍了這幾十號人馬，終於盡殲其人。

可歎的是，這百十號倭寇，自紹興開始流劫各地，經行數千里，殺傷明軍四五千人，倡狂八十多天，才被徹底消滅，可見明軍的指揮和戰鬥力何等糟糕。

由於從各地徵召的少數民族狼兵、土兵擾民剽掠，明廷下令遣送這些人回鄉。雖然俞大猷等部明軍小有斬獲，倭勢並不減弱。趙文華回朝覆命，為了彰顯己功，便上奏「水陸成功」，謊報軍情，最終使倭患更加嚴重。

遷延數日，嘉靖帝漸知趙文華沒有據實上報，屢次質問嚴嵩。嚴嵩曲為回護，趙文華順勢把過錯皆推諉他人。

嘉靖三十五年（1556年），明廷以胡宗憲為兵部侍郎兼僉都御史，總督各地兵民抗倭。

權術過人、勞苦功高卻不得其死的胡宗憲

後世言及平倭，總是講戚繼光、俞大猷、張經等人，其實，平倭最得力、立功最大的，非胡宗憲莫屬。可惜的是，他為人油滑，在朝中交結趙文華、嚴嵩，致使後人對他的品行大打折扣，影響了他平倭的勳勞。

胡宗憲，字汝貞，南直隸徽州績溪人。嘉靖十七年進士。此人為官，一步一個腳印，由知縣、御史、巡按，這樣，他不僅在

地方歷練，軍隊中也久經「鍛練」（巡按宣府、大同）。

　　嘉靖三十三年，胡宗憲巡按浙江。當時，張經為總督，李天寵為巡撫，這兩個人對朝廷派來祭海兼督察軍務的趙文華皆不買賬。惟獨胡宗憲深曉官場三昧，一心奉迎趙文華。趙文華大喜，與胡宗憲暗中謀劃，齊力傾陷張、李二人，並最終把他們送上法場。

　　但實話來講，明軍王江涇大捷，雖然總體上講是張經指揮有方，胡宗憲本人出力不少。當然，報功時，最終在趙文華的陳說下，大功皆歸於胡宗憲一人，他被擢升為右僉都御史，代替李天寵為浙江巡撫。後來，也是在趙文華努力下，胡宗憲竟能以兵部右侍郎的身份充任總督一職，取代楊宜。

　　胡宗憲任上一直很賣力，絞盡腦汁想平定倭患。他先派出手下人蔣洲、陳可願到日本活動。這兩位爺乃胡府門客，皆能講一口流利倭語，是純熟的外交人才。二人入日本，首先見到王直的養子王㵾。由於大家是大同鄉，自然一見意氣相投，並由王㵾引見，蔣陳二人得與王直會面。

　　王直並不在日本本土居住，他佔據日本沿海五個島嶼，擁眾自保。他手下財物山積，人員上萬，儼然一方國王。王直最初在日本吃得很開，島民們紛紛在他率領下侵入中國沿海殺掠，獲利頗豐。後來，由於明兵征剿，死人多多，甚至出現過一個小島上幾百男性倭人出海無一人生還的事情，倭人逐漸對王直產生了怨恨情緒。為此，王直心裡不踏實，所以他近年一直居於自己能控制的海中島嶼上。

　　憑藉與王直同鄉的關係，胡宗憲首先把關在金華監獄中的王直老母和妻子釋放出獄，好吃好喝養起來，供奉甚厚。如今，蔣洲、陳可願又來致意，王直心動，對二人講：「正是俞大猷對我下手太重，想趕盡殺絕，我才跑到這裡。如果朝廷赦免我，恢復通市，我肯定會歸國效力。」

　　於是，蔣洲自己做人質留在島上，王直派養子王㵾與陳可願

一起回國。

王澈並不是單身與陳可願回到沿海，而是率一支千餘人的船隊回去。胡宗憲面見王澈，激以忠義，厚賞財寶，讓王澈「殺賊立功」。

結果，深曉倭寇行蹤的王澈出手不凡，在舟山等地大敗倭寇（王澈本人和他的手下人，無論是華人或倭人，皆倭寇打扮，所以容易迷惑對方）。

胡宗憲把捷聞送達於朝廷，以「中央」名義賞賜王澈等人財物，並做出言之必信的姿態，聽任王澈等人受賞後揚帆回日本。

王澈又喜又感激，回去後積極做工作。不久，他就派人送信給胡宗憲，告訴說另三個倭寇頭子徐海、陳東、麻葉三人要來攻襲沿海。

果然，徐海不久就率大隈、薩摩西島的真倭萬餘人分掠瓜洲、上海、慈溪等地，並集兵猛攻乍浦。

胡宗憲在塘棲立營，與巡撫阮鶚，互為犄角。懾於倭勢，他們也出迎擊敵。阮鶚手下遊擊將軍宗禮敢戰，率兵進攻徐海部倭寇，三戰三捷，可最後不幸中伏而死。倭寇乘勝機，包圍了身在桐鄉的阮鶚。

胡宗憲見情勢緊急，忙抽兵回撤杭州。同時，他派指揮夏正持王澈的書信勸降徐海。徐海見王澈手書，大驚：「怎麼，老船主（王直）也要歸降嗎？」

王直在倭寇和海盜中名氣巨大，加上徐海本人在陣中受傷，他心中頗動降意。由於不知事情深淺，他也不敢立刻答應，推託說：「我們這批人三路進擊，我一個人說了不算，還有陳東、麻葉兩位。」

夏正依胡宗憲囑咐，騙徐海說：「陳東已經和我們有密約，現在就看您的意思了。」

徐海聞此言，立刻懷疑陳東與明軍早有秘密協定。

陳東方面，也聽說有明使入徐海大營密談，吃驚不小。由此

，二人嫌猜日深。

在夏正勸說下，徐海遣使向胡宗憲謝罪，但索要大筆金銀「犒軍」。胡宗憲即刻施行，派人送銀送酒送肉，這可讓徐海喜出望外。於是，他馬上釋放二百多明軍俘虜，並從桐鄉撤圍。由此，明朝巡撫阮鄂才撿得一命。

徐海解圍後，回到大本營乍浦休養。

胡宗憲派人送信，勸說徐海：「徐大人已經內附大明，吳淞江倭寇賊盛，何不擊之立功！而且，那夥賊人財物有數百船，您可以率兵掠之以為軍資。」

徐海缺心眼一樣，信以為然，很快就率軍逆擊昔日的「戰友」，斬首三十餘級。

而恰恰趁他出軍時，胡宗憲遣俞大猷乘間帶兵出發，放火燒毀了他的老巢乍浦附近停靠的許多大船。

徐海心驚，忙派其子徐洪為人質，向胡宗憲「孝敬」飛魚冠、堅甲、名劍以及金寶無數。胡宗憲投桃報李，回贈徐洪更多的金寶，還讓他捎話給徐海，爭取徐海能把陳東和麻葉兩個賊頭縛送明軍。

徐海見胡大人如此「仗義」，非常感激。他很快就把麻葉抓住，五花大綁送至胡宗憲門下。

胡宗憲非常有心計，他對麻葉親解其縛，許以大官，誘使他寫信給陳東，要對方下手除掉徐海。胡宗憲得麻葉親筆信後，送與陳東，賺得對方回信，卻又派人轉送徐海。

徐海見信大怒。同時，徐海的兩個美妾翠翹、綠珠也受胡大人派人收買，日夜不停對徐海講陳東要害他。枕邊風不得了，徐海立刻派人攜重寶送給陳東的主子、薩摩島主的弟弟。倭人見利忘義，看見金寶無數大喜，立刻讓人綁了陳東送與胡宗憲。

由此，陳東、麻葉二人在明軍監室中得以相會。

陳東、麻葉被逮，吃虧最大的其實是徐海。如果他真正事實上降附了明朝，自可無憂。但他並未得到赦令和官封，此時羽翼

已失，勢單力難，很是尷尬。

徐海傻不拉嘰，自忖綁獻陳東、麻葉有功，對胡宗憲無絲毫防備。於是，雙方約定日期，徐海準備正式投降。

誰料，徐海投降心急，提前一日趕至杭州，把大部隊留在城外，他自己率日本海島酋長百餘人貫甲仗劍而入。

當時趙文華和阮鶚都在，聞之心驚，怕徐海以降附為名賺城殺人，急勸胡宗憲拒絕對方。

這位胡大人臨危不懼，安慰趙文華勿懼，立刻派人開帳接見徐海。其實，徐海是真降。他入帳之後，率眾賊首叩首謝罪。胡宗憲離座，親自扶起徐海，表示朝廷一定會「寬大處理」，希望他日後「戴罪立功」。

胡宗憲話這樣說，心裡很為難。徐海這種在沿海殺掠多年的巨寇，朝廷一直要他項上人頭，胡宗憲本人並無給予特赦的權力。於是，胡總督先安排徐海手下近萬名降附的倭寇住下，在沈莊紮營。沈莊有河，把莊子分為東西兩部分。徐海手下降倭居西，胡宗憲的明軍居東，隔水相望。

晚間，安排妥當，胡宗憲喚來被軟禁的陳東，讓他寫密信給住在西莊徐海營中的老部下們，稱徐海與官軍合謀，晚上要盡殺倭寇以立功。

消息傳出，倭寇大懼，乘夜向徐海營帳喊殺而來。徐海當時正摟著兩個美妾做美夢，忽然驚醒，忙令其手下衛士拼命抵拒。賊人們互相殘殺，徐海本人大腿中槊，勉強支撐。

混戰間，明軍已把倭寇團團包圍。

凌晨，見自己營盤眾倭弟兄們死傷殆盡，明軍在周遭合圍喊殺，徐海知道自己上當受騙，絕望中投水自殺。

明軍此次不費功夫，大獲全勝，連日本大隅島主的弟弟辛五郎也被活捉，只有少數殘敵奔遁舟山。胡宗憲即刻命俞大猷追擊，雪夜焚其柵壘，倭寇盡被燒死，兩浙倭患漸平。

嘉靖帝大悅，行告廟禮，凌遲麻葉、陳東、徐洪、辛五郎等

賊頭，詔命加胡宗憲右都御史，賜金幣獎賞。

說句實在話，胡宗憲計謀雖好，卻不太厚道了些。怎麼說徐海也是降附，殺降不祥，不知胡總督是否知道此說。

徐海、陳東等人解決掉，下一個目標就是倭寇大頭目王直了。嘉靖三十六年（1557年），聽說「老戰友」徐海等人皆死，王直頓起兔死狐悲之感，攜手下三千多名倭寇乘船至寧波岑港，大掠四境，然後撤回海上觀望。

雖如此，由於先前蔣洲等人做「工作」，王直殺人不多，只是想顯示一下自己的「實力」，增加與明朝談判砝碼。

胡宗憲派人通知蔣洲，蔣洲轉告王直，說：「如果王公您降附，朝廷會委任您都督一職。」

蔣洲不知胡總督這是一計，與王直歃血為盟。

老王異常激動，奮言道：「我當為朝廷肅清海波，贖家庭性命！」他先派手下賊頭毛海峰、葉碧川隨蔣洲出發，自己隨後率大部隊跟進。

但是，蔣洲幾個人到杭州後，王直遲遲不來。明朝官員紛紛稱疑，覺得王直使詐，很可能是乘間再發攻襲。於是，明廷巡按御史王本固下令把蔣洲抓入監獄，嚴審他是否通倭賣國。

蔣洲又冤又氣，辯稱：「王直肯定要投降，他違期不至，很可能因海上風大。」

蔣洲說的不錯。王直所乘大舟剛行一天，正遇海上颶風，一行人幾乎喪命。他只得派人折回重發一船新船，故而遲來。

王直此來，又在寧波岑港靠停。浙江一帶居民聽聞倭寇船隻上百艘數千人靠泊岑港，大驚大駭，傳言紛紛。

朝廷諸臣聞之，也都私下認為胡宗憲引狼入室，必釀東南大禍。

王直遠來，忽然發現明軍在岸上不遠處盛陳軍容，森然壁壘。對此，他非常不高興，派義子王滶上岸質問胡宗憲：「我等奉詔而來，專為息兵安境，不料您胡大人嚴禁舟船出海，又擺大軍

嚴加戒備，不是要哄騙我吧！」

　　胡宗憲心中焦急如焚，但有巡按御史王本固等人一旁伺察，他不敢行事太過，只得派人回覆王直，表示朝廷「萬分歡迎」他歸順。同時，他讓被軟禁的王直親兒子寫信給他爹，勸王直馬上上岸投誠。

　　王直接信苦笑，覆信只幾個字：「吾兒何其愚也！汝父在，朝廷厚汝；父來，闔門死矣！」

　　但是，事已至此，王直畢竟要和明廷談判，就要求蔣洲登船或明軍派一有身份的人來己軍中當人質。蔣洲本人來不了，他被巡按御史關在牢裡，正大刑伺候拷問著。於是，胡宗憲就派一直與倭寇打交道周旋的指揮夏正手持偽造的朝廷赦免王直的批奏去見王㵿（其實他確實寫了奏疏，只是還未獲批准）。

　　王㵿不知是假，回去興沖沖轉告王直。老王很高興，慶倖自己劫掠殺伐大半生，終於在「祖國」有正當身份了。

　　王直深信不疑之餘，把部伍安排妥當，便大大咧咧上岸，身邊僅帶數名隨從。

　　聚觀百姓很好奇，見老王半大老頭子氣宇軒昂，一身華麗的明服，而他身邊侍從，個個是腦袋禿幾塊的倭寇髮型（其中有華人有倭人），非常惹眼。

　　胡宗憲熱情得不得了，待王直以賓禮，在杭州挑一處豪宅安置老王住下，又派衛兵又派轎夫，盛情招待。

　　事情發展到這個地步，胡宗憲本意確實是想朝廷赦免王直，以倭寇擊倭寇，自可肅清沿海大患。

　　疏上，明廷的御史王國禎等人力持不可，稱王直是倭寇元兇，絕不可赦。

　　本來，胡宗憲還要上疏抗辯，但當他聽說朝內不少人聲稱他本人接受王直大筆賄賂，故而力爭赦免這個海盜頭子的大罪。

　　宦海沈浮多年，胡宗憲驚出一身冷汗，忙撤回原先的疏奏，改稱王直罪大惡極，應立即正法。

王直錦衣玉食多日，在杭州大宅子翹首期待朝廷的任命。平時，他還細細研究海圖，準備隨時以「都督」身份出海殺捕「倭寇」。

一日，忽聽門首喧嘩，王直以為有任職詔命，忙衣冠一新，出門迎接。豈料，來人並非老鄉胡宗憲，而是巡接御史王本固帶著許多衙役凶巴巴到來。未及開口，王直被差人們一頓亂揍打翻在地。轉眼之間，他已從座上客變成五花大綁的階下囚。

王直不傻，很快明白過來，冷笑一聲歎道：「胡公誤我！」

王直的案子毋庸細審，他先前的罪惡夠他死一萬次了。不幾日，王直和他老母、妻子等宗族數十口均被押至杭州刑場處決。

幹了這麼多年海上殺人劫掠的勾當，王直是經歷過大世面的人，臨刑神色不驚。

王直惟一感懷的，是自己這麼一個聰明絕頂的人，竟然最終被看似忠厚義氣的老鄉胡宗憲騙到。

大刀砍下之時，王直一聲怒吼。

王直被殺，岑港停泊的三千多倭寇悲憤異常。這些人皆百戰死士，跟隨王直浴血奮戰多年。老東家一死，他們自覺無所歸依，個個按劍而起，憋足了勁要與明軍大戰。

最倒楣的是，當屬明軍派去做人質的指揮夏正。王滶聽聞義父被明廷誘殺，氣得雙眼通紅，立刻把剛剛還在一起歡飲的夏正綁在船頭，破口大罵明軍無信。然後，眾倭寇衝上前，碎刀割剮了夏正。

夏正是條漢子，至死一聲不吭。可這位也憋屈，罵不出聲，只能沈默就死。因為他知道，朝廷誆殺王直的招術太過於理虧。

王直之死，造成了倭寇新一輪瘋狂的報復。他手下三千多狂倭殺紅眼，一路在海上漂，一路狂殺。嘉靖三十七年初，這些人先攻潮州，殺傷不少明軍後，又揚帆直犯福州。剛剛從浙江被調至福建任巡撫的阮鄂不能敵，竟出下計，從庫銀中調出數萬兩白銀，連同明軍新造的六艘大船一起，送與倭寇，以「買」自己一

方的「安定」。

　　這幫賊寇收銀收船後，掉頭進攻福海，連當地縣令也殺掉，大肆搶掠。

　　不久，數股倭寇忽來忽往，在台州、惠安、長樂、漳州、泉州等地登陸，極盡淫毒。

　　由於新倭大至，海患復起，明朝嚴旨切責胡宗憲，並把總兵俞大猷、參將戚繼光等人的軍職一概削奪，限令他們一個月內先蕩平岑港的倭寇。

　　王直殘部在舟山嚴設防守，阻岑港而戰。明軍雖勇，但倭寇們恃憑有利地形，對明軍殺傷甚眾。

　　另一方面，各路倭寇源源而至，不少打著為「老船主」王直報仇的旗號，氣勢異常。

　　從前，明軍還有剿和撫兩種手段，如今騙殺了王直，任你說破大天，各路倭寇也不會向明朝官軍投降。

　　胡宗憲急得如熱鍋螞蟻一樣。由於不少倭寇侵掠福建，許多福建人就聲稱是胡宗憲故意縱倭南遁，想把倭患引出他自己所在的浙江一帶。在朝中，福建籍的言官李瑚上書劾奏胡宗憲。

　　氣急敗壞之餘，老胡懷疑手下的總兵俞大猷（也是福建人）與上面通氣，就首先出招，上奏說俞大猷治軍不力，縱倭南逃。這位俞總兵倒楣，數年來出生入死與倭寇血戰，結果卻落得個被逮入京城拷訊的下場。好在他從前立功多，朝中不少官員搭救，才沒被處死，發往塞上守邊。當然，俞大猷免於一死的最關鍵處，在於他朝中的一些福建老鄉湊錢，送三千兩黃金於嚴嵩之子嚴世蕃。小嚴一高興，片紙一張，就保下了俞總兵的項上人頭。

　　以後幾年，福建、廣東、江北等地倭患頻頻，但就實來講，胡宗憲名義上督領東南數十府，地域廣大，好多地方只能遙領而已，不可能事事做好，因此不能就此就講胡宗憲指揮無能。畢竟沿海防線太長，倭寇神出鬼沒，聲東擊西，讓明軍防不勝防。

　　為了保官保位，胡宗憲很善於走上層路線。由於他通過趙文

華得與嚴嵩父子相結，平日裡不停孝敬這二位無數金銀異寶。有了嚴氏父子在朝中幫他講話，老胡「威權震東南」。同時，胡宗憲喜歡養士，座上客常滿，樽中酒不空，故而譽言四起，人人稱善。但對於老百姓來講，這位胡大人額外加賦，竭力搜刮，民間怨聲載道。

不久，有言官奏稱老胡侵佔國帑三萬多銀子，還銷毀帳冊，其罪彰明。胡宗憲上疏自辯，表示自己挪用公款是為國除賊之用。這話有一半倒是真的。他派人離間，收買倭寇，確實要花大筆「公關費」。

嘉靖帝對他本人印象也好，倒不是因為他平倭有功，而是他常常進獻白龜、五彩靈芝等「吉祥物」，使得崇信道教的嘉靖帝龍心大悅，不僅不罪，反而晉升他為兵部尚書。

嚴嵩失勢後，朝中言官彈劾胡宗憲結交嚴嵩以及「奸欺貪淫」十大罪，嘉靖帝本人仍然替他回護：「胡宗憲並非嚴嵩一黨。朕拔用他八九年，都沒什麼人拿他說事。正因他多次上獻祥瑞之物，引起邪人憎恨。如果加罪於他，日後誰還為朝廷賣命！」

畢竟不少罪證確鑿，但胡宗憲因為嘉靖帝「保護」，得以從輕處罰，奪職閑住。

老胡不耐寂寞，在老家賦閑也不閑著，趁嘉靖帝生日上獻十四種「健身延年」的房中術。皇帝大悅，準備重新起用他。

可巧，御史查抄嚴世蕃賊黨羅龍文家，發現了數篇胡宗憲的親筆信，是他在嘉靖三十八年左右被彈劾時寫給羅龍文的。信中，他乞求羅龍文替自己在嚴世蕃面前說好話，大講自己對嚴氏父子的感激與孝敬。由於嚴世蕃等人當時的罪名是「通倭不軌」，嘉靖帝恨之入骨。這樣一來，他對胡宗憲的好感忽然消失，下詔逮治胡宗憲。

萬念俱灰之下，入京後，胡宗憲在獄中橫刀自殺。

這位胡大人，有勇有謀，有膽略，有見識，在抗倭前線，常常一身戎服立於矢石之間親自督戰，怡然自若，誠為大勇之人。

特別是他智擒徐海、陳東、王直等倭寇巨頭，功莫大焉。可惜的是，胡宗憲為人過於精明，最後反被精明所誤。還好，他在萬曆初被「平反」，追諡「襄懋」。

清朝歷史學家谷應泰說得好：胡宗憲雖引刃自殺，卻應該無顏見徐海、王直二巨賊於地下！言而無信，欺詐立功，終不得好報。

當然，胡大人之功絕不可沒，倘若二賊不死，倭患可能會廣而泛之。

力戰殲倭的俞大猷、戚繼光

論抗倭名將，戚繼光其實應該排第二。只不過由於最露臉的平海滅倭大戰，戚繼光居首功，俞大猷反而居於次功。再後，戚繼光又於北地守邊，勞苦功高，多兵書著作，又深為張居正委用，故而在後世反而以他的破倭之名最高。

其實，從明朝嘉靖年間的平倭戰爭以及個人「奮鬥」進程中仔細觀察，無論資歷、戰功、聲名，俞大猷都在戚繼光之上。

老成持重俞大猷

俞大猷，字志輔，福建晉江人。史載，他自幼喜讀書，但並非傳統儒學典籍，而是沈迷於《易經》。當然他讀《易經》，不像現在那些為富人或者婦人算命掙掙銀子摸摸玉手啥的，俞大猷讀《易經》，在於「推演兵家奇正虛實之權」。深得兵家陰陽道數之後，俞大猷投入當時劍術名家李良欽門下習武。雖然家貧屢空，他從來不以為意，確實是個坦蕩奇男子。

其父病死後，俞大猷並未按照老爹遺願報考功名，而是承襲「百戶」的世職。可見，他父祖輩也是明朝中下級軍官出身。

明朝時期有武舉。俞大猷在嘉靖十四年代應試成功，得授「千戶」一職，守禦金門。當時，沿海一帶已經不斷有小股倭寇騷擾，俞大猷向巡按御史上書獻計。

　　明朝有與宋朝相彷彿的風氣，重文輕武，巡按御史大怒：「小校安得上書言事！」派人找到俞大猷，打一了頓板子後削職。

　　但小俞年輕氣盛，百折不撓。不久，兵部尚書毛伯溫正擬征安南，俞大猷復上書言事，並自請從軍效力。毛尚書大以為奇，可惜不久罷兵，俞大猷未派上用場。

　　嘉靖二十一年，蒙古的俺答汗大舉入寇山西，朝廷下詔在全國薦選勇士。俞大猷憋足一肚子氣，詣巡按御史處自薦。還好，這任御史沒打他，並把他的名字上報兵部。尚書毛伯溫對俞大猷的名字很熟悉，立即薦他入宣大總督翟鵬帳下聽用。

　　帥帳之中，眾將滿座，翟鵬召見俞大猷，與他議論兵事，探視其才藝。血氣方剛的俞大猷侃侃而談，有理有據，數次駁倒翟鵬。結果，翟總督起身離座，上前親執俞大猷之手歎道：「我真不該對待武人一樣對待您呵。」為此，一軍皆驚。

　　雖如此，翟鵬可能心中仍覺小俞紙上談兵，真打仗時根本不敢用他。

　　久住無聊，俞大猷辭歸。毛伯溫聞之，把他用為汀漳守備（城防司令）。有了一個舞臺，俞大猷得以施展，他在與諸生文會賦詩的同時，天天教習武士劍術，並出手不凡，首戰就打敗著名的海賊康老，俘斬三百多人，由此被提升為「署都指揮僉事」，一戰成名。

　　嘉靖二十八年，朱紈巡視福建，提拔俞大猷為備倭都指揮。當時，恰逢安南的賊臣範子儀多次派人入侵明朝欽州、廉州等地，明廷便先派俞大猷去擊安南。欽州一戰，俞大猷追敵數日，斬安南兵一千餘級，生擒範子儀親弟范子流，最終逼使安南一方殺掉範子儀，函首來獻。

　　如此大功，皆為當朝的嚴嵩所掩，僅僅賜銀五十兩了事。

　　俞大猷並未氣餒，仍舊一心為國，繼續率軍鎮壓了瓊州五指山的黎族反叛，並根據實際情況建議當局在海南建築城市，派漢人與當地少數民族雜居，感化土人。結果，海南大定。他的舉措

，比起搞什麼「自治」來，理念要先進許多。

嘉靖三十一年，倭寇大肆侵擾浙東。明廷調俞大猷為參將，協助清剿。幾年下來，他參加多次海戰，屢建功勳。特別是張經指揮的王江涇大捷，俞大猷立功頗著。可惜，功勞皆為趙文華、胡宗憲所掩，不他僅未得領功，還因「不服從指揮」被貶官。

俞大猷畢竟是飽讀詩書的武將，他仍舊盡心竭力為朝廷賣命打擊倭寇，在陸涇壩、三板沙、鴛鴦湖等戰役中數敗倭賊。大名鼎鼎的柘林（廣東饒平）倭寇，被俞大猷等人連打連擊，幾近滅頂。由此，嘉靖三十五年，俞大猷被明廷任命為浙江總兵，兼轄蘇、松數郡，成為一方軍區司令。

他不負所托，冒寒頂雪，率明軍死戰，一舉掃平舟山倭寇。而後，胡宗憲以計擒斬王直，致使新倭大至，大擾福建一帶。為了推卸責任，胡宗憲嫁禍於俞大猷。朝廷震怒，把俞大猷逮捕入京，幾乎殺掉他。幸虧朝臣相救，俞大猷得以出獄，以白衣身份發往大同效力。

這位幹將，放哪哪行，大同巡撫李文進非常重用他，使得他有機會多次立功塞上，並在戰場首創獨輪車、拒敵馬等新型戰器械。李文進把這些新器械介紹到北京一帶的京營。

嘉靖四十年，廣東饒平賊人張璉造反，攻陷數郡。朝廷重新起用俞大猷到南贛，總匯福建、廣東的明朝部隊前去征剿。於俞大猷而言，鎮壓這些反賊易如反掌。他很快就平滅了張璉等賊人的造反，並被提拔為福建總兵。此後，他又與戚繼光（此時戚繼光是俞大猷副手，為福建副總兵）等將領一起光復興化城，大破倭賊（詳情見後面的戚繼光事跡）。這次大捷乃戚繼光部先登，故而受上賞，俞大猷只獲賜銀幣等物「表揚」。

嘉靖四十三年，俞大猷徙鎮廣東。當時，潮州倭患極烈，有真假倭兩萬多人，與沿海的峒蠻諸部相互勾結，大掠惠州、潮州。福建方面，又有峒蠻酋長程紹錄和梁道輝在延平、汀州一帶勾結倭寇大掠。

俞大猷虎膽雄威，以堂堂總兵的身份，單騎入賊酋程紹錄營中，曉以利害，說服對方率土蠻兵回原籍。惠州賊酋伍端連敗當地官軍，氣勢正盛，聽說俞家軍至，嚇得他忙掉頭回撤。雙方較量，伍端被擒七次，均被俞大猷放掉，讓他不服再來。《三國演義》中諸葛亮七擒孟獲之事是小說，俞大猷七擒伍端見於正史。最後，土酋伍端心服口服，自縛入軍門請罪，請求殺倭自效。

俞大猷用人不疑，以伍端所率少數民族軍為先鋒，向倭寇發動進攻，圍敵於鄒塘，一日一夜連克倭寇三個巢穴，斬殺四百多真倭，進而大破倭寇於海豐。倭寇雖百戰之士，心中也驚，遭遇如此勇武之土蠻與官軍相混合的部隊，只能逃字為上。

於是，潮州倭遁向崎沙、甲子諸澳，奪漁船入海。也該他們倒楣，海上大風，淹死倭寇數千，剩餘的二千多人退保海豐的金錫都。

俞大猷不急，揮兵包圍兩個月有餘，倭寇食盡，冒死突圍，基本被明軍殲殺殆盡。潮州倭寇，至此幾息。

後來，降而復叛的吳平所率一部倭寇在廣東、福建沿海四處騷擾，俞大猷統水軍，戚繼光統陸軍，在平南澳夾擊吳平，大敗對方，吳平僅以身免。可惜的是，由於賊頭吳平奪舟出海，閩廣巡按御史上章劾奏俞大猷失職，老俞竟因此被奪職。

很快，河源等地有賊人造反，俞大猷又被起用。他率十萬大兵，直搗賊人老巢穴，俘斬一萬多土賊，奪回被搶的良民近十萬人，因功復職，得授廣西總兵官。

隆慶初年，俞大猷在廣東、廣西等地立功多多，分別平滅海賊曾一本、古田壯蠻韋銀豹等，百年積寇盡除，威震南服。

萬曆元年，俞大猷病死，明廷贈左都督，諡「武襄」，褒譽甚隆。

俞大猷為將，廉而不貪，馭下有恩，先謀後戰，珍惜士兵生命，忠誠為國，老而彌篤，確實是明朝難得良將。當時名將譚綸曾經寫信給俞大猷，對他的評價非常中肯：

「節制精明，公（指俞大猷）不如綸（譚綸自稱）；信罰必賞，公不如戚（繼光）；精悍馳騁，公不如劉（劉顯，當時另一抗倭明將）。然此皆小知，而公則大受！」

也就是說，俞大猷身上，彙集了諸人全部的優點，不愧古名將風範。

飆發電舉戚繼光

戚繼光，字元敬，山東登州人。其父戚景通，做過都指揮一類的明朝中級軍官，後入京城神機營為官。十七歲時，父親戚景通病死，戚繼光得以嗣職，後被擢升為都指揮僉事，在山東沿海備倭。後來，他又改任浙江沿海，抵禦倭寇。

史載，戚繼光自幼「倜儻負奇氣」，好讀書，通經史大義，可稱是武將世家不多見的文武雙全好苗子。

嘉靖三十六年，他合約俞大猷一起在岑港包圍王直屬下倭兵，久攻不克，倭賊多有遁走，與俞大猷一起被免官，「戴罪辦賊」。不久後，畢竟王直寇平，戚繼光得以復官，改守台州、金州、嚴州三郡邊務。

初入浙江時，他深覺衛所的職業明軍戰鬥力太弱，而浙江金華、義烏兩地民風剽悍，於是就在兩地招募士兵三千人，精挑細選，教以擊刺格鬥以及使用長短兵器的技巧，日日操練，精習他自創的「鴛鴦陣」和「一頭兩翼一尾陣」，終於把這三千人練成抗倭的「王牌軍」。

根據沿海地帶多水窪崎嶇地形，戚繼光因地制宜，不求快馬馳驅，專門訓練兵士熟悉地形編制戰鬥策略，演習陣法，務求進退有方。而且，在他操練下，這數千軍人的戰艦、火器、兵械等物皆精益求精，旗號鮮明，時人稱之為「戚家軍」。但是，在嘉靖四十年以前，「戚家軍」皆配合俞大猷等部作戰，不是十分出名。

嘉靖四十年，大批倭寇集團出擊，殺掠桃渚、圻頭等地。戚

繼光聞訊，提軍直趨寧海，控扼桃渚，在龍山一帶大敗倭寇，一直追至雁門嶺。

倭寇的情報系統很靈，得知戚繼光出軍後臺州空虛，一大股真假倭混雜的倭寇直撲台州。戚繼光即刻回軍，與入圍台州的倭寇展開殊死戰，臨陣手刃賊首一名，倭寇大敗，不少人墮入瓜陵江淹死。

剛剛料理完這一撥，坼頭的倭寇又隨後進攻占州。不料想，戚繼光先發制人，迎頭邀擊於仙居，使這群自送上門的倭寇無一人逃脫。

一月之間，戚繼光九戰皆捷，俘斬倭寇千餘人，淹死的倭寇成千上萬，由此他聲名大噪，浙江倭患漸息。

倭寇們見浙江立不住腳，紛紛竄入福建，北自福州、寧州，南至漳州、泉州，千里沿海，騷擾不絕。於是，胡宗憲命令戚繼光率六千多人自浙入閩，在福建殺倭。

自溫州赴閩的倭寇聯合福寧、連江一帶倭寇攻陷壽寧、政和、寧德；自廣東南澳赴閩的倭寇與福清、長樂諸倭合陷玄鍾衛，大田、古田、蒲田等地岌岌可危，形勢非常嚴峻。

寧德城外十里處有一橫嶼島，四面皆水路險隘，倭寇千餘精兵，裹挾數千良民，在島上結營，氣焰囂張。明朝當地官軍一直不敢進攻，相持逾年。而且，陸續而至的新倭又在營田、興化一帶結營，與橫嶼倭寇互為倚援，一方大震。

戚繼光到達後，下決心先啃下橫嶼這塊硬骨頭。

橫嶼與陸地之間可涉地面退潮後皆是淤泥。戚繼光觀察地形後，果斷下令，命手下兵士人人持草一束，邊進攻邊投草，穩紮穩打，逼近島上倭寇大營。

倭寇沒有心理準備，拼死頑抗，被戚家軍打得大敗，二千六百多人被殺不說，橫嶼老巢也連鍋被端。

戚繼光一鼓作氣，乘勝至福清，擊敗牛田倭寇，傾覆其巢穴，餘賊遁走興化。戚家軍死追不放，乘夜拔柵，連克六十營，斬

首千餘級。依理，戚家軍可以乘間作大休整。但戚繼光善出奇兵，旋帥回福清，在東南澳正好迎擊剛剛登陸的一支倭寇，擊斬二百多人。此時，明軍劉顯一部在福建也屢屢破倭，眾倭散逃，「福建宿寇幾盡」。

大勝之下，戚繼光在平遠台勒石記功。

年底，戚繼光率浙軍離閩返浙。

好景不長，聽聞戚家軍還浙，散逃於海上的倭寇們彙聚，重新反攻福建各地。

嘉靖四十一年底，近萬人的倭寇精銳部隊包圍了興化城，圍城一月之久。興華由於是府城，牆高磚厚，倭寇很難攻入。不幸的是，明軍劉僉一部有個八人小分隊到興華送情報，途中被倭寇截殺。倭寇派隊伍中的華人穿上號衣，化裝成劉顯手下入城。半夜，八名賊人乘黑斬殺城門明軍守將，大開城門。城外倭寇一哄而入，攻陷了興華府城。入城後，倭寇殺傷不少明朝守軍，明軍只有一兩名守將逃脫。

倭寇佔據興化城後，日夜殺人奸掠，荼毒兩個月後，放一把大火把興化城燒成白地，突出合兵，攻陷平海衛。如此兇狂，八閩皆震。

嘉靖帝大驚，立命俞大猷為福建總兵，戚繼光為副總兵，讓他們會合福建當地的劉顯一部明軍合力滅倭，並派右僉都御史譚綸巡撫福建。

劉顯所部明軍數量不多，在平海衛只得堅壁不出。俞大猷率兵抵達後，出於持重，只指揮手下部隊與劉顯部合圍倭寇，仍舊沒敢進攻。

嘉靖四十二年五月，戚繼光率生力軍浙軍抵達。於是，巡撫譚綸自領中軍，俞大猷將右軍，戚繼光將左軍，並力齊攻平海衛的倭寇。

畢竟訓練有方，戚繼光率部先登，諸軍繼之，一舉破敵。此戰下來，斬倭寇兩千多人，奪還被擄民眾三千多。更可稱的是，

如此大捷，明軍本身僅陣亡十六人。

譚綸上功，以戚繼光為首，他得以接任俞大猷為總兵官。

轉年，戚繼光率明軍在仙遊城下擊潰萬餘倭寇，斬首數百，倭寇墮山崖下摔死幾千人。倖存的倭寇，倉惶之餘奔據漳浦縣的蔡王嶺。戚繼光把手下士兵分為五哨人馬，皆身持短刀緣崖攀上，突現於狼狽不堪的殘倭面前，大戰一場，俘斬數百人，餘賊奔潰，入海掠漁舟逃去。

至此，入閩倭賊基本被肅清。

再後，戚繼光與俞大猷合作，在廣東南澳攻敗倭寇賊頭吳平，廣東倭寇幾無遺類。

「（戚）繼光為將，號令嚴，賞罰信，（故）士無敢不用命。（他）與（俞）大猷均為名將，操行不如（俞），而果毅過之。（俞）大猷老將，務持重，（戚）繼光則飆發電舉，屢摧大寇，（其）名更出（俞）大猷（之）上。」

當然，戚繼光後世之所以大名越於前輩俞大猷，還在於他隆慶、萬曆年間督師薊北的功勳。特別是張居正掌權時代，極其信用戚繼光，使得他奇才得展。在薊北任上，他廣修長城，發明了諸多先進的攻守武器，極大提升了明軍的戰鬥力，降服了時時進犯的蒙古長禿和狐狸（兩人名字真怪）兩大寇，並因功被明廷加為「太子少保」的榮銜。

自嘉靖中期蒙古俺答汗犯京師，薊北乃邊防重鎮，十七年間易大將十人，總督王忬（此人在抗倭早期立功）和楊選皆因失律戰敗被誅。而戚繼光在鎮十六年，成效顯著，「邊備修飭，薊門宴然。繼之者，踵其成法，數十年得無事。」

戚繼光軍事專著《紀效新書》、《練兵紀實》等，實為博大精深的系統性軍事專著，當時日後，廣受尊崇。

可歎的是，張居正死後，其政敵死打窮追，認定戚繼光乃張居正死黨，把他調換廣東。鬱鬱不得志之下，戚繼光不久謝病離職。但張居正政敵仍不放過他，紛紛上奏彈劾，戚繼光被罷官遣

返老家。

三年後，既貧且病的戚繼光由於沒錢抓藥，病勢轉沈，鬱鬱而亡。一代大英雄，竟落得如此不堪結局。

值得一講的是，張居正所犯的痔瘡，實為吃了戚繼光所獻的海狗鞭壯陽藥所致。張相國割痔感染，竟至要命。他這一死，戚繼光在朝中倒了後臺，自己也開始了倒楣的歷程。

人性就如此複雜，一般人可能會大驚小叫：戚大英雄這樣人，也會做出給長官送壯陽藥的事情嗎？當然，人情所在，英雄不免。有時候，歷史的細節，充滿了黑色幽默般的玩笑！

嘉靖後期近十年的倭寇之害，自浙江開始，繼而流竄淮揚吳越。閩中兩廣，無不慘遭荼毒，史載，「（倭寇）掠子女財物數百萬，官軍吏民戰及俘死者不下十餘萬。雖時有勝負，而轉漕軍食，天下騷動。」

所以說，倭寇之害，流蔓甚廣，絕不是一些淺識陋見所講什麼倭寇給中國帶來了「資本主義萌芽」。

自倭寇亂燼，浙閩等地富殷繁華城鎮，半為丘墟，人民被殺無數，沿海奸民與倭人、佛朗機人勾打連環，惟一的目的就是殺人劫物。他們的劫掠，嚴重破壞了明朝沿海一帶的工農業生產以及手工業發展，真不知有什麼「萌芽」會蘊於血火刀劍之中。

當然，明朝沿海倭患漸息，除了俞大猷、戚繼光等人的因素外，日本中國的因素也不容忽略。因為，那時的日本，已經處於戰國末期。在1585年（萬曆十三年），日本的羽柴秀吉平定四國，最終完成日本的統一，被「天皇」任命為「關白」，賜姓「豐臣」。

豐臣秀吉乃大志倭人，稍後征服了九州的島津氏和關東的北條氏，成為日本列島的真正主人。而日本的統一，使得豐臣秀吉在上臺初期下大力氣整治中國政治、經濟，他嚴令打擊海盜，鞏固他本人為主的「中央集權」。這些，皆在客觀上從源頭阻遇了日本列島「倭寇」的生成。

捌

明朝的抗日援朝

—— 朝鮮半島，大明旗迎風飄揚

　　每年 8 月22日，日本人一般都很少在那個敏感的日子去韓國旅遊。因為，1910年8月22日，日本伊藤博文政府強迫朝鮮政府簽訂了《日韓合併條約》，正式吞併朝鮮半島，由此開始了長達三十五年的對朝鮮人民的奴役過程。這一天，在朝鮮半島被視為「國恥日」。

　　朝鮮人與日本人之間的仇恨，由來已久。「倭寇」一詞，最早就是出現於朝鮮史籍。

　　據《高麗史》中記載高宗十年（1223年）五月的事情，就有「倭寇金州」的字樣。當然，這裡的「倭寇」不是名詞，乃主謂短語，「倭」是名詞，「寇」（侵略）是動詞。其實，高句麗廣開土王（好太王）墓碑中（西元404年）的敘述中已經有「倭寇潰敗，斬殺無數」的字樣。由於高句麗和高麗其實根本不是一回事，筆者就不想把高句麗的記載引接到「朝鮮史」中，以免引起誤解。需要注意的是，上述的「倭寇」含義，是指「日本強盜」之義，並非指稱明朝沿海的「倭寇」。

　　中國史書中出現「倭寇」一詞始見於《明太祖實錄》洪武二年（1369年）四月（陰曆）的記載：「倭寇出沒海島中，數掠蘇州、崇明，殺傷居民，奪財貨。」

　　由此開始，直至嘉靖末年和隆慶初年的「倭寇」，皆特指日本武士、中國海盜和沿海奸民以及佛朗機（葡萄牙）人混在一起

的特定時代特定意義的海盜集團。與朝鮮人、中國人平日蔑稱日本侵略者為「倭寇」的那種含義不同。

華麗帝國背面的百孔千瘡——萬曆中前期的時局

嘉靖帝死後，其第三子朱載垕登基，是為明朝穆宗，時年三十。這位爺，人品倒是厚道，性情平和，但壽命不永，只當了六年皇帝就病死，僅僅是明朝的一個過渡性帝王。一般老百姓知道的「青天大老爺」海瑞，正是他甫繼位後馬上從牢中釋放（嘉靖下詔捕之）並予以任用。

至於明穆宗死因，也與春藥和縱欲有關。由於這位爺人緣好，當時或後人很少拿這事渲染作文章。

明穆宗死後，太子朱翊鈞繼位，此即大名鼎鼎而又臭名昭著的明神宗，改元萬曆。

明朝之亡，其實正是因為這位萬曆皇帝。但他本人卻長命，為帝時間近半個世紀。

由於近年黃仁宇先生《萬曆十五年》的熱銷，坊間有關萬曆這一朝的政治得失、歷史沿革以及人物浮沈都有許多專著和雜著出版，筆者不想多說。特別是有關萬曆年間的大學士張居正的著述，林林總總，基本上都是翻案替他講好話的。我恰恰相反，在簡述一下張居正的「改革」之餘，我也要講講他帶來的弊端（這恰恰是當代研究者總是視而不見的內容）。

張居正握權十年，改革措施大概體現在四個方面：

第一，增強邊防實力。特別是他調度有方，在支持王崇古推動蒙古俺答封貢的同時，調派戚繼光主持薊鎮大權，提拔李成梁鞏固遼東邊防，使得明朝邊疆地區烽火暫息。

第二，實施官吏考成法，從先前的注重浮譽考察官吏，變成「惟以安地靜民為最」，裁撤冗員，大大提高政府的辦事效率。

第三，實行賦制改革，推行「一條鞭法」。「一條鞭法」正義原為「一條編法」，後來，「鞭」「編」二字俗寫或錯借，逐

漸成為「一條鞭法」，其原旨皆是本著「化繁為簡」的原則，使均徭里甲與兩稅（賦）為一，以便消除蠹弊。主要內容有四點：①賦役合併；②田賦一概以銀為徵收手段；③以州縣為單位計算賦役數額；④地方官直接徵收賦役銀兩。一條鞭法最大的利處，在於打擊土地兼併，減輕了無田或少田農民的負擔，而使占田多的豪強不得不多交稅。

第四，治理黃河。張居正在任，大用工部侍郎潘季馴，治理黃河極其有法。眾人從實際情況出發，解決了不少歷史難題，有效減少了黃河的水患。

另外可值稱道的，是張居正當首輔時西藏達賴封貢的圓滿完成。現在不少別有用心拔高「我大清」的史學者，皆極口誇讚清政府對西藏統治的「功績」。其實，真要論功績，最早也應該算在忽必烈頭上而不是清帝頭上。

明朝得國後，洪武六年（1373年）即詔封喃力吧藏卜等人，標誌著明朝延續元朝對藏地的統治權。各地政教首領也知天順命，紛紛上交元朝舊敕印換取明朝新敕印。此後，明朝在藏地採用「行都武衛制度」，設置朵甘、烏思藏行都指揮使司以及俄力思軍民元帥府，藉著行都武衛制度與冊封地方首領兩種方式有效管理藏地。

針對藏地幾大宗教派別峙立的情況，明成祖很有成算，他棄用元朝尊帝帥力推一教的作法，多封眾建，平衡和分化當地政教合一首領的威權。自1406年起，明朝在藏區分別封立闡化王、輔教王、護教王、闡教王，又封藏傳佛教三大教派首領為「法王」。當時，明政府下力氣最大推持的是噶瑪噶派的「大寶法王」。1408年，明朝又邀新崛起的格魯派創始人宗喀巴入京。

宗喀巴本人正在拉薩忙於傳召大法會，忙派他的大弟子釋迦也失入京朝觀。由於明廷賜與釋迦也失大量財物，他回藏地後，格魯派實力與威望大增。貢賜關係以及茶馬互市，其實為藏地帶來了大量的經濟利益。

　　明朝早期對藏的統治，「統」實際上大過「治」。十六世紀前期，由於格魯派保護者闡化王政權的衰亡，黑帽系噶瑪噶派以及紅帽系聯合在一起大力壓制格魯派黃帽系。而到了十六世紀七十年代，哲蚌寺住持索南嘉措重振雄風，在青海會見了被明朝封為「順義王」的蒙古俺答汗。俺答汗贈其「聖識一切瓦齊爾達喇達賴喇嘛」尊號。正是從這時開始，格魯派索南嘉措的活佛轉世系統開始出現「達賴喇嘛」之稱。

　　透過俺答汗，索南嘉措上書申請與大明王朝建立貢賜關係。明廷反響積極，派官員授他為「朵兒只唱」（即俺答汗所授尊號中「瓦齊爾達喇」的藏語音譯，蒙語為「金剛持」之意）。由此，明政府文件中開始以「答賴」（達賴）稱呼索南嘉措。他死後，格魯派追認宗喀巴弟子根敦主巴為第一世達賴，根敦主巴門徒根敦嘉措為二世達賴，而身為根敦巴措弟子的索南嘉措為三世達賴。清朝日後也是繼承和發展了達賴冊封的制度。

　　索南加措之所以能得明政府破格優待（明制，只有國師以上方有資格入貢），與張居正的支持密不可分。他派人直接攜重禮見到張居正，上書一封，撿好聽的說，大讚張相爺：「釋迦摩尼比丘鎖南堅錯賢吉祥，合掌頂禮朝廷欽封干大國事閣下張：知道你的名，顯如日月，天下皆知有你，身體甚好。我保佑皇上，晝夜念經。有甘州二堂地方上，我管城中，為地方事，先與朝廷進本。馬匹物體到了，我和闡化王執事賞賜，乞照以前好例與我。我與皇上和大臣盡夜念經，祝讚天下太平，是我的好心。壓書禮物：四臂觀世音一尊、氍毹二段、金剛結子一方。有閣下吩咐順義王早早回家，我就吩咐他回去。虎年十二月初頭寫。」

　　張居正上交索南嘉措的「禮物」予朝廷，並建議明神宗回賜這位藏地宗教首領，封其為「禪師」。所以，西藏的內附與達賴系統的形成，張居正功勞不小。

　　簡介完張相爺的種種「好事」之餘，也要談談他鮮為人知的政治劣跡。

其一，官員考成法雖然行之有效，但他完全把內閣閣臣的權力上升為封建王朝的金字塔尖（上面還有皇帝），科、部、院，皆成為內閣監督下的被動執行部門，朝內御史和給事中等言官完全喪失了彈劾的自由和權力，他們想論劾某人，先要向輔臣（閣臣）送揭帖，名曰「請敬」。如此一來，先前對君主權力都有拒否權和監察權的言官，頓時下降成閣臣的聽命仔。

其二，張居正以整頓天下書院為名，大肆壓制學生、士子的言論自由，並關閉包括南康白鹿洞書院、吉安白鷺洲書院等多處講學公議場所，甚至連泰州學派的思想家何心隱也在他授意下慘遭殺害。由此，以學人、士子為代表的公共言路被張居正封殺。

這兩點錯誤作為，危害極大，流毒甚廣，而且不因他本人的殘廢而中止。

1588年，張居正病死，明神宗親政（時年二十）。這位貪婪怠政的帝君雖然對張居正本人不厚道之甚，但對考成法和一條鞭法仍奉行不輟。親政僅四年，昏惰的明神宗便以「身體不好」為由怠政，朝臣們黨同伐異，相互攻訐陷害，政局日紊。而後，青海蒙古部落、寧夏哱拜的回鶻種群以及播州（遵義）的土司楊應龍相繼叛亂，雖最後皆被平定，但費餉困兵，搞得明政府焦頭爛額。

屋漏偏逢連夜雨，正是在這種內患起伏不息之時，日本侵朝戰爭爆發。明政府又不得不面對外部的巨大壓力。

豐臣秀吉夢想的踏板——高麗半島

說起豐臣秀吉，現在的中國人和韓國、朝鮮人肯定交口指斥他這個大「倭寇」。筆者替他說句「好話」，當他統一了日本之後，曾經嚴令打擊「倭寇」（日本官方也把這些沿海流竄海盜稱為「倭寇」），從嚴從重懲治海盜。

與此同時，他給出海做正當生意的日本商人發放官方「朱印狀」，保護這些做海外貿易商人的正當權益。

　　可能有人會問，倭人多壞，豐臣秀吉更壞，這個大倭頭怎麼會做出這種打擊「倭寇」的好事？這種想法，近乎天真。豐臣秀吉是個政治家，統一日本之初，他想念及的，乃更大的政治經濟利益。沿海倭寇對中國的竄擾，對他本人及京城大貴族沒有多少利益，只給各地的大名和武士集團帶來豐厚的利益。所以，從大處著眼，他當然要壟斷根本對外正當貿易所帶來的巨大利潤以供巨大的侵略機器能夠日益成熟，不會允許「小打小鬧」的倭寇海盜敲金分肥。

　　豐臣秀吉野心頗大。早在萬曆六年（1578年），時為織田信長家臣的豐田秀吉就曾向主子醜表功展示心跡：「圖朝鮮、窺視中華，此乃臣之素志！」到了萬曆十九年（1591年），豐臣秀吉已經囂張至極，揚言曰：「我有欲統大明國之志，不日泛樓船過海，佔據中華，易如反掌！」他自比日本為「弓箭銳利之國」，以大明為懦弱好文的「長袖之國」。

　　也就是說，日本這個一直以中華文化為母體宗主文化的國家，發展到豐臣秀吉時代，終於走出「藩夷」的心態，不僅不再視中華為「天朝」，不僅把大明當成與其對等並立的國家，而且還產生出全新的「日本型華夷意識」。

　　在豐臣秀吉心中，他已經以「中華」概念自居，先前以中國為主宰的亞洲冊封朝貢體系，已經在他眼中消潰。

　　依據當時的世界政治地理，日本想入侵中國，必須以朝鮮半島為跳板。控制了朝鮮，才有可能進攻大明朝。

　　起先，豐臣秀吉想以「懷柔」方式使朝鮮自動歸降。萬曆十七年（1589年），借歸還一批朝鮮叛民示好之際，豐臣秀吉致信朝鮮國王：

　　本朝（日本）開闢以來，朝政盛事，洛陽壯麗，莫如此日也！人生一世，不滿百齡焉，僅能鬱鬱久居此乎！吾不憚國家之遠，山河之隔，欲一超直入大明國，欲易吾朝風俗於四百餘州，施帝都政化於億萬斯年者，在吾方寸中。貴國（朝鮮）先驅入朝，

依有遠慮無近憂乎？遠方小島在海中者，後進輩不可作容許也。予入大明之日，將士卒望軍營，則彌可修鄰盟。餘之願，只願顯佳名於三國而已。

朝鮮國王接信，以為豐臣秀吉這日本瘦猴吃生魚片蟲子進腦胡說八道，既沒當真，也沒理會，更想不到這個瘋子真敢打決決大明天朝的主意。日本島夷，蕞爾小國，朝鮮國王以他有限的想像力，根本意識不到倭人能有那麼宏大的野心。朝鮮人對日本人的「深刻」認識，僅局限於「倭寇」而已。日本海寇自其「南北朝」時代開始，潮水般一撥又一撥侵襲朝鮮沿海地區。倭寇之亂，朝鮮先於明朝首罹其毒。李氏朝鮮建國之際，由於大明給面子承認了李成桂得位不正的政權，李氏感激涕零，得以竭盡全力抵禦倭寇之患。同時，由於李朝在國內大行「科田法」，國力日強，軍力日強，最終沈重打擊了侵掠朝鮮半島的倭寇。

世易時移，承平近二百年後，李朝與大明朝相彷彿，黨爭嚴重，勳舊集團與士林集團明爭暗鬥，內訌不已。特別可笑的是，士林集團掌權後，他們自己人又窩裡鬥，分裂成東人黨和西人黨兩大派，造成巨大的內耗。所以，朝鮮朝廷對即將來臨的日本入侵，根本沒有任何心理準備和物質準備。

日本方面，當時還沒有打「閃電戰」的軍事能力。豐臣秀吉在誘引朝鮮歸降的同時，兩手抓兩手都硬。他在日本中國進行兵力總召集，以名護屋城（今名古屋）為大本營，起兵三十餘萬，造戰船千艘，儲存武器裝備，隨時準備出擊。

明朝方面，萬曆十八年剛剛經歷過一次「洮河之變」，即蒙古第三代「順義王」奢力克悍然侵邊，首犯西寧，並連陷臨洮、河州、渭源，攻克洮州，明軍數位主將敗死，西北震動。明軍喪敗之餘，朝士們意識到了大明朝戰鬥力的低下以及軍隊士氣的低落。

在以銀子求取和平的同時，明朝兩名副總兵（相當於大軍區

副司令）之死，其實使明朝的國威大受損挫。正是在這種「寇輕邊將」的情況下，寧夏有哱拜之亂，播州有楊應龍之亂，而豐臣秀吉也添亂，把戰爭指向大明的藩屬國朝鮮。

相互被瞞騙的「和平」——日本第一次侵朝戰爭

日本侵朝，最終途徑是從九州揚帆，越過對馬海峽直擊朝鮮。恰好九州的封建領主鍋島和黑田與豐臣相交甚厚，他們舉四隻腳贊成豐臣秀吉侵略，並為大舉入侵專門在九州北部修建侵略大本營「名護屋城」。

萬曆十九年（1591年），明廷已經接到日本招誘琉球（當時還是大明天朝忠心耿耿的藩國）想進行侵略的情報，但大臣們無一把這當事，認為倭寇已遭滅頂之災，倭人又何能為也。

1592年（萬曆二十年，朝鮮宣祖李昖二十五年）5月23日，日本發動侵朝戰爭。由於當年是朝鮮「壬辰年」，他們歷史上稱先後兩次的抗日戰爭為「壬辰衛國戰爭」，中國一方稱為「萬曆朝鮮之役」，而日本則把兩次戰爭分稱為「文祿之役」和「慶長之役」。

日軍方面，精心準備後傾國而來，陸軍方面有十六個軍團十六萬人，水軍有四萬多人。首先從名護屋渡海的有五個軍團，頭號陣指揮為精熟高麗語的小西行長。其後，依次為二陣加藤清正，三陣黑田長政，四陣島津義弘，五陣福島正則等人。海軍方面，九鬼嘉隆、加藤嘉明等人為首領，主要任務是輸送、護衛以及給養保證和後勤支持。

小西行長前鋒軍率先進攻釜山，高呼「借道戰明」，喝使朝鮮守軍開城投降。雖然士兵人數只有數名，朝鮮守將鄭拔殊死抵抗，最終全部戰死，釜山落入日軍之手。而後，東萊城朝鮮將士也皆壯烈殉國。

可惜的是，當時朝鮮類似釜山、東萊二城守將的勇烈將軍極少，多為貪生怕死之輩，東萊府左兵使李鈺及慶尚道水軍節度使

元均等人雖手握重兵，皆怯懦昏庸，不戰而逃，致使日軍破東萊後一路掠殺，如入無人之境。他們在慶閩會師後，直撲漢城的咽喉重鎮忠州。

忠州守將申立是條漢子，率八千子弟與日軍死戰，最終眾寡不敵，戰死陣中，朝軍大敗。日軍乘勝，逾過漢城天險屏障鳥嶺，向漢城洶洶殺來。

朝鮮國王李昖具有半島王爺們幾千年來「優秀」的逃跑傳統，根本不作有效抵抗，撒丫子就跑，直向義州遁去，準備在最壞情況下入大明北京做寓公。可氣的是，朝鮮留守大將金命元等人都是十足的包，日本兵面都沒見，他們數位頭領帶頭溜出京城先行遁逃。

日軍加藤清正一部渡漢江直入漢城，大掠大殺之後，放起一把大火，把繁華的漢城燒成白地。確該朝鮮人倒楣，漢城百姓更倒楣，加藤一部是日軍中紀律最壞、最愛殺人屠城的軍隊，他每至一地皆屠戮數萬朝鮮當地居民。至今，「加藤清正」一詞在朝語中仍然是「狗」的代名詞。所以，高麗半島狗肉館興隆，人們天天開膛破肚切狗宰狗，原來之意是殺「加藤」洩憤。

朝鮮李朝確實大不經打，開城和平壤相繼陷落，兩個朝鮮王子也被俘，基本上處於「亡國滅種」的邊緣。

侵朝過程如此順利，其實大出豐臣秀吉意料。狂喜之餘，他開始擬定「佔領」明朝後的分地計劃（《豐大閣三國處置大早計》）：第一，由宮部中務卿留守朝鮮；第二；恭請天皇去北京居住，以附近十國（十州）為皇室采邑。公卿諸人在明地也會分得十倍於日本采邑的土地；第三，日本本土天皇可由在北京統治的後陽成天皇兒子良仁親王替任……等等，共二十五條，奏列詳盡，儼然他已經打算遷都北京了。

明朝得知朝鮮快亡國了，大驚失色。但是，由於中國軍事力量絕大部分集中於平定寧夏哱拜之亂，又一直意輕日本（以為他們只是「倭寇」的放大），廷議之後，在兵部尚書石星建議下，

僅派出遼東的遊擊將軍史儒帶一千兵馬「雄赳赳」跨過鴨綠江援朝抗日。

史儒猛將，自以為大明天朝厲害，兵如天兵馬如龍，一直衝向平壤。早有準備的日軍候個正著，潮水般四面八方湧出，千名大明軍包括主將史儒在內，稀裡糊塗皆被這些身披奇怪鎧甲手掄日本刀的銼子們殺死，一個不剩。而後，明朝副總兵祖承訓所率三千多騎兵，先勝後敗，在平壤城內基本被日軍包了餃子。只有祖總兵幾個人逃出生天。

消息傳回朝廷，大明官員們瞠目結舌，這才明白過味兒來：日軍，不是從前的倭寇，二者不可同日而語。

在這種情況下，明廷立即部署沿海守衛力量，在山東、遼東、直隸、薊鎮等地調兵遣將，特別加強天津防衛，抽調近三萬明軍集結於天津，集糧七萬石，生怕倭兵由海道從天津上岸直撲北京。與此同時，朝鮮方面的乞援使臣，絡繹於路，紛紛來北京告哀告變，力求大明施以更大的援手。

此時的明廷，還希望藉著談判與日方達成和平。兵部尚書石星為人不知兵，也想不費氣力就罷兵，挑來找去，選中了商人出身精通日語的浙江人沈惟敬當講和中間人，派他去義州先和朝鮮國王見面研商。

朝鮮王李昖一看見沈惟敬這個貌陋能言之人心裡就不舒服，他希望大明出重兵援朝，最怕沈惟敬這種舌辯之士與日本人談判出賣朝鮮利益。

甭說，沈惟敬最初與日本人的講和談判工作，大有成效，最起碼他成功拖延了日軍的進一步進攻，使中國軍隊有喘息之機重新集結兵源。而在平壤接待沈惟敬的小西行長，本人就是日本界港巨商出身，對貿易金錢的興趣大過戰爭征服。見到同樣是浙江商人出身的沈惟敬，小西行長立刻就有天然好感，引以為同道。

於是，小西行長表示，如果大明答應與日本皇室通婚，答應日本封貢（其實是做買賣），並允許日本方面在朝鮮佔領大同江

以南地區，他本人就會回日本說服豐臣秀吉撤軍。當然，小西行長如此表示，也是因為朝鮮半島人民在地方上風起雲湧展開反抗，四處襲殺日軍，使日軍終日提心吊膽。況且，日久軍疲，餉糧不繼，拖下去並無太好結局。

這一計劃，如果達成，朝鮮人吃虧最大。如果盡割大同江以南與日本，朝鮮三分之二的國土就沒了。

沈惟敬回報在遼東主持軍務的明朝兵部右侍郎宋應昌。宋應昌上報自己上司兵部尚書石星。二人一合計，覺得廷議肯定不會接受日方條件，便打發沈惟敬回平壤與小西行長再談。小西行長寸步不讓。

明廷方面，朝官們紛紛指責宋應昌進兵不利。雙方一拖，時間就到了1592年的年底。

此時，平定寧夏哱拜之亂的李如松得以抽身。明廷就派他攜近五萬精兵，東征入朝鮮殺日軍。

由此，決定結束第一次日軍侵朝的平壤大戰即將爆發。

李如松，字子茂，乃明朝名將李成梁之子。這老李一家，祖籍就是朝鮮，從李成梁曾祖父李英那輩就內附明朝，世為鐵嶺衛指揮僉事。李成梁鎮守遼地二十二年，先後十次上奏大捷，「邊帥武功之盛，（明朝）二百年來未有也」。李成梁虎爹無弱兒，其子李如松、李如楨、李如樟、李如梅皆官至總兵官，其餘四子也亦為參將。

寧夏哱拜之叛，經御史梅國楨之薦，李如松率兩個弟弟前往討賊，以武臣拜提督，開明朝首例，官為「提督陝西討逆軍務總兵官」。寧夏攻堅戰，李如松百計頻施，奮不顧身，臨城先登，終於盡滅哱拜之族，盡平寧夏。朝廷因朝鮮事急，立拜其為「提督薊、遼、保定、山東諸軍」，提軍援朝鮮。

由於李如松新立功，氣驕意傲，對全權監察朝鮮戰事的文臣宋應昌沒有也不表示應有的禮敬。依據明朝官場慣例，李如松這樣的武將見文人督帥宋應昌，應該先穿甲冑戎服當庭參拜，然後

才能出庭換易冠帶之服，再敘禮寒暄。李如松卻以監司服謁見督撫之儀，「素服側坐而已」，這使宋應昌對這個武將極其反感。

甫至朝鮮，李如松聽說沈惟敬與日本人和談想以大同江為界分割朝鮮，登時大惱，立斥老沈奸邪小人，馬上派人要斬殺他於軍門。其手下參謀李應試連忙勸阻：「正好藉沈惟敬與倭人談判之機，敵人鬆懈不備，可出其不意進襲！」李如松大以為然，便釋沈惟敬不殺。

萬曆二十一年（1593年）正月初四日，明軍次於肅寧館。小西行長不知有詐，以為明方派使節來封貢，趕忙先行派出二十名牙將出平壤城對明軍表示「熱烈歡迎」。

李如松下令遊擊將軍李寧生率小股人馬迎前，準備先綁起這二十個倭軍參將。豈料，明軍行事不密，倭將發現來前的明軍個個眼中冒火腰持繩索，便猝起格鬥，最終明軍只逮住三個，跑了十七個。

小西行長聞訊大駭，但他仍舊沒敢多想，就派親信小西飛入明營謁見李如松。

李如松為麻痺日方，說是前日雙方誤會，明軍實是護送封貢使臣來此，好言好語好招待打發回小西飛。

明軍次於平壤城下。

小西行長深信明軍是護送朝廷封貢使臣來此。正月初六，他在平壤城內的風月樓大擺宴席，群倭花衣駿馬，夾道歡迎，等候大明使臣入城。李如松方面，分派諸將，授以方略，準備分道奇襲入平壤。

但明軍諸將輕敵，逡巡未入，反而四處打招呼安排，一時間使得日本軍人大疑，紛紛登陴拒守。明軍暫時放棄奇襲計劃。

夜半時分，日軍率先開城偷營，被李如松一軍打得大敗，逃回城內。

正月初七一大早，李如松安排攻城事宜。他嚴令諸軍在進攻中不要割首報功耽誤功夫，下令要三面合圍，留出東面空缺專供

日軍逸出之地。同時，他深知日軍最輕視朝鮮軍人，就下令副將祖承訓（先前在平壤敗過）率所部身穿朝鮮軍裝，在城西南面潛伏。城北牡丹峰，由遊擊將軍吳惟忠率部進攻。李如松本人親提大軍直抵平壤城下，攻其臨江的東南面。

日本人一直在平壤構築防禦設施，一時間矢炮如雨，明軍小卻。李如松怒，手斬先退兵將數名，指揮敢死隊立雲梯拋勾繩肉搏登城。日軍主力皆移軍東南，死拒明軍正面進攻。

西南方面，日軍認為擁至城下的是朝鮮軍，不屑派重兵拒戰這些不堪一擊的棒子軍，紛紛抽調人手到東南方向增援。結果，祖承訓部明軍在城下登城前，紛紛解去朝軍號衣，露出明軍衣甲，守衛的日軍見狀大驚，連忙叫回已經派出增援東南城的軍士。

戰場形勢，瞬息變換，日軍慌亂之際，捍守失當，明軍楊元一部已經破平壤小西門先登，李如松本人率軍從大西門殺入。

日軍頑強抵抗，火器並發，煙焰蔽空，使明朝將士多有殺傷。李如松雖身為主帥，仍舊親自馳馬進攻。一發炮彈爆炸，一下子把李如松胯下戰馬炸死。這位李將軍神勇，一挺腰，又跨上一匹新馬，揮刀直進。中途有深壕，其馬不慎跌入，李如松大喝一聲，急躍而上，毫髮無傷，麾兵益進。將士感奮，無不以一當百，高呼登城。

畢竟明軍有威力巨大的火炮，平壤城多處崩塌，手持火繩松和倭刀抵抗的日軍紛紛滾落城下。

小西行長見勢急，忙遣人哀求李如松，表示說如果明軍放我一條歸路，日軍馬上拱手奉出平壤撤走。短腳倭人遇到長腿棒子，二人比陰比心計。李如松先佯裝答應，趁小西行長南撤時，他揮兵忽然追殺，又弄死幾百號倭兵。

事後點算首級，明軍殺敵一千有餘。平壤之戰，可謂大捷。

日軍放棄平壤後一路狂逃，李如松部明軍很快收復開城。不久，朝鮮所喪失的黃海、平安、京畿、江源四道皆由明軍收復。盤據咸鏡道的日軍將領加藤清正見勢不妙，與幾路日軍合兵，回

守漢城。

　　節節勝利之際，明軍輕敵，緊接下來遭受碧蹄之戰的失敗。

　　李如松連捷連勝之餘，軍爺無長略，心驕氣傲，再不拿日本軍當盤菜。便於正月二十七揮師冒進。可巧，有誤事的朝鮮人（也可能是朝奸）來報，說日本軍已經棄漢城而逃。李如松信以為真，只帶兩千輕騎，直趨漢城馳來，準備上演一齣輕衣匹馬取漢城的奇劇。

　　豈料，一行人馬行至距漢城數十里的碧蹄館，正陷入數部日軍的合圍，明軍倉猝應戰。

　　李如松畢竟百戰良將，倒還算鎮定，指揮部下應戰。倭兵圍之數重，明軍騎兵越殺越少。其中一金甲倭將率數百兵，把李如松本人及十餘明兵緊圍，情勢十分危急。明軍中級軍官李有聲冒死救援，被倭兵砍死。困窘之間，李如柏奮不顧身拍馬馳前，夾擊倭兵。李如梅彎弓馳射，一箭把金甲倭將射落馬下，總算救出大哥李如松。「打仗親兄弟，上陣父子兵」，誠不虛言。

　　不久，明軍楊元一部及時趕到，斫重圍而入，終於殺掉倭兵，但明軍已經損失數千人馬。

　　明軍大部隊後至，準備合力攻城。由於天氣久雨，明軍精甲騎兵往往陷於漢城周圍稻田的泥濘中，騎行緩慢，更甭提馳騁了。日軍方面，利用有利地形，背靠嶽山，面臨漢水，在城中聯營拒守，四處遍豎飛樓，居高臨下，箭炮不絕，不斷有效殺傷明軍士兵。

　　相持到陰曆二月中旬，明軍接報，據說有二十萬倭軍來援。（其實是日軍奸細散佈的謊言）。為此，李如松馬上令楊元一部在平壤屯結，控扼大同江，連接餉道；命李如柏一部在寶山諸處連營，以為聲援；查大受駐兵臨津；祖承訓部在開城屯軍；他本人東西往來，全權指揮。不久，聽說日酋平秀嘉拒守龍山倉，有糧數十萬，李如松密遣查大受率敢死隊突襲，一把大火點燃了龍山倉，切斷了日軍的糧草供應。

雖如此，自碧蹄之役創敗，李如松進取之意大沮。日軍方面，雖然固守漢城，但漸漸達至斷糧乏食的地步，日有歸意。於是，雙方以沈惟敬為中間人，再議講和。

從日本國內講，勞師喪兵，耗費巨大，連九州大領主島津氏內部都有人帶頭暴動拒絕去朝鮮當炮灰，日子很不好過。在這種情況下，主和派的小西行長加緊與沈惟敬談判。當然，談判桌上比不了嘴皮子，比的是真刀真槍的實力。

小西行長一失往日牛逼口氣，答應沈惟敬，表示日本向大明稱臣，歸還漢城，並放回所俘的朝鮮王子。

於是，陰曆四月十八日這天，日軍忽然從漢城遁逃，李如松立刻率明軍入城。進入日軍所棄軍營，發現本來應放糧食的大麻袋數千，用刀捅開一看，粒米皆無，全是乾草。李如松大悔，如果堅持用兵，大可全殲後勤基本斷絕的日本軍隊。

悔恨之餘，李如松立遣明軍渡漢江尾追日本兵，想趁其遁歸之際擊殺他們。但後撤的日軍步步為營，嚴防死守，計劃周密，分番迭休。由於經過碧蹄館一役敗創，明軍產生畏敵心理，沒敢上前與窮寇展開廝殺。最終，殘餘日軍得以在釜山集結，聯營拒守，躲過滅頂之災。

此次追擊未成，也很有可能是李如松因與宋應昌有矛盾，故意放日軍逃跑。而且日軍撤軍前，也沒有放還兩位被俘朝鮮王子。最令人髮指的是加藤清正一部日軍，在晉州屠殺朝鮮平民六萬多人，罪惡滔天。

這年底，由於明朝兵部尚書石星力主封貢議和，明朝大軍撤回中國，只留劉綎一將率少部明軍駐守朝鮮。言官奏劾李如松「和親辱國」，萬曆帝不問，並論功加其「太子太保」。

小西行長的特使小西飛抵達北京，明廷受沈惟敬迷惑，準備冊封豐臣秀吉為藩屬的「日本國王」。

明朝撤軍其實太早，因為釜山一地當時還有十多萬日軍。人家不撤軍，明朝自己先撤，很無軍事遠見。

　　在此，我們還要談談沈惟敬在碧蹄館戰役後與小西行長的「和平」交易。

　　當時，沈惟敬受明朝經略宋應昌之托，給小西行長帶去三個條件：撤出朝鮮並送返被俘二王子，日本向明朝上章謝罪，明廷封關白（豐臣秀吉）為日本國王。要注意的是，中方宋應昌僅僅提及「封」，並未言及日本有「貢」的地位，即沒有立刻答應給日本經濟好處。

　　如此中日講和，實際上把與日本有「萬世之仇」的朝鮮晾在一邊。朝鮮國王苦求中方不要與日本言和，宋應昌表示日本僅為**蠢蠢蕞爾之邦**，大明不想與他交戰過頻陷得太深。

　　小西行長本人對中方提出的條件沒多大所謂，他只想日後與中國通貢賺錢就行。於是，宋應昌派出兩名中下級軍官，與小西行長使人一起去名護屋的日本大本營商談和議。日本方面，提出「大明日本和平條件」，共有七條，內容與宋應昌的條件驢唇不對馬嘴，完全是各講各的。日本條件是：1、明皇室嫁女與日本「天皇」；2、重新恢復兩國勘合貿易；3、明朝割朝鮮四道給日本；4、朝鮮送王子、大臣入日本為人質；5、日本交還被俘的兩個朝鮮王子；6、朝鮮立誓日後不「背叛」日本；7、大明和日本相互立誓互不侵犯。

　　結果，小西行長和沈惟敬兩人暗中一合計，覺到明日雙方根本說不到一塊。於是，這兩位商人後來擅作主張，兩邊擋駕兩邊瞞，對宋應昌表示說日方同意明方要求，希望明朝對豐臣秀吉封王。為此，這兩個中日「友好人士」膽大心細，偽造了一份以豐臣秀吉名義寫的「降表」。

　　明廷見此大悅，順便把主張在朝鮮境內保留大部分軍隊的宋應昌撤了職，換了另外一位顧養謙為經略，一心一意議和。

　　明朝仍舊是慣有的舊思維，把日本當作與朝鮮一樣的藩屬國待之。見日方交還兩個朝鮮王子，明廷便在萬曆二十四年（1596年）秋下旨，封日本的豐臣秀吉為「日本國王」，冊文牛逼哄哄

，一如既往地居高臨下。

於是，明廷派臨淮侯李宗城為冊封使，沈惟敬作陪，攜敕書前往日本去封豐臣秀吉。

路過釜山時，沈惟敬與小西行長私下合計，怕兩個人左右欺瞞的事情露餡，就暗中告知對馬島主宗義智（小西行長的女婿）先留明使在島上。然後，小西行長與沈惟敬一起軟硬兼施，迫使朝鮮國王答應派大臣前往日本，與明使一起向豐臣秀吉「謝罪」。

本來，這場大戲絲絲入扣，李宗城到日本京城後走走過場，回國一彙報，萬事大吉。豈料，老李這個皇親大色鬼一個，酒席間他見對馬島主宗義智夫人漂亮，又穿著和服含羞亂扭給自己敬酒，淫心輒起，當場就要霸王硬上弓，姦污日本娘們。宗義智大怒，拔刀斷喝。酒醒後，老李怕被日本人宰了，連夜狂逃回朝鮮，途中連封冊的詔書和金印都弄丟。明廷得知大怒，只能升任老李原來的副使楊方亨為正使，以沈惟敬為副使，再次從朝鮮渡海冊封。

豐臣秀吉蒙在鼓裡，以為日方所提七項條款被明方完全接受，便在大阪城盛擺宴席，款待明廷和朝鮮的來人。結果，當他看見朝鮮派來的「謝罪使」不是什麼嫡親王子或宰相類的大官，僅僅是個州判，勃然大怒，差點離席而去。

小西行長苦苦哀求，滿心希望冊封過場結束，雙方罷兵了事。結果，明使展讀冊文，小西行長派去的「翻譯」沒派上用場，豐臣秀吉招來精通漢語留學明朝多年的「學問僧」為他翻譯。這一來，聽一句話，豐臣秀吉小瘦臉陰沈一下子。待詔書讀畢，豐臣秀吉明白過味兒，一腳踹翻桌案，離席怒去。

中日和談失敗。日本第二次侵朝戰爭開始。

明使楊方亨歸國後，一一把實情稟告明神宗。不用說，皇帝大怒，不僅把沈惟敬下獄處死，連兵部尚書石星也不能辭其咎，捕入詔獄論死。

沒有實際內容的「勝利」——日本第二次侵朝戰爭

萬曆二十五年（1597年），日本的豐臣秀吉緊鑼密鼓安排過後，派十五萬人二次入侵朝鮮。在朝鮮，稱之為「丁酉倭亂」；在日本，稱為「慶長之役」。

由於得知日本加藤清正已經率兩百多艘戰船在釜山東北紮營，明廷才意識到日本再來的現實，先後派出麻貴、邢玠和楊鎬前往朝鮮禦敵。

有讀者會問，先前在第一次抗倭援朝的李如松為何不露面？問的好。李如松時任遼東總兵，《明史》上講「土蠻寇犯遼東。（李）如松率輕騎遠出搗（其）巢（穴），中伏，力戰死」。清朝史官支支吾吾，所謂的「土蠻」，可能是滿洲土著或者是蒙古部落。所以，李如松戰死於遼東總兵任上，自然不能再去朝鮮。

日軍此次之所以能順利登陸朝鮮半島，正在於朝鮮內部臨陣換將把名將李舜臣撤職，其海軍失去主心骨，一戰便大敗虧輸。

李舜臣，字汝海，自小受中國傳統的儒家教育，忠臣孝子之念，深植其心。第一次日本侵朝期間，朝軍諸路皆敗，惟有李舜臣所率水軍取得重大勝利。他研發了獨特的鐵甲龜船，在玉浦海戰中打得日本水軍倉皇逃竄，並在緊接的唐浦海戰再次大敗日軍。特別是閑山島大戰，李舜臣所率朝鮮水軍智爭力取，擊沈日船近百艘，殺死淹斃倭兵數千人，誠為朝軍罕有的大勝，極大打擊了日軍的海上運輸線。

如此功勳卓著大將，在日軍第二次侵朝的關鍵時刻，竟然因李朝內部黨爭牽連，被革去軍職。而後主將朝鮮水軍的，換成了大草包膽小鬼元均。結果不必細說，海上遭遇戰，由於元均指揮無方加膽怯，朝鮮水軍全盤皆潰，元均本人也在逃跑時被日本人打死，朝鮮的制海權，落入日本水軍之手。

不僅朝鮮水軍大敗虧輸，入援的明軍也不斷敗績。守衛南厚的明軍最早被日軍擊敗，主將遁逃。全州、莊州明軍見勢不妙，拉起隊伍就跑，日軍在二地瘋狂屠城。

　　明方統帥時任「備倭大將軍」麻貴也是草包軟蛋，聞訊竟想棄漢城逃鴨綠江，多虧其手下參謀勸阻，加上明軍不斷入境，李朝的朝軍也從忠清道發兵來援，老麻才稍穩心神。

　　日軍集結完畢後，對漢城發動猛攻。昔日李如鬆手下的得力謀士李應試還在，他以沈惟敬的名義派人到小西行長營中「講和」。這位小西挺「義氣」，見老沈哥們有口信來，立刻止軍不攻。加藤清正部本來就要攻克漢城南面險隘稷山，由於失去小西行長的支持，半途而廢，只得領軍撤至蔚山一帶，漢城暫時告安。

　　年底，明朝海軍源源不斷地載明軍入朝，水師提督陳璘率副將鄧子龍等人相繼入援。朝鮮國王知錯就改，重新起用李舜臣，雖然他當時手中只剩下十二隻殘艦，也積極備戰，招募水兵，與明軍水師積極配合，協力合作。

　　眼見手中已有四萬精兵，總督邢玠和經略楊鎬兩人商議後，決定主動出擊，發三路大軍率先攻下慶州，然後直接向蔚山邁進，準備全殲日軍最殘忍戰鬥力最強的加藤清正部。

　　三路大軍中，高策領中軍，李如梅（李如松弟）率左軍。李芳春領右軍。於是，楊鎬命令二李統主力直攻加藤清正，高策留中策應。蔚山大戰拉開序幕。

　　蔚山大戰初始階段，李如梅與參將楊登山首建奇功，以輕兵誘敵，在海邊設伏，一下子殺倭四百多人，餘賊倉皇遁去，退守高地勢、強堡壘的島山石城。為了減緩明軍進攻，日軍在島山下部設置三道圍柵，據險而守。明朝副將陳寅率手下浙兵，奮呼而進，不顧矢石和槍彈交加，冒死衝擊，立破兩重柵，進抵最後一道守柵。柵破唾拔之際，正在山下坐陣的楊鎬私心頓起，命人鳴金收兵。浙軍不敢抗命，只得悻悻而返。這幫「戚家軍」的老班底已經在山上犧牲了數百兄弟性命，功敗垂成。

　　楊鎬此人，河南商丘人，萬曆八年進士出身，由於在遼東任事，與李成梁家族關係密切，與李如梅關係更好。本來他在萬曆二十五年春與李如梅出塞擊敵時因敗失要受處罰，朝鮮倭兵二次

入侵，明廷免去其罪，擢其為右僉都御史，經略朝鮮軍務。

楊鎬入朝後，上奏上事，多為雜苛小事，與朝方多生嫌隙，當地人怨之不已。他在島山下方看見陳寅浙兵先登，馬上要攻克日軍堡壘，如此關鍵時刻，他竟然鳴金收兵，中止進攻，想待自己好友李如梅率軍獲此頭功。結果，明軍喪失了最佳的進攻機會。如果楊鎬不鳴金，島山上的加藤清正部肯定會被完全消滅，日軍在朝鮮的軍事進攻應該就玩完了。

日軍入島山石城後，閉城不出，堅守以待援軍。由於當時正值隆冬苦寒，泥淖遍地，風雪裂膚，明軍的戰鬥力和士氣十分低落。李成梅第二天率眾進攻，事易時移，日軍連發火繩槍，明軍死傷慘重，連一重柵也過不去。無奈之下，明軍幾萬人只得就地紮營，想圍困逼日軍出戰或投降。

島山日本守軍乃窮兇極惡之輩，憑藉地勢，日夜往下發炮，且炮彈皆在發前用毒藥煮過，明軍凡有擦傷皆潰爛而死。入圍整整十天，島上堡壘竟然不能被攻下。

利用如此大好喘息之機，日軍主將加藤清正趁與明軍議降的空檔，派人送信給身在釜山的小西行長，求他帶兵來救自己。二人關係雖不睦，關鍵時刻，不能不施以援手。小西行長立刻急行軍，悄悄開至注意力皆在島山堡壘的明軍近側，突然發起攻擊。與此同時，各地來援的日軍紛紛投入戰場，高舉倭刀喊殺著朝明軍撲來。如果這時主將是第一次日本侵朝時的李如松，估計不會有多大閃失。文人出身的楊鎬膽小鬼，又不知兵，他與好哥們李如梅率先逃跑。

明軍軍心大亂，一時大潰，明軍竟然被日軍趁亂殺掉二萬多人，只可用「慘敗」二字形容。《明史》記載，「是役也，謀之經年，傾海內全力，合朝鮮通國之眾（也就幾千人）委棄於一旦，（明廷）舉朝嗟恨。」

更令人氣憤的是，楊鎬敗奔後，跑到慶州仍舊不止步，怕日軍奔襲，一直逃回漢城，並和總督邢玠一起捏造軍情，以大捷上

聞。諸軍點檢損失，上報死亡兩萬多，楊鎬大怒，力稱是死亡一百多，抑之不奏。

由於首輔是與楊鎬關係不錯的老邁昏庸的趙志皋，他竭力回護，向萬曆帝力保楊鎬，只把他免職而已。這位志迂才疏的楊鎬，在萬曆四十七年被任命為遼東經略，大敗於滿洲軍隊，明軍死亡五萬多人，闖下奇天大禍。那時再無人搭救他，楊鎬被逮入詔獄論死，但直到崇禎三年他才被殺頭。

蔚山之戰後，明日雙方形成相持。明軍退歸漢城堅守。日軍也消耗巨大，無力大謀進攻。畢竟明朝當時的底子不薄，不甘心在朝鮮半島大失顏面，從內地抽調十餘萬精兵入朝鮮，準備一舉肅清日軍。

總督邢玠兵分三路，分攻蔚山的加藤清正、釜山的小西行長以及泗川的島津義弘。海上方面，明軍水軍統帥陳璘與朝鮮的李舜臣將軍聯軍，保持警惕，準備在日軍潰逃時給予沈重打擊。結果，進攻泗川的中路明軍攻敗垂成，自己軍中的炸彈突然自爆，引發了火藥車，日軍趁亂奪回泗川。東路的加藤清正元氣大傷之餘，以退為進，明軍也沒撈到什麼大便宜。西路的明軍主將劉綎腦子也比不過日將小西行長，沒什麼進展。雙方乾耗。

這時，日本本土傳來消息，豐臣秀吉病死。為此，在朝鮮的日本將領都大舒一口氣。萬曆二十六年（1598年）秋，豐臣秀吉臨死，遺命從朝鮮撤軍。

本來就不情願勞民傷財打朝鮮的日本朝內大臣，立刻安排日軍將領盡速回撤，「五大老」之首的德川家康迫不及待，十萬火急派人持密令遍告諸日將。

可怪的是，明軍情報系統效率極低，對日本國事及日軍即將撤軍之事竟然一無所知，特別是劉綎部明軍，傻不拉嘰還與日軍「積極」交涉，大搞軍中「和平」協定。

加藤清正部日軍跑得最利索，十一月十八日盡數撤走；泗川日軍跑得也不慢，與加藤部同時開拔，一日內即逃得精光。只有

西路小西行長「任重道遠」，苦於明朝、朝鮮水軍聯軍切斷水路，他忙向島津義弘求救。正好小西行長女婿宗義智也來救老丈人。於是，島澤義弘與宗義智合軍，乘五百餘艘戰船連夜西行，準備救出小西行長。

朝鮮水軍主將李舜臣立刻與明朝水師提督陳璘商議，提出了一個圍殲來援日軍的計劃：明軍水師埋伏於沿海港灣，朝軍水師設伏於外海的觀音浦，等日軍越過露梁海峽後，由明朝老將鄧子龍出奇軍斷其歸路，一舉全殲日本這隻來援水軍。

一切皆不出李舜臣所料，日軍來援水師落入中、朝水軍包圍圈。惟一出乎意料的是，日酋島津義弘非常頑強，他發現中計後，率水軍拼死回撤，下死命令抵抗。雙方海上大血戰。

令人感動的是，大戰期間，李舜臣見明軍統帥陳璘坐船被圍，立刻乘船來救，不幸被日軍炮火打中，正當胸口。李將軍屏住氣息，強忍巨痛說出一句話：「戰事正急，切勿宣言我的死訊！」言畢，李將軍含恨而死。其部將、親屬含悲忍憤，奮勇殺敵，陳璘指揮船終於脫險。

明朝方面，老將鄧子龍以古稀之年，手執大刀揮船而進，與倭兵倭將白刃相接，直至壯烈犧牲。

露梁海大戰，中朝水上聯軍擊毀日艦二百餘艘，俘獲一百餘艘，生俘倭兵近二百人，倭軍被殺、被溺斃一萬多人，島津義弘僅得率幾十艘戰船潰圍逃走。小西行長還算命大，趁夜黑與近侍坐小船偷跑，有命回到日本本土。運氣不好的日本數千殘軍，最終被明軍和朝軍趕盡殺絕。

回國後的小西行長不自量力，加入島津義弘等人也在內的「西軍」反對德川家康。結果兵敗，他本人逃入伊吹山。由於他本人是天主教徒，沒能切腹自殺，就勸當地一個農民把他交予對手。農民獲了賞金，小西行長本人被德川下令斬首於京都，時年四十三。觀其一生為人，確實算條漢子。

與我們今人想像得不同，露梁海戰中，中朝海軍在軍艦、武

器以及其他軍事配置上遠遠優於日本。特別是李舜臣創制的「龜船」，體型巨大，頂板結實，覆以鐵板，槽間聯結點遍植尖錐和利刃，船身上也有不少突發火器的射擊銃穴，無論是攻擊和防守，比起日本那些相對體積小、防護弱的戰艦講具有極大優勢。朝鮮「龜船」與日艦相遇，「龜船」可以迎前直撞，就可以把日艦撞成碎片。

而明朝戰船，更是種類繁多，有樓船、沙船、苞船、銅絞艄、海舫等，特別厲害的是，明朝這些戰船上皆配備佛朗機（大炮）。日艦上也有類似火器，但射程僅一百米，而明朝兵船上的大炮射程可達三千米。

至此，長達七年的日本侵朝戰爭結束。1599年（萬曆二十七年）初夏邢玠主力明軍撤出朝鮮。轉年秋，所有明軍全部返國。

明朝援朝之役，代價不可謂不大，在萬曆三大征中耗銀居於首位，支出近八百萬兩白銀。幸虧明朝有張居正時期所留的底子，當時才沒被巨大的戰爭開支拖垮。

對於朝鮮而言，抗日戰爭意義更不待言。如無大明出手相援，朝鮮就會提前三百多年淪為日本殖民地，說不定變成另一個琉球（今天的日本沖繩）。

豐臣秀吉忙乎半天，軍敗身死，民怨無數，只留下一個五歲兒子豐臣秀賴在人世，使他久久合不上雙眼。德川家康在豐臣秀吉後開始了他自己的霸業，並於萬曆四十二年（1614年）找藉口討伐豐臣家族。豐臣秀賴兵敗，剖腹自殺，赴黃泉地下向其父哭冤去也。

德川家康所創的「江戶幕府」，統治日本二百六十多年。但也正是從他開始，日本大肆剷除天主教，實行閉關鎖國，並正式在1639年下達「鎖國令」（「異船御禁止」與「海禁」）。日本江戶幕府的「鎖國」令很嚴厲，嚴禁日本商船出海貿易，政府可處死擅自出海的商人。同時，日本政府規定海外日本人也不准回國，一經發現，偷回國者馬上處死。這些措施，比起明朝時期海

禁最嚴的時期還要嚴厲。真是風水輪流轉，風氣輪流轉。

正是在這種「大環境」下，自那以後，中國（明萬曆末期至清朝中前期）再無「倭患」。

竭天下膏血以貢一人的「富裕」——萬曆終結時代的明朝現實

中國社會在明朝萬曆時代，商品經濟空前「繁榮」，以明神宗為代表的皇室糜費也駭人聽聞。這位在位四十八年的帝王，除前十年沖幼期有能臣張居正等人管理國家稍可稱道外，後三十八年，只能用八個字來形容他：怠於臨政，勇於斂財。他是個不折不扣的財迷瘋懶惰皇帝，竟能有三十年的光景不履行皇帝責任，不上朝，不行郊禮，不舉告廟禮，基本上是個罷工皇帝。

他從萬曆十七年躲進深宮吸鴉片煉丹縱欲，直至二十四年後「梃擊案」發生，萬曆帝為了保住鄭貴妃才上朝面見大臣一次。

如果他「無為而治」也就罷了。不少人指責他在位期間不看奏章，不補官缺，不少衙門府署處於空缺無人執掌的狀態。其實，這些皆非大惡。最惡毒的是，萬曆帝手下那些宦官遍佈天下，充當礦監稅使，對天下人民進行敲骨吸髓式的剝削，橫行無忌，所謂「鑿四海之山，榷三家之世，操弓挾矢，戕及良民。毀寶逾坦，禍延雞犬，而經十數年而不休止」，折騰不休。

從《明史·食貨志》發現，萬曆二十五年至三十三年這八年間各地太監上繳萬曆帝礦銳銀三百萬兩，似乎數目不大。真正情況是，「大率入公帑者不及什一（十分之一）」，太監們自己貪占的倒可能幾近三千萬兩白銀。如此瞎搞，最終搞得天下蕭然，生靈塗炭。

活人不講，地下死人也受害。由於太監陳奉在興國挖出唐朝宰相李林甫之妻楊氏的墳墓，得黃金數萬兩，由此在全國興起一陣挖墓風。一時間，荒阪野嶺，皆成白骨散棄的掘墳「工地」。

　　所以，萬曆帝這種「孤人之子，寡人之妻，拆人之產，掘人之墓」的搜刮，黎民百姓所受荼毒一年深過一年，家商交困，阡陌蕭條。天下民心一失，明朝的氣數，也就差不多了。

　　萬曆帝對張居正的寡恩自不必言，對多年擁保自己有功的老太監馮保也很絕情。而其初衷，除政治因素外，還有抄家貪財的念頭。這一點，在《明史》的《馮保傳》中萬曆與其生母孝定李太后一段對話中可以明白見出。萬曆皇帝的兒子潞王要結婚，宮內缺錢用，萬曆皇帝憤言宮內大臣一直巴結馮保和張居正，二人很有錢。李太后聞言歡喜，說：「反正兩人都被抄家登記，應該有大筆金銀可使。」萬曆帝恨恨道：「馮保老奸點滑，事先已經轉移了不少財產。」事後，為了弄得更多的錢，他又把負責主持抄馮保家的富太監張誠也抄家，再得「外財」一大筆。

　　其實，從人情方面講，馮保嘉靖十五年入宮，兢兢業業，特別是對於萬曆帝的父皇明穆宗，死心塌地護持，並受託孤之命，力保萬曆登基。我們可從馮保一封乞辭書信中，看見他對萬曆父親的忠心，雖然文中不乏醜表功，可確實寫的都是實事：

　　司禮監太監馮保奏：臣嘉靖十五年蒙選入內中館讀書，十七年欽拔司禮監六科廊寫字，二十二年轉入房掌印，二十九年升管文書房，蒙簡拔秉筆，與同黃錦一同辦事。（皇帝）賞蟒衣玉帶祿米，許在內府騎馬，尋賜坐蟒。四十五年龍馭上賓，恩典照舊，賜登杌，命提臣同受顧命。以遺囑二本令臣宣讀畢，以一本恭奉萬歲爺爺，一本投內閣三臣。次日卯時分，先帝強起，臣等俱跪御榻前，兩宮親傳懿旨：「孟沖不識字，事體料理不開，馮保掌司禮監印。」蒙先帝首允，臣伏地泣辭。又蒙兩宮同萬歲俱云：「大事要緊，你不可辭勞，知你好，才用你。」迄今玉音宛然在耳，豈敢一日有忘。萬曆六年，舉大婚，臣得以奉敕贊裏。累年荷蒙眷注之隆，蔭錫之寵，臣不能恭述萬一。為此感激，矢效犬馬，事事經心，時時惕念，任勞任怨，以答三朝天高地厚知遇之恩。臣於此際，正宜鞠躬盡瘁，死而後已，何忍言去？但犬馬

之年，見逾六十，精力日衰，疾病屢作。萬曆三年，臣因思慮傷脾，積成濕熱，毒流遍體，幾損厥生。仰仗聖母萬歲憐念孤忠，祈神保佑，始獲全癒。五年，復發於背。今春首右足破傷，痛關心肺，醫藥罔效，伏蒙屢賜存問，愈自局促不寧。茲者恭逢聖齡日長，聖聰日開，大婚大禮，籍田謁陵，俱已完畢。迄今三月以來，氣血頓覺衰憊，步履日益艱難。項因隨侍聖駕，不過斯須微勞，輒不能勉強支持。且臣自覺多涉顛倒，諸症一時復發，力不從心，有辜任使。臣見萬歲前後左右，多有賢能堪用，伏望恤臣犬馬效勞四十餘年，容臣在外調治，少延殘喘，朝夕焚香，祝延聖壽，仰答終始，成就罔極洪恩。臣不勝感戴天恩之至。（當然，這種乞退也是試探，大公公不是真想退休）。

　　即使如此幾朝老奴，萬曆母子仍惦念老太監家財。冷血皇家，真讓後人開眼。

　　萬曆末年，明廷內發生了著名的三案：挺擊案、紅丸案、移宮案。這三大案，對日後明朝政治影響深遠，官僚、太監、文士皆以此為把柄，定案、翻案、定案、翻案，一直折騰到明亡。

　　至於三案的背景，首先要言及萬曆帝的家庭生活。萬曆帝本人正宮皇后姓王，一直無寵，但萬曆生母李太后很喜歡這個賢德的媳婦。萬曆九年（1581年），明神宗到母后所居的慈寧宮問安，突然性起，看見一個宮女王氏，拉過來就弄。結果，王宮女暗結珠蚌。知道王氏肚大，明神宗起先還不承認，李太后拿來《起居注》，他才不得不認。但在他心中，根本沒有王宮女和她腹內骨肉的任何地位。由於王皇后本人不生育，根據「有嫡立嫡，無嫡立長」的幾千年封建倫常，王宮女所生的朱常洛當為太子最佳候選人。

　　可明神宗自有人選，他寵妃鄭貴妃所生的皇三子朱常洵才是他心頭最愛。大臣們一直強烈要求皇帝立長子，紛紛上章進言，即「爭國本」。而神宗生母李太后也傾向於立長孫。母子二人曾

有一番對話，明神宗認為朱常洛這個長子是「都人（宮女）之子」，不料他生母李太后聽後勃然變色，怒斥道：「汝亦都人子也！」因為李後懷明神宗時身份也是個宮女。明神宗惶恐，伏地不敢起。

由於寵妃鄭氏的壓力，明神宗就採用「拖」字訣，就是不立皇太子，並因此耽誤了朱常洛、朱常洵的冠婚禮，使得朱常洛二十歲都沒能行冠禮（本應十五歲舉行）。一直拖到萬曆二十九年（1601），明神宗萬不得已，不得不立朱常洛為皇太子。

萬曆四十二年（1614年），明神宗生母李太后病死。轉年，在鄭貴妃策劃下，宮內發生了「梃擊案」；一名大漢手持木棍，闖入太子所居慈莊宮，打傷了一名守門宦官。畢竟宮內護衛多，大漢被抓。擁戴太子一派大臣想方設法審訊，得知此人名叫張差，受鄭貴妃手下宦官龐保和劉成所使，入宮謀害太子。群情激憤下，萬曆皇帝也為寵妃鄭氏兜不住，最後讓她自己去求太子朱常洛出面和稀泥。孰料群臣不依不饒，已經二十四年不上朝的明神宗只得自己出面，總算化解了「危機」，使得朝廷官員不再追究此事。他還下令秘密處死了持梃入宮傷人的張差，順便把龐保和劉成兩個公公也秘密弄死滅口。

「梃擊案」發生後，鄭貴妃知道胳膊擰不過大腿，一改從前不拿皇太子當回事的作態，常常攜大筆金寶入太子宮奉承這位「準皇帝」。朱常洛倒不記仇，見這老娘們兒對自己這麼好，昔日仇恨一掃而空。鄭貴妃不僅送錢，還送人，隔三岔五共送來八個貼身宮女給皇太子享用。這些糖衣炮彈管用，朱常洛很快淘空了身子。萬曆四十八年（1620年），老混蛋明神宗病死，皇太子朱常洛即位，是為明光宗。

當了皇帝的明光宗一點也高興不起來，老哥們躺臥於病榻上，起都起不來。其間，鴻臚寺寺丞李可灼進獻紅色丹藥，明光宗試服一丸，感覺不錯（可能是迴光返照），忙又進一丸，結果很快就蹬腿「升天」了，其間才當了一個月的皇帝（他爸明神宗當

了四十八年皇帝），此即「紅丸案」。其實，明光宗病重身死，大藥丸子並非奪命之物，只是大臣們猜疑，附會指摘，才弄成了「紅丸案」。

明光宗死時，身邊只有一個美女李選侍。這位姑娘乃當年鄭貴妃入獻的八美人之一。李選侍私心很重，便把明光宗長子朱由校這個少年人攬在身邊，想以未來的皇太后自居，並賴在乾清宮這一象徵皇權的宮殿不走。大臣楊漣、左光斗等人在太監王安的幫助下從李選侍手中騙走了朱由校，先擁立他為皇太子，準備護送他登基，並通知李氏在皇太子正式登基前騰出乾清宮。李選侍賴皮，硬賴硬拖，最後大臣們衝入宮中，洶洶憤怒高呼，終於嚇跑了李選侍。這，即為「移宮案」的大概。

明末「三案」，根本上講並不複雜。但舉朝士大夫黨同伐異，喋喋不休，相互攻訐不已，爭是非，論短長，拉幫結派，最後發展下去，其實已經不是正邪之分。最終，「三案」倒成為魏忠賢等大奸臣惡害人清除異己的「法寶」，借這些來羅織罪名剪除善類。

萬曆四十八年很好玩，本來明光宗在轉年才能改元，但他當一個月皇帝就死，以後不好劃分他這個「新時代」。大臣們商量，就把萬曆四十八年八月以前為隔斷，八月後稱為「泰昌元年」，而轉年就是明光宗兒子朱由校的「天啟元年」。

這位少年新天子，即明熹宗，實為明朝真正的亡國之帝。

因為，所謂的明熹宗天啟時代，就是大太監魏忠賢的時代。

明朝，馬上要進入最最黑暗的階段。

◀ 玖 ▶

關鍵的「下半身」

——閹人也瘋狂的「九千歲」魏忠賢

天啟五年冬日某一天。北京城內的一個小客棧。

逆旅無聊，五個天南地北來京城做小買賣的商客聚在一起飲酒。其中一人數杯熱酒下肚，酒力泛躍，胸膽開張，高聲說：「魏忠賢這個鳥公公，作惡多端，久當自敗！」

說別的倒無妨，直斥當朝「九千歲」魏大公公，哪能不叫人著慌。其餘四人雖然腹內皆灌入不少老酒，或沈默或驚駭，沒有一人敢順這位大嘴巴客人話頭往下說。膽小的兩位還勸他別瞎說招禍。

熱酒入空肚，自然讓人膽壯，醉酒大言的客商不僅不緘口，反而拍胸脯又說：「怎麼的！魏忠賢雖然號稱暴橫，就憑我幾句話，他還能剝我皮不成！」

餘人默然。過了半個時辰，皆悄然散去，各自回房安息。

夜半時分，客棧門突然被踹開，擁進數十錦衣衛士兵，以手中火把依次對住客進行照面辨認。很快，尋得醉酒罵魏忠賢的那位爺，立刻打翻在地綁個嚴實，拖之而去。

惶駭間，與他一起喝酒的四位隨後也被辨認出，隨後押起，一直被押送入禁城之內的某庭院落。

月黑風高，燈火明燎。

四位客商被攢於地。抬頭偷看，見早先與他們一起喝酒的那位爺口中塞布，嗚咽不止。其手足四肢，皆被鐵釘貫入，釘於一

塊門板之上。

如狼似虎錦衣衛士兵和幾個華衣小宦者，皆站立恭謹，惟獨一位半老頭子居中坐於太師椅上，拈腮微笑（無髯可拈），對下面跪趴的四個人講：「此人說我魏忠賢不能剝他的皮？姑且一試，各位看仔細了！」

與一般公公不同，魏大公公嗓音不是特別尖細，沙啞蒼勁，透著威風凜凜、不可一世的殺氣。

「來人啊，伺候著！」魏大公公斷喝。

幾個錦衣衛聞命，立即從庭院中間一口大鐵鍋中用小瓷筒取出煮成液體的滾燙瀝青，均勻、細緻地從頭到腳澆到被釘在門板上那位爺的全身，連每個指尖都不放過。

一時間，焦糊味、肉香味騰散於空氣之中，一種聳人的發自被害人胸腔深處的低聲慘嚎從被堵的喉嚨中發出。

四位跪伏在地的客商中有三個登時擴約肌一鬆，拉了一褲子。另外一個更好，直接就嚇昏過去。

魏大公公用小金盅飲著熱騰騰的熱酒，欣賞著手下人的活計，不時出言指點一二。

待受刑人身上瀝青乾透，為了讓地上四位看得真切，魏公公派人一桶涼水潑過來，把四人澆個一大激靈，昏死那位老哥也睜開雙眼。

「你們看仔細了！」魏忠賢說。幾個小太監獰笑著，有拿小刀切剮的，有拿木錘敲擊的，幾乎都是一級廚師一級裁縫的手藝，完完整整把喝酒醉罵那位爺們的整張人皮活剝下來。

由於有瀝青繃著，人皮立在地上，幾乎就是個完整的中空的人站在那裡。被剝皮的人還沒有咽氣，他的雙眼還看見自己的「皮外衣」立在面前，驚恐惶駭的神情還能從沒有面皮只有肌肉的臉上看得出。

此刻，趴在地上的四個人全部嚇昏了，他們覺得自己的下場肯定與門板上那位客官一樣。

　　魏忠賢笑了，他捂著鼻子（幾個人被嚇得拉了好幾褲子），令人又用冷水潑醒地上四個人，「好言」撫慰道：「這事與你們無關，我只剝這位的皮，他不是說我不能剝他皮嗎！天網恢恢，我就是天！你們老實，不瞎說話，每人五兩銀子的壓驚。」

　　言畢，他揮揮手。錦衣衛上來，兩人架一個，把四位嚇癱的客商架在轎子裡，全鬚全尾抬回他們所住的客棧……

　　這段「故事」，不是筆者憑想像編造的，也不是佚名作者在明朝瞎寫的，乃是明末大文士夏允彝（夏完淳之父）在其《倖存錄》中記載的一則真事，由一徐姓算卦者講給他聽。當時，徐術士正住在那個客棧，事情經過為其耳聞目睹。

　　魏公公的新式瀝青剝皮法，是活剝人皮，技術程度方面的要求非常高。朱元璋、朱棣父子也有「灰蟲水」剝皮法，不過是先把人殺死，然後再剝皮。魏忠賢發揚光大，手段更殘忍，受刑人苦痛更大。

關鍵的「下半身」——魏忠賢最早的發跡

　　讀者看見這個題目，看到「下半身」，「魏忠賢」，「發跡」，肯定有人笑，有人鄙夷，有人不屑。詩人可以「下半身」寫作；歷史女人物，如武後、慈禧等人，可以「下半身」發跡；歷史男人物，如呂不韋、嫪毐可以「下半身」發跡，沒聽說太監能依靠「下半身」飛黃騰達。正直讀者甚至有可能怒從心頭起，指斥筆者一番。

　　眾位看官不要怒，魏忠賢大太監的發跡，真的和他「下半身」有關，待我為各位慢慢道來。

　　明光宗死後，李選侍賴在乾清宮不走，與諸大臣鬥法，她身邊有一個出謀劃策的太監，名字叫「李進忠」。這位李進忠不是別人，正是日後的魏忠賢，只不過那時候化名「李進忠」而已。宦者入宮後，常常投靠大太監，「老闆」姓什麼，他一般就姓什麼。

　　當時的「李進忠」，已經顯露出其陰狠超人的本色，一直勸李選侍把帶頭鬧事的楊漣、左光斗騙入宮殺掉，然後挾持朱由校（明熹宗）效仿武則天垂簾聽政。李選侍一庸常婦人，沒有聽取李進忠之言。但是，李進忠（魏忠賢）並非只是李選侍身邊侍候的一般太監。他入宮很早，萬曆十七年前後已經進入宮禁內，隸屬於當時的司禮監掌東廠太監孫暹。

　　魏忠賢，原名魏進忠，河間肅寧人。他不是那種幼年被閹的終身職業宦者。青少年時代，他是當地流氓地痞，腦子活，模樣俏，天天吃酒賭博，嫖娼尋花，鬥雞走馬，典型的浮浪子弟。不僅如此，魏忠賢武藝也不錯，能右手執弓，左手勾弦，射無不中，幾乎就是個神箭手。他稍為欠缺的，在於文化方面，幾乎是目不識丁。但此人博聞強記，敢為敢斷，所以又比一般識字之人多出了狡黠智慧。

　　魏忠賢之所以入宮當宦官，也全屬一時的意氣所激。一次，他與眾惡少賭博，間中使老槍，贏了數千銀兩。結果，惡少們發現小魏使詐，洶洶不止，不僅把賭輸的銀子搶回，還結眾追打魏忠賢，不依不饒，弄得他困窘異常。憤恨之下，魏忠賢顯露出他本性中鬥狠的一面。他大叫一聲，喝止了追打他的諸惡少，從腰中抽出刀來，掏出自己褲襠裡那東西，一刀就把傢伙切下，血淋淋拋向眾人。見此情狀，諸人一哄而散。

　　然後，賭神提褲不流淚，昂首加入公公會。青年魏忠賢志向遠大，因禍得福，轉行入宮發展。

　　萬曆年間，明光宗身為明神宗長子，地位一直很不穩定，一直提心吊膽過活。所以，他自己的兒子朱由校（後來的明熹宗）基本上處於缺教少管的狀態，小孩子成長過程中最親密的人只有奶媽客氏以及天天和他一起玩耍的公公魏忠賢。

　　魏忠賢對人狠，對朱由校卻是發自內心的慈愛，幾乎是自小看著這位皇孫長大，日夜調護，陪伴玩耍。依實而言，當時魏公公並非有多大的私心，因為在當時連朱由校他爹的地位都岌岌可

危（很有可能是鄭貴妃之子福王日後當皇帝），更甭提朱由校小孩子本人了。

明朝宮中宦者皆有門派。魏忠賢得以入侍皇孫朱由校，是由宮內一名叫魏朝的太監引進。而魏朝又屬太監王安門下。王安侍奉明光宗近四十年，可以說是「德高望重」老太監，自然很看重自己門徒魏朝的徒弟魏忠賢。當時，魏朝的宮內性夥伴（對食）是朱由校乳母客氏。

所謂「對食」，宮內又稱「菜戶」，即宮內許多有地位的太監都有一個相對固定的宮女為其「菜戶」，互相滿足一下精神需求。

魏朝職位較高，多在老師王安門下奔走，雜事又多，自然與客氏「弄那事」的時間很少。客氏久曠，欲望很強，於是樣貌堂堂、身強力壯的魏忠賢就自薦枕席，二人背著魏朝日日偷歡。

老魏雖是閹人，但他從前做過正常人，又是尋花問柳的高手，對女人的需求特別有研究，絕非魏朝那種自幼閹割的老公公能比。所以，客氏一顆心完全為老魏俘獲，須臾離他不得。

明光宗當上皇帝後，封自己兒子朱由校為太子，魏忠賢一下子就躍到自己老師魏朝上面，得為「東宮典膳」這樣的有職有權太監，這都是客氏從中出力。後來，由於為李選侍出過壞主意，大臣楊漣劾奏，連及魏忠賢，這可把當時的他嚇壞了，忙泣求師父魏朝與師爺王安。兩位公公很仗義，力保了魏忠賢。

明光宗即位甫一月即病死，小爺朱由校成為皇帝。這樣一來，魏忠賢與魏朝就平起平坐，同為新皇帝的舊宮老功臣。一天傍晚，這兩人喝多了酒，不約而同來到乾清宮暖閣客氏所居的小屋子裡，爭著要摟皇上奶媽。客氏不好說什麼，兩個昔日同一戰壕的公公卻大打出手，飛拳走腳，大罵大打。客氏見勢不妙，忙走入明熹宗宮內，大講魏朝的壞話，極譽魏忠賢之好。在十六七年的成長歲月中，明熹宗從情感和肉體均對客氏有嚴重的依賴感，類似「戀母情結」那種感情，基本上拿客氏當性啟蒙的親媽來看

待。

於是，他立召正廝打不可開交的二魏入內。魏朝自恃侍候皇帝多年，品級一向高過魏忠賢，覺得皇帝一定叱罵對方向著自己。殊不知，小皇帝默然半晌，大聲叱責魏朝。眾宦者見狀，立刻把魏朝斥出。

魏忠賢不依不饒，轉天矯旨，把從前的恩公加老「情敵」魏朝貶往鳳陽為淨軍。半路，派人用繩子勒死了他。由此，一步一步，魏忠賢終成尾大不掉之勢。

弄死了魏朝，魏忠賢開始把目光轉向師爺王安。明熹宗之所以能順利登基，全賴其父明光宗身邊忠心耿耿的太監王安與眾大臣鼎力扶持。王安發覺徒孫魏忠賢不是東西，就與大臣商議，很想對他予以重懲。

魏忠賢能裝，跪在王安面前聲淚俱下，邊說邊抽自己大嘴巴，王老太監心一軟，只責令其改過自新，未能立刻斥責出宮。

由於在大臣壓力下被迫搬出宮外居住，客氏非常痛恨王安。畢竟是與明熹宗有血乳之親的奶媽，小皇帝不久就又把客氏召回宮內。

明熹宗得立後，依據當時宮內的功勞和輩分，他父親明光宗手下的老太監王安絕對應該是司禮監掌印太監最佳人選，而且，詔旨已經發出。但明廷的高級官員和太監任命下達後，受任者一般都要走一種形式，上表辭讓再三，過場走畢，才正式上任。恰恰是這個過場的空隙，給予了魏忠賢、客氏可乘之機。

此時，司禮監內還有一名叫王體乾的太監，他一直想坐首席太監之位，就和魏忠賢一起攛掇客氏在明熹宗面前講王安的壞話，同時，他們鼓搗朝內閹黨給事中霍維華上表彈劾王安。

明熹宗憨愚少年，他本人對父皇的老僕王安印象又不深，自然一切聽客氏的，就扣壓下對王安的任命。這樣一來，司禮監的掌印提督太監一職就成為空缺。

客氏與王體乾私下商量，表示說可以把這職位讓他做，但交

換條件是魏忠賢必須做司禮監秉筆太監，而且內外大事，皆要王體乾惟魏忠賢馬首是瞻。依理，司禮監掌印太監是太監總管，而秉筆太監必須是博學能文的太監充任。魏忠賢不識字，充當此職極不合適。

但政治權力就是交易。王體乾一口答應，並保證自己凡事聽從魏忠賢這個太監「司令」。

幾個談妥後，由客氏進言皇帝，自然馬上搞掂。

魏忠賢當上司禮秉筆太監後，第一步就是把師爺王安貶為南海淨軍，讓老公公掃廁所。沒幾天，他就派人勒死了王安，以畏罪自殺上聞。從此之後，魏公公終於開始了他赫赫揚揚的不歸之路。

從上述「事跡」證明，倘無客氏相助，魏忠賢是萬萬不能爬到太監的最高領導層。而客氏之所以竭心盡力幫助魏忠賢，正是由於老魏「下半身」的功能所致。當然，魏忠賢下半身空空蕩蕩，只是他昔日餘勇，憑藉討好女人的功夫，一力奉承皇帝奶媽，最終修成「正果」。

所以，說他「下半身」為關鍵所在，應不為過。

步步為營的「上半身」——魏忠賢對朝政的把持

明熹宗青春期荒唐少年，對自己奶媽客氏真的是知恩報德，不僅封客氏為「奉聖夫人」，又任命客氏兒子侯國興為錦衣衛指揮使。一個定興莊稼漢，登時從白丁匹夫變成特務軍的「少將」。不久，明熹宗降旨，命戶部擇良田二十頃專門撥給客氏作護墳香火費用，又命工部敍錄魏忠賢的「侍衛」之功。

御史王心一規勸：「梓宮未殯，先規客氏之香火；陵工既成，強用（魏）忠賢之勤勞，於禮為不順，於事為失宜。」

明熹宗覽奏大怒，下詔責斥王心一。

吏科給事中、禮科給事中、兵科給事中、御史等科道官皆有好幾個人諫勸皇帝汲取昔日劉瑾、江彬亂政的前鑑，但大多招致

削籍貶官的報復。

此段時間，魏忠賢等人未有大開殺戒，一是力量不夠，二是在朝內閹黨勢力還未成氣候。

魏忠賢殺掉師爺王安後，宮內由他一人說了算，驕橫無比。太監都知道少年人愛習武弄兵為樂，老魏同昔日的王振等人一樣，常常在禁宮內操兵演練，以供明熹宗笑樂。

由於鉦鼓之聲不絕，明熹宗一個妃子剛剛誕下的皇子，竟然被震耳欲聾的聲音震嚇而死。此外，宦官王進在明熹宗面前把弄銃槍，忽然炸膛，王公公一隻手沒了不說，差點把小皇帝炸個正著。

御史劉之鳳上言：「假使當年權閹劉瑾身邊有甲士三千，他能束手就擒嗎？」

疏上，魏忠賢大怒，因為他本人所領甲士過萬，特別恨別人說這事，於是矯旨切責劉之鳳。

在外廷有所顧忌，魏忠賢和客氏在宮內可以說是「太上皇」加「皇太后」的角色，想辦誰就辦誰，想殺誰就殺誰。

明光宗的美人趙氏，由於先前不待見客氏，被魏忠賢矯詔賜死；明熹宗所寵裕妃張氏有孕在身，無意中得罪客氏，她把便派老魏整治裕妃。魏公公斷絕張妃的飲食，把她關押在宮內僻靜處通堂窄道中，連水也不給一口。連饑帶餓近十天，恰遇天降小雨，張妃掙扎爬到瓦簷下，以手掬數滴雨水啜飲，然後，閉聲而絕，其腹中七八個月的「龍子」，也一併殞斃。如此餓斃的，還有馮貴人、胡貴人等幾個妃子。聽說成妃李氏在承幸時勸皇帝不要在宮內習武演操，魏忠賢、客氏怒極，立刻派內監把成妃關押起來。李成妃先前知道張裕妃餓死的慘狀，早就有所準備，在過道牆壁間暗地儲備了一些吃食，得以數日不死。後值客、魏二人怒稍解，李成妃被貶為宮女，幸留一命。

對明熹宗嬪妃如此，對皇后張氏，客氏也敢下手。得知張皇后懷孕的消息，客氏買通宮女，在張皇后飲食中下麝香等物，造

成皇后流產。

正因客氏陰毒，明熹宗諸妃嬪有娠，卻一個皇子也沒能活下來。《百家講壇》中一個老教授口口聲聲講他的歷史「新發現」，認定客氏和魏忠賢謀害這些有孕的嬪妃是想把他們自己親戚的骨血弄進去，並舉客氏倒臺時家中查抄出好幾個懷孕婦女為支持「證據」。但他忘了，客氏、老魏幹這些事兒時是在天啟初年。遠在五六年前就能想著此事，這一對「菜戶」姦夫淫婦還真沒如此遠見。他們當時之意，只是怕這些女人哪個如有皇子生出，地位驟高，會危及他們自身利益而已。

至於魏忠賢亂政，其實並非有什麼特別新的好方法，都是他太監公公前輩屢試不爽的舊戲法：明熹宗喜歡當木匠，整日刀鋸斧鑿不離手，親自製造家俱。當然，比起具有天才設計才能的元順帝，這位漢族皇帝只是小技，工匠而已，太師椅大板凳做的不賴，沒有什麼奇巧高明之作。每當皇帝引繩削墨在木頭上打線畫圈要下鑽孔的當口，魏忠賢就會拿一堆奏摺來「請示」。

見此，明熹宗不耐煩，斥言道：「朕知道了，汝輩自己去處理！」

皇上開此金口，魏忠賢自然威福自恣，想提誰就提誰，想滅誰就滅誰。

在大臣之中，魏忠賢在天啟三年首引其心腹魏廣微為大學士，先在內閣中安插了自己人選。後來，他又相繼塞進了馮銓、施鳳來等人。這些「魏家閣老」，一直為魏公公賣力。同年，魏忠賢本人又兼掌東廠，控制了禁衛軍和情報大權。

天啟四年（1624年）七月，左副都御史楊漣上疏，參劾魏忠賢「二十四大罪」。

魏忠賢耳目甚眾，很快得悉楊漣章奏內容。他非常恐駭，面臨著掌柄以來最大的挑戰。司禮提督太監王體乾壓疏不發，並只挑其中能激怒明熹宗的幾條念出，先讓皇帝對楊漣生出成見，同時，客氏天天入宮活動，在皇帝耳邊大講魏忠賢忠誠。

　　明熹宗不怎麼在意這種劾疏。聽得太多，逆反心理已經養成，他立刻讓閣臣魏廣微擬旨，切責楊漣。

　　各種史書上講，楊漣本來寫好奏疏立刻呈上，恰值轉天免朝，他怕奏疏內容洩露，便迫不及待把劾疏從會極門投入，以便早達聖聽。如果真是這樣，楊漣智商就顯得太低：會極門的「受理窗口」，值班站崗的不是宦者就是錦衣衛，他們得到奏疏，第一反應就是稟呈魏公公，怎麼可能直達皇帝御覽呢？

　　得知魏忠賢正抓緊商量對付自己，楊漣更加憤怒，準備上朝時公開參劾。魏公公絞盡可能心機，上獻藥性極大的催情春酒，使得明熹宗弄那事一夜脫力，三天沒能上朝。

　　三天後，待帝出朝，數百小宦者衣內裹甲夾陛而立，嚴禁左班御史不得言事，楊漣沒有機會當面劾奏魏公公。

　　其實，楊漣所有這些努力，基本上白搭。即使疏奏得達，即使他當著皇帝面歷數魏忠賢罪惡，對於心中把魏公公、客氏當成自己養育父母的明熹宗，也不可能聽得進去。

　　從楊漣奏疏開始，魏忠賢殺心大起。

　　科道諸臣以及朝中大臣，激於意氣，文章紛上，一時間不下百餘疏，給事中魏大中、陳良訓、兵部尚書趙彥、吏部郎中鄒維漣、撫寧侯朱同弼等人，先後申奏，或專章，或合奏，無不激切憤慨，指斥魏公公之奸惡。

　　首輔葉向高三朝老臣，德量充盈，扶植善類。但多年官場沈浮，老葉凡事優柔寡斷。假使楊漣上疏彈劾魏忠賢二十四大罪時，葉向高以宰輔身份率群臣出頭，應有制閹黨於死地的力量。但他轉念魏忠賢不易除，凡朝中大事內閣眾人應有力挽之回正，外廷之力大於閹黨，所以一直不肯出手一擊。

　　見百多大臣紛紛上疏激言，葉向高不得不出來表態，表示說，如此眾多大臣指斥魏公公，我葉向高也受謗連，說不定日後與焦芳同列史傳（焦芳乃劉瑾大公公死黨）。但葉向高在奏疏中，仍稱讚魏忠賢勤勞有功，希望皇帝解其事權，聽歸私第，以善保

始終。

此時的魏忠賢，羽翼已豐，當然不會自動辭職回家休養，皇帝也不會捨得「乾爹」。

得知首輔葉向高如此公開表態，魏公公惱怒，讓槍手徐大化擬旨，矯詔敘述他本人的「功勞」，洋洋數百言，反駁葉向高。

上有皇帝表態，下有身邊閣內魏忠賢塞進來的黨羽，平時又有眾多小宦官包圍宅邸大聲叫罵，老葉知道北京再不可留，連忙上疏二十餘件，力請求去。

明熹宗很尊敬老葉，魏忠賢不敢殺這位三朝元老，就給葉向高一個太傅虛銜，派人護歸葉向歸致仕回家。

魏公公同黨太監王體乾提議恢復廷杖，威脅大臣。公公們說到做到，工部郎中萬燝上書，劾奏魏忠賢，立刻在朝上被廷杖致死。

葉向高既罷，繼任的首輔韓曠、朱國禎沒幹多久皆被罷官，而後，主持政務的皆阿諛小人，朝內清流無所倚恃。

閣臣魏廣微更是自編一冊名錄，共六十多人，以葉向高、楊漣、左光斗等人為首，目為「邪黨」，密呈魏忠賢，使得閹黨可以按冊逐步剷除。同時，他又把附和自己的霍維華、阮大鋮等五十多人製成名錄，目為「正人」，呈獻魏忠賢以便相次擢用。

其實，魏廣微眼中的「邪黨」，是真正的「正人」；他眼中的「正人」才是真正的附閹「邪黨」。

在閹黨尋求聚合約黨的過程中，崔呈秀出場了，並一躍成為魏忠賢最得力的爪牙幹將。

崔呈秀，薊州人，萬曆四十一年進士。天啟初年，他作為御史巡按淮揚一帶。由於顧憲成家居講學生徒眾多，當時形成了代表士林清流的「東林黨」。崔呈秀投機小人，很想「入黨」，但他名聲太差，被東林黨拒納。

說起東林黨，還需要簡要介紹一下這個明朝後期的重要政治團體。張居正柄政時，封閉地方言論自由，壓制學生，為此，顧

憲成等人為此形成了一股反對內閣集權的勢力。萬曆中期，隨著「爭國本」事件的展開，以號召「開通言路」的朝臣和在野諸人逐漸形成有組織的政治團體。由於顧憲成、高攀龍等人以「東林書院」為大本營大講其學，東林黨完全成形。這些人聲名顯赫，逐漸具有影響明政府朝中官員任命的勢力，東林黨日益興盛。而葉向高為首輔的天啟初年內閣，其實可以說是東林黨一系人馬掌權。

正是由於楊漣首疏揭發魏忠賢罪惡，一下子把東林黨推到與閹黨對決的前線。恨和尚憎及袈裟，魏公公自然視東林黨人為眼中釘，肉中刺。

崔呈秀本身是個喜財愛賄的小人，他在淮揚巡按時大肆收受贓銀。舉例來講，霍丘知縣鄭延祚貪污事發，崔呈秀持舉報信給鄭知縣看，表示說自己正寫奏章準備揭發彈劾他。鄭知縣「懂事」，立刻抬出千兩白銀表示「謝罪」。崔御史眼前一亮，立刻表示「下不為例」。鄭知縣一看這位御史大人這麼平易近人，馬上又令從人再抬進一千兩銀子。崔御史笑逐顏開，當著鄭知縣的面，立刻寫奏章向朝廷保薦他。諸如此類，崔呈秀幾年內在淮揚轉一圈，基本成了大富翁，洋洋還朝。

要想人不知，除非己莫為。崔呈秀甫回朝，都御史高攀龍就把他所有貪污罪狀搜集起來，詳細寫明上奏。吏部尚書趙南星很重視此案，認為崔呈秀這種「紀檢人員」犯貪污罪不可輕饒，下令把他革職。

情急之下崔呈秀連夜跑入魏忠賢私宅，叩頭求哀，哭訴高攀龍、趙南星皆是東林黨人，挾私排除異己，求魏公公保護自己。

為了得到魏忠賢信任，崔呈秀抱著公公大腿，一把鼻涕一把淚，表示說自己要認魏忠賢為乾爹。魏忠賢大喜。經歷楊漣等百餘號大臣彈劾自己一事件後，他正想在朝臣中拉攏一幫心向自己的人，準備在外廷增加勢力。崔呈秀的投靠，正是絕妙時機，故而與魏忠賢一拍即合，當即成為公公不二心腹。

於是，魏公公以皇帝中旨的名義，重新起用崔呈秀為御史，消除對他的貪污指控。

從此開始，魏公公對朝中異己力量大規模的消除屠殺，正式進入了執行階段。

聳人聽聞的「絞肉機」——魏忠賢的果於誅戮

殺人，即使是手握天下大柄的魏公公殺人，也是要有藉口的。所以，打造某個案件，鑄成大案，可以把諸人皆牽涉進去，以圖一網打盡。如何下手呢，正好朝中有熊廷弼案，雖然牽連很勉強，但套子是現成的，於是閹黨們經過細心謀劃，開始了行動。

熊廷弼案當時又稱「遼案」。天啟初年，熊廷弼以兵部尚書兼右副都御史的身份經略遼東，與廣寧巡撫王化貞不和，造成明軍在與後金（滿清）軍隊作戰中慘敗，二人先後被逮，問成死罪。畢竟為官多年，遼東大敗的主要責任不在己身，熊廷弼設法找到時為內閣中書的汪文言，讓他幫忙暗地疏通關節救自己一命。

汪文言此人在《明史》中無單傳，在列傳一百三十二中合於楊漣等人傳中，附於魏大中傳後。汪文言非進士出身，由縣吏起家，為人俠氣有智，有縱橫之才，早先以監生身份入京，曾用計破朝中齊、楚、浙三黨，是個老於政治謀劃並能在朝中救人撈人的資深政治掮客。由於知道汪文言與師爺王安關係特好，魏忠賢殺掉王安後就剝奪其當時監生的身份，並一度把他收監。汪文言大能人，未幾通過關節出獄，憑藉昔日名聲廣遊於朝官之間，終日車馬盈門。首輔葉向高很欣賞汪文言才智，起用他為內閣中書。有了這種身份，他得以與趙南星、楊漣、左光斗、魏大中等東林派正人交遊密切。

汪文言為搭救熊廷弼，四處打通關節，最後七拐八繞，竟與魏忠賢搭上橋，讓大公公出手相救。魏公公本人與熊廷弼沒有直接的過節和深仇大恨，派人捎口信，說只要拿出四萬兩白銀，熊廷弼會馬上得以釋放。經過好幾個「中間人」，可能銀子數目最

後到達熊家時成了十萬兩，家裡湊不齊這麼多銀子，熊家只能哭窮表示拿不起。

這事，如果放在別的貪官身上，拿人錢財與人消災，不見銀子不出手，也就罷了。老魏公公心狹，聽說熊尚書這麼一個大官連這點銀子都捨不得出，非常生氣。不久，他又打聽到自己老對頭汪文言替熊廷弼四處活動，靈感突現，決定以熊案為切入點，把朝中與自己作對的諸位帶頭人一網打盡。

先行一步，閹黨的大理寺丞徐大化率先劾奏楊漣、左光斗「黨同伐異」、招權納賄。魏忠賢矯詔，先把二人抓起來。很快，汪文言被逮入獄。

主審此案的閹黨許顯純、田爾耕等人捏造罪名，把御史周宗建、黃尊素等四人削籍。

閹黨工部主事曹欽程出面，劾奏趙南星、高攀龍、黃尊素、魏大中等人收受賄賂。

崔呈秀急不可耐，向魏公公呈獻《天鑑》、《同志》兩部名單錄，把葉向高列為東林黨之首，《同志錄》中，盡網陳宗器等詞林部院卿寺等大臣，登名造冊，以供閹黨抓人有依有據。閹黨王紹徽又獻《點將錄》，這個目錄更是鮮活形象，以水滸一百單八將為藍本，其「首領」為「天罡星」三十六人，托塔天王李三才、及時雨葉向高、浪子錢謙益、聖手書生文震孟、大刀楊漣、智多星繆昌期等；又有「地煞星」七十二人，包括神機軍師顧大章、旱地忽律遊大任等。

魏公公聽人念這個，高興得手舞足蹈。昔日在市井為無賴時，魏忠賢最愛聽《水滸》、《三國》，如今有這麼一個「點將錄」，他不能不為之開顏。

可笑的是，魏忠賢拿王紹徽《點將錄》給明熹宗看，這小伙子看見「托塔天王」四字，不知何解，他沒聽過《水滸》評書，自然不知這些綽號由來。魏公公來了精神，給皇帝大講特講起《水滸傳》中「托塔天王」晁蓋等人智劫「生辰綱」的故事。皇帝

越聽越入神，大叫「托塔天王真是神勇有智！」這一來，論事離題，怕皇帝對現實名錄中的「托塔天王」東林黨人等大臣產生聯想的好感，魏忠賢此後再也不給天啟帝《點將錄》看。（史家研究，《點將錄》很可能是閹黨阮大鋮代作，這位戲曲大家擅長此種東西，他自己上獻魏公公《百官圖》，更形象地以畫圖方式來教魏忠賢按部就班殺人。）

汪文言為人是條剛烈漢子，在獄中兩個多月受盡常人想像不到的刑訊，至死不攀誣諸大臣。主審閹黨許顯純力逼他指稱楊漣受熊廷弼之賄，汪文言仰天大呼：「哎！世上豈有貪贓的楊大洪，天下人誰信！」大洪，乃楊漣別號。

汪文言不承認也不要緊，許顯純自己撰寫「供詞」，然後抓住已經被打死的汪文言手指往案卷上「按手印」。

天啟五月（1625年）秋，楊漣、左光斗、周朝瑞、顧大章等先前劾奏魏忠賢最力的言官即被逮捕入北鎮撫司。閹黨許顯純備極楚毒，嚴刑拷掠諸人。

楊漣等人堅持不認罪。其間，左光斗對同牢的人說：「閹黨殺我輩有兩法，乘我等不服罪，嚴刑致我們死地；其二，在獄中暗害我們，慢慢報稱我們是病死。不如我們現在先行認罪，執送法司，或可免於立死。」

諸人覺得有理，就暫時承認受賄的罪名。

壞人的卑鄙和陰險，超出一般君子的想像力。閹黨早有心理準備，左光斗等人承認「受賄」，正好給了他們「追比」的機會。所謂「追比」，又稱「杖比」，即犯人每次受杖刑，均定出下一次交出賄銀的日期，到時候交不出，又會再以大杖伺候。一般是每五日一比，犯人只能被迫說出下一次交銀日期。只要吐不出所承的受賄銀兩數目，就會五日一刑，無休止折磨下去。

身為朝臣武夫，閹黨錦衣衛幫兇許顯純陰毒如蠍，他叱命昔日的這些同僚疊跪階前，剝去衣服，裸體反接，戴枷受刑。杖打之後，又處以夾刑，日夜拷掠，慘毒無比。

打了十多天，諸人已經連跪都跪不住。均身荷百餘斤大木枷匍伏於地受杖。

於是，二十多天後，先前首疏魏忠賢二十四大罪的楊漣先被拷掠死。死時土囊壓身，兩枚大鐵釘貫耳，慘狀讓人不忍卒睹；緊接著，魏大中被打死，屍體潰爛，筋骨皆碎；接著，左光斗、周朝瑞等人相繼被殘殺。「遼案」主犯熊廷弼也被押入鬧市，公開問斬。

熊廷弼被殺前肯定納悶，怎麼有這麼多東林黨人陪綁被殺？前些年熊廷弼在朝中當御史時，性剛好罵，專門與姚宗文等人排斥東林黨人，他與這些東林黨根本就不是「同路人」。

其後，閹黨當廷杖死熊廷弼姻親、御史吳裕中。對於被害諸臣家屬，魏閹黨人仍不放過，繼續嚴刑求比。

根據吳應箕《熹朝忠節死臣列傳》統計，死於魏忠賢閹黨之手的，最早是被杖死的萬燝；汪文言一案左光斗、楊漣等六人慘死；閹黨李實誣奏致死的有周順昌、高攀龍、李應升等七人；以逆黨罪逮入獄中拷掠至死的有王元相等十六人；劉鐸之因作詩嘲諷魏忠賢被殺於市；蘇繼歐等七人得罪閹黨被縊死；趙南星在戍所被折磨死。

每弄死一個大臣，閹黨許顯純就會剔取死者喉骨裝入一小盒內，在封識上寫清死者姓名，送交魏忠賢為驗信。

緊接著，閹黨瘋狂在朝廷進行「大清除」，把不附於己的尚書李宗延、張問達以及侍郎公鼐等五十多正、副部級官員削逐出廷，朝署一空。吏部尚書趙南星被遣送振武衛勞改，並累死在戍所。趙南星與閹黨魏廣微父親還是好友，他再入朝後待小魏以子侄輩之禮，激起魏廣微私恨，竟致父親老友於死地。

在竄逐異己的同時，魏忠賢遍植私人黨羽於要津，所以，當時的朝廷，實為魏忠賢朝廷，他本人獲得明熹宗賜印，文曰「顧命元臣」。客氏也有賜印，文曰「欽賜奉聖夫人」。大家甭以為這兩塊印最大不過是玉璽大小。不對，每塊印用黃金鑄成，重

三百兩。巨大金印，以老魏魁梧的體格，他自己都拿不起這塊大
金印。

　　明熹宗根本不知外朝之事，終日家人歡會一般與客氏、魏忠
賢遊玩。一次，皇帝本人在西苑湖面與兩個小宦官划船玩，邊玩
邊與岸上敞坐飲酒的魏、客二人笑樂招呼。忽然一陣風起，小船
翻覆，明熹宗掉入水中。魏忠賢、客氏相顧錯愕，不知如何是好
。幸虧明熹宗會幾下狗刨，撲騰上岸。兩個小宦者旱鴨子，沈入
水底淹死。這次很懸，明熹宗差點步昔日正德皇帝後塵。

　　氣焰熏張，熱火烹油，魏忠賢借助東廠特務機關，橫行肆意
，破家敗戶，凡是被他們盯上的，三族九宗，均頓成齏粉。一般
官員百姓自不必講，連寧安大長公主兒子李承恩這樣的皇親，由
於魏公公貪圖他家中御賜器物，便誣其偷盜宮中御物，逮起來弄
死，然後把財物抄收後全部運入自己宅中。

　　同時，魏公公拔苗助長，竭力培植自己家族勢力，以其侄魏
良卿為僉書錦衣衛，掌南鎮撫司事；以其侄魏希孟為錦衣同知，
控制錦衣衛；以其族叔魏志德其外甥傅之琮、馮繼先為都督僉事
，掌御林軍；內廷太監方面，王體乾、李朝欽等三十餘人對他「
熱烈擁護」；外廷方面，文臣有崔呈秀、田吉、吳淳夫、李夔龍
、倪文煥出壞主意，外號「五虎」；武臣有田爾耕、許顯純、崔
應元、孫雲鶴、楊寰等負責殺人清除異己，號「五彪」；又有吏
部尚書周應秋等人管「組織人事」，號「十狗」；又有「十孩兒
」、「四十孫」等名號，不可數計。自內閣、六部至四方總督巡
撫，魏忠賢皆遍佈死黨，內外大權，一歸於魏忠賢一人之手。

　　其間好笑的是，閹黨太僕少卿曹欽程與諸人關係不睦，被削
籍為民，排擠出朝。老曹辭行，到魏忠賢面前哭辭：「君臣之義
已絕，父子之恩難忘！」魏公公心中厭惡此人，迎頭一口大濃痰
，老曹狼狽踉蹌而去。魏忠賢敗後，曹欽程被下獄論死，關在牢
中好多年，其家人不送飯給他。老曹天天搶奪其他同牢囚犯的伙
食，終日醉飽。李自成攻破北京，曹欽程破獄投降，最後隨闖賊

敗走，不知所終。

為了進一步打擊東林黨人，魏忠賢又讓閹黨閣臣顧秉謙總裁，會修《三朝要典》，詳細記述「紅丸案」、「梃擊案」、「移宮案」，想把「三案」顛倒黑白，鑄成鐵案。

天啟六年，錦衣衛去蘇州逮捕吏部主事周順昌時，由於緹騎霸橫，周順昌民望又好，市民顏佩韋等人率眾勇為，打死緹騎特務三人，幾乎釀成一次大的民變。當然，最後周順昌以及要救他的顏佩韋等五烈人皆被殺。中學課本中的《五人墓碑記》，詳細地記載了這件事情的始末。

此類民變也是一個苗頭，說明明王朝的統治確有日薄西山之感。基層百姓心中的怨恨，皆如火山內的熔漿一樣，蓄勢待發。

一改以前太監上疏自稱「奴婢」的稱呼，魏忠賢自稱「臣」；一改以前宦者稱皇帝為「萬歲爺」，魏忠賢改稱「皇上」、「陛下」，把自己這種公公等同於外廷大臣。

而且，此時的魏忠賢，已經被宮內宦官們稱為「九千歲」，只要是逢他生日，「千歲、千歲、千千歲」之聲，轟響若雷，在禁宮中持久迴蕩。外廷大臣更有無恥者，拜見魏公公時稱諛他為「九千九百歲」，比皇帝只差「一百歲」。

為了宣示威儀，每次外出，魏忠賢均乘坐華麗異常的羽幢青蓋文軒車，四匹如龍駿馬拉引，周遭握刀騎衛錦衣衛列侍，加上優伶、百戲、廚傳，下人等雜役人等，隨從萬人左右。魏公公喜愛大戲一樣的排場，途中鐃鼓雷鳴，敲敲打打，吹吹奏奏，煙塵避天，旗幟匝地，道旁行人總誤會是天子駕到。

魏公公老姘頭客氏當仁不讓。每次出行，盛服靚妝，幾十歲的老娘們描眉塗眼，打粉打腮，有太監王朝忠等數十人皆腰纏紅玉帶作前驅，隨從甚盛。她還常常在禁宮內坐乘馬車四處遊逛，到乾清宮聖駕休息處也從不下車，太上奶奶一樣。客氏很喜在晚夜出宮回私宅，燈炬徹地，照如白晝。其馬車四周，數百宮女著穿華美宮衣，各提燈籠，遠望儼然似仙女下凡，簇擁客氏馬車。

私宅大門中開之後，自管事到家僕，上千人挨次叩頭，齊叫「老祖太太千歲、千歲、千千歲」，喧聲震天。

為了進一步尊崇魏忠賢，滿朝文武和內廷太監，皆不敢直呼其名，只稱其為「廠臣」。閣臣以皇帝名義擬票，開口閉口是「朕與廠臣」，即在官方正式文件中，魏公公與當今天子肩挨肩待著。

天啟六年夏，浙江巡撫潘汝楨開頭，以機戶感恩的名義，在當地為魏忠賢建「生祠」，即活人紀念館，地點位於關羽廟和岳飛廟之間。他上疏諛贊魏公公「心勤體國，念切恤民」。疏上，聖旨稱道，賜名「普德」。

由此一來，天下阿諛官員群起效仿，魏公公生祠遍天下，祠坊均屬「奉旨」而建，額題都是「廣恩」、「永恩」、「崇德」、「崇仁」、「報恩」一類的上嘉好名。而一祠所費，少則數萬，多則數十上百萬，均從公庫支出，外加刮斂民財。

生祠建築，各地林木也大遭殃，多被砍供以作修祠木料。吳淳夫等人所建生祠規模巨大，九進殿庭，肅穆如太廟，壯麗如帝居。僅占地一項，就拆毀民房數萬間。大同、湖廣、薊州等地的生祠中，魏忠賢坐像皆係純金製成，頭戴沖天冠，手執玉笏，儼如上天尊帝一個派頭。

由於巧匠眾多，江南一帶的魏忠賢祠內坐像多以沈香木為體，眼耳口鼻手足皆栩栩如生，睛能顧盼，口欲發聲，連坐像肚子中也按真實比例用金玉珠寶雕成腸子肚子心肝肺腰子大油和雜碎，充斥其中，以擬真人。

魏忠賢的雕像外飾以華麗彩儀，髻上留一孔，以供每日一換時令鮮花插上。一次，由於一間祠內坐像的頭部雕鑿稍大，朝廷派來賜冠的小宦官手拿真珍黃金寶冠往頭上按了半天按不下去。工匠惶恐，見尺寸稍稍差一點，便掄起斧子剔削像頭兩下，把寶冠放穩。小宦者親見「親爹」腦袋挨削，痛在心頭，抱像頭大哭，責罵工匠不止……

　　宦者如此，官員們更甚。山東巡撫李精白上建祠疏時有「堯天之巍蕩」之語奉承魏公公，特意把「巍」字上的山字頭放在下面，並派人轉告魏公公：「我怕山字壓了魏大人的『魏』」；天津巡撫黃運泰率地方官員群迎魏公公雕像，行五拜三叩首之禮，乘馬前導，有如迎聖旨；薊遼總督閻鳴泰諂詞，有「人心之依歸，即天心之向順」，魏公公完全成了人民的大救星；不少官員群跪於魏公公雕像前，依次「宣誓」：「某年某月某日，蒙九千歲升拔！」而後，叩頭致謝，拜舞連連。

　　魏公公個人尊拜發展最甚時，國子監生員陸萬齡上疏，提出要以魏忠賢與孔聖人並譽，理由是魏公公「芟除奸黨，保全善類」。他還一一比擬：孔子作《春秋》，魏公公作《三朝要典》；孔子誅少正卯，魏公公誅除東林邪黨。

　　生員朱之俊更絕，他免去上書走衙門的麻煩，直接在大路上張貼大字報，聲稱魏忠賢的功勞，「在大禹之下，孟子之上」，應該把魏忠賢像搬入孔廟與孔子並座。

　　京城讀書人都無恥到這個地步，可見閹黨對士氣的摧殘有多劇烈。

　　驕蠻到這種地步，魏忠賢與客氏接著打起明熹宗皇后張氏主意，準備先拿張皇后的爸爸張國紀開刀。張皇后賢淑嚴正婦人，非常討厭魏忠賢與客氏，有一次她見客氏在宮中太招搖，以皇太后自居，就把半老婆子召來訓斥一頓。就宮廷禮儀講，皇后至尊，客氏當時不敢吭氣，但心中恨死這位女主子。

　　張皇后對熹宗也有所諷諫。一日，年輕皇帝入皇后宮閒聊，看見張后正在讀書，便笑嘻嘻問：「皇后讀何書？」張氏嚴肅回答：「《趙高傳》。」熹宗皇帝不傻，知道皇后話中有話，為之默然。

　　客氏安插的親信宮婢很快把此事稟告。密議後，客氏與魏忠賢就散佈張皇后不是張國紀親生女，準備先拿張皇后之父太康伯張國紀為切入點來施行打擊。於是，魏公公暗遣壯士數人於便殿

，讓他們身懷利刃。錦衣衛軍早就安排好，一舉把這些壯漢拿下。當時明熹宗正做家俱，聞聽庭院洶洶，吵嚷聲一片，忙自己走出問個究竟。

結果，看見數位大漢和一地的明晃晃兇器，這位皇帝爺又驚又怒，立刻喚魏公公把他們送入廠衛嚴加刑求。

大漢們入獄後，按照魏公公事先的交待，都承認自己是為張皇后父親張國紀指派，準備入宮弒帝後謀立帝弟信王朱由檢。幾天之內，魏忠賢已經派人把口供整理成冊，準備興起大獄，把張皇后一家和熹宗之弟信王一起網羅其中做掉。

正準備往皇帝處呈送，大太監王體乾讀書很多，深知熹宗皇帝本人性格，勸魏忠賢說：「主人對朝內外一切大事皆糊裡糊塗，惟獨對待夫婦、兄弟之間情誼不薄。如果萬一事不成，皇上大怒，吾輩全都玩完！」

魏忠賢一尋思，越想越怕，萬一皇上因訊案而召對其弟信王與皇后張氏，那些人逼急眼說出自己許多陰事，沒準會使皇上一改對自己的信任。

大懼之下，老魏殺人滅口，派人把事先他自己派去當「刺客」的幾個壯漢皆亂刀砍死，拋屍野外。

在此之後，魏忠賢還想盡收天下兵權，便派心腹太監外出鎮守山海關，命司禮監手下總督太倉、切慎兩大庫，在抓兵權的同時抓後勤保障。但明代軍制太複雜，魏公公在朝內把持朝政容易，各地大員向他效忠也容易，如果真要一攬子總領天下兵柄，實在不是一件容易的事情。

親戚方面，魏忠賢以皇帝名義加自己是寧國公的侄子魏良卿為太子太保，魏明望進軼少帥，侄孫魏良棟安侯，魏鵬翼安平伯（這兩人一個兩歲，一個三歲）。魏家姻親董芳名、王選、楊六奇等人皆至左、右都督及都督同知等軍中要職。

魏忠賢大力擢升自己的心腹首謀之士崔呈秀，以之為兵部尚書、少傅兼太子太傅，仍兼左都御史。崔呈秀剛死了媽，依禮應

該回家守喪，老魏自然不能離他，讓他「奪情」視事。

明朝「奪情」二字最乍人眼目的時代，是張居正父親死後皇帝讓這位首輔「奪情」。本來，「奪情」一般指軍隊將帥出征抵禦之際，如果危急時刻棄軍奔喪，肯定要貽誤軍情，所以一般軍人會守忠退孝，帶哀視事，以孝情次於忠國之情，故稱為「奪情」。在這樣的情況下，官員可免於丁憂。張居正戀權，他當時本該回老家奔喪然後居家服教守制二十七個月。在心腹李幼孜勸說下，想出「奪情」一招，其實已經是離經叛道，當時就被不少正臣攻擊不已。後人有樣學樣，到了崔呈秀這裡，又玩「奪情」把戲，甚至平時朝上朝下他連孝服也不穿。

一切順利之時，魏忠賢富貴榮華的根子出大問題：明熹宗因多年痛飲縱欲加上狂吃春藥，身子骨不行了。

登時消融的權力「冰山」——魏忠賢的滅亡

天啟七年（1627年）秋八月二十二日，多年狂吃春藥的明熹宗「崩」了。時年僅二十三歲。

史書記載，閹黨霍維華有個內弟是守午門的小宦官，向熹宗皇帝進獻一種「仙方靈露」，制法是取糠糯等雜米淘淨，放入木甑慢蒸，甑底安放長頸銀瓶，雜米隨時一點一點添加，鍋中水也一點一點傾加，蒸餾出來的甜汗，號稱米穀之精，據說飲後可以延年益壽。明熹宗很喜歡喝這種飲料，平時還喜歡把飲剩的「仙露」遍賜近侍。

明熹宗病重，魏忠賢心慌之餘老大不高興，認定是霍維華的內弟宦官上獻的飲料有問題，加重了皇上病情，就把霍維華叫來一頓臭罵。從「配方」上看，這種飲品絕對純天然，沒有任何有毒礦物質，如果熹宗皇帝飲此真加劇病情，只能說明他還患有嚴重的糖尿病。否則，甜甜的純米飲料，對一般人根本無害。

霍維華見魏公公把責任推給自己，又偵知皇上處於彌留狀態，恨懼之下，已攜貳心。

　　明熹宗死前，曾召異母弟弟朱由校入宮，囑託後事。人之將死，其言也善，這位荒淫君王衷心希望弟弟能為「堯舜」一樣的明君，並要他好好照顧自己的張皇后，最後切囑皇弟一定信用魏忠賢。

　　當時，信王朱由檢淚下如雨，連連點頭不止。

　　熹宗崩後，信王朱由檢得召入宮。魏公公親自門前迎接。當時正是黎明時分，百官一聞訃詔，皆赴宮門，被宦者攔住，告知他們要穿喪服入宮。眾人連忙改服，再入，又被告知還應該穿常服。群臣奔走不暇，氣喘吁吁，紛紛哀求守門宦者開恩，希望能先入宮哭靈。

　　最終，把門宦官見忽喇喇跪了一大片朝臣慟哭，只得揮手讓他們進去。

　　大家入宮，「大行皇帝」屍身已擺在靈堂，眾臣大哭。除信王以外，在喪所的重要人物，只有太監魏忠賢和王體乾。王體乾司禮監提督太監，識文知禮，在一旁不停指揮禮部安排喪事細節。魏大公公如喪考妣，哭得雙目爛桃一樣，呆呆坐在靈前發愣。

　　群臣出宮後，魏忠賢獨召兵部尚書崔呈秀入內，屏人秘語移時，後人不知二人商議何事。史臣推測：「魏忠賢欲自篡，崔呈秀以時機未可，事遂中止。」這完全是妄自揣測，近乎造謠。魏公公惡貫滿盈，罪惡滔天，但「篡位」的念頭，他絕對沒有！他再沒有文化，再目不識丁，也應該知道，自古至今，從來沒有公公當皇帝這一說。況且，明熹宗是他一手帶大，爺倆感情之深，儼若父子。所以，他才會哭得二目皆腫，神昏意迷，連壞念頭也暫時停轉。

　　不僅老魏悲傷欲絕，熹宗皇帝奶媽客氏也哭得死去活來，她在靈前跪哭，從小金盒子裡面拿出黃綾包裹的熹宗兒時「胎髮痘痂」以及累年積存的剃髮、落齒、指甲等物，邊哭邊燒，幾近昏厥。

　　這兩位大惡之人此時的悲痛，全無一絲做戲成分。一是因為

多年的親情，二是因為他們內心中產生的那種黑色不祥的預感：作為「寄主」的皇帝死了，他們這些「蟲子」再大再硬朗，還能支持幾天？

信王朱由檢即皇帝位，是為明朝最後一位皇帝，即明思宗崇禎皇帝。

為試探新帝的意思，魏忠賢上表乞辭官職。新帝老成謹慎之人，佯裝不許，先穩住魏公公。但是，「奉聖夫人」客氏已經沒有在宮中待下去的理由，她灰溜溜搬出皇宮。

崇禎皇帝繼位時僅十七歲，處事非常冷靜、機敏。登基後，他不僅沒動魏忠賢，還很快頒旨，授魏忠賢的姪子和姪孫以「鐵券」，似乎是給老魏家上保險一樣。外臣不知就裡，江西巡撫楊邦憲等人仍舊上疏申請為魏忠賢建生祠，詔報不許。這，似乎是魏忠賢要倒楣的信號。

隔了幾天，登萊巡撫上奏宣川大捷，行功論賞，魏忠賢、崔呈秀等人皆有份兒。這一切，均使觀望的眾臣摸不住頭腦，閹黨心裡也拿捏不準新皇的意圖。

原本是魏閹黨羽的御史楊維垣由於閹黨首領之一魏廣微不提拔重用他，心懷怨恨。嗅聞政治空氣後，他與表叔徐大化詳商後，決定先行參劾崔呈秀，準備以之押寶。如此，閹黨倒臺，他就會成為首批倒閹黨的「功臣」。世事確實可笑，天啟帝死後，第一個跳出來與閹黨對著幹的人，竟然是最早替魏忠賢把忠臣顧大章牽入熊廷弼案中的閹黨骨幹分子。

崇禎帝隨波就勢，按奏章辦事，先罷崔呈秀之官。不久，下詔給予首先上奏為魏忠賢建生祠的浙江巡撫潘汝楨以削籍處分。

接著，工部主事陸澄源上疏，指出魏忠賢所受恩爵過厚，但未敢顯斥。緊跟而至的兵部主事錢元愨不客氣，上劾魏忠賢不法。錢主事文章寫得好，文學氣十足，鋪陳恣肆，只是沒說到點子上。正在這時，又有浙江貢生錢嘉征上書，詳詳細細列明魏忠賢十大罪惡：

日「並帝」：封章必先關白，至頌功德，上配先帝；及奉諭旨，必云「朕與廠臣」，從來有此奏體乎？曰「蔑後」：皇親張國紀未罹「不赦」之條，先帝令忠賢宣皇后減旨不傳，致皇后御前面折逆奸；遂羅織皇親，欲致之死。賴先帝神明，祇膺薄懲。不然，中宮幾危！曰「弄兵」：祖宗朝不聞內操，忠賢外脅臣工、內偪宮闈，操刀屬刃，炮石雷擊。曰「無二祖列宗」：高皇帝垂訓「中涓不許干預朝政」，乃忠賢一手障天，仗馬輒斥，薰毒搢紳，蔓連士類；凡錢穀衙門、邊腹重地、漕運咽喉，多置腹心，意欲何為？曰「克剝藩封」：三王之國，莊田賜賚不及福藩之一；而忠賢封公侯伯之土田，揀選膏腴，不下萬頃。曰「無聖」：先師為萬世名教主，忠賢何人，敢祠太學之側！曰「濫爵」：古制非軍功不侯，忠賢竭天下之物力佐成三殿，居然襲尚公之爵，靦不知省！曰「邀邊功」：建賊（滿洲人）犯順以來，墮名城、殲士女、殺大帥，神人共憤；今未恢復尺寸地、廣寧稍捷，袁崇煥功未克終、席未及暖，忠賢冒封侯伯。假遼陽、廣寧復歸版籍，又何以酬之乎？曰「朘民脂膏」：郡縣請詞不下百餘，計祠費不下五萬金；敲骨剝髓，孰非國家之膏血！曰「通同關節」：順天鄉榜二十六日拆卷，而二十四日崔鐸貼出，復上忠賢書；其夤緣要結，不可勝數。

　　魏忠賢得知幾個人彈劾他的消息，並不知詳情，急赤白眼跑入宮中，跪哭自訴於崇禎皇帝。

　　見昔日威風八面的魏公公如此樣，崇禎帝心內暗笑，就讓他的同黨太監王體乾大聲朗讀錢嘉征奏疏。

　　魏忠賢跪聽，惶駭至極，汗下如雨。

　　面如死灰的魏忠賢出宮回家，絞盡腦汗，想起崇禎帝當王爺時有個寵信太監徐應元是自己昔年鄉間的老賭友，便攀住這根「救命稻草」，連夜送無數珍寶於徐公公，表示自己要把東廠太監的職位讓與老徐，讓他在皇上面前為自己說幾句好話。

　　崇禎帝不是天啟帝，立刻叱責徐應元受賄為魏忠賢進言，下詔把他謫戍於遠地。這樣一來，魏公公只有在家中等宰的份兒。

　　到了十一月，崇禎帝下詔免去魏忠賢東廠太監等要職。由於害怕他的親戚黨羽急紅眼生變，對那些人僅採取降職處理，剝奪手中握兵的實權，沒有立刻下狠手誅除。

　　呆了數日，見魏黨根本沒有任何反彈跡象，崇禎帝膽氣上來，下詔貶魏忠賢鳳陽安置，將客氏交浣衣局收押，同時對他們進行抄家。對於魏忠賢與客氏的罪惡名，一一列出：

　　朕聞去惡務盡，御世之大權，人臣無將，有位之炯戒。我國家明懸三尺，嚴懲大憝，典至重也。朕覽諸臣屢列逆惡魏忠賢罪狀，俱已洞悉。竊思先帝以左右微勞，稍假恩寵，（魏）忠賢不思盡忠報國，以酬恩遇，乃逞私植黨怙惡肆奸，擅作威福，難以枚舉。略數其概：將皇兄懷寧公主生母成妃李氏，假旨革奪，至今含冤未雪；威逼裕妃張氏，立致棄生；借旨將敢諫忠直之臣，羅列削奪，又同心腹酷刑嚴栲，誣捍贓私，立斃多命。他若謇謬痛於杖下，柔良苦於立枷。臣民重足，道路以目。而身受三爵，位崇五等，極人臣未有之榮。通同客氏，表裡為奸，先帝彌留之時，猶叨恩晉秩，亡有紀極。賴祖宗在天之靈，天厭巨惡，神奪其魄，罪狀畢露。朕思忠賢等不止窺攘名器，紊亂刑章，將我祖宗蓄積貯庫傳國奇珍異寶金銀等朋比侵盜幾空，本當寸磔，念梓宮在殯，姑置鳳陽。二犯家產，籍入官。其冒濫宗戚，俱煙瘴永戍。

　　從前的「九千九百歲」，現在連一條狗都不如！魏忠賢只得乖乖上路。走了三天，一行人晚間在阜城一家尤姓店主家所開小旅舍歇腳，魏公公接到京中黨徒的密報：朝廷新下詔旨，要逮捕他回京重新收審。

　　大公公昔日虐畜一樣殺人無數，想到自己很快要回到錦衣衛詔獄中的那個活地獄，親身感受昔日他以為笑樂的殘酷刑罰，老

魏渾身上下連指甲蓋都冰涼。絕望之下，思前想後，明白脫不開一個「死」字。

於是，延至半夜，淚眼模糊，魏公公與他的同黨宦官雙雙對縊於房梁。

作惡多端的魏忠賢，竟得「良死」。

客氏方面，錦衣衛抄家時搜出八個懷孕的年輕婦女，據稱可能是想趁明熹宗臨崩前混入宮冒充「皇子」之用。

崇禎帝大怒，馬上命令衛士赴浣衣局，大棒交下，把老娘們打成一堆肉泥。

崔呈秀當時在蘇州家中被拘押待勘。得知魏忠賢敗訊，他自知不免。於是，一夜之間，他大開筵宴，令數十妓妾白肉相陳陪酒，遍擺幾年來收受的奇珍奇寶，開啟數壇美味御酒，敞懷暢飲。每滿飲一杯，他均撿起一件寶物，熟視後猛摔於地毀碎。一連暢飲十杯，摔碎無數價值連城的珍稀之寶。大笑之餘，復又痛哭。崔呈秀的眾多姬妾皆心中茫然，不知主人為何得了失心瘋。

大醉酩酊之下，這位閹黨主謀往房樑上甩了一根白繩，懸樑自盡。

至於魏忠賢族人，如其侄魏良卿等人，凡是姓魏的有親戚關係的，一個不剩，皆押入鬧市問斬。數百顆大小男女人頭，放滿了幾籮筐。其中有不少還是嬰兒，小身子擺在大刀之下時，還靜靜在睡夢之中。「天下以為慘毒之報，無不快之。」

殺掉這頭一批「首惡」後，崇禎帝召回從前被閹黨排擠的首輔韓曠，要他組織人力清查魏忠賢黨羽。韓閣老厚道人，對老仇人們網開一面，細查慢究，數日也沒有上報人名數字。

崇禎帝這時沈不住氣，力催吏部、刑部官員協查辦案，終於在崇禎二年公佈「逆案」名單，頒示天下：

首逆凌遲者二人：魏忠賢，客氏(魏忠賢已死，只能戮屍)。

首逆同謀絕不待時者六人：（崔）呈秀及魏良卿，客氏子都督侯國興，太監李永貞、李朝欽、劉若愚。

　　交結近侍秋後處決者十九人：劉志選、梁夢環、倪文煥、田吉、劉詔、薛貞、吳淳夫、李夔龍、曹欽程，大理寺正許志吉，順天府通判孫如冽，國子監生陸萬齡，豐城侯李承祚，都督田爾耕、許顯純、崔應元、楊寰、孫雲鶴、張體乾。

　　結交近侍次等充軍者十一人：魏廣微、周應秋、閻鳴泰、霍維華、徐大化、潘汝禎、李魯生、楊維垣、張訥，都督郭欽，孝陵衛指揮李之才。

　　交結近侍又次等論徒三年輸贖為民者：大學士顧秉謙、馮銓、張瑞圖、來宗道，尚書王紹徽、郭允厚、張我續、曹爾禎、孟紹虞、馮嘉會、李春曄、邵輔忠、呂純如、徐兆魁、薛風翔、孫傑、楊夢袞、李養德、劉廷元、曹思誠，南京尚書范濟世、張樸，總督尚書黃運泰、郭尚友、李從心，巡撫尚書李精白等一百二十九人。

　　交結近侍減等革職閑住者，黃立極等四十四人。

　　魏忠賢親屬（可能是姻親疏屬）及內官黨附者又五十餘人。

　　名單中應該注意的是，首先彈劾閹黨的原閹黨楊維坦也被懲治，受到削籍處理，罪名是「逆閹親信，占氣最先，轉身最捷，貪無為功，沽名反覆」。小人枉為小人。此外，名單中還有最早與閹黨分手的兵部尚書霍維華。

　　魏忠賢逆黨定案後，漏網的黨羽多次蠢蠢欲動。更可笑的是，崇禎帝派去整理逆黨的吏部尚書王永光本人就與閹黨是同道。他後來與奸臣溫體仁多次謀劃翻案，均因崇禎帝的堅定態度而未遂。

　　這位新君對魏忠賢及其同夥極端厭惡，日後有人上章舉薦閹黨人物霍維華等人重新為官，崇禎帝怒下詔旨，把舉薦人謫戍重罰。此後，其黨偃旗息鼓，不敢再言。明朝滅亡後，福王朱由崧跑到南京建立小朝廷，漏網閹黨阮大鋮冒定策之功，援引楊維坦、徐得陽等閹黨復起，大肆殘害東林黨人等異己，勾心鬥角，直

至南明覆亡乃止。

　　觀明天啟帝一朝，給我們後人留下最難忘印象的，是楊漣、左光斗等「東林六君子」的「明知不可為而為之」的耿耿忠貞。為了清除奸閹邪黨，為了盡忠報國，他們不惜身死族滅，挺身而出，赤手空拳與手握東廠、錦衣衛實權的魏忠賢抗爭，忠直肝腸，萇弘碧血，不懼酷刑，不悲殘死，不悔直節，正如楊漣被殺前所表白的那樣：

　　浩氣還太虛，丹心照千古。

　　平生未報恩，留作忠魂補。

　　至今讀之，凜然生氣，沛然詩文之間。

　　特別可貴又可悲的是，這些骨鯁忠臣，皆為血肉之身，皆有家人宗族，他們絕對不是簡單宣傳中的人物。在天高不可呼、閹黨猛於虎的暴虐政權下，在與妻兒父母痛別後，在被逮入地獄般的錦衣衛詔獄前，這些道德文章氣節均達至「完人」層次的烈士，也有悽愴，也有迷茫，也有對生命深沈的眷戀：

　　世事浮雲變古今，等閒回首盡傷心。

　　愁霾鎮日迷荒草，不覺郊原夜色侵。

　　　　　　　　《顧大章被逮道經故人里門》

白山黑水飆狼煙

——明朝與「後金」的戰爭

明朝嘉靖三十八年（1559年）。

這一年，大明朝除東南沿海倭寇因王直被明廷誘殺而倡狂報復興起一輪新的劫擾以外，帝國其他地方還算安靜。蒙古一部的圖門可汗於嘉靖三十七年起開始在遼河一帶折騰，但明朝當時有名將李成梁和戚繼光，他們對蒙古人狠打的同時又玩懷柔那一套，所以東北邊疆並無大的紕漏。

也恰恰在嘉靖三十八年這一年，明朝建州左衛（今遼寧新賓）的女真奴隸主貴族他失（清人稱塔克世）生下一個兒子，肉頭瘟臉，典型的女真孩子。這孩子生時無異狀，哭聲不響亮，屋子裡面無紅光，小崽子攫小屁股就尿炕，再普通不過。而恰恰這個肉包子一樣的女真孩子，實為大明王朝掘墓人之一。

這孩子不是別人，正是努爾哈赤，即日後在中國史上赫赫與劉邦、李淵、趙匡胤、忽必烈、朱元璋比肩而立的「清太祖」。

滿清立國後編了一堆「神話」，附會帝系一族祖先的「天稟奇異」，其實百分百都是瞎話。有據可考的，是努爾哈赤六世祖猛哥帖木兒，此人乃元末一個萬戶（所以他名字很蒙古化）。大明初建立，他被明廷授與建州衛都指揮使，可以說一家人數代受大明的深恩厚澤。由於從這位蒙古名的女真爺們開始，努爾哈赤一族才得發跡，日後滿清就把他追尊為「興祖直皇帝」。

明朝成化年間，建州三衛勢力日益強大，明廷派軍在誘殺努

爾哈赤五世祖董山後縱騎蹂躪，建州女真死掉近一千二百人，數百堡壘被摧毀，諸部衰落。至努爾哈赤祖父覺昌安這輩，由於家世凋零，他只得與當時女真最強的王杲結姻，為四子塔克世娶王杲長女額穆齊（這兩人生下努爾哈赤），又把孫女（其長子禮敦之女）嫁給王杲的長子阿台。額穆齊病死，塔克世娶女真另一大酋王台的女兒為妻（努爾哈赤繼母）。但是，王杲與王台有不共戴天的血仇，而覺昌安、塔克世父子與王台走得很近，常常一起充當明朝軍隊鷹犬，清剿對大明三心二意的女真人。

萬曆六年（1578年），明朝遼東總兵李成梁率大軍平滅不斷進攻明朝邊地的女真大酋王杲，把他抓起送北京凌遲處死。王杲死後，其子阿台據守古埒城。建州女真另外一個酋長尼堪外蘭與覺昌安、塔克世父子一起，站在明軍一邊，騙古埒城內的女真同胞投降。城門打開後，明軍縱兵大殺，目的在於徹底誅除這些桀驁不馴的女真蠻子。覺昌安帶兒子塔克世入城找尋自家嫁與阿台的親孫女，結果明軍看見大辮子腦袋就殺，父子二人混亂中雙雙被宰。另外一個可能是，高麗血統的明將李成梁心思陰狠，故意縱兵殺掉覺昌安父子。所以，高麗棒子算計女真棒槌，第一回合取勝。

明朝對此次「誤殺」表示歉意，慰問努爾哈赤，讓他襲任建州左衛指揮使，賠償他三十匹馬，又贈三十道敕書(專賣憑據)。

狼子野心的努爾哈赤當時翅膀不硬，壓抑悲憤與怒火，接受了封職與賠償。而「復仇的怒火」，肯定一直在胸膛熊熊燃燒。

萬曆十年（1583年），努爾哈赤以其父祖所遺十三副鎧甲起兵，率先滅掉了引明兵圍攻阿台的女真酋長尼堪外蘭，因為此人一直被認為是殺害努爾哈赤父祖的「真凶」之一。尼堪外蘭被殺，努爾哈赤攻取圖倫城。由此，努爾哈赤開始了他長達三十年的統一女真諸部的戰爭。

從大系方面分，女真有建州女真、海西女真與野人女真三大部。當時皆轄屬於明朝的「奴兒干都司」。

建州女真主體聚合於撫順關以東、鴨綠江以北及長白山南麓，海西女真主要居於東遼河流域及松花江長遊烏拉河、輝發河一帶，野人女真（東海女真）主要散居在長白山北坡，烏蘇里江靠海處以及黑龍江中下游一帶。

頭十年，努爾哈赤吃掉了建州女真所有部落。接下來，古埒山大戰，他打敗海西女真與蒙古科爾沁部的九部聯軍，然後乘勝擊滅海西女真四部以及東海女真大部，把海西女真最強盛的葉赫部打得失魂落魄。再後，野人女真的瓦爾喀、庫爾哈、薩哈連等部相繼降服。萬曆四十三年（1615年），北自蒙古嫩江、南至朝鮮鴨綠江，自東海至遼邊，皆在努爾哈赤掌握之下。

有人會問，努爾哈赤掃蕩過程中，明朝幹什麼去了，怎麼聽憑他一方獨大。這是因為，明廷樂得其成，希望這些女真蠻夷們相互廝殺，並一直堅信努爾哈赤是對大明忠心耿耿大「狼狗」，不時對其加官晉爵。

正是手中握有不少明廷的封敕和賜物，努爾哈赤常常炫耀明朝和他的「關係」，威懾女真同胞部落。其間，他本人與兄弟等人多次入北京「進貢」，大打秋風。獲賜金銀不說，又賺取了朝廷對他的信任。1595年，明廷更授其「正二品龍虎將軍」的職銜。如此高官，努爾哈赤面子不小，與同胞打仗時常常讓人扛著這些官稱招搖炫耀。同時，由於萬曆年間太監到遼地開礦徵稅，明朝邊民不少人逃亡到努爾哈赤轄地，無形中又增強了他的實力。

1616年，努爾哈赤在赫圖阿拉（今遼寧新賓縣）建國，國號「大金」，史稱「後金」，他本人被「擁推」為「奉天覆育列國英明汗」。這一年，努爾哈赤五十八歲，定年號為「天命」。努爾哈赤的「都城」隨著他勝利腳步逐步推移，由赫圖阿拉至界凡城，由界凡城至薩爾滸城，由薩爾滸城至遼陽城，由遼陽城至瀋陽城。

在「牛錄制」基礎上，努爾哈赤創建「八旗制度」，各旗旗主互不轄屬，完全聽命於努爾哈赤一人。

　　明朝萬曆四十六年（1618年）陰曆四月十三日，羽翼已豐的努爾哈赤終於向老主子大明朝宣戰，揭開了撫順、清河之戰的序幕。

　　此後，相繼有薩爾滸大戰、開原、鐵嶺大戰、遼沈大戰、遼西大戰、寧遠大戰，努爾哈赤步步緊逼，最終在寧遠城下止步。後金對明朝的戰略進攻，發展到雙方戰略相持的地步。

撫順、清河之戰──女真旗開得勝的欣喜

　　開戰之前，努爾哈赤不念大明王朝對他列祖列宗的恩德，反而公佈「七大恨」，作為發動進攻的藉口。「七大恨」最原始的原文不可考，內容絮絮叨叨，基本上是一個看家護院的奴才因為主子怠慢自己加上拉偏手而大發「祥林嫂」式怨歎，由於原文過於卑陋欠理，滿清立國後有可能把原始檔案篡改或銷毀，歷史學者孟森先生多方勾沈，研判，尋找出「七大恨」最接近真實、原始的版本：

　　金國（後金）汗諭官軍人等知悉：我祖宗以来，與大明看邊，忠順有年。只因南朝（指明朝）皇帝高拱深宮之中，文武邊官，欺誑壅蔽，無懷柔之方略，有勢力之機權，勢不使盡不休，利不括盡不已，苦害侵凌，千態莫狀。其勢之最大最慘者，計有七件：

　　我祖宗與南朝看邊進貢，忠順已久，忽於萬曆年間，將我二祖（覺昌安與塔克世父子），無罪加誅。其恨一也。

　　癸巳年，南關（女真哈達部）、北關（女真葉赫部）、灰扒、兀喇、蒙古等九部，會兵攻我，南朝休戚不關，袖手坐視，（我努爾哈赤）仗庇皇天，大敗諸部。後中國復仇，攻破南關，遷入內地，贅南關吾兒忽答為婿。南朝責我擅伐，逼令送回，我即遵依上命，復置故地。後北關攻南關，大肆擄掠，南朝不加罪。然中國與北關同是外番，事一處異，何以懷服？所謂惱恨二也。

　　先汗忠於大明，心若金石，恐因二祖被戮，南朝見疑，故同

遼陽副將吳希漢，宰馬牛，祭天地，立碑界銘誓曰：「漢人私出境外者殺，夷人私入境內者殺。」後沿邊漢人，私出境外，挖參採取。念山澤之利，繫我過活，屢屢申稟上司，竟若罔聞，雖有冤怨無門控訴。不得已遵循碑約，始敢動手傷毀，實欲信盟誓，杜將來，初非有意欺背也。會值新巡撫下馬，例應叩賀，遂遣干骨里，方巾納等行禮，時上司不究出原招釁之非，反執送禮行賀之人，勒要十夷償命。欺壓如此，情何以堪！所謂惱恨者三也。

北關與建州，同是屬夷，我兩家構釁，南朝公直解紛可也，緣何助兵馬，發火器，衛彼拒我？畸輕畸重，良可傷心！所謂惱恨者四也。

北關老女（即葉赫部首領布齋之女東哥，她因貌美，被當作工具多次許配給女真各部首領，一直未能出嫁，三十三歲時才嫁予蒙古首領蟒古兒泰，又稱「葉赫老女」）系先汗禮聘之婚，後竟渝盟，不與親迎。彼時雖是如此，猶不敢輕許他人，南朝護助，改嫁西虜（蒙古部）。似此恥辱，誰能甘心？所謂惱恨者五也。

我部看邊之人，二百年來，俱在近邊住種。後前朝信北關誣言，輒發兵逼令我部遠退三十里，立碑占地，將房屋燒毀，稼禾丟棄，使我部無居無食，人人待斃。所謂惱恨者六也。

我國素順，並不曾稍倪不軌，忽遣備御蕭伯芝、蟒衣玉帶，大作威福，穢言惡語，百般欺辱，文牘之間，毒不堪受。所謂惱恨者七也。

懷此七恨，莫可告訴。遼東上司，既已遵若神明；萬曆皇帝，復如隔於天淵。躊躇徘徊，無計可施。於是告天興師，收聚撫順，欲使萬曆皇帝因事詢情，得申冤懷，遂詳寫七恨，多放各省商人，顒望佇候，不見回音。迨至七月，始克清河，彼時南朝，恃大矜眾，其勢直欲踏平我地。……今反覆告諭，不憚諄諄者，敘我起兵之由，明我奉天之意。恐天下人不知顛末，怪我狂逞，因此布告，咸宜知聞。……

大致歸攏，主要內容如下：明朝無故挑釁，殺我父祖二人；明朝違背盟約，在邊境駐戍；威脅我女真交出十人在邊境砍殺；明朝支持葉赫部，使已聘我之女轉嫁蒙古人；明朝派兵驅趕我部眾在邊境開地稅糧；袒護葉赫，遣使來書凌辱我；明朝以是為非，以非為是，幫助偏向天譴之葉赫部。

誓師後，努爾哈赤率族人拜天焚表，兵分多路，直殺撫順城下。然後，努爾哈赤讓一個在城外被捉的漢人往城裡送信，逼守城的明朝遊擊將軍李永芳投降，信中軟硬兼施，充滿恫嚇。

李永芳惶恐，仍舊憑本能立在南方城牆之上，指揮明兵進行守衛。但後金兵有數萬之眾，來的又突然，很快就大豎雲梯攻城。守城明軍怯懦不識兵，登時驚潰。

見此情狀，李永芳真個「識時務」，縱馬迎降。撫順守備王命印不降，格鬥而死。努爾哈赤立刻命令李永芳收降城中頑強抵抗的軍民，殺掉不少人後，終於完全佔據了撫順。

後金兵有備而來，不僅攻克撫順大城，一日內又襲破周圍堡壘四千多，破小城十多個，俘虜人畜三十多萬，立刻當作「戰利品」分給部眾做奴隸。

努爾哈赤不食言，授李永芳總兵，並把自己七兒子阿巴泰的女兒嫁與他為妻。所以，李永芳就成為明朝官員中第一個向後金投降的「名人」。

此外，撫順城內一位名叫范文程的明朝生員也前來投附，此人號稱是宋朝名臣范仲淹之後，努爾哈赤特別高興。而這位范文程，也成為後金日後最重要的漢人謀士之一。

明朝遼東總兵張承胤聽說撫順失陷，大驚之下，即刻率一萬餘明兵來救。

氣勢正銳的努爾哈赤八旗兵嚴陣以待，雙方交戰中後金旗開得勝，他們這些人有著多年真刀真槍的實戰經驗，把明朝基本沒有作戰經驗的正規軍打得大敗。總兵張承胤及副參將蒲世芳皆於戰中陣亡，明軍基本被全殲，近萬匹戰馬和無數輜重皆為後金所

得。

休整八個月，努爾哈赤一鼓作氣，撲向位於撫順東南的清河城（今遼寧本溪縣北）。

清河城地勢險要，位於四山夾峙之中，是後金進入遼東腹地的必經之路。清河城不僅地勢險，城牆厚，又有萬餘名明軍嚴陣以待。本來，如果明軍在城外小路或山間狹地層層設伏，大可以誘敵深入，步步殲之。但守城的明朝遼東副將鄒儲賢沒有軍事頭腦，擁兵固結，死守孤城，結果遭致後金兵奮不顧死的包圍和強攻。最終，在付出了死傷數千兵的代價後，後金兵蟻附登城，幾乎殺盡了守城的明軍和城內居民。

明將鄒儲賢先把全家老小闔門關進衙署焚死。然後，他躍馬持槍，衝陣而死。此人雖無謀，確實是條漢子。

繼折毀撫順城後，努爾哈赤又下令平毀清河城，遍毀周圍幾十里範圍內的明軍防禦設施，盡遷其民，搶走一切可以拿走的東西。

撫順、清河兩城的丟失，對明廷不啻是晴天響雷。

薩爾滸大戰——大明朝痛徹心肺的失敗

遼東二城喪於努爾哈赤之手，明廷大驚。這不僅僅是喪師殞將的問題，而是失去京師屏障的大問題。於是，一直惰政的明神宗不得不強撐起精神，親自過問遼東政事。

明廷上下也都忙碌不停，調兵遣將，為此戰特意在全國按畝加派「遼餉」，同時向朝鮮發出敕諭，讓對方派出人員馬匹支持明朝對後金的戰爭。

忙乎大半天，在挑選遼東戰爭最高指揮官時，明廷卻犯下大錯，千不該萬不該，挑中了多年前在朝鮮指揮乖方的楊鎬為遼東經略。此人的上任，其實就已經預示明朝在遼東戰場的失敗。

楊鎬在蔚山戰役失敗後落職，在家悶了十幾年。至萬曆三十五年，他被明廷重起，巡撫遼東，馬上主動開釁擊襲蒙古炒花部

。接著，由於他與李成梁家族的親密關係，力薦李如梅為大將，為此受到朝中言官彈劾，復遭落職。閑了幾年，趕上努爾哈赤崛起，明廷集議，有人認為楊鎬「熟諳遼事」，起用他為兵部右侍郎經略遼東。

明神宗十分信重楊鎬，特賜其尚方寶劍，他有權不經上報立斬總兵以下官員。同時，明廷任周永春為右僉都御史巡撫遼東。周永春駐廣寧，楊鎬駐瀋陽。

朝鮮國王深感明朝之前幫他抗倭的「救命」之恩，派元帥姜弘立率一萬多人涉過鴨綠江，來幫助明朝攻打後金。

楊鎬挺會用權。他到遼東後，用皇上所賜尚方寶劍，立刻就殺了清河城逃將陳大道和高炫，徇首軍中，以儆效尤。

楊鎬，文人弄兵實無大略，不過是一個官場沈浮多年的「官油子」。朝廷方面，大學士方從哲等人從「政治家」角度出發，惟恐戰爭拖延久會勞師費餉，鬼催一樣日發紅旗催促楊鎬出戰。

於是，萬曆四十七年春，陰曆二月二十一日，明軍諸道誓師。二十一日，大舉出塞。兵分四道：總兵馬林出開原為北路，山海關總兵杜松出撫順為西路，遼東總兵李如柏出鴉鶻關趨清河城方向為南路，總兵劉綎出寬甸為東路，朝鮮兵協助東路進攻。此次出兵動靜大，號稱大兵四十七萬（真實數目可能是十二萬人），約定於陰曆三月二日會兵共擊後金。

由於天降大雪，明軍諸路兵早晚不一，由集中主力的戰略臨時變更為「各個擊破」（結果是被「各個擊破」）。

後金努爾哈赤初聞明軍大舉，也很心慌，派人送信說，只要朝廷「賜」我們白銀三千兩、黃金三百兩、綢緞三千匹，後金就不與明軍交鋒。

說實話，由於心急，女真人開價真的不高。同時，後金派一萬多兵丁趕至薩爾滸（今遼寧撫順東大伙房）搬運大石，在界藩山上築城防守。

明軍當然不會與後金談判，諸路繼進。

穩定心神後，努爾哈赤制定了最為簡捷的戰略方針：「憑爾幾路來，我只一路去！」這種戰法，即毛澤東的「集中優勢兵力打擊敵人」。

鐵背山前，明軍杜松輕敵，他不待李如柏部明軍來會，孤軍深入，率明軍突入後金軍嚴備的薩爾滸谷口，自願鑽入口袋陣。

此次大戰，後金兵有四萬五，明軍只有兩萬出頭，雖然明軍上下英勇死戰，終於寡不敵眾，杜松於激戰中中箭而死，部將相繼陣亡，明軍近兩萬士兵被殺。如此，諸路明軍中，西路軍至此報銷。

這一路明軍，在接戰開始時其實還占上風，打得後金軍幾不能當。但明軍士兵貪功，只要有一名後金兵墮馬，會有十來個明軍下馬爭割首級，以至於部伍混亂越打越不行，最終反勝為敗。

北路軍總指揮馬林是個儒夫。聽聞杜松一部戰沒消息，他嚇得再也不敢前進，在尚間崖（今遼寧撫順縣哈達）掘嵌自守，紮三營為犄角。

看到這個軟柿子，努爾哈赤本人與皇太子諸子皆親自投入戰鬥，先破明軍車營大陣，猛衝猛殺，明軍不敵。除馬林本人逃命以外，其手下兵將基本被後金全殲。

行至中固城（今遼寧開原縣）的明朝「友軍」、女真葉赫部首領金台石聞馬林敗訊急忙撒丫子回逃，根本沒有給明軍幫忙。

擊敗馬林後，努爾哈赤聞知劉綎與李如柏二路明軍朝自己逼近。審時度勢後，他們決定僅以極少數兵馬牽制襲擾李如柏部，集中主力攻打劉綎的明軍。

劉綎一軍因道路崎嶇加大雪，三月初四才行進到富察（今遼寧寬甸東北），而且，他根本不知道劉松、馬林二部明軍敗亡的消息，仍舊按原計劃行軍，且士氣高昂，大有「廢此朝食」的意氣。

其實，出發前，劉綎曾以不熟地形建議緩師，但由於他與楊鎬在朝鮮共事時不和，立刻受到對方的尚方寶劍嚇唬，只能硬頭

皮出軍。

軍行至清風山，劉綎遇到後金派來的間諜，謊稱自己是杜鬆手下，要劉綎與他會軍進攻。

劉綎為搶頭功，更死命往前趕路，行至阿布達里岡（今遼寧新賓榆樹鄉，踞後金首府赫圖阿拉很近），明軍正遇後金埋伏的士兵。

劉綎慌忙布陣，陣未成，後金軍一部已從高岡馳下，奮擊明軍。劉綎所部明軍殊死搏戰，其手下數千親兵皆百戰勇士，戰鬥力極強，與後金廝殺在一處。

不久，後金軍傾翼迂迴衝上，人馬越來越多，明軍逐漸不支，忽然大潰。劉綎縱馬力戰，最終於後金兵亂刀之下，其屬下兩萬多明軍，僅僅逃出幾個人。

後金兵乘勝而前，殺至富察甸，正遇本來充當接應的康應乾部明軍以及一萬多朝鮮援軍。後金兵高呼上前，很快殺盡了數千明軍。

朝鮮元帥姜弘立見勢不妙，在如此關鍵時刻竟然勒兵不戰，向後金投降。朝鮮軍隊投降後金後，還把戰敗後與大部隊失散的數百明將明兵盡數交與後金軍隊。

明軍遊擊將軍喬一琦血戰三天三夜，剛剛在朝鮮軍營吃碗冷麵，就被棒子兵以刀相逼，喝令他出營向後金軍投降。喬一琦雙眼冒血，大叫一聲，躍身投崖而死，為國盡忠。

不過，投降的棒子們也沒有好下場，姜弘立等軍將一直被扣壓，屬下士兵皆被發放到各旗為奴隸，最終只有不到三千人逃回朝鮮，其餘都被後金殺掉或者虐待致死。

至此，楊鎬所統四路大軍，三路皆喪。他立即下令李如柏回軍。李氏家族一直與後金有著千絲萬縷的聯繫，當時對劉綎又見死不救，不少人懷疑李如柏與後金之間其實是有某種私下交易。

此次薩爾滸大戰，明軍文武將吏戰死三百一十多人，軍士死亡五萬多（明官方數字是四萬五千八百多人），丟失駝馬甲仗軍

資無算。

楊鎬以十二萬之眾，敗於六萬後金軍，罪過不可謂不大。這次楊鎬再無人替他在朝中開脫，被逮論死。

不久，為了全取遼沈，後金以界藩為臨時都城，在萬曆四十七年夏天，攻取了開原、鐵嶺。

開原位於遼河中游左岸，是明朝軍防重鎮。由於警備鬆懈，四萬多後金兵一鼓作氣緣城而上，總兵馬林以及大將於化龍等人皆陣中被殺。

破城後，後金兵在開原屠殺三天，殺掉居民近十萬人，然後焚毀城市，飽掠而去。

又過一個多月，後金兵攻擊鐵嶺，守城明軍全部戰死。

在攻取開原、鐵嶺的同時，後金擊敗前來援明的喀爾喀部蒙古與葉赫女真。此後，「夷虜」聯合，終成明朝東北巨患。

薩爾滸之戰後，後金擁有二十萬左右的精兵，而殺掠而得的衣甲驛馬又充實了他們的後勤保障。努爾哈赤手中握有了真正開國立朝的大本錢。

據實而講，明軍諸路中，杜松、劉綎等部明軍戰鬥力很高，可惜的是單部兵員占下風，戰法又死板，最後被後金各個擊破。

明軍與後金戰陣，基本都是先結營，以鳥銃、火炮對著後金軍狂轟。但那時的火器威力還不夠，後金軍總能冒死前衝，快速殺至明軍陣前，沒有心理準備的明軍往往發慌，只要他們掉頭，必定逃不脫被大辮子金兵砍殺的命運。

事易時移，十九世紀中晚期清軍名將僧格林沁與英法聯軍交戰，仍舊使用這種不要命的「奮勇直前」戰法，但僧格林沁不抵「馬克沁」，兩三萬清兵騎兵在西洋連發機關槍下落葉般墮地而亡。所以，如果明軍熱兵器在當年有「馬克沁」機槍一半的威力，「後金」可能早就成為歷史名詞。

薩爾滸大戰，後金僅僅以傷亡五千的微弱代價，打敗了十二萬明朝的精銳部隊，並殺掉了其中的一半人。

在明朝「九邊」中，遼東稱為「九邊之首」。由於遼東位於京師左翼，故又稱「遼左」。遼東疆域極闊，其東隔鴨綠江與朝鮮相鄰，西至山海關接引京師，南至旅順口與登、萊二州隔海相望，北轄開原、鐵嶺控白山黑水，東西一千餘里，南北一千六百里，一面阻海，只有山海關一線與內地相通。

如此巍巍雄藩，明朝在這麼山川肥美的地方竟然未設州縣，只有於開原、遼陽兩處設立州治，其餘皆歸衛所管轄。

當初明朝的考慮，是因為遼東華夷雜糅，主要注意力在於「北虜」的殘元勢力，對於「東夷」女真人主要以「撫」為策，想使「二虜」互攻，坐收漁利。

特別疏忽的是，明政府對於遼東地區一直沒積極開發，沒有執行大規模移民實邊的工作，致使此地防禦體系脆弱。如果早早安插些「兵團」在其中，控制險隘要地，日後也不會如此狼狽。

遼沈大戰——多事之秋的沮喪

薩爾滸大戰後，經略楊鎬被免職，明廷擢熊廷弼為兵部右侍郎兼都察院右僉都御史，經略遼東。至此，熊廷弼開唱他的悲劇主戲。

熊廷弼，字飛百，江夏人（今湖北武漢），萬曆二十五年鄉試第一，二十六年進士及第。此人身長七尺，有膽知兵，能在飛馳中縱馬左右開弓，絕對是文武奇才。但此人又是百分百武漢人性格，「性剛負氣，好謾罵，不為人下，物情以故不甚附」。

他在萬曆三十六年時，曾經巡按遼東，根據當地實際情況，督民屯田，繕建城堡，核軍實，絕賄賂，整肅軍紀，大得軍民之心。

楊鎬喪師敗績，明廷因熊廷弼有遼東工作經驗，派他代替楊鎬為遼東經略。他本人還未出京，開原亡陷的消息已經傳來。聞此訊，熊廷弼憂心忡忡，上奏表言：「遼左乃京師肩背，河東乃遼鎮腹心，而開原又為河東根本。欲保遼東，則開原必不可棄。

奴酋（指努爾哈赤）未破開原時，北關（葉赫）、朝鮮猶足為其腹背之患，今其已破開原，北關不敢不服，朝鮮不敢不從。建奴既無腹背之憂，必合東西之勢以交攻，然則遼瀋何可守也？乞朝廷速遣將士，備芻糧，修器械，毋窘臣用，毋緩臣期，毋中格以沮臣氣，毋帝撓以掣臣肘，毋獨遺臣以艱危，以致誤臣、誤遼、兼誤國也。」

如此激動冒上之語，明神宗均報允，並賜其尚方寶劍。

可歎的是，熊廷弼剛一出關，鐵嶺失守消息傳來，瀋陽及附近各城堡軍民一時逃竄，遼陽洶洶，人心極亂。

熊廷弼臨危制亂，星夜兼程往遼東急赴，祭奠死節將士，斬殺懦怯逃將，並劾罷總兵李如楨。

然後，他督促兵士製造戰車、修復城堡防禦設施，請求朝廷調十八萬大軍，分佈於清河、撫順、柴河、三岔兒等要口，首尾相應，小警自為堵禦，大敵互為應援。並挑選精騎尖兵，乘間殺入後金部落，更番襲擊，以使對方疲於奔命。

在他一系列計劃得施之後，遼東守禦已經形成體系。

萬曆四十七年（1619年）秋，努爾哈赤部隊完全平滅葉赫女真。審時度勢之後，熊廷弼只得退守遼陽堅城，準備以堅守為大計，先保證城池不失，然後漸謀進取。

本來朝廷已經批准其計劃，但熊廷弼在朝中招來小人，使他不能安位。戶科給事中姚宗文昔日是熊廷弼好友，丁憂回朝後想補官，但一直未補上。於是，他就想假稱自己有招徠蒙古部落的功勞，屢屢上疏，均不得報。計窮之餘，他就給老友熊廷弼寫信，讓他這位勢振一時的遼東經略代為己請。熊廷弼當時正忙於遼事，沒顧上此事，結果使姚宗文大為怨恨。

不久，姚宗文在吏部重新得官，以朝廷特派員身份赴遼東閱視軍情，自然與熊廷弼意見多左，二人嫌隙日深。

此外，遼東當地人出身的御史劉國縉以兵部主事身份協助熊

廷弼在遼東募兵，他主張招募兵士以遼人為主，結果，招兵一萬七千人，未幾大半逃散。熊廷弼把此事奏聞朝廷，劉國縉深恨。

而這位劉國縉，與姚宗文一樣，昔日在朝中和熊廷弼同為言官，三人意氣相得，終日以排擠東林黨人、攻擊道學為能事。日久相失，姚、劉二人結伴，對從前老友熊廷弼怨毒滿心。所以，二人表裡相結，在朝中傾陷熊廷弼。

姚宗文從遼東閱視軍情回朝，馬上寫奏疏，陳說熊廷弼剛愎自用，致使國土淪喪，最要命的有幾句：「軍馬不訓練，將領不布署，人心不親附，刑威有時窮，工作無時止。」然後，他又暗聯與自己聲氣相通的御史言官，一同劾奏，必欲把熊廷弼從遼東經略位子上弄掉。

當時，恰值明光宗病死，明熹宗初立，朝中多事，各黨各派大打出手，互相攻訐。

在受到眾多攻擊的情況下，憤怒至極的熊廷弼只能上書求去，朝議以袁應泰代領其職。

幸虧被派往遼東勘驗熊廷弼工作的兵科給事中朱童蒙是個君子，他回朝後直陳熊廷弼在遼東的功勳：「臣入遼（東）時，士民垂泣而道，謂數十萬生靈，皆（熊）廷弼一人所留，其罪何可輕議！獨是（熊）廷弼受知最深，蒲河之役，敵功瀋陽，（其）策馬趨救，何其壯也！」

因此，賴君子回護，熊廷弼此次未遭牢囚之災。

袁應泰是忠臣大好人，但其謀略相比於熊廷弼，遠遠不如。在其任上，瀋陽、遼陽，相繼失陷，他本人也最終自殺殉國。

袁應泰，陝西鳳翔人，進士出身。他入遼東主掌軍務後，一反熊廷弼從嚴治軍，治軍以寬，並把一直與女真勾打連環的不少蒙古饑民安置於遼陽、瀋陽城中。本來袁應泰想先收復撫順，未待其出發，天啟元年（1612年）春，後金先發制人，八路大軍出攻瀋陽東南四十里的奉集堡，挑起遼瀋大戰序幕。

天啟元年陰曆三月初十，努爾哈赤率數萬後金精兵，對瀋陽

發動猛烈進攻。守將賀世賢陝北人，勇猛過人。他城外設置數道防禦，後金兵一時不能靠近堅城。

於是，在知悉賀世賢有勇少謀的情況下，努爾哈赤施用誘敵出戰的計謀，以老弱之兵引誘明軍出城來戰。賀世賢中計，率數千親兵追擊「潰逃」的後金兵，結果正中其計，被埋伏的後金兵逮個正著，明軍完全被打散，後金軍乘勝勢正殺入遼陽城門。激戰之中，賀世賢身中數箭，血戰而死。

攻入瀋陽後，後金兵大開殺戒，屠殺兵民近十萬人，全取瀋陽堅城。

接著，後金軍隊在渾河南岸的野戰中充分發揮本身的優勢，大敗明軍川浙籍兵將組成的精銳部隊。在付出死傷數千人代價後，殲滅近四萬明軍，直逼遼東最重要的堡壘城市遼陽。

明朝在遼陽經營二百餘年，牆厚城堅，城防特別嚴密。

袁應泰聞報瀋陽失陷，驚駭異常，忙把遼陽周圍各大軍事據點的明軍調撤回來，齊守遼陽大城。這樣一來，後金軍一路無阻，遼陽實際上成為一座孤城。

陰曆三月十九日，後金軍隊逼近遼陽。袁應泰派出五萬明軍出城對陣。結果，交戰不久，明軍即不支，掉頭往城內逃潰，被殺的不說，自己人踩死自己人就有一萬多人，城門外積屍數層。

轉天一大早，最後的三萬明軍被派出東門外列營，仍舊是老戰法，陣前排列三層火器，對後金兵猛轟。畢竟是原始狀態的熱兵器，抵抗不住兵金兵奮不顧死的殺氣。明軍大潰，逃竄過程中掉入護城河淹死的就有上萬人。

惡戰持續一天多，早先混入城內的後金軍細作間諜們四處放火，燒毀明軍幾乎所有軍備和物資，遼陽陷落。袁應泰見大勢已去，哀歎之後，跑上城上的鎮遠樓自縊殉國。

瀋陽、遼陽相繼淪陷，明朝在整個遼東地區的統治土崩瓦解，各部軍隊紛紛後撤。

危難之時，王化貞登上歷史舞臺。這個人，注定也是一個悲

劇角色。

河西大戰——窩裡鬥的敗局

王化貞，山東諸城人，萬曆四十年進士。熊廷弼經略遼東時，他以戶部主事身份守廣寧。由於撫慰有方，蒙古炒花諸部皆不敢乘機輕舉妄動。朱童蒙驗勘熊廷弼一案，回朝後也大講王化貞好話。

遼陽、瀋陽失陷後，明廷重新起用熊廷弼，同時進王化貞為右僉都御史，巡撫廣寧（今遼寧北鎮）。當時，升任兵部尚書的熊廷弼未到任，遼陽初失遠近震驚，皆以為河西之地肯定不保。

王化貞手下最初只有千餘名孱卒。他困守孤城，聯絡蒙古，激勵士民，以至於朝廷倚信他為奇才。所以，熊廷弼經略遼東，只是在山海關駐軍。遼西之事，皆由王化貞規劃。

但熊、王二人，一開始就不相協，意見相左。熊廷弼主張守戰，深壘高柵以俟後金精兵；王化貞主張進取，並把各處援遼部隊改稱「平遼軍」。熊廷弼以為：「遼人未叛，應改軍名為『平東軍』或『征東軍』，以慰其心。」王化貞不以為然。

於是，二人同處遼東，經略、巡撫不和，已經廣為人知。

後金，明朝相持之際，王化貞手下都司毛文龍率數百精兵，突然襲取了鎮江（今遼寧丹東附近），明廷舉朝大喜。王化貞自以為奇功。

熊廷弼大不以為然：「三方兵力未集，毛文龍發之太早，致使虜洩恨遼人，屠戮四衛軍民殆盡，灰東山（蒙古）之心，寒朝鮮之膽，奪河西之氣，亂三方並進之謀，誤屬國聯絡之算。名為奇功，實為奇禍！」

疏上，明廷不悟。

王化貞聞之，認定熊廷弼嫉妒他屬下首功，心中更恨。

王化貞為人，素不習兵，輕視大敵，文人輕狂、目空一切的習氣在他身上表現得淋漓盡致。獲鎮江小勝後，他感覺好得要飛

天，奏稱可以聯絡蒙古炒花等部合擊後金。朝中兵部尚書張鶴鳴信之，全依王化貞的話行事。

所以，當時王化貞在廣寧城擁重兵十四萬，而他名義上的上級熊廷弼徒擁「經略」之名，身邊只有幾千弱兵。兩人事事齟齬，加上老熊為人量淺，盛氣凌人，更與王化貞火水不容。

與此同時，熊廷弼上奏，明白直斥兵部尚書張鶴鳴不與自己商量，擅自調派部隊。由此，熊、張二人矛盾日深。

王化貞一直嚷嚷蒙古會派精兵四十萬來援，熊廷弼不信。結果，蒙古始終未發兵，王化貞不敢進兵。

天啟元年（1621年）底，河水凍合，廣寧的百姓認定韃子兵肯定要渡河來攻，紛紛逃亡。王化貞分兵鎮守鎮武、西平等堡塞，集大軍守廣寧。

朝中兵部尚書張鶴鳴要熊廷弼出關相援。不得已，熊廷弼出關在右屯（今遼寧錦縣東南）駐兵，仍舊堅持守議，以重兵內護廣寧，外扼鎮武、閭陽，準備清兵行至中間時夾擊。

部署既定，王化貞輕信後金間諜之言，忽然主動發兵攻襲海州，結果半途而返，勞師喪氣。

回廣寧後，王化貞仍不減鬥志，再上疏請兵六萬，表示要一舉蕩平後金。當時，王化貞的座師葉向高重回內閣不久，非常偏向自己的學生，熊廷弼之議自然不受重視。

朝中官員察知遼東經、撫不和，多上章彈劾二人，亂成一鍋粥。

彼時的魏忠賢還未成大氣候，與客氏專心在內宮謀殺懷孕嬪妃，外廷之事皆是幾個閣臣主持。互鬥了多日，明廷不明確表態支持熊廷弼或王化貞，仍舊兼任二人，只是警告二人加強合作，功罪一體。

努爾哈赤方面，秣馬厲兵，準備充分，於天啟二年（1622年），初春時分調發五萬精兵，兵分三路，直向廣寧殺來。

後金軍在三岔河渡口修整後，首先猛攻西平、鎮武諸堡壘。

王化貞輕信早已與後金軍有約的內奸孫得功之言，盡發廣寧守軍，讓孫得功與祖大壽率領這批主力明軍出城與祁秉忠等人一起尋找後金兵交戰。

此時的努爾哈赤最怕攻城，最擅長就是曠野運動戰。平陽橋上（今遼寧台安），兩軍相遇。剛剛交鋒，孫得功率本部兵先行自潰，鎮武、閭陽兵登時惶駭，四處奔逃，明將劉渠、祁秉忠等人皆戰死，六萬明軍基本被後金軍殺個精光。

此時，有人建議熊廷弼急馳廣寧救援，但最終為人所阻，未能成行。

孫得功逃回廣寧後，王化貞仍不知他已經暗中降金，對這個叛將仍舊言聽計從。城內明軍人數不多，不少人趁亂縋城逃走。孫得功本想把王化貞本人與廣寧一道送與努爾哈赤當見面禮，幸虧參將江朝棟救護，擁王化貞千辛萬苦逃出城去。

廣寧遂為後金所有。

狼狽踉蹌之餘，王化貞在逃到大凌河時（今遼寧錦縣境內）時與熊廷弼相遇，失聲痛哭。

此時，熊廷弼心中又急又恨又幸災樂禍，微笑地問：「六萬大軍想一舉蕩平建奴，現在何如！」

王化貞再無昔日的精神頭，俯首懷慚不能回答。

喘定後，他與熊廷弼商議，想遣軍奪回廣寧。熊廷弼說：「現在講這個，為時太晚，只有護送潰逃民眾入關這一種選擇。」

於是，他把手下五千軍兵交予王化貞殿後，然後盡焚軍資，徐徐掩護難民撤退。

此時此刻，再也不見從前那個雄才大略的熊廷弼。本來，明軍在西平等地戰敗時，如果熊廷弼出軍，或許能與廣寧守軍固守城池。即使王化貞棄廣寧，如果安排得當，明軍仍可堅守錦州、寧遠等地，步步為營阻擊清軍。

由於同僚間互相傾軋，熊廷弼心灰意冷，故而根本不想再做抵抗，一直回撤入關。

努爾哈赤方面，派人把廣寧城搶個精光後，一把大火焚毀城市，金軍撤回遼陽。至此，後金軍基本在遼西掌握了軍事主動權，明朝再也無望恢復遼東，步步後撤，最終只能以山海關為依託了。

熊、王二人入關不久，雙雙被逮。當時魏忠賢已漸握朝柄，索銀四萬不成，索性以熊廷弼為名目大興「遼案」。以受賄罪把楊漣、左光斗等東林黨人牽涉入內，一一殘殺，熊廷弼本人也難逃鬧市被誅的結局（天啟五年）。不僅他自己家，與其有姻親的家族也受牽連，財產盡被罰沒。其長子熊兆珪不堪地方官凌辱，自刎而死。其女熊瑚悲憤，嘔血而死。直到崇禎二年，朝廷才下詔允許其家人持其首級歸葬。王化貞與熊廷弼一起下獄論死，但多活了幾年，直到崇禎五年（1632年）才被斬首，以平公論。

熊廷弼被殺，當時禦敵的袁崇煥聞訊，悲憤交加，作《哭熊經略二首》：

記得相逢一笑迎，親承指授夜談兵。
才兼文武無餘子，功到雄奇即罪名。
慷慨裂眥須欲動，模糊熱血面如生。
背人痛極為私祭，灑淚深宵苦失聲。
太息弓藏狗又烹，狐悲兔死最關情。
家貧罄盡身難贖，賄賂公行殺有名。
脫幘憤深檀道濟，爰書冤及魏元成。
備遭慘毒緣何事，想為登壇善將兵。

這熊爺一死，其實是明朝自己砍去支撐明王朝的一根巨柱。

寧遠大戰——後金不敗神話的破滅

廣寧大敗消息傳至京城，朝中兵部尚書張鶴鳴嚇得差點尿褲子，為減輕罪責，他立刻「自告奮勇」去山海關「督師」。明熹宗做木匠活兒之餘，聞言大喜，馬上賜其尚方寶劍，讓他立刻赴山海關。

　　躲過追查責任這一關，張鶴鳴擦下一頭冷汗，一路磨蹭，行了二十天才抵達山海關。然後，他立即以自己身染重病為由，遞上辭呈，溜回老家。

　　明廷只得另覓人選，決定讓兵部右侍郎解經邦經略遼東。這位文人膽子奇小，連連辭任，即使被朝廷革職也再所不惜。丟官可以回家頤養天年，丟命可就吃啥不香了。

　　最後，明廷只得進行「民主」集議，誰得票多，誰就得去。選了半天，王在晉被大家選中，任其為兵部尚書兼都察院右副都御史，經略遼東、薊鎮、天津、登萊等處軍務。如此職高權大的位置，王在晉力辭。最後，明熹宗發憤翻臉，表示如果再敢推辭，「國法不容」。

　　勉強之下，王在晉只能受命。他集中近十二萬精兵於山海關，本人坐鎮關上。

　　城上危樓控朔庭，百蠻朝貢往來經。

　　八窗虛敞堪延月，重檻高寒可摘星。

　　風鼓怒濤驚海怪，雷轟幽谷泣山靈。

　　幾回浩笑掀髯坐，羌笛一聲天外聽。

　　此詩名為《鎮東樓》，乃明朝成化年間進士蕭顯所作。鎮東樓，今人可能茫然不知此樓為何物，其實就是我們遊客所理解的「山海關」。

　　明朝洪武十四年（1381年），大將軍徐達在今天的山海關建關設衛，而「山海關」之名，也是由彼時而起。此雄關倚雄偉的燕山，襟帶遼闊渤海，是一道堅固的防守關壘。而「鎮東樓」僅僅是山海關城四座門樓中的一座，其餘三樓為望洋樓、迎恩樓、威遠樓，每座門樓外都有甕城環而衛之，但如今保存完整的只有鎮東樓甕城，其餘三樓的甕城均毀於上世紀五十年代。

　　「天下第一關」五個雄渾大字，相傳為蕭顯所書，又有一說為明朝大學士嚴嵩所書。筆者個人認為，如此氣勢恢宏、典雅大

氣的書法，應該是當過相爺的人才能寫得出，所以，嚴嵩可能是五個大字的書寫者。蕭顯的官職，最高不過是兵科給事中、福建按察司僉事這樣的「司局」級，書法也不是特別聞名。但恰如「蘇黃李蔡」四大家，後人認為「蔡」是蔡襄而不是蔡京一樣，皆為「忠奸」心理所致；人們感情上傾向於本身老家是山海關的蕭顯，而不是身為相爺的聲名不好的嚴嵩。

搜索史志，可以發現山海關歷史悠久，商朝時其地屬孤竹，周朝時屬燕地，秦漢屬遼西郡，至隋文帝時代，在這裡設置榆關，唐朝又屬臨渝縣，宋朝時此地屬於遼國，設遷民縣，元朝時稱遷民鎮。延至明代，始稱山海關，歸隸永平府管轄。清朝、民國屬臨榆縣轄下。1948年底，山海關解放，轄於秦榆市。1949年春，秦榆市改稱秦皇島市。

山海關在遼西走廊西端，又是萬里長城的東部起點。極目北眺，燕山長城如帶，雉堞叢立，周繞青山，雄瞰一方；揮手南指，渤海碧波萬頃，石城入海，拱衛海疆；西邊的石河，是阻敵入侵的天然深壕（解放後修水庫，即現在的「燕塞湖」）；東有觀喜嶺，又是禦敵的天然屏障。自南北朝時期開始，北齊在556年（天保七年）就開始在燕山山脈修築長城三千里，西起西河總秦戍（山西大同），東到大海（山海關），至今在撫寧石門寨，仍可發現北齊長城遺址。隋朝時，隋文帝時代漢王楊諒以及日後的隋煬帝數十萬大軍東征高麗，均從臨榆關（山海關）出大軍。唐太宗御駕征高麗，仍是由此出擊。「長城之枕護燕薊，為京師屏翰，擁雄關為遼左咽喉」（《畿輔通志》），明清時此關更是為京師安全的關鍵屏障。中原政權一直倚山海關為峻險雄關，但五代時後晉的盧龍節度使周德威愚勇不為備，致使榆關被契丹人攻克，遂失屏障。

從軍事史角度上講，山海關最重要、最出名的年代在明朝。大將軍徐達發燕山等衛屯兵一萬五千一百人，修永平、界嶺等三十二關，築山海衛城，又在山海關附近開設碼頭莊港，使其成為

接轉山東糧餉和向遼東轉運的轉輸港。

　　本來，明朝前期，主要邊防力量皆在今天的山西、內蒙等地，嚴防退走大漠的蒙古人捲土重來。但是，明中期開始，東北滿族分力興起，遼東成為邊防重地，明朝幾乎可稱是竭盡四海之物力以在山海關備戰，每每在此處關壘內外佈防重兵十數萬人，成為阻止滿洲鐵騎入北京的最重要之地。

　　由於是咽喉要地，山海關係天下安危於一垣。幾十年來，滿族騎兵屢屢試探性進攻，但均於關前止步，無法逾此天險雄關，只能多次繞過山海關從別的隘口越過長城馳騁於華北平原。雖然克勝連連，但皆是得而失之，搶掠而去，原因很簡單：

　　　「山海關控制其間，則內外聲勢不接。即入其他口，而彼（明軍）得繞我後路」（魏源《聖武記》）。

　　由此，清軍即使繞路攻入山東、直隸的郡邑，搶掠後很快就棄而去，主要就是因為山海關阻隔，怕腹背受敵。

　　山海關這一組龐大的防禦體系，是經過明朝二百六十多年長期經營而最終完成，它以長城為主線，以山海關城為中心點，共有十大關隘、七座衛城、三十七座敵臺、十四座烽火臺等建築組成，不僅主次分明，且點線呼應，佈局合理，設計科學。其十大關隘南從老龍頭開始，中間經山海關城，東北延至一片石（九門口），共二十六公里，十座險關扼咽，重巒疊嶂，入海為城，確實有「一夫當關，萬人莫開」之勢。值得一提的是，民族英雄戚繼光在平定東南沿海倭患後出鎮薊州，在山海關一帶大修武備，訓練士兵，改進武器，鞏固了山海關一帶的山海之防。

　　王在晉本人並不知兵。他到任後，並無提出有價值的戰略思想，只提出他自己的「八字方針」——拒奴撫虜，堵隘守關。後四字不必講，核心內容是前四個字，拒奴，就是抵禦女真的後金；撫虜，就是想大砸銀子收買蒙古部落來「以虜制奴」。此外，他還提出在山海關外重築一關的不切實際的臭招。幸虧不久後，

為明熹宗侍講的大學士孫承宗前往山海關做實地考察，與袁崇煥等人一起否決了王在晉關外建關的荒謬建議。

這位王尚書在山海關幾個月，基本沒幹實事，皇皇萬言的奏書寫了許多份，皆是書生空談。

別的大臣視遼東如畏途，大忠臣孫承宗卻以大學士之尊，自己主動要求去山海關擔任遼東經略。他到任後，推薦副總兵趙率教、滿桂二人為助手，與袁崇煥一道，堅持力守關外的戰略方針，在寧遠、錦州一線佈防，依託山海關，使之成為自努爾哈赤至皇太極均不能逾越的堅實防禦體系。

孫承宗派出將領至錦州、松山、杏山、右屯、大凌河、小凌河各處築繕城守，如此，自寧遠城向前又推進二百多里，其間至山海關共四百里，加固了以寧遠為中心的寧錦大防線。

孫大學士賣命賣力如此，由於京城內大太監魏忠賢等人的迫害，他們以柳河之戰明軍損失幾百人為口實（柳河之役是明將馬世龍的冒失進攻，其實只是小規模戰敗，無礙大局），竭力攻擊孫承宗，最後逼使他不得不請辭回家。

孫承宗走後，閹黨成員高第接手山海關防禦。

這位高第甫上任，出於膽怯，他就下令撤除寧錦防線，命外出明軍回縮到山海關佈防。為此，身在寧遠的袁崇煥毅然抗命不從，表示寧可死於城中，絕不回撤。

袁崇煥堅決，別的明將不得不聽命，紛紛從錦州、右屯等地狼狽回撤，丟失糧儲無數。數十萬遼民，也哭天喊地地被逼回關內。

袁崇煥，字元素，廣東東莞人，萬曆四十七年進士。其為人慷慨有膽略，好談兵，常以邊才自許。天啟二年，他由邵武知縣任上入京述職，為御史侯恂推薦，破格拔用升為兵部職方主事。

廣寧潰師，無數明軍明將敗撤於關內，惟獨袁崇煥一人單騎出關，隨行隨觀，精心記憶山川形式，並詳細記錄防禦要點。回京後，他上疏奏言：「給我兵馬錢谷，我一人足守山海關外！」

明廷當時為之一振，立擢其為僉事，監關外軍，發帑金二十萬給袁崇煥，讓他招兵買馬。

行前，他去看望了被軟禁在京城的熊廷弼。兩人晤談整整一天，相見恨晚。特別是老熊得知這位袁爺自己持同樣的「先守後戰」的戰略方針，大喜之下，知無不言，言無不盡，向袁崇煥傳授了自己寶貴的戰爭經驗，並畫詳細地圖與對方。

到山海關後，袁崇煥撫定哈剌慎諸部，深夜進駐中左所（距山海關約四十里）。在孫承宗支持下，他在天啟四年（1624年）重築寧遠城，使這個原本的堡壘小城，儼然成為關外重鎮，防守設施極其完備。

果不其然，天啟六年（1626年）開春，努爾哈赤親率六萬後金精兵，矛戈一新，直向寧遠城殺來。

此城位於遼西走廊中段，西距山海關一百公里左右，東距瀋陽三百公里，北依高山，南瀕大海，實為通往山海雄關的咽喉所在。

此次出兵，後金號稱二十萬。努爾哈赤抵達寧遠後，先招降袁崇煥。

袁崇煥笑謂使者：「二十萬大軍，沒那麼多吧，聽說只有十三萬，我大明將士，又有何懼！」然後，他率大將滿桂、祖大壽等人集體招集將士，誓以死守。

為激喚忠義之氣，袁崇煥熱血為書，親執牛酒，遍拜將士。明軍上下思憤，踴躍效死。

於是，在袁崇煥精密佈置下，明軍盡撤城周百姓入城，堅壁清野，並在城上安置了當時最為先進的西洋「紅夷大炮」十餘門。值得一提的是，寧遠城內，明軍只有兵力不到二萬人。

見勸降不成，努爾哈赤下令後金軍進攻。一時之間，後金大辮子兵蔽野而來。他們群湧向前，先推楯車，依次弓箭手、車兵、重鎧鐵騎，堅實而又殺氣騰騰往城牆方向移動。

袁崇煥鎮靜淡定，手揮令旗，明軍發炮。震耳欲聾之間，炮

彈在後金隊伍中開花，堅厚高大的楯車以及周遭忙著推車後金士兵，頓時間被炸成木肉混合的屑末，紅霧狂飛。

即使如此，後金兵仍奮不顧死，螞蟻一樣湧至城下，玩命挖鑿城牆。幸虧天寒地凍，寧遠城多處城牆磚石雖然挖出了洞，但凍土堅實，沒有垮塌下來。

由於攻至城下的後金士兵不在大炮射程內，明軍想出新招，把火藥塞入棉被中，投入牆下正挖牆角的後金士兵群中。然後，守城明軍用弓箭射火，登時棉被四處開花，大火燒死不少後金兵，他們攻城的楯車、雲梯也被紛紛點燃。

這樣，激戰二天有多，由於寧遠城上紅夷大炮太厲害，努爾哈赤只得望城興歎。惟一讓他略感安慰的是，後金一部攻殺覺華島守衛糧倉的明軍數千人，總算掙回一點面子。惱急之餘，後金軍把島上數千居民均屠殺殆盡。

二十七日，努爾哈赤騎著高頭大馬，撤圍前想親自再看一眼寧遠城。結果，大炮又響，一枚鐵丸透入堅甲，直插入他的背中。雖然當時不要命，也使得這個老女真賊酋立馬吐血。受傷加上兵員重挫，他只能下令解圍回軍。

後金軍撤退途中，袁崇煥命令祖大壽、滿桂等人率領明軍追擊，突出奇兵，把代善一軍殺得大敗虧輸，金雞嶺下，留下兩三千大辮子的屍體。後金軍狼狽而去。

由於高麗參一天幾根吃著，受傷的努爾哈赤在病榻上殘喘了半年多，最後還是抱恨而死。

當然，清朝的官方文件諱口不言努爾哈赤真實死因，只說他是病死。明朝人講這位奴酋是寧遠失敗後「疽發於背」而死，即氣悶而死。其實，大炮的鐵丸子，才是他真正的死因。

勝訊傳來，明廷上下，一片歡呼。八年以來，第一次生挫後金兵鋒。由此，袁崇煥被提升為右僉都御史，加遼東巡撫，諸將各有升賞。當然，「廠臣」魏忠賢功勞最大，「寧遠大捷」被說成是他本人「指揮幃幄」的結果，其宗族子弟，為此均得蔭賞。

一直駐守山海關畏縮不出兵求援的高第，由於他是閹黨人員，只落得去職閑住的小小處分。

寧遠之戰後，堅城大炮，成為明軍戰略指導思想。為此，明熹宗還下詔封十幾門西洋大炮為「安國全軍平遼靖虜大將軍」，這比起秦始皇封避雨的五棵大松樹為「大夫」，確實有「進步」意義。此後，明與後金之間的形勢，從原先後金單方面的進攻，變成了雙方的戰略對峙。

寧錦大戰——堅城利炮的正確體現

努爾哈赤死後，其第八子皇太極繼位，改元「天聰」。

袁崇煥有勇有謀，派手下都司等人攜禮物吊喪。皇太極熱情接待，雙方心照不宣，互相很有禮貌。袁崇煥此舉是想試探後金虛實，皇太極的禮敬是想緩解後金汗位交替之際不穩的政局。由於朝鮮和蒙古部落於旁邊伺窺，皇太極心中也不踏實。雙方開始講和。

皇太極想以山海關為界，要求明朝每年賜金賜物予後金。這幾乎就是從前北宋對遼、金關係的翻版，明朝當然不可能同意。皇太極不惜「委曲求全」，答應削去自己的「年號」，奉明朝為正朔，每年回貢人參、貂皮為回報。

其實，明朝從上至下，包括袁崇煥本人，根本就不會想到與女真人真的實行和談，互相派人只是遷延觀望的試探手段而已。

天啟七年（1627年）初，皇太極首先發動對朝鮮的進攻，十餘天已盡占朝鮮大半島，朝鮮國王兔子一樣逃往江華島，只得與後金訂立「盟誓」，互為「兄弟之國」。

強迫對方簽訂「江都和議」，讓對方講明後金與明交戰時朝鮮要保持中立。

初夏時分，皇太極從朝鮮回來稍作休整，即率七萬左右大軍向錦州方向進發。

袁崇煥一直堅持他自己的一套原則：「以遼人守遼土，以遼

土養遼人。守為正計，戰為奇計，和為旁計。」一年多時間內，他指揮明軍修築堅城，大興屯田，分選官將守衛險隘要地，一直沒有放鬆備戰。當然，稍後袁崇煥與滿桂等人之間也有矛盾，但經過多方調和，大家皆能以大局為重，同仇敵愾，共抗後金。

天啟七年夏五月，皇太極自率三萬左右前哨精兵渡過遼河，直撲錦州，把錦州城包圍得水洩不通。

明朝守城總兵趙率教、左輔、朱梅甚至監軍太監紀用等人勁往一處使，各自分頭到四面城上率軍抵禦，絲毫不敢鬆懈。同時，明軍各部事先打招呼，絕不能中後金誘兵出戰之計，各自堅守城池不出，只派出祖大壽率數千精騎以做襲擾包抄之用，絕對避免與後金兵在野外混戰。

攻打錦州十多天，後金軍傷之嚴重，沒有絲毫進展。無奈，皇太極只得又率數萬精兵，撲向寧遠，只留少數軍隊在錦州外圍留圍。

五月二十八日，後金兵對寧遠開始了第二次攻城大戰。袁崇煥、滿桂（蒙古籍明將）二人親自督戰。滿桂領明軍出城擊迎後金兵。皇太極見狀大喜，以為終於可以與明軍野戰。他不知道，袁崇煥在努爾哈赤撤退後，抓緊訓練明軍野戰，特別組織了車營和騎兵營，專門天天針對性訓練對後金的曠野作戰。同時，袁崇煥憑城指揮發大炮，殺得後金軍隊人仰馬翻，死傷眾多。

皇太極氣惱，死命士兵衝鋒，一時間把明軍逼退。明朝大將滿桂身先士卒，帶傷奮戰，明軍感奮，踴躍向前，憑藉二百多輛廂車，從車中發射火器，殺得後金兵將死傷一片，終於擊退皇太極的進攻。

打了一天，死傷四五千人，寧遠城毫髮無損。見攻寧遠無望，皇太極只得率大軍復圍錦州。

此時的皇太極，又氣又急，萌發賭徒心理，命令後金士兵拼死也要把錦州攻下來。可幸的是明軍深壕堅牆，外加大炮，打得後金兵屍橫遍野，又折數千人馬。

　　由於天氣越來越熱，屍氣彌騰，眼看軍中就要流行疫病，皇太極不得不灰溜溜撤兵。

　　此戰，明朝方面稱之為「寧錦大捷」。此次大捷意義重大，正如袁崇煥本人所講：「十年來盡天下之兵未嘗敢與奴（後金）戰，合馬交鋒，今始一刀一槍拼命，不知有夷（後金兵）之兇狠、剽悍！」

　　明軍畏敵之心，一掃而空。同仇敵愾，眾志成城，明軍終於取得了一次揚眉吐氣的勝利。

　　大捷喜訊至京，自然魏忠賢一夥又得「大功」，閹黨數百人因「指揮若定」加官晉爵，而寧錦大捷最大的功臣袁崇煥僅被「加銜一級」。

　　不久，閹黨言官攻擊袁崇煥私下與後金議和，導致朝鮮受攻。功高不賞暗箭來，袁崇煥只好稱自己有疾，乞休歸家。

　　還好，明廷未「追究」於他，袁崇煥得以全身而退。

　　不久，明熹宗病死，其異母弟弟朱由檢即位，是為崇禎帝。

　　崇禎帝捕殺魏忠賢閹黨後，袁崇煥得以重新起用，以兵部尚書兼右副都御史身份，督師薊遼軍務（兼督天津登萊）。

　　可惜的是，皇太極於崇禎三年（1630年）捨山海關不攻，繞道內蒙突逼北京，施反間計，誘使崇禎帝殺掉了袁崇煥。

　　殺了自家的頂樑柱袁崇煥，明朝不亡，天理難容！

《 十一 》

內憂外困下崇禎帝
的自殺選擇

——北京皇氣黯然收

　　崇禎十四年（1641年）正月二十日，河南洛陽，福王府邸。

　　在宏偉壯麗的飛簷紅牆映襯下，王府中堂廣場尤顯平闊。人聲鼎沸中，烈焰騰騰，珍稀香木製成的無數王府家俱皆成為柴木，烘燒著一口從洛陽郊外迎恩寺抬來的「千人鍋」。

　　巨大的鐵鍋內，撒滿薑、蔥、蒜、桂皮、花椒以及無數高湯燉煮用料，奇香撲鼻。熊熊烈焰中，最駭人心目的景象是，巨鍋之中，除七八隻剝皮去角的整隻梅花鹿以外，還有一個光頭的三百多斤的巨胖活人在裡面。他盲人游泳一樣瞎撲騰，時而躍上水面，時而沈入水底，邊嚎邊叫，好不淒慘。其間，這個「豬油糕」樣大胖人剛剛抓住一隻浮起的梅花鹿屍體喘息，大鍋周圍兩三千圍觀的農民軍士兵立刻用長矛戳刺其胳膊，使此人不得不慘叫著放開手，重新在已經微微燒開的熱水中「游泳」。

　　鍋中被剝光剃毛乾淨的巨胖，不是什麼寺中和尚，也不是在表演什麼「絕世武功」。此人乃明朝當今皇上崇禎皇帝的親叔父、明神宗最寵愛的兒子——福王朱常洵。大鍋周圍興高采烈圍觀的人，乃李自成手下農民軍，他們正在欣賞的「活物」，正是馬上要享受大餐的一味主菜——「福祿（鹿）宴」中的「福」菜。

　　一個時辰過後，煮得爛熟的福王朱常洵以及數隻鍋中的梅花

鹿已經被幾千兵士吃入腹內，成為大家的美味晚餐。

崇禎帝大錯之一——枉殺袁崇煥

　　崇禎帝朱由檢是明光宗第五子。由於早年喪母，身邊也沒有任何一個可信賴的家人，他的童年所遭受的孤獨感、被遺棄感、挫折感，決定了日後他成人之後那種猜疑、偏執、固執的性格。崇禎帝惟一比他同父異母哥哥明熹宗要強的，是他酷愛讀書，從小一直受著正統的儒家教育。

　　繼位後，崇禎帝藥到病除，輕而易舉地剷除了魏忠賢閹黨毒瘤。放鬆之餘，驕矜之氣溢滿胸膛，他頓覺自己是個天縱英明的帝君。

　　登基之初，崇禎帝對袁崇煥非常信任，命其以兵部尚書兼右副都御史，督帥薊遼，兼督登萊、天津軍務。崇禎元年秋八月，袁崇煥入京覲見，在皇帝面前許諾五年之內可恢復全遼境土。崇禎帝聞言大悅。

　　陛見後，給事中許譽卿問袁崇煥：「你為什麼說五年可以恢復遼土？」袁崇煥：「聖心焦勞，我作臣子如此說，聊慰聖心。」許譽卿責斥道：「皇上英明聰穎之君，到期後問你成效，你如何應付？」聽此語，袁崇煥自知失言，憮然不樂。

　　為了亡羊補牢，免蹈熊廷弼、孫承宗受人掣肘之老路，袁崇煥辭行時向崇禎皇帝表示：「以臣之力，制全遼有餘，調眾口不足（指無力約束朝中科道官員對自己誣衊）。臣一出國門，便成萬里，忌能妒功，肯定難免，希望陛下為臣作主。」

　　崇禎帝滿口答應，並賜其尚方寶劍。還應袁崇煥所請，將寧遠、錦州合為一鎮，命祖大壽、趙率教、何可剛等人聽他節制，以期克復全遼。

　　崇禎二年五月，明廷敘功，加袁崇煥太子少保。

　　崇禎二年（1629年）夏七月，袁崇煥至旅順，殺掉了皮島的明朝大將毛文龍。

　　毛文龍被殺，完全是咎由自取。毛文龍此人，本為明軍中級都司一類的官員，因援朝鮮而逗留遼東。王化貞巡撫遼東時，毛文龍冒進出兵，襲取後金的鎮江（今丹東），報功於王化貞，造成王化貞與熊廷弼相互猜嫌。由於王化貞竭力推舉，毛文龍得授總兵，累官至左都督，設軍鎮於皮島。皮島亦稱東江島（朝鮮稱椵島），其北岸八十里開外即後金境地，東北方則是朝鮮本土。

　　明朝之所以重視毛文龍，實則想依恃他牽制後金，保衛朝鮮「友邦」不受後金吞滅。

　　但毛文龍本人在皮島，完全是經營自己的獨立王國。他手中號稱幾十萬的「兵員」，其實絕大多數是明朝遼東難民。為了套取兵餉自肥，毛文龍一直向朝廷虛報兵數。所以，冊報十五萬的精兵，真正能成軍的僅有兩萬人。

　　由於後金勢大，明朝與朝鮮陸上往來斷絕，只能由海上往來。為此，毛文龍海上設卡，對來往船隻索要「稅金」，利潤豐厚，使得毛文龍及其部下將校一下子發家致富，生活奢靡，儼如帝王。毛文龍本人擁金銀財寶無數，美妾九人，侍女如雲。有巨財在手，他一日擺宴五六次，每宴精饌百餘品，奢侈無度。

　　這還不算，毛文龍不斷與後金密謀，想要襲取朝鮮，並為後金攻下山東。由於努爾哈赤突然病死，聯繫中斷，而毛文龍在皮島的兵民數十萬皆靠內地及朝鮮供給，他害怕自己被切斷供應，所以暫時未叛。

　　皇太極繼承汗位後，毛文龍積極派人與後金談判，試圖與後金聯手，他自己獨霸山東、朝鮮，讓後金占取山海關。由於後金使者到皮島被明朝中央派去的戶部官員發現，毛文龍被迫執送後金使者入京，此舉使得皇太極喪失了對他的信任，雙方的談判進程停止下來。

　　毛文龍還是吹牛大王。天啟五年的鎮江之役，雖然只生俘六十多人，殺七十多後金兵，他上報說：「斬虜首五千餘顆」；後金派兵追殺毛文龍，他喪兵五百多人，狼狽逃至朝鮮，卻上報說

自己「一日七戰，勝敗相當」；天啟二年，手中只有四千老弱殘兵，毛文龍吹噓自己有「精兵三十萬」；天啟三年，他謊報自己提兵由朝鮮深入後金腹地，以一千兵殺後金兵二萬人，奪馬三千匹。同時，他誇海口，表示說，如果朝廷給自己每歲一百五十萬兵餉，他兩年即可平滅後金；天啟五年，明廷太監王敏閱視皮島，毛文龍冊報兵員十七萬，得到餉額六十萬；崇禎元年，朝廷派員實地調查兵數，查證能戰為兵者僅二萬八千人。

特別可恨的是，毛文龍為了虛報戰功領賞，往往將被後金人強迫剃髮的遼民殺掉，上獻首級冒功。所以，連朝鮮人在忍無可忍之際都數落他：「都督（指毛文龍）不修兵器，不練軍士，少無討虜（後金）之意，一不交戰而謂之十八大捷，僅獲六胡（後金人）而謂之六萬（首）級，其所奏聞天朝（明廷），無非皆欺罔之言也。」

袁崇煥任薊遼督師後，為了加強山海關的正面防守，將旅順以西劃歸寧遠，旅順以東劃歸東江，實際上壓縮了毛文龍的東江鎮轄治範圍。同時，袁崇煥把東江餉道從原來的登萊而出改為從寧遠而出，這就堵住了毛文龍冒餉的漏洞，同時嚴打了他在海上的走私貿易。

袁崇煥對毛文龍冒餉以及潛通後金一事一清二楚，便以閱兵為名，泛海與其相會。

當時，袁崇煥並不想殺毛文龍。他與毛文龍歡飲數日，商談軍事，並提出設監司、更營制、杜絕海上走私等主張。毛文龍堅拒不從。於是，袁崇煥暗示他可以「光榮」退休。這位毛大帥大大咧咧回答：「我先前倒想回家退養，但現在朝中大將熟諳遼事的，惟我一人，滅奴（後金）之後，趁朝鮮衰弱，我準備發兵滅其國家。」

見毛文龍有割據朝鮮自謀的意思，袁崇煥下定決心要殺他。

於是，袁崇煥以邀毛文龍在山上觀將士射箭為名，把他請到自己帳中，事先設下埋伏。由於在自己地盤內，毛文龍不疑，率

將官兵卒上山。入帳前，其手下士兵均被袁崇煥衛士拒於外面。

坐定後，袁崇煥首先說道：「毛公海外重寄，為國辛苦，當受我一拜！」賓主交拜；他又向跟隨毛文龍入帳的數十親信將領表示：「君等積勞海外，請也受我一拜，望諸君為國盡力！」眾人皆頓首還禮。

袁崇煥落座，忽然變色，詰問毛文龍為何不服從朝命。

毛文龍也氣，心想這位袁爺臉變得這麼快，不給自己面子，馬上高聲抗辯。

袁崇煥起身，厲聲責叱，命衛士剝去毛文龍冠帶，把他當眾縛起。

毛文龍手下將官人數雖不少，事出倉猝，皆不敢有所動作。

毛文龍本人仍舊怒氣勃勃，跳腳高叫。袁崇煥站定，手執尚方寶劍，一一歷數毛文龍的十二斬罪：

爾有十二斬罪，知之乎？祖制，大將在外，必命文臣監。爾專制一方，軍馬錢糧不受核，一當斬。人臣之罪莫大欺君，爾奏報盡欺罔，殺降人難民冒功，二當斬。人臣無將，將則必誅。爾奏有牧馬登州取南京如反掌語，大逆不道，三當斬。每歲餉銀數十萬，不以給兵，月止散米三斗有半，侵盜軍糧，四當斬。擅開馬市於皮島，私通外番，五當斬。部將數千人悉冒己姓，副將以下濫給箚付千，走卒、輿夫盡金緋，六當斬。自寧遠還，剽掠商船，自為盜賊，七當斬。強取民間子女，不知紀極，部下效尤，人不安室，八當斬。驅難民遠竊人參，不從則餓死，島上白骨如莽，九當斬。輦金京師，拜魏忠賢為父，塑冕旒像於島中，十當斬。鐵山之敗，喪軍無算，掩敗為功，十一當斬。開鎮八年，不能復寸土，觀望養敵，十二當斬。

數畢其罪狀，毛文龍喪魂落魄，啞口無言，只得叩頭乞免。

袁崇煥厲聲詢其部將：「毛文龍罪狀當斬否？」

這些人皆被震住，皆惶恐唯唯。

於是，袁崇煥命人把毛文龍推出帳外，以御賜尚方寶劍立斬其首，宣示其罪。

當時，毛文龍麾下健校悍卒數萬，深憚袁崇煥大帥之威，無一人敢動。

轉日，袁崇煥命人取棺厚葬毛文龍，具牲體拜奠，哭言道：「昨日斬爾，朝廷大法；今日祭爾，僚友私情。」

然後，他分毛文龍手下二萬八千兵為四協，分由毛文龍之子毛承祚、副將陳繼盛、參將徐敷奏、遊擊劉興祚分別掌管。接著，袁崇煥犒勞軍士，盡除毛文龍虐政。

崇禎帝聞毛文龍被殺，登時大駭。如此方面鎮將被殺，確實出乎意料。但由於當時正倚重袁崇煥，崇禎帝只得優旨褒答，認定他殺得好，並下詔宣諭毛文龍罪狀。後來，這反而成為袁崇煥被殺的一條罪名：擅殺大將。

當時與後世，均有好事者認為，袁崇煥殺毛文龍，是中了後金的反間計，自剪羽翼，親痛仇快。這些人往往以東江鎮日後耿仲明、孔有德、尚可喜等人叛明降清為口實，認為皆是由於毛文龍之死引致。

其實，袁崇煥殺毛文龍僅僅幾個月，皇太極就從長城逾入內地。袁崇煥急忙攜軍救援。崇禎帝偏中皇太極「反間計」，自毀長城，殺掉了袁崇煥。

如果袁崇煥不死，依他的指揮控制能力，東江鎮兵將肯定會被打造成為一支恢復遼東的勁旅。而假如毛文龍不死，這個跋扈明將百分百可能會叛明降清，日後也不會附於袁崇煥傳後，肯定會被乾隆帝編入《貳臣傳》。

毛文龍被殺的三個月後，皇太極率兵，繞過山海關，由薊鎮長城的長安、龍井關、洪山口毀邊牆入寇，並攻佔遵化、遷安、永平、灤州四城。

後金軍忽然出現在北京城外，對北京展開圍攻，即明人所稱的「己巳虜變。」

　　人們可能奇怪，山海關是後金（清軍）入寇的必經之路，他們又怎能繞到蒙古人的地界到達內地的呢。這，還要簡述一下蒙古諸部的情況。

　　瓦剌的也先被殺後，韃靼部復起。孛來擁立脫脫不花之子的不麻兒可兒為「可汗」，由於此人當時年少，稱之為「小王子」。此後，相沿成習，明人把蒙古部可汗均稱為「小王子」。明成化年間（1474年），作為元世祖七世孫的達延汗（《明史》中仍稱之為「小王子」）一躍成為蒙古諸部共主，重新統一了蒙古。他死後，蒙古復分裂為漠北喀爾喀蒙古、漠南蒙古以及漠西的瓦剌蒙古三大部分。漠北喀爾喀蒙古由達延汗幼子承繼，其有子七人，多受分封，稱為外喀爾喀七部。漠南蒙古分為東西兩部，由於東部的察哈爾汗是達延汗長孫博迪之後，所以名義上他是全蒙古的大汗。西部是達延汗第三子的後裔，據有鄂爾多斯。期間，又有土默特的俺答黑馬冒出。這些人相互攻殺，最終，俺答汗脫穎而出。他西取青海，東並朵顏衛，勢盛一時。由於想從經濟上得到好處，俺答在隆慶年間（1570年）對明朝稱臣，受封為「順義王」。這樣一來，除了每年得到明朝鉅額賞賜外，他又可以從互市中得利。俺答還建築了歸化城（今呼和浩特），以吸引漢人定居者。察哈爾汗受俺答勢力壓迫，被逼東遷至遼東西拉木倫河以北，不時騷擾明朝邊境。傳至林丹汗（明人稱為「虎墩兔憨」）時，部眾強盛一時，相繼征服喀剌沁等諸部，東起遼東，西至洮河，林丹汗自號「四十萬蒙古」的主人。

　　明末時，蒙古沿邊強部有三：察哈爾、喀爾喀（內喀爾喀）以及科爾沁，他們名義上的共主自然是有「黃金家族」血統的察哈爾汗。本來科爾沁諸部一直與女真葉赫部聯合攻擊努爾哈赤，皆大敗不果。努爾哈赤稱汗建國後，科爾沁蒙古首先來附。薩爾滸戰役後，後金擊敗喀爾喀最強的宰塞，迫使喀爾喀五部聽命於己。但這些人「時好時壞」，由於貪圖明朝賞金，喀爾喀常常掉頭攻襲後金。他們對後金無信，對明朝也無信。王世貞廣寧大敗

重要原因之一，就是蒙古諸部違約不至，沒有夾攻後金所致。

西征蒙古諸部的林丹汗日益強大，但對諸部無恩，最終使科爾沁部完全投入後金懷抱，並連兵一處，在龍安塔（今吉林農安）大敗林丹汗。林丹汗乃「黃金家族」嫡派子孫，不攙假的元室帝冑。他有勇有智，經歷數年經營，雄踞漠南蒙古。可惜的是，既生瑜，何生亮，林丹汗活的不是時候，他準備統一漠南漠北蒙古的時候，後金方興未艾，努爾哈赤、皇太極龍父虎子，使得林丹汗在東北遭遇到極大阻力。

林丹汗此人智商高，情商低下，血液中流淌的滿是鐵木真的殘暴和自以為是，向蒙古諸部巧取豪奪，咄咄逼人，使得其主領的察哈爾一部不僅沒有向諸部催生「大蒙古」的凝聚力，反而形成離心力，科爾沁、阿祿等部蒙古紛紛投向後金。

1619年（後金天命四年），林丹汗致書努爾哈赤，以「四十萬眾英主青吉思汗（成吉思汗）」自居，稱努爾哈赤為「水濱三萬人英主」，威脅對方不要攻取廣寧，否則將興兵鬥抗。其實，「四十萬眾蒙古」是個傳統的概念性數字，泛指漠南漠北大蒙古，如同中國皇帝自稱「華夏之主」、「九州之主」一樣。

努爾哈赤較真，回信中狠狠嘲笑林丹汗一頓，歷數他們元朝當初從北京逃竄時的慘狀，「揭發」蒙古的「四十萬眾」早已喪失無幾，並譏笑林丹汗不過是個貪圖明朝錢財賞銀的「無賴」。發信後，努爾哈赤果斷出擊，一舉攻克廣寧，林丹汗也未敢報復，遠避後金兵鋒。皇太極繼汗位後，三征林丹汗，萬里追擊，終於在天聰六年（1632年）秋天把林丹汗的察哈爾部完全擊潰，倒楣的汗王本人則遠遁至藏地，失去了大本營老窩。一年多後，窮途末路，眾叛親離的林丹汗因發痘死於青海大草灘，其妻囊囊太后與其子額哲窮蹙來降，並攜傳國玉璽來獻（此玉璽號稱是傳自漢代，不一定是真），漠南蒙古全部臣服於皇太極。

後金努爾哈赤、皇太極在寧遠錦州等地兩次遭受挫敗，本來蒙古諸部均有機會翻盤擊走女真人，均因為內部分裂，喪失大好

機會。喀喇沁三十六部蒙古人受察哈爾蒙古人擠逼，向明朝求助未果，便全體投附了後金。

如此，察哈爾部不僅被孤立，明朝薊鎮邊外千餘里也頓失屏障。正是在蒙古人引導下，皇太極才能深入明朝腹地，他邊收降殘餘的蒙古部落，邊撲至北京城下。

乍聞後金軍逼近京師，明廷駭震，立刻調諸路兵入京來援。袁崇煥聞訊，在先派出趙率教入援的同時，即刻率祖大壽等人急赴國難，步步為營，途經撫平、永平、遷安、豐潤等諸城，皆留兵營守。

不久，明將趙率教戰死消息傳至，後金兵蜂擁而至。袁崇煥大驚，急引兵趨至北京城下，在廣渠門外立營。

雖然袁崇煥手中僅有不到兩萬人，他們鬥志高昂，數次與後金軍交戰，皆得勝而還（清人自己講是「互有殺傷」）。

見袁崇煥營盤堅固，無隙可乘，一直熟讀《三國演義》的皇太極施用「反間計」。恰好營中有兩個被俘的明朝太監楊春、王德成在押，他命令漢人降將高鴻中與鮑承先兩個人趁黑坐在這兩個先前在城郊牧馬廠抓獲的兩個明朝太監被困的營帳外，假裝酒醉，放言說城內袁巡撫（袁崇煥）與大金有密議，準備裡應外合。夜間，哨兵故意縱兩個太監逃脫。

這兩人一回城，兔子一樣跳到崇禎帝面前，把這件「天大的秘密」講與皇帝聽。剛愎自用的崇禎帝竟然上了皇太極這種最簡單的當，很快就派人逮捕了袁崇煥，打入詔獄嚴刑拷打審問。

袁崇煥部將祖大壽為此驚惶至極，出城後即擁兵向遼西奔逃。幸虧袁崇煥在獄中寫信召喚祖大壽，他當時才沒有叛變。由於山海關、寧錦一線仍在明朝掌握中，加之後來的孫承宗禦敵有方，皇太極只得率兵退走。

北京有驚無險。

後金退兵後，明廷開始審查袁崇煥一案。當時，大學士錢龍錫持正，得罪不少暗藏的閹黨成員。閹黨王永光時為吏部尚書，

引其同黨御史高捷等人猛烈攻擊袁崇煥，誣稱他暗中與後金議和，擅殺毛文龍，引清兵入京。

這些閹黨本意是想以袁崇煥興起一件新的大「逆案」，順便攀引錢龍錫，大造輿論，講袁崇煥殺毛文龍是由錢龍錫主使。

在獄中，袁崇煥作《獄中對月》一詩：

天上月分明，看來感舊情。當年馳萬馬，半夜出長城。

鋒鏑曾求死，圉圄敢望生。心中無限事，宵柝擊來驚。

最後，崇禎三年（1630年）八月十六日剛過中秋，袁崇煥本人被判凌遲，剮於北京鬧市，其兄弟妻子長流三千里，抄其家產歸公。大學士錢龍錫減死戍邊，勞改十多年。（同為大學士的溫體仁受過毛文龍不少好處，他也落井下石非要置袁崇煥死地）。

袁崇煥一案，天下冤之。但無知的北京市民信以為真，恨極了這位引狼入室的袁巡撫，紛紛上前高聲責罵，甚至出錢買肉生食這位耿耿精忠的烈士身上之肉。千刀萬剮，明朝就是這樣對待袁崇煥這樣一個大忠臣。

被殺前，袁崇煥作《臨刑口占》，依舊對大明朝忠心耿耿：

一生事業總成空，半世功名在夢中。

死後不愁無勇將，忠魂仍舊守遼東。

大英雄被剮之時，緊咬牙關，欲哭無淚，只能仰望蒼天，讓冤報歎息迴盪於自己的胸腔之中！

可笑又可悲的是，崇禎帝至死不悟自己中了皇太極反間計，甚至連入清後生活了三十多年的明末大才子張岱（寫《陶庵夢憶》那位），也在書中把袁崇煥列為明朝逆臣。

最終為袁崇煥「平反」的，竟然是「韃子」皇帝乾隆。這真是個歷史的黑色幽默！如果羅貫中地下有知，知道自己的《三國演義》多少年後被一個女真韃酋當「兵書」來使，以「蔣幹盜書」為原型殺掉大明頂梁柱袁崇煥，羅老先生肯定是地下憤怒高呼不已。

崇禎帝大錯之二——以油澆火的「平賊」

崇禎帝繼位以來，用人不當自然是不可推卸的主觀責任，但罕見的自然災害，也是明朝滅亡重要的客觀原因。壞運氣，是每個王朝滅亡不可忽視的重要因素之一。

首先，從朱由檢繼位的第二年，即西元1628年，陝北突遭大旱。十餘年間，陝西、山西、河南、河北、江蘇、山東，無年不旱。倒楣的是，大旱相繼，蝗災與瘟疫接踵而至，赤地千里，十河九乾。由於乏食，最終出現了「人吃人」的慘劇。明朝「副處級」巡視員一類的小官（行人）馬懋才在崇禎二年所上的《備陳大饑疏》，真實記錄了當時的慘狀：

臣陝西安塞縣人也，中天啟五年進士，備員行人。初差關外解賞，再差貴州典試，三差湖廣頒詔，奔馳四載，往還數萬餘里。其間如關外當抑河之敗，黔南當圍困之餘，人民奔竄，景象凋殘，皆臣所經見，然未有極苦極慘，如所見臣鄉之災異者。

……

臣鄉延安府，自去歲一年無雨，草木枯焦。八、九月間，民爭採山間蓬草而食，其粒類糠皮，其味苦而澀，食之僅可延以不死。至十月以後，而蓬盡矣，則剝樹皮而食，諸樹惟榆皮差善，雜他樹皮以為食，亦可稍緩其死。迨年終，而樹皮又盡矣，則又掘其山中石塊而食，其石名青葉味腥而膩，少食輒飽，不數日則腹脹下墜而死。（上面講述人民苦狀）

民有不甘於食石以死者，始相聚為盜，而一二稍有積貯之民，遂為所劫，而搶掠無遺矣，有司亦不能禁治。間有獲者，（盜賊）亦恬不知畏，曰：「死於饑與死於盜等耳，與其坐而饑死，何不為盜而死？猶得為飽死鬼也。」最可憐者，如安塞城西有糞場一處，每晨必棄二三嬰兒於其中，有涕泣者，有叫號者，有呼其父母者，有食其糞土者，至次晨，則所棄之子，已無一生，而又有棄之者矣。（講人民造反的原因和痛苦慘狀）

更可異者，童稚輩及獨行者，一出城外，便無蹤跡，後見門

外之人，炊人骨以為薪，煮人肉以為食，始知前之人皆為其所食。而食人之人，亦不免數日面目赤腫，內發燥熱而死矣。於是死者枕藉，臭氣熏天，縣城外掘數坑，每坑可容數百人，用以掩其遺骸。臣來之時，已滿三坑有餘，而數里以外，不及掩者，又不知其幾矣。（講人吃人的慘景）

小縣如此，大縣可知；一處如此，他處可知。幸有撫臣岳和聲，拮据獨苦，以弭盜而兼之拯救，捐俸煮粥以為之率，而道府州縣，各有所施以拯濟，然粥有限而饑者無窮，杯水車薪，其何能濟乎？又安得不相牽而為盜也？且有司束於功令之嚴，不得不嚴為催科，僅薦之遺黎，止有一逃耳。此處逃之於彼，彼處復逃之於此，轉相逃則轉相為盜，此盜之所以偏秦中也。（講陝西一地的盜賊集中原因）

總秦地而言，慶陽、延安以北，饑荒至十分之極，而盜則稍次之；西安，漢中以下，盜賊至十分之極，而饑荒則稍次之……

天災人禍，小民無生路可尋，加之官員貪污，苛捐雜稅，橫徵暴斂，只能走一條路：造反！

同時，明朝發展到晚期，土地高度集中，宗室、勳戚、官紳地主對土地的兼併愈演愈烈，貧者益貧，富者益富，社會的兩極分化達至驚人地步。而自嘉靖帝開始「竭天下之財以奉一人」，萬曆帝變本加厲，明熹宗有樣學樣，明朝財政面臨破產的境地，只得藉著不斷加派賦稅來榨取民財。各級官吏巧取豪奪，竭澤而漁。由於農民紛紛拋荒逃散，造成水利失修，河患日甚，惡性循環下，天災人禍不絕。

軍制方面，更是法久弊生，軍屯、商屯均有名無實，士兵被拖欠軍餉，甚至沒什麼戰鬥力。諸大將除身邊親兵可用外，基本上沒有可信得過兵校。軍紀敗壞下，索餉嘩變，就成為明末軍隊中的「主旋律」。

早期農民暴動，無非是一群想找口飯吃的烏合之眾，無組織

、無紀律，無任何明確目標，看似成千上萬，實際上是一大幫拖家帶口的饑民流民，正規官軍如果加以認真對付，這些人馬上就會作鳥獸散。而且，領導暴動叛亂的人，不少人是當地土豪世家子弟或者是明朝邊軍的中下級軍官，為避免事發後暴露身份連累親族，他們紛紛自起諢名綽號。農民戰爭發展到中晚期，賊勢漸熾，賊頭們紛紛以本來姓名示人，「綽號」使用越來越少。

明末農民暴動，最早當推崇禎元年延安的府谷人王喜胤（澄城縣規模太小，忽略不計），因當地大饑荒，他率楊六、「不沾泥」等人四處掠搶富民家裡糧食，相聚成盜。與白水縣王二會合後，這夥人已有五六千人的規模，他們攻破宜君縣城，大肆搶劫一番，竄入延安一帶的黃龍山。殺人魔王張獻忠，就是首先加入王嘉胤的隊伍。

張獻忠本人是延安衛人，年輕時可能在延安府當過捕役，也可能當過邊兵，在榆林衛洪承疇手下賣過力（這是他1645年在成都當「皇帝」後自吹自擂，不一定是真），但肯定的是，此人絕非一般因饑而反的順民，應該是在衙門或軍門裡混過的有不少入世經驗的老到壞人。由於在與官軍作戰中勇敢能殺，他自己很快有了一支武裝，自號「西營八大王」，所以，相比李自成，張獻忠絕對是「革命」老前輩。

至於李自成，多年來一直說他是「農民領袖」，其實他是一個下崗驛卒，原先是有鐵飯碗吃官家飯的「城裡人」。他生於米脂，小名黃娃子，成年後到圁川驛（銀川驛）充當驛卒。

明代的時候，十里置鋪，六十里置驛。本來，驛站制度原本為政府官員提供舟車、馬匹、夫役、郵傳方便，是很有必要的「公家」設施。隨著明朝社會的全面腐化，驛站制度日益成為不少官員謀利的工具。他們往來經過驛站時，常常敲詐勒索驛站，損公肥私。過分的是，明朝驛夫、馬戶為了應付差事，有時甚至傾家蕩產。舉例來講，大驛站一年應該供銀五萬，但實際發下來只有一兩千，縣官自己按「倒」扣四百後，剩下的交給驛站。這一

點銀子，根本不夠日常開支。即使如此，明政府內有人還打驛站的主意。

崇禎二年，給事中劉懋奏言整頓驛站。他出發點不錯，藉著整頓、精簡，可以節省國家經費開支，抵銷新餉。搞了一年多，裁撤數萬驛卒，共省下六十八萬兩左右的白銀——這區區六十八萬兩白銀，事後證明，恰恰成為明王朝滅亡的代價——由於裁減驛卒，李自成下崗，這位爺無奈之下參加農民軍，「奮臂大呼，九州幅裂」。

所以，七品給事中的一紙奏文，在把大明朝送入歷史黑暗深淵的進程中使勁加了一把大力。

李自成登高一呼，饑民齊集，一天就得千把人，轉掠四方。由於在政府部門做過事，他很會組織安排，十來天內就發展到數千人，往來奔竄，自號為「闖將」。

由於「闖將」的名號，包括姚雪垠先生在內，不少當代和明末清朝的學者均認為李自成是「闖王」高迎祥手下，其實二人根本沒關係，更不是舅甥關係。他後來的老婆高氏也和高迎祥無關。「闖王」、「闖將」皆造反諢名，並列關係，不是從屬關係。

饑民四處造反，府縣官員們都是一樣，大事化小，小事化了，總是上報說是「饑民」餓極了惹事，認為到轉年春天有活幹有糧食有指望時，事情會自動平息。可巧老天弄人，陝西等地連年乾旱，饑荒越鬧越大，造反越來越多。

待明朝中央政府真正正視這件事時，小打小鬧搶糧食的饑民暴動已經發展成有規模有計劃有組織的造反了。

崇禎皇帝為解決問題，派左副都御史楊鶴去任陝西三邊總督。由於剛剛經歷了皇太極破邊入口殺至京城腳下的危機，各地抽調了不少精銳部隊抵至京畿地區。

楊鶴眼見陝西各處農民軍規模龐大，手中兵少剿不過來，就主張以招撫為主，提出要實實在在解決饑民的吃飯問題，然後使饑民解散，由政府發給耕牛農具，讓農民規規矩矩種田當順民。

這種安撫策略雖然花錢多，但效果大，農民各安其業，不再會復出為盜。農民耕田有收成，生產恢復，政府可從賦稅中回收銀兩，良性循環，應該可以解決問題。

崇禎皇帝覺得有理，發詔照准。由於當時不少農民軍已經竄入山西境內，陝西只有「神一魁」勢力最大。聽說官家招安，自己能當官，神一魁率著六七萬人就到了寧州，正式投降，被楊鶴授與守備一職（上校團長）。入夥的饑民紛紛領取「印票」（回鄉證），領銀子後各自回家。

當時，幾乎陝西境內所有的賊頭，包括「點燈子」、「滿天星」這樣的「老革命」，無一不受撫，得到相應官職。但是，得官後的農民軍頭頭們留有後手，他們各自私留武器，佔據要地，不時派人四處劫掠富戶，號稱「打糧」。

另一方面，由於明政府只撥十萬兩白銀賑濟，杯水車薪，仍舊有大多數農民窮餓至極，這些人自然也不願意就這樣回鄉等著餓死，仍舊團結在頭頭們身邊，戀戀不去。

在此種情況下，朝內「主剿派」群攻楊鶴一方的「主撫派」，指斥他浪費了大筆國帑，最終造成「屢撫屢叛」的局面。

崇禎帝是個急性子，見花了銀子沒有立竿見影，大怒之下罷去楊鶴官職，重新確定剿殺方針。

殺剿之下，稍稍平息的民亂趁勢又起。「神一魁」再次造反，攻佔寧塞縣城。不久，農民軍頭領們互攻，「神一魁」被殺。

由於膽識過人的洪承疇被委任為總督，陝西叛亂相繼被鎮壓，郝臨庵、「可天飛」等人逐一被殺。這位洪總督愛使招降和收買的手段，「以賊殺賊」，鐵角城、錐子山等叛民大本營一一被端掉，明軍斬獲數萬級，陝西境內基本看不見大股農民軍。

野火燒不盡，春風吹又生。農民軍不是被殺光了，而是不少人遁至山西，在那裡轟轟烈烈幹了起來。

應該交待一下的是，當崇禎朝臣盡力剿殺陝西饑民暴動的同時，東北地區的皇太極發動進攻，摧毀了大凌河城。

　　崇禎四年（1631年），得知明軍在大凌河中左千戶所（距錦州四十里，今為大凌河鎮）加緊築城的消息，為防止明朝藉此步步推進，皇太極親自率六萬大軍自瀋陽出發，於八月六日突然包圍了大凌河城。

　　當時，城內僅有一萬四千多官兵及一萬多平民，守城明將是祖大壽和何可綱等人。由於經過數次攻城挫敗，後金已經在戰法上有所改變，他們不再急於以人肉作為代價拼死攻城，十分耐心地堅持「圍城打援」戰略方針，在把大凌河城包圍得水洩不通的同時，在城外各處挖掘層層壕塹，一方面阻止寧錦方向的明朝援兵，一方面防止城內明軍奔逸逃出。

　　更為重要的是，後金軍隊也擁有了自己的「紅衣大將軍炮」。用於此戰的，有這種大炮四十門，威力相當大。如此一來，先前明軍在熱火器一面倒的優勢已經消失，我有人有，心理上不再佔據上風。

　　明朝派出四萬大軍來援，結果在錦州東南的長山山口遭受後金截擊，惡戰之下，明軍不支，三十三員將領以及四萬精兵被後金全殲。

　　即使如此，祖大壽仍舊堅守孤城。幾個月後，大凌城內開始斷糧，馬肉鼠肉雀肉食盡之後，開始出現人吃人現象。供役築城的近萬名工匠最慘，他們首先被軍士當作「軍糧」吃掉。

　　皇太極也不著急，十拿九穩之下，他派人勸降。由於先前皇太極的堂兄阿敏在攻打北京撤退時盡殺永平、遷安的明朝降官，祖大壽等人不敢投降，深恐降後仍不免於一死。

　　皇太極展開攻心戰，「痛心疾首」表示「不再妄殺一人」，並告訴祖大壽亂殺人的阿敏已受幽禁處分（這倒是真的，此人乃「四大貝勒」之一，因其威脅到皇太極地位，故借此被幽囚）。

　　思前想後好一陣子，祖大壽暫時決定投降，並送兒子祖可法到後金營中為人質。由於祖大壽的家屬大部分在錦州，他表示投降後希望後金不要聲張，再替後金賺開錦州城。可怪的是，守城

諸將除何可綱以外，這些與後金血戰多年的漢子們都願意隨祖大壽投降（明帝殺袁崇煥也可能在最大限度上冷了這些人的心）。

為了取信後金，祖大壽等人把何可綱押至城外，當著雙方軍將的面，把這位英雄砍頭。何將軍臨死大笑：寧為大明鬼，不為韃子奴！

當晚，祖大壽親自出城，入皇太極「御營」謁見。諸貝勒一裡外相迎，待之非常恭謹。行至帳前，皇太極本人出帳迎接。祖大壽剛要行跪拜禮，皇太極止之，與他行「抱見禮」。這種滿族禮儀，在民國初的北京、天津市面上還可見到——兩大老爺們見面，拱手打揖後，趨前互屈一膝，相互左肩碰右肩，再右肩碰左肩，然後相抱交頭，難看至極，簡直在今天人的眼裡就是大滑稽。但在當時的女真人眼裡，此禮乃見客的最高禮儀。

二人入帳後，皇太極親自斟酒遞與祖大壽。對方飲畢，也酌酒跪獻，表示降服。

轉天，皇太極聽信祖大壽建議，命八旗諸將率四千多人著明軍服色，跟同祖大壽的三百多人一起作潰逃狀，希望賺開錦州城門。由於天降大霧，後金軍自己相互失散，不果而還。為此，祖大壽提出自己先入城，趁機斬殺明將後再擁兵獻城（清人自己記載是皇太極主動提出放祖大壽，表明這位「太宗」事前諸葛亮的英明）。

皇太極信以為真，派祖大壽與其侄子祖澤遠帶二十名明軍前往錦州。

祖大壽回錦州後，派人至後金營報稱錦州明軍太多，表示要「從容圖之」，希望皇太極善待其留在後金營中當人質的子侄。皇太極無奈，反正破大凌河城的目的已經達到，就率兵回返。

十年之後，祖大壽才真正歸降皇太極。但他的兒子（一說是其養子）祖可法對後金百分二百的真心孝順，為皇太極出了無數上好的「壞主意」，他在《貳臣傳》中「名位」也遠遠在洪承疇和祖大壽之前。

　　祖大壽回錦州後，對巡撫邱禾嘉說自己是突圍而出。不久事洩，邱巡撫上奏崇禎帝。由於邊地需要祖大壽這樣的勇將，崇禎帝沒有下令殺他，下敕讓他入京面君。祖大壽心中有鬼，一直不敢入京，皆藉故推辭。但觀其日後所為，他確實斷絕了與後金方面的聯繫，一心守土，直到錦州大戰時才真正降附滿清。

　　大凌河之戰，明軍精銳數萬被殲，大量先進火器喪失，損失不可謂不大。最重要的是，皇太極粉碎了明軍步步為營東進的戰略，迫使明朝往後退縮。

　　後金天聰七年（1633年）初，因憤恨巡撫孫元化徵兵渡海，被袁崇煥殺掉的毛文龍原先的部將孔有德、耿仲明（三人均為遼東人）在登州叛變，乘船率萬餘兵士及家屬在鎮江向後金投降。

　　皇太極大喜過望，待以厚禮，立封孔有德為都元帥，耿仲明為總兵官，讓二人在朝中與八和碩貝勒共列一隊朝見，以示殊寵。同時，明令二人自領所統漢軍，具有類似旗主的權力。日後，皇太極稱帝，封二人為王爵，專為他們所統漢軍設漢軍二旗，成為日後漢軍八旗的前身。

　　皇太極這一舉措意義深遠，一是用漢將統漢兵，這些人熟諳水戰，深曉地利，成為滿清的鷹犬前驅，二是漢軍八旗（以及蒙古八旗）的建立，可以削弱滿洲八旗旗主這些人的獨尊地位，對他們予以牽制，更增加了皇太極一人獨大的不二地位。

　　崇禎七年（1634年），皇太極發兵二次入關打擊明朝，總共進行三個多月，在宣府、大同一帶大肆殺劫，擄搶百姓、牲畜不計其數，洋洋而去。

崇禎帝大錯之三——輕信農民軍「投降」的後患

　　見陝西境內消停一些，明廷便下令給臨洮總兵曹文詔，讓他帶統陝西、山西諸將，去山西剿賊。曹文詔手下兵不多，只有近四千人，立刻從甘肅慶陽開拔，經潼關、過黃河，率先擊殺蒲州、河津一帶的農民軍。

到崇禎六年冬，從各地調至山西、河南、河北一帶的圍剿官軍人數，已達三萬多。一直號稱「英明」的崇禎帝，此時也走他前任的老路，派出不少太監公公到各部隊當監軍。

明末農民軍之所以被稱為「流賊」，就因為這些人善於四處遊走，東打一下西殺一下，讓官軍四顧不暇。但華北地區多為大平原，叛亂者們無險可據，無山可藏。官軍勢大，進攻不懈。最後，大部分農民軍被壓迫於河南界內的黃河以北地區不能動彈。

見突圍無望，年底隆冬時分，「闖塌天」、「滿天飛」、張妙手以及李自成等人，佯稱要投降，向京營總兵王樸遞信。王樸和太監楊進朝大喜，立刻制止各部官軍的圍剿，向朝廷上報六十多位即將接受「招安」的降賊名單，自認為兵不血刃立下奇功。

「投降」名單上人名很有意思，一半像《水滸傳》上面的，一半像《智取威虎山》裡面的：

賀雙全、新虎、九條龍、闖王（高迎祥）、領兵山、勇將、滿天飛、一條龍、一丈青、哄天星（當為混天星）、三隻手、一字王、闖將（李自成）、蠍子塊、滿天星、七條龍、關鎖（當為關索）、八大王、皂鶯、張妙手、西營八大王（張獻忠）、老張飛、詐手、邢紅狼、闖塌天（劉國能）、馬鷂子、南營八大王、胡爪、哄世王（當作混世王）、一塊雲亂世王大將軍、過天星（惠登相）二將、哄天王（當作混天王——引者）猛虎、獨虎、老回回（馬光玉）、高小溪、掃地王、整齊王、五條龍、五閻王、邢闖王、曹操（羅汝才）、稻黍杆、逼上路、四虎、黃龍、大天王、皮裡針、張飛、石塌天（當係射塌天李萬慶）、薛仁貴、金翅鵬、八金龍、鞋底光、瓦背兒、劉備、鑽天鷂、上天龍

千奇百怪的人名，共計六十一名。

明軍放鬆警惕後，不少兵卒還與即將「投降」的農民軍做起買賣來，偷出軍營裡軍靴、棉衣、兵器等物賣與對方。

數名農民軍頭領暗中早有串聯，趁詐降機會大大地休整一番。然後，他們吃飽喝足，趁山西垣曲到河南濟源之間黃河封凍之

機，縱馬狂奔，整部整部地突破黃河天險，衝出明軍包圍圈，忽喇喇出現在中原大地。

由於河南地方官員沒有平賊經驗，四戰之地又便於馳騁，農民軍水銀瀉地一樣，四處竄擊，不僅河南全境遭受劫害，周遭的安徽、四川、湖廣等地均處處開花。由此，局部農民戰爭，一下子變成了全面的禍患。

特別是河南連年大旱，當地人活不下去，見當「賊」能吃飽飯繼續存活，不少人紛紛入夥，農民軍軍勢益熾。於是，高迎祥、張獻忠、李自成等部進入盧氏山區，與當地偷掘礦藏的「礦賊」合夥，直下湖廣，連破襄陽、上津、房縣等地，如入無人之境。而「掃地王」、「滿天星」、「橫行狼」等人西入武關，連陷山陽、鎮安等地，然後北上雒南，殺向西安。待洪承疇率軍來截殺時，他們南下四川，攻城略地。

橫行數月，農民軍主力最終大多回到了陝西。

為了統一事權，明廷任命陳奇瑜總督五省軍務（陝西、山西、河南、湖廣、四川）。他在河南陝州會師後，統軍南下，打得在均縣、竹山一帶活動的張獻忠、李自成等部紛紛退卻，轉往陝西。

大部農民軍在明軍的圍追堵截下，誤入漢中棧道險地車廂峽。由於兩個多月的陰雨天氣，農民軍弩解刀鏽，衣甲多日不乾，缺糧少食，幾乎喪失基本戰鬥力。如果明軍趁勢進攻，這幾萬人只有等著挨宰的份兒。

情急之下，李自成、張獻忠等人齊集商議，各自拿出先前搶掠的金寶，運了幾十匹騾馬，送入陳奇瑜營中遍賄明軍上下軍官。在左右力保下，陳奇瑜答應用撫招降，準備接受農民軍的「投降」。

由於朝中兵部尚書張鳳翼也主撫，崇禎皇帝信之，下詔招安。結果，陳奇瑜派出明軍小頭目，一對一百，對「投降」賊軍登記整編，準備盡遣這些人回鄉安置。

　　眼見大夥都成「良民」了，明軍鬆懈，捧著農民軍方面「孝敬」的大酒罐痛飲，摟肩搭背傾訴衷腸，都表示不打仗好。

　　結果，一夜之間，農民軍在統一佈置下忽然翻臉，盡殺安撫官（一百殺一個，太容易），奪馬奪兵器後四處出擊，立呈燎原之態。

　　可見，明政府對農民軍「偽降」、「詐降」一直沒有充分的警惕性，使得他們一而再、再而三絕處逢生，化險為夷。

　　諸部農民軍脫險後，自漢中逸出，回奔陝西、甘肅攻掠。

　　崇禎帝大怒，撤掉陳奇瑜，改任洪承疇為兵部尚書，總督五省軍務。屋漏偏逢連夜雨，明軍西寧士兵嘩變，洪承疇不得不首先處理西寧軍變。等他回來時，「流賊」們都東奔入河南。

　　農民軍在河南集結後，共七十二營三十萬左右的隊伍，各推首領，於滎陽大會，商議共拒官軍事宜。

　　崇禎八年初，過了一個肥年的農民主力由河南汝寧入安徽，攻克潁州後，直殺明太祖朱元璋的老家鳳陽。

　　鳳陽是明朝「祖陵」所在，一直沒敢建城牆，怕壓住龍脈。結果，正月十五元宵節，農民軍轟哄而至，殺掉當時守軍數千，並派人挖掘了明帝的「祖墳」（其實朱元璋父母早就丟於亂墳崗，皇陵僅是象徵性建築）。然後，龍興寺和皇陵宮殿均被農民軍一把火燒成白地。

　　祖陵被掘，崇禎帝氣得發瘋，在下「罪己詔」的同時，殺掉鳳陽巡撫等多名高官。然後，他調集七八萬大軍，發足軍餉，命令洪承疇在半年內一定要消滅掉所有農民軍主力。

　　恰恰是在鳳陽，李自成與張獻忠二人結下樑子，從此分道揚鑣——攻破鳳陽皇陵後，張獻忠俘獲了在皇陵充當樂手的小宦官十二人。每次宴酒，張獻忠就讓這些小閹人為他吹吹打打，以樂佐酒。李自成看著眼紅，就向老張索要。老張先是不給，李自成固請，多次派兵上門來索取。老張大怒，派人砸毀所有樂器，讓兵士把小宦者們輪姦（雞姦）後送給李自成。

李自成看見小宦者們個個摀著屁股雙眼哭成鮮桃，非常惱怒。再問樂器下落，回言張大王已經砸毀。一怒之下，李自成持劍，把十二個小閹人均捅死在當地，以洩胸中憤恨。

由此，李、張二人失和。

半年內平滅農民軍，說來容易做起難。各路農民軍返回秦地，饑民紛紛相從，規模幾近二百萬人。李自成率部堅持在陝西發展，並在進攻甘肅真寧（正寧）時殺掉明軍猛將曹文詔，給予諸路明軍以極大的精神打擊。

高迎祥、張獻忠、「老回回」馬守應等人吃盡當地糧食後，又從陝西東出潼關殺回河南，幾十萬人忽來忽去，似蝗蟲一般，到哪裡就把哪裡吃個乾淨，搶個乾淨。

眼見洪承疇一個人忙不過來，明廷只得讓湖廣巡撫盧象升協助，讓他剿東南，洪承疇專剿西北。高迎祥、張獻忠等人東下安徽，對滁州展開圍攻，盧象升立刻領兵去救，但撲了個空。

農民軍在密縣、登封一帶與官軍交手得利後，復回陝西。洪承疇本來在甘肅打得李自成等人喘不過氣來，正要集中兵力予以消滅時，明軍駐寧夏固原的政府軍因缺餉發生兵變，洪承疇只得趕過去救火。李自成逃出生天，奔回陝西老家。

沮喪之餘，明廷終於得到一個好消息。崇禎九年夏末，在孫傳庭、洪承疇二部明軍的圍堵下，「闖王」高迎祥在周至被生俘。如此大賊頭被擒，明廷立刻派人把他押解北京，凌遲處死。

高迎祥之死對農民軍打擊很大，張妙手、「蠍子塊」等頭目紛紛乞降。這次，他們是真正投降。可笑的是，明廷為免蹈前車之覆轍，幾個農民軍頭目投降不久，均被交付各部官軍斬首。

李自成方面，在米脂、綏德一帶休整後，本來想渡河進入山西，見明軍有備，他只得率部西行，在寧夏、甘肅一帶殺掠。

崇禎九年初，李自成與十餘支農民軍聯手，從秦州出發，想攻取漢中。但明朝總兵曹變蛟早已設伏，把農民軍擊得大敗。

見入漢中不成，李自成便轉頭進攻四川，攻破廣元後，連克

數十州縣，所向披靡。吃足搶足之後，見明朝政府軍雲集川地圍堵自己，李自成出四川往北，殺入甘肅境內。

在崇禎九年（1636年）明廷狼奔豕突追截堵殺農民軍時，東北的皇太極改國號「大金」為「大清」，年號由「天聰」改為「崇德」。

拜天大典上，朝鮮使臣羅德憲、李科二人反感這些「韃子」們的儀式，站立不拜。皇太極大怒，但他並未殺人，而是在打發二人回國時撂下一句話：「爾國王若知逆順，當送子弟於中國為人質。不然的話，我必興兵，直到把爾國打服為止。」

在動手擊朝鮮之前，夏五月，皇太極先派十四弟多爾袞等人率十萬大軍第三次深入明朝腹地，並明示此次進攻目的只在搶掠明朝京畿地區，搶人掠物為主，不計城池得失。

明廷以為清軍會從山西入京，豈料清軍選擇延慶，入居庸關後，殺入昌平，焚毀了明熹宗的德陵（這位皇帝在陰間估計也找不到木頭做家俱了）。

身任總指揮的明廷兵部張鳳翼要謀無謀，要膽無膽，雖然手中有尚方寶劍，也調動不了膽戰心驚的明軍將領，眼巴巴看著清軍數月之間遍掠畿內，五十六戰皆捷，俘掠人畜二十萬，於秋九月從冷口從容退軍，並派人在塞上砍去樹皮，以墨寫上「各官免送」，羞辱膽怯的明朝軍將。

由於皇陵被毀，諸近京縣城遭受嚴重劫掠，兵部尚書張鳳翼和總督梁廷棟深知罪責難逃，在崇禎帝派太監要他們項上人頭前雙雙服毒自殺，總算死得舒服些，免去砍頸之痛。

同年秋，皇太極說話算話，自統大軍跨過鴨綠江，對朝鮮展開大攻勢。九月十日，清軍揮軍渡江，攻陷義州，一路勢如破竹，十四日已攻破平壤，國王逃出漢城，三十日，清軍佔領漢陽。

身在南漢山城的朝鮮國王無奈，在崇德二年正月三十日，這位絕望的朝鮮爺們只得親自出城入清軍軍營投降，正式向皇太極稱臣，答應如下幾項條件：一、斷絕同明朝的關係；二，奉大清

正朔；三，每年向清朝進貢；四，把朝鮮國王世子送入清國為質子，常年待在瀋陽；五，懲處主張與清朝交戰的大臣。

還好，皇太極並未殺王滅國，訂立誓約後即於二月二日撤兵，朝鮮國王率群臣跪送。由此，清朝再不用耽心朝鮮反覆，又可從這個「大倉庫」徵調無數人力、物力以對付明朝。

崇禎帝大錯之四——誤用楊嗣昌

按倒葫蘆又起瓢。崇禎帝深感朝中無干事能臣。挑來選去，他選中了楊嗣昌。

楊嗣昌，字文弱（聽這名字就不祥），武陵人（今湖南常德）。此人萬曆三十八年進士，其父不是別人，正是崇禎初年力主撫議最後被革職下獄的楊鶴。

崇禎七年，楊嗣昌任宣大總督，由於自詡知兵，他向崇禎帝上奏不少條陳，有一些確實管用，比如官方開礦招工以瓦解私礦礦徒造反等等。由於其父楊鶴病死，楊嗣昌丁憂在家。丁父憂剛要滿期，其母又死。這時，崇禎帝見兵部尚書一職空缺（張鳳翼畏罪自殺），就詔起楊嗣昌「奪情」視事。

這位楊爺進士出身，工筆劄，有口辯；在崇禎帝面前朗朗開言，天文地理五行兵書無所不通，確實唬住了皇帝。每次入對，君臣二人都會密談良久，崇禎皇帝常常慨歎：「恨用卿晚！」

面對當時「賊」滿天下的局面以及滿清虎視眈眈的威脅，楊嗣昌提出「攘外必先安內」。這一點不錯，內部不安，何談對付外來異族入侵。對於剿殺農民軍的策略，他提出「四正六隅」的「十面之網」，即「以陝西、河南、湖廣、江北為四正，四巡撫分剿而專防；以延綏、山西、山東、江南、江西、四川為六隅，六巡撫分防而協剿」，由此構築成「十面之網」，讓「流賊」插翅難逃。

平公而論，楊嗣昌的戰略在理論上沒什麼漏洞，但壞就壞在紙上談兵。而且，明朝各地將領、官員的執行是否到位，也是檢

驗這種策略的「法寶」。

要實現「十面之網」打大仗，必然要有錢，因為「十面之網」需要增兵十餘萬。有兵，就要有餉，餉銀哪裡來？崇禎皇帝已經明確告訴他：「內帑空虛」，大內無錢。這樣，就只有把餉銀進行攤派和轉嫁。如果是按以前盧象升的建議實行「因糧」（即田多的地主應該多交銀），不算是壞事。要命的是，楊嗣昌病急亂投醫，他改「因糧」為「均輸」，即平攤在一般百姓身上。如此一來，為叢驅雀，為淵驅魚，使得無數本來就活不下去的「良民」，鐵下心加入「流賊」隊伍。

崇禎用楊嗣昌是錯，而這楊嗣昌用人更是錯。他認為總督河南的王家楨軟弱無能，就推薦福建巡撫熊文燦代任。

熊文燦大言虛妄之人，在其福建任上，專以金銀財寶實施「買通」的安撫政策，招降海盜鄭芝龍等人，然後「以賊殺賊」，依賴鄭芝龍之力大平閩地的海賊。兩廣總督任內，他還是僅恃鄭芝龍，平滅大海盜劉香。

由於在閩廣之地為官日久，熊文燦手中奇珍異寶無數，拿出不少送入京中權門貴府，想自己能久鎮嶺南，坐享一方富貴，

其間，崇禎帝懷疑海盜頭子劉香不是真死，就派太監以採買貨物為名前往廣東察驗虛實，同時觀察熊文燦為人。

公公到後，身為「中央特派員」，熊文燦金山銀山地招呼，留飲十日，極盡奉承巴結。特派員公公高興，言及中原「流賊」方熾，當時老熊喝多了酒，拍案大罵：「諸臣誤國！如果我熊文燦前去，豈能令鼠輩猖獗如是！」

大公公聞言大喜，起身托手：「我來此地非為採買貨物，實是奉皇上之命觀察您熊公的為人。熊公有當世大才，只有您可以殺平中原流賊。」

熊文燦一下酒醒，傻眼了，後悔得要打自己大嘴巴，情急之下，他馬上湊弄出自己去中原剿賊的「五難四不可」。

大公公也樂，說：「熊公您甭推辭了，我回去入稟皇上，倘

若陛下有意，您也不能推辭大任。」

崇禎帝知道此事，就問楊嗣昌。楊嗣昌立刻推薦，說熊文燦絕對是人才。其實，楊嗣昌對老熊為人一無所知，他在朝中有個好友姚明恭與熊文燦是姻親，勸他把老熊當成心腹助手來用，故而有此推薦。

於是，明廷詔下，拜熊文燦兵部尚書兼右副都御史，總理南畿、河南、山西、陝西、湖廣、四川軍務。

熊「總理」得詔後，聞知明將左良玉兵精，立刻調其六千精兵為自己貼身護軍，又招募廣東當地人二千多攜「高科技」火器赴任。

過廬山時，熊文燦見到昔日好友高僧空隱，大和尚勸他說：「流賊不同海賊，招撫之計不可輕用。如果師出不勝，性命不保。」

熊文燦悔得腸子發青，只能硬頭皮前行。

左良玉桀驁宿將，其下屬與廣東兵雞同鴨講，天天邊走邊互罵毆擊，亂成一團。不得已，熊文燦只得打發粵兵回家，但左良玉兵又不聽他指揮。楊嗣昌知道情況後，另調五千邊兵歸熊文燦調度。

楊嗣昌在崇禎面前拍胸脯說：「三月平賊」。他自己確實賣力，嚴肅紀律，大用賞罰，加上陝西總督洪承疇、陝西巡撫孫傳庭以及曹變蛟、賀人龍、左光斗、黃得功等將領有才略有勇氣，在甘肅、四川等地打得李自成等部連連敗退，幾乎全殲農民軍主力。

自崇禎十一年秋至十三年秋兩年多時間內，李自成只有百十號人在河南深山老林裡當土匪瞎轉悠，官府認為他非死即傷，基本不再注意他的動向。

當時，張獻忠，「闖塌天（劉國能）」、「過天星」等部農民軍勢大，在官軍大力圍剿打擊下，逐漸不支。懼怕之下，他們提出要投降。

　　如果遇上洪承疇或孫傳庭等人，肯定不吃這一套，農民軍假降詐降不是一兩次，殲此窮寇，可謂千載一時。

　　可巧，一直吃慣了「安撫」甜頭的熊文燦「總理」見京營軍民屢戰屢捷，自己寸功未立，心裡很急。他一到安慶，就派人去正在湖北麻城一帶活動的張獻忠和劉國能處招降。劉國能首先投降，這位庠生出身的賊頭為母所勸，還是真降。張獻忠不死心，四處流竄，他本人幾乎被左良玉打死。窮蹙之下，他只得表示投降，並送給熊文燦大筆奇珍異寶「孝敬」。

　　朝中楊嗣昌聽說此事，怕張獻忠詐降，主張趁機剿殺。關鍵時刻，崇禎帝自作主張，下詔主撫。

　　有了朝廷赦令，大賊頭張獻忠在穀城外造房數百間，買地種賣，與民間交易往來，看似解甲歸田，實則伺機待動。

　　崇禎十一年到十二年五月間，由於張獻忠、劉國能的「示範效應」，農民軍頭目羅汝才、「整十萬」、「十反王」、「托天王」等人紛紛向熊文燦表示投降。得到同意後，這些人並非立刻被遣散，而是分營於當地駐紮「待處理」。

　　也就是說：「受撫」期間，農民軍得到了最寶貴的喘息和休整機會。特別是張獻忠最為狡猾，在獅子大開口向明政府要糧餉的同時，本部人馬高度戒備，刀不離身。

　　在熊文燦及楊嗣昌等人斡旋下，張獻忠得地，得官，得關防。羅汝才（綽號「曹操」）在房縣，倒沒有索餉，但其所部一直保持戰時編制，只是暫時不打官軍不掠民財而已。

　　一直殺氣騰騰搞「十面撒網」殺絕農民軍的楊嗣昌，看主子崇禎皇帝臉色，也附和起熊文燦主撫招降。

　　當時，也有頭腦清醒的地方官如鄖陽撫治戴東旻秘奏，希望朝廷下令這些賊軍繳械，然後乘機剿殺，以絕後患。

　　對此建議，明廷未嘗不想。但邊警忽起，皇太極的滿洲兵嗷嗷而至，明廷一時間顧及不過來認真對付這些閉齒似瞑的群狼。

　　崇禎十一年（1638年）秋八月，極擅用兵的皇太極自己統領

一軍在大凌河一帶做出大舉進攻狀，把不少明軍牽扯在自己附近。同時，清軍真正入侵的主力在豪格、岳託以及多爾袞率領下，分成數隊，遠攻明朝內地。

岳託一軍直奔密雲，破邊牆而入。依理講，密雲的牆子嶺長城隘口十分險峻，但守此處的明朝總兵吳國俊正給派來軍中的鄧公公過生日，兵將們大多正排隊叩頭祝壽，痛飲壽酒。清兵來襲，明守軍猝不及防，故而任由辮子兵們一鼓作氣殺入長城以內。多爾袞所部進展也順利，在青山關口破牆而入。兩部清軍於通州會師，棄北京不攻，到涿州後再分成數部自北而南，在華北平原上縱情馳騁蹂躪。

崇禎帝趕忙下令京師戒嚴，命令各地人馬趕來勤王。滿清此次來，算起來已經是第四次入口侵掠。此次防禦作戰的重任，落在了宣大總督盧象升身上。

盧象升，江蘇宜興人，天啟二年進士。雖然文士出身，這位白皙頎長的俊雅男子善騎射，嫻將略，能治軍，乃真正的文武全才。

自崇禎六年開始，盧象升以按察使身份在山西等地討賊，屢立戰功，成為農民軍望風喪膽的方面大帥。清軍入口時，盧象升正丁父憂，聞難奉詔，穿孝服督師。

聽聞朝內楊嗣昌和太監高起潛暗中主持與滿清和議，盧象升痛心疾首，入京見崇禎帝慷慨主戰。

心中無底的青年皇帝聞此，為之色動心壯，發內帑萬金犒軍，支持他與滿清軍正面交戰。

由於主和的兵部尚書楊嗣昌和太監高起潛暗中阻撓，盧象升的軍事計劃多不得實現。他當時名義上是總督「天下援兵」，其實手中不過一萬多兵馬。由於不久陳新甲（原宣府巡撫，也被「奪情」視事。此時好玩，楊嗣昌、盧象升、陳新甲三位重臣，皆是孝服在身，其兆不祥）又至昌平，盧象升只能又分兵馬與他，這使得自己軍力更單薄。

　　面對洶洶而來的清軍，盧象升主張合集數路援軍，齊銳共擊清軍，崇禎帝不納。

　　無援無餉之下，盧象升手下只有幾千疲卒，在鉅鹿附近屯兵。畿南三郡父老聞言，苦請他召集民兵，休整再戰。盧象升感泣：「自從我與流賊相戰，數十百戰未嘗敗績。今手下僅疲卒五千，大敵西衝，援師東隔，事由中制，加之食盡力窮，死在旦夕！死則死爾，為國為民，我不願連累百姓遭兵。」

　　鄉野村民聞言，哭聲雷動，紛紛捐出家中僅存的口糧為盧象升當軍糧。

　　陰曆十二月十一日，盧象升進至賈莊。當時，太監高起潛擁關寧鐵騎重兵在五十里以外的雞澤（地名），盧象升派人請求求援，高公公怯戰不應。

　　盧象升行至蒿水橋，突遇大隊清兵，雙方遂戰。從半夜戰至天明，清軍鐵騎數萬，裡三層外三層把盧象升幾千明軍包圍。盧象升指揮兵士，拼死力戰。苦戰三個時辰，炮盡矢窮，最終明軍士兵皆戰死，惟剩盧象升一人，身中數創，仍舊手提三尺劍，親手殺掉數十清兵。刀箭矛槍之下，盧象升壯烈殉國。

　　如此戰場犧牲的大明烈士，高起潛公公逃回城後，竟掩蓋他的英勇戰死的事跡。楊嗣昌小人，也想上報「下落不明」來陰構盧象升「臨陣逃脫」。最終，當地父老尋得大英雄屍身，楊嗣昌竟然連扣了八十多天，不驗屍，不上報，仇及死人，真是奸刻大陰。

　　盧象升殉國時，年僅三十九歲。其後，其家族死於國難者一百多人，可謂一門忠烈。盧象升詩詞均做得很不錯，其《前調》一詞，壯懷激烈，有岳武穆遺風：

　　搔首問天摩巨闕，平生有恨何時雪。天柱孤危疑欲折，空有舌，悲來獨灑憂時血。畫角一聲天地裂。邊風撼樹驚魂掣，絕影驕驄看並逐。真捷足，將軍應取燕然勒。

　　清軍大掠河北後，呼嘯奔馳至山東，四處殺掠，並攻陷堅城

濟南，生俘明朝宗室德王朱由樞。這還不算，清軍在濟南展開大屠殺，近十六萬人被殺，整個城市被搶個精空。

這時候，各地的明朝勤王軍已有十來萬人，由大學士劉宇亮以及陳新甲統領。人雖眾，他們怯生生一路尾隨清軍，根本不敢進攻。

轉年二月，多爾袞等人攜無數金銀財物及數十萬被擄漢民、牲畜，自天津渡水還東北。明將皆遠遠觀望，沒有一部敢於趁清軍半渡運河時出擊，眼睜睜看著清兵滿載而去。

此次冀魯侵掠，清軍克七十多座城池，殺明官明將一百多人，生擒德王等宗室三人，平民被殺二十多萬。清軍這次入口大殺，還曾圍攻高陽，當時已經退休在家的前閣臣兼兵部尚書孫承宗年逾古稀，仍舊奮髯而起，率全城人民抵抗。血戰兩天後，老夫子被清軍抓住。他望北京方向叩頭，乘守兵不備，投繯自殺。其子侄孫子輩近二十家族男性，皆與清兵格鬥而死。

此後，崇禎十五年深秋，松錦大戰後清軍又攻掠了山東一次，殺掉魯王朱以海（被俘自殺）。清軍轉戰八月有多，俘漢民近四十萬，掠財物無數，飽搶而歸。這第五次入口殺掠，也是滿清入關前的最後一次大規模入侵。

楊嗣昌柄權以來，喪師丟地，言官為此上章彈劾，崇禎皇帝剛愎自用，認為是他本人親自擢用楊嗣昌，聽不得異議，貶逐上書言官。同時，他對這位書生臣子寵眷不衰，讓他負責評議「文武諸臣失事罪」，追窮清兵入口以來各地守官的責任。

楊嗣昌十分賣力，詳細列出五等罪：守邊失機、殘破城邑、失陷藩封、失亡主帥、縱敵出塞，然後按罪抓人，大興刑獄，共殺包括巡撫、總兵、總監在內的官員三十六名，而他這位最重要的廷中指揮者，則沒有任何責任。一時間朝野大嘩。

清軍飽掠而去，明廷稍稍鬆了口氣。楊嗣昌不閑著，於崇禎十二年初出主意，欲從各鎮邊兵中抽練精兵，經過「精密」計算

，數目可達七十餘萬。

崇禎皇帝很滿意這個數字，覺得手中如果真有七十多萬虎狼之兵，平賊平虜應該有足夠的把握。但是，說話容易，行事極難。練兵七十萬，軍餉哪裡出。崇禎十年時加派「剿餉」稅，本來是一年的暫征，現在根本未停，又多出一筆龐大開支。

楊嗣昌自然有辦法：增派「練餉」。很快搜刮到七百多萬兩白銀。這些人民的血汗錢，絕大多數打了水漂，各地將領、官員玩命虛報兵員數字，無非是借名搜刮斂財，沒有幾個銀子真正用於「練兵」。

更壞的後果是，橫徵暴斂使得饑民雪上加霜，紛紛拋荒田地逃散。所以，崇禎十三年看似空前的「自然災害」，實則是加派「練餉」斂賦「大躍進」的人禍。如此，精兵沒練成，更多的農民逃亡，不少人加入賊軍，明政府實際是得不償失。

清兵進犯的壓力減弱後，明廷注意力自然轉向在穀城附近「就撫」的張獻忠等部農民軍，暗中調兵遣將，準備一勞永逸解決掉這群人。

張獻忠大奸巨滑之人，在政府軍內多有耳目，他來個先發制人，在崇禎十二年夏五月重新造反，攻佔了穀城縣城。羅汝才等部農民軍聞訊回應，幾路合軍，打下房縣。

惟一可幸的是，均州一帶投降官軍的王光恩等五部首領恥於反覆，歃血為盟，效忠朝廷，這才保證了均州的安全。

收受張獻忠無數金銀財寶的「總理」熊文燦聽說賊軍復反，五雷轟頂，慌忙派左良玉部自襄陽出發殺向房縣。

此部明軍糧食供應匱乏，一路上除殺馬外，不得不採摘野果充饑。明軍苦行軍十天抵達房縣，在播箕寨正落入張獻忠的埋伏圈，一萬多人被打死。左良玉命大，僅帶千把人逃出。均州部分早先「投降」的農民軍聞官軍敗訊，除王光恩一人外餘皆叛去。

崇禎帝氣得發瘋，立即削去熊文燦官職，逮之下獄。老熊坐在獄中幾乎後悔死，又撞牆又扇自己耳光，後悔自己在太監公公

面前講大話。不然的話，他現在正在兩廣安享榮華富貴。

楊嗣昌人精，當然不會再保他（當然，當疏中楊嗣昌也說熊文燦「勞苦功高」，實際上是私庇老熊以哄襯自己無過）。

熊文燦被關一年多，問成死罪，秋決時押赴西市砍頭。

思來想去，覺得流賊復熾鬧得遍地燎原太傷腦筋，臣子中實在無合適人才可用，崇禎帝就直接批示給「心肝寶貝」楊嗣昌，讓他以閣臣身份（其兵部尚書一職當時由前四川巡撫傅宗龍代任）出朝督軍，任剿賊「前線總指揮」。

在朝內「諸葛亮」了好幾年，多處大誤皇帝沒加追究，現在指派自己出去幹事，楊嗣昌還真不好也不能借辭推託。他急趨宮內，醜表功作忠勇狀，奏稱：「君言不宿於家，臣朝受命，夕啟行！」

崇禎皇帝聞言大悅：「卿能如此，朕復何憂！」

君臣二人上演一場讓人「感動」的好戲。

轉天，崇禎下詔賞賜楊嗣昌金銀帛緞大筆，並賜宴送行，親手斟酒三杯，御賜贈詩：「鹽梅今暫作干城，上將威嚴細柳營。一掃寇氛從此靖，還期教養遂民生。」鹽梅乃人生不可或缺之物，比擬宰相（內閣大學士），意即指老楊以相爺之尊出為大將，可立漢朝周亞夫（其營上曰「細柳」）那樣的不世功勳，並希望他一舉成功，回朝後仍舊輔帝教養民生。

為臣子送行斟酒賜詩，崇禎帝一朝為開天闢地頭一回。楊嗣昌感動得邊拜邊泣，誓要成功。臨別，他又獲皇帝賜膳。

於是，楊嗣昌威風凜凜，殺氣騰騰，率軍高舉「鹽梅上將」的旗標，浩浩蕩蕩從北京出發，直達襄陽城。

陰曆八月二十九日，楊嗣昌在襄陽建大本營。十月初一，大誓三軍，湖廣巡撫方孔炤、總兵左良玉、陳洪範等人咸來拜見聽命。

由於左良玉言辭慷慨，能言善論，楊嗣昌對這個武夫很是欣賞，上疏崇禎帝準備專門讓他掛「平賊將軍印」，予以殊榮，一

來可以以將制將，二來買好弄人情讓左良玉這塊料日後為自己賣命。

左良玉得到崇禎皇帝從大內發出的「平賊將軍」印，打了強心針一般，出奇的賣命，不聽從楊嗣昌讓他把主力集結於興安（陝西安康）一帶的命令，集合生力軍從漁渡直入四川，在太平瑪瑙山（今四川萬源縣境內）把張獻忠打得大敗。老張本人的家眷七人也被官軍活捉。

張獻忠大賊頭一敗再敗，一個月後，他在逃跑途中遭陝西官軍賀人龍部截殺，其左右營將率兩千多人投降。倉皇之下，張獻忠只能竄入深山老林，大猩猩一樣以摘採野果度日，身邊僅有殘卒數百人。

楊嗣昌聞報，也來了精神，死催左良玉「宜將剩勇追窮寇」，讓他一舉殲絕張獻忠殘部。

左良玉悍將，自恃有智有功，根本不聽調遣，高臥營帳，再不肯派兵窮搜山林密谷。

楊嗣昌狹隘小人，立刻寫信給當時朝中的兵部尚書陳新甲，建議以陝西總兵賀人龍代左良玉掛「平賊將軍」印。此印很有威力，誰掛此印誰就可以「總統諸部」，平級的將官也要聽掛印人指揮。崇禎帝對楊嗣昌言聽計從，下詔照准。

但楊嗣昌胸無主骨，覺得臨陣易將是戰爭大忌，就又改變主意，上報朝廷要求收回成命。這一來，他把兩個人都得罪：左良玉恨他有奪印之心，賀人龍恨他說話不算空放屁。如此之後，兵將與統帥各懷貳心，誰都不賣力征剿，大賊張獻忠終於得逃性命，遁至湖北一帶躲藏起來。

崇禎十三年，連連大敗的羅汝才（曹操）與張獻忠殘兵會合，商議過後，兩人達成一致意見，覺得湖北官軍雲集，只有逃入四川才有生路。

楊嗣昌得報，立刻發文讓四川方國安部官軍「迎頭痛擊」這兩股人數僅三四千的農民軍。但是，農民軍腳快，先於方國安部

下渡過昌江。當時，守淨堡的川軍有五千之多，全都龜縮於山頂，避敵不戰，張獻忠、羅汝才軍得以從容入川。

本來，楊嗣昌原有計劃是驅敵入川，他以為蜀地峻山險壑，賊軍被逼入後可以陷其死敵。豈料，張獻忠、羅汝才等人入川後反而如魚得水，更加勢盛（詳情見本書《徒持金戈挽落暉》）。

四川處處陷沒，賊勢大熾，川撫邵捷春及陝西總督鄭崇儉充當替罪羊，一個被殺頭，一個被革職。

在四川燒殺劫掠了小半年的張獻忠等部農民軍士氣高昂，他們於崇禎十四年年底，拖著數部官軍轉來繞去玩了好久之後，準備掉頭再入湖廣。

明將猛如虎在開縣黃侯城追趕張獻忠，求功心切，他不顧手下兵疲將惰，揮軍進攻。結果，官軍大敗，猛如虎的子侄均陷沒於陣。

左良玉由於深恨楊嗣昌，完全不聽命，本來他應該出湖北鄖陽入川堵住賊軍，但他卻指揮部下軍隊向陝西興安開進，故意避開張獻忠。

農民軍乘勝，出夔門經巫山重回湖北。

張獻忠部農民軍急行軍抵襄陽後，獲知襄陽城內防守軍人數很少，就精選二十騎化妝成官軍模樣，持從明軍處繳得的符信進入襄陽。

陰曆二月初四夜間，這二十個人在城內首先持刀砍殺守門士兵，然後大呼喊殺，先前埋伏於城內的百十號人乘勢而起，四處縱火，襄陽城內火光沖天。城內大亂驚擾，城外賊軍大部隊從洞開無人守備的城門一湧而入，楊嗣昌苦心經營、號稱銅牆鐵壁的堅城一夕即為張獻忠所有。其間軍資儲備堆如山積，至此全部成為張獻忠的戰利品。數千守軍，倉猝不及戰，一時間解甲投降。

張獻忠在宏麗壯偉的襄陽王宮倨坐，喚人把已經嚇得軟成一攤泥的襄陽王朱翊銘押至堂上，自己親自斟滿一杯酒，獰笑著走下座位，說：「王爺，我其實不恨你，也不想殺你，只想殺楊嗣

昌。此人遠在蜀地，我一時殺他不得，只能借您項上人頭一用，楊嗣昌就會因犯『陷藩』之罪被殺。王爺走好，請盡飲此酒。」

襄陽王哆哆嗦嗦端過酒杯，剛一低頭欲飲，張獻忠抽出鋼刀，猛揮之下，王爺身首異處。然後，張獻忠從兵士手中接過火把，反扔入帷幕，一把大火把襄陽王府燒成白地。同時，他下令殺貴陽王朱常法以及襄陽府中所有男女眷屬，盡掠宮女為營妓，日夜供弟兄們姦淫，開拔前皆殺而食之。

為顯示自己的「仁義」，張獻忠臨走前開庫，放銀十五萬兩賑濟饑民。

在此一個月前，李自成在河南剛剛殺掉福王朱常洵。

河南本來是富有之鄉，但連年災害，加之明廷七藩封於此地，土地高度集中，貧困人民非死即逃，有力氣有膽識的就扯旗造反。

李自成進入河南之始，手下僅有一千左右兵士，勢單力薄。由於明朝官府強斂賦稅，當地人難忍官府壓榨紛紛造反，幾個月就發展到數萬人，農民軍一舉攻克宜陽、永寧、偃師、靈寶、寶豐等地，殺明朝宗室萬安王以及各縣官員數百人。也恰恰在此時，宋獻策和牛金星這兩個「知識份子」加入了李自成農民軍。牛金星是犯法被貶成的「舉人」，宋獻策是江湖術士，二人深受重用。特別是宋獻策，首獻「十八子主神器」讖語，讓李自成極感高興：「姓李的該當皇上了！」至於姚雪垠先生小說中極力渲染的李岩，歷史上應該沒有這個「實人」，僅靠歷史筆記中的矛盾記載混編而成。

農民軍在河南攻掠，最大目標自然是洛陽的福王朱常洵。此人乃明神宗第三子，是寵妃鄭貴妃所生，他在當時幾乎奪了明光宗當時的太子之位。明末「三案」，追根溯源，皆與此人與其母大有關係。

萬曆二十九年，明神宗封此愛子為福王，婚費達三十萬金，在洛陽修蓋壯麗王府，超出一般王制十倍的花費。億萬錢財，皆

入福王藩圍，神宗皇帝一次就賜田四萬餘頃。就國之後，福王橫徵暴斂，侵漁小民，千方百計搜刮，壞事做絕。崇禎即位後，因這位福王是帝室尊屬，對他很是禮敬。

這位重達三百斤的肥王爺終日閉閣暢飲美酒，遍淫女娼，花天酒地，也算韜光養晦吧！陝西流賊猖熾之時，河南又連年旱蝗大災，人民相食，福王不聞不問，仍舊收斂賦稅，連基本的賑濟樣子都不表示一下。

四方徵兵隊伍行過洛陽，軍士兵紛紛怒言：「洛陽富於皇宮，神宗耗天下之財以肥福王，卻讓我們空肚子去打仗，命死賊手，何其不公！」

當時退養在家的明朝南京兵部尚書呂維祺多次入王府勸福王，勸他說即使只為自己打算，也應該開府庫拿出些錢財援餉濟民。福王與其父明神宗一樣，嗜財如命，不聽。

崇禎十四年（1641年）春正月十九日，李自成率軍以大炮（拋石機）攻洛陽。畢竟洛陽城極其堅固，農民軍攻了整整一個白天也攻不下。傍晚，城內有數百明兵在城牆上縱馬馳呼，城下農民軍回應。於是，明朝守城兵因怨生恨，突然把正指揮守城的王胤昌綁在城上，準備獻城投降。

總兵王紹禹聞訊，急忙趕來諭解。嘩變士兵大叫：「賊軍已在城下，王總兵您又能把我們怎樣！」一時間叛兵動手，殺掉守城明軍數人，不少人因驚墮城。

城外農民軍見狀，趁亂蟻附攀城，嘩變的明軍伸手引梯，洛陽即時陷落。王胤昌見勢不妙，掉轉馬頭就跑（崇禎帝把他逮捕，凌遲於市）。

巨胖福王與女眷躲入郊外僻靜的迎恩寺，仍舊想活命。其世子朱由崧腳快，縋城逃走，日後被明臣迎立南京，即「弘光政權」。

別人逃得了，福王沒有這福分。很快，他就被農民軍尋跡逮捕，押回城內。半路，正遇被執的南京兵部尚書呂維祺。呂尚書

激勵道：「名義甚重，王爺切毋自辱！」言畢，呂尚書罵賊不屈，英勇就死。

福王熊包一個，見了李自成，立刻趴在地上，叩頭如搗蒜，把腦袋磕得青紫，哀乞饒命。

李自成也笑，看見堂下跪著哭喊饒命的三百斤肥王爺，他靈機一動，讓手下人把他綁上，剝光洗淨，又從後園弄出幾頭鹿宰了，與福王同在一條巨鍋裡共煮，名為「福祿宴」，與將士們共用。

農民軍中各行各業能手應有盡有，幾個昔日大廚子出身的兵卒聞言踴躍，持刀上前，輕刮細剃，先把福王身上毛髮盡數刮乾淨，然後拔去指甲，以藥水灌腸排去糞便。裡裡外外弄乾淨後，送大閘蟹一樣把他放入大鍋中慢燉，笑看他在白湯佐料間上下翻滾，肥肉與鹿肉齊飛，湯水共花椒一色，終成一頓美餐。

事後，李自成手下搬運福王府中金銀財寶以及糧食，數千人人拉車載，數日不絕，皆運空而去。

洛陽、襄陽連陷，二王被殺，身在湖北沙市督軍的楊嗣昌驚悸異常，畏罪服毒自殺，時年五十四。

《明史》中記載他「不食而死」，又有筆記講他是病重身死，均不確切。失陷兩藩，他自知再無生路，只能一死了之。

其實，楊嗣昌不可謂不勤奮，但屬幹吏小才，行事過於繁碎，一切軍情大小事情均親自料理，千里待報，坐失機會。他掌兵柄數年間，陷盧象升於死，排壓孫傳庭，擠兌洪承疇，加餉殘民，實際上自絕明朝國脈。

事聞朝廷，崇禎帝為掩自己用人之失，竟不追治其罪，還以「剿賊功」追贈他為太子太傅。清初，其子楊山松不是省油燈，又作《孤兒籲天錄》，極力掩辯，謂其父乃正常病亡，不是畏罪自殺，想左右寫《明史》的清朝史官看法。可幸「館臣未受其誤（導）」，並未把楊嗣昌描寫成「有勞無過」的忠臣。

日後，張獻忠攻陷武陵，把楊嗣昌七世祖墓皆一一掘出，敲

骨四棄，派兵士用大刀把楊嗣昌夫婦屍體大卸八塊，然後用棺木焚燒。

佔據襄陽，奇襲僥倖。張獻忠爽過一把後，生怕鄖陽一帶的左良玉部明軍來攻，便在大肆劫掠焚燒後即涉漢水而東，打下光州（河南潢川）後，折入湖北克隨州。接著，他率部竄至信陽一帶。

左良玉率軍入河南追剿，張獻忠部乘機殺至鄖陽。而羅汝才部在河南沒動，與李自成聯軍，改換門庭。張獻忠失去一條有力臂膀，軍力大減，不久在信陽遭遇老對手左良玉部，交手大敗，幾乎全軍覆沒。

由於從前在滎陽大會時與李自成有過節，張獻忠不敢去投李自成，轉去安徽劫掠，與「革裡眼」等部聯手。攻掠盧州和無為州之後，「革裡眼」等人向河南開拔投奔李自成，張獻忠只得準備重入湖北。但潛山一戰，他被明將黃得功擊敗，一時龜縮在原地不敢動彈。

由於李自成忽然在湖北孝感、漢陽等地大敗官軍，左良玉部逃至池州（安徽貴池），這給予了張獻忠一個好機會。他即刻率軍從潛山出發，一直向西挺進，連克黃梅、蘄州，並在攻破蘄水後殺掉了寄住在那裡的熊文燦的家屬幾十口人。

老張真是黑心，當年他假投降時入熊文燦大營，只要老熊一聲令下，他的腦袋就會搬家。今日恩將仇報，殺了從前主張招撫他的老熊全家，一個不剩。

勢如破竹之下，至崇禎十六年夏，張獻忠一舉攻下重鎮武昌，殺掉了宗藩楚王。

楚王朱華奎也是個財迷，王府金銀百萬千萬，一個子兒也捨不得拿出來募兵發餉。結果，武昌失陷後，張獻忠看見楚王府那麼多金銀，大發歎息：「這朱老頭真是愚蠢，這麼多錢捨不得用來招兵買馬，放在這裡等人搶！」於是，他命人在朱華奎身上塞了數塊銀錠，把大鬍子老王爺扔入水中淹死。

在武昌，張獻忠把所有十五歲以上、二十歲以下青壯男子簡選為兵，把漂亮年輕婦女挑出送入軍營輪奸，然後大開殺戒，在武昌城內屠戮。由於人太多，賊兵殺得胳膊都腫，於是想出一計，開漢陽門假裝放人。百姓以為可逃性命，紛紛從此門奔出，張獻忠賊兵以鐵騎蹙逼，把數萬人擠入江中淹死，史載，「自鸚鵡洲達於道士洑，浮屍蟻動，水幾不流逾月，人脂厚累寸」。

數十萬武昌人民，被賊軍盡皆殺死。

佔據武昌後，張獻忠建立「大西」偽政權。由於李自成軍隊已經據有漢陽，張獻忠知道自己打不過老李，不久就率主力殺向湖南，全取湖南，並向江西發展。

崇禎帝大錯之五——明清松錦大戰的錯誤指揮

清軍數次入口，大肆劫掠，擄人奪財殺人雖多，土地基本一塊未得，天氣一熱就退回關外。為此，「皇帝不急太監急」，皇太極與大群滿洲貴族不著急，其手下如祖可法、張存仁這些漢人降官降將卻憂心忡忡，深覺滿清偏隅一方當土皇帝沒出路，應該殺入中原推倒明朝為正統，這樣一來，這些「漢奸賣國賊」們也好成為新王朝的開國功臣。

大約在1640年（崇禎十三年），滿清的「都察院參政」張存仁獻「三策」攻明：上策是直搗北京，割據河北；中策是直取山海關，切斷北京與寧錦之間的「咽喉」；下策是屯兵廣寧，穩步奪取寧錦土地。

此時，由於蒙古察哈爾的林丹汗也被清軍擊敗，漠南蒙古盡屬於己，皇太極更無後顧之憂。

皇太極思前想後，最終決定採用張存仁的最後一策：奪取寧錦。

為此，祖可法、張存仁這幾個漢奸立刻忙乎起來，先在義州修城，以此為前哨，屯田練兵，為將來的大戰保障穩固的後勤支持。義州在廣寧與錦州之間（距錦州僅九十里）。

　　1640年夏，皇太極本人親自到義州一帶觀察地形，並率軍殺至錦州，用紅夷大炮猛轟城內明軍。趁明軍閉門嚴守不敢出之際，清軍把城周的糧食盡行割光，運回義州作為軍糧儲備。

　　義州這個重要戰略要地，明遼東巡撫方一藻三年前就上書朝廷建議重修，無人過問。至此，反而成為清軍的攻擊落腳處。

　　北京的崇禎皇帝聽說皇太極又有動靜，立命薊遼總督洪承疇趕緊出關前往錦州。本來，洪承疇一直在陝西等地與流賊作戰，由於他極富韜略，陝西巡撫孫傳庭又與他合作，在崇禎十一年屢戰屢勝，曾一度把李自成等軍幾乎趕盡殺絕。但是，由於受楊嗣昌排擠，他在崇禎十二年被外派為薊遼總督，戰爭對手由農民軍變成了滿清軍。

　　洪承疇確實是明朝少有的真正有將略的文臣。他到山海關巡視後，立刻抽練兵卒，置精兵於山海關之外的前屯衛和中後所，以能將吳三桂為總兵官，信用遼東本土將官祖大壽等人，在錦州、松山、杏山、塔山、寧遠、前屯衛、中後所、中前所等八城屯精兵近八萬人，大大加強了寧錦防線的實力。

　　面對洶洶而來的皇太極滿清軍，洪承疇審時度勢，在得知吳三桂等一萬明軍分赴松山、杏山馳援消息後，他又下令總兵曹變蛟、馬科等人率二萬人出關，於五月十六日抵達寧遠。

　　先行抵達杏山的吳三桂非常勇敢，率軍與清軍交戰，可惜先勝後敗，幾乎陷沒於陣，數千明兵被殺。

　　清軍此次攻圍寧錦非常有耐心，已經有打「持久戰」的準備，並定期三個月輪換士兵，保證士氣和進攻能力。同時，清軍按部就班，逐步清除錦州城外的明軍堡壘。

　　錦州城內明軍並不示弱，屢屢出城與清軍交手，雙方殺傷相當，誰也不占大便宜。

　　清軍、明軍雙方源源不斷運糧運攻具於寧錦，大打消耗戰。

　　在環圍錦州的情況下，清軍仍多疏漏，近兩萬石糧食在交戰期間被明軍運入城內，極大鼓舞了明軍士氣。

七月間，洪承疇本人自率曹變蛟、馬科、吳三桂、劉肇基四位總兵官帶兵四萬至杏山，與清軍大戰，吳三桂一部獨勝，清軍退卻。由此，清軍全部集中圍打錦州的企圖受挫，明清兩軍在松山、杏山與錦州之間形成戰略相持。

洪承疇在杏山首戰後非常有信心，急忙上奏朝廷，請求派十五萬大軍以及運送能供一年的糧草到位，才能最終取得戰爭勝利。同時，他調動靈活，為節約糧食，只留吳三桂一部萬餘人馬於松、杏一帶，拖住清軍，其餘兵馬即刻回關內休整養銳。他還下令宣府、大同、密雲三總兵出關，準備轉年待諸軍集結完成後畢其功於一役，與清軍決戰。

漢奸張存仁對滿洲主子可謂用心良苦。他發現清軍包圍錦州有多處缺口，即刻苦口婆心勸說皇太極從嚴從重懲罰鬆懈的清將，加強圍困，在錦州城外深挖塹壕，多築戰台，並先取松山、杏山和塔山三城。

皇太極「知錯就改」，下死命令嚴防明軍從錦州以外運糧草等物入內，把城圍得水洩不通。

由於誘降了明軍鎮守錦州外城的蒙古軍頭領那木氣，兩營蒙古兵連家屬六七千人向清兵投降，錦州城外一度為清軍攻佔。多虧祖大壽率兵死戰，最終奪回外城。但是，外城不少城垣遭受破壞，錦州防禦能力大大降低，基本上明軍只能憑內城守禦。

膠著之間，崇禎十四年（1641年）正月，從宣府、大同等地抽調出關的明兵嘩變逃亡，亂了好大一陣才撫平。

得知錦州已經完全被清軍隔絕，北京的崇禎皇帝十分焦急，怕丟掉這座戰略要地，死催洪承疇即刻進兵。無奈之下，洪承疇只能力催各道兵加緊出關，最終於四月中旬齊集於寧遠城，共計為大同總兵王樸、山海關總兵馬科、東協總兵曹變蛟、中協總兵白廣恩、陽和總兵楊國柱以及王廷臣和吳三桂七個總兵官，共十二萬多人。

四月二十五日，明軍與清軍在錦州以南十五里開外開戰，雖

然是在地勢上以低攻高，明軍英勇，清軍雖頑強，仍傷亡慘重。

六月間，洪承疇揮兵六萬攻清軍於松山，奪其三營，殺傷清兵甚眾。從當時情況講，明軍已經取得戰爭主動權，圍困錦州的清軍開始動搖。

關鍵時刻，皇太極手下的漢族將領石延柱獻上「妙策」，竭力勸說主子皇太極不要為小敗而產生沮喪情緒，把「圍城打援」當成作戰原則，堅持下去肯定勝利。

洪承疇此時很清醒，他上奏朝廷，決定應該在保持戰場優勢的情況下，在松、杏一帶與清軍相持。多年與女真人交手的祖大壽在錦州城內也向京城送信，囑誡明軍切勿輕易與清軍野戰，即使交戰，也應用車陣逼之，使其騎兵不得馳擊。同時，他還表示錦州城內糧食充足，大可支持半年。

戰地統帥洪承疇與錦州守衛主將祖大壽如此表示，朝內的兵部尚書陳新甲卻堅持速戰。這個吏選入朝當尚書的無謀淺視之人被小勝衝昏頭腦，力勸崇禎帝下詔催諸將速戰速決。崇禎帝偏聽偏信，經不住陳新甲激勸，立刻下旨讓洪承疇馬上進兵解錦州之圍。陳新甲為了大張其事，還派出親信往軍中監視，死催出兵。

松山之地，位於錦州與杏山之間，實是寧錦防線的咽喉要地。洪承疇得到御旨，不敢不遵，只得下決心在松山與清軍展開決戰。

由於清兵在錦州南的乳峰山東結營，洪承疇就下令曹變蛟率軍屯於乳峰山西，以鬥其勢。明軍數萬大軍，在松山與乳峰之間連紮七座大營，遍掘長壕，密排火器，列馬布陣，旗甲鮮明。

進圍錦州的清軍見明軍如此勢盛，不少人內心十分惶恐。

錦州城內祖大壽敢戰，他於八月二日首先開城自城內殺出，與圍外入內的明軍聯手，予以包圍錦州的清兵嚴重殺傷，但宣府總兵楊國柱也在戰中陣亡，明軍損失不小。

雙方大戰七八天，各自損兵折將，基本持平。

身在瀋陽的多爾袞坐不住，他不顧自己嚴重的鼻出血，用大

棉花團子塞住鼻子，自率三千精騎，御駕親征，飛馳六天六夜趕到松山前線，親自指揮戰鬥。

清軍不惜血本，後備軍預備隊一齊上，總共十二三萬人馬。與之相較，連同守城明軍算在內，松山一帶的明軍大概也是這個數，雙方軍力差不多，都無明顯優勢。

雙軍相較，就看精神頭了。

皇太極在松山結陣。他登高察望，仔細觀察許久，與左右滿漢將領切磋半天，終於找出明軍漏洞：洪承疇明軍過於集中，前鋒兵甚銳，後守薄弱。於是，皇太極立刻部署，決定斷絕明軍糧道，下令清軍在松山與杏山之間多處立營，挖壕築台，圍困明軍。如此一來，清軍由被動變為主動，整盤皆活。

如果此時撤兵，洪承疇可能不會損失太大。但崇禎帝不表態，洪承疇只能死扛。當時，大同監軍張斗看出些清軍端倪，建議分出一支兵馬在長嶺山駐守，以防止清軍包抄明軍後路。洪承疇沒有採納。即使如此，他此時趁清軍新來援兵立足未穩賭一把大的，果斷命令明軍即刻出擊，興許還能出奇制勝。但他沒有，呆等「戰機」。「戰機」不來，清軍卻把杏山、松山切割開來，明軍後路被堵。由此，自寧遠經塔山運抵杏山的糧道也就塞掉。

明軍上下得知此事，軍心立刻動搖。

洪承疇不愧是謀劃老帥，他本來安排諸將在城內稍事休整後，轉天白天傾銳一戰。由於馬上要絕糧，這就等於「背水一戰」，士兵只要有必死之心，在兵力相當情況下，興許能殺敗清兵。

恰恰就在這時，朝廷兵部尚書陳新甲派出的心腹監軍張若麒在寧遠發來一封急信，讓洪承疇率諸將先回寧遠就食，吃飽後整兵回戰。先前他一直死催洪承疇出戰，這節骨眼他又要洪承疇撤軍回寧遠，完全是瞎指揮。

最要命的是，他這一封信，大大動搖了松山城內的各位明軍將領，不少人不想冒險，要求率部先回寧遠休整持糧，再回來解錦州之圍。

洪承疇堅持己見，諸將議論紛紛。洪承疇無奈，只得自己守松山，聽任諸將分道突圍。

大同總兵王樸先逃，各總兵趁黑胡亂出城遁走。結果，嚴陣以待的清軍在半路迎頭截殺，殺死全無鬥志的明軍無數。由於夜深看不見道路，不少明軍在海邊逃走時正遇漲潮，淹死許多。

明將曹變蛟英勇，轉天深夜，他率所部自乳峰山而下，蕩清營數次，有一次還奔入皇太極御營，幾乎要了這位清帝性命。可惜夜見昏黑，曹變蛟本人中箭，只得帶傷逃回松山城中。

松山、杏山一帶，到處都是明軍的屍體。明軍約六萬人被殺，只有三萬殘兵逃回關內。

可稱的是，清兵隨後三日搜殺，明軍殘兵大多視死如歸，基本無投降者。據被皇太極當作人質帶在自己身邊的朝鮮世子回憶：「漢人視死如歸，鮮有乞和者。（他們）擁荷其將，立於海中，伸臂翼蔽，俾（將領）不中箭，不失禮敬，死而後已……漢兵（明兵）初勢極壯，用兵亦奇，乃以無糧分兵出送，取此喪敗，氣挫勢窮。」

大勝之後，清軍在進圍杏山的同時，把松山圍成鐵桶一般。

明廷雖下令范志完代洪承疇為薊遼總督，逃出的吳三桂又在寧遠一帶招集敗亡殘兵，但一直沒能再有力量組織一支有力援軍，明廷聽憑松山、錦州被圍。

松山城內，此時還有萬餘精兵。洪承疇與曹變蛟、王廷臣以及遼東巡撫丘民仰一共守城。堅持數月，一直到轉年（崇禎十五年）正月，城內食盡，並無任何明朝援軍到來的消息。結果，二月十八日，守城的松山副將夏承德暗中降清，忽然率兵把洪承疇等人活捉，然後開門獻城。

當時，皇太極已回瀋陽。聞勝訊後，他即刻下令，將洪承疇押解瀋陽，其餘明將，包括曹變蛟、王廷臣以及明軍守城官校及兵卒，近一萬二千餘人，全部就地處決，平毀松山城。

別人不講，曹變蛟乃明朝大將曹文詔的侄子，驍勇絕人，在

陝西等地曾經大破賊軍上百次，農民軍對之聞名喪膽。特別是南原一戰，曹變蛟率軍攻殺，農民軍屍骸相疊，李自成僅與七騎走免，餘眾皆降。正是由於他的英勇，洪承疇出任薊遼總督時特意帶他出關。至此，竟然被奸賊所執，遭滿人殺害，明廷又失一棟樑。

曹變蛟、王廷臣兩人乃明朝總兵，其實還有求生機會，清將要二人剃頭易服，歸降清朝。二人表示「頭可斷，髮不可剃！」於是相繼被殺。

松山大戰中，喪亡的將士皆是明朝邊地百姓精兵，可稱是最厚的老底軍隊，均在此役中賠光。

松山一失，錦州再也無望。三月八日，祖大壽率守城兵將七千人出降。這一次，他是真降，即刻被送入瀋陽。皇太極善待之，並未翻臉殺他。但是，錦州守兵沒那麼好運，除祖大壽親信部將數十人以外，幾千明軍士卒皆被處決。同時被殺的，還有一直忠於明朝的兩千多蒙古士兵。這些蒙古人力大，滿清兵騙去他們的兵器，以招宴為名，在城外以鐵騎逼之，箭射刀砍。蒙古兵再勇武，赤手空拳，打不過刀槍箭矢，皆格鬥而死。

繼錦州後，塔山、杏山兩城，相繼落入清軍之手。明朝山海關以外的八座堅城，如今已失其半。

祖大壽入瀋陽後，在大清門外下跪請罪，向皇太極表示罪該萬死。有漢人降將進言，說祖大壽反覆，應該殺掉。皇太極認為可以用祖大壽在日後招降他的外甥吳三桂，不聽，仍然待之以禮，讓他日後「竭力事大清」。

日後，祖大壽一系兄弟子姪皆成為滿清鷹犬，為之前驅效力，立功不少。直至順治十三年，祖大壽才病死，清朝葬以一品官員禮。值得一提的是，最早他作為人質留在清營的兒子祖可法（有稱為其義子），翻蹄亮掌為滿清忙乎多年，也在祖大壽病死的同一年病死，當時的爵位是子爵。這兩父子，也是明清之間的一個奇觀。

　　至於洪承疇，剛剛被俘時確實大罵不屈，只求速死。所以，明廷在北京還為他立祠紀念，以為他已經壯烈殉國。到瀋陽後，不知為什麼，這位崇禎皇帝的信臣腰一軟，決定降了，剃髮後穿滿服跪於崇禎殿外向皇太極乞罪：「臣將兵由松山援錦州，曾與天兵數戰，大犯天威。聖駕一至，眾兵敗沒。臣坐困松山，糧絕兵疲，城破被擒，分當受死。蒙皇上矜憐不殺，臣知罪大，不敢入殿。」

　　皇太極諭之曰：「彼時爾與我軍交戰，各為其主，朕豈介意！朕之大勝，實乃天意。朕恩養於你，上合天道，望你盡心圖報即可。」

　　洪承疇叩頭不止。他隨即被編入鑲黃旗漢軍。但終皇太極之世，洪承疇與祖大壽均未被重用，形同軟禁。

　　當時，由於皇太極最寵愛的關雎宮宸妃病死，使這位女真爺們如喪考妣。先前他在松山大勝後匆匆回瀋陽，也是為見她最後一面。所以，接見洪承疇和祖大壽等一批降臣降將時，皇太極還沈浸於悲痛中不能自拔。這位宸妃為皇太極生過一個兒子（皇八子），可惜二歲而殤。崇德六年九月十二日，皇太極在松錦前線正加緊指揮對明軍的戰鬥。宸妃病重消息傳來，這位皇帝轉天即上路，催馬揮鞭往瀋陽趕。十七日，剛剛駐馬喘口氣，聽聞宸妃病危，皇太極夜間趕路，縱馬奔馳。入瀋陽後，得知宸妃已經咽氣。大刺激之下，皇太極數日水米不進，神經病一樣，二十三日痛哭，一口氣喘不上來，竟然昏死過去，差點「殉情」。此後，皇太極每每觸景生情，大哭不止。這位宸妃，她的妹妹是電視劇《康熙皇帝》中的「孝莊」文皇后（即順治帝生母，康熙帝祖母，死後諡「孝莊」），當時，這位「孝莊」是皇太極的「莊妃」。這姐倆與姑姑博爾濟吉特氏均為科爾沁蒙古人，皆為皇太極的「夫人」。不過，姑姑是皇太極「大福晉」，即日後的「孝端文皇后」。科爾沁蒙古與後金結姻，原本目的是為了一起抗擊察哈爾蒙古（此部曾與明朝結盟）。

　　皇太極還真是個情種，這麼野蠻的一個滿清皇帝，因思成病，竟然病入膏肓，轉年十一月撒手西歸，死了。

　　《清史稿》中講，皇太極親自入洪承疇囚室，解自己身上貂裘為他披上，耐心溫言勸降，其實子虛烏有，乃《清史稿》寫作者抄襲昭槤的筆記《嘯亭雜錄》的內容。至於說皇太極派莊妃色誘洪承疇，完全是《清史演義》等小說中的「瞎編」，沒有任何歷史根據。洪承疇本人在皇太極活著那段時間，連個正式的官職都沒有，更甭提替清帝出謀劃策了。他的作用，是日後多爾袞信用他，才日益顯出這位降臣走狗的重要性。

　　皇太極病死前數月，還有件重要事情可表：崇德七年陰曆十月，西藏的達賴五世派使者迢迢趕至，奉滿清為「正朔」。這件事讓皇太極又意外又驚喜，本來他不信佛教，如今他一反常態，一個一口阿彌陀佛，向達賴五世的使者表示自己崇信佛教，並遣使奉大批珍寶回訪藏地，向達賴及班禪示好。

崇禎帝大錯之六——與滿清猶豫不決的和議

　　皇太極松錦大戰一舉擊破明軍十多萬，依當代人的心態，他該問鼎中原，策馬直驅。其實不然，滿清雖然大勝，皇太極仍舊非常想與明朝講和。

　　明清（後金）之間，長久一來，對和議最積極的，一直是後者。努爾哈赤時代不講，小酋長剛剛得志，得地擄人日多，很想過過安穩日子與大明交好，只要中原王朝從經濟上給自己好處，偃戈息兵絕非天方夜譚。自皇太極登位後，亦抱如是觀點。

　　松錦大勝後，明廷派人來接觸，皇太極在給朝鮮國王的信中就這樣講：「朕想今日我之藩服不為不多，疆域不為不廣。彼（明朝）既請和，朕意欲成和事，共用太平之福。諸王、貝勒或謂明朝時勢已衰，正宜乘此機會，攻取北京，安用和為。但念征戰不已，死傷必重，固有所不忍。縱蒙天眷，得或一統，世豈有長生之人，子子孫孫寧有世守不絕之理！昔大金曾亦一統，今安在

哉！」

這些話，無一不實。清入中原後無不增飾描繪清太祖、清太宗「夢一中原」的雄才大略，皆是事後諸葛亮的錦上添花。

1642年剛剛殲滅十餘萬明朝精兵的皇太極，絕無入據中原一統天下之意，於他而言，瀋陽東遼之地的取得，原非世有，擁有如此一片廣闊大地足可為國。而他的那句「大金亦曾一統，今安在哉！」才是真正的雄才大略。如入中原，女真人歷史和傳統，必定會全然消泯。凡事福禍相倚，日後滿清問鼎中原，雖吸收金、遼滅亡的不少歷史經驗，在漢化同時穩守「傳統」，不過是延長國祚而已，事實上的女真民族（滿）基本上成為歷史的陳跡。

從明朝方面講，天朝上國，自大觀念極其嚴重。特別是朱明王朝是推翻蒙元異族政權而定國，民族意識一直是教育中最基本的原則。長期以來，朝野中所有大儒、正人，皆竭力反對與「犬羊」的蠻夷講和，因為這讓他們想起靖康恥，想起南宋求和的屈辱。即使是袁崇煥出於權謀與後金假裝講和，他被殺時這一點也是一大罪柄：和款誤國。所以，明廷上下談和色變，和議絕對是一個最為忌諱的話題。誰講「和議」，誰就是賣國賊。

松遼大戰失敗後，明王朝內地形勢更是一天緊過一天。那一年初，洛陽、襄陽被農民軍攻克，福王、襄王被殺，輔臣楊嗣昌自殺，前兵部尚書傅宗龍（時任三邊總督）又死。年底，開封被流賊包圍，中原勢如鼎沸，一切的一切，均讓崇禎帝焦心似火。

但是，作為皇帝本人，崇禎帝是個自尊心、虛榮心極強、極好面子的人，他很想與滿清議和，攘外必先安內，誰都清楚，這樣才能騰出手來一一剪除內部流寇。最終，趁兵敗之際，一直有意議和的兵部尚書陳新甲主動作出表示，並讓大學士謝升出面告知皇帝。

崇禎帝大鬆一口氣，有「大學士」級別的閣臣出面提出此事，自己既可不負責任，無論和談成敗，均可找出退身進步的藉口。於是，他就讓陳新甲安排，派職方郎中馬紹愉等人出關與皇太

極議和。

這一使團，是明朝官方第一次也是惟一一次正式的議和使團。當然，明廷架子還是擺得挺大，敕書中仍舊以天朝自居，目滿清為屬夷。皇太極見書不滿，明使周旋，又回京換敕書，來來往往。糾纏其間，松山、錦州、塔山、杏山堅城均落入清國之手，明朝在談判桌上越來越被動。所以，待馬紹愉一行到瀋陽時，已經是崇禎十五年陰曆五月十四日。那時候，洪承疇、祖大壽作為清人「階下囚」，也在瀋陽。

對於明廷的主動議和，皇太極和不少滿清貴族認同而重視，而上躥下跳反對最歡的當屬漢人降官張存仁和祖可法等人，他們認定明朝是以和議為緩兵之計，勸阻皇太極不要輕和。即使與明朝講和，也要效仿前朝金國，最大限度侵奪明朝土地，最大程度上勒索明朝金銀，對明朝削之弱之，最後再亡之。可見，漢奸的大陰之心，比他們的滿洲主子有過之而無不及。

皇太極不這樣想，他認定自己應堅守東北為國，並不惜居於明朝屬國的地位，只要「天朝」每年能「饋贈」萬兩黃金、百萬兩白銀即可。作為回報，清國上貢明朝每年貂皮千張、人參千斤。至於「國界」，皇太極想以塔山為清國界，以寧遠雙樹鋪中間土嶺為明國界，在連山一地設立互市的集散地。

從這些條件方面看，皇太極絕對沒有獅子大開口。明朝出這些錢綽綽有餘，基本就是先前「賞賜」明朝各邊蒙古人的數目。如今，滿清已經遍服蒙古諸部，明朝完全可以做順水人情，把這筆開支換個收家而已。

為表禮敬，明使馬紹愉出關，滿清隆重歡送，宴飲極歡。

馬紹愉行至寧遠，立即把與滿清議和的詳情一五一十寫下來，秘報人在北京的兵部尚書陳新甲。

陳新甲仔細閱後，思慮重重，把秘報放置於桌案，自己隨後入書房寫條陳做「功課」。

陳新甲家僮很勤快，見那封秘報，以為是日常必須對外公佈

的「塘報」，馬上送人拿出傳抄散發。這一來不得了，言路譁然，群情激憤，一起上言上書攻擊陳新甲的「賣國」。

邸報、塘報都是官方所辦類似今天「大內參」、「小內參」一類的東西。邸報乃首都朝內的政情大匯總，記載皇帝旨諭和朝臣奏議；塘報內容多為地方軍政大事要聞輯錄，一般通過官方驛遞系統在京城衙門府署送遞並發至四方官署。

崇禎帝甫聽消息，內心極惱，他還以為陳新甲故意洩漏和議之事。於是，在隱忍一段時間後，他就附和眾議，嚴旨切責陳新甲。如果這位老陳懂事，嚴加自責，把皇上從此事中撇清，大包大攬責任聲稱完全是在於自己一個人，保命肯定沒問題。由此，他大可以自己回家優遊山林。當然，官是保不了。

但陳新甲此時特較真，認為自己受皇帝面授機宜，當然不會承受「賣國」之罪。鬱悶之下，他洋洋灑灑萬言敷陳，力訴自己有功，廣引崇禎帝的敕諭中言辭，拉著皇帝這根救命大樹不放。

最愛面子的崇禎帝忍無可忍，親下諭旨，把陳新甲在任期間四座邊城失陷、兩個藩王被殺以及河北、山東七十二城被清兵蹂躪的「罪過」，全安在他頭上。最後，歸結一個字：斬！

殺陳新甲，自然明清之間的和議，不了了之。

明朝，失去了他集中力量對付內患的惟一歷史機會。

歷史的黑色偶然性，在這一刻又露出了它猙獰的笑臉。假使陳新甲的家僮懶一點或是拉肚子，沒有把那份和議的密報當「塘報」抄出去，今天的歷史，可能會是另外一個樣子。

明末內憂外患，士大夫文人，多以「知兵」自詡，以成大用。所謂唇吻韜略，竟成金紫之資，亦為殺頭之源。這些人中，好壞參半，賢愚夾雜，熊廷弼、楊鎬、袁崇煥、盧象升、孫傳庭、楊嗣昌、熊文燦、洪承疇、陳士奇、陳新甲等人，皆是名噪一時的文人統帥。特別崇禎一朝，由鄉試而至巡撫大員者竟多達十人（崇禎以前整個明朝間僅有三人）。也算是「時勢造英雄」吧，「知兵論武」在時勢多艱的情況下比走科舉之路要便捷得多，所

以，陳新甲、何騰蛟、宋一鶴、丘民仰、劉可訓等人才能迅速升
擢重用，往往兩、三年就做到別人正常途徑要在官場熬上二十年
才能得到的官位。

　　文人「論兵」、「知兵」這種高級「玩票」，只有明末這種
衰世才會特別突出。當然，比起南北朝時期和「戎服講經」，明
末士人要踏實一些。可悲的是，在熱兵器逐漸成為主流的時代，
士大夫們仍然把「韜略」當作萬能藥劑，醉心於「諸葛亮」的帷
幄算計之戰，卻忽略了武備和士氣的重要性，本末倒置，還沈浸
於「羽扇綸巾」於談笑間讓強虜灰飛煙滅的夢囈中，此種傳統儒
學陳舊意識導致的虛驕習氣，也正是他們大多下場悲慘的主要原
因。

　　歷史機會的一再喪失，明朝，不能不亡！

【歷史大系】捌

【十二】李自成、張獻忠的成敗

◀ 十二 ▶

李自成、張獻忠的成敗

——殺人如草不聞聲

西元1644年，明朝崇禎十七年，陰曆三月十九日。夜。北京紫禁城內乾清宮。皇帝寢殿。

一位一米八三左右的精瘦漢子，皮膚黝黑，頭髮細黃，正渾身赤裸地站在御殿寢室的巨大黃金浴盆旁。十餘個身著明宮官服的年輕貌美宮女，手忙腳亂地幫他揩拭身體，水珠不停地從漢子那細軟如鼠毛的髮間滾落下來。黑大漢側身之際，一人多高的西洋穿衣鏡中，登時出現一個影像，凸顴凹腮，睜一目眇一目，未瞎的一隻眼裡面凶邪之光瘮人，遍體黑毛，臂膊間青筋畢現——大漢一驚，多年戎馬生涯養成的警覺令他大喝一聲，肩搖腿踢，幾個正為他揩身的宮女重重摔翻在一旁。

殿門處衛士聞聲飛速趕入宮殿，見大漢餘悸未消，一臉驚惶怒視穿衣鏡，衛士長忙下跪稟報：「闖王，那是西洋穿衣鏡。」

「知道了！」大漢揮揮手，扈衛立刻消失於殿下。這位北京紫禁城的新主人，不是別人，正是大名鼎鼎的李自成。

讀過姚雪垠先生小說的人，見筆者的描述肯定大吃一驚——姚先生筆下的李自成，相貌堂堂，威風凜凜，頭戴氈笠，身披紅氅，完全是農民起義英雄「高大全」的形象——那種描寫，完全是文學的臆想和政治的演繹。甚至連李自成最明顯的相貌表徵「獨眼龍」都不著筆墨，姚老先生太過「美化」這位明王朝的掘墓人。

一位姓竇的掌書宮女賣力地跪伏在巨大的、遍處繡錦飛龍的龍床上，不停撫摩侍候這位皇宮的新主人。令人奇怪的是，黑大漢如同先前的崇禎皇帝一樣，生理反應極其不明顯，一則因為多年的「流賊」生活使這位「闖王」的器官用盡廢退，二則是因為他當時心中還存有最大的揮之不去的隱憂：崇禎皇帝到底在哪裡？活不見人，死不見屍。京城雖克，明朝的象徵人物下落不明，仍舊不算是最終勝利。

兩天後，宮裡一個小宦官在煤山腳下發現了崇禎的「御馬」。農民軍士兵追蹤尋跡，終於在山上一棵歪脖樹上發現了自縊而死的大明皇帝。在這位三十四歲皇帝的白綾衣袖上，發現有數行潦草凌亂的字體，顯然是崇禎皇帝上吊前倉猝所書。一行是：「朕失江山，無面目見祖宗，不敢終於正寢」；另一行是：「百官俱赴東宮（太子）行在。」

十七年的皇帝生涯，對於崇禎皇帝來講，只能用杜甫一句詩來概括：艱難苦恨繁雙鬢！

除誅殺魏忠賢一事上崇禎帝「英明神武」外，崇禎帝繼位後的每一步幾乎是步步皆錯，一步一步帶著他的大明國走向滅亡。

狡黠驛卒成王業──李自成

河南、湖廣的攻取之路

李自成在洛陽把福王朱常洵烹殺，大軍吃過「福祿宴」，休整數日，就提兵進襲開封。

由於明朝河南巡撫李仙風當時正在懷慶地區攻打「流賊」，開封守將也因洛陽告急領兵外出，致使開封城內城守力量薄弱。李自成得知這一情況後，立刻自領三萬精兵，急行軍三天三夜，準備以突襲方式攻克開封。

開封的周王倒不財迷吝嗇，他在拿出五十萬兩白銀犒軍賑民的同時，提高賞賜發榜表示說：「民眾有能出城斬賊一首的，賞

銀五十兩。」重賞之下出勇夫，兵民踴躍擊賊，爭相出城奮擊。

李自成軍大懼，退避數舍。此時，出援洛陽的官軍及時趕回，開封終於免於被攻陷。

李自成不死心，親自騎馬到城下觀察地形。城上官軍發箭，有一箭正射入李自成左眼，鏃深入骨，差點把這位農民軍頭子射死。從此，李自成就成了獨眼龍。

開封圍解。

此後，李自成與棄張獻忠來歸的羅汝才合軍，自河南西部入湖廣，在孟家莊抓住了明朝三邊總督傅宗龍（前兵部尚書）。賊軍押傅宗龍去項城，想讓他去賺開城門，豈料傅總督大聲叫罵，立刻被殺。

項城雖然未下，經此一戰，李自成部下多添了昔日的陝西能戰「官軍」，勢力更大，便開始自稱「闖王」。

項城之戰後，農民軍橫掃豫中地區。李自成破葉縣，殺守將劉國能；克襄城，殺守將李萬慶。被殺的這二人，劉國能綽號「闖塌天」，李萬慶綽號「射塌天」，皆是李自成從前的「革命」老戰友。他們幾年前投降官府後，耿耿忠心，一直忠於明朝，誓死擊賊，終成大明忠義之士。

南陽一戰，明朝猛將猛如虎、劉光祚也在與農民軍作戰中陣亡。李自成名震一方。

在此情況下，李自成開始了對開封的第二次攻擊。

農民軍圍攻了三個月，直到崇禎十五年（1642年）開年，開封仍攻不下。情急之下，李自成指揮士兵逼迫城外平民在城牆中掏大洞十餘個，置火藥數萬斤。然後，農民軍士兵百炬齊投，就等著城崩殺入城去。

豈料，火藥威力太大，天崩地裂一聲響後，正縱馬擐甲準備殺入城的農民軍數千人全被崩成碎肉末。

崩城未成，自己人大損。這樣，李自成二破開封仍舊失敗。

傅宗龍死後，明廷任汪喬年為陝西三邊總督。這位汪爺篤信

怪力亂神，調兵遣將他不急，先派人把米脂縣內李自成的祖墳刨開，並從中捉到一條小蛇，四處張揚，然後千刀剁碎，宣揚說已把大賊頭家的風水全部搞壞。

依理來講，老李家好日子應該到頭。可笑的是，李自成沒咋的，全鬚全尾活的好好的。由於左良玉率部逃走，農民軍攻克襄城，活捉了挖李自成祖墳的汪喬年，卡嚓一刀，汪總督好日子立刻就到頭了。

於是，幾個月之內，李自成在豫東地區秋風掃落葉一樣連戰連捷，把開封外圍打掃得乾乾淨淨，第三次包圍了開封，勢在必得。

明廷十分重視開封的安全，馬上派丁啟睿督帥，總左良玉等部近二十萬眾號稱四十萬，連營黃河岸邊，準備與農民軍開打。

李自成有謀，為防止出現腹背受敵情況，他先派人化裝成官軍向開封送信，要城內軍隊嚴防死守不可輕出。然後，他集中力量迎前，在朱仙鎮與明軍開戰。

此時的明軍，各懷鬼胎，督統丁啟睿又無能，面對強敵，未戰心亂。大將左良玉率先不戰而退，其餘諸將一窩蜂四潰，總兵姜名武被俘殺，明軍大敗。

李自成挾得勝之氣，復率兵圍開封。

李自成此次圍開封很有耐心，他不著急攻城，先派人四處拔堡陷城，最終把開封完完全全變成一座孤城。

被圍四個多月，開封城內斷食，人民大量餓死，數目達數十萬之多。在吃光牛皮、鼠雀、水草、馬松、膠泥之後，守軍只得吃死人屍體為食。可稱的是，守軍就是不開城投降。

無奈之下，明軍採取決河灌敵之法，挖開朱家寨黃河大堤以沖農民軍。李自成當然不示弱，他反決馬家口黃河大堤。但雙方決堤都沒見成效，河水只在城外漫浸，深三四尺而已。

最後，圍久生枝，農民軍趁陰雨連綿河水暴漲之際，先塞堵東西南三面堤口，然後數萬人一起揮鋤猛挖，掘開北面黃河的上

流堤壩。

　　如此一來，黃河水洪濤橫流，開封城頓時成為水中澤國，居民死傷無數。老弱婦孺不必講，很快被淹死。開封城中，只有鐘鼓二樓、周王王城、以及延慶觀幾處地勢高的地方沒有被淹，這幾個地方保存了一些居民的性命。不久，這些人中很快又有大部分人凍餓而死或被饑餓的人吃掉。滿城屍骸，慘不忍聞。

　　農民軍掘堤時，也有一兩萬人躲閃不及，餵了魚蝦。

　　趁亂，明朝的宗室周王有幸在明軍保護下乘船逃走。

　　開封雖成為廢城，但已非朝廷所有。

　　此後，自潼關入河南的陝西孫傳庭部官軍復為李自成、羅汝才部聯軍擊敗。河南大地幾乎盡屬李自成。

　　一直在安徽、河南、湖北交界地區流竄的「革左五營」（老回回馬守應、革裡眼賀一龍、左金王賀錦、治世王劉希堯、爭世王藺養成）北上河南，與李自成會師，農民軍勢焰張天。

　　合軍後，農民軍齊攻汝寧。克城後，殺掉藩王崇王與他一家人後，把頑強抵抗的明朝「保定總督」楊文岳綁起，用大炮轟碎洩恨。

　　河南大定。李自成、羅汝才以及「革左五營」聯手，殺向湖廣。這種行動，「紅色年代」的歷史學家紛紛誇之為「農民起義領袖」的「雄才大略」與「目光遠大」。其實不是那麼一回事——河南久經旱蝗水災，千里蕭條，幾十萬農民軍只搞殺掠不事生產，吃飯成為當務之急。湖廣乃魚米之鄉，糧草才是「領袖」們所想。

　　所以，乍看明末農民戰爭史，一般人根本記不住這些人的行軍路線，忽東忽西，忽南忽北。如此飄忽的行走飛奔，都以為是農民軍出於策略往來奔波致勝，實際上他們是流動搶劫隊，哪裡有吃食哪裡官軍弱就殺向哪裡。正因為如此，他們才被明廷和清廷稱為「流賊」。

　　據守襄陽的左良玉部當時有二十多萬，面對洶洶而來的四十

萬李自成聯軍，他不戰而逃，把襄陽留給了李自成。

農民軍乘勝，攻克荊州，殺湘陰王全家人；下承天，擊殺總兵錢中選，並刨開嘉靖帝生父的陵墓。（承天就是鍾祥）。

奪取漢川、漢陽後，李自成休軍，自回襄陽，開始算計起「革命」老戰友們。

李自成出手很快，迅速殺掉了羅汝才和賀一龍。

他此舉真夠陰狠。郟縣大戰，他所率一軍已被孫傳庭大敗，如無羅汝才義無返顧自香山馳下出手相救，反敗為勝，他當時就會被官軍殺掉。「革命」形勢大好之際，為保證自己第一把金交椅的穩固，李自成率先下手，親手殺掉毫無防備的、當時正在營帳中與數位美女做春夢的大恩人羅汝才。羅汝才當時以其綽號「曹操」聞名於世。先前河南一帶有童謠：「鄭台復鄭台，曹操今再來」，他為應讖言，故以為號。

殺人後，李自成立刻控制羅汝才全部。除少數人投降孫傳庭官軍外，大部分羅汝才軍隊並入李自成屬下。

「革左五營」幾位頭頭們聞訊，為之心寒。特別是「老回回」馬守應，遠遠躲開，不敢再與李自成聯軍。「老回回」當時在湖南躲得開，剩下幾個頭頭無奈何，只得聽任李自成兼併己軍，乖乖成為他的部將。

在牛金星等人攛掇下，李自成在襄陽建立偽政權「倡義府」，自稱「奉天倡義文武大元帥」，但當時並未建國號，也未改元。之所以如此，不是李自成當時不想當皇帝，而是因為他鑄錢、營殿皆不成。迷信之下，他未敢遽稱國號為帝。

當時的李自成農民軍，已有百萬之眾。由於農民軍四處殺掠，江淮數千里內，城陷處蕩然一空，即使有沒有被毀的城郭，也僅餘四壁，雞犬無聲。

可見，農民軍與官軍之間的大規模交戰，受害最深的當屬地方人民百姓。

陝西「老家」的回歸

襄陽、荊州、德安、承天陷落，湖廣自然不保。身在北京的崇禎帝憂心如焚。崇禎十六年（1643年）夏，他嚴命身在西安的陝西總督孫傳庭出關，尋找李自成決戰。

當時，明王朝僅剩三大部主要軍事力量，其一是遼東部隊，但陷在那裡堵防滿清；其二左良玉部隊，但此軍軍頭跋扈，形同軍閥，很難指揮；其三就是孫傳庭部。

其實，如果孫傳庭部在西安養銳不動，李自成無論是進攻北京或者南京皆有後顧之憂，可稱是對賊軍最的大的威懾和牽制。

君命難違，加上陝兵能戰，抱存僥倖心理的孫傳庭在八月率軍出關，其下有白廣恩、高傑、生成虎三個總兵，共十幾萬精兵。由於孫傳庭的身份是「督師」，他同時檄調河南總兵陳永福在洛陽會師，檄調左良玉提軍西上，以便夾擊李自成。

孫傳庭出關後很順利，很快收復洛陽。如果明軍步步為營，勝算還是很大。但是，北京朝中的崇禎帝死催。由於害怕自己因「逗留觀望」被殺，孫傳庭硬著頭皮向南進發。

李自成自然重視河南軍事。他聽聞官軍出潼關，立刻把湖廣一帶農民軍調往河南。他本人離開襄陽，進入河南。

由於在河南當「流賊」日久，他對當地的地形地勢一清二楚。仔細考慮後，他決定誘敵深入，在把主力部署在郟縣以南的同時，派弱旅誘敵，吸引官軍注意力。

孫傳庭連連得勝，交手即克，一連打到了寶豐。此時，他思想麻痺，自以為可以解民倒懸之苦，清君父苦思之憂，天天惟一的念頭就是「旦夕滅賊」。

九月初九日，官軍攻克寶豐縣後，向郟縣挺進。九月十四日，雙方交戰，官軍首戰獲勝，並擒殺賊中名將「果毅將軍」。此役中，李自成命懸一線，他本人幾乎被明軍擒獲。農民軍奔集襄城。驚懼之下，數位頭領都想綁李自成投降官軍。

李自成智謀過人，笑言道：「不要怕，我輩殺王燒陵，毀城

無數，罪過不可謂不大。可在此決一死戰，如果不勝，你們再縛我出降不晚！」

時值秋雨連綿，道路泥濘。由於孫傳庭孤軍深入，後勤保障困難，運輸速度又慢，明軍糧草很快匱乏。如果此時他回師洛陽什麼地方就糧修整，還不至於失去主動。但勝心益熾，孫傳庭覺到開弓沒有回頭箭，命令軍隊攻破郟縣就食。

郟縣確實不難攻，很快就落入官軍手中。但此處縣小地窮，根本沒有什麼吃食。幸好有農民軍丟棄的幾百匹運物騾馬，被官軍宰殺當糧，幾天就吃個乾淨。

明廷聞報，立命山西、河北就近傳餉輸糧。

孫傳庭另一個失著，在於他率軍攻克唐縣時，把集中在那裡的賊軍家屬幾萬人殺個精盡，致使農民軍滿營痛哭，誓殺官兵。

農民軍哀兵必勝之氣，已經點燃。

李自成嚴令部下搜掠四境，一粒糧食也不留下，致使官軍不可能就地籌糧。特別有心機的是，他派大將劉宗敏領一軍萬餘人，間道抄至官軍後方，在河南汝州的白沙切斷了官軍的後勤補給線。由此，明軍大驚，軍心動搖。打仗打的就是給養，如果無糧，大敗可期。

孫傳庭此時清醒過來。他留河南總兵陳永福率部留守，自己準備率陝軍回軍，想先打通糧道再說。陳永福手下的河南籍士兵急眼了，大聲叫罵：「你們陝西兵回軍，準備先讓俺們河南人在這裡餓肚子等著賊來殺，不中！」他們跟著陝西兵也跑。

混亂時刻，李自成指揮農民軍主力發動進攻。雙方交戰，變成了農民軍對官軍的追擊戰。

官軍大潰逃。由於明將白廣恩部的火車營士兵為逃命解開拉軍車的馬匹逃跑，笨重的軍車四散於路，把路堵住，逃跑的官軍更亂成一團。

農民軍恨官兵在唐縣殺自己家屬，士氣百倍，一路追殺。血光飛濺下，明軍有四萬多被殺。他們飛遁四百多里，丟失甲仗騾

馬無數。

孫傳庭本人與總兵高傑率數千殘兵有幸渡過黃河，經山西恒縣逃回潼關。經此一戰，陝西王牌軍基本報銷。

崇禎帝聞敗大怒，責斥孫傳庭「輕進寡謀」（其實是他自己的決斷使然），削去督帥之職，讓他戴罪收拾殘兵，圖功贖罪。同時，崇禎帝升任敗入潼關的白廣恩為援剿總兵官，持「蕩寇將軍」印，協助孫傳庭，以望保住陝西。

十月初六，李自成對潼關展開進攻。高傑一部先潰（他手下軍皆從前的「賊軍」），白廣恩隨之逃跑，潼關失陷。

孫傳庭無奈，只得退軍渭南。

李自成得勢不饒人，合眾數十萬齊攻渭南。孫傳庭知不可免，在預備隊打光後，與監軍副使喬遷高雙雙持槍躍馬，高呼衝入無邊無沿的賊軍之中，陷陣而死。

人在西安的孫傳庭妻子張氏聞夫死訊，率孫傳庭兩女三妾跳井自殺，實為節烈婦人。

可悲的是，由於明廷沒有找到孫傳庭屍首，崇禎帝懷疑他未死降賊，竟不予贈諡。

潼關一破，西安自不必說。秦王朱存樞也是那種明朝皇室遺傳的摳門精，一兩銀子也不拿出犒軍，激起眾憤。結果不待農民軍進攻，明朝守城將領主動開城投降，西安落入李自成掌握中。

李自成氣魄很大，下令諸部四出，穩取三邊。明朝總兵白廣恩、陳永福一大批高級將領相繼投降，寧夏、甘肅、青海大部分地區皆被農民軍攻克。這樣一來，整個西北地區（除西寧以外），已經是李自成的天下。

1644年（崇禎十七年）正月初一，李自成改西安為長安，建國號大順，改元永昌。他在這裡封侯拜將，更定官制，開科取士，真的有那麼一股帝王創業開基的氣息。

當時，李自成已經稱帝，並改名為「李自晟」，追尊西夏的李繼遷為「太祖」（這招不倫不類很失算，歷史上姓李的「皇帝

」不少，不知李自成為何攀上鮮卑拓拔部人為「祖宗」）。

歷史上真實的李自成，絕不是姚雪垠先生筆下那位愛民如子、胸懷寬廣、英俊挺拔的「革命領袖」形象：

（李自成）每屯（兵），以騎兵一營外圍巡徼，晝夜更番，餘營以次休息。警候嚴密，人不得逃逸，逸者追獲必磔之。營兵不許多攜輜重。兵各攜妻孥，生子棄之，不令舉。男子十五以上，四十以下，咸掠為養子，為奴隸。故（李自成）每破一邑，眾輒增數萬。每一精兵則蓄役人二十餘，其馱載馬騾不與焉。眾實五六萬，且百萬也。

雖拔城邑，不聽屋居，寢處布幕，彌望若穹廬。其甲（冑）縫棉帛數十重，有至百者，輕而韌，矢鏃鉛丸不能入。每戰，一騎兵必二三馬，數易騎，終日馳驟而馬不疲。嚴寒（時分）則掠茵蓐布地，以藉馬足。或刳人腹為馬槽，實以蒭椒飼之。（殺人餵馬，確實殘忍）飲馬則牽人貫耳，流血雜水中。馬習見之，遇人則嘶鳴思飲啖焉。

行兵倏忽，雖左右不知所往。雞再鳴，並起蓐食，備馬以俟。百萬之眾，惟自成馬首是瞻，席捲而趨。遇大川，則囊土擁上流，雖淮、泗諸水，亂流而渡。百萬合營，不攜糧，隨掠而食，飽則棄餘，有斷食斷鹽數月者。臨陣，鐵騎三重，反顧則殺之。戰不勝，馬兵陽（佯）北，官軍乘之，（農民軍）步兵拒戰，馬兵繞而合圍，無不勝矣。以牛金星為謀主，日講經一章、史一通。每有謀劃，集眾計之，自成不言可否，陰用其長者，人多不測也。

其攻城，分晝夜為三番，以鐵騎布圍，步兵肉薄向城。人戴鐵冑，蒙鐵衣，攜椎斧鑿城，得一磚壁即還，易人以進。穴城可容一人，則一人匿之，舂土以出，以次相繼，遂穿空旁側。迤四五步留一土柱，巨絙繫之。去城十百丈，牽絙倒柱，而城崩矣。（其攻城方法很獨特）

望風降者不焚殺，守一二日殺十三四，或五六日不下，則必

屠矣。殺人數萬，聚屍為燎，名曰「打亮」。城將陷，以兵周布濠外，緣城者殺之，故城陷必無噍類。掠馬騾為上功，次軍仗，次幣帛衣服，次珍寶。其金銀恒散棄之，或以代鉛置炮中。屠城則夷其城垣。令後莫與為守。（李自成屠城成習慣）

（李自成軍隊）立投順牌四，凡破城，四向負牌至村落。降者既負牌過別村，否則加兵。牌所至，日蹙千里。

（李自成）性慘酷，斷耳、別目、截指、折足、剖心、鋸體，日以為常，談笑對之。其兄從秦軍來，自成獲而殺之。（他）性又澹泊，食無兼味。一妻一妾，皆老嫗，不蓄奴僕。無子，以李雙喜為養子，（此人）嗜殺更酷於自成。

勢如破竹的「東征」

1644年正月初八，李自成自統大軍從西安出發，殺向北京。除主力軍外，他仍派劉芳亮等人率一軍為偏師，進取黃河以南，與主力部隊相夾成鉗，堵住了崇禎皇帝可能由運河一線南逃的道路，同時又可有效阻止南直隸、山東明軍的北援路線。

渡河之後，平陽府不戰而降。這樣，李自成大軍從容向太原進發，並於二月六日包圍了太原城。

可笑的是，太原城內的宗室桂王拿出三千兩銀子募人殺賊，卻被山西提學黎志升換成「記功紙票」。都什麼時候了，這位貪官還想省銀貪扣。

僅僅過了一天多，明軍守太原新南門的軍將開城投降，太原陷落。太原府眾文官一大批人被殺，而那個克扣士兵賞銀的黎志升卻買通李自成手下，稱譽其為「天下文章能手」。此人活命之餘，還成為「大順」朝的考試主審官。

得到太原重鎮堅城，李自成自信心爆棚。他在此處印發「詔書」，展示平定天下的大志：

上帝鑑觀，實惟求瘼。下民歸往，只切來蘇。命既靡常，情尤可見。粵稽往代，爰知得失之由；鑑往識今，每悉治忽之故。

咨爾明朝，久席泰寧，浸弛綱紀。君非甚暗，孤立而煬蔽恒多；臣盡行私，比黨而公忠絕少。甚至賄通宮府，朝廷之威福日移；利擅宗神，閭左之脂膏罄竭。公侯皆食肉紈絝，而倚為腹心；宦官悉齕糠犬豚，而借其耳目。獄囚累累，士無報禮之心；征斂重重，民有偕亡之恨。肆昊天既窮乎仁愛，致兆民爰苦於災祲。朕起布衣，目擊憔悴之形，身切痌瘝之痛。念茲普天率土，咸罹困窮；詎忍易水燕山，未蘇湯火。躬於恒冀，綏靖黔黎。猶慮爾君爾臣，未達帝心，未喻朕意。是以質言正告：爾能體天念祖，度德審幾，朕將加惠前人，不吝異數。如杞如宋，享祀永延，用彰爾之孝；有室有家，民人胥慶，用彰爾之仁。凡茲百工，勉保乃闢，綿商孫之厚祿，賡嘉客之休聲。克彈厥猷，臣誼靡忒。惟今詔告，允布腹心。君其念哉，罔怨恫於宗工，勿阽危於臣庶。臣其慎哉，尚效忠於君父，廣貽谷於身家。永昌元年謹詔。

這份詔書，文采確實不錯，洋洋灑灑，立意鮮明，言辭赫赫。至於詔書作者，可能是牛金星，也可能是黎志升，還有可能是善寫文章的明朝降官張璘然。

二月二十六日，稍事休整，李自成繼續北上。

途經寧武時，明朝守將周遇吉頑強抵抗，給予農民軍很大殺傷。克城後，李自成下令盡屠寧武城內人民，以儆效尤。

三月一日，農民軍大軍抵達大同城下，明朝總兵姜環未作任何抵抗，馬上開門投降。他順便捉住明朝的文官大同巡撫衛景瑗和宗藩代王交給李自成。

李自成久聞衛景瑗巡撫清廉之名，並不殺他，還要用他為官。衛巡撫忠臣，自己在寺廟上吊殉國。李自成想饒衛巡撫，卻不饒代王，下令把這位明朝宗室全家殺個精光。

見大同守將向農民軍投降，各地震動，明朝將領大多心懷貳心。駐守陽和的宣大總督王繼謨本想率親兵護送庫銀逃回京師，但他手下的明軍士兵忽然奮起嘩變，把王總督的銀子和好馬搶奪

一空，挾取後去投農民軍。

陽和軍將投降後，明朝宣府總兵王承胤更殷勤。李自成還未到宣化，他已經派人送來降書。在當地的宣撫巡撫朱之馮還想抵抗，總兵王承胤早已暗派人把城下大炮引信除掉，塞住炮口，使這些守具成為一堆廢物。朱之馮哭罵之後，自縊殉國。

自從李自成佔領西安，崇禎帝幾乎就沒有睡過一個好覺，他自知來日無多。不祥的預感，終日籠罩不去。

從朝臣中挑了半天，崇禎帝只得派大學士李建泰替自己出京督師，以圖能抵禦住農民軍咄咄逼人的攻勢。

李建泰文人一個，無兵略，無將才，因為他家是山西曲沃的豪富，崇禎帝挑他，也是希望他能用家財餉軍。當時，大內的官帑，基本山窮水盡。

為大張其事，崇禎帝在北京正陽門（現在的前門）親自為他餞行，金杯賜酒，手遞敕書，賜其尚方寶劍，表示李建泰可斬罰一切級別的文武官員。這種禮遇，比當年對楊嗣昌高出了許多。

李建泰自然泣下叩恩，誓死以報。

出北京後，李建泰剛到保定，就被李自成偏師劉芳亮部堵在那裡。憑城四望，見農民軍旌旗鐵甲，連綿百里，馬嘶人喊，勢大得讓李大學士拉了一褲子，馬上就決定了——投降。

保定知府不投降，率軍抵抗。李建泰為農民軍做內應，終於使得保定被農民軍佔領。

李自成本來要屠城，宋獻策勸說他收買人心，認為如果不大肆殺人，可更快拿下北京。氣憤良久，李自成才收回屠城之命。

後來，滿清打跑李自成，李建泰又投降了大辮子軍，並被委任為弘文院「大學士」，主修《明史》。由於拉關節受賄，他不久被免官。家居時，大同姜瓖叛清復反。心懷怨恨的李建泰據太平縣回應，最終被清軍擒殺滅族。這個反覆小人，官雖然大，在《明史》找不到他，《清史列傳》等書的《貳臣傳》中也找不到他，原來他被編入了《逆臣傳》。

　　垂死掙扎之際，崇禎帝還有兩招可想，一是南遷，二是調山海關外的吳三桂遼軍入京。

　　風雨欲來賊逼城之際，崇禎帝確實動過南逃的主意，即以親征的名義「南下」。

　　可是，明朝朋黨鬥爭在王朝將要滅亡之時，也一點兒沒有消停的意思。閣臣們個個心懷鬼胎，他們惟恐皇帝跑走後自己會與太子一同留下死守北京，所以沒一個人正式出來明確表態。

　　傻不拉嘰的書呆子直臣、時任左都御史的李邦華開口就很衝：「皇上應該留守社稷！」他建議讓太子朱慈烺去南京「監國」，分封定王和永王兩個王子於外。這樣舉措，完全是南宋國亡前的翻版。

　　崇禎皇帝很氣，怕大臣們擁太子去南京搞出「另立中央」的事情，就說：「朕經營天下十幾年，尚不能濟事，哥兒孩子家（指太子、二王）又能做得什麼事！」

　　廷臣們爭吵商議，終日不絕，崇禎帝南逃就逃不成。

　　這樣一來，只有調吳三桂一路可走。但吳三桂部路遠，短時間內不能趕到，崇禎帝只得下令先調薊鎮總兵唐通和山東總兵劉澤清入援。

　　劉澤清人品很壞，先是謊稱自己有病，得到朝廷賞銀後，率部在臨清一帶搶掠一番撤回原地。

　　唐通還行，率八千士兵很快抵至京城。但是，崇禎帝對將領不放心，派出太監做監軍。此舉惹得唐通大怒，拉起隊伍回到居庸關。

　　崇禎帝無可奈何。

　　放在早先，他一紙詔書，早就要了唐通項上人頭。崇禎帝朱由檢確實是一位沈猜之君，任期內曾誅總督七人，殺巡撫十一人。而他手下的十四任兵部尚書，不是自殺（張鳳翼、楊嗣昌），就是被殺（陳新甲），或遭削籍，罕有善終者。兵臨城下之際，崇禎帝人主的威嚴頓失。

　　情急抱佛腳，兵來要花錢。沒錢怎麼辦，崇禎帝只得讓勳臣、太監們出錢助餉。

　　這些腐敗到根兒的貪官財迷瘋們紛紛搪塞，身為皇帝岳父的周奎僅捐出一萬兩，就表示自己家中再無銀兩。日後劉宗敏「追贓」，從周奎家抄出現銀和金寶一百多萬兩。

　　內廷太監們心懷怨恨，讓他們出銀子比割肉還痛，有人還在宮牆上寫「反標」：「此處不留人，自有留人處」。

　　所以，求來求去，明廷也從官員、太監手裡沒摳出多少銀子，最終只得二十萬兩的銀子，完全是杯水車薪。李自成入京後，大板子大夾子「伺候」，一下子從這些蛀蟲家裡弄出七千萬兩還要多的銀子，皆在逃離北京時搬運出走。

　　明將唐通賭氣離京抵至居庸關，對李自成大軍可不敢有氣。三月十五日，他開關迎降。天險一失，北京城大敞四開地擺了農民軍面前。

　　三月十六日，昌平失守。晚上，農民軍前哨已經出現在城下。明朝襄城伯李國楨統三大營京兵在城外迎敵，結果，迎敵變成迎賓和迎降，他帶著大批火器投入李自成「懷抱」。

　　如此關鍵時候，更為奇怪的是，北京全城所有軍隊，皆由太監指揮。為了討好公公們，國家即亡的崇禎帝竟然下令禮葬魏忠賢——他親手除去的逆閹！原因只為司禮太監曹化淳一句話：「（魏）忠賢若在，時事必不如此！」這哪挨哪兒呢？可能崇禎真的相信當初遼東勝仗確有魏公公「指揮若定」的因素吧！

　　李自成至城下後，派先前在宣府投降的太監杜勳入城，與崇禎帝談判。

　　他開始要價根本不高，提出割西北一帶予自己，立自己為王，犒軍白銀百萬。如果崇禎帝答應條件，他就退軍河南，並表示還可以為明朝內滅群賊，外遏清兵。

　　崇禎帝召大學士魏藻德計議，老魏深恐自己蹈陳新甲後塵，一直鞠躬俯首，始終不發一言，氣得崇禎揮袖把他斥出。

憂懣無計之餘,宦官張殷屁顛顛跑過來,說:「皇帝陛下不要愁,奴才有一妙計。」

崇禎抓住根稻草,忙問何計。

張殷說:「賊軍果真入城,自可投降,肯定就沒事了!」

聞言,崇禎帝差點氣死,從案上抽出一劍,把張殷公公捅死在當地。這,也是他平生第一次親手殺人。

可歎的是,北京守城士兵,僅有七八千疲卒,健銳士兵均在先前被那些派出京城到四地監軍的太監們當護衛軍調走。北京的宦者們人數不少,城上城下走竄著的有上萬人,他們頤指氣使,個個都一副領導模樣。

北京守城開始之際,還有人送飯。小宦者派人胡亂到城上送去幾大桶粗飯,聽憑士卒以手攢食。十六日以後,送飯的人也不見了,守城士兵竟有不少餓死者。

農民軍開始大規模攻城。

崇禎帝手持三眼槍,率數十名宦官在城內轉悠了大半圈,均不得出城門,失望而歸。

農民軍攻彰義門時,監軍太監曹化淳開門投降,引大軍入城,齊攻內城。

回宮後,崇禎帝知道大勢已去。但他還存一絲幻想。於是,他喚來皇親新樂侯劉文炳以及駙馬鞏永固,想讓他們帶家丁護送太子及二王出城。

二人跪地哭訴:「國法素嚴,我們哪敢在家裡私蓄武裝家丁。即使把所有僕人帶齊,也就幾百個人,這些人平素皆不習武,何能出城逃跑時與賊軍相抗?」

崇禎帝徹底失望。

無奈之下,他又召首輔魏藻德議事。老魏仍舊一語不發。

絕望的絕望之餘,崇禎帝命官人上酒。痛飲數杯後,他先讓皇后周氏自縊。同座的袁妃不想死,遽起離座想逃,被崇禎帝追上,數劍砍死。接著,他手提利劍在宮內自己動手殺掉嬪妃數人

後，行至壽寧宮，正遇自己十五歲的長女樂安公主。

三十四歲的朱由檢含淚歎息道：「汝為何生於帝王之家！」掩面朝愛女揮劍。

樂安公主一聲慘叫，右臂被斷，昏死於地。

接著，朱由檢咬牙下手，把自己的幼女、時年僅六歲的昭仁公主也親手殺掉，以免她日後遭人玷污。

然後，崇禎帝拉住已經嚇得發傻的太子朱慈烺的手，慟哭言道：「你們今日是太子、王子（二王也在場），北京城破，你們就是百姓小民……各自逃生吧，不要戀我。朕必死社稷，也無面目見列祖列宗於地下！你們出宮後千萬謹慎小心，見到做官的人，長者呼為老爺，年輕的呼為相公。如遇平民，長者呼為老爹，少者呼為老兄，呼文人為先生，呼兵士為長官……」

父子情深，崇禎帝淚下如雨，至囑切切。

三月十八日夜，崇禎帝與太監王承恩逃上煤山（景山），四望之下，北京城內殺聲一片，農民軍已經入城。

歎息良久，崇禎帝寫下遺言。然後，他與王承恩相對縊死於樹間。大明王朝，至此落下帷幕。（崇禎自縊處說法很多，有說是衣帽局，有說是樹上，皆無定論。）

王承恩大公公陪皇帝同死，其餘的大小宦者皆希冀富貴，導引李自成等人入宮，並以極高效率為宮內嬪妃按像貌為標準分出三等，詳寫姓名於一冊，呈與李自成、劉宗敏，以供二位賊頭淫樂。

獻門的大太監曹化淳文化高，為博「新帝」一笑，他口誦諛文：「萬姓歸心，獨夫授首，比堯舜而多武功，邁湯武而無慚德。」

李自成並不買賬，對這些公公們叱責道：「汝曹背主獻城，罪應當斬！」公公們跪倒一片，好多人當時就拉尿滿襠。

太監杜之秩（居庸關投降）還算腦子快，乞哀道：「奴才們承天順命，故來孝順。」

　　李自成當時心情好，沒下令殺他們，叱令他們立即滾出城去。於是，數千大小宦官，狼狽出逃。農民軍的孩子兵爭相上去拳打腳踏以為戲樂，群呼「打老公」。

　　昔日的大太監們沒那麼好運，不少人在隨後的「追贓」中基本都被折磨死，算是報應。

　　至於錦衣衛方面，這些昔日滴水不漏的特務機關，皆作鳥獸散，一個不見。李自成用於宮內守衛的，是他自己的「龍衣衛」，皆是他老營將士，自己的絕對心腹。對於原先錦衣衛和東廠的中高級頭目在京未逃者，李自成下手果斷，整家整家予以誅殺，根除殆盡。此舉，對京城百姓來講倒是大快人心。

　　十九日黎明時分，得意洋洋的李自成從西長安門入紫禁城，手發三箭射承天門匾，矢失其二，僅有一箭中於「天」字下端。

　　牛金星一旁言道，「真乃天意，此即定鼎天下之意！」

　　李自成大笑。

　　入宮後，望見遍地鮮血，袁妃、公主狼藉於地，李自成也歎息：「皇上太忍！」

　　三月二十一日，崇禎與王承恩的屍體被發現，李自成等人終於心中一塊大石落地。

　　兵卒們用兩塊門板把兩具屍體抬至東華門蔭涼處，買了兩具柳木棺（僅值二十串銅錢），把帝國最有權勢的兩個人裝了進去（一為帝王，一為首席太監）。兩位爺頭下皆枕以土塊，屍體上蒙以草葦。不久，自殺的周皇后屍身也被放置於側，可能有宮女細心，屍下墊以錦褥，上覆錦被。

　　崇禎帝屍體暴露一天後，倒是李自成兵士中有人看不過眼，撤周皇后屍身上的錦被，蒙於崇禎帝屍身之上。

　　二十三日上午，農民軍終於從市集找來兩個賣喪斂之物的商販，有一個稍有良心的小宦者在旁，指揮他們為崇禎帝和周後的屍體穿戴靴帽。

　　農民軍看守士兵在一旁見到崇禎帝空腳穿靴，周皇后臉上無

蒙布，就問小宦者為什麼這樣做。小宦者熟悉內廷典故，躬身答道：「鳳不裹頭，龍不裹腳。」

可歎的是，這一龍一鳳，在九天之上昂首舞爪飛揚，只是一種奢侈、離奇的夢想。

明朝所有群臣中，臨「梓宮」而痛哭者，惟兵部主事劉養貞一人。

三月二十四日，李自成聽見東華門方向哭聲大震，驚問是什麼人。兵卒稟報，乃北京城內老百姓聚集，請求新朝禮葬先帝。李自成很「順從」民意，加上心情又好，下令可以用帝禮葬崇禎，祭祀以王禮。

有李自成「口諭」，明廷的光祿寺才敢以祭禮追奠「大行皇帝」。至於昔日滿朝文武，敢來祭拜者寥寥，僅有數人來觀，也是遠遠瞻望而已。他們大多惟恐表現不佳，耽誤自己在新朝的任用。

四月初三，「大順」政權派出挑夫三十多人，輪流換肩，把崇禎帝和周皇后的屍身挑到昌平州的田貴妃墓地埋葬。由於新朝態度簡慢，極其「節約」，重挖田貴妃墓的工錢都不夠，當地十名士紳思戀舊主崇禎帝，湊錢「三百四十千」，勉強雇人挖開了田貴妃墓。

由於崇禎帝的薄皮棺材太過寒酸，當地的農民軍監葬小官自作主張，把田貴妃外棺套於崇禎帝薄棺之外，總算湊齊一套「棺槨」。至於坊間傳說李自成親自率眾將士哭祭崇禎帝說什麼「我來與汝共用江山，如何尋此短見」等等傳聞並以皇帝尊禮下葬崇禎的事情，皆屬訛傳。

首先，李自成沒那種「好心腸」，其次，他缺少真正開國帝王的那種修養。

敲骨榨油的「追贓」

李自成入京後，崇禎皇帝的三個兒子很快就被抓住。這三個

孩子皆著民間破爛衣服，帽子上與絕大多數北京市民一樣，貼「順民」二字。

李自成本人沒兒子，看見這三個眉清目秀的玉孩兒，心中不由自主生出憐愛，安慰他們說：「你們今日即同我兒一般，不失富貴！」他立刻喚人為他們換上新衣。

這幾個孩子智商很高，但他們自幼長於深宮，沒有經歷過世事，說話口無遮攔，回答李闖問話時，言及農民軍，還一個一個「賊」字。對此，李自成也不怪。

李自成問太子朱慈烺：「知道你父親的事情嗎？」

太子：「知道，父皇崩於壽寧宮。」

李自成：「你們老朱家為什麼失去天下？」

太子：「父皇誤用庸臣。」

李自成聞言也笑：「你也明白這個道理。」

太子可能是平日聽左右儒士教誨，恨恨地說：「滿朝文武官員無情無義，很快就會來向您朝賀求官。」

李自成聞言，若有所思地點點頭。對於明朝官員的貪腐，他本人感觸自然不淺。崇禎帝太子之言，無形之中又加深了他對明朝官吏的憎惡。有了這種惡意，加上劉宗敏等諸將的貪婪，才最有可能是導致緊接而至的對明朝北京大官們的「追贓」拷掠的起因。

相比朱棣纂位後建文帝諸臣的殉難，崇禎一朝不是太多，僅僅三十多位臣子，且多為文人士大夫。但這些人的殉節之烈，不愧前人。

世臣戚臣方面，宣武伯衛時春、新樂侯劉文炳、駙馬鞏永固，或闔門自焚，或全家跳井；文臣方面，首推大學士范景文，他在壁上大書「誰言信國（文天祥）非男子，延息移時何所為」後，毅然投井自殺。戶部尚書倪元璐，自縊殉國。狀元劉理順，聞賊入城，書絕命辭云：「成仁取義，孔孟所傳。文山踐之，吾何不然！」一家十八口闔門自縊。左都御史李邦華（勸阻崇禎帝南

逃那位爺），在閣門上大書：「堂堂丈夫，聖賢為徒。忠孝大節
，之死靡他」，仰藥自盡。太常寺少卿吳麟徵，一直在城上指揮
守衛，城陷後上吊自殺。農民軍兵士久聞其名，過其門而不敢入
內搶劫，歎讚：「好男子，真忠臣也！」戶部給事中吳甘來，題
詩堂上：「到底誰遺四海憂，朱旗烈烈鳳城頭。君臣義命乾坤曉
，狐鼠干戈風雨秋。極目山河空淚血，傷心萍浪一身愁。洵知世
局難爭討，願判忠肝萬古留！」引佩帶自縊於室。兵部主事金鉉
，投河自盡。其母、妻聞之，泣言曰：「我等為命婦，焉能辱於
賊手！」相繼投井而亡。其弟殯斂母兄嫂屍之後，亦投井而死…
…可稱的是，城破國亡之際，紫禁城內宮女自殺者數百人，赫赫
烈烈，直讓成千上萬降臣羞死！

　　李自成命人遍索皇宮，發現大內府庫中只有黃金十七萬，白
銀十三萬，駭異之下，失望至極。本來，他「建國」之後當大賞
將士，如今金銀缺少，如何是好！

　　李自成回想崇禎太子一番話，又有劉宗敏等人攛掇，李自成
下令「追贓」。至於明末清初士人楊士聰在《甲申核真略》中所
記說明宮中有銀三千七百萬兩，完全是臆測和道聽途說。崇禎帝
再財迷，也知道金銀在國亡時只徒為賊軍當賞金，他的「覺悟」
不會低到那份上。可就這份類似「小說」的記載，被後世無數學
者當「口實」，攻訐明廷國亡之際仍吝嗇守財。

　　最早向大順軍「獻財」的，乃大太監曹化淳，他一出手就是
五萬兩白銀，很讓李自成高興了一把。

　　三月二十日，新朝「宰相」牛金星發佈文告：「各官俱有次
日朝見。朝見後，願去者，聽之。敢有抗違逆令者，斬！」一時
間，明官紛紛報名晉見。

　　轉天，李自成等人坐於朝堂，牛金星手執花名冊，一一點名
，「嬉笑怒罵，恩威不測」。李自成坐一會兒就不耐煩，與劉宗
敏起身離去。

　　忽然之間，明朝各官皆被二騎押一人，全體驅往西華門外四

牌樓街。眾人愕然之餘，以為是將要遭受集體屠殺，不少人嚇昏過去。大順兵押送途中，棍棒交加，如驅牛羊。

忽然間，農民軍中有傳令：「前朝犯官俱送劉宗敏將軍處聽候發落。」

於是，這大批人轉向，被驅趕至劉宗敏處。當時，這位將爺正擁妓歡笑，飲酒為樂，叱命兵士把朝官押回軍營待審。於是，百官皆換上監獄號服，被捆繫於軍營的馬棚待處理。他們餓了一天多，轉天才復被帶至劉宗敏處聽審。

結果，劉宗敏根本不審，也不問，只讓人傳令：「以官第獻銀，一品必須獻銀累萬，以下必須累千。痛快獻銀者，立刻放人；匿銀不獻者，大刑伺候。」

由於官員太多，劉宗敏自己所住的大王府容納不下，便把其餘諸人轉送至賊將田虎和李過的府中。

一時之間，棍杖狂飛，炮烙挑筋，挖眼割腸，北京城內四處響起明朝官員的慘嚎之聲。同時，城中富民，不少人也被當作「反革命分子」加以拷掠，平民的薪米財物，盡被農民軍搶掠以供軍用。城內餓殍遍地。

李自成聞報，也覺有些過分，趁集會時對劉宗敏等人講：「你們為何不幫助孤王作個好皇帝？」

劉宗敏馬上頂他一句：「皇帝之權歸你，拷掠之威歸我，你別說廢話！」

李自成默然。

甫看劉宗敏的官銜只是「制將軍」，不是「太尉」、「大司馬」什麼的，其實他幾乎與李自成平起平坐，根本不買這位哥們「皇帝」的賬。

追贓之際，官員中首遭掠死的，竟然是率京營三大營兵士在北京城外最早投降的明朝國戚、襄城伯李國楨。這個賊臣是崇禎帝末期最受寵信的臣子。平日別的大臣跪稟事議，惟他一人洋洋站在皇帝身邊，殊無人臣禮儀。所以，從崇禎帝一直以來信用的

諸人名單，就可以看出明朝不可救藥：溫體仁、周延儒、陳演、魏藻德、李建泰、李國楨。

李自成在北京城外初見李國楨，對他就沒一絲好印象，呵斥他說：「汝受天子重任，信寵逾於百官，依理應該死國，厚臉來降，汝欲何為？」馬上就令人把他綁個嚴實。李國楨痛哭乞哀。李自成罵道：「誤國賊，你還想活！」有了這句話，李國楨想活太難。

劉宗敏首先刑拷於他，小火燎燒，大板痛砸，折磨一夜，終於讓這位李爺極痛而死。這還不算完，農民軍士兵闖入其家，幾百人輪姦了李國楨的老婆和宅子中所有的婦女，然後把李國楨老婆赤條條抱於馬上，在大街上邊走邊喊：「都來瞧都來看，這就是襄城伯李國楨的夫人！」士兵們邊呼邊大笑，上去亂摸。

至於陳演和魏藻德兩個「大學士」，也該表一下。

陳演是「前大學士」，三月初因謊報戰功罷相。他本來想逃離北京，家產太多未果行。聽說大順軍索銀，他主動先向劉宗敏送去白銀四萬兩。老劉喜其「慷慨」，沒有立即對他加刑。稍後，其家僕告發，說他家中地下藏銀數萬。農民軍掘之，果然遍院子地下全是白銀。

劉宗敏大怒，開始大刑伺候，刑求得黃金數百兩，珠珍成斛。即使如此，李自成從北京臨走前，仍把陳演與一幫勳戚大臣皆斬首。

大學士魏藻德，明朝狀元出身。他以談兵見拔，但入相後對崇禎帝沒有出過任何好主意，只知依從沈默。本來因為他官大，單獨囚於一黑屋中。這魏大人死催，隔門縫乞求：「新朝如欲用我為官，就把我放出來吧，別把我鎖在這裡。」這一來，反而提醒了劉宗敏。

喪門星劉宗敏把魏藻德提入廳堂親自審問，首用夾刑，邊夾邊問：「汝居首輔，何以亂國如此？」

魏藻德邊嚎邊答：「我是書生，不諳政事，先帝無道，遂至

於此。」

劉宗敏大老粗，聞言也怒：「汝以書生擢狀元，為官三年即升首輔。崇禎何處對不起你，竟敢誣他為無道昏君！」

於是，劉將軍親自下堂，用力搧了魏藻德數十大嘴巴。士兵見狀，夾棍猛扯，老魏十指皆斷。

惶急疼痛之下，魏藻德大呼：「我有一女，願獻給將軍為妾！」

劉宗敏聽了高興，喚人立取其女，姦污後送入軍營，聽憑軍士輪姦。

但是，對於獻女的老魏，劉宗敏更加不屑，嚴命兵士加緊拷掠。一共「伺候」了六天六夜，最後魏藻德腦袋被刑板夾裂，腦漿流出而死。

魏藻德死了，農民軍又把他兒子抓來索銀。小魏叩頭說：「我家裡確實沒有銀子了，如果我父親活著，還可以向門生故舊借銀，現在他死了，哪裡去找銀子？」

農民軍小頭目聽他這樣說，揚手一刀，砍下小魏腦袋。

明朝的翰林、科臣這些清貧官員最倒楣，他們家中油水實在拿不出，多被刑掠而死。

劉宗敏在大門口立數十剮人柱，殺人無虛日，無論官員、富民、居民，只要看上去家中有錢，肯定會被請至此處挨刑。

可笑的是，劉宗敏等武將府署日夜夾掠刑求，牛金星那裡大興「文治」，他出題定格，舉行大考，為新朝「求賢納士」，考題有三：《天下歸仁焉》、《涖中國而撫四夷也》、《自天佑之吉無不利》。

一時間，順天府儒生紛紛乞考，填擁於市。有不少倒楣的，由於衣冠鮮亮，被兵士捉去拷掠求銀。

經過數天拷掠，李自成軍共得銀七千多萬兩，均讓工人重新熔鑄成巨大的中間有孔竅的方板狀銀板，以便於運輸。

七千萬兩真不是小數。崇禎帝十多年加餉攤派，從民間得銀

不過兩千萬兩，結果導致民心渙散而亡國。李自成在京城榨銀七千萬，酷烈可知，不亡才怪。

這筆巨大的數字，絕非僅僅從明朝官員身上榨出，也出於北京每戶細民之家。

李自成進入京城後，馬上傳點大群戲子和裁縫入宮，天天換新衣，日日聽小曲，很是暴露了他的低俗趣味。他在吃飯方面極不講究，惟吃少許米飯拌乾辣椒，佐以烈酒送飯，不設盛饌。器物方面，李自成皆用昔日營中的粗陋軍器，對於宮中龍鳳諸精緻器皿，他眼神不好，總覺「栩栩如生」的藝術品龍騰鳳躍，很感不祥，所以從來不用。

農民軍士兵自然對待「文物」也不愛惜，他們以皇宮中精美巨大的宮窯花缸做馬槽，拆精木門窗燒火為炊。看見內庫中有珍稀巧雕的犀牛角杯，士兵們把大點兒的用於搗蒜，小點兒的注入豆油當燈用，一無所惜。

見劉宗敏等諸營皆富，李自成的「老營」只得粗米馬豆當糧食，怨聲載道，覺得「闖王」不夠意思，於是私下相率出宮，遍入民間房舍搶財姦淫。僅安福胡同一地，一夜間被輪姦致死的婦女就有三百多人。可稱的是，李自成本人不是很好色，他在皇宮中僅幸掌書宮女竇氏一人，衛兵們稱之為「竇妃」。

客觀上講，如果講李自成入京後啥正事沒幹，也是胡說八道。當時，西北、華北、山東、河南所有地區以及湖北、江蘇大部地區，皆是「大順」政權轄地。在不停選派對地方實現真正管轄的同時，李自成派出部分軍隊南下，準備徹底消滅殘明軍隊，一統天下。而且，大順軍初入城的前十天左右紀律特別嚴明，士兵犯搶劫及強姦罪的被釘死剮殺了數百人。只是後來，隨著時日推移，農民軍軍紀日益敗壞。

四月中旬，聽聞山海關吳三桂「造反」，李自成坐不住。他想讓劉宗敏、李錦率軍出征，但二將耽於京城內的淫樂享受，搖頭不應。無奈何，李自成只得「親征」。同時，他下令在平則門

處決了以大學士陳演為首的明朝大臣一百多人，並派兵把北京城內拷掠而來的銀兩整車整車運往「西京」（西安）。

四月十九日，李自成早晨發兵，他戴絨帽，一身藍布箭衣，打扮樸素。隨行人中，除七八萬精兵外（號稱二十萬），還有吳三桂父親吳襄以及崇禎帝三個兒子，均派人嚴加看守。

山海關前的慘敗

1644年初，皇太極已死。主持清國政局的多爾袞聽說李自成在西安建「大順」，立刻派人前去聯絡，提出要「並取中原，同享富貴」。李自成對此沒有做出反應。

三月初，農民軍兵臨城下，吳三桂接詔棄寧遠，往山海關方向移動，清國上下大為興奮，準備藉機南取中原。

清國漢人「大學士」范文程連忙獻策：其一，可入邊直取北京；其二，昔日以明朝為敵，此次入關後的敵人是農民軍；其三，明朝積弱，必定滅亡，一定要趁此百年不遇的機會佔領中原，特別是河北地區。

多爾袞大為贊同。他下令在國內徵兵，男丁七十以下，十二歲以上，必須從軍，可以說是傾國全力而來。同時，多爾袞還聽從范文程建議，嚴肅紀律，力誡兵將進入明朝國境後勿再像以前那樣只顧殺掠，要以安撫為主。

松山敗後，由於極需人才，明廷並未嚴處敗逃的吳三桂，僅名義上降其三級使用，仍然派他固守寧遠。吳三桂很知報恩，整日訓練士卒，加強城防，把數千士兵擴展為數萬人，器械一新。崇禎十六年（1643年），他還率兵多次擊敗清軍的進攻，並多次拒絕其舅父祖大壽替清軍對他的「招降」，很想做明朝耿耿忠臣（當時他也不可能因舅而降，因為其父吳襄在北京，且受崇禎帝信用）。

吳三桂離開寧遠前，清軍已經佔領了中後所（今遼寧綏中）、中前所（今綏中前所）以及前屯衛。山海關之外，只有吳三桂

孤軍奮戰，死守寧遠孤城。

明廷下詔，指示吳三桂棄寧遠回援京師，他當時確實聞命即上路。臨行前，吳三桂下令把寧遠城中的所有建築皆燒毀，以免資敵。但由於寧遠城內兵民相加共五十萬人，人多物多，全部遷徙入關非常費事。遲遲而行，一天只能走數十里，直到三月十六日才抵達山海關。吳三桂此時真很「仁義」，大有劉玄德當年之風。話說回來，他此舉也是「婦人之仁」，君父在京，岌岌可危，最要緊的是回援回京。但話又說回來，他幾萬人馬趕到北京，面對一百萬農民軍，也不一定是對手。

吳三桂安頓居民後，率部隊急馳入衛，三月二十日到抵豐潤，卻聽說農民軍已經在前一天攻破北京城。這時候，吳三桂平生第一次真正處於兩難地步：孤軍窮途，要不投降農民軍，要不投降滿清。思想鬥爭並不久，吳三桂就作出了抉擇：準備投降李自成。一來自己老父陷於北京，為李自成扣押；二來大明已亡，新朝甫建，不失為開國功臣。而且，與他同級的有兵有將有城的唐通、姜瓖等人都已經降附，他吳三桂投附，也算不甘人後，知天順命。

李自成當然注重山海關方面的吳三桂，入京後即派人持檄招撫，表示他歸大順後「不失封侯之位」。於是，猶疑間，吳三桂往北京方向趕路，一路大貼告示安民。

北京城內的吳三桂父親吳襄為全家性命打算，也「語重心長」親筆寫信來勸。老吳的信，可能被農民軍所逼，不得不寫。（還有一說是李自成先派明朝降將唐通帶兵持金帛迎降吳三桂並接管山海關。）

行至半途，吳三桂得知了大順軍在北京拷打明朝官員追贓之事，不少暗中逃出的官員遮道哭訴，吳三桂大失所望。當他得知自己父親也被夾拷的消息，憤怒至極，決定不再入京，怕自入羅網後父子遭殺戮。後人總是渲染吳三桂愛妾陳圓圓（陳沅）被劉宗敏搶掠姦污之事是他叛李自成的主要原因，其實這只是次要原

因。

　　前明遺老和滿清文人日後為了加重吳三桂「罪行」，故意拿他「衝冠一怒為紅顏」說事，以此反襯他對明朝的不忠與對父親的不孝。

　　吳三桂與李自成撕破臉，自然要靠近背後咄咄逼人的滿清。但當時吳三桂不是即刻降清，而是以大明朝孤臣義士的身份，向滿清「借兵復仇」。

　　吳三桂請清軍從喜峰口、密雲等處入邊，自己試圖仍舊掌握山海關險隘來牽制清軍。

　　當時，多爾袞所領大部清軍的的確確不是往山海關方向走。他聽從洪承疇建議，怕李自成農民軍燒空搶光北京後西遁西安，正急行軍想從薊州、密雲等處進攻北京。

　　接到吳三桂密信，多爾袞大喜過望，立刻改變主力部隊行軍路線，直奔山海關而來。同時，他寫信給吳三桂，許以「裂土封王」，要對方投降，而不是「借兵」。

　　吳三桂聽說農民軍大部來攻，心裡發慌，立刻回信要清兵速來助戰。

　　四月二十一日，清軍前軍抵達山海關外，在歡喜嶺上結營，並與吳三桂進行了過程艱難的「談判」工作。不久，大軍接踵而至，清軍共十四萬人集結於關外。

　　李自成聽說吳三桂與清軍搭上線，不敢怠慢，派出降將唐通與白廣恩先率騎兵趕至撫寧縣東南的一片石，而他自己則率主力布陣於石河（今秦皇島燕塞湖水庫）。

　　此時，多爾袞及部下將領均心有疑惑，第一是怕吳三桂騙人，第二是清軍從未與李自成交過手，心中沒譜兒。於是，清軍先拿唐通一軍開練，首先在一片石打敗了這批為數不多的前「官軍」與農民軍混和的部隊。

　　一片石戰役，清軍雖勝，但無關山海關大局。

　　惶急之下，四月二十二日清晨，吳三桂本人親自出關，馳奔

歡喜嶺上，拜見多爾袞。

多爾袞拉著吳三桂的手說「掏心窩子」話：「君為故主復仇，大義可嘉。我今次領兵入關，嚴令大軍遵紀，如有人敢搶一粒米，敢動一株草，皆會被以軍法處死。望君告知關內士民，萬勿驚慌。」

吳三桂「感動」之餘，忙與多爾袞盟誓，宰白馬祭天殺馬牛祭地，表示誰違約誰就不得好死（二人均不得好死）。

多爾袞仍不放心，又讓吳三桂剃髮。急上牆的生死危急關頭，為得清軍助力，吳三桂只得和手下幾個高級軍官立刻剃髮、稱臣。

明軍四五萬人來不及一時全剃髮，多爾袞就讓他們先在身上纏白布條作記號。白布不夠，明兵們用裹腳布扯下當記號。由此，混戰之中，清軍見身上裹白布的漢人就知為「盟軍」不殺。

於是，吳三桂下令開山海關門。清軍幾十年夢想，一朝成為現實，而且是兵不血刃，不費一兵一卒，由明兵自己打開了這百萬雄軍難以攻克的險關。

吳三桂自為前鋒，英王阿濟格居左，豫王多鐸居右，多爾袞自己率主力殿後。

大戰開始。

身經百戰的李自成此時還不知道清軍已經入關，他對吳三桂軍力估計也不足，以為他只有數千精兵而已。所以，李自成在精神上很鬆懈，與崇禎帝的太子並騎於高崗之上，悠閒觀戰。

吳三桂哀兵，吶喊衝殺。農民軍有「主上」親征，個個當先。漢人們廝殺在一起，打得你死我活，不分勝負。

鬥至中午時分，畢竟農民軍一方實力占上風，吳三桂有些不支，已呈敗相，明軍被殺過半，勉強支撐。

關鍵時刻，清軍號角聲響起，兩三萬戴斗笠拖大辮的清軍勁騎忽然吶喊著殺奔而來。

李自成駭然，嚇得差點從馬上掉下來，他當時反應不是加緊

指揮部隊戰鬥,而是低喊了一聲「韃子來啦」,掉轉馬頭就跑。

　　身經百戰的農民軍得勝在即,忽然看見裝束奇特的清軍縱馬而來,嗷嗷亂叫,登時膽裂。又見「主上」跑了,大家皆失主心骨,立刻掉頭也跑。

　　兵敗如山倒。明軍與清軍合擊,一路追殺,二三十里間,很快堆滿了數萬被殺的農民軍屍體,據說暴骨三年後都收拾不淨。

　　望著巍巍雄關和遍地的農民軍屍體,高興之餘,多爾袞立刻封吳三桂為「平西王」。

　　李自成僅剩數千殘卒,敗退永平,為洩憤,他下令剮殺吳三桂他爸吳襄,把首級懸於高杆之上。小喘片刻他急忙遁回北京。

　　即使在此大勝之際,吳三桂仍存復明之心,令人急速入京,告知北京官員士民準備迎接崇禎帝太子重定。多爾袞當然不幹,事情不了了之。

　　北京官民對滿清入關之事根本不知道,皆興奮而忐忑地等待京城重回大明天下。

四十二天的「帝王夢」

　　四月二十三日,已有李自成敗訊傳回北京。劉宗敏等人慌忙令士兵搬運兵器上城牆,並拆毀所有靠城的民房以及佛寺。

　　農民軍兵士紛紛相聚,不少人放聲大哭。確實,溫柔鄉太短暫了,大禍即將臨頭。

　　四月二十六日這天,李自成率殘兵遁回北京。此時,大軍只剩幾千騎兵,步兵全部在山海關及沿途被殺。這次敗兵入城後,城內大順兵皆知末日將至,完全喪失紀律,開始在北京城內燒殺奸掠,備極慘毒。特別是北京西城一帶,受害最深,被姦污後投井自殺的婦女不可勝數。

　　吳三桂一家不必講,李自成入城後,第一件事就是派人把他全家三十四口盡數剮殺,一個不剩。

　　轉天一大早,李自成即在武英殿舉行正式的「登基禮」,追

尊自己老李家七代皆為帝后（估計他只記得上兩代）。然後他頭戴冠冕，受「百官」朝賀。（李自成先前在西安已經稱帝，在進京路上一直稱「朕」）。

為了便於逃跑，他草草結束典禮，然後派人在城外加緊準備，當夜把北京城內宮殿及九門城樓盡數焚毀。

然後，他以郊天為名，第二天一大早就匆忙離京，向西奔逃。逃之前，農民軍把皇宮宮內金器和金錠皆融鑄成大餅，每餅重千金，騾載數萬餅，隨軍而走。

混亂逃亡途中，崇禎三個兒子均於亂中走散，但李自成始終未加害他們。

北京居民見農民軍敗走，個個振奮，在城內搜出腳慢未走的農民軍或傷兵數千，盡數殺死。

李自成聞之，大怒，立遣數千鐵騎往回奔，準備入城內遍屠居民後再把城內燒成白地。恰巧，一家被殺三十四口的吳三桂率部報仇心切，率軍已經殺至城南，農民軍士兵不敢攖鋒，即刻掉轉馬頭奔逃，北京由此躲過大劫。

自入城到離京，「大順」政權僅存在了四十二天。

五月二日，多爾袞率清軍抵至北京。士民大喜，以為是吳三桂擁太子而至，紛紛出城擺香案迎接。結果，看見一大群清軍，大家驚愕異常，但最終不得不接受殘酷的現實。

至於京內昔日的明官們，看見清兵反而大都鬆下一口氣。何者，如果是吳三桂率明軍回來，肯定會清算他們「降賊」的罪名。「大清」來了，就無此憂。所以，日後勸多爾袞南下消滅殘明，出謀劃策的數這幫人居多，純屬民族敗類。

多爾袞當然吸收李自成的失敗教訓，四處張榜，表示說無論是誰，只要降順大清，官復原職不說，還要加官晉爵，新有封賞。這一來前明官員大悅，個個彈冠相慶。

李自成自北京敗逃。消息傳出後，各地官民知道他大勢已去，紛紛起來殺掉、趕走「大順」在當地任命的官員，靠近北京的

就歸順清朝，南方地區則大多打出恢復「大明」的旗號。

此時各地的李自成部隊，仍舊有數十萬之多。他本人率殘兵一路經太原、平陽，返掠西安，把大部隊留守於山西、河南一帶抵禦明清聯軍。

回西安途中，李自成由敗生恨，猙獰面目頓顯，大肆殺人，只要遇士民憑城拒守，攻克後立刻屠城，雞犬不留。

回到西安後，李自成精神萎靡，沒見出他有什麼宏圖大略，半年時間內基本沒什麼大動作。

清軍步步逼近。他們先在山西招降了大同的姜瓖，然後用大炮轟毀太原堅城。先前降李自成的這位明朝總兵再降清朝，山西差不多皆為清軍所有。但在河南方面，清軍在懷慶被農民軍打敗，使得本來正要進取南京的主力清軍不得不掉頭回河南。此時，如果南明小朝廷趁機攻取山東、河北，日後會大有作為。

南明諸將和朝臣短視，想坐視「賊」「虜」互攻消耗，喪失了拓地發展的大好機會。

由於主力清軍殺至河南，農民軍很快在靈寶被打敗，急忙回撤到潼關。

年底隆冬時分，清軍源源不斷向潼關外增兵。雙方自十二月二十九日激戰，打了十幾天，互有勝負，在喊殺和血拼中度過了1645年的春節。

1645年正月十二日，守潼關的李自成部將馬世耀獻關投降。轉天，他與七千名農民軍均被集體屠殺。

困愁於西安的李自成聞訊灰心，西北看來是待不住了，南逃有張獻忠政權在四川堵著，只能再去河南、湖廣。只要能消滅南明政權，自可擁有半壁河山。

臨撤退時，他下令部將田見秀把西安城內所有建築和倉庫燒毀。幸虧這位田將軍還算有人性，只點燃了東門樓和南月城樓，為西安百姓留下了禦寒的房屋與糧食。

李自成撤退途中回望西安城中煙火沖天（兩個城樓著火），

以為田見秀完成任務，這才滿意地放心而去。由此可見，這位「起義領袖」，本性是多麼不仁道。

李自成逃離西安，原先西北地區的明朝降將紛紛降清。白廣恩、馬科、鄭嘉棟等前明總兵紛紛成為滿服辮髮的「大清」將領。整個西北，只有榆林的高一功是李自成舊部，堅守不降。

從西安逃離時，李自成手下仍有十三萬之多。依理，如果他急速行軍，搶在清軍之前殺往南京，最起碼可以把東南一帶富庶地區占為己有。但不知為什麼，李自成走到河南內卻耽誤了不少時間，估計是臨行前士兵們拖家帶口拉金銀，嚴重拖慢了行軍速度。

不久，清軍阿濟格部逼近，農民軍在三月中旬往湖北方向逃竄。清軍邊追邊打，共交手八次，每次均以「大順」軍告輸為結果。

李自成部隊打不過清軍，卻渡過長江在荊河口大敗左良玉部明軍，嚇得這個一直「養寇自重」的軍閥率部移向南京。他借「北來太子案」為由，要找弘光小朝廷算賬。大敵當前，他不思同仇敵愾，反而與自己人「窩裡反」，左良玉的人品可見一斑。

這樣一來，「大順」回光返照，武昌、襄陽均落入李自成之手。他集軍二十萬，準備攻取南京。

清軍沒有給李自成機會，未等農民軍喘息，已經追至武昌。李自成只得棄城接著逃。

四月下旬，在江西九江附近的一次大戰中，農民軍大敗，數萬人被殺，李自成的兩個堂叔以及大將劉宗敏皆被俘後剮殺，「活神仙」宋獻策也投降了清軍。

此前，「大順」的「宰相」牛金星見勢不妙，悄悄溜走，跑回兒子牛佺處躲避。由於牛佺降附清軍並被任命為黃州知府，沒人追究牛金星過去「助賊」的事情，牛老爺子善終於家。滿清朝廷中也有漢官惦記他，先後有兩名給事中上疏多爾袞，要求清廷逮捕牛金星這個流賊宰相，把他父子處斬。多爾袞不同意，斥訓

道：「流賊偽官，真心投誠者多能效力，此奏殊不合理！」如果不是牛金星在李自成「朝中」官階太高，如果不是怕惹起前明官員反感，說不定滿清還會給他大官作。

湖北、江西等地大敗，農民軍消耗極大，李自成身邊僅剩下萬把人。這時候，清軍多鐸部已經自河南商丘和安徽泗州分頭行軍直撲南京，東下水路因無船也走不了，李自成只好掉回頭往西南方向跑，想穿越江西西北部轉戰湖南。反正流賊當慣了，逃跑對他來說不是一件辛苦事兒。

五月初四這天，農民軍大隊人馬行至湖北通山縣境。李自成命令手下軍人就地紮營造飯。他胡亂吃了幾口，就率二十八名親兵在附近九宮山一帶轉悠，一來消遣愁緒，二來察看地形。

附近的山民聽說有賊人到，而且人數不多，只有數十騎，就糾集了數十人來殺。這些農民，後來被極左御用文人們描繪成「地主團練武裝」，完全是瞎掰，他們其實都是老實巴交的農民，多年遭流賊之害，一直怒氣滿胸。

最重要的是，他們根本不知道有數千農民軍在附近，只以為是一股幾十人的流竄賊軍，故而有膽上來廝殺。如果他們知道對方其中一人是「大順皇帝」，如果他們知道附近有數千「賊軍」，嚇死他們也不敢出頭。

結果，李自成正在欣賞雨後青山綠水的風景，山上村民突然出現，紛紛拋舉大石往下砸。李自成坐騎受驚，人馬立刻驚散。

倉猝之間，李自成拍馬就跑，與手下二十多人完全失散。逃到牛背嶺，慌不擇路，又遇山間小氣候的滂沱大雨，李自成坐騎陷於泥中走不動，他只好下馬牽坐騎深一腳淺一腳前行。

農民程九伯見李自成一人，又有匹好馬，勇心百倍，嗷的一聲躥出來。李自成畢竟百戰大將，反應自然靈敏，就徒手與手持鋤頭來殺的程九伯格鬥起來。

兩個人一打，程九伯當然不是李自成對手，被對方騎在身下。李自成壓住程九伯，回手抽刀，但刀鞘中因雨水沾泥，一時間

拔不出刀來。

此刻，程九伯外甥金二狗趕到，他見舅舅被一個大漢騎在身下要挨宰，情急之下，掄起鐵鏟衝李自成砍去，忽的一聲，一下子削去「大順皇帝」半個腦袋。

至此，舅甥二人歡歡喜喜，不顧李自成血流爛白腦漿泛濫的屍體，牽馬而去。

後來，李自成餘部被活捉，地方官府知道了山間的屍體乃李自成，就多次到山中曉諭，表示說殺李自成者受大賞。

程九伯起初不敢自認，後來聽說李自成的樣子和被殺地點與自己當天所遇一模一樣，才大著膽子出山「認功」。由此，他不僅獲賞銀千兩，還得到清朝總督的「親切接見」。這時候，程九伯才由山民變為「地主階級」。

一下崗驛卒死於一農民之手，結局充滿隱喻般的黑色幽默。

李自成殘部剛剛吃飽飯，跑回的一個衛兵哭訴「萬歲爺被鄉民殺死」，一時間農民軍滿營痛哭。然後，他們化悲憤為力量，這數千農民軍在附近州縣毀廬殺人無數，以洩痛憤。

可歎這一切，殺人「真凶」程九伯根本不知，與外甥一起在山中小屋看著草地上的大馬傻笑。

至於日後流傳的李自成病死或出家之說，均是野史逸聞。清初以來無數考家考證推斷，確係無稽之談，把簡單之事弄複雜而已。

吃人「黃虎」天煞星——張獻忠

一講「變態」，現在的人都會聯想到性方面。其實，從心理學角度分析，嗜殺、自虐、他虐等行為，也是「變態」的一種，是人類原始欲望的一種爆發，是人類動物性潛在留存的暴露。

這些變態的人，在他自己的意念中，他不僅認為可以控制自己的生活，而且會認定能控制別人的生活。

中國歷史上，暴君虐將不少，他們的殘虐酷殺，皆有極大的

目的性，屬於冷靜思考下的有計劃殺人。但是，諸如明末張獻忠這種無目的性的嗜殺狂，中國歷史上僅此一人。

張獻忠，這位與李自成同歲的大賊頭，長身虎頷，面色金黃，故人稱「黃虎」。此人長就一副堂堂相貌。一日不殺人，這位爺就悒悒不樂。在意識形態影響下，極「左」時代文人們均為農民起義「翻案」，指稱說那些記載張獻忠大肆屠殺的歷史記載均是「地主階級」的胡言亂語，而他最能抓住把柄的，是《明史》中《張獻忠》傳中那一句：「（張獻忠）將卒以殺人多少敘功次，共殺男女六萬萬有奇」。確實，明末全國人口也就一萬萬多，說張獻忠在蜀地殺了「六萬萬」只能說是文人的想當然。

《明史》中的這種荒唐「數字」素材，取自明末清初文人毛奇齡的《後鑑錄》。其實，明末四川一地大概有四百萬人，張獻忠殺了其中近三百萬，「搖黃賊」殺掉和吃掉七八十萬，其餘皆為滿清屠殺。後來，滿清把自己所殺的近百萬人算在張獻忠頭上，這是惟一的「誣衊不實」之辭。

總之，不可否認的是，經張獻忠之亂，蜀地基本為之一空。

崇禎十六年底，本來已在湖南和江西取得重大進展的張獻忠，忽然棄兩省之地，大舉入川。原因很簡單，李自成勢力太大，老張覺得自己搞他不過，索性走遠一些，以免兩虎爭食。

四川方面，有一支曾經參加過「滎陽大會」的「搖黃十三家」組織，是一種極其邪惡的由地痞流氓組成的匪盜，這些人沒有任何政治目的和抱負，只知淫殺搶掠，並對明朝的四川官兵造成極大的消耗。張獻忠有這些人在川地內部搗騰，他從容二次入川，越下牢，渡三峽，如入無人之境，克涪州後，直搗重慶。

本來，重慶三面臨江，易守難攻。張獻忠在城牆根下埋炸藥，轟隆一聲，堅硬石牆坍塌，賊軍一湧而入。

張獻忠入城後，先剮殺守城的巡撫陳士奇等人，然後又把明神宗第五子瑞王朱常浩綁至法場。

當時，天色晴朗，空中忽響炸雷。瑞王本人是宗室中人品很

好的王爺，本性好佛，屬於少有民憤那種。張獻忠大笑，大叫：「天若再雷，我當釋瑞王不殺。」等了稍許，天竟無雷，張獻忠親自上前砍下瑞王頭顱，並殺其家屬及重慶官吏一萬多人。

下午時分，山城電閃雷鳴，白晝如晦。張獻忠根本不怕，令士兵架炮射天，不久即轉晦為明。此時的張獻忠，殺心不算太重，對被俘的三萬七千名明軍作如下處理：每人砍掉一隻胳膊，盡數放走。於是，操武場上，堆滿了三萬多血淋淋手臂。這些只剩一隻胳膊的士兵逃出重慶四竄，成為張獻忠的「活廣告」。諸城士民駭走，望風狂逃。

重慶被陷，張獻忠下一個目標就是成都。成都乃二百七十年大明富藩，可惜蜀王也是個財迷（其為人不錯，知書達禮，崇禎帝呼為「蜀秀才」），不肯拿出王府金銀犒軍。

經過四天對成都的攻城，張獻忠入城。蜀王夫婦、當地巡撫、總兵皆投井自殺。巡撫劉之勃被捉住。張獻忠把他綁在校場上，由於劉巡撫是陝西人，賊軍勸他投降。劉巡撫大罵。張獻忠怒，令人慢慢剮他。劉巡按大聲說：「寧多剮我一刀，少殺一百姓！」賊軍放箭，把劉巡按剮後射死。

成都失陷後，四川大部分州、府、縣應聲而潰，很快皆為張獻忠所占。當時，四川只有遵義（今屬貴州），石柱（秦良玉部）以及黎州未下，其餘皆非明地。當時，李自成已敗歸陝西，他試圖派兵來攻，被張獻忠打回陝西。至此，兩支農民軍不僅未再聯手，反而公開而堅定地決裂。張獻忠小勝後，得寸進尺，又猛攻李自成所據的漢中府，反被「大順」軍擊敗。但僅僅幾十天過後，李自成便棄西安而逃，這樣，張獻忠的北面就暴露給清軍。

張獻忠在成都立穩後，建立「大西」國，稱帝。他首先娶大學士陳演之女（陳演本人在李自成離京時被處決）為皇后，自南門五里外架橋高十數丈，逾城直達蜀王府，遍植彩燈，夜望如長虹互天，引著宮女彩娥及陳「皇后」入宮。僅僅玩了姑娘十天，張獻忠生厭，一刀砍下陳「皇后」腦袋，派人殺盡她在成都的所

有親屬，算是與「地主階級」完全劃清了界限。

好玩一樣，張獻忠還「開科取士」，共收取「進士」一百三十人。一夕之間，忽然變臉，把進士們盡殺之不留。

其中，「狀元」張大受，華陽縣人，年未三十，身長七尺，弓馬嫻熟。張獻忠見此人儀表豐偉，氣宇軒昂，服飾華美，一見大受，以為奇才，立賜刀馬金幣十餘種。數日之內，張大受每日入宮作陪，有時獻詩，有時作文，有時丹青圖畫，張獻忠不停賞賜他，共賜宅第一座，家丁二十人，美女十名。

到了第五天早上，張獻忠坐朝，傳奏官稟報：「新狀元入朝謝聖恩」。張獻忠忽然變臉，自言自語道：「這驢養的！老子愛他的緊，一見他就滿心歡喜。咱老子又有些怕他，萬一他日後生異心，豈不害了老子！來人，你們馬上把他收拾了！」

張獻忠最常說的兩個詞，一個是「打發」，即殺本人；「收拾」，即殺淨全家。其手下聽命，馬上把張大受綁起殺了，先前所賜美女家丁，一個不剩，皆立刻殺頭。

當時，川中各地赴試生員還皆未離開，張獻忠假稱再試，盡誘其人於青羊宮，進一個殺一個，共殺約萬人，士子們所攜應試用的筆硯，一時間委積如丘。

殺盡文生後，老張佯稱開武科。數千武舉齊集校場，皆配發一匹劣馬乘騎。忽然間，巨炮一響，金鼓齊鳴，賊軍乘壁射箭，把武舉們當成獵物，一一射死。僥倖未死的，墮於地上，被踐踏成泥。

當「大西皇帝」的朝臣更慘。早晨上朝，張獻忠打了噴嚏，感覺不爽，立即讓兵士把三百多人牽出去殺了。有人勸說，他一笑：「文官還怕沒人做嗎？」

有時朝會，老張又會牽出數十巨碩的大獒下殿，只要獒犬嗅誰，誰就會立刻被牽出斬首，名為「天殺」。

「大西」建國，全無制度，數十萬大軍衣食所需，只靠搶劫和搜掠，沒有任何賦稅政策。但張獻忠會鑄錢，他下令把從王府

和大戶搶來的所有金剛及佛像熔毀，鑄為「大順通寶」。其錢色鮮亮，光潤精緻，顏色不減赤金。

對四川人凶，張獻忠對川地的兩個外國傳教士卻好得不得了。耶穌會傳教士義大利人利類思、葡萄牙人安文思，由於上獻紅銅製作的地球儀和日晷等物，張獻忠看著新奇，大喜之下，下令把二人尊養起來，日日帶在身邊當顧問。這二人有幸活著，日後在其日記中留下了不少張獻忠殘酷殺人的真實「客觀」記載（國人一般總是不信自己人的記載，對外國人很相信）。

由於統治殘暴，川地郡縣人民紛紛反抗。當然，這與大環境很有關係，李自成敗亡，南明政權建立，人心所向，皆痛恨張獻忠賊寇，各地人民相繼而起襲擊偽官和賊兵。

大怒之下，張獻忠下發「除城盡剿」的命令，派出軍隊到各地屠戮民眾。窮鄉僻壤，深崖峻谷，賊軍無不搜及，得男人手足二百雙者，授「把總」官，得女手足四百雙者也授「把總」，按殺人數目依次升官。有一賊兵手壯，日殺數百人，立擢為都督。所以，張獻忠軍營滅亡前有公侯「大官」無數，皆因屠殺積功所得。

賊軍殺人皆有名目：割手足稱為「匏奴」，中割背脊稱為「邊地」，槍挑背部稱為「雪鰍」，以火圍兒童烤炙稱為「貫戲」。由於士兵們以人屍為馬槽，放麥豆於血腹中食之，內雜人肝為「精飼料」，所以，他們的軍馬也凶性十足。賊軍不僅四處殺人，把牛犬牲畜也搜殺一盡，稱言不為後人留畜種。

在蜀王府，張獻忠發現端禮門城樓上供祀一個人像，公侯品服，真人皮，內實金玉。他詢問蜀宮宦者，才知這是明初大將藍玉的人皮。當時，朱元璋剝其皮後，全國巡迴展示，自雲南過蜀，由於當時的蜀王是藍玉女婿，就把老丈人的人皮留下，暗中供奉起來。

張獻忠聞此，靈感大發，頓發剝皮之興。他平日指令士兵剝人皮無數，摻以石灰，實以稻草，用竹竿標立，在王府前的大街

密植兩邊，累累千百人，遙望猶如送葬紙人。其手下人阻勸，說此種景象不吉利。

張獻忠很「虛心」接受意見，自己就新創「小剝皮」方法，即把活人兩背的皮自背溝處分剝，揭至雙肩，反披於肩頭，手法細膩，鮮血淋漓，但不會傷筋動骨。然後，把這些被剝上身的活人趕出郊外，嚴禁他們的親人送飯送水，任其躲入古墓荒墳中苟延殘喘，慢慢餓痛而死。

此外，張獻忠凌遲之刑，必割盡五百刀才能死，數不盡人死，依此法殺掌刑兵士。

巧殺之餘，群殺之餘，只要張獻忠有軍府衙門的地方，均人掌山積，千里橫屍，腐臭盈空。成都城內的人手作為賊軍的報功信物，勢如假山，萬疊千峰，蔚然壯觀。明軍曾繳獲賊軍一名「副總兵」的信箋，他本人注記他所砍下的手掌，就有一千七百多，即一人曾殺一千七百餘人！由此推之，其他可知。

張獻忠粗中有細，心思極其縝密。賊軍每剿一城，皆大兵合圍四方，至次日早晨方如牆四進，邊進邊殺，務必一人不留。剿畢，扒草尋穴，細搜數日才能回去覆命。如有此城漏網逃脫者在別的州城發現，搜剿此城的領兵官就會遭剝皮之刑。

殺人之外，賊軍必盡焚廬舍。未盡殘木，也要歸攏成堆後燒成灰燼，士兵以矛挑看清楚後才敢離開。實在有巨大的石雕殿柱燒不了，就用絲綢等物浸滿油裏之數層，舉火燒之，最終崩壞才放心。

由於百姓中的小兒幼女不能計功，賊軍所棄道旁，或襯馬蹄，或拋空後以白刃接之以為笑樂。

張獻忠之滅絕人性，無論親疏。其本性好朋友歡宴，常與陝西老鄉痛飲於王府之中，臨行厚贈黃金珠寶。酒足飯飽後，陝西籍的友人們歡笑告退。張獻忠事先伏壯士於路，把他們盡數斬殺，拿回所贈金銀。接著，兵士們把「朋友」們首級盛於錦匣內洗淨送回。有時張獻忠獨飲不樂，喊一聲「喚好友來！」士兵們立

刻把冰鎮的人頭擺放於巨大的宴桌上。老張本人持盞酌勸，親切熱情如對活人，並名之為「聚首歡宴」；張賊酷愛斬斫婦人小腳，置於花園疊累成峰。一日，他與愛妾酌飲欣賞，仰視香足堆，歎道：「方缺一足尖，置之會更好看。」其愛妾也有幾分酒意，伸出自己三寸金蓮，笑言：「此足如何？」張獻忠仔細持於手中細觀，說「甚好」，信手一刀割下香足拋於足堆之上。其愛妾哭嚎宛轉於地，他復加一刀，劈下其秀美之頭。

張獻忠有愛妾數十，依次被斬殺，或肢解為樂，或烹之為食，或鬻之餵狗。他本人還有一數歲小兒，一晚忽怒，親手斃之，虎狼之性如此。轉至早晨，見小兒屍體橫於席間，他又怒左右手下不勸解，立殺數百人。

這大賊頭最大的特點，是「醉柔而醒暴」，喝醉時常常饒人，一旦清醒就要見血才樂。

1645年秋，張獻忠毀棄成都，盡殺城中居民。這一點，連極「左」時代的文獻也不得不承認是實情，只是聲稱他「面對地主階級瘋狂反撲」使「階級鬥爭擴大化」，這哪裡擴大化，是絕殺化！成都居民數十萬被驅於南門，見張獻忠騎馬而來，都跪地乞命，聲稱是良民順民。

張獻忠狂性大起，縱馬揮刀跳入人群中，發瘋一樣遍殺遍喊：「殺！殺！殺！」賊軍刀砍矛捅，血流成河。

從成都臨行前，張獻忠下令，命令各營殺盡所掠婦女，上繳所有搶掠金銀。

由於從各地及蜀中所掠金銀太多帶不走，張獻忠發數千人為工匠，先掘綿江使之改道，然後在河床上鑿洞，墊青石成穴，盡埋金寶銀塊於其中，大概有數千萬兩之巨。然後，他盡殺工人，讓兵士再使綿江回流，財寶就埋在水流之下，名之為「錮金」。

行至順慶，張獻忠忽然下令，盡殺軍中四川籍士兵十餘萬人，僅有都督劉世忠一營聞訊先逃。他自川北遁去，投降清軍。

殺完川軍後，張獻忠嫌所帶兵將有家屬累贅，他本人以挑選

水軍為名，喝令全營兵士及家屬從他面前經過受檢。只要他一聲「你！」挑中的人馬上被集中。父母被挑者，子女不敢回顧；妻子被挑者，丈夫不敢回顧。最後，共挑出近四萬人，押入一木城之中，先用炮轟，斃死大半，然後縱兵斫殺，有數千殺不完者，驅入江中淹死。自己殺自己軍隊，也是張獻忠「首創」。

殺了幾輪過後，張獻忠派人點數，回報說四路軍還有六七萬人。老張大怒：「老子哪裡用這麼多人，只需勁旅三千，即可橫行天下！」於是他嚴督手下將領再殺。「凡領人頭目，每日必開報十數人赴死，先疏後親，親盡及己，人不自保，莫可如何」《蜀警錄》。

至西充時，賊軍中的昔日投降官兵、被掠平民以及新兵均已被殺殆盡，幾十萬軍兵及家屬都被「自己人」殺了，惟餘舊兵宿將而已。

一日天將大雨，電閃雷鳴，殺人為樂的張獻忠忽發狂態，仰天大呼：「天爺爺，你是要我把人殺光啊！」

餘眾聞之悸然。

除張獻忠外，蜀中「搖黃十三家」做事與其相類。這些搖黃賊更壞的是，他們殺人以戲樂為主，常常抓小孩數人飛拋空中，軍士們個個以長矛接刺，然後看著刀尖上那些小孩手足抓刨似飛狀，皆哄然笑樂。還有人專撿兒童頭大者，手捉雙腳，不停撞鐘，看他們鐘鳴之間腦髓迸出，樂此不疲。搖黃賊如抓住成年人，便會把人逼靠於樹，腹中掏洞，伸手生拽其腸出，用那個受害者自己的腸子把他綁在樹上，活活折磨而死。他們有時遍置湯鍋，煮人為樂……

所以，論慘虐程度，搖黃賊甚於張獻忠。張獻忠軍法酷嚴，其部下是因畏生懼，不得不執行命令，並發生過其手下幾個將領不忍盡殺人民而自盡的情況。搖黃賊人數不多，上下同心，耳濡目染，以殺人為至樂。

張獻忠帶著幾萬兵，攻克順慶（今南充）城，屠殺居民十餘

萬。自此後，由於缺糧，賊軍皆以人肉為食，營中醃人肉貯存。自從殺自己人以來，張獻忠手下多有逃亡者，有時候整營數千人一哄而散，他也不是特在意。

一夜，張獻忠宿於營中，有一鼠竄入其被窩內，惹得他大怒，滿帳篷舉劍剁鼠，竟不得中。暴怒之下，他下令士兵轉天每人必須上交一隻老鼠，逮不著的就殺頭抵數。結果，賊兵連夜毀屋穿壁，敲倉熏房，轉天一大早，轅門處鼠屍堆積成山。張賊號令之嚴，可見一斑。

此時的張大賊頭，想全棄四川，準備回老家陝西發展。他對孫可望等人講：「朕得蜀兩年，蜀民不附。如回陝得長安，雄視中原，自可圖大事。」但他到達順慶、西充等地後，又命兵士四處伐木造船，聲言要攻南京。此舉，或許是聲東擊西，或許是兇狂發狠，或者是窮途絕路無目的瞎折騰，反正張獻忠最後的幾個月躁狂至極，只有殺人時他才稍感平靜。

1647年年初，先前投降清軍的川將劉進忠熟門熟路，帶著清軍在川地追蹤張獻忠。清軍主帥是豪格，得知張獻忠在西充鳳凰山下紮營，他即刻派鰲拜和准塔兩位滿將為前鋒，在劉進忠帶領下，急行三百里，直撲張獻忠。

當時，大賊頭手下還有近十萬人，根本不知道清軍在附近。有小校倉皇來報，說「韃子來了」，張獻忠很氣，上前一刀就砍死了報信人，怒言道：「胡說八道，什麼韃子，不過是搖黃賊罷了。」

不久，又有哨探來報，張獻忠復殺之。

他不披甲，手持短刀，帶著十幾個親兵親自出大營四處張望。張獻忠走了幾十米，來到太陽溪邊，大搖大擺。劉進忠瞧見大賊頭，對滿將說：「這就是張獻忠！」

清軍中閃出一神箭手，順手就給了張獻忠一箭，正中其左乳。張獻忠大叫一聲，倒地翻滾，痛極而亡。如此慘絕人寰大賊頭，死得如此爽利。

其手下見狀，立刻跑回大營，高叫「大王死了！」賊營大崩。清軍進攻，賊軍數萬人被殺，僅官校被斬首的就有二千三百多人，馬匹輜重盡為清軍所得。

張獻忠手下孫可望、劉文秀、李定國、艾能將等人率殘兵奔逃，經重慶、遵義入雲南，後來多成為南明永曆政權名義下的將領。

孫可望最後降清，李定國卻成為南明耿耿忠臣，與滿清一直奮戰到死。歷史的出奇不意，使得後人充滿遐思與猜想。

李定國之所最後能「盡忠報國」，正因為他從蜀地掠入軍中的說書人金公趾常為他說《三國演義》，此人常把孫可望比喻為董卓、曹操，以李定國比為諸葛亮，激發他忠義報國之心。李定國感動：「諸葛亮不敢自比，能學關、張、姜維三人報國，已經足夠！」最終他百折不回，直至最終病死，仍忠於大明王朝。而張獻忠本人也愛聽書，目的在於從《三國》、《水滸》中學兵法、學戰略。由此可見，民間文學的力量確實巨大。

❰ 十三 ❱

婦人、孺子的殺身救國

——徒持金戈挽落暉

　　明之將亡，不得不亡。世風澆薄，道德淪喪。上層士大夫們寡廉鮮恥，朝中文人愛錢，武人怕死，風尚相襲，華靡承蹈，以至於亡。帝國大廈傾覆之際，「瀟灑西園出聲妓，豪華金谷集文人」，雖然滿清鐵騎的蹄聲以及勢如燎原火的賊人喊殺聲漸行漸近，明王朝的「中堅」們仍怡然觀望，文恬武嬉，不少人已經暗中與大辮子們和逆賊們暗中通款，隨時隨地準備獻城投附，準備好做異族或「新朝」的臣妾。

　　朝代的更迭，於這些人來講，不僅僅不是身家性命與國家民族創傷的劇烈陣痛，反而是他們益加飛黃騰達的最佳契機。世態炎涼，爾虞我詐，勾心鬥角，忠奸泯淆，就是在這樣一個大偽季世，大漢民族勃勃不屈的精神，仍舊在不息地脈動。而秦良玉、夏完淳，正是這種精神承繼者的典範，一婦人，一孺子，忘身忘家，殞宗赴國，其大義凜然與堅定不屈的事跡，數百載之後思之，仍舊能使人拍案叫奇，目眥皆裂。

巴山蜀水巾幗雄——秦良玉

　　秦良玉，乍觀此名字，如果是對明朝史不大清楚的人，可能會把這個秦良玉與那個左良玉搞混。左良玉乃男兒漢，官至總兵，攜「平賊將軍」印，堂堂大老爺們，卻一直養賊自重，最終還與南明的弘光朝君臣大施拳腳，在進攻南京的途中病死。其子左

夢庚豬狗之才，攜數十萬明軍向滿清投降，甘為異族鷹犬。

　　而我們所要講的主人公秦良玉，紅妝婦人，巾幗英雄，多年來為大明朝出生入死，赴邊擊後金，川地殺逆賊，至死不降，誠為女中丈夫，直可愧殺左良玉之輩。

　　秦良玉，忠州人（今重慶忠縣），生於萬曆初年。由於其父秦葵乃明朝貢生出身，秦良玉自幼一直接受良好的儒家教育薰陶。忠臣烈士之義，感身報國之情，秦葵一直向子女傳授不懈。身為知識份子，秦葵已經有預感大亂將至，常研習兵書，舞劍論兵。他對兒女一視同仁，讓秦良玉與其兄秦邦屏與弟弟秦民屏一起讀典籍，學騎射。

　　可喜的是，比起兄弟來，秦良玉秉賦超群，文翰得風流，兵劍諳神韻，使得秦葵憮然歎息道：「可惜孩兒你是女流，否則，日後定能封侯奪冠。」

　　秦良玉慷慨朗言：「倘使女兒得掌兵柄，應不輸平陽公主（唐高祖李淵之女）和冼夫人（隋朝嶺南的少數民族首領）。」

急赴國難女丈夫──定川援遼的功勳

　　天作良緣。秦良玉成人後，嫁與石柱土司馬千乘。這位馬土司雖是一方土酋，但其祖宗大有名，乃漢朝「馬革裹屍」的伏波將軍馬援。郎才女貌，神仙伴侶，二人伉儷情深，夫唱婦隨。

　　萬曆二十七年（1599年）播州地區（今貴州遵義）的土司楊應龍造反。由於事起倉猝，賊寇連陷重慶、瀘州等戰略要地，進圍成都。蜀中大震。

　　作為地方土司，馬千乘以三千石柱兵從征，跟隨明朝四川總督李化龍討伐叛軍。石柱兵皆持一種特製長矛，矛端呈勾狀，矛尾有圓環，攀援山地險峻地形時，前後接應搭接，敏捷如猿。由於他們的矛杆皆以無漆的白杆製作，時人稱之為「白杆兵」。依理，馬千乘率兵三千從官軍，已經盡到了土司對中央朝廷的義務，但秦良玉為解國難，又統精卒五百人，自備軍糧馬匹，與副將

周國柱一起在鄧坎（今貴州鳳崗）扼守險地，持弓援劍殺賊。

為此，明朝總督李化龍大為歎異，命人打造一面銀牌贈與時年二十六歲的秦姑娘，上鐫「女中丈夫」四個大字，以示表彰。

萬曆二十八年（1600年）正月初二，明軍由於連連克捷，上下鬆懈，置酒高會，慶祝新春佳節。洞曉古今兵法的秦良玉多智，她預料賊軍會乘夜偷營，誡囑丈夫馬千乘命令「白杆軍」嚴禁飲酒，持矛裹甲，連夜分守險隘。半夜時分，明軍官兵大部分醉醺醺的沈入夢鄉，賊軍果然突然發動襲擊。醉夢中的官軍一時間四處奔逃。

所幸的是，早有準備的秦良玉夫婦所領「白杆兵」發起反突襲，叛軍先勝後敗，惶駭間被長矛捅倒無數，皆轉身奔逃。

秦良玉夫婦緊追不捨，追入賊境，連破金築寨、明月關寨等七寨，直抵楊應龍叛軍老巢的天險桑木關下。

明軍諸軍喘息後集結，齊攻桑木關。由於山險關峻，甲胄裹身的明朝官兵一時束手無策。「白杆兵」此時頓顯神威，這些士兵的攀援能力本來就高超，又有特別矛勾擁搭連，使得他們在短時間內演雜技一樣互相搭持攀掛，與酉陽土司等地方兵配合，一舉蕩破險關。關口拿下，明朝官軍奪門而入。

於是，眾人合兵，直搗海龍囤，殺得賊兵血流成河。賊首楊應龍駭然無奈，慌亂中自縊身死，播州之亂平息。

此次平亂，秦良玉、馬千乘夫婦「為南川路戰功第一」，為諸司之先，並又獲朝廷銀牌及色緞等物作為獎勵。

大功如此，秦良玉並未沾沾自喜，從不言功，夫婦二人仍回石柱本分過活。

十多年後，萬曆四十一年（1613年），秦良玉丈夫馬千乘死於政府獄中。《明史》記載說，石柱部民狀告馬千乘，明廷把他逮入雲陽獄，不久馬千乘病死其中。但他真正的死因，其實是北京萬曆帝派來的監稅太監丘乘雲向石柱索取賄賂，馬千乘自恃於朝廷有功，不予。這下可羞惱了丘公公，他指使手下捏造罪名，

把馬土司逮捕入獄，活活折磨而死，時年僅四十一歲。

一下子變成孤兒寡母，秦良玉含淚忍痛。她大義為重，殯斂丈夫後，未有生出任何反叛不臣之心，反而代替丈夫任石柱土司，忠於職守。

《明史》這樣讚詡秦良玉：「（其）為人饒膽智，善騎射，兼通詞翰，儀度嫻雅。而雙下嚴峻，每行軍發令，戎伍肅然。」

萬曆四十四年（1616年），女真酋長努爾哈赤在赫圖阿拉（今遼寧新賓縣）建立「大金」（後金），開始連連發動對明朝的進攻。兩年後，薩爾滸一役（戰場在今遼寧撫順以東），明軍慘敗，諸營皆潰。自此之後，駐遼明軍幾乎是聞警即逃。

東北告急，在此大背景下，明廷在全國範圍內徵精兵援遼。秦良玉聞調，立派其兄秦邦屏與其弟秦民屏率數千精兵先行，她自己籌馬集糧，保障後勤供應。為此，明廷授秦良玉三品官服。

瀋陽之戰中，秦氏兄弟率「白杆兵」率先渡過渾河，血戰滿洲兵，大戰中殺辮子兵數千人，終於讓一直戰無不勝的八旗軍知曉明軍中還有這樣勇悍的士兵，並長久為之膽寒。

由於眾寡懸殊，秦邦屏力戰死於陣中，秦民屏浴血突圍而出，兩千多白杆兵戰死。但也正是由此開始，秦良玉手下的石柱「白杆兵」名聞天下。

得知兄長犧牲消息後，秦良玉製一千多件冬衣，配送給遠在遼地的石柱兵。然後，她自統三千精兵，直抵榆關佈防（今山海關），控扼滿洲兵入關咽喉。明廷兵部尚書張鶴鳴為此專門上奏天啟帝，追贈死難的秦邦屏都督僉事，立祠祭祀。不久，明廷又詔加秦良玉二品官服，封誥褒獎。

由於「白杆兵」戰鬥力強，明廷再下令徵兵兩千。秦良玉聞詔即行，與弟弟秦民屏馳還石柱，徵調士兵準備援遼。

抵家僅一日，重慶內亂。永寧土司奢崇明藉奉詔援遼的名義，率數萬人馬與其女婿樊龍裡應外合佔據了重慶，並發兵圍攻成都，大有關門當皇帝的意思。

　　由於同為「土司」鄉親，奢崇明派人攜大筆珍寶來石柱與秦良玉「通好」。秦良玉二話不說，立斬賊使。

　　她派遣秦邦屏及其二子溯流西上，渡渝城後，忽然抵至重慶南坪關，扼制賊兵歸路。趁天黑敵軍無備，「白杆兵」突襲賊軍駐於長江和嘉陵江上的水軍，盡焚其舟。同時，秦良玉分兵守忠州，馳報夔州官軍密防瞿塘天險，阻遏叛軍沿江東下。

　　正是由於這位女中丈夫的調度有方，奢崇明叛軍終於難成氣候，出戰即敗。但當時川地有一帶諸土司「自治」部落皆收受叛軍賄賂，大多數逗留觀望，惟獨秦良玉率石柱兵奮勇直前，連獲紅崖墩大捷、觀音寺大捷以及青山墩大捷。如此一來，不僅成都圍解，重慶也很快得以收復，叛亂得平。

　　明廷敘功，秦良玉得授總兵一職，成為方面大將，她的兄弟和子侄皆獲擢升。

　　川地甫定之後，鑑於作戰中明朝官軍的「熊包」表現，秦良玉上書奏稱：「臣率（秦）翼明、（秦）拱明（她的兩個侄子）提兵裹糧，累奏紅崖墩諸捷。而（明朝官軍）行間諸將，未睹賊面，攘臂誇張。及乎對壘，聞風先遁。敗於賊者，唯恐（別）人之勝；怯於賊者，惟恐（別）人之強。如總兵李惟新，渡河一戰，敗衄歸營，反閉門拒（見）臣（秦良玉自稱），不容一見。（李惟新）以六尺軀髯眉男子，忌一巾幗婦人（自稱），（其）靜夜思之，亦當愧死！」

　　疏上，由於明廷正需石柱這樣的地方力量，天啟帝「優詔報之」，並下令文武大吏對待秦良玉皆要以禮相待，不得疑忌。感動之下，秦良玉更加為明廷賣命，其弟秦邦屏不久即在陸廣作戰中戰死沙場。

　　崇禎三年（1630年），皇太極攻榆關不入，便率十萬辮子軍繞道長城喜峰口入侵，攻陷遵化後，進抵北京城外，連克永平四城，明廷大震。

　　秦良玉得到十萬火急的勤王詔書之後，即刻提兵赴難，星夜

兼程，直抵宣武門外屯兵。當時，聞詔而至的各路勤王官軍共二十萬有餘，但都畏懼滿洲兵的狠武，無人帶頭出戰。秦良玉「白杆兵」人數雖然僅有數千，但一直為滿洲兵所忌憚。昔日渾河血戰，讓大辮子們再也忘不了這些身體矮小手持超長銳矛的士兵。因此，「白杆兵」吶喊衝殺之際，滿洲兵心自發怯，加上明軍中又有孫承宗這樣的老將配合，最終迫使皇太極連棄灤州、永平、遷安、遵化四城，撤圍而去（當時山海關未能攻下，也是滿洲軍撤兵原因，他們怕日後遭首尾截擊）。

北京圍解之後，崇禎帝大加感慨，特意在北京平臺召見秦良玉，優詔褒美，賞賜彩帛美酒，並賦詩四首以彰其功：

學就西川八陣圖，鴛鴦袖裡握兵符。
由來巾幗甘心受，何必將軍是丈夫。

蜀錦征袍手製成，桃花馬上請長纓。
世間不少奇男子，誰肯沙場萬里行！

露宿風餐誓不辭，飲將鮮血代胭脂。
凱歌馬上清平曲，不是昭君出塞時。

憑將箕帚掃虜胡，一派歡聲動地呼。
試看他年麟閣上，丹青先畫美人圖。

觀崇禎皇帝有生之年，享國日淺，遭逢多難，很少有閑情逸志吟詩作賦，除贈秦良玉詩外，僅有贈楊嗣昌的五絕詩傳世。

迢迢西南邊陲一位女土司，竟能得到大明皇帝面見賜詩，秦良玉當屬古往今來第一人。

抗賊禦寇保家鄉——與張獻忠賊軍的血戰

滿洲軍出塞後，秦良玉率石柱兵回家鄉。由於當時流賊張獻忠、羅汝才等九路人馬自湖廣進攻四川，明廷詔令秦良玉不用再

出兵援剿，「專辦蜀賊」，負責守禦川地。

崇禎七年（1634年），張獻忠賊軍破夔州（今重慶奉節），進圍太平，秦良玉提兵趕至，賊寇懾於秦良玉及其手下「白杆兵」威名，倉皇逃走，川東大定。

崇禎十三年（1640年），羅汝才賊部進入巫山，為秦良玉阻遏。於是，這位綽號「曹操」的黠賊突然進攻夔州，又被秦良玉率兵擊走。

不久，秦良玉率兵在馬家寨邀擊賊軍，殺其驍將「東山虎」，斬首六百餘級。然後，秦良玉乘勝，與明軍在譚家坪、仙寺嶺連敗賊寇，奪得羅汝才主帥大纛，並生擒其副手「塌天」。

數役下來，秦良玉部斬賊兵近萬，獲甲仗馬騾無算，賊屍橫陳遍山谷。

羅汝才率殘部遁走大寧（今重慶巫溪），與張獻忠在巫巴山區合軍後，賊勢復熾，逾過巴霧河（今重慶巫山縣雙龍鎮大寧河），拼死攻擊秦良玉侄子等人統領的石柱兵。接著，賊兵四處紮營，嚴重威脅到川地大部分地區。

明朝湖廣襄陽督帥楊嗣昌本人乃湖廣人（今湖南常德），他的初始戰略就是想盡驅張獻忠等部賊軍入川。這位楊督帥的如意算盤是：以蜀地險遠，極邊之地乃松潘蠻部，賊兵入蜀後，蜀地官軍守則守之，不能守自可棄涪州、萬州、雅州、松州大部分地區，誘敵深入。然後，陝西官軍斷棧道，臨白水制敵；雲南官軍屯曲靖，扼守白石江。而他楊督帥本人則可率明軍主力掩擊賊軍，把他們馳至松潘諸蠻部落的地盤，聽任當地土人剿殺。

楊嗣昌此計，即愚昧又陰險。愚昧的是，他紙上談兵，以為川地崎嶇險峻，必能困住賊軍；陰險的是，他驅張獻忠等賊部入四川，自己沒有喪地的責任，四川巡撫是邵捷春，丟地喪兵，責任皆由他負。楊嗣昌本人自可坐觀成敗，時刻準備去摘熟落的「桃子」。

由於耽心四川當地官軍扼守險隘會導致張獻忠急紅眼反撲湖

廣，楊嗣昌又使陰招，依仗自己的威權，把大批蜀地精兵調出，只留二萬弱疲士卒給川撫邵捷春守重慶。

秦良玉一心為國，率三萬石柱精兵抵至夔州。邵捷春令她把部分士兵移近重慶，與附近守將張令相倚為聲援。不久，邵捷春抽調一萬五千石柱兵，進入重慶與官軍共同把守堅城。秦良玉深知邵捷春之策甚愚，但她又不敢違背命令，就對路過自己軍營的綿州知州陸遜之表示：「邵公不知兵，其移我部兵自近，而派張令守黃泥窪一帶，甚失地利。賊軍盤踞歸、巫眾山之巔，俯瞰吾軍營壘。倘若他們自上而下，乘勢使氣攻擊官軍，張令部必敗。張令一敗，次必及我部軍。我部軍一敗，誰又能救重慶之急？」

陸遜之大驚，問策之所出。

秦良玉言：「邵公此時，絕不能坐防堅城，應先發制人，與賊軍爭山奪險。」

陸遜之立即把消息轉告給邵捷春。邵巡撫倒是知錯就改。可惜晚了一步。張獻忠賊軍於十月五日在土地嶺（今重慶奉節草堂鎮）率先向窩裡鬥的明朝官軍發動進攻，一天內即殺明軍五千多人。

次日，張獻忠手下白袍小將張玉兒當陣射殺號稱「神弩將」的明軍老將張令，乘勝把明軍殺得一敗塗地。不僅張令一軍盡覆，秦良玉手下三萬多「白杆兵」也全軍覆沒，致使最後秦良玉僅單騎逃返重慶，遭遇其平生未有之慘敗。

此役過後，楊嗣昌圍來賊軍於川地的「圓盤戰略」完全破產，川鄂交界地帶三十二隘口盡陷於賊，蜀中大亂。

損失如此慘重，秦良玉並未灰心喪氣，她對川撫邵捷春說：「事態危急，可以盡發溪峒兵卒，人數可達三萬，我本人出資出糧可供餉其中的一萬人，朝廷供餉另外一萬人。如果佈置妥當，應該還能與賊寇周旋。」

邵捷春低頭，良久不言。時勢至此，這位文人守撫已全然死心。從他自己角度考慮問題，喪兵失地不說，官倉中已無糧養兵

，而溪峒兵卒又屬土蠻，反覆不測，如果這些人再趁亂鬧兵變，他邵捷春三族不保。飽讀史書的他，自然知道元末「官軍」中紀律最壞的就是楊完者所帶領的「苗兵」，他們那些蠻兵不僅剿賊無力，平時對百姓比寇賊還要兇惡淫毒。所以，溪峒兵卒，難保他們不像「苗兵」那樣。

讀書多，顧慮就多。顧慮多，定議就少。

邵捷春最終婉言拒絕秦良玉提出的計劃。

秦良玉歎息而歸。其計不用，自然全川潰爛不可收拾。

張獻忠賊人蹂躪各處，殺人無算，四川廣大地區人民陷入了地獄般的苦難。而邵捷春本人，自然難逃罪責，不久被逮入詔獄，仰藥自殺（與陷害他的楊嗣昌一個死法）。

三年多後，西元1644年李自成攻入北京，崇禎帝上吊自殺。消息傳來，深受明恩的秦良玉服孝痛哭，幾次昏絕，哀動左右。

張獻忠流賊，此時盡陷楚地，又向四川殺來。秦良玉向當時的四川巡撫陳士奇呈獻《全蜀形勢圖》，希望官軍能增兵堅守蜀地十三處險隘。陳士奇不予採納。秦良玉不死心，又推心泣血地向四川巡按劉之勃建議，劉巡按倒是同意她的計策，但他本人手中無兵可發。

張獻忠巨賊數十萬長驅直犯夔州。秦良玉馳援，由於眾寡太懸殊，兵敗而去。她的失敗，標誌著蜀地的淪陷。

張獻忠相繼攻克萬縣、重慶、成都，並在當年年底稱帝，建立「大西」偽政權。

張獻忠佔領蜀地，只有遵義、黎州及秦良玉的石柱地區未歸於「大西」。懾於秦良玉威名，張獻忠部無一兵一將敢於入犯石柱。投降張獻忠的明朝官員屁顛顛向各地土司送去偽政權印信，各地土司大多畏懼接受。秦良玉接到印信，馬上當眾毀之，慷慨言道：「吾兄弟二人皆死王事，吾以一孱婦蒙國恩二十年，今不幸至此地步，怎能以殘餘之年以事逆賊！石柱一地有敢從賊者，族誅之！」

　　不久，又有噩耗傳來，秦良玉獨子馬祥麟先前被明廷徵調到湖廣禦敵，戰死於襄陽。死前，他給母親寫信：「兒誓與襄陽共存亡，願大人勿以兒安危為念！」

　　見兒子絕筆血書，秦良玉淚下如雨，心如刀割，但她乃大義婦人，提筆在信紙上寫道：「好！好！真吾兒！」

　　秦氏、馬氏二族，可稱上是二門忠烈，數年之間，死於國事者甚眾。

　　滿清佔據北京後，殘餘的南明政權相繼有弘光、隆武、永曆數帝，秦良玉皆與之保持聯繫。但山長水遠，秦良玉本人年逾古稀，不可能再有較大作為。

　　1648年，在西南顛沛流離的南明永曆帝派人加秦良玉太子太傅，授「四川招討使」。久臥病床的一代女豪傑，聞之瞿然而起，拜伏受詔，感泣道：「老婦人朽骨餘生，實先皇帝（崇禎）恩賜，定當負弩前驅，以報皇恩！」

　　可惜的是，幾日之後，秦良玉就因病重抱恨而終。其孫馬萬年把奶奶葬於回龍山，墓碑題文可彰示這位女中丈夫不屈的民族氣節和赫赫功勳：

　　明上柱國光祿大夫鎮守四川等處地方提督漢土官兵總兵官持鎮東將軍印中軍都督府左都督太子太保忠貞侯貞素秦太君墓

　　可歎的是，如此忠貞女豪傑，文革中墓地也不能倖免，被「紅衛兵」砸墓挖棺，幹出如此令人髮指之事。而這些革命小將的毀墓原因，無外乎兩點：其一，秦良玉是「土司婆娘」，出身「反動」；其二，她膽敢抵抗張獻忠「農民起義軍」，十惡不赦。

　　「土司」婆娘自不必說，生活時代無法選擇。而張獻忠狂賊的軍隊，絕非「人民」的隊伍，他幾乎把川人殺絕、吃絕。對於他的種種暴行，「文革」中的「御用」史家也不敢隱諱，指稱他在「反擊地主階級瘋狂反撲」之餘，「枉殺」了一些普通民眾。其實，張獻忠所殺的人絕對不止是「一些」，他也不是「枉殺」，而是故意屠殺了上百萬的四川人民，這位巨寇，才真是「雙手

沾滿人民鮮血的大劊子手！」

　　道德標準，因時代嬗變總會有所不同。但忠孝義三個字，亙久長新。

　　秦良玉一漢族婦女，數十年在地區自治間安鄉護土，心向中央政府，忠貞不貳，破家為國，數赴國難，最終為大明錚錚直臣，至死不叛國，不降清，大義凜然。這樣的奇女子，連封建文人也歎息稱絕，題詠連連。

　　清代詞人錢枚又有《金縷曲》一首，他因見這位女英雄小像而發慨歎，持筆濡墨，寫詞褒贊，高度藝術性概括了秦良玉卓爾不凡的傳奇人生：

　　明季西川禍，自秦中飛來天狗，毒流兵火。石砫天生奇女子，賊膽聞風先墮，早料理夔巫平妥。應念軍門無將略，念家山只怕荊襄破。妄男耳，妾之可。

　　蠻中遺像誰傳播。想沙場弓刀列隊，指揮高座。一領錦袍殷戰血，襯得雲鬟婀娜。更飛馬桃花一朵，展卷英姿添颯爽，論題名愧殺寧南左。軍國恨，尚眉鎖。

　　而歌頌秦良玉最讓人感動的詩篇，當出自清末女英雄秋瑾。二人同為巾幗女兒身，惺惺相惜，自然別有一番真味在詩中：

　　古今爭傳女狀頭，誰說紅顏不封侯。
　　馬家婦共沈家女，曾有威名振九州。
　　撐拄乾坤女土司，將軍才調絕塵姿。
　　靴刀帕首桃花馬，不愧名稱娘子師。
　　莫重男兒薄女兒，平臺詩句賜娥媚。
　　吾儕得此添生色，始信英雄曾有雌。

四海狼煙美少年——夏完淳

明清交迭之際，壯烈殉國犧牲的仁人志士和儒生士大夫數以十萬計，但均湮滅於歷史的煙塵之中。時至今日，國人百分之九十五的人知道「我大清」的雍正、康熙、乾隆、多爾袞以及「劉羅鍋」、紀曉嵐等滿洲帝王及馴奴臣僕，絕對不會有超過百分之五的人知道夏完淳——這位明末殉國的翩翩美少年。

他犧牲時年僅十七歲（虛歲），是集文才、人才、志氣於一身，千年才可一見的卓然英豪。

香蘭生雅庭——夏完淳的家學淵源及忠孝承襲

滿清奴才文人所修的《明史》，並無夏完淳傳。其父夏允彝附於《陳子龍傳》後，傳中在交待了夏允彝自殺後，只有這樣二十三個字交待了夏允彝之兄夏之旭以及夏完淳的結局：「（陳）允彝死後二年，子（夏）完淳、兄（夏）之旭並以陳子龍獄詞連及，亦死。」

這幫奴才文人，吝於筆墨描述抗清英雄，竟把《明史稿》中本來已經描述得非常簡略只有一百多字介紹夏完淳性格、才能的字眼盡數削除，以此來取悅滿洲主子。

言及夏完淳，一定要先講他的父親夏允彝與他的老師陳子龍。夏允彝，字彝仲，松江華亭（今上海松江）人，崇禎十年進士出身。崇禎初年，大名士張溥在吳江把南北許多知名文社的負責人召集起來，其中包括江南應社、蘇州羽朋社、浙西聞社、江西則社、中州端社等，結成新的「復社」。

與「東林黨」相比，復社並不是一個卓然標格的政黨類型，它強調的是「以學救時，以學衛教」，而東林黨人在末期魚龍混雜，不少人「急功名、多議論、惡逆耳、收附會」，嚴重違背了孔子有關君子「群而不黨」的聖訓。後來，復社因其精神領袖張溥的去世而漸趨衰落。

夏允彝自開爐灶，成立了新的師生相傳的「幾社」，詩文酬

和，社友們互相以文章道德激勵。

夏允彝的仕途很短暫，「真官」只作過福建長樂縣令，時間約五年左右。在官期間，他治績優秀，成為當年由吏部點名表揚的全國政績突出的七位「優秀」知縣之一，並受崇禎皇帝親自接見。可惜，由於母親病逝，他只能丁母憂回老家守喪。

崇禎十七年（1644年），明朝滅亡，夏允彝急忙拜謁史可法，商議恢復大計，由於南明弘光政權的迅速崩潰，夏允彝才不獲展，在林野鄉間仍舊想有所作為。

當時滿清在江南的統治還不穩固，義師紛起，明朝殘餘軍事力量散落其間。於是，夏允彝暗中寫信給自己從前的學生、明朝江南副總兵吳志葵，商量準備合兵攻取蘇州，然後收復杭州，再進兵南京，以圖保有明朝江南半壁河山。也就是在那時，年僅十五歲的夏完淳匆匆完婚後，馬上和父親一道加入戎旅軍中。

可惜，吳志葵無長遠謀略，軍將多懈怠貳心，蘇州城不僅未被攻下，這些殘明的烏合之眾，也大敗四潰。

壞消息一個接一個傳來，夏允彝反而變得愈加平靜，他決定要自殺殉國。鄉人勸他可以趁亂渡海去他曾任地方官的福建，招納兵馬，再圖恢復。夏允彝考慮再三，沒有同意，怕舉事再敗以至於蒙羞萬世。松江清軍主將早聞夏允彝大名，表示只要他出山，一定給大官作。清將還表示，即使夏先生不願新朝為官，出來見一面也行。夏允彝以「貞婦」自比，明白無誤表達了自己不事二朝的決心。

他給好友陳子龍等人寫信交待後事，然後平靜與家人道別，並特意把未完成的文集《倖存錄》交予獨子夏完淳手中，叮囑他毀家餉軍，精忠報國，代父完成恢復志願。然後，夏學士投松江塘自殺。《明史》上講他「自投深淵以死」，實乃誤記。夏允彝自殺是形同日本人儀禮性的剖腹自殺，其兄、子、妻妾家人，皆肅穆哀慟地立於水濱觀視。

松塘水淺，只達夏允彝腰身以上，這位大才子生生埋頭於水

中，嗆肺而死，他背部的衣衫都未沾濕，生殉了他的大明朝。

彼情彼景，身為兒子的夏完淳肝膽欲裂，目睹父親剛烈死狀，他也更加堅定了必死報國之心。

至於陳子龍，他與夏允彝乃同年進士，也是當時鼎鼎大名的文學家。本來，陳子龍想與夏允彝同死，但夏允彝以母妻託付於他，他本人又有九十老祖母需要贍養，故而忍死待變，割髮為僧隱於鄉間。明宗室魯王監國時，陳龍子暗中接受魯王的任命，與夏完淳一起策動滿清的松江提督吳勝兆反清。天不祚明，兵變失敗，不僅吳勝兆被殺，陳子龍本人也被逮捕。在押解至南京的途中，陳子龍終於作出了與其摯友夏允彝一樣的人生選擇：跳水自殺殉國。

生父尊師，這兩位忠烈楷模，在少年夏完淳淚水模糊的目光中，逐漸幻化為千古仁人志士的終極典型。

黃花白草英雄路──夏完淳的不屈殉國

夏完淳，字存古，號小隱。是夏允彝的妾生子，也是他唯一的兒子。這位英雄天分極高，小時就是個神童，五歲即熟諳儒家典籍，七歲能文，八歲能詩，九歲即印刻文集《代乳集》行世。

觀夏完淳十三歲之前的作品，柔媚秀麗，清婉韻致，仍不脫晚明文人流俗：

幾陣杜鵑啼，卻在那，杏花深處。小禽兒，喚得人歸去，喚不得愁歸去。

離別又春深，最恨也，多情飛絮。恨柳絲，繫得離愁住，繫不得離人住。

《尋芳草·別恨》

明朝滅亡後，親歷戎旅，又目睹父親的自殺殉國，悲慟欲絕的夏完淳上書魯王政權，要求予父親以贈諡。

魯王愛惜夏完淳如此年輕又如此對大明忠心，立授他「中書舍人」一職，贈夏允彝「右春坊右中允」，諡「文忠」。這一切

，均極大鼓舞了身在江南的夏完淳抗清復明的勃勃鬥志。

不久，聽聞太湖一帶活躍著吳易領導的「白頭軍」（這支隊伍的兵士皆以白布纏頭作標誌，以此為明朝「戴孝」），夏完淳喜出望外，連忙與老師陳子龍一起攜家中所有金銀奔赴軍中，並充任吳易的參軍。

吳易，字日生，進士出身，吳江人，曾為復社的活躍分子，能詩善文，又喜讀兵書。北京陷於李自成的時候，他正作為候補官員在京內，幸虧有大德知一禪師相助，吳易有幸從東便門逃出。後來，由史可法推薦，吳易在福王政權中有了一個「職方主事」的官職。他離開揚州外出籌集糧餉時，揚州陷於清軍之手。滿清鐵蹄迅疾，很快佔領了吳易的老家吳江。縣丞朱國佐降清，並斬殺了痛罵他賣國的學生吳鑑。吳易聞之大怒，率數人突入縣衙，活捉朱國佐，在吳鑑靈前殺掉了這個叛國敗類後，宣佈反清。

興兵之初，吳易的「白頭軍」發展迅速，不少昔日當地的水賊頭目如「赤腳張三」等人紛紛入夥，在民族矛盾上升到社會最主要矛盾的關頭，這些人由「賊」而變成「官軍」，在遼闊的太湖水面上給予清軍沈重打擊。白頭軍最漂亮的一仗是「分湖大捷」，殺敵三千多，斬清中下級軍官二十多名，獲戰船五百餘艘。當然，這種暫時的勝利，主要原因也在於當時清軍沒有有效組織起過硬的水軍，水戰外行，故而使得「白頭軍」大逞神威。

勝訊傳出，南明的隆武政權和魯王朝廷均派人攜帶「詔書」而來，對吳易加官晉爵，視為中興大將。

飄飄然之餘，吳易與「白頭軍」將領們開始輕敵。許多水賊出身的將卒本性畢露，四處剽掠。清軍方面，卻加緊準備。海鹽一戰，「白頭軍」大敗，夏完淳也因軍敗與吳易等人走散。至於陳子龍，他在海鹽之戰前已經看出吳易手下烏合之眾難成大事，便以籌餉為名離開了「白頭軍」，想另行發展。

吳易軍敗後，其父、其妻、其女均投湖自殺，以免被清軍俘虜受辱。吳易本人逃入湖中，仍舊堅持抗清鬥爭。

　　1646年夏，吳易聽人風傳滿清任命的嘉善知縣劉肅之想「反正」，便派人與之聯絡。孰料，這劉知縣是個王八吃秤砣鐵了心的漢奸，他之所以散佈自己想「反正」，無非是想誘執吳易。見吳易自己送上門，劉肅之立刻派人持信來覆，邀請吳易來縣衙赴宴。吳易不疑有詐，只帶隨從數人來會。「鴻門宴」入易出難，劉肅之早就通知大批清兵埋伏，待吳易一入門，立即逮捕了這位「白頭軍」領袖，很快送往杭州處死。

　　吳易為人雖屬輕率無遠略之人，大節不虧，慷慨歸刑，並作《絕命辭》：

　　落魄少年場，說霸論王，金鞭玉彎拂垂楊。劍客屠沽連騎去，喚取紅妝。

　　歌笑酒爐旁，築擊高陽，彎弓醉裡射天狼。瞥眼神州何處在，半枕黃粱。

　　成敗論英雄，史筆朦朧，與吳霸越事匆匆。盡墨凌煙能幾個，人虎人龍。

　　雙弓酒杯中，身世萍逢，半窗斜月透西風。夢裡邯鄲還說夢，驀地晨鐘。

　　夏完淳聞訊，立即白服以往，在吳江為吳易起衣冠塚，與文人同道哭吊，賦《魚服》一詩，祭奠吳易，表達了復仇雪恨的決心：

　　投筆新從定遠侯，登壇誓飲月氏頭。
　　蓮花劍淬胡霜重，柳葉衣輕漢月秋。
　　勵志難鳴思擊楫，驚心魚服愧同舟。
　　一身湖海茫茫恨，縞素秦庭矢報仇。

　　1647年早春時分，得悉滿清任命的蘇松提督吳勝兆要反正的消息，少年夏完淳馬上萌發了巨大的恢復希望，急忙為吳勝兆與浙東義師牽線搭橋，積極準備待事發時本人親自參加戰鬥，做絕死之戰。

　　豈料，吳勝兆（這名字就不好，「無勝兆」也）謀洩，其手下將領搶先一步把他的計劃上告滿清。吳勝兆一卒未出，身已成擒。而浙東方面，屋漏偏遭連夜雨，義師水軍剛離岸，颶風忽至，大部分人被淹嗆而死，潰不成軍。

　　清廷對吳勝兆一案十分重視，四處抓人，陳子龍等人首先遭到逮捕。押送途中，陳子龍投水殉國。

　　夏完淳喉中鹹淚和血吞。由於他本人也在清政府通緝名單中，便一度曾匿藏於其岳父在嘉興的家中。1647年夏七月，他決定渡海加入魯王政權軍隊。夏完淳至孝之人，臨行前，他回鄉間老家探望嫡母和生母，準備與二老告別之後再出發。

　　清廷眼線多多，夏完淳甫一回家，即為人偵知。清廷人馬俱至，逮捕了這位少年英雄。由於他是朝廷重犯，被立刻押赴南京受訊。

　　在南京受押的八十天，是十六歲英雄夏完淳人生旅途的最後八十天。其間，他不僅智鬥大漢奸洪承疇，巧妙羞辱了這位滿清鷹犬，並且自激自勵，賦詩寫詞多篇，表達了他「今生已矣來世為期」的沖天豪情和「家國之仇未報」的遺恨。

　　被羈之初，夏完淳作《採桑子》一詞，從內心深處抒發了他的亡國之愁：

　　　片風絲雨籠煙絮，玉點香球。玉點香球，盡日東風不滿樓。暗將亡國傷心事，訴與東流。訴與東流，萬里長江一帶愁。

　　滿清朝廷主持江南一帶招撫的第一把手，乃大漢奸洪承疇。他聽說夏完淳與其岳父錢栴被抓，很是得意，便想親自勸降這翁婿二人，此舉不僅能為滿清主子招納「人才」，又能給自己臉上貼「慈德」金粉。

　　南京舊朝堂上，洪承疇高坐，喝問下面被提審的夏完淳：「汝童子有何大見識，豈能稱兵犯逆。想必是被人矇騙，誤入軍中。如歸順大清，當不失美官。」

夏完淳不為所動，反問洪承疇：「爾何人也？」

旁邊虎狼衙役叱喝：「此乃洪大人！」又有獄吏在其旁低聲告之：「此乃洪亨九（洪承疇）先生。」

夏完淳佯作不知，厲聲抗喝：「哼，堂上定是偽類假冒。本朝洪亨九先生，皇明人傑，他在松山、杏山與北虜（滿清）勇戰，血濺章渠，先皇帝（崇禎帝）聞之震悼，親自作詩褒念。我正是仰慕洪亨九先生的忠烈，才欲殺身殉國，以效仿先烈英舉。」

獄吏們此時很窘迫。洪承疇在上座面如土灰。

上來一個胥吏，厲聲叱喝夏完淳：「上面審你的，正是洪經略！」

夏完淳朗聲一笑：「不要騙我！洪亨九先生死於大明國事已久，天子曾臨祠親祭，淚灑龍顏群臣嗚咽。汝等何樣逆賊丑類，敢托忠烈先生大名，穿虜服虜帽冒允堂堂洪先生，真狗賊耳！」

洪承疇汗下如雨，老狗嘴唇哆嗦，小英雄字字戳到他靈魂痛處，使得這個變節之人如萬箭穿心般難堪、難受。食祿數代之大明重臣，反而不如江南一身世卑微的十六歲少年，真讓人愧死！（類似故事也發生在同吳易一起被抓的「白頭軍」領導人孫兆奎身上，他被押南京後，也是洪承疇主審。面對拖著條「豬尾巴」的清朝「總督」，孫兆奎輕蔑地笑問堂上洪大人：「我們大明朝也有一個犧牲的先烈叫洪承疇，您不會與那位大人同名吧？」狠狠羞辱了這位大漢奸。）

忽然，一旁因久受嚴刑而不支的夏完淳岳父錢栴忽然一聲倒地，匍伏不起。夏完淳見狀，忙上前扶起岳丈，厲聲激勵道：「大人您當初與陳子龍先生及我完淳三人同時歃血為盟，決心在江南舉義抗敵。今天我二人能一同身死，可以慷慨在地下與陳子龍先生相會，真真奇大丈夫平生之豪事，何必如此氣沮！」

聽女婿如此說，錢先生咬牙挺起，忍耐奇痛。

洪承疇默然久之，只得揮揮手，今士卒把二人押回牢獄。然後，上報清廷，擬判處夏、錢二人死刑。

　　上述種種歷史的細節，不見於滿清御用奴才文人「官修」的史書。而是出於被乾隆帝「御封」為「貳臣」的明末大才子屈大均著作《皇明四朝成仁錄》中。

　　這位苟全性命於亂世的投機文人，自身道德深玷大污，但他內心中對全忠全義的英雄，也不由自主流露出熱切的渴慕和深刻的崇敬。

　　深知自己來日無多，夏完淳在獄中寫下了他那篇流傳千古的《獄中上母書》，派人轉送老家的嫡母盛氏與生母陸氏：

　　不孝完淳，今日死矣！以身殉父，不得以身報母矣！

　　痛自嚴君見背，兩易春秋（嚴君：對父親的敬稱。見背：去世）。冤酷日深，艱辛歷盡。本圖復見天日，以報大仇，恤死榮生，告成黃土。奈天不佑我，鍾虐明朝，一旅才興，便成齏粉。去年之舉（指自己於前一年入吳易軍抗清。他兵敗後，隻身流亡，歷盡艱危），淳已自分必死，誰知不死，死於今日也！斤斤延此二年之命，菽水之養（指對父母的供養。《禮記・檀弓下》：「啜菽飲水盡其歡，斯之謂孝」），無一日焉。致慈君托跡於空門，生母寄生於別姓，一門漂泊，生不得相依，死不得相問。淳今日又溘然先從九京（九泉），不孝之罪，上通於天。

　　嗚呼！雙慈在堂，下有妹女，門祚衰薄，終鮮兄弟（意思說家門衰落，福澤淺薄，又無同胞兄弟）。淳一死不足惜，哀哀八口，何以為生？雖然，已矣！淳之身，父之所遺；淳之身，君之所用。為父為君，死亦何負於雙慈？但慈君推乾就濕（推乾就濕：是指母親把乾燥處讓給幼兒，自己睡在幼兒便溺後的濕處。形容為人母者養育子女的辛勞。語出《孝經・援神契》：「母之於子也，鞠養殷勤，推燥居濕，絕少分甘」），教禮習詩，十五年如一日；嫡母慈惠，千古所難。大恩未酬，令人痛絕……

　　嗚呼！大造茫茫，總歸無後。（倘若）有一日中興再造，則廟食千秋（享受廟祭），豈止麥飯豚蹄（指祭祀一般死者的食品）、不為餒鬼而已哉……

兵戈天地，淳死後，亂且未有定期。雙慈善保玉體，無以淳為念。二十年後，淳且與先文忠為北塞之舉矣。（出師北伐，驅逐滿清。這句話意思是講自己死後再度轉世為人，仍要與其父在北方起兵反清）

……語無倫次，將死言善（語出《論語‧泰伯》：「鳥之將死，其鳴也哀；人之將死，其言也善。」言善，指說話真誠不欺）。痛哉，痛哉！

人生孰無死，貴得死所耳。父得為忠臣，子得為孝子，含笑歸太虛，了我分內事。大道本無生，視身若敝屣。但為氣所激，緣悟天人理。惡夢十七年，報仇在來世。神遊天地間，可以無愧矣！

1647年，九月秋決，夏完淳等三十多名抗清義士在南京西市慷慨就義。手提鬼頭大刀、兇神惡煞般的劊子手，面對自己面前昂然站立的這位面容白皙、姣好的十六歲美少年，他那殺砍掉無數人頭的雙手，也不由自主地發顫發抖，最終只能閉眼咬牙才敢砍下那一刀……

歷史有時真是有些荒謬的意味。一百多年後，1775年，即乾隆四十年，總愛炫耀賣弄文采和進行歷史「翻案」的乾隆帝下詔，承認明末抗清諸臣「茹苦相隨，捨生取義」的辛勞，頒佈《欽定勝朝殉節諸臣錄》，對夏完淳、夏允彝、陳子龍以及一大批明朝的忠臣義士予以「一體旌諡」。由此，昔日滿清王朝的危險敵人，一變為全忠全孝的大節無虧之人，而洪承疇們、祖大壽們等曾「事兩朝」的「元戎」們，統統進了《貳臣傳》。

自乾隆四十年起，夏完淳的生前詩文得以公開刊印、流傳，《夏節湣全集》等書紛紛面世，其上千首詩、文、信函，均得以輯成發表。

可笑又可歎的是，與夏完淳同時代投附滿清的明末大文豪、大名士們，包括撰寫夏完淳第一手資料的屈大均，都被乾隆帝加

以痛詆和譏諷：

　　至錢謙益之自詡清流，顏降附；及金堡、屈大均輩之幸生畏死，詭托緇流，均屬喪心無恥。若輩果能死節，則今日亦當在予旌之列。乃既不能捨命，而猶假（借）語言文字以自圖掩飾其偷生，是必當明斥其進退無據之非，以隱砭其冥漠不靈之魂！

　　清朝學者莊師洛所作詩，最能為夏完淳這位少年英雄蓋棺定論：

　　天荒地老出奇人，報國能捐幼稚身。

　　黃口文章驚老宿，綠衣韜略走謀臣。

　　湖仲介義悲猿鶴，海上輸忠唉鳳麟。

　　至竟雨華埋骨地，方家弱弟可同倫。

　　無論是秦良玉，還是夏完淳，在翻天覆地的歷史大動蕩年代，他們皆體現出中國傳統文化中「儒」與「俠」的最完美結合。所謂儒，即是全力體現捨身成仁、殺身取義的價值觀；所謂俠，並非是金庸大師筆下飛簷走壁噴雲吐霧能打掌心雷的「俠客」，而是那種能夠犧牲自己生命並明知不可為之事而一定要去行動的俠義。

　　這種飛蛾撲火的行為，對於現在的「世界主義者」和篤信「泛愛」論的信徒們來講，肯定會被譏笑為迂闊和不識時務。但是，我們中華民族的尊嚴和精神價值內核，正是這些婦人孺子的抵抗和不屈所由在。這才是真的道德，真的英雄！

　　世事多變，有時讓人瞠目結舌。在對微渺傳說和神話進行「宏大解構」的同時，不少人紛紛為歷史負面人物翻案，不僅慈禧變成了憂國憂民的老太太，秦檜和洪承疇都成為「順應歷史潮流」的遠見卓識者，吳三桂更在電視劇中變成了有情有義的錚錚漢子，而一直在海外保存漢文明衣冠禮樂的鄭氏家族成員，卻淪為阻擋「歷史車輪」的「小丑」——何其荒唐也！這種大是大非的混淆，如此黑白忠奸的顛倒，思想覺悟方面遠遠不如「我大清」

的乾隆帝。

乾隆四十一年（1776年）底，在詔令國史館修編《明季貳臣傳》時，這位老爺子已經明白無誤地把對「我大清」有赫赫功勳的洪承疇、祖大壽、馮銓等一批人打入另冊，其意在於「崇獎忠貞」，「風勵臣節」：

……因思我朝開創之初，明末諸臣望風歸附。如洪承略以經略喪師，俘擒投順；祖大壽以鎮將懼禍，帶城來投。及定鼎時，若馮銓、王鐸、宋權、謝升、金之俊、黨崇雅等，在明（朝）俱曾躋顯秩，入本朝（清朝）仍忝為閣臣。至若天戈所指，解甲乞降，如左夢庚、田雄等，不可勝數。（當時）蓋開創大一統之規模，自不得不加之錄用，以靖人心，而明順逆。今事後平情而論，若而人者皆以勝國（明朝）臣僚，乃遭際時艱，不能為其主臨危授命，輒復畏死幸生，顏降附，豈得復謂之完人！（他們）即或稍有片長足錄，其瑕疵自不能掩。若既降復叛之李建泰、金聲桓，及降附後潛肆詆毀之錢謙益輩，尤反側僉邪，更不足比於人類矣……朕思此等大節有虧之人，不能念其建有勳績，諒於生前；亦不能因其尚有後人，原（宥）於既死。今為準情酌理，自應於國史內另立《貳臣傳》一門，將諸臣仕明及仕本朝各事跡，據實直書，使不能纖微隱飾，即所謂雖孝子慈孫百世不能改者……此實乃朕大中至正之心，為萬世臣子植綱常！

在痛詆「貳臣」們的同時，乾隆帝對於清朝開國之初那些與其祖先馳馬援弓、浴血死戰的明臣明將，如史可法、劉宗周、孫承宗、盧象升等人，大加讚詡，表揚這些人「遭際時艱，臨危受命」，均可稱為「一代完人」，即使對於稍後「負隅頑抗」的南明諸臣，包括夏允彝、夏完淳父子，乾隆帝也稱他們是「忠於所事」，乃捨生取義的英雄。這些人，皆入《勝朝殉節諸臣錄》，可謂是萬世流芳。

乾隆皇帝，本一陰險帝君，但其對忠奸的區分，確有大可稱

道之處。

清初努爾哈赤、皇太極之屬，雖是老粗「夷狄」，道德觀一點也不低。當然，他們文化水平偏低，對漢文化的吸收，更多來自《三國演義》、《水滸傳》這樣的話本子小說，所以對關雲長這樣義薄雲天的人物極為崇敬。關羽成為「帝」（忠義神武關聖大帝），正是清朝順治帝所封。同時，這些大辮子爺們兒對於歷史上的岳飛、文天祥等人也耳熟能詳，禮敬有加。當然，滿清全力使用洪承疇一類降臣是當時大勢所趨，這些鷹犬可以起到不可替代的作用。但內心深處，滿洲皇帝和上層對這些人充滿鄙夷和不屑，特別是對告以南明永曆帝一朝虛實的孫可望，清朝當時雖給了他個「義王」的稱號，但沒過多久就在打獵途中把他當作獵物一箭射死，簡直就是不把他當人看待。相反，對於數位在滿洲興起的階段被俘不屈的明朝大臣，如巡按御史張銓、太僕寺少卿張春等人的大義凜然，清朝汗王、帝君們油然起敬，歎息道：「我從史傳中得知文天祥事跡，以為是天降神人，今見張春，乃知文天祥確有其人啊！」（皇太極）。

皇太極也疑惑過，問漢人謀士范文程：「我見中原名將多矣，只要戰敗勢劣，大多倒戈投降，而那些文臣儒士，卻多不為所屈，殺身報國，此何原因？」

范文程答：「文臣讀聖賢書，忠孝名節，皆其平生所學，所以才危而忘身，一心赴國難，此乃國家養士之報。」

皇太極深以為然，並開始督促諸王貝勒宗室子弟及旗主貴族子弟學習儒家典籍。代代相承，至於乾隆。所以，這位清帝所展現出的進步歷史觀，恰恰是漢文化陶養所致。

「苟利國家，生死以之！」堂堂中華，數千年禮義廉恥之邦，長久來支撐我們偉大民族屹立不倒的真髓，正是無數仁人義士胸中那一股浩然之氣！

十四

衝冠一怒報紅顏

—— 明清易世之際「劊子手」梟雄李成棟的反反覆覆

　　每每讀明末歷史，總為史可法、張煌言、陳子壯、夏完淳、瞿式耜、何騰蛟、李定國等等這些明王朝的忠臣赤子扼腕歎息，也常常因馬士英、阮大鋮、馬吉翔、孫可望、劉承胤、陳邦傅等等奸臣佞賊而切齒欲碎。至於吳三桂、耿精忠、尚可信這樣一直食明朝俸祿最終而又因個人私利反覆多端的「貳臣」，無論生前死後，都為人們所不齒。上述諸人，黑白忠奸分明，一生事業易辨。就連曾為明朝浴血苦戰，最後在內外交困之下不得不降附清廷並「竭盡忠心」的祖大壽、洪承疇等人，也早在乾隆帝年間被明白無誤地列入《貳臣傳》，棺蓋而論定。

　　毋須多言，恭事二主再誠心，道德上的污點無論如何難以拭揩乾淨。因此，忠心耿耿與首鼠兩端，氣宇軒昂與蝟瑣低賤，剛毅偉岸與懦弱虛偽，堅貞爽直與狡詐奸滑，皆淋漓盡致，一眼望穿。

　　在波瀾壯闊、血肉橫飛的明、清交替之際，惟獨有一個人的一生歷程難以用「忠」或「奸」加以定奪，更難以用「好」或「壞」來對他個人加以形容——「揚州十日」大屠殺中有他為清兵賣力殺戮的前驅身影，「嘉定三屠」則完全是由他一人屠刀上舉發號施令而造成的慘劇；他是擊滅南明諸帝之一隆武帝朱聿鍵的「首功」之將，還是生擒紹武帝朱聿粵的「不替」功臣；赫赫戰功，此人又是滿清攻滅南明江浙、福建、兩廣等廣大地區的第一

功臣。

不可思議的是，恰恰是忽然一念之間，這個人良心發現，搖身一變，成為南明永曆帝的不貳忠臣，與金聲桓、王得仁一起在南中國「反正」，重新成為明朝的「忠臣義士」。而且，重換明朝裝束之後，他蹈死不顧，為明王朝死而後已。

最後，為了報答一位紅顏而死，這位曾經殺人不眨眼的三心二意的將軍，竟能置安危於不顧，亂流趨敵，赴水而亡，最終被南明天子親口謚「忠烈」二字，贈太傅、寧夏王——這個人，就是臭名昭著、大名鼎鼎、難以定論的明末大人物：李成棟！

「諸賊」出身，亂世沈浮——李成棟「出山」的時局

據明末大儒王夫之《永曆實錄》記載，李成棟是陝西寧夏人，字廷玉，起身群盜，後被明朝官軍招降，官至都督同知。顯然，這位好漢是明末大起義中的佼佼者，乃李自成勇將、綽號「翻山鷂」高傑的屬下。李成棟自己也有個外號，名「李訶子」。雖是盜賊出身，李成棟在「義軍」中幹活時間應該不長。何者？從他的頂頭上司高傑就可以推斷得出。

高傑，陝西米脂人，與李自成是老鄉。「老鄉騙老鄉，兩眼淚汪汪」。崇禎七年（西元1634年）10月，明將賀人龍圍李自成於隴州。困急之下，李自成派高傑假裝向賀人龍約降。不久，賀人龍的軍使與高傑來往密切，似乎假戲成真。

如此以來，李自成不喜反憂，疑竇頓起。

高傑一表人材，資貌瑰偉。這位美男子一次偶然到軍資倉庫去支糧米，與李自成的老婆邢氏「一見鍾情」。邢氏勇武多智，兼掌軍資，因李自成日日在外攻城掠地，很少有時間親熱。見到高傑相貌堂堂，又是一口流利的家鄉話，很快就勾搭成奸。都說「米脂的婆姨，綏德的漢」，看來高傑這條米脂的漢子也不錯。

婦人本性多疑。邢氏給李自成戴頂大綠帽，自己反而先著慌

，就攛掇高傑向明朝官軍投降。當時的李自成還不成氣候，占山為寇的一支毛賊武裝而已。高傑本來與明將賀人龍關係不錯（賀人龍也是米脂老鄉），趁機帶著李大嫂（邢氏）及一幫兵士歸降明朝，一變而成為受招安的「官軍」。

在這些搖身一變的軍士當中，就肯定包括日後大名鼎鼎的李成棟。

高傑由「賊」變成「官軍」後，非常能幹，數次大敗李自成、羅汝才、張獻忠等人。即使後來他的老上司賀人龍、孫傳庭等人或為朝廷誅死或為賊兵所害，惟獨高傑能獨善其身不敗，一直保存「有生力量」。

崇禎十七年（西元1644年），明廷授高傑為總兵，命其馳救山西。天下紛亂之際，高傑盜賊本性重犯，面對勢若山來的李自成農民軍連戰連北，但在敗退途中仍縱兵大掠，一丁點兒沒有「官軍」氣象。相反，當時的李自成倒一改昔日兇殘面貌，愛民如子，加上許多知識份子出身的書生幫忙，宣傳搞得不錯，老百姓樂呵呵地瞎唱：「吃他娘，穿他娘，闖王來了不納糧。」

崇禎皇帝吊死煤山後，高傑率兵南遁。南明的弘光帝（福王朱由崧）封他為興平伯，以揚州為駐地。

由於高傑部隊搶掠的惡名遠揚，揚州士民把四城緊閉，防賊一樣緊守，不讓高傑部隊入城。高傑震怒，勒兵攻城。同時，他還派兵在揚州城外到處搶掠婦女，姦淫搶劫，無惡不作。這一切使得他臭名遠揚。

如果在平日，不用等御史糾劾，朝廷早會有人挾旨而來，光是高傑攻城搶掠人民的罪過就夠殺他一百個腦袋了。但當其時也，內憂外困，南明小朝廷正倚重武將，而且弘光帝又深感其「推戴之功」。無奈之餘，史可法也從中「和稀泥」，把瓜州讓給高傑部隊進駐。

高傑知道揚州城他很難攻下，就順勢收下史可法的「人情」。不久，他奉弘光朝廷命令，移鎮徐州。

高傑本性強橫，與「兄弟部隊」如黃得功、劉澤清等明領關係惡劣，不能協同作戰。即使如此，高傑最後也深為史可法的忠義所感動，真的與之商議「恢復」之業。他自告奮勇，領兵奔赴歸德，直逼荊、襄之地。

清順治二年（西元1645年）2月，高傑抵達歸德，命令駐守睢州的明朝總兵許定國來拜見自己。

亂世之際，武人都想擁兵自重，最怕的是被人調離原先的守地。如果魚兒離開水，武人離開自己的軍隊，則恐羽翼盡失，任人宰割。因此，高傑的到來讓許定國非常擔心。最重要的是，高傑還在李自成手下當「賊頭」時，有一次他率兵襲取許定國的老家太康，曾慘殺這位明將的家裡不少人。如此深仇大恨，許定國自然不會忘卻。

許定國先卑辭下意裝孫子，推諉睢州軍務纏身不能前往。同時，他派人送信要高傑到睢州來「視察」他自己的工作。

高傑欣然接受，按時赴約。其屬下李成棟等人都勸他不要這麼輕信許定國，但高傑輕視許定國，不聽勸告，僅率少數隨從入城。

酒席宴間，高傑喝得高興，覺得自己是方鎮大員，出言肆意，吆五喝六，嚴命許定國到期外出移軍，並令他送子弟於高傑軍中為人質。

許定國心中雖然又疑又恨又氣惱，表面卻一口應承下來。趁高傑歡笑之際，許定國送上數位絕色美妓侍寢。不僅如此，他還給高傑身邊的數十個親兵每人「配送」兩個美女。

高傑酒酣之餘，回到客舍縱酒狂歡。而後，他又累又乏，呼呼大睡。

半夜，忽然一聲炮響，許定國兵士爭相揮刀闖入。高傑身邊數十個親隨聽見炮聲嚇得光著屁股爬起想拿兵器抵抗，但是夜間的顛狂很害人，四肢無力之餘，他們都被身邊「配送」的美人一人壓住一隻胳膊死死按住。

須臾之間，個個人頭落地。

高傑自己，迷迷糊糊被士兵拖入許定國帳中斬首。

轉天，被高傑派出去的部伍知道頭頭被殺，悲憤欲絕，包括李成棟在內，高部「官軍」猛攻睢州城。破門後，直殺得「老弱無子遺」。

帶頭造禍的許定國卻乘間逃走，向清軍投降。

高傑為人雖然驕暴淫毒，但他對明朝仍舊有擁立之心，而且死前「進取意甚銳」，很有進擊清軍的決心。死後，明廷贈其為太子太保。

李成棟等人雖然帶兵屠陷睢州，仍被弘光朝廷視為內部矛盾，加上惹禍的許定國降清，朝廷就更對高傑諸將皆不予追究，仍舊命他們領兵鎮守徐州、潁州等地。

弘光昏庸，半壁淪亡——李成棟對清朝的降附

言及崇禎帝死後的南明，不得不提首先稱帝的福王朱由崧。

朱由崧的父親朱常洵是昏庸無道的萬曆皇帝愛子福王，多次差點登上皇儲之位，但終因大臣們因其不是長子數次諫勸，才讓萬曆帝打消了念頭。作為補償，萬曆帝在朱常洵「之國」時派一千一百七十二艘大船，滿載金銀財寶，大張旗鼓歡送這個寶貝兒子到洛陽享福。

李自成等人早知道「洛陽富於大內」，在崇禎十四年（1641年）2月猛攻洛陽，把這位重達三百六十多斤的大胖子福王逮住，連同幾隻鮮肥的梅花鹿一起烹為「福祿宴」，在慶功宴上讓諸位辛苦攻城的老少爺們美美吃了一頓大餐。

朱由崧跑得比他爹快，撿得一條小命，仍被堂弟崇禎帝封為福王。由於王府已失，他暫時寄居懷慶。

1644年，李自成大軍中的又一個分支殺到懷慶，已經養成像他爹一樣大胖身坯的朱由崧再次面臨滅頂之災。好就好在他已經養成的兔子般狂逃的經驗，丟下母親鄒氏，趁亂來個「豬癲瘋」

，竟也能再次逃過一死，跑至淮安。

雖然朱由崧早就「名聲」在外，有「不孝、虐下、干預有司、不知書、貪、淫、酗酒七不可立」，最後仍被馬士英和阮大鋮這兩位奸臣看中，認為此庸者俗人「奇貨可居」，便於控制，加上此人身屬嫡系，最終仍在崇禎帝自殺後不到兩個月得以登上帝位，年號「弘光」。

弘光帝登基後，就用高官厚爵酬謝馬士英和擁戴他的四位武將（即「四鎮」，包括黃得功、高傑、劉澤清、劉良佐）。新朝氣象沒有維持多久，馬士英把任兵部尚書的史可法排擠出朝，命這位「史閣部」帶兵渡江北上。這樣一來，朝內大權完全落入馬士英之手。不久，早先名列「閹黨」名單之首的阮大鋮被馬士英引薦入朝，並被委以兵部右侍郎的高官。如此安排，致使弘光小朝廷內黨爭頻起。

四鎮之軍除黃得功外，其餘三將皆驕橫跋扈，所統兵將也只知狂掠百姓，遇敵則怯懦無計，只知撒丫子狂逃。雖然總共有數十萬明軍屯集江淮一帶，但將領們幾乎全無鬥志，個個都把金銀家小安置於江南富庶大後方。

這些人貪生怕死，同時又肆無忌憚。官拜東平伯的劉澤清最能道明這些武將心事：「吾擁立福王以來，以此供我休息。萬一有事，吾自擇江南一郡去耳。」

因此，清朝軍隊在降將許定國率領下渡過黃河，一路勢如破竹。明軍諸軍不僅不抵抗，反而聞訊大掠他們應該加以保護的明朝平民，然後滿載輜重向西奔逃。

弘光朝內，仍舊文恬武嬉。馬士英一哥們還故意揚言：「岳飛講『文官不愛錢，武官不怕死』，這真是大錯特錯。文官若不愛錢，高爵厚祿何以勸人？武臣必惜死，養其身以其待！」愛錢惜身竟成了「硬道理」，可見弘光君臣糜爛的境地。

弘光帝自己也天天暢飲醇酒，搖頭賞吟「萬事不如杯在手，百年明月幾當頭。」（語出明朝朱存理《中秋》詩：「萬事不如

杯在手，一年幾見月當頭。」）這位昏庸帝王天天狂吃猛力春藥，夜夜姦淫幼女，害死不少十一二歲的小姑娘。

馬士英等人大興獄案，羅織罪名，殺掉不少與自己有過節的朝臣和士人。

由於朝政糜爛，加上令人疑竇叢生的「童妃案」、「北來太子案」、「大悲和尚案」，在外擁兵的寧南侯左良玉趁亂打著「清君側」旗號西逼南京。

當時的情勢是，一方面，清軍晝夜兼程乘勢南下，把史可法的揚州城包圍得密不透風，另一方面，左良玉的明軍氣勢洶洶，兵鋒直指南京。

弘光帝雖荒淫昏庸，卻講出一句明白話：「左良玉應該不是真想反叛，還是以兵堅守淮揚抵擋清兵。」

馬士英聞言大怒，怒目對弘光帝喝道：「北兵（清軍）至，猶可議和。左良玉至，我君臣死無葬身之地。寧可君臣同死於清，不可死於左良玉手。」

於是明軍皆從江淮沿線回撤，死保南京不被左良玉軍攻破，卻任由清軍縱橫直前。

左良玉率大軍抵達九江後，患急病而死。而他手下人數達數十萬的明軍，全都為其兒子左夢庚所掌握。這一行大軍沿長江浩浩蕩蕩而來，不是抵擊清軍，而是沿途大肆劫掠。黃得功的一支明朝單軍一邊要抵抗清軍，一邊又要與左夢庚部隊作戰。

左夢庚在板子磯被黃得功打得大敗後，聽說清軍已至，便率全軍投降，並成為日後滅亡南明的主要軍事力量。

清軍以滿漢大軍進圍揚州的史可法。此前一年，當時受史可法轄制的鎮守徐州的李成棟早已因兵力不支帶領四千明兵投附清軍。

清豫王多鐸帶著大軍猛攻揚州八天。1645年5月20日，清軍以死傷數萬的代價終於破城，並進行了慘絕人寰的「揚州十日大屠殺」。80萬人死於清軍刀下。這些殺人的「清軍」中，有很多

人是左夢庚、李成棟這樣的「前」明軍。

大清軍隊直向南京逼來。弘光帝仍舊醉生夢死，麻木不仁。兵臨城下之時，他還忘不了派人四處逮了數萬隻癩蛤蟆剝取蟾酥以做春藥使用，並叫來戲班子連夜通晝地演戲。

6月3日夜間，過足戲癮飲足酒的弘光帝忽感大事不妙，只帶著兩個貴妃和幾個太監，騎馬冒雨悄然遁出，奔向黃得功處，又一次把他太后母親扔在城裡不顧。不過，這位太后成為奸臣馬士英的一件擋箭牌，他挾持著這位不太老的老太太向浙江逃去。

馬士英這樣考慮：清軍知道黃得功收納弘光帝，肯定會猛攻。如果黃得功僥倖勝利，馬士英有「護送太后之功」；如果黃得功失敗，清軍會繼續猛追弘光帝，能使他自己贏得時間，更便於逃命。

黃得功看見狼狽落湯雞一樣來奔的弘光帝，悲從中來，失聲痛哭，說：「如果陛下您死守京城（南京），臣等猶可盡力借勢作事，奈何聽信奸人之言輕出，進退何將所據？為臣營壘單薄如此，怎能護衛陛下安全呢！」

不數日，清軍還未追到，已經投降了清軍又想新立大功的叛將劉良佐先到了蕪湖。他身後，跟著降清的明軍和為數不多的滿清旗軍。

黃得功率軍與劉良佐對陣，互相勸說對方投降。交談間，劉良佐手下將張天祿忽發暗箭，正射中黃得功咽喉。

這位忠心耿耿的明朝大將在馬上奮力坐穩，大叫一聲：「我黃某豈可為不義屈，今日死國，為義也！」言畢雙手握住喉頭之箭用力自刺，落馬而亡。

劉良佐等人揮軍進攻。打清軍不行，打自己人卻又猛又勇，投降的前明軍刀矛揮舞，殺聲陣陣，明軍落水被殺而死無數。

本來隸屬於黃得功的左協和右協兩個總兵不由分說，衝進船內，背上了弘光帝就向劉良佐投降。

劉良佐立刻把這位南明帝王交給清軍，附一紙條：獻上皇帝

一枚！

多鐸把弘光帝押送北京，打入囚牢。轉年五月，這位貪淫好色的南明皇帝被殺於北京，結束了他可恥可惡的一生。

一年之前，弘光帝在南京登基之初，不僅保有半壁江山，而且名義上受其統轄的軍隊有近百萬之眾（高傑四萬，黃得功三萬，劉澤清三萬，左良玉八十萬，安慶、鳳陽、淮安駐軍三萬，黃斌卿二萬，李成棟四千），即使刨去各軍虛報的水分，六十萬軍隊的人數肯定沒有問題。而且，明軍可挾正朔必復之威，懷哀兵必勝之心，如果同心協力，君臣協睦，即使恢復不了全部疆土，保住半壁江山應該是綽綽有餘。

從力量對比看，雖然明軍中有不少昔日的「賊軍」和諸路雜牌，但清軍也好不了哪裡去，其中也有不少首鼠兩端、惟利是圖的漢軍。假使弘光帝是才能平平的庸主，有史可法、黃得功一班忠臣良將內外護持，偏安一隅保持明系一脈還是非常可能。偏偏這一幫人上昏下暗，只知爭權奪利，大敵當前仍舊沈湎酒色財氣。所以，再有二十個史可法，也難保弘光朝不亡！

嘉定三屠，百姓切齒——李成棟親手策劃的大屠殺

南明弘光朝覆亡後，以錢謙益為首的朝臣多送款迎降，勸多鐸說：「吳地民風柔弱，飛檄可定，毋須再煩兵鋒大舉。」雖然文人無骨，此話水分也不是太大。除了太倉農奴為了搶奪先前的主人造過幾次反外，江南大地一時還真沒什麼對清軍太大的襲擾。各地鄉紳為了自保，也紛紛在城牆上大書「順民」二字。錢謙益與各地鄉紳的信中也稱大清「名正言順，天與人歸」。尤其是對揚州大屠殺的恐懼，一向生活安逸的江南人民在心理上確實產生了極大的震撼，開始認真思考頑強抵抗後的毀滅後果。

讓人極其駭震的是南京和揚州的結果昭然在目——「揚州十日」殺了八十萬人；南京在弘光跑後由趙之龍、錢謙益等人手捧明境圖冊和人民戶口向清豫王多鐸行四拜禮獻降，二十餘萬兵馬

束手投降。清軍兵不血刃，果然沒有大行殺戮——這兩種截然不同的遭遇確實為江南士紳民眾在心理上打上了深深的烙印（日本人在1937年的南京大屠殺實際上也是天皇裕仁和日本大本營默許的，其最先目的也是想效仿滿清當時的大屠殺以達到「震懾」中國人心理的目的。殊不料，世易時移，中華民族心理日益堅強，大屠殺反而更加激起同仇敵愾之抵抗決心）。

偏偏在此時，清廷忽然下了一道「剃髮令」。本來，在1645年6月，清豫王多鐸還下過一道命令：「剃頭一事，本國相治成俗。今大兵所到，剃武不剃文，剃兵不剃民，爾等毋得不遵法度，自行剃之。前有無恥官員先剃求見，本國已經唾罵。特示。」但僅僅過了一個多月，攝政的多爾袞下令所有漢人都必須剃髮，「留頭不留髮，留髮不留頭」。

而這一忽然而來並導致數百萬人頭落地的命令，竟源於一個無恥之極的漢族降臣孫之獬。

孫之獬，山東淄川人，明朝天啟年間中進士。此人因人品低下，反覆無常，一直鬱鬱不得志。清軍入關後，老哥們求官心切，是第一批搖尾乞降的漢官，並當上了禮部侍郎。為報新主提拔之恩，一時間又想不出什麼平定大計，孫之獬就走個「偏門」——主動剃髮。

孫之獬老小子前腦門一溜精光，後面也拖個大辮子，穿上一套四不像的滿服，施施然來，上朝時想博個滿堂彩。不料，當時漢人官員仍是博冠大袖，漢人裝束，見這麼一個老狗不倫不類，都心中覺得可笑又可鄙，揚袖把他排擠出班；滿族官員自恃是統治征服民族，也都紛紛腳踢笑罵，把他踹出滿班。

惱羞成怒加上氣急敗壞，孫之獬下了朝後就立馬寫了一道奏章，向清世祖建議在全境範圍內給漢人剃髮，其中有幾句話直撓清帝（也就是當時攝政的多爾袞）心窩：

「陛下平定中原，萬事鼎新，而衣冠束髮之制獨存漢舊，此乃陛下從中國，非中國之從陛下也！」

　　清帝順治當時年僅七歲，全權大事全部由攝政王多爾袞一人說了算。多爾袞等人本來就是北方武人性格，被孫之獬這一陰激，深覺其言甚是有理。而且，早在比1644年多爾袞入關之前，滿人大學士希福已在盛京向朝廷進獻了滿文寫的遼、金、元三朝史料，想使這些過往「異族」入主中原的歷史經驗「善足為法，惡足為戒」。其中最主要的警示，就是防止上層「漢化」。特別遼、金兩朝，「漢化」最終導致了皇族的消沈和委瑣儒弱。

　　孫之獬的進言，正好挑起多爾袞的警惕之心，他想先從形式上消除「漢化」的潛在危險——好！我先下手為強，先給全體漢人來個「滿化」，強迫剃髮！

　　這下可好，本來漸趨平靜的江南地區頓時如水入沸油般四處暴散起反抗的怒潮。「身體髮膚，受之父母，不得毀傷」。一直以孔孟倫理為原則的中國人，無論官紳還是普通百姓，都不能接受自己在形象上變成野蠻的「夷狄」。即使是統治中國近百年、殘暴橫行的蒙古統治者，也從未下令要漢人改變裝束。

　　一朝天子一朝臣。以家族宗法儒學為源的中國人，或許能把朝代興替看成是天道循環，但如果有人要以衣冠相貌上強迫施行歷史性的倒退，把幾千年的漢儒髮式和盛唐袍服變成「豬尾巴」小辮，這不僅僅是一種對人格尊嚴的侮辱，簡直就類似「閹割」之痛。而且，以「夷狄」形象活著，死後都有愧於祖先，沒有面目見先人於地下。

　　如果從文化、財產、等級等等方面，士大夫和平常民眾還存有歧異的話，在這種保衛自身精神和風俗的立場方面，所有漢人幾乎都表現出驚人的一致性。

　　原本已經降附的地區紛紛反抗，整個中國大地陷入血雨腥風之中。連真心歸附清朝的漢人學者也在筆記中憤憤不平地記述道：「我朝（清）之初入中國也，衣冠一仍漢制（其實朱元璋下令是遵依唐制）。凡中朝臣子皆束髮頂進賢冠，為長服大袖，分為滿漢兩班。有山東進士孫之獬，陰為計，首剃髮迎降，以冀獨得

歡心。乃歸滿班則滿以其為漢人也，不受。歸漢班則漢以其為滿飾也，不容。於是（孫之獬）羞憤上書……於是削髮令下，而中國之民無不人人思螳臂拒車鬥，處處蜂起，江南百萬生靈盡膏野草，皆（孫）之獬一言激之也。原其心，止起於貪慕富貴，一念無恥，遂釀荼毒無窮之禍！」《研堂見聞雜記》。

不過報應真迅速。三年多以後，因為受人錢財賣官，孫之獬受彈劾，被奪職遣還老家淄川。這老賊恰好趕上山東謝遷等人起義。義軍攻入淄川城，孫之獬一家上下男女老幼百口被憤怒的民眾一併殺死，備極毒慘。

孫之獬本人被五花大綁達十多天，被押期間五毒備下，義軍百姓在他頭皮上戳滿細洞，人們爭相用豬毛給他重新「植髮」，最後，還把他的一張臭嘴用大針密密縫起，然後把他肢解碎割而死。

「嗟呼，小人亦枉作小人爾。當其舉家同盡，百口陵夷，恐聚十六州鐵鑄不成一錯也！」此種下場，連仕清的漢人士大夫也不免幸災樂禍。

剃髮令下後，太倉、秀水、昆山、蘇州、常熟、吳江、嘉定等廣大地區義民紛起，紛紛殺死清軍安排的地方官吏，開始了反清復明的抵抗運功。其中有嘉興徐石麒、松江沈猶龍、常熟何沂、太湖徐雲龍、昆山朱集璜等等。

清朝的王爺多鐸忙派八萬清軍回師江南，並以李成棟這樣的明朝降將為主力，進攻義軍佔領的城市。僅在昆山和江陰兩地，清軍就殺害了十多萬起義的居民。

昆山本來局勢平靜，剃髮令下，「人心方駭」，民眾爭起，殺掉清軍委任的閻丞茂才，燒掉縣衙，並把巡撫官署也一把大火燒為平地。

清軍李延齡受李成棟指派，以鐵騎圍城，先殺義民數千，而後，清軍入城，開始屠城，大殺三天，方下令「封刀」。

「是兩日天氣晴明，而風色慘澹，空中無一飛鳥，暮皆大雨，震雷轟烈……初八日，王師（清軍）拘掠千艘，載虜獲西去。約計城中男婦逾垣得出者，十無一二。巧掩得全者，百無一二。驟遇炎雨，屍皆變色……其死亡狀，有倚門、臥床、投閣、扳檻、反縛、攢捆、壓木柱、斬首、斫頸、裂肩、斷腰、剜腸、陷胸、肢解、才磔種種之異，以至懸樑掛樹，到處皆是；井坎池潭，所在皆滿，嗚呼慘矣！」（吳偉業《鹿樵紀聞》）

李成棟明將出身，善用大炮攻城。屠略昆山後，他又率清軍擁數十門巨炮，進攻江陰城。一時間炮聲震天，江陰城牆塌落多處。在此之前，江陰軍民先上演一出真假「空城計」，大開城門，誘清軍入城，夜中時分伏兵四起，斬清軍大將一名並殺掉早已叛清的明將許定國（殺高傑那位）。

李成棟軍猛攻六天，才把江陰城攻克。

江陰城雖不大，抵抗最力，竟成闔城遇屠，情狀慘烈！

1645年7月底，李成棟率所部五千多人向嘉定進逼，在路上就開始姦淫殺燒。嘉定居民在明朝進士黃淳耀等人帶領下，用大木、巨石填塞城門，誓死拒守。

8月中旬，李成棟猛攻嘉定城北的婁塘橋，殺死上萬民眾。8月24日夜，由於天降大雨，城上不能張燈，李成棟趁黑派兵潛伏於城根下挖地道，在其中暗埋火藥。黎明時分，李成棟用大炮猛轟，引燃火藥，地裂天崩，城牆倒塌，清軍乘間蜂擁而上，由於軍士從屋上奔馳，一時間通行無阻。最終，城內難民不得逃生，皆紛紛投河死，河水為之不流。黃淳耀兄弟奮戰力竭，最後相對自縊殉國。

由於李成棟的弟弟在此之前在一江伏擊戰中被殺死，出於野蠻的報復之心，他下令部下屠城。「（李）成棟持刀，下令屠城，約日入後聞炮即封刀。時日暑正長，各兵遂得悉意窮搜，家至戶到……」（吳偉業）。

清軍受命，家至戶到，小街僻巷，無不窮搜。亂草叢棘，必用長槍亂攪，一心要殺個雞犬不留。

當時的慘景，有親歷者朱子素的《嘉定屠城略》作證：「市民之中，懸梁者，投井者，投河者，血面者，斷肢者，被砍未死手足猶動者，骨肉狼藉」，一幅活的人間地獄圖。

清軍遇見年輕女人，就當眾白晝輪姦。如遇抵抗的婦女，這些人形獸物就用長釘把抵抗婦女的雙手釘在門板上，然後再肆行姦淫。一頓殺戮過後，李成棟屬下四處劫掠財物，見人就喊「蠻子獻寶」，隨手一刀，也不砍死。如果被砍人拿出金銀，清兵（其實是前明軍）就歡躍而去；那些腰中金銀不多的居民，必被砍三刀，或深或淺，刀刀見骨。當時刀聲豁然，遍於遠近。乞命之聲，嘈雜如市。

最後，這五千拖著大辮子的漢人清軍竟搶奪三百大船的財物，統統在李成棟的指揮下運離嘉定。此為嘉定一屠，共有近三萬人被屠殺。

幾天之後，有一名叫朱瑛的義士聚集逃跑於周遭的民眾共兩千多人，重新回到嘉定，並處死歸降清軍的漢奸和清軍委派的官吏，在葛隆一帶還設伏消滅了李成棟的一支小分隊。

氣惱至極的李成棟忙率軍回攻嘉定，並在路上把葛隆和外岡兩個鎮子的居民全部殺光。被民眾趕走的清軍委派的縣令浦嶂為虎作倀，領著李成棟軍士直殺入城裡，把許多還在睡夢中的居民殺個精光，積屍成丘，然後放火焚屍。浦嶂不僅把昔日幾個朋友婁復文等人整家殺盡，還向李成棟進言：「若不剿絕，必留後患！」清軍殺得性起，嘉定又慘遭「二屠」。

二十多天後，原來南明的一個名叫吳之番的將軍率餘部猛攻嘉定城，周邊民眾也紛紛回應，竟在忽然之間殺得城內清兵大潰出逃。不久，李成棟整軍反撲。吳之番所率兵民大多未經過作戰訓練，很快就潰不成軍，吳將軍自己提槍赴陣而死。李成棟軍第三次攻城，不僅把吳將軍數百士兵砍殺殆盡，順帶又屠殺了近二

萬剛剛到嘉定避亂的民眾，血流成渠，是為「嘉定三屠」。

經過如此慘酷的「三屠」，江南大部分地區遠近始剃髮，自稱大清順民。

可見，血海肉山終於使反抗的烈焰漸趨熄滅。李成棟因為這些「赫赫」功勞，被提拔為江南巡撫。不久，清廷又把他調往東南，派他去平滅南明的另一個皇帝隆武帝。

先行鷹犬，隆武殞落──李成棟對隆武帝的殲滅戰

受努爾哈赤的孫子博洛貝勒直接指揮，李成棟成為滿清平滅南明隆武帝的先鋒大將。

南明隆武帝朱聿鍵原為宗室唐王，是太祖朱元璋九世孫。朱聿鍵的爺爺老唐王嫌世子（朱聿鍵之父）嘴舌上長個大瘤子，又愛小妾生的兒子，就暗中把朱聿鍵父子囚禁起來想活活餓死他們（當時朱聿鍵才十二歲）。幸虧暗中有人幫忙送飯，父子在囚房中過了十六年。眼看就要熬到頭，朱聿鍵的父親被急切想襲唐王王位的弟弟毒死。老唐王不久病死，作為嫡孫，朱聿鍵終於在朝廷恩旨下襲封唐王。

其時正值崇禎末年，國家多難，朱聿鍵報國心切，竟不顧「藩王不掌兵」的國規，率兵從南陽北上，中途和「賊兵」交手，互有勝負。由於朱棣正是以藩王身份反叛得天下，故而明朝對藩王防備極嚴。依照明朝規制，藩王盡可在王府內姦淫吃喝醉生夢死，惟獨不能興兵擁將離開藩屬。即使朱聿鍵動機純粹，仍使當時在位的崇禎帝大怒，派錦衣衛把這位唐王關進鳳陽皇室監獄。

崇禎帝在北京自殺後，弘光帝繼位，朱聿鍵才被放出來，但他已經又被關押八年多。這位金枝玉葉真是倒楣，活到四十三歲的年紀，在囚牢裡倒有二十四年之久。

弘光朝並未恢復他的王爵，責其往廣西平樂府居住。朱聿鍵剛剛走到杭州，短命的弘光朝已經玩完。朱明又一個王爺潞王朱常芳在眾人推戴下於杭州自稱「監國」（代理皇帝）。三天後，

清軍殺到，一直被寄予厚望的潞王與屬下沒做任何抵抗，向清軍獻城投降。

此前一天，朱聿鍵已離開杭州。潞王被俘消息傳來，黃道周等明臣上疏勸朱聿鍵監國。在鄭芝龍家族擁護下，朱聿鍵在建寧（今福建建甌）稱監國。二十天後，他在福州正式稱帝，改元隆武。舉行大典儀式當天，大風霧起，拔木揚沙，尚璽官的坐騎受驚，玉璽摔落，碰壞一角。雖然兆徵不祥，隆武君臣還是很有平復天下的決心，銳意恢復。

由於身世坎坷，隆武帝和弘光帝迥然不同，他善於撫慰群臣，樂於納諫，甚至同意招納「大順軍」（李自成軍）餘部，以共同抵抗清軍。同時，針對南明軍殺害剃髮的平民一事，他也予以阻止：「兵行所至，不可妄殺。有髮為順民，無髮為難民。」這一諭旨使得一般百姓歡呼鼓舞，紛紛來投。

雖為英明之主，隆武帝卻一直為鄭氏集團所架空。以鄭芝龍、鄭鴻逵、鄭芝豹、鄭影為首的鄭氏家族，都是大海盜頭子出身，數十年橫行福建、廣東、浙江一帶沿海，兼商兼盜。他們崇禎初年受招安後，趁天下大亂之際一直忙於擴大地盤，充實實力。

鄭芝龍等人推舉隆武帝，其實也是看上了這位爺「奇貨可居」，朝中一切實權都掌握在鄭家手裡。

鄭芝龍從小就不是好貨，不到二十歲，就因為勾引後媽被父親驅逐出家門為盜。鄭家惟一的忠臣，只有一個鄭成功。鄭成功原名鄭森，是鄭芝龍和日本老婆生的兒子。鄭芝龍有一次帶鄭成功入宮，隆武帝見之大悅，以手撫其背，說：「恨無一女配卿，卿為盡忠吾家，毋相忘也。」賜鄭森名成功，命為御林軍都督、儀同駙馬都尉，時人稱之為「國姓爺」。後來鄭芝龍降清，鄭成功寫信說：「父子不能為忠臣，子不以為孝子」，一直忠於明朝。當然，他最後仍棄大陸恢復於不顧，擊走荷蘭紅毛，盤踞臺灣，雖後世認為他有收復之功，在當時都為人所詬病，尤其是他軟禁魯王，毒死抗清明將張名振，遠離故土大陸，使廣大明朝遺民

失望。

鄭氏家族不僅傲慢無上，還賣官鬻爵，大肆搜刮百姓，橫毒兇暴甚至超過弘光朝的馬士英，以至於造成這種現象：「受害者延頸待清兵，謠曰『清兵如蟹，曷遲其來！』」（計六奇《明季南略》）

這群鄭姓海盜奸商，經營朝政仍同於經營生意一樣。如此，其後果可知。同時，由於當時另一個宗室魯王朱以海在紹興也稱監國，兩個朱明同姓政權也產生齟齬，最後竟鬧出互殺來使的事情。

至此，隆武帝三面受困，一受制於鄭氏家族，二要防魯王軍隊，三則有李成棟率領的清軍節節逼近。無奈之下，隆武帝聲言要親自北伐，以挽頹勢。

總領大軍的鄭芝龍冷笑一聲，理也不理。

只有明朝老忠臣黃道周以六十之年，帶數名門生故吏，一路招至九千多人，北上抗清，千辛萬苦，百死愁絕，終為清軍俘獲，慷慨就義。

憤懣之下，隆武帝再也不顧鄭氏阻攔，攜數千明兵「御駕親征」。而平日在海口作威作福、殺掠搶劫的鄭影等人忽然棄新城（今江西黎川）而逃。鄭芝龍早已暗中與清兵約降，福建名關隘均無人把守。

李成棟的清軍在浙江等地一路大勝，先後攻下紹興、東陽、金華、平州，很快攻陷鄭鴻逵所守的仙霞關。

隆武帝逃湖南不成，又想取道汀州去江西，此時的「御駕親征」已變成「御駕親逃」。一邊是隆武帝臣下的眾叛親離，離心離德；一邊是李成棟的馭兵有方，指揮若定，此間情形，讓人慨歎。

如此危難緊急關頭，酷嗜讀書的隆武帝仍然載書十車，邊逃邊讀，邊讀邊逃。小路狹隘，書又死沈，更拖慢了諸人的逃跑速度。

隆武帝在汀州剛剛歇過一口氣，轉天凌晨，就有大隊身穿明軍軍服的人叩汀州城門，聲言護駕。守門士兵不知是計，城門一開，發現來人原來都是李成棟派出化裝的清軍。

隆武帝聞亂驚起，持刀剛入府堂，即為清軍亂箭射殺。同時遇難的，還有其皇后曾氏和不滿月的皇子。

隆武帝一家三口的人頭獻上，李成棟更得清廷垂青，命他與佟養甲一起，駐軍福州，以觀時變。

鐵蹄迅疾，再擒一龍──李成棟生擒南明紹武帝

隆武帝「御駕親征」之前，留下自己的四弟朱聿粵在福州留守。1646年（隆武二年）八月福州陷落，朱聿粵倉惶乘船逃往廣州。

不久，隆武帝死訊傳出。十月，瞿式耜、丁魁楚等人在肇慶擁立永明王朱由榔（後來的永曆帝）於肇慶「監國」。

隆武朝的大學士蘇觀生與丁魁楚素有過節，福州陷落時他正在廣東募兵，出於個人恩怨，他提出「兄終弟及」之說，於十一月在廣州擁立朱聿粵為「監國」。三天後，一行人就舉行登極大典，改元「紹武」。不到半個月，永明王也在肇慶稱帝，改元永曆。隆武帝時，就有魯王朱以海稱監國。現在，南明又出現二帝並存的局面，大敵當前，形勢如此嚴重，這些人仍蹈明後期的積習，互結朋黨，各援黨系。最為可歎的是，蘇觀生還下令殺掉永曆朝的來使，激得永曆帝派兵部右侍郎林佳鼎舉兵「討伐」，紹武帝也派陳際泰向肇慶出發，旗號也是「討伐」。

十一月底，兩支南明「討伐軍」相遇於廣東三水。永曆軍先獲勝利，攻殺八百多紹武兵，陳際泰狼狽而逃。林佳鼎得意忘形，揮軍直殺廣州而來。

紹武帝一下子著慌，蘇觀生倒有主意，他派林察率數萬海盜（現已招安為紹武軍）前往迎敵。林察與林佳鼎是舊相識，就派人詐降。林佳鼎信以為真，置林察兵於不顧徑自帶領戰船追擊往

海口方向竄逃的紹武殘軍。林察所率的昔日海盜個個勇於海戰，又富於經驗，暗中設伏，突然向永曆軍船施放火器。永曆兵大驚潰敗，不是被水淹死、被火燒死，就是被自家明軍殺死。林佳鼎本人遭受炮擊，死無全屍。永曆軍只有三十餘騎人馬逃出此厄。

　　「窩裡鬥」中大獲全勝，紹武帝飄飄然，自以為「天授帝位」，開始搞那套郊天、祭地、幸學、閱兵的花架子。一幫君臣上下，大肆封賞，胡亂賜官。究其實也，紹武帝只是廣州一個城的「皇帝」而已，「七門之外，號令不行」。（黃宗羲《行朝錄》）永曆、紹武兩軍在海口血戰之際，李成棟、佟養甲的清軍已在漢奸辜朝薦（潮州人，退休明官）帶領下攻取漳州，襲取潮州，並誘降大盜陳耀，攻克惠州。

　　李成棟的清軍一路上最大的障礙是山路崎嶇，真正的抵抗幾乎沒怎麼遇到。清軍往往在城下一列兵，南明守軍就城門大開，府縣守官拿著簿冊恭謹獻降。

　　為了麻痺廣州的紹武帝和蘇觀生，李成棟讓各地官員書寫信件送遞廣州，報告說沒有任何清兵到來，致使廣州的紹武君臣相安泰然，自以為沒有任何迫近的危險。

　　1646年12月14日，李成棟派三百精騎兵從惠州出發，連夜西行，從增城潛入廣州北。清軍十多人化裝成艄公，從水路大搖大擺乘船入城。上岸後，直到布政司府前，這些清軍才在眾人面前掀掉頭上包布，露出剃青前額的滿人髮式，揮刀亂砍，大呼「大清兵到！」

　　「韃子來了！」一句驚呼，滿城皆沸，百姓民眾爭相躲避，亂成一鍋粥。說來也真是奇怪，能征善戰如李自成的「大順軍」，殺人如麻如張獻忠的「大西軍」，即使是出生入死、血鬥衝殺無數的明軍勇兵武將，只要一聲「韃子來了」，個個亡魂皆冒，立時潰散。筆者現在也想像不出，清兵有何威力至此震懾之效，難道是那種剃青的大辮子髮式使然?!

　　紹武帝正和蘇觀生等人在國子監「視學」，忽然有衛士急報

清兵入城。蘇觀生非常生氣：昨天潮州還有信報說一切無恙，今天怎麼會有清兵來此！他揮手讓左右殺掉報信衛士。

入城的清兵很快殺掉廣州東門守衛，大開城門，數百清兵策馬衝入，大紅頂笠滿街馳奔。

紹武君臣這才知道清兵真的殺到，無奈大兵都西出和永曆軍交戰未返，宿衛禁兵也一時召集不全，一時間作鳥獸散。

情急之下，紹武帝易服化裝外逃，但他最終在城外被清兵抓住，關押在府院。

李成棟大概因為廣州城攻克得太容易，心情不錯，既沒下令屠城，也沒有立刻殺掉紹武帝。他派人送食物飲水給紹武帝。

這位一直昏庸無能的朱明爺們倒是有錚錚氣骨，堅拒不受，說：「我若飲汝一勺水，何以見先人於地下！」晚間，趁守兵不備，朱聿粵用衣帶自縊而死，和他哥哥一樣，做到了「國君死社稷」，也真算是條好漢子。

射死一帝，又生擒一帝，至此李成棟的滅明之功臻致高峰。

最後，也要交待一下那位蘇觀生。呼天不應，呼地不靈，蘇觀生跑到他一手「提拔」的生死好友吏部都給事中梁鍙處問計。梁鍙一臉忠義，平靜說：「死耳，復何言！」於是兩人商定分入廳堂左右的東西房，準備上吊殉國。梁鍙入房後，自己掐住脖子嗷嗷叫幾聲，踢翻凳子給自己「配音」。

旁邊的蘇觀生認定這位好友已自殺殉國，提筆在牆上大書「大明忠臣義士固當死！」然而上吊自殺殉節。梁鍙聽得真切，馬上衝進屋指揮僕人扛著蘇觀生屍體向清軍投降，聲言有獻「偽大學士」之功，並深獲李成棟嘉獎。

亂世紛紛，生死是塊試金石，忠奸善惡，親情友情，美醜正邪，一切人間大倫，都在此表現得淋漓盡致！梁鍙這廝肯定是飽讀史書的讀書人，故而能把忠臣義士的「戲文」排練得爐火純青。日後他還「乞修明史」，得到清人批准。不知這位老哥們在《明史》中怎樣描寫自己的「戲子」行為！

窮追不捨，誓平兩廣──李成棟對肇慶的進攻

從深圳開車走廣深高速公路，行至一半時總會看到一個大大的路標，上寫「道滘」。看旁邊拼音，才知第二字念 jiao。如此奇怪而又罕為人知的地方，卻是李成棟殺奔廣東以來第一次慘遇敗績的戰場。

李成棟、佟養甲攻陷廣州城後，殺入東莞城（明末忠臣袁崇煥老家）。清軍四處燒殺，仍是舊習不改。

1647年1月（順治四年），道滘義民葉如日等在江邊設伏，忽然出襲，殺掉沒有任何防備的數百清兵。東莞清軍來援，又被義軍殺死二百多。

時任廣東提督的李成棟大驚。他先派總兵陳甲由水路前往，自率大隊人馬隨後由陸路行軍，殺向道滘。

義軍集船隻千餘艘，在虎門與陳甲所率的清軍大戰，殲滅兩千多清兵，並擒殺總兵陳甲。

清兵能以數十騎襲破城堅兵眾的廣州，竟栽在道滘這個「小河溝」。一時間，明朝士民振奮，清軍情緒低落。

東莞萬江一帶抗清的明將張家玉聞訊前往道滘，與葉如日以及博羅的明朝舉人韓如琰所率鄉民一起，集兵齊攻東莞，竟能在一天之內攻下堅城，俘斬當地清軍任命的官員，取得重大勝利。同時，起事諸人還上書永曆帝，準備興復廣州。

剛剛過了一天多，李成棟大隊清兵就殺至東莞城，揮兵攻城。不知是有內奸還是火藥受潮，義軍們事先擺好架在城頭的多門大炮關鍵時刻一個也沒響。清軍很快就攻上城牆，混戰半日，東莞城破，多名義軍將領皆在戰鬥中被殺。

李成棟乘勝推進，與明將楊邦達大戰望牛墩（高速路上也有此地名），雙方苦戰了七天七夜，上千義軍戰死，楊邦達本人在混戰中犧牲。

集結休整部隊後，李成棟揮兵直奔道滘殺來。明將張家玉以泥磚為壘，遍伏大炮，待清兵攻近時，炮火齊發，清兵死傷甚眾

。李成棟本人的坐騎也被炮火擊中，他自己摔入泥中，狼狽不堪，是他數年戰場遭遇中最危險的一次。

正在李成棟無計可施之際，張家玉一個表兄李郝思獻計，把道滘防守的詳細情況一一稟告，並請求李成棟事成後賞他道滘一塊好地。

李成棟大喜，馬上指揮兵馬集中力量進入道滘防守薄弱的東北角，攻入道滘。入城後，清軍遍屠居民，把張家玉和韓如琰的宗族殺個精光。當然，李成棟也不食言，賞給叛徒李郝思一塊上好的田地（現在的南丫鄉李洲角）。葉如日等人一起戰死西鄉。張家玉暫時逃脫。

至此，李成棟的下一個戰利品目標，就是在肇慶即位不久的永曆帝朱由榔。

永曆帝是明桂王朱常瀛的二兒子，乃襲爵桂王朱由的弟弟。崇禎時，朱由榔獲封為永明王。隆武帝「御駕親征」前，也曾講過「永明神宗嫡孫，正統所繫。朕無子，後當屬諸永明王」。因此，隆武帝死後，瞿式耜等人就名正言順地立永明王朱由榔「監國」。雖然紹武帝搶先稱帝，又在內訌中獲得先機，但不久就在驕傲中為清軍攻滅。

當時的永明王朱由榔二十四歲，姿表飄逸，樣貌酷似其祖父明神宗朱翊鈞。雖然沒有帝王端凝深沈的大器，但他事母極孝，又無好色飲酒的惡習，在明末諸帝中可以算是品質不差的人才。

稱帝之後，永曆帝在與紹武帝的交戰中落敗，而他御下的朝政也一片混亂。擁戴他登帝的東閣大學士丁魁楚貪婪誤國，遍樹朋黨，裙帶滿朝。不久，廣州紹武帝被擒的消息傳來，永曆帝驚嚇非小，開始了他長達十六年「聞警即逃」的流浪生涯。

當時，只有忠臣瞿式耜堅持死守肇慶，但弘曆帝要瞿式耜帶兵與自己同行護駕。無奈，瞿式耜趕忙在肇慶部署防守陣地，然後飛速趕往梧州與已經逃亡的永曆帝相會。

不料，永曆帝早就在幾天前已經溯流北逃，奔往桂林。急趕

數日，瞿式耜才追上這位腳底抹油的皇帝。此時的永曆帝身邊眾臣零散。當初他在肇慶上船準備逃跑時，大學士丁魁楚、李永茂以及兵部尚書王化澄、工部尚書晏日曙都各攜家眷財物上船，表示說準備和永曆帝一起出逃，但走到半路，這些人和他們的船全都不見了蹤影。

永曆帝剛在桂林喘息兩天，就有消息傳來，李成棟屬下兵將已經攻下肇慶、高州、雷州、廉州、梧州等重地。永曆帝任命的廣西巡撫曹燁「肉袒牽羊」向李成棟投降。這幫王八蛋書讀很多很多，禮義廉恥記不住，古書裡講的投降禮節都依式做足全套。

最工於心計，最富於表演才能，最能走一步看三步、最善於給自己留退路而下場又最為悲慘的，當屬永曆帝的「武英殿大學士」丁魁楚。

丁魁楚，河南永城人。萬曆年間中進士，有吏才，至崇禎九年官至河北巡撫。此公膽小，當時的後金兵進攻河北時他棄軍而逃。由於他「善事權要」，執政的大學士溫體仁百般周旋，使他免於重罰。弘光在南京稱帝時，丁魁楚被重新啟用，為兵部右侍郎。永曆帝繼位後，封他為武英殿大學士，吏部尚書。

自恃有擁戴之功，丁魁楚整日只知受賄賣官，派軍士在肇慶靈羊峽一帶挖掘端硯老坑石頭，製作精美硯臺玩賞、珍藏。

李成棟攻陷廣州後，丁魁楚第一個獲知消息。他不慌不忙，隱匿不報，派親信家僕攜黃金三萬兩及大量奇珍異寶向李成棟示好，隨時準備降清。

李成棟很高興，寫信給丁魁楚讓他一切放心，表示「到時自有安排」。因此，當永曆眾臣大潰逃之際，丁大學士成竹在胸，把幾年來搜刮受賄的財物裝滿四十隻大船，在江面緩緩而行，有如太平時節的太平宰相遊江行樂。

李成棟攻下梧州後，丁魁楚得到李成棟親筆信，要他過來主持兩廣政務。丁大學士大喜過望，急速命船夫加緊趕路，往梧州進發。

目的地剛至，李成棟立刻騎馬趕至岸邊迎候，設大宴款待丁魁楚父子（丁魁楚本有三子，因戰亂病亡死掉兩個，現只剩一子）。

歡飲之間，李成棟摟著丁大學士肩膀，親熱地說：「東南半壁江山，就靠老先生您與我兩人支撐啊。」表示轉天早晨就要擇一吉時舉行封授儀式，向丁魁楚正式稱交兩廣總督的印信。丁魁楚被感動得一塌糊塗，宴飲臨別時老淚縱橫。

當夜，丁魁楚正做統管兩廣的美夢，忽然被兵士叫醒，讓他下船入李成棟營帳議事。

老東西匆忙趕入帥帳，見李成棟端坐居正，兩旁士兵個個立目橫眉，刀劍出鞘。這位明朝大學士知道事情有變，忙雙膝下跪，叩頭不止：「望大帥只殺我一人，饒過我妻兒。」

李成棟一笑，問：「您想我饒你兒子一死嗎？」他一揮手，身邊衛士上前一刀就把丁魁楚僅有的一子腦袋砍下，放置於老混蛋的面前。

哀嚎未久，兵士拎起這位老謀深算的「老知識份子」，一刀結果性命。

接著，李成棟盡殺丁魁楚一家男丁，並把他一妻四妾三媳二女均脫光剝淨，押入自己帳中待來日慢慢享用。同時，老匹夫四十艘大船所載的八十四萬兩黃金和珍寶奇物，盡歸李成棟所有。僅這黃金一項，如果老賊拿此餉軍招買人馬，就足以抵擋個清軍兩年三載。

晚明時代，商品經濟發達，政治高壓，人欲橫流。士大夫一方面詩詞歌賦往來，看似瀟灑、疏遠、清遠、淡放，其實一肚子的勢利、浮躁、競取和焦慮。數十年仕宦浮沈，這些人變得十分世故，而縱欲享樂的積習又使得原本清晰的道德感和君臣大義在生死面前變得蒼白甚至可笑。

危急關頭，文人士大夫的卑俗和狡詐讓人瞠目結舌，就連販夫走卒在某些時刻都會比他們高尚得多。高尚莊嚴變成輕佻無恥

，豪氣凌人變成臣妾意態，悲愴豪放變成奴顏婢膝，壯士情懷變成鷹犬效力。

「歲寒，乃知松柏之後凋！」朝代更迭、出生入死之際，雖不乏拋擲頭顱為一笑的書生豪氣，但我們更多見到的是明代士人的「中年世故」和混亂年代的詭譎奸詐。觀其結果，一場空忙！

且戰且行，抵抗重重——李成棟在兩廣戰場連遇挫折

逃至桂林的永曆帝一直坐臥不安。在太監王坤等人攛掇下，他想往湖南方向逃跑。瞿式耜極力諫阻，指出廣西乃戰略要地，一旦輕易委棄，就會進退失據，後患無窮。永曆帝倒沒有架子，親寫御書給瞿式耜，辯解說自己去湖南，完全是為了長久的恢復大計，並命瞿式耜以兵部尚書、太子太傅身份總管兵馬，留守廣西待變。無奈之下，君命難違。瞿式耜只得上書乞求永曆帝先駐蹕全州，不要聞警即逃。因為，皇帝逃跑一次，臣民之心就渙散一圈，這樣下去，後果不堪設想。

永曆帝跑到全州，何騰蛟屬下的定蠻伯劉永胤迎駕。此人貌似精忠，實際上是個挾主自重、驕橫跋扈的武將。見到永曆帝，他馬上肆口大罵太監王坤誤國奸逆，逼得永曆把王坤貶放。王坤雖然不是什麼好東西，可這手中握兵的劉永胤更壞，他和永曆身邊佞臣馬吉翔等人一拍即合，獲封安國公，由伯爵成公爵，立刻躍升一級。

桂林方面，自永曆帝一行離開，上至總督侍部朱盛濃，下至桂林知府王惠卿，個個「三十六計走為上」，大小官員一轉眼都逃個精光，惟有瞿式耜和縣丞李世榮等幾個當地下級官員連同兵民一起困守孤城。

李成棟部下清兵猛烈進攻，桂林軍民拼死抵抗。清軍倚恃兵精器良，一時間竟登上西門城牆。危急時刻，剛剛護駕永曆帝至全州又急忙趕回的平蠻將軍焦璉從陽朔急急殺回，他率軍入文昌門，與衝入城的清兵竭死巷戰，苦鬥兩日，殺敵數百，終使進攻

清兵落敗而逃。此戰，明軍繳獲了戰馬、甲冑以及許多武器，取得了振奮軍心的「桂林大捷」。

艱難困境之中，取得如此殊功，永曆帝竟發旨：「俟平、梧克復，即與伯爵」，只給焦將軍一支紅蘿蔔，告知他日後取下平州、梧州，再賜伯爵。與此同時，永曆對身邊無尺寸之功的馬文翔等三人卻立賞伯爵，藉口是他們有「扈駕之功」，其實是「一起逃跑之功」。

此種做法，真正混賬。如說扈駕之功，焦璉鞍馬勞累，從桂林一直護送永曆帝至全州。焦將軍未解征衣，馬上星夜兼程趕往桂林浴血死戰，獲得大捷，兼有扈駕戰勝之功，而馬吉翔等人不過是跟從永曆左右，也就像幾個隨行太監跟身跟著，竟能輕易獲此高爵，不能不讓南明臣下失望。

馬吉翔等人的封爵，完全是劉承胤的意思，他藉以籠絡這幾個近臣和他站在一條船上。果然，幾個人一齊勸諫，讓永曆帝移蹕武岡——劉承胤的老根據地。如此，劉承胤就完全可以「挾天子以令諸侯」。武岡位於群山之間，地勢仄狹，根本就是不什麼戰略要地。劉承胤、馬吉翔等人硬是挾迫永曆帝下旨，與眾臣一起轉移到武岡。這樣，永曆帝完全落入劉、馬的掌握之中。

劉承胤進入自家地盤後，為所欲為，接連殺害了幾個與他意見相左的大臣，又隨意斬殺南明其他友軍的來使，並想廢掉永曆帝，另立岷王為帝。

「屋漏偏逢連夜雨」。湖南各地的南明軍紛紛落敗。孔有德清軍直向武岡殺來。

劉承胤一面騙永曆帝他已大敗清軍，一面向孔有德暗中約降，準備獻上永曆帝為「見面禮」。從近處逃回的一個明朝宗室慌忙拜見永曆帝，告訴他清軍已在三十里開外的地方。此話晴天霹靂一樣，嚇得永曆帝驚駭不知所為。

幸虧孔有德怕劉承胤詐降，使得這個賣國賊不得不又再次返回武岡城剃掉頭髮「表決心」——恰恰這一來一往，給了永曆帝

及其左右群臣一個機會。劉承胤的老母和兄弟還算有良心，他們交出城門鑰匙，永曆帝才得逃出生天。

清軍與劉承胤忙隨後追殺。明朝參將謝復榮等五百多明兵拼死斷後，最後全部戰死，才保得永曆帝一行未被清軍追及。

逃到半路，永曆帝遇到總兵侯性帶領的五千多明軍，一行人踅回廣西，到達柳州。

桂林方面，由於劉承胤派出的軍士與焦璉軍士發生內訌，使得李成棟派出的平樂和陽朔清兵對他們發動突然進攻時，這些人還沒有醒過味來。

瞿式耜等人指揮有方，準備充分，他冒大雨率軍與清兵殊死拼鬥，又一次大敗清兵，取得第二次「桂林大捷」。

數月之間，永曆帝之所以能苟延殘喘，在廣西和湖南之間來回竄逃，主要是因為李成棟大軍在廣東遇到了大麻煩，一時間脫不開身。

陳子壯、陳邦彥和先前在道滘大敗李成棟的張家玉一直糾集當地民眾，襲擾李成棟軍隊。義軍與清軍多次在廣州附近周旋、戰鬥，極大地牽制了李成棟軍隊的主力。特別是陳邦彥，他率兩三萬民軍由海路入珠江，聲言攻打廣州城，使得當時的清廣東巡撫佟養甲連發急書，命李成棟回援。這樣，在廣西四處竄逃的永曆帝才有機會擺脫李成棟部下的窮追不捨。張家玉方面，率民軍攻陷順德縣城，與回援的李成棟清軍打起了遊擊戰。

陳子壯在南海起兵，本來已經約定花山義軍一起裡應外合攻入廣州，不料消息外洩，佟養甲和李成棟兩人聯兵，把三千多花山義軍全部活埋，並大敗陳子壯水軍。

李成棟趁勢引軍猛攻陳邦彥，一路追擊，一直打到清遠，最終俘獲了這位對明朝耿耿忠心的書生，並把他凌遲處死。臨刑前，這位順德義士賦絕命詩：「崖山多忠魂，前後照千古。」

數天之後，李成棟在增城大敗張家玉義軍。身中九箭的張家玉見勢不可挽，放棄了逃跑的機會，慷慨言道：「大丈夫立身天

下，事已至此，焉用徘徊！」言畢，遍拜共同作戰的義軍將領，轉身投水而死。

又隔數日，陳子壯在南海被俘，拒不投降，也被清軍於廣州凌遲殺害。

在廣東剿殺「三忠」（陳子壯、陳邦彥、張家玉）的過程中，雖然最終殺掉這三人以及數萬明朝義軍，但李成棟內心深處想必也不會不為所動：同是漢族血脈，同受昔日明朝食祿，二陳一張能夠以書生殘弱之軀作絕望無援之鬥，屢戰屢北，屢北屢戰，前赴後繼，不屈不撓，視死如歸。反觀自己，堂堂七尺武將，手握重兵，甘為滿人鷹犬，屠戮殘殺同胞。面對數位血肉同胞，在自己眼前慷慨壯烈而死。同為人子，同為漢人，不能不令李成棟心中有所感念。

天良發現，立意反正──李成棟廣州宣佈歸明

1647年，趁著李成棟軍在廣東平滅陳子壯等人，瞿式耜把永曆帝從柳州迎回桂林。

1648年二月（永曆二年），在全州駐防的郝永忠忽然率軍跑回桂林，報說清軍正一路追逼，勸永曆帝馬上逃往柳州躲避。

由於郝永忠是李自成「大順軍」出身，他與明朝諸將之間關係一直不睦，故而無人信其所言。此次回桂林，郝永忠部的糧食一直欠乏供應，這位流賊出身的武夫氣惱之下，忽然縱兵大掠。亂兵衝入皇宮府堂，不僅百官被搶劫得一乾二淨，永曆帝本人自己連龍袍也被搶走。這位帝王慌亂中，光著屁股逃出城外。幸虧當時郝永忠部只是憤恨搶劫，沒有別的念頭。

三月間，完全沒有帝王尊嚴的永曆帝逃至南寧避難。

清軍殺到桂林時，瞿式耜倉皇應戰。恰巧南明滇、楚兩鎮兵將趕到，焦璉聚集本部人馬奮力，於是諸路明兵殊死戰鬥，竟又獲桂林第三次大捷。

喘息絕望之機，南明君臣竟忽然得到了他們做夢也想不到的

好消息——江西總兵金聲桓、副將王得仁以及廣東提督李成棟三人，陸續宣佈反正。他們重奉明朝正朔，宣佈反擊滿清。

金聲桓是陝西榆林人，王得仁是陝西米脂人。這兩人皆是明末農民軍出身，金聲桓號「一斗粟」，王得仁號「王雜毛」，皆是萬人敵的猛將。金聲桓在明末降左良玉，是左良玉四十八營中最精銳的部隊。左良玉死，其子左夢庚降清，反擊明軍。金、王兩人一起同劉良佐和高進庫進攻江西，並長期駐兵於南昌。這兩人雖是「賊」出身，但常「邑邑思本朝（明朝）」，平時宴飲之間，言及明朝覆亡，兩位前明將軍竟常常泣下沾襟。

恰巧，清朝有個董御史巡按江西，傲慢驕橫，向王得仁索要一個歌妓陪睡。王得仁沒有立刻應允。董御史大罵：「我可以讓王得仁老婆陪我睡覺，何況一個歌妓！」

聽罷此言，王得仁按劍而起，大叫：「我王雜毛作賊二十年，卻也知道男女之別，人間大倫，安能跪伏於豬狗之輩以求苟活！」於是，他提劍直趨，寸斬董御史。然後，他拜見金聲桓，細訴原由，兩人一起宣佈反正。

這兩人的兵卒數目相加共約十萬人，又有良馬萬匹，甲械精好。一朝反正，天下震動。

可見，歷史上許多重大事件，導火索往往是一件小事情。如果沒有董御史的好色，可能金、王兩人只存「恢復」之心，隨時而移，也不一定會激起如此大的事端，二人最終極可能循規蹈矩，一直做大清順臣。滿清的董御史揚言要睡王大將軍老婆，這下倒好，大腦袋、小腦袋一起變成碎肉渣片，被拋於地上餵狗。淫念一起，牽出無數因果！

清廷聽聞二人造反，立刻四處調兵。佟養甲命李成棟率軍入援正為金、王兩人急攻的贛州清將高進庫。但是，此刻的李成棟，不動聲色，靜觀時變。

本來，李成棟、佟養甲兩級別相當，兩廣大部分都是他一路血戰奪得，隆武、紹武兩帝均為他所擒殺。殊不料，論功行賞之

際，清廷重用「遼人」（佟養甲一族是遼陽大族，早就有族人投效清廷），封佟養甲廣東巡撫兼兩廣總督，李成棟只落個兩廣提督（軍區司令），而且一切軍務大事還得聽佟養甲一人說了算。

李成棟的家屬在從江南入廣東的路上，肯定也目睹了金聲桓、王得仁等人反正後各地「反清復明」的大勢，可能多多少少對他進行過勸說。

各種史料中記載最多的，當屬李成棟一個「寵妾」自殺激勸的事跡。連號稱考據嚴謹的美國歷史學家wakeman也曾提及過這一深明大義的美婦人。根據查繼佐的《國壽錄》記載，此烈女名張玉喬；王夫之所著《永曆實錄》，只講這位美婦人是松江院妓出身，沒有言及其姓名；江日昇《臺灣外記》，講她本是陳子壯的侍妾；而錢澄之《所知錄》等筆記，又稱這名美婦是姓趙，是李成棟側室。

本來，降清的明臣袁彭年一直知道李成棟快快不快，兩人關係又好，酒宴言談間，常常以辭色挑之。李成棟養子李元胤，也常常勸他反清。一次，爺倆兒登上越王台，密謀三天之久。李元胤縱論天下大事，涕泣陳說大義，勸說義父反正。最後，李成棟拔刀而起，發狠言道：「事即不諧，自當以頸血報本朝！」（此言也是一語成讖）

袁彭年為明朝大文人袁中道之子。袁中道，字小修，是「公安派」三袁兄弟中最小的一位。袁中道的兩個哥哥袁宏道、袁宗道都是二十多歲中進士，惟獨袁中道四十七歲才中，因此牢騷滿腹，天性狂猲，年輕時飲酒縱欲，疏狂不羈，還特別佩服狂放的大哲學家李贄。袁彭年的人品性格，想必半是遺傳其父，半是自幼受這位輕狂老子的影響，積習所致，導致他後半生的行徑反反覆覆。

回家後，李成棟那位美貌的愛妾也不斷勸他趁機反正。由於他怕婦人嘴碎洩露大計，佯裝發怒，對美人大聲責罵。豈不料，這美人是個烈性婦人，她一刀在手，慨然說：「明公如能舉大義

反正，妾請先死於前，以成君子之志！」言畢，美人橫刀在頸，用力一揮，登時香消玉殞。

李成棟不及解救，撫屍慟哭，感憤益甚，決意反清。

根據南明大學士何吾騶等人的史料，此美人應該姓趙。因為何吾騶在李成棟廣東反正後，為趙姓美人寫過頌揚其事跡的歌詩。總之，無論這位美人姓張還是姓趙，紅顏玉碎，以死相激，這件事情肯定實實在在發生過。正是這位美人，激使一代梟雄李成棟拍案而起，下定反清復明的決心！

永曆二年陰曆六月十日（西元1648年），李成棟變易冠服，拜永曆正朔，發兵逮捕佟養甲屬下遼籍親兵一千多人，全部殺掉。然後，他裹挾佟養甲一起向永曆遞降表。由此，廣東十郡七十餘縣，共十多萬兵士歸附南明。

李成棟獲封惠國公，李元胤獲封錦衣衛指揮使，袁彭年為都御史，就連迫不得已投降的佟養甲也被永曆帝封為「襄平伯」。

在此，筆者為行文方便，完整交待一下袁彭年。這位名士之子，文人習氣不輕。他於崇禎甲戌年中進士，年輕即有才名。弘光帝得立，袁彭年獲封禮部給事中。由於其人生性亢直，上疏揭發馬士英、阮大鋮罪惡，立刻被弘光帝罷官。隆武帝立，詔復原官。清軍入福建，袁彭年降清。聽說金、王兩人江西反正，又聞何騰蛟等明將在湖南湖北連勝，家鄉在湖北公安的袁彭年自然心動，與李承胤一起鼓勵李成棟反清。入永曆朝後，袁彭年捲入與馬吉翔等人的爭權奪利之中，後被永曆帝冷淡，出居肇慶。清軍再次攻陷廣東後，袁彭年再去滿清官署自首，聲言當初李成棟逼自己反清。估計他的名氣大，又是文人，對滿清統治沒有大威脅，清政府竟饒他一命。回老家後，袁彭年往遊四處，以詩自鳴自詡。後來，他病死於旅途之上。袁公子性情反覆，也算是明末無行文人的一個典型。

否極泰來。廣東、江西、湖南、湖北等大片地區一時遍樹明朝旗幟，盡復明朝衣冠，正所謂「烏紗吉服，腰金象簡滿堂，如

漢宮春曉」。不久，靖州、沅州、梧州、金川、寶慶等地相繼入明，真正「形勢一派大好」。

「重新做人」之後，李成棟確有刮骨洗腸之效，忠心耿耿，一心事明。他不僅派人把桂林永曆帝父親的陵寢整修一新，還派兵迎永曆帝移蹕肇慶。

時窮節見，殺身成仁——李成棟的最後歲月

鑑於劉承胤挾帝自重的前鑑，瞿式耜上書請永曆帝到桂林。不過，瞿式耜這份擔心純屬多餘，李成棟對永曆帝確實一份純誠之心。他在肇慶修治宮殿，重建官署，修復城防，填充儀衛，使得「朝廷始有章紀」。

1648年11月，永曆帝駕臨肇慶。

李成棟「賊」軍出身，復與高傑被明軍招安，接著又降清軍。先前，他只見過隆武帝的屍身和那個登基僅一個多月即被擒的紹武帝。現在，他奉永曆為正朔，還真沒有足夠的心理準備面見明朝新君。進見之前，他向一幫儒臣賓客練習面君時的進退禮節和應對之語。

待陛見之時，永曆帝溫顏接之，和聲賜坐，慰問再三。李成棟只是跪伏在地上渾身亂顫，沒有一句答言，最後叩頭趨出。

出殿後，他的參謀很奇怪，問他為何沒有與皇上對話。李成棟回答說：「吾是武將出身，容止聲音，雖禁抑內斂，猶覺勃勃高聲，恐怕回言時驚動皇上，有失人臣禮節。」

至此，從前殺人如麻、嗜血成性的李將軍，一番真心剖白，真令人刮目相看。

不過，這永曆帝確實有人君之威儀。永曆十六年（西元1662年），他最後被吳三桂抓住關進監獄，清軍、漢軍各級官將出於好奇參觀這位爺，都不自覺地「或拜或叩首而退」。吳三桂本人前往，永曆帝問「來人為誰？」吳三桂竟然雙腿打晃，伏地不能起，驚惶得色如死灰，流汗浹背。雖然其中有皇家嫡系、九五之

尊的倫威所致，但他的堂皇儀表，大概也真有九五人君的樣子。

為了表示對李成棟的尊寵，永曆帝特敕拜李成棟大將軍、大司馬，並效劉邦拜韓信故事，對他封壇拜將，殊榮無比。

為報知遇信賴之恩，李成棟馬上返回廣州，募兵治軍，準備入江西聲援金聲桓等人，恢復大明江山。

在肇慶時，李成棟對永曆寵臣馬吉翔的熏灼權勢已有所見。他回到廣州，出於耿耿忠心，上疏永曆帝，說：「恩威不出陛下而出旁門，小人濫進，貨賄公行……社稷存亡之大，此非小事，臣不敢不言。」

馬吉翔見此疏，深恨李成棟。不久，李成棟集結兵馬準備北上南雄進入江西抗清。他臨行前，想入肇慶與永曆帝辭別。

馬吉翔聞訊，連忙於宮中造謠，說李成棟想仿效董卓和朱溫，要趁入見時解散皇帝親兵，以他的舊部替代，把皇上當傀儡。

由於李成棟昔日瘋狂屠殺明軍的表現仍歷歷在目，永曆帝不能不疑。他派遣鴻臚卿吳侯去安撫李成棟，告訴他不必面君。

李成棟一片赤誠，對此一無所知，直到他見到在朝中任官的義子李元胤，才知道自己被馬吉翔冤枉的實情。為此，他歎息說：「我初歸附國家，詣闕面君是正常的禮節。此次出行，誓死嶺北！我只想與皇上辭別，交付公卿大臣後事，不想小人輩洶洶如此，恨吾不能剖心示誠，坐受無君之謗，徒以血肉付嶺表耳！」

行至三水，永曆使臣馳至，仍敕其不得入朝。李成棟望闕大慟，就地拜辭。然後，他從清遠順流而去。臨行之時，他長歎道：「吾不及更下此峽矣！」

清軍方面，在中原聚集滿、蒙、漢大軍數萬人，一支軍由孔有德、濟爾哈朗指揮，逼向湖廣；另一支軍由譚泰、尚可喜、耿仲明率領，直撲江西南昌。

1649年3月1日（永曆三年），南昌陷落，金聲桓失敗。他殺妻子，焚廄舍，自刎而死。王得仁與清兵巷戰，死於戰場。湖南的明將何騰蛟不久被清軍俘獲，於湘潭就義。

　　李成棟提兵北上，屢戰屢北。也真是天不祚明，當他為清朝從北往南打殺時，一路勢如破竹。反正以後，由南往北打，他卻連連敗績，十多萬大軍沿路傷亡殆盡。

　　1649年4月，南昌金、王兩人敗亡後，贛州的清將高進庫再無北顧之憂。於是，他聚集全部精銳部隊，在江西信豐大舉進攻李成棟。

　　鏖戰一天，李成棟部下大將多死。士卒潰逃，糧食又吃完，處境十分不妙。喪敗之餘，部下將領請李成棟退師，尋找機會再圖重興。

　　已經十分絕望的李成棟索酒痛飲，投杯於地，大言道：「吾舉千里效忠迎主，天子築壇以大將拜我，今出師無功，何面目見天子耶！」言畢，他竟不帶隨從控馬持弓渡水，直衝清軍大營。

　　估計加上飲酒過量，傷心欲絕，李成棟竟於中途摔入水中，遇溺而亡。由此，這位劊子手名將終於結束了他令人費解、充滿殺戮、反反覆覆、又不失波瀾壯闊的一生。

　　訃聞，南明朝廷震悼，贈太傅、寧夏王，諡忠烈。

　　值得交待的，還有李成棟養子李元胤。李元胤，字元伯，河南南陽人，原本是儒家子弟。李成棟為盜時掠良家子，就養以為子。自少年時代起，李元胤一直跟隨李成棟出生入死，但他稍讀書，知大義。由於讀過書，他心計密贍，饒有器量。李成棟降清時，李元胤怏怏不樂。日後李成棟反正，李元胤絕對是勸成首功之人。佟養甲被脅迫降南明後，這位漢奸一直鬱鬱寡歡，暗中與清廷聯絡，準備內應反攻明軍。佟養甲的信使為李成棟所獲，恨得李成棟想馬上殺掉這位老上司。李元胤勸李成棟說，一定要先稟永曆帝後再殺佟養甲，不可專殺這麼高級別的降將。李元胤自到佟養甲處，假意告知說朝廷派他屯軍梧州。佟養甲大喜，本來他一直裝病，聽說有命派他外鎮，覺得終盼蛟龍入海之日，忙帶親兵上船，沿河而下。李元胤奉永曆帝手諭，於半路邀擊，遍殺佟養甲及其親丁數百。

李成棟戰死後，永曆帝仍舊信任李元胤。明將楊大甫屯居梧州，常常劫掠行舟，殺戮往來軍使搶奪貢物。李元胤上疏，請永曆帝召楊大甫入見，趁機誅殺這個跋扈將領。於是，君臣飲酒之間，永曆帝詰責楊大甫。這位桀驁的武將竟想趁勢劫持永曆帝。一旁侍飲的馬吉翔等人立刻趁亂跑掉。李元胤不慌不忙，他在後一腳把楊大甫踹個大馬趴，把這位爺逮住並縊殺於船外。

永曆四年，清軍攻梅嶺，明將羅成耀棄南雄逃跑。見南明時勢已去，羅成耀暗中約降清軍，想攻取肇慶先立個功。永曆帝知悉此情，忙派李元胤乘間殺掉這個國賊。李元胤平時和羅成耀關係不錯，就相約遊船飲酒。舟泛中流，李元胤忽然把正在繩床上忽悠的羅成耀掀翻在地，以利刃一刀結果了這個叛賊。眾人大驚，李元胤不慌不忙，以皇帝手敕示眾人：「有詔斬羅成耀。」然後，他「移屍滌血，行酒歌吹如故。」可見，李元胤三斬叛將，決機俄頃，有忠有智有勇，確是一個人才。

不久，永曆帝逃跑，李元胤孤軍守肇慶，領獨軍於西南驛擊敗清軍。由於永曆帝及一幫臣下各自鼠竄，李元胤最終孤軍不支，被清軍重圍於鬱林。絕望之下，李元胤穿上大明朝服，登城四拜，哭歎道：「陛下負臣，臣不負陛下」，言畢自刎而死。從此，廣東重又盡陷於清軍之手。

至此，諸師淪亡，南明曇花一現的大好時光終於過去。

1650年年底，桂林城陷，瞿式耜殉國。

永曆帝逃至南寧後，受制於權臣孫可望。而後，雖有李定國等忠臣義士相擁，仍南明因朝中奸臣當道，四面交困。

苟延殘喘了十二年之久，歷盡艱辛，逃過百死，永曆帝最終為緬甸人出賣，交給了大漢奸吳三桂。

永曆十六年陰曆四月十五日（康熙元年，西元1662年），永曆帝朱由榔被吳三桂以弓弦絞死於昆明箅子坡，時年四十歲。南明滅亡。

明末清初的大名士吳偉業有《圓圓曲》一詩，其中妙筆生花

，極力鋪陳，把「白皙通侯最少年」的青年將軍吳三桂和「前身合是採蓮人」的美貌歌姬陳圓圓的情事婉婉道來。但是，筆者估計真能看完全篇長詩的人不多，其中流傳最廣的也只有一句：「衝冠一怒為紅顏」，前因後果，當時現在沒有多少有心人真正琢磨。

其實，吳偉業這首長詩，極盡挪揄挖苦之能事，特別是後面四句：「妻子豈應關大計，英雄無奈是多情。全家白骨成灰土，一代紅妝照汗青！」簡直就是神來之筆，誅心之句：吳三桂因一貌美年輕歌妓背父棄君。這樣，石河大戰之後，氣急敗壞的李自成在秦皇島范家店當即虐殺了一直押在軍營當人質的吳三桂之父吳襄。可以想像，剛剛損失數十萬精兵的大順軍會怎樣懷著刻骨仇恨「伺候」這位吳老爺！逃回北京後，李自成仍舊籠罩在自身敗怒狂極的情緒中，把吳三桂全家三十八口寸磔而死。吳三桂以剃髮背國、全家成灰的代價，換來「一代紅妝照汗青」，字裡行間，刀筆戳入心肺骨髓，吳偉業已把吳三桂一生事業蓋棺論定。

從明末清初這段歷史，可以見出有三個爺們拍案而起跟「紅顏」有關：首先是心機叵測的吳三桂，衝冠一怒「為」紅顏；其次是董御史強索寵愛歌妓而按捺不住的王得仁，衝冠一怒「惜」紅顏；最後就是本文的主人公李成棟，衝冠一怒「報」紅顏。而且後兩位始終如一，先前是賣身投靠，為清廷鷹犬。但是，他們起事反正後，一心一意為明朝忠臣，孤忠可鑑，死而後已，確實不辜負「紅顏」。這兩個人，於家於國，於忠於義，可謂忠直不移，令人扼呃嗟歎。他們的興兵，真正是個堂堂正正的爺們兒所為！

為了使本文層層剝繭，給永曆帝和那位先與「紅顏」搭上干係的吳三桂一個交待，我們再回溯至那凄風苦雨的1662年，即清康熙元年，南明永曆十六年。

十六年來，艱難苦恨繁雙鬢，南逃北亡一遊龍，剛屆不惑之年的永曆帝朱由榔已經落入吳三桂之手。他對這位昔日的大明良

將，仍抱懷有一絲天真的幻想。雨中黃葉樹，燈下白頭人，永曆帝滿懷悽愴，提筆作書，字字血淚，在紙上寫道：

將軍本朝之勳臣，新朝之雄鎮也。世膺爵秩，藩封外疆，烈皇帝（崇禎）之於將軍可謂甚厚。……朕自登極以來，一戰而楚失，再戰而西粵亡。朕披星戴月，流離驚竄，不可勝數。幸李定國迎朕於貴州，奉朕於南（寧）、安（隆），自謂與人無患，與國無爭矣。

乃將軍忘君父之大德，圖開創之豐勳，督師入滇，犯我天闕，致滇南寸地曾不得子然而處焉。將軍之功大矣！將軍之心忍乎？不忍乎？朕用是遺棄中國，旋渡沙河，聊借緬國以固吾圉。出險入深，既失世守之江山，復延先澤於外服，亦自幸矣。邇來將軍不避艱險，親至沙漠，提數十萬之眾，追荒荒羈旅之君，何視天下太隘哉！豈天覆地載之中，竟不能容朕一人哉！豈封王錫爵之後，猶必以殲朕邀功哉！第思高皇帝櫛風沐雨之天下，朕不能身受片地，以為將軍建功之能。將軍既毀宗室，今又欲破我父子，感鴟鴞之章，能不慘然心惻耶？將軍猶是中華之人，猶是世祿之裔也。即不為朕憐，獨不念先帝乎？即不念先帝，獨不念二祖列宗乎？即不念二祖列宗，獨不念己身之祖若父乎？

不知新王何親何厚於將軍，孤客何仇何怨於將軍？彼則盡忠竭力，此則除草絕根，若此者是將軍自以為智，而不知適成其愚。將軍於清朝自以為厚，而不知厚其所薄，萬祀而下，史書記載，且謂將軍為何如人也。朕今日兵單力微，臥榻邊雖暫容鼾睡，父子之命懸於將軍之手也明矣。若必欲得朕之首領，血濺月日，封函報命，固不敢辭。倘能轉禍為福，反危就安，以南方片席，俾朕備位共主，惟將軍命。是將軍雖臣清朝，亦可謂不忘故主之血食，不負先帝之厚恩矣。惟冀裁擇焉。

沒落帝王，流離龍子，低首乞哀，字字有血，筆筆帶淚，言中辛酸委屈，鐵石心腸之人也會有所觸動。不僅僅是哀求一己之

生，永曆帝也從吳三桂自身著想，一針見血指出：「將軍自以為智，而不知適成其愚，自以為厚，而不知厚其所薄！」試想，連對家門世受其恩祿的舊主都肯斬盡殺絕、不留一絲情面的人，新主子滿清統治者在「讚歎」之餘，內心深處真的不會起疑心嗎？而且，萬世千秋，史有傳書有載，當以吳三桂為何如人也！

然而，剛狠凶戾、心機叵測的吳三桂，為了向清廷表現他的「一腔忠勇」，斷然要把永曆和他年僅十二歲的太子斬成兩段，使他們身首分離。

最後，連和他一起作戰的滿族人愛星阿和宗室貝子卓越羅都心中不忍，勸說「永曆（帝）亦曾為君，全其首領留個全屍總該不過分。」這兩個滿人的話，才保全永曆帝有全屍而死的下場。

絞死永曆及其太子後，吳三桂為向滿清表忠心，仍下令把永曆父子焚屍揚灰。即使有殺父殺子之仇，也不會做出如此絕情寡義之事。這樣一個奸賊，難以讓人相信他曾「衝冠一怒為紅顏」。溫情脈脈的情懷是否真有，肯定讓人疑竇從生。

康熙十二年（1673年），老賊吳三桂竟也厚顏以「為明報仇」為名起兵，雖然他前前後後折騰了八年，但在他起兵之日起，就已注定了他敗亡的命運！

如此相較，人品頓分高下。比起一生叛君叛父叛友叛國的吳三桂，李成棟將軍那發自內心深處、滿懷深情、蹈死不顧的為「紅顏」而激的「衝冠一怒」，確有讓人激奮、讓人信服、讓人敬佩的一面！

細思明朝歷史，八旗滿洲在入關時只六萬兵丁，到順治五年才不過十萬餘丁。而竟以區區十多萬丁，滿洲竟然能趁明朝內亂之機，最終滅亡有二百七十多年歷史的、擁兵數百萬、人口近二億的大明朝，著實發人深省！

在大明王朝搖搖欲墜之時，「數十萬人齊解甲，更無一個是男兒」！反而是被聖人歸為「難養」之類的女子，她們義薄霄漢，挺身而出，出現了趙氏姑娘（或張玉喬）以及眾位反清英雄烈

母賢妻的動人場面。她們或以義激，或以身殉，令中國歷史的壯闊畫卷中平添了奇麗的動人風景。

封建史家們，對女子總是吝於筆墨。他們對這樣一個忍辱偷生、義激梟雄乃至最後捨身成仁的剛烈紅顏，很少有人出於好奇心仔細分析她的身世、思想、起因，而對她憤激的原因和過程更乏深入細緻的剖析。

扼腕歎息之餘，使人想起美國作家米勒對歷史中那些德義婦女的評價：「女人看似柔弱、沈默，其實她們比男人更加堅韌，道德和良知更加堅定，能夠面對人生巨大的變遷和伴侶的興衰浮沈，並能在關鍵時刻比男人更果決、更富有遠見……」

◀ 十伍 ▶

「聖朝」不留舊皇脈

—— 滿清對崇禎三子及明宗室的殺戮

　　崇禎自殺後，李自成入京，對其三個兒子太子朱慈烺（周皇后生）以及朱慈煥（田貴妃生）、朱慈燦（周皇后生）均未加以殺害。自山海關敗後，李自成敗逃出北京，明太子緋衣乘馬隨亂軍之後，雖然顛沛，卻仍舊活得好好的。

　　亂離之中，兄弟三人運氣還算不差，鳳子龍孫，金枝玉葉，淪為街邊巷口廝養僕役，搬磚乞食，總能弄口飯吃。太子朱慈烺兵荒馬亂中生存下來後，回到北京，投往其外祖父周奎處。

　　周奎這個老壞蛋，國亡前不肯出銀子餉軍，李自成入京後，他由於及時獻媚，竟免於處死的命運，連劉宗敏的大夾板也沒能把他夾到。太子朱慈烺先是找到宦官常進節，細訴因由。太子他本人雖出生在北京，一直生養深宮，只去常家玩過，記得他府門的特徵，故而尋摸著找到了這位前明太監。常公公不敢怠慢，但當時已是大清天下，也不敢留他，就對太子說他姐姐長平公主（被其父親崇禎帝殺之未死的那位）在姥爺周家。兄妹情深，又是血親，太子便讓常公公帶自己去見周奎。

　　太子時年十六七，他之所以如此膽大露面，也與滿清在北京的政治大氣候有關。多爾袞入京後裝模作樣殯葬崇禎皇帝、皇后，追諡崇禎為「懷宗端皇帝」，陵號為「思陵」，明白表示天下是取於「賊」，而不是取於明，宣揚清軍是為明朝「復仇」。這種政治秀，使得明太子誤認為他可以以「真身」示人。他可能這

樣想，偽大順政權不僅會讓他活著，還給他個「宋王」封號。那麼，「仁義」的大清，應該不會比李自成差吧！太子，畢竟是年輕人，就是這樣天真！

周奎初見太子外孫，非常驚訝，即時引長平公主來見。兄妹二人相持痛哭。

初見時候，周奎與其侄周繹待太子非常客氣，行坐宴飲間均待之以君臣之禮。到了晚間，長平公主持一錦袍送給太子，囑咐他不要再來。兄妹依依不捨地告別。

太子在外凍餓數日，思念妹妹，更思念外祖父家錦衣玉食的溫暖，隔了幾日，他忍耐不住，再次登門。

此次，周奎的侄子周繹負責接待，老東西本人沒再露面。周繹戒囑太子說：「千萬別說你自己是太子，有人問你，你就說姓劉，說書為生，如此可以免禍。」

太子皇家脾性，非常固執，堅絕不肯。這種偏執，頗類其父。周繹很生氣，就把這位表弟逐於門外。太子吵嚷，雙方隔門大罵，周繹本人還衝出去對太子拳打腳踢。

恰巧，清兵巡邏隊經過，見前明皇丈門前喧嘩，事出可疑，就把太子與周繹一同抓起，送往刑部審問。

官府中堂之上，清朝一般是有滿漢兩名官員共審。漢官是刑部主事錢鳳覽。他問明情由後，怒從心起，撩衣下堂，衝著周繹腦袋上猛擊一拳，大罵他「背主負恩」。從人情上講，周繹如此對待明朝太子爺，確實說不過去，且錢鳳覽本人也是儒家思想教育出來的漢人，尤覺不容忍。在堂的滿人刑部尚書定不了案，此事關係重大，只能下令把各人先收監再說。

老壞蛋周奎急了，他深知此事關涉自身性命，連夜奮筆疾書，具疏上表，直遞多爾袞。他堅稱被逮的不是真太子。

多爾袞聽說崇禎太子落案，非常緊張，馬上派人押崇禎的太子到宮，進行廷勘。同時，他召集昔日太子的錦衣衛扈從以及明朝宗室晉王前來認人。

十人一見太子，立即下跪敬拜，異口同聲說：「此真太子！」至於明藩宗室晉王，支吾不語。

太子激憤，恨外祖父家寡情，切齒道：「我來周家，只為看望我公主妹妹，沒別的想法。現為周奎叔侄出賣，無論真假，大概逃不出一個『死』字，也不用再審，給我一刀就好！」話雖這樣說，少年人實際求生願望很強。

多爾袞弄清楚堂上所立玉面少年真的是崇禎帝太子，立即下令，把做證的太子十名錦衣衛官兵及前明宦官常進節關入牢獄。

刑部主事錢鳳覽不知多爾袞陰毒心事，他上疏道：「觀周奎疏中所言，他已明說是自己要大義滅親，以真為偽，為大清除害，請朝廷以仁義為重，認真對待此事。」

多爾袞自有主張。經過安排後，滿清又進行審訊，在刑部會集更多官員聽審，並派明宗皇晉王和前明大學士謝升來當廷質認。晉王下死口說不是真太子；謝升看了一眼少年人，也搖頭稱不是。

太子高聲對謝升說：「謝先生，您在東宮給我講課，城陷前還給我講『臨危授命』一題，不知您還記得嗎？」

謝升大慚，一揖而退，仍舊默不作聲。

主審漢官錢鳳覽見狀憤恨，怒斥謝升與明宗室晉王不仁不義。此時，他仍未揣摩到滿清主子多爾袞的真意。

審畢，各人仍皆送監嚴加守護。

於是，多爾袞坐便殿，把滿朝文武大臣（包括在北京降清的前明朝臣）都喚來，探究大家對此事的意見。前明臣子們多是人精，皆唯唯而已。只有錢鳳覽與另外一個漢臣趙開心力爭這個崇禎的太子為真，希望清朝恩養。

多爾袞沈默了一會兒，忽然拍案而起，大怒道：「真假且不必爭，朝廷自有處分。但晉王乃前明王子，謝升前朝大臣，錢鳳覽出言不遜，無上蔑尊至極！偽太子及有關涉案人員，包括錢鳳覽，趙開心，皆斬首示眾！」有人假惺惺求情，多爾袞「開恩」

：「錢鳳覽畢竟本朝臣子，賞他全屍，斬刑改為絞刑，趙開心免死。」

清廷獄具，認定崇禎太子是「偽太子」，而案件的「證人」為崇禎妃子「袁妃」和明朝的宗室晉王。晉王不必講，此人乃外藩，先前為清軍在山西所俘，他本人根本沒有見過太子，滿爺爺讓他說啥他就說啥。另外一個「袁妃」，也是假冒，真袁妃在北京城陷前已被崇禎帝親自砍死，清政府自己入京時曾布告過「禮葬」故明的帝、后、妃子，其中就有袁妃在內。這件事情，大概多爾袞自己都忘了，或者他就是強權當真理，說什麼就是什麼，毫不顧及。定案時做證的「袁妃」，其實是當年魏忠賢的「義女」，即送給天啟皇帝玩弄的任妃。這個壞娘們居冷宮多年，求媚滿清新貴，自告奮勇做假證，不足為怪。所以，不僅崇禎的真太子被殺，引他見周奎的宦官常進節以及十名承認他是太子的前明錦衣衛官兵，皆一同被殺。

大約在北京「太子案」的同時，南京也有「南都太子案」。其實這個「太子」乃前明駙馬都尉王昺的侄子王之明，冒充太子名號想得享富貴。南明的弘光帝也很緊張：「太子若真，將何以處朕！」奸臣馬士英等人為了保住自己地位，自然嚴刑拷求。當時，南方地區廣大士民痛恨馬士英等人，對他們懷有成見，所以大多數人反而認定這個太子是真的，各地將帥，包括史可法、何騰蛟、左良玉等人均上疏力挺這位「假太子」。後來，史可法從前往北京的南明使臣左懋第處知道真太子在北京，非常後悔，曾致書馬士英承認過錯。左良玉弄權跋扈大將，他反而以擁護「太子」的名義起兵窩裡反，發大兵向南京進攻。

所以說，當時南北兩個「太子」，北京的是真，南京的是假。如此明白案件，至今仍有不少學者喋喋不休吵個不停。其實，早在上世紀早期，學者孟森已經列出詳實歷史檔案對此有了定論，但由於孟教授以古漢語筆法寫出，今人基礎不厚，又不鑽研，故而仍舊爭來爭去，實為荒謬至極。

　　滿清對待明朝宗室，表面加以恩禮，其實養起來的卻是疏遠小宗，明皇近親直系，屠戮無遺。究其機心，險苛深遠。自然，他們對崇禎公主等女性親屬毫不為意。長平公主知道哥哥被殺後，憤然出京，但清廷強迫她出嫁，不久這位公主抑鬱而死（金庸把她變成女大俠，完全瞎掰）。

　　清朝初建的幾十年間，打著「朱三太子」旗號起兵的有好幾起，最有名的當屬康熙時吳三桂起兵後那個以「朱三太子」起兵的「天地會」首領楊起隆。康熙十八年，湖南抓到了一個和尚朱慈燦，這位確是崇禎帝另外一個兒子，他從北京逃出時年僅十二，多年流落，倖免於難。康熙帝把他與楊起隆列為同宗，誣之為假，藉口是北京城陷時朱慈燦年少，不可能逃脫，於是以「偽皇子」名義處死。

　　這還不算，康熙四十七年（1708年），清廷又找到了崇禎帝惟一倖存的兒子朱慈煥。明亡六十年後，康熙帝十分陰狠地以「偽皇子」名目誅殺了此人。多爾袞時代，殺崇禎真太子，用心尚或可諒，當時南明未下，全國未定，明太子活著是個大隱患。但康熙後期，太平盛世，滿清坐穩帝座，康熙出此毒手，真是至陰至毒之心，無非是對前明皇族斬草除根。

　　這件事情，案件當事人李方遠在自己筆記《張先生傳》中記得清清楚楚。康熙二十二年，李方遠在一家路姓大戶家中首次見到「張先生」，其人「豐標秀整，議論風生」，是個侃侃能言的美男子，自稱姓張，號潛齋，在浙中大戶張家為西賓（教師）。於是，二人交往密切，詩詞往來，半年多內頓成密友。後來，「張先生」南行，二人拜別，二十多年沒有通問消息。康熙四十五年，做過縣令並已經解任家居的李方遠又見到找上門來的「張先生」，要求謀求一教職養家糊口。老友相見，分外親切，兩人立刻歡飲暢敘。此後，「張先生」同時在不遠的張岱霖家和李方遠家教子弟讀書。

　　康熙四十七年陰曆四月初三，李方遠正與「張先生」下棋，

清朝地方官府忽然闖進一批捕快，把二人一起抓起審問。李方遠本人做過清朝饒陽縣縣官，確實不知自己犯了何罪。審至「張先生」，此人馬上「坦白交待」：「我乃先朝皇子定王朱慈煥。崇禎十七年流賊破北京，先帝（崇禎）把我交給王內官。城破後，王內官把我交與闖賊領賞。不久，吳三桂與清兵殺敗流賊，我被賊軍中一姓毛的將軍帶往河南。他棄馬買牛，種田過活。不久，由於大清捕查流賊很緊，毛將軍棄我而逃。當時我十三歲，自己就往南走。行至鳳陽，遇見一王姓老鄉紳，知我是先朝皇子，就收留我在家，遂改姓『王』。過了幾年，王先生病故，我就找寺廟出家。後來我雲遊至浙江，在古剎中遇見一位姓胡的餘姚人，他歡賞我的才學，就把我請回家中，讓我還俗，並把女兒嫁給我。後來，我又改姓張，以逃禍患。」

清朝主審的欽差和兩江總督等多名高官在場，問：「現在江南有兩處叛逆造反案，皆稱扶立你為君恢復明朝，你知罪嗎？」

朱慈煥表示：「大清於明朝，有三大恩：第一，誅滅流賊，為我朱家復仇；第二，善保明朝宗室，從不殺害（此非實情）；第三，當今聖上親自祭奠我家祖宗（朱元璋），命人掃墓。有此三大恩，我怎能造反呢。況且，我今年已經七十五歲，血氣已衰，鬚髮皆白，我不在三藩作亂時造反，而在如今太平盛世造反，於理於情說不通。況且，如果造反，一定會佔據城池，積蓄屯糧，招買軍馬，打造盔甲，而我並無做一件類似事情。還有，我曾在山東教書度日，那裡距京師很近，如果我有反心，怎敢待在那裡？」

清朝官員馬上押解生俘的大嵐山造反首領，讓他認人。這位造反的首領看了半天，表示說：「我不認得此人，只是想假借朱氏皇子名義來鼓動百姓。」

審了多日，一層一層把案件呈上去，最終刑部接康熙朱筆御批：「朱某雖無謀反之事，未嘗無謀反之心，滿門處斬！其本人假冒前明皇子，判凌遲。」至於與「張先生」老早相識的李方遠

，也被全家流放到東北寧古塔給披甲人為奴。

朱慈煥家在餘姚，有一妻二子三女一媳，皆被清政府派人絞死在家中（傳聞講這七人是自縊，實際是被謀殺）。

自崇禎帝上吊自殺，至康熙四十七年，時光已流逝六十五年，小皇子由昔日的十二歲孩童已成為衰朽老翁，仍被押入北京城在鬧市凌遲。可見，滿清皇帝，不可不謂大陰大毒！

滿清所謂「恩養」的明室後裔，皆非正宗明裔。雍正二年，為了搞「仁義」幌子，清廷找出個漢人鑲白旗名叫朱文元的人，稱為明太祖第十三子代簡王後人。這一支宗王在皇太極時被清軍俘獲。但查朱家宗譜，此人名字可疑，排行無據，實乃假冒無疑。宣統皇帝洋老師莊士敦所著《紫禁城的黃昏》，寫溥儀遜位後有一猥瑣朱姓男子拜訪「謝恩」打秋風，大概就是「代王」這一支的後人。

明朝宗室在末期很走揹運。在明末農民戰爭中，他們成為農民軍屠戮的首要對象。從崇禎十四年至十七年，就有福王、唐王、崇王、岷王、代王、蜀王等十四個顯貴王爺被農民軍整家殺掉。至於郡王及將軍之下，被殺的更是不計其數。富貴榮華了近三百年，老朱家終於整族整宗得到了「大報應」。

滿清方面，出於政治需要，自入關到順治二年以前，對明朝宗室人員以誘降、「恩養」為主。清軍攻克南京後至順治八年這一段時間，滿清開始對明宗室展開屠殺。自順治八年至康熙早期，清廷又施以殺撫並用。早在皇太極入口侵掠時代，後金軍抓住明宗室王爺一般都弄死，比如德王和魯王。由山海關入京後，多爾袞開始以招撫為誘餌，在誅殺崇禎帝直系血脈的同時，滿清逮到的明宗室假裝養起來。清軍攻陷南京後，由於明宗室在南中國紛紛被人擁立起兵相抗，滿清頓露猙獰面目，接二連三地羅織罪名，很快就把本來「恩養」在北京的明朝十幾個王爺均殘酷加以處死（包括曾經指認崇禎太子為「假太子」的晉王）。直至順治親政後，滿清對明宗室控制才稍稍放緩，但彼時老朱家血脈至近

的「皇族」也沒剩下多少了。

民國初年，一好事者名叫張相文，聽說姓朱的還有後人祭祀「十三陵」，便去東直門的羊管胡同找到了這一家。當時這位朱姓人家還年年從民國財政部領銀元八百。

張相文到其家時，只有僕人在。他觀屋主人案上有書，皆《七俠五義》、《玉匣記》一類的「通俗文學」。不久，「朱侯爺」本人回家，此人「年可三十餘，狀貌粗肥，面帶酒肉氣」。

張相文問他家出自朱皇家哪一支，何年受封，傳侯幾代，此人皆茫然無知。

聽說張相文在政府做事，「朱侯爺」喋喋不休，說他自己見過曹汝霖總長，要把自己家祖墳十三陵賣給國家當公園，以銀還債。

張相文啞然失笑，馬上告辭，離開了這個要賣祖墳的不肖之人。念朱元璋和朱明帝國一度何等赫赫，有子孫蠢愚若斯，真不知是何報應！

跋

寄史怡情真名士

——梅毅（赫連勃勃大王）再印象

　　我與梅毅，相識有年，此人確實是大有趣之人。

　　十年之前，初見梅郎，「I was young，and you were young」（金斯堡語），他還是一位清俊年輕、神情鬱鬱的境外代理行專家，剛剛從某家國營大銀行辭職；十年之後，「I am old，and you are still young」，梅郎風華依舊，已經成為名滿天下的歷史散文作家。

　　慨歎之餘，不得不佩服梅郎的才情和抵抗歲月的良好心態。歷史寫作中，他總能以情入文，才趣兼化，最終使其歷史散文臻至化妙之境。為防風流得意之事輒過而興悲涼，梅郎愛以其性靈之筆專心刻畫描摹。於是乎，真清寂寞的歷史廟堂，在梅郎筆下愈覺有味。

　　梅郎真才子而美姿容，面白如玉，唇若激朱。其網上ID「赫連勃勃大王」之取名，據我忖度，恰似北齊美男子蘭陵王高長恭縱馬出陣所戴之猙獰鐵面具，特以悍武之罩，掩其清俊之容，萬馬軍中令敵人破膽耳。由此，梅郎以「赫連勃勃大王」之ID的赫赫勇武，馳騁網上虛擬世界中，更能恣意縱橫！

　　梅郎筆悍而膽怒，眼俊而舌尖，刻畫盡情，描摹恣意。由此觀之，玩世、出世、諧世、適世，四種境界，梅郎不諳者惟其第四。梅郎筆下，殘陽剩壘，鴉飛荒台，儘是當年繁華盛地；霜冷殘花，月迷塞北，皆為昔日英雄戰場。撫膺觀之，強弱何在，興亡安有，思此令人泫然。世態極幻，歷史悲情，剎那間奔來眼底，炎涼春秋，世事如風飛散。

梅郎寫史，恰恰趁其心力強盛之時，借此消其胸中之不平塊壘。如此恣情於歷史煙雲之間上下數千年浮沈往事，耗磨壯心，真非常人能及，乃至情人之苦心也。然而，蚌病方能成珠。觀乎梅郎，情致超然，所謂「情必近於癡而始真，才必兼乎趣而始化」。其人有真氣，乃有真性情，故而總覽梅郎性情大要，其兼乎狂、奢、癡、情、傲、真六字：

一曰狂。梅郎逢佛殺佛，遇祖殺祖。其滿目林泉高致，從不斂眉低首於權貴富豪。青白之顧盼，總同嵇康之粗頭亂服；風歌之長嘯，盡視黃金寶玉為瓦礫糞壤。梅郎曾經佞佛，一日，此君忽讀《文天祥傳》，大悟其非，於是乎梅郎千里命駕，自深圳直驅如吉安謁墓。返歸之後，我問其人曰：「何為佛祖西來之意？」梅郎答曰：「碧眼胡兒誤眾生，文山乃為真男子！」

二曰奢。梅郎真屠錢聖手，號稱「錢屠」。厚自奉養之間，梅郎一茶之費千金，一遊之擲數萬，美饌精舍，窮奢極欲。揮灑棄擲之間，殊不為意。不知梅郎者，總會以為此人乃窮儒青燈爬梳史籍之措大。如此惴惴惶惶之心，豈能料宋子京學士美姬夾侍、巨燭燒燃如晝以修《唐史》之盛觀！梅郎豪華倜儻之人，亦愛「不曉天」，其撰史之為頗似宋才子所為。猶如木之有瘻，石之有眼，皆「病」也，亦不足為奇。而梅郎「錢屠」之癖，亦其率情之顯也。

三曰癡。梅郎總愛對盛景生悲情，見落紅有詩惜。憶想梅郎昔日之收藏癖足濃，好玉石，好精壺，好印章。一日，梅郎大悟人生苦短，積奇成累，忽然改意，數匣珍稀之物，一朝捐棄無遺，盡散親朋，殊不以為意。於是乎，紅山佳玉，懸於江華肥膩之腰；天工奇壺，晃於文華煙臭之嘴；鳥篆田黃，蓋於田頗「經濟」之書。想梅郎幾年內坊間肆市內多方孜孜營求搜檢之辛勞，觀其今日之棄捐不惜，何其憨癡也！

四曰情。梅郎愛傷懷蓓蕾轉瞬之凋於煙華，最歡喜月中嬋娟之梨花帶雨。然究其醇酒美人之耗磨，視世事倩影為消瀉排遣，

又何其馳放自縱也。吾曾笑語梅郎：「大王你可惜。可惜你胸中奇書太多，筆下文字太好。人患才少，你患才多。如能不讀書，不作文字，應該能成為真名士。」梅郎莞爾：「此語快哉。非你不能道此言，非我不能悟此語。我真想毀筆噤口，可惜總不能忘卻世情。」灑然之間，有人詢其「無情」之狀，梅郎嘿然片刻，答曰：「多情卻總似無情，惟覺樽前笑不成！」

五曰傲。梅郎骨繡毛錦，精通古今，自是養成奇詭譎浪之傲氣。加之其文胎骨清高，氣韻華富，玉剖碧明之下，繞腸雄氣，鬱鬱蒼蒼，盡洩於其汪洋恣肆之史章。其文如人，傲岸不群，暢快新穎而不失於淺，奇崛崢嶸而不失於澀，別出心裁，意氣闊達。吾平生最喜者，乃據座傾耳，聽梅郎雅人不羈之談鋒；又把盞醒然，觀梅郎豪傑恣肆之傲態。

六曰真。梅郎七分才情，三分真氣，為人為文從無虛飾，丘壑之意盈盈於胸，從未使緇塵染其素懷。依我所悟，梅郎，東坡之後身也。清陰淡月，雷霆風雨，其行影皆好，把持自如。之所以能得保其真者，蓋梅郎靈台寂寂，非似吾輩觸途成滯，伺色而聲，卻步而行，不能澄懷滌慮以處世情。有人笑梅郎屠龍之術無用，譏其青年自致蹭蹬。然不知風雨侵飄之間，春光正自佳，惜世人不能領取消受耳。

梅郎津門名家，自是多識宿儒俊達，然常囑吾等朋輩為其新書作序跋。明史寫畢，梅郎再次囑余作跋，令人愧然。此等文墨之事真真苦我輩，堆書盈案，千摘百選，方得佳句美詞。吾文筆滯澀，總不能效梅郎下筆風生，動輒洋洋萬言。

人生如弈棋，關鍵數著最緊要。梅郎耳絕大聲，目絕美色，口絕至味，又能適然忘情，任枝葉飛凋，根株自在，春意隨時可發，不勞不瘁，所謂火中金蓮花，真真羨殺我輩。

戶外鳥飛，修篁靜映。而捧數冊梅郎史書，賞觀歎息。雖不得志於時俗，梅郎超然出塵，寄於史而快於心，坦然自怡。自怡而怡人，至此，虛閑之念頓生，浮日長如小年。不知不覺之中，

目酣神醉矣。

是為跋。

亞明

2006年12月9日

【附錄】明時期全圖(一)

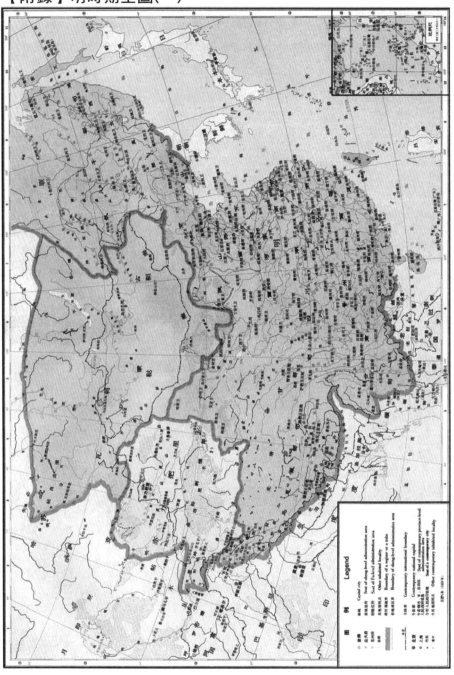

【附錄】明時期全圖(二)

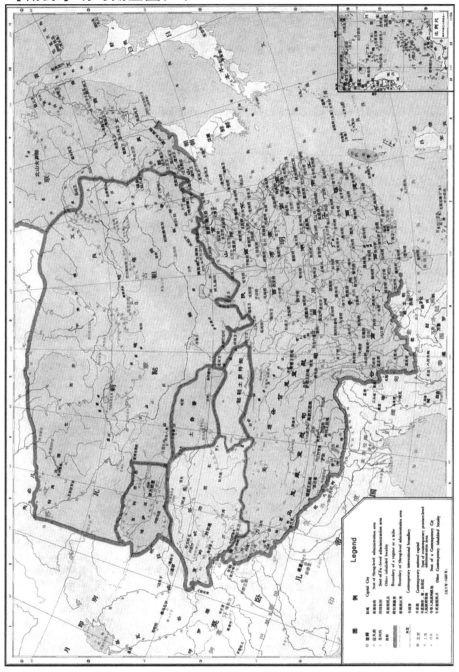

【赫連勃勃大王歷史大系】中國國家一級作家，以最熱血激辛的論史態度，為你還原歷史現場。

| AS1601 | 亡天下：南明痛史 | 赫連勃勃大王（梅毅）◎著 | 360元 |

※明末清初四十六年間，由忠臣烈士、亂臣賊子、末代皇族及開國豪傑共同譜寫的血淚輓歌。

| AS1602 | 鐵血華年：辛亥革命那一槍 | 赫連勃勃大王（梅毅）◎著 | 320元 |

※帶領你重回革命現場目擊先烈以熱情與鮮血，在槍林彈雨中前仆後繼建立的中華民國！

| AS1603 | 華麗血時代：兩晉南北朝的另類歷史(上) | 赫連勃勃大王（梅毅）◎著 | 320元 |
| AS1604 | 華麗血時代：兩晉南北朝的另類歷史(下) | 赫連勃勃大王（梅毅）◎著 | 320元 |

※以獨特筆調，擷取兩晉南北朝最具戲劇性的人物和史事，呈現歷史上最痛苦、最黑暗的時期。

| AS1605 | 帝國的正午：隋唐五代的另類歷史 | 赫連勃勃大王（梅毅）◎著 | 480元 |

※以獨特筆調，擷取隋唐五代最具戲劇性的人物和史事，呈現中華文明由盛而衰的內在邏輯。。

| AS1606 | 刀鋒上的文明：宋遼金西夏的另類歷史 | 赫連勃勃大王（梅毅）◎著 | 450元 |

※以獨特筆調，擷取宋朝最具戲劇性的人物和史事，呈現歷史上最開明的王朝燦爛的不朽與光榮。

| AS1607 | 帝國如風：元朝的另類歷史 | 赫連勃勃大王（梅毅）◎著 | 300元 |

※以獨特筆調，擷取元朝最具戲劇性的人物和史事，呈現歷史上這個偉大的必不可缺的輝煌過度時代。

| AS1608 | 縱慾時代：大明朝的另類歷史 | 赫連勃勃大王（梅毅）◎著 | 520元 |

※以獨特筆調，擷取明朝最具戲劇性的人物和史事，呈現一個欲望自始至終都勃勃膨脹的年代。

【達觀讀書會】

| AS2020 | 贏在溝通 | 王志剛◎著 | 240元 |

※讓你成為聽與說的贏家。最完美的說話藝術不是一味地說，而是善於去傾聽他人的內在聲音。

| AS2022 | 辦公室哲學A to Z | 馮國濤◎著 | 250元 |

※打通你的職場死穴，事半功倍保有好人緣。重點不在你讀什麼大學，是有沒有搞懂辦公室哲學！

| AS2024 | 活學活用博奕論：10堂勝者為王敗者為寇的歷史課 | 韓 唐◎著 | 300元 |

※12年內諾貝爾獎四度垂青的重要資訊經濟理論，決策者不可不懂！

| AS2025 | 畢業生，接下來你要做什麼？ | 愛德華·霍夫曼◎著 | 280元 |

※從愛因斯坦到比爾蓋茲、托爾金等等成就卓著的人士同在本書中帶給畢業生最真實的人生意義。

| AS2026 | 第一印象：成功者與失敗者的決勝瞬間 | 安·蒂瑪萊絲，華勒莉·懷特◎著 | 250元 |

【時代新知系列】

| AS1302 | 讀書高手的高效率閱讀法 | 貝蒂娜·蘇雷◎著 | 200元 |

※本書為法國教育類暢銷書，在世界各國以不同語文版本發行，掀起了一場閱讀方式的革命！

| AS1305 | 全方位記憶力強化術 | 腦力開發專家·默爾思◎著 | 200元 |

※匯整世界各記憶力訓練機構的主要訓練方法，精心設計記憶力強化課程。

| AS1307 | 創意灌頂：瞬間激發思考力 | 邵澤水·邵鵬◎著 | 240元 |

※丟掉習慣，破除成規，幫你迅速開啟創力的第四隻眼。

| AS1308 | 新世代基礎科學講義第1冊 | 左卷健男◎著 | 280元 |

※超過100位專家學者共同參與完成!!有別於教科書裡所教的制式內容，輕鬆學會基礎科學。

| AS1309 | 新世代基礎科學講義第2冊 | 左卷健男◎著 | 260元 |

※超過100位專家學者共同參與完成!!有別於教科書裡所教的制式內容，輕鬆學會基礎科學。

| AS1310 | 新世代基礎科學講義第3冊 | 左卷健男◎著 | 280元 |

※超過100位專家學者共同參與完成!!有別於教科書裡所教的制式內容，輕鬆學會基礎科學。

【心靈書房】

AS7006　人體使用手冊　　　　　　　　　　　　　吳清忠◎著　　　250元
※多數慢性病是我們錯用身體的結果。我們需要的不是靈丹妙藥，而是一本正確的人體使用手冊。

【Magic系列】

AS8001　大魔法師咒語書　　　　作者◎碧翠絲・菲柏，繪者◎羅柏・英本　400元
※整理西方歷史上知名魔法師的重要咒語及相關發展過程，全書佐以精美彩色插圖。

AS8002　狂野進化論：未來世界的自然演化史　　道格・迪克生，約翰・亞當斯◎著　499元
※最新的科學理論加上國際專業團隊合作，展現數百萬年、甚至一億兩億年之後的地球生態。

AS8003　唐卡的故事：五十五幅唐卡經典名畫珍藏版　　　　　吉布◎編著　　　480元
※輯錄傳世唐卡名畫55幅，畫面斑斕絢麗，神佛寶相端嚴，展現藏族畫師超凡技藝與虔誠情懷。

【紫圖藏密文庫】

AS1501　唐卡中的西方極樂世界　　　　　　　　　單增多傑◎編著　　　560元
※全彩珍藏本，神秘的淨土是最終的解脫成佛？還是輪迴的中轉？百幅唐卡珍品帶您遊歷極樂世界

AS1502　唐卡中的曼陀羅　　　　　　　　　　吉布　楊典◎編著　　　560元
※全彩珍藏本，百幅世界上最美的曼陀羅唐卡，揭示最神秘莫測的密宗宇宙真理。

【生活禪系列】

AS1408　心脈，一路暢通　　　　　　　　　　　　杜衡◎著　　　220元
※心脈，一定要暢通，心開，自然智慧就會來，相對的，很多的善緣，也就會自然跟著出現了。

AS1409　隨意：生活就是修行　　　　　　　　　　了無◎著　　　220元
※藉著經典的佛經故事、濃縮的智慧精華，全方位展示禪的智慧。

AS1410　不笑煙花只笑禪：李叔同的人生感悟　　　　泓逸◎著　　　280元
※帶著輕鬆、愉悅和崇敬的心情，走近弘一大師李叔同悲欣交集的一生。

AS1411　歡喜禪　　　　　　　　　　赫連勃勃大王（梅毅）◎著　　　360元
※經濟危機下的心靈治癒藥丸，物慾時代的消渴止躁奇書！千萬讀者心醉神迷的禪宗讀解新座標！

AS1412　禪林妙語：佛寺楹聯經典輯　　　　　　　　泓逸◎著　　　350元
※精選二百多副風格多樣、內容豐富、意境深邃的經典佛學楹聯，並配以妙語如珠、清雅雋永、
淨化心靈的精彩禪林故事和深入淺出、指點迷津、發聾振聵的精當禪悟。

達觀出版，精彩書目

購書查詢專線◎02-86473663，網址◎http://www.foreverbooks.com.tw

【達觀讀書會】

AS2020　贏在溝通　　　　　　　　　　　　　　　　王志剛◎著　　　　240元
※讓你成為聽與說的贏家。最完美的說話藝術不是一味地說，而是善於去傾聽他人的內在聲音。

AS2022　辦公室哲學A to Z　　　　　　　　　　　馮國濤◎著　　　　250元
※打通你的職場死穴，事半功倍保有好人緣。重點不在你讀什麼大學，是有沒有搞懂辦公室哲學！

AS2023　魔鬼的詭計，人間的驚奇　　　　　　　愛德華‧霍夫曼◎著　　280元
※在人鬼神之間，總會有另一種觀點存在。本書整理和神鬼人關的小故事，寫的是鬼，說的是人。

AS2024　活學活用博奕論：10堂勝者為王敗者為寇的歷史課　韓　唐◎著　　300元
※12年內諾貝爾獎四度垂青的重要資訊經濟理論，決策者不可不懂！

AS2025　畢業生，接下來你要做什麼？　　　　　愛德華‧霍夫曼◎著　　280元
※從愛因斯坦到比爾蓋茲、托爾金等等成就卓著的人士同在本書中帶給畢業生最真實的人生意義。

AS2026　第一印象：成功者與失敗者的決勝瞬間　安‧蒂瑪萊絲，華勒莉‧懷特◎著250元
※第一印象的好壞，決定你人生成敗，本書幫助你在各種環境中受歡迎。

AS2027　1%的可能：韓國首爾：李明博的夢想奇蹟　李明博◎著　　　300元
※一段國際級城市升級大跳躍的傳奇，更是理想與現實拔河，最後美夢成真的故事！。

AS2028　因為幽默，人生無限開闊　　　　　　　馮國濤◎著　　　　199元
※幽默的人善於製造笑料，發現希望，打造夢想，從悲劇中看出喜劇！

【EASY系列】

AS1206　小幽默大哲理　　　　　　　　　　　　李耀飛◎著　　　　220元
※蠢才用痛徹的代價去換取經驗；智者從別人的蠢行中吸取教訓。

AS1207　冷知識新鮮報　　　　　　　　　　　　馬德里◎著　　　　220元
※簡單卻值得深思的知識＋讓腦筋運動的耍冷問題集＝絕無冷場的歡樂話題!!

AS1208　品味決定個性：深層心理測驗　　　　　VICKY◎著　　　　240元
※想說謊都沒機會，讓個性真面目無所遁形！

AS1212　魔術達人不傳秘技80招　　　　　　　　魔法陣◎編著　　　199元
※精選精彩玄妙的魔術，以圖解詳細解說並輔以關鍵秘訣，達到易讀、易學、易練的目的。

AS1213　魔術達人神乎奇技82招　　　　　　　　魔法陣◎編著　　　199元
※精選精彩玄妙的魔術，以圖解詳細解說並輔以關鍵秘訣，達到易讀、易學、易練的目的。

AS1214　超好笑！妙事趣聞冷知識　　　　　　　馮國濤◎編著　　　169元
※結合笑話、趣聞及冷知識，不但能達到精神上的紓解，也能在帶給讀者歡愉與笑聲，老少咸宜。

AS1215　爆笑料，人爽最重要！　　　　　　　　馮國濤◎編著　　　169元
※從未發表的第一手笑料，在你最苦悶的時刻，帶給你回味無窮的歡笑。

AS1216　幽默笑ing：第一手笑話搶先報　　　　馮國濤◎編著　　　169元
※收錄最新冷笑話、極冷問題、爆笑極短篇，保證從頭到尾絕無冷場。

AS1217　笑不停！奇聞趣談妙妙妙　　　　　　　馮國濤◎編著　　　169元
※收錄熱呼呼的幽默小品、胡扯奇聞、創意趣談以及解悶笑料，保證High到不行！

AS1218　幽默百分百，玩笑隨便開　　　　　　　馮國濤◎編著　　　169元
※最解悶的幽默小品＋ＭＳＮ創意暱稱年度精選＋超欠揍整人絕招＝絕對搞笑極品！

AS1219　天下第一笑，解悶最有效　　　　　　　馮國濤◎編著　　　169元
※消弭你的哀怨怒氣，挑逗你的愛笑神經，開懷樂透解煩憂！

AS1220　極樂笑料包之笑到飆淚版　　　　　　　馮國濤◎編著　　　169元
※顛覆千古風流人物，直擊焦點搞笑事件，會心一笑解千愁！

AS1221　極樂笑料包之笑到肚子痛版　　　　　　馮國濤◎編著　　　169元
※供應最新鮮笑料，促進腦細胞活化，將煩悶因子丟到資源回收筒!

【心靈閱讀館】

AS1001	最感人的故事，最真實的人生	何承偉◎編著	149元
	※上海月刊《故事會》好評專欄「三分鐘典藏故事」精選文章輯		
AS1002	最動人的故事，最美麗的人生	何承偉◎編著	180元
	※「三分鐘典藏故事」精選文章輯，陪你品味人情，體會真愛		
AS1004	最精彩的故事，最閃亮的人生	馮國濤◎主編	180元
	※「精彩小故事」徵文活動最佳作品特輯，有感動、有啟發！		
AS1005	最溫馨的故事，最奇妙的人生	吳麗 王珊珊◎主編	180元
	賀！本書獲台北市教育局遴選為畢業生局長獎贈書。※真情與理性兼俱，領悟與感動皆有！		
AS1006	最深情的故事，最真心的感動	董保綱◎著	180元
	※來自生命最真切的心情故事，感動全天下的有情人！		
AS1007	最簡單的故事，最有價值的啟示	李占士◎著	200元
	※在簡單的塵世傳奇中邂逅真理，習得價值連城的生活哲理。		
AS1008	最真心的故事，最深刻的感動	董保綱◎著	180元
	※來自人生有情有愛的感人小品，喚醒心靈原有的悸動！		
AS1009	最有意義的故事，受用一生的啟示	劉燁◎編著	200元
	※一輯與你平心靜氣共品人間百味，蘊集理性、壯志勇敢面向未來的心靈綠化集。		
AS1010	最簡單的感動，最深刻的省思	蒲公英◎著	200元
	※一帖與你反躬自省檢視心個性盲點，認清人性心無掛礙的心靈點滴劑。		
AS1011	最難忘的故事，最珍貴的啟示	趙希俊◎著	200元
	※一部關於幸福如何追尋，夢想終能成真的人生感悟。		
AS1012	感動人心的故事，成就人生的智慧	馮國濤◎著	200元
	※一部幫助你認識生活，思考人生，改善生命品質的心靈啟示錄		
AS1013	刻骨銘心的故事，啟迪人心的智慧	蒲公英◎著	200元
	※一輯點化個性盲點，拓展生命視野，提昇人生格局的心靈點睛集		
AS1014	心靈小品：感悟人生的進與退	王可君◎著	200元
	※一本伴你看盡人間進退無常、潮起潮落高低起伏的境界進化書		
AS1015	心靈小品：感悟人生的取與捨	王可君◎著	200元
	※一本伴你面對人間取捨難斷、喜怒哀樂欲拒還迎的心情沈澱集		
AS1016	心靈小品：感悟人生的愛與愁	梁曉梅◎著	200元
	※一本教你正眼看待世間愛恨情愁，勇敢面對光明未來的春風得意輯		
AS1017	心靈小品：感悟人生的真善美	梁曉梅◎著	200元
	※一本教你建立認真生活新觀念，放手追求幸福人生的心靈枕邊書		
AS1018	心靈小品：感悟人生的成與敗	柯鈞◎著	200元
	※一本教你培養勇敢、剛強特質，開創人生波瀾壯闊新格局的的哲理枕邊書		
AS1019	小故事大啟示【成長智慧篇】	柯鈞◎著	200元
	※睿智的人生哲理，猶如奏響青春之歌最美的樂章		
AS1020	小故事大啟示【成功觀念篇】	柯鈞◎著	200元
	※指引你在成長過程中勇敢處世，走過之後無怨無悔的心靈明燈。		
AS1021	小故事大啟示【生命感悟篇】	柯鈞◎著	200元
	※每一則故事都精選自世界各地的人生百態！每一個啟示都帶給你激盪不已的心海波瀾！		
AS1022	小故事大啟示【自我肯定篇】	柯鈞◎著	200元
	※精選每一則絕對讓你感動的簡短故事，沈澱出振奮人心、積極向上的生命啟示！		
AS1023	小故事大啟示【品味生活篇】	柯鈞◎著	200元
	※教你看懂人間起落浮沈，細心體會人生真趣味的至情小品輯		
AS1023	小故事大啟示【認真自信篇】	柯鈞◎著	200元
	※每則精彩故事都為你點起奔向理想、自在瀟灑生活的心靈明燈		

【EASY系列】

【POWER叢書】

| AV3003 | 活學活用說話技巧 | 劉瑩◎編著 | 250元 |

※本書教拙於溝通的人如何突破僵局，教以口才決勝負的人如何語出驚人！

| AV3004 | 教你如何看人不走眼 | 曾樺淳◎著 | 240元 |

※本書教識人不清者如何看穿假面具，教用人惟才者如何慧眼識英雄！

| AV3006 | 幽默是練出來的 | 馮國濤◎著 | 199元 |

※本書教你各種最經典的幽默型式，提供最易理解的分析演繹，讓你快樂吸收，幽默滿懷！

| AV3010 | 舌戰：說話高招現學現用 | 石山水◎著 | 199元 |

※教你如何能言善道，口水還沒說乾，別人就已做得滿頭大汗、感動不已流淚讚嘆！

| AV3011 | 三分天才七分口才：你非學不可的說話技巧 | 劉瑩◎著 | 199元 |

※教你動口不動手，有理行遍天下的人際必勝話術！

| AV3012 | 你也能成為說話高手最新版 | 米爾頓・萊特（Milton Wright）◎著 | 199元 |

※500大企業教育訓練指定用書！讓不善言辭的人勇於開口，讓自認口才不差的人更上一層樓！

| AV3013 | 你也能成為說話高手2實戰篇最新版 | 王權典◎編著 | 199元 |

※500大企業教育訓練指定用書！教沈默少言的人如何字字珠璣，教好發議論的人如何言多不失！

| AV3015 | 口才的奧義：說話高手的基本常識課 | 劉瑩◎著 | 199元 |

※500大企業教育訓練指定用書！整合溝通技巧、行為學及應用心理，從頭練好說話高手基本功。

【Smart忠告系列】

| AV1002 | 放下其實沒有那麼難 | 吳麗　王珊珊◎主編 | 180元 |

※人性是相通的，閱讀平凡人或成功者的人生親歷，會讓人感悟良多。

| AV1007 | 做事有手腕，時來運就轉 | 馮國濤◎編著 | 200元 |

※練就外圓內方的成熟人格特質，展現八面玲瓏的處世之道，好運來報到。

| AV1009 | 喜歡自己，別人就會喜歡你 | 蒲公英◎著 | 200元 |

※以自信打造個性，散發獨特迷人魅力，成功路上無往不利！

| AV1010 | 挑戰別人，不如挑戰自己 | 馮國濤◎著 | 220元 |

※扭轉頑固失敗觀念，化腐朽為神奇的個人實力最佳化提案書。

| AV1011 | 小迷糊真精明大智慧 | 王大軍◎著 | 220元 |

※小事糊塗，大事精明，小人不上身，邁開大步開朗人生路！

| AV1012 | 沒有什麼不可能：西點精神 | 漢斯・史蒂芬◎著 | 240元 |

※西點人相信，「沒辦法」或「不可能」使事情畫上句號，「總有辦法」則使事情有突破的可能。

| AV1013 | 高標處世低調做人 | 張振學◎著 | 220元 |

※高標處世是一種境界，低調做人是一種風度，一切成功者都是高標處世與低調做人的典範。

| AV1015 | 身段：成功不必要手段 | 毛人◎著 | 240元 |

※為人處事講究變通之道，堅持原則與目標也懂得迂迴繞道，是一種能屈能伸的柔軟成功學。

| AV1022 | 路不轉人轉：這就是我的成功術 | 張振學◎著 | 220元 |

※說話和辦事的能力並非天生就有的，本書以最淺顯的實例提供你最實用的成功法則。

| AV1024 | 44歲之前一定要懂的63件事：事業, 人際, 處世 | 方州◎著 | 280元 |

※西方有句諺語：「人生四十歲才開始。」比年輕人成熟，比老人有活力，個性不再張狂……

書名：《縱慾時代：大明朝的另類歷史》

謝謝您購買這本書，為了加強對您的服務，以及讓我們繼續出版更多適合您閱讀的好書，請您詳細填寫這張讀者回函卡，並沿虛線剪下寄至本公司客服部，我們很重視您的寶貴意見，將作為我們出版方向的參考，謝謝！

◎基本資料

- 姓名：_____

- 性別：□女　□男　　・星座：_____

- 出生日期：_____年_____月_____日

- 學歷：□小學　□國中　□高中
　　　　□大專　□研究所（含以上）

- 職業：□學生　□工　□商　□服務業
　　　　□軍警公教　□大眾傳播　□自由業
　　　　□家管　□其他：_____

- 聯絡電話：_____

- Email信箱(必填)：_____

- 部落格網址：_____

- 地　　址：_____
　　　　_____

◎本書訊息

- 您從何處得知本書？
　□逛書店　□新聞報導　□親友介紹　□廣播
　□書訊　　□其他：_____

- 您在何處購買到本書？
　□書店，店名：_____
　□便利商店，店名：_____
　□網路，網站名稱：_____
　□劃撥郵購　□其他：_____

· 這本書的書名：

　縱慾時代：大明朝的另類歷史

· 您喜歡閱讀哪方面的書？

　□心理　□勵志　□小說　□星座　□中國文學

　□短文　□實用書，如：＿＿＿＿＿＿＿＿＿＿＿＿

　□其他，如：＿＿＿＿＿＿＿＿＿＿＿＿＿＿＿

· 本書中您最喜歡的文章在第幾頁？

　＿＿＿＿＿＿＿＿＿＿＿＿＿＿＿＿＿＿＿＿＿

· 您對於本書的意見：

內　　　容──□滿意　□尚可　□應改進

編　　　排──□滿意　□尚可　□應改進

文　　　字──□滿意　□尚可　□應改進

封面設計──□滿意　□尚可　□應改進

印刷品質──□滿意　□尚可　□應改進

〈請自側邊虛線裁下本頁，沿此線對摺後貼上郵票以膠帶封合後寄出〉

郵票請貼於此
謝謝！

請寄：
11670
台北市文山區景文街1號4樓之二

達觀出版客服部　收

封口